ELIZABETH GEORGE

Née aux États-Unis dans l'Ohio, Elizabeth George est diplômée de littérature anglaise et de psychopédagogie. Elle a enseigné l'anglais pendant treize ans avant de publier *Enquête dans le brouillard*, qui obtient le grand prix de Littérature policière en 1988 et l'impose d'emblée comme un grand nom du roman "à l'anglaise". Intronisé dans ce premier livre, le duo explosif composé de l'éminent membre de Scotland Yard, Thomas Lynley, et de sa très peu féminine acolyte, Barbara Havers, évolue au fil d'une dizaine d'ouvrages ultérieurs, parmi lesquels *Le lieu du crime* (1992), *Pour solde de tout compte* (1994), *Le visage de l'ennemi* (1996), *Une patience d'ange* (1999) et *Un petit reconstituant* (recueil de trois nouvelles paru en 2000). Fidèles à la tradition britannique, dont Elizabeth George est imprégnée depuis son adolescence, ils déploient une véritable fresque romanesque où l'atmosphère, les décors, les intrigues secondaires et les ressorts psychologiques prennent un relief saisissant. L'incontestable talent de cette écrivain qui refuse de voir une différence entre "le roman à énigme" et le "vrai roman" lui a valu un succès mondial, notamment en Angleterre, où elle compte parmi les auteurs les plus vendus.

Elizabeth George vit à Huntington Beach, près de Los Angeles, où elle anime des ateliers d'écriture.

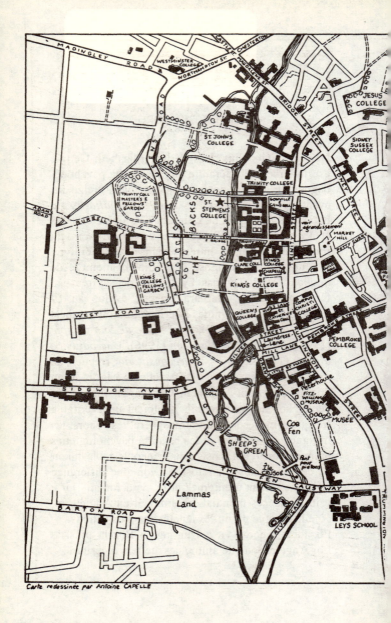

Carte redessinée par Antoine CAPELLE

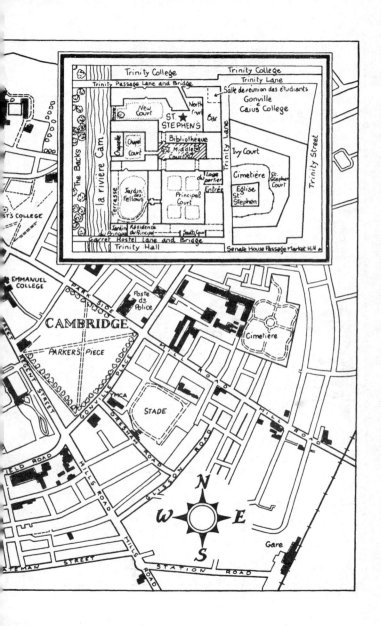

POUR SOLDE
DE TOUT COMPTE

DU MÊME AUTEUR
CHEZ POCKET

ENQUÊTE DANS LE BROUILLARD
LE LIEU DU CRIME
CÉRÉMONIES BARBARES
UNE DOUCE VENGEANCE
MAL D'ENFANT
UN GOÛT DE CENDRES
LE VISAGE DE L'ENNEMI
LE MEURTRE DE LA FALAISE
UNE PATIENCE D'ANGE
UN PETIT RECONSTITUANT
MÉMOIRE INFIDÈLE

ELIZABETH GEORGE

POUR SOLDE
DE TOUT COMPTE

PRESSES DE LA CITÉ

Titre original :

FOR THE SAKE OF ELENA

Traduit par Dominique Wattwiller

Le Code de la propriété intellectuelle n'autorisant aux termes de l'article L. 122-5 (2ᵉ et 3ᵉ a), d'une part, que les « copies ou reproductions strictement réservées à l'usage privé du copiste et non destinées à une utilisation collective » et, d'autre part, que les analyses et les courtes citations dans un but d'exemple ou d'illustration, « toute représentation ou reproduction intégrale ou partielle faite sans le consentement de l'auteur ou de ses ayants droit ou ayants cause est illicite » (art. L. 122-4).
Cette représentation ou reproduction, par quelque procédé que ce soit, constituerait donc une contrefaçon sanctionnée par les articles L. 335-2 et suivants du Code de la propriété intellectuelle.

© Susan Elizabeth George, 1992. Publié avec l'accord de Bantam Books, un département de Bantam Doubleday Del Publishing Group, Inc.

© Presses de la Cité, 1994, pour la traduction française

ISBN : 2-266-14727-7

Pour maman et papa, qui ont encouragé mes passions et fait de leur mieux pour comprendre tout le reste

NOTE DE L'AUTEUR

Ceux qui connaissent Cambridge savent que Trinity College et Trinity Hall sont très proches l'un de l'autre. Aussi ne s'étonneront-ils pas que j'aie eu quelque mal à caser entre ces deux bâtiments réels les sept cours et les cinq cents ans d'architecture du collège imaginaire de St. Stephen.

Je tiens à exprimer ma reconnaissance au petit noyau d'universitaires éminents qui se sont efforcés de m'initier aux mystères de Cambridge : le Dr Elena Shire de Robinson College, le professeur Lionel Elvin de Trinity Hall, le Dr Mark Bailey de Gonville et Caius College, Mr Graham Miles et Mr Alan Banford de Homerton College.

Ma reconnaissance va en outre aux jeunes gens qui n'ont pas ménagé leur peine pour me faire partager les subtilités de leur vie d'étudiant : Sandy Shafernich et Nick Blain de Queens', Eleanor Peters de Homerton, et David Derbyshire de Clare. Par ailleurs, j'ai une dette particulière envers Ruth Schuster, de Homerton, qui m'a permis d'assister à des *supervisions* [1] ainsi qu'à des cours magistraux, m'a permis de dîner au réfectoire, a effectué des recherches photographiques à mon intention et, faisant preuve d'une patience héroïque, a répondu à mes innombrables questions

---

1. Cours individuel, ou à deux ou trois. *(N.d.T.)*

concernant la ville, les collèges, les facultés et l'université. Sans l'aide de Ruth, j'aurais été perdue.

Je remercie l'inspecteur Pip Lane pour son aide et ses suggestions dans la mise au point de nombreux détails de l'intrigue ; Beryl Polley de Trinity Hall qui m'a présenté ses étudiants de l'escalier L ; et John East de C.E. Computing Services, Londres, pour ses renseignements sur le Ceephone.

J'ai une dette particulière à l'égard de Tony Mott qui, après avoir écouté ma description aussi succincte qu'enthousiaste du lieu du crime, a reconnu ce dernier et mis un nom dessus.

Aux États-Unis, ma reconnaissance va à Blair Maffris, qui trouve toujours le moyen de répondre à mes nombreuses questions sur l'art ; au peintre Carlos Ramos, qui a accepté de me recevoir toute une journée dans son atelier de Pasadena ; à Allan Hallback, qui m'a donné un cours de jazz pour débutants ; à mon mari, Ira Toibin, dont la patience, le soutien et les encouragements sont les piliers de mon existence ; à Julie Mayer, qui ne se lasse jamais de lire mes brouillons ; à Kate Miciak et à Deborah Schneider – mon directeur littéraire et mon agent – qui ont foi dans le roman d'énigme littéraire.

Si ce livre sonne juste, c'est grâce à la générosité et au dévouement de ceux que j'ai cités plus haut. Les erreurs sont de mon fait et de mon fait seulement.

1

Elena Weaver s'éveilla lorsque la seconde lampe s'alluma dans sa chambre. La première, posée sur son bureau à trois bons mètres de son lit, l'avait à peine fait protester. L'autre en revanche, placée sur sa table de chevet de façon à lui éclairer directement le visage, eut un effet aussi radical qu'un coup de cymbales ou une alarme stridente. Quand la lumière fit intrusion dans son rêve – de manière fort indiscrète –, elle se redressa en sursaut.

Elle ne se rappelait pas s'être endormie dans ce lit la veille au soir, ni d'ailleurs dans cette chambre. Elle cligna un instant des yeux, stupéfaite, se demandant depuis quand le beau tissu rouge des rideaux avait été remplacé par ce hideux imprimé où se mêlaient chrysanthèmes jaunes et feuilles vertes sur fond de fougères. La fenêtre d'ailleurs n'était pas à sa place. Pas plus que le bureau. En fait, il n'aurait pas dû y avoir de bureau du tout. Et ce dernier n'aurait pas dû crouler sous les papiers, cahiers et livres empilés à côté d'un gros ordinateur à traitement de texte.

La vue de cette machine et du téléphone voisin la ramena sur terre : elle était dans sa petite chambre du collège, seule. Rentrée peu avant deux heures du matin, elle s'était déshabillée à la hâte et, épuisée, s'était effondrée sur son lit pour une courte nuit de quatre heures. Quatre heures...

Elena émit un grognement. Pas étonnant qu'elle se soit crue ailleurs en se réveillant.

S'extirpant des draps, elle enfila ses mules pelucheuses et ramassa le peignoir de laine vert resté en bouchon par terre à côté de son jean. Le tissu usé avait la douceur du duvet. Pour son entrée à Cambridge l'année précédente, son père lui avait offert une robe de chambre en soie – de même qu'une garde-robe complète, dont elle ne s'était pratiquement jamais servie –, mais elle l'avait laissée chez lui lors d'une des fréquentes visites qu'elle lui rendait le week-end. Elle ne portait ce vêtement que pour lui – curieusement, elle sentait qu'il apaisait l'angoisse que ses moindres mouvements semblaient provoquer en lui. Elle ne l'avait jamais mis chez sa mère à Londres, et encore moins ici, au collège. Le vieux peignoir vert était mille fois plus doux, une vraie caresse contre sa peau nue.

Elle traversa la pièce et ouvrit les doubles rideaux. Dehors, il faisait encore noir. Le brouillard qui depuis cinq jours pesait sur la ville comme un linceul semblait encore plus épais ce matin et se pressait contre la fenêtre à double battant, y déposant une dentelle d'humidité. Sur le rebord de la fenêtre était posée une cage nantie d'une petite bouteille d'eau fixée sur le côté, d'une roue au centre et, à droite, d'une chaussette de sport faisant office de nid. Une petite boule de fourrure couleur sherry, de la taille d'une cuillère à café, était lovée à l'intérieur.

Du bout des doigts, Elena tapota les barreaux glacés. Approchant son visage, elle perçut les parfums mêlés du papier journal réduit en miettes, des copeaux de cèdre, de la crotte de souris, et souffla doucement en direction du nid.

– Sou'is, dit-elle, se remettant à tapoter contre les barreaux. Sou'is.

Au sein de la petite boule de poils, une paupière s'ouvrit découvrant un œil marron et brillant. La souris dressa la tête en reniflant l'air.

– Tibbit, fit Elena, ravie de voir frémir la moustache du petit rongeur. Bonjou', sou'is.

La souris quitta son refuge et vint inspecter d'un nez fouineur les doigts de la jeune fille dont elle attendait manifestement une friandise matinale. Elena ouvrit la porte de la cage et saisit l'animal frémissant de curiosité pour le poser sur son épaule. A peine installé sur ce perchoir, le minuscule rongeur se livra à un examen frénétique de la situation. La longue et abondante chevelure lisse se trouvant être de la même couleur que son pelage, elle offrait une zone idéale de camouflage naturel. Tibbit en profita donc pour se glisser entre le cou de sa maîtresse et le col du peignoir auquel il s'arrima fermement avant de se mettre à se nettoyer le museau.

Elena l'imita, après avoir ouvert le placard abritant son lavabo et allumé la rampe lumineuse. Ensuite elle se brossa les dents, noua ses cheveux en arrière à l'aide d'un élastique, fouilla dans sa penderie pour en extirper son survêtement. Elle enfila le pantalon avant de pénétrer dans la kitchenette contiguë.

Elle examina l'étagère qui courait au-dessus de l'évier en inox : Coco Pops, Weetabix, Corn Flakes. A cette vue, son estomac protesta. Aussi ouvrit-elle le réfrigérateur pour y prendre du jus d'orange, qu'elle but à même le carton. La souris mit un terme à ses ablutions matinales et se replia en hâte sur l'épaule de sa maîtresse. Tout en continuant de boire, Elena gratta de l'index la tête du petit rongeur. Les dents minuscules lui griffèrent le bout de l'ongle. Au diable les démonstrations affectueuses ! L'animal s'impatientait.

– Très bien, dit Elena.

Elle se mit à fouiller dans le frigo, non sans grimacer en reniflant l'odeur aigre du lait tourné, et dénicha enfin le beurre de cacahuète. La souris, qui avait droit à une noisette par jour, s'attaqua gaiement à son dessert préféré. L'animal grignotait toujours lorsque Elena revint dans sa chambre et le déposa sur son bureau. Elle se débarrassa de son peignoir, enfila un pull et commença à faire ses étirements.

Elle savait combien l'échauffement était important avant la course à pied – son père ne perdait pas une occasion de le lui répéter depuis qu'elle avait rejoint le club des Jeux de piste – mais c'était mortellement ennuyeux. Aussi, pour réussir à aller jusqu'au bout de ses exercices, elle avait trouvé un truc : elle faisait autre chose en même temps – rêvasser, préparer des toasts, mettre le nez à la fenêtre, lire un texte... Ce matin-là, elle se fit des toasts en regardant par la fenêtre. Tandis que le pain dorait dans le grille-pain posé sur l'étagère, elle s'appliqua à assouplir les muscles de ses jambes et de ses cuisses. Dehors, le brouillard formait un halo autour du réverbère planté au milieu de la cour nord. Autant dire que sa séance de jogging n'aurait rien d'agréable.

Du coin de l'œil, Elena vit la souris s'arrêter brusquement de pédaler sur le bureau pour se dresser sur ses pattes de derrière et humer l'air. L'animal n'était pas idiot. Son odorat, fort de plusieurs millions d'années d'évolution, reconnaissait parfaitement la délicieuse odeur du pain grillé. Et il tenait à avoir sa part.

Elena jeta un coup d'œil sur le toast. Constatant qu'il était prêt, elle en détacha un morceau et le lança dans la cage. Le petit rongeur se précipita dans cette direction, ses oreilles minuscules accrochant la lumière telle de la cire diaphane.

– Hé! s'écria Elena en se saisissant de l'animal qui se faufilait au milieu des recueils de poésie et des ouvrages de critique littéraire. Dis-moi au 'evoir, Tibbit.

Elle frotta affectueusement sa joue contre la fourrure de la souris avant de la remettre dans sa cage. Le morceau de toast était presque aussi grand que la bestiole, qui réussit néanmoins à le traîner jusqu'à son nid. Elena sourit, pianota du bout des doigts sur le toit de la cage, ramassa le reste du toast et sortit.

Tandis que la porte coupe-feu vitrée du couloir se fermait en chuintant dans son dos, elle enfila le haut de son survêtement et remonta la capuche. Elle dévala les deux étages, franchit le vestibule en courant et poussa la porte avec force. L'air glacé lui gifla le visage comme un paquet de mer. Sous le choc, ses muscles se raidirent. Elle s'obligea à se détendre, sautant sur place pendant un moment en faisant des moulinets avec les bras. Elle inspira profondément. L'air qui sentait l'humus et le feu de bois se déposa sur sa peau comme un duvet liquide.

Elle traversa New Court au petit trot, piquant un sprint vers Principal Court. Personne alentour. Dans les chambres, aucune lumière. C'était merveilleux, grisant. Elle se sentit libre. Infiniment.

Pourtant il lui restait moins de quinze minutes à vivre.

Le brouillard suintait des bâtiments et des arbres, mouillait les encadrements des fenêtres, formait des flaques sur le trottoir. Devant St. Stephen College, les feux de détresse d'un camion clignotèrent dans la brume, leurs petites lueurs orangées faisant penser à des yeux de chat. Dans Senate House Passage, les réverbères victoriens trouaient le brouillard de leurs longs doigts de lumière jaune et les flèches gothiques de King's College tour à tour se dressaient et disparaissaient dans l'obscurité gris tourterelle d'une nuit de mi-novembre. L'aube ne se lèverait pas avant une bonne heure au moins.

Elena, toujours courant, quitta Senate House Passage pour s'engager dans King's Parade. La pression de ses pieds frappant le trottoir se répercutait dans les muscles et les os de ses jambes et jusque dans son estomac. Elle appuya ses paumes contre ses hanches, comme il l'avait fait la nuit dernière. Sa respiration était régulière, pas haletante comme cette nuit où rien n'existait d'autre que la quête animale du plaisir. Il lui sembla voir le visage rejeté en arrière de son amant, concentré sur la chaleur, le va-et-vient, la profusion liquide de son désir de femme. Elle revit sur sa bouche se dessiner les mots : « Oh! Seigneur, Oh! Seigneur, Oh! Seigneur, Oh! Seigneur... » tandis que ses coups de reins la plaquaient contre lui. Et puis son nom sur ses lèvres et le battement sauvage de son cœur contre sa poitrine. Et enfin sa respiration, saccadée comme celle d'un sprinter.

Elle aimait y repenser. C'était d'ailleurs à cela qu'elle rêvait lorsque la lumière l'avait réveillée ce matin.

Elle descendit King's Parade vers Trumptington, zigzaguant dans la lumière inégale. Tout près de là, quelqu'un devait préparer son petit déjeuner car une vague odeur de bacon et de café flottait dans l'air. Au bord de l'écœurement, Elena accéléra l'allure sans voir la flaque dans laquelle son pied s'écrasa. Une giclée d'eau glacée lui trempa la chaussette gauche.

Arrivée dans Mill Lane, elle bifurqua en direction de la rivière Cam. Malgré le froid, elle avait commencé à transpirer. Une rigole de sueur coulait de sous ses seins jusqu'à sa taille.

« La transpiration, c'est le signe que ton corps est en action », lui disait son père. Transpiration, évidemment. Jamais il n'aurait dit *sueur*.

L'air semblait plus frais lorsqu'elle se dirigea vers la rivière, évitant le véhicule de la voirie conduit par le premier être humain qu'elle eût croisé ce matin, un préposé au nettoyage vêtu d'un anorak vert acide. Il leva sa Thermos vers elle pour la saluer au passage.

Au bout de l'allée, elle s'élança sur le pont pour piétons qui enjambait la Cam. Sous ses pieds les briques étaient glissantes. Elle sautilla sur place un instant, se bagarrant avec la manche de son blouson pour jeter un coup d'œil à sa montre. En constatant qu'elle l'avait oubliée dans sa chambre, elle jura à voix basse et retraversa le pont au petit trot pour avoir vue sur l'allée Laundress Lane.

« Zut, zut et re-zut ! Où est-elle passée ? » s'interrogea Elena. Elle plissa les yeux dans le brouillard, laissant échapper un soupir excédé. Ce n'était pas la première fois qu'elle se voyait obligée d'attendre et ce ne serait sûrement pas la dernière. Car sur ce point son père s'était montré formel.

« Pas question que tu ailles courir seule, Elena. Pas à une heure pareille. Pas le long de la rivière. Je refuse d'en discuter avec toi. Si tu adoptais un autre itinéraire, peut-être qu'à la rigueur je... »

Mais elle savait que cela n'y changerait rien. Un itinéraire différent ne ferait que susciter des objections différentes. Pour commencer, elle n'aurait jamais dû lui dire qu'elle s'était mise à la course à pied. Pourtant l'information lui avait semblé bien anodine : « Je fais du cross avec le club des Jeux de piste, papa. » Or il s'en était aussitôt servi pour lui donner de nouvelles preuves de sa sollicitude – sollicitude qu'il poussait jusqu'à lire toutes ses dissertations avant qu'elle les remette. Sourcils froncés, il les passait au crible et son attitude comme son expression signifiaient : « Regarde comme je m'intéresse à ce que tu fais, vois combien je t'aime, combien je suis heureux que tu fasses de nouveau partie de ma vie, jamais plus je ne te quitterai, ma chérie. » Puis il en faisait la critique de l'introduction à la conclusion, soulignant les points à éclaircir, appelant sa belle-mère à la rescousse, carré dans son fauteuil de cuir, les yeux débordant de sincérité. « N'est-ce pas que nous formons une famille unie et heureuse ? » Ce spectacle la révulsait.

Son souffle dessinait une sorte de panache dans l'air. Voilà plus d'une minute qu'elle attendait, et toujours personne en provenance de Laundress Lane, ruelle pleine d'une véritable purée de pois.

« Et merde ! » songea-t-elle, repartant en courant vers le pont. Sur la mare de Mill, les cygnes et les canards dressaient leurs silhouettes sombres dans l'air diaphane tandis que sur la rive sud-ouest un saule laissait tremper ses branches dans l'eau. Elena jeta un dernier coup d'œil par-dessus son épaule mais comme personne n'arrivait à sa rencontre, elle décida de courir seule.

En descendant la pente du déversoir, elle calcula mal l'angle et sentit un tiraillement dans sa jambe. Elle grimaça mais poursuivit sa route. Son temps était sérieusement compromis mais elle réussirait peut-être à rattraper quelques secondes une fois qu'elle aurait atteint la chaussée. Elle accéléra l'allure.

La chaussée se réduisait à une étroite bande de bitume entre la rivière à gauche et, à droite, Sheep's Green nappé de brume. Les silhouettes imposantes des arbres crevaient le brouillard et les rampes des passerelles dessinaient des lignes blanches là où les rares lumières de l'autre rive réussissaient à transpercer l'obscurité. Tandis qu'elle courait, un canard se mit à l'eau avec un plouf silencieux. Elena prit dans sa poche son dernier morceau de toast et l'émietta avant de le lui jeter.

Ses orteils se recroquevillaient dans ses chaussures de sport. Ses oreilles lui faisaient mal tant le froid était piquant. Elle tira sur la cordelette de sa capuche et sortit de sa poche une paire de gants qu'elle enfila, soufflant sur ses mains et les plaquant contre son visage glacé.

Devant, la rivière se scindait en deux branches qui contournaient paresseusement l'île de Robinson Crusoé, petite masse de terre plantée d'arbres et d'arbustes touffus au sud et servant, au nord, d'atelier de réparation pour les avirons, canots à rames et autres embarcations. Un feu avait été allumé récemment car Elena reconnut l'odeur particulière des feux qu'on éteint avec de l'eau. Bravant le règlement, quelqu'un avait dû camper dans la partie nord de l'île pendant la nuit et arroser son feu à la hâte.

Curieuse, Elena jeta un coup d'œil à travers les arbres cependant qu'elle s'élançait vers l'extrémité nord de l'îlot. Canots et bachots [1] étaient entassés les uns sur les autres, leurs flancs luisant sous la brume humide. Mais il n'y avait personne en vue.

Le sentier commençait à monter vers Fen Causeway, fin de la première partie de son parcours. Comme d'habitude, elle attaqua la pente avec un regain d'énergie, respirant régulièrement, mais sentant néanmoins croître la pression dans sa poitrine. Elle commençait tout juste à s'habituer à ce changement d'allure lorsqu'elle les aperçut.

Deux silhouettes barraient la route à quelques mètres devant elle : l'une accroupie, l'autre allongée en travers du sentier. Floues, plutôt informes, elles semblaient trembler comme des hologrammes incertains. Sans doute alertée par les pas d'Elena, la silhouette accroupie se tourna dans sa direction et agita la main tandis que l'autre demeurait immobile.

Elena s'efforça de les distinguer à travers le brouillard. Ses yeux naviguèrent d'une silhouette à l'autre, évaluant leur taille.

« Des *townee* [2] », songea-t-elle avant de s'élancer.

La forme accroupie se releva, recula à l'approche d'Elena et parut se fondre dans la brume plus épaisse près de la passerelle qui reliait le sentier à l'île. Elena trébucha sur la forme allongée et se retrouva à genoux. Elle tendit le bras et s'aperçut que ce qu'elle tâtait frénétiquement n'était rien d'autre qu'un vieux manteau bourré de chiffons.

1. Embarcation à fond plat qui se manœuvre à l'aide d'une perche. *(N.d.T.)*
2. Nom péjoratif donné aux habitants de la ville. *(N.d.T.)*

Surprise, Elena se retourna, posa une main à plat par terre pour se remettre sur pied. Elle voulut parler, mais tandis qu'elle se relevait, elle perçut un mouvement rapide sur sa gauche. Le premier coup tomba.

Il l'atteignit juste entre les yeux. Un éclair traversa son champ de vision. Elle bascula à la renverse.

Le second coup la toucha au nez et à la joue, déchirant la chair, faisant voler l'os zygomatique en éclats tel un morceau de verre.

S'il y eut un troisième coup, elle ne le sentit pas.

Il était un tout petit peu plus de sept heures du matin lorsque Sarah Gordon immobilisa son Escort sur le trottoir devant le laboratoire d'ingénierie de l'université de Cambridge. En dépit du brouillard et du trafic matinal, elle n'avait mis que cinq minutes pour faire le trajet depuis son domicile, roulant à tombeau ouvert dans Fen Causeway comme si elle avait été poursuivie par une légion de vampires. Elle serra le frein à main, descendit de voiture dans l'air humide et claqua la portière.

Elle ouvrit le coffre pour en sortir son matériel : pliant de campeur, bloc, boîte de peinture, chevalet, toiles. Après avoir posé tout cet attirail à ses pieds, elle fixa l'intérieur du coffre, se demandant si elle n'avait rien oublié. Elle se concentra sur les détails – fusain, peinture *a tempera*, crayons rangés dans leur coffret –, s'efforçant d'ignorer la nausée qui menaçait et les tremblements qui lui coupaient les jambes.

Elle resta un instant la tête appuyée contre le capot levé du coffre, s'ordonnant de ne penser qu'à la peinture. Du plus loin qu'elle s'en souvienne, elle avait toujours peint. Tous les aspects liés à cette activité lui étaient aussi familiers que de vieux amis : le sujet du tableau, le site, la lumière, la composition, le choix des couleurs... Un monde de possibles s'ouvrait devant elle aujourd'hui. Ce matin, elle allait renaître.

Sept semaines plus tôt, elle avait choisi cette date du 13 novembre dans son calendrier. Elle avait écrit « Au travail » dans la petite case blanche porteuse d'espoir qui mettrait un terme à huit mois d'inactivité. Pourvu qu'elle trouve le courage de surmonter son blocage...

Elle claqua le capot et ramassa son matériel. Chacun des objets trouvait sa place naturelle dans ses mains et sous ses bras. Elle ne se demanda même pas comment elle parvenait à trimballer tout ce chargement dans le passé. Le fait que certains gestes, certaines activités fussent automatiques la réconfortait. Elle se dirigea vers Fen Causeway et descendit la pente menant à l'île de Robinson Crusoé, se répétant que le passé était mort et qu'elle était ici pour l'enterrer.

Elle était restée si longtemps comme anesthésiée devant son chevalet, incapable de retrouver les pouvoirs bienfaisants de la création. Pendant ces longs mois, elle n'avait rien fait d'autre que d'accumuler les moyens de se détruire, collectionnant les ordonnances de médecins, nettoyant son vieux fusil, remettant son four à gaz en état, tressant une corde à l'aide de ses foulards, persuadée d'avoir perdu à tout jamais sa force créatrice. Mais c'était fini maintenant, tout comme étaient passées ces sept semaines au cours desquelles elle voyait arriver avec une terreur grandissante la date fatidique du 13 novembre.

Elle s'arrêta devant le petit pont enjambant l'étroit cours d'eau qui séparait l'île du reste de Sheep's Green. Bien qu'il fît jour, la brume épaisse formait comme un banc de nuages. Le chant d'un roitelet perché sur un arbre fusa à travers le brouillard. Les bruits de la circulation lui parvenaient, assourdis, par intermittence. Un canard lança son coin-coin sur l'eau non loin de là. Le grelot d'une bicyclette résonna de l'autre côté de la pelouse.

Sur sa gauche, les hangars où l'on réparait les bateaux étaient encore fermés. Devant elle, s'élevaient les dix marches de fer du pont de Crusoé qui redescendait vers Coe Fen sur la rive est de la rivière. Elle constata que le pont avait été repeint, détail qu'elle n'avait pas remarqué auparavant. Jadis orange et vert, rouillé par endroits, il était maintenant marron et crème. Le pont lui-même semblait suspendu dans le vide et tout ce qui l'entourait était déformé, voilé par le brouillard.

Malgré sa détermination, elle poussa un soupir. Peindre ici? Impossible. Cet endroit glacial et sinistre, dénué de lumière et d'espoir, n'avait décidément rien d'inspirant. Au diable Whistler et ses études nocturnes de la Tamise! Au diable Turner et les chefs-d'œuvre qu'il aurait tirés de cette aube sans grâce! Qui croirait jamais qu'elle était venue jusque-là pour peindre ça?

Pourtant, ce jour, elle l'avait choisi. C'est poussée par les événements qu'elle était venue dessiner dans cette île. Et pour dessiner, elle allait dessiner! Elle franchit le petit pont pour piétons, poussa la grille de fer forgé et serra les dents, bien décidée à ignorer le froid glacial qui semblait pénétrer l'intérieur même de son corps.

Elle sentit la boue s'enfoncer sous ses semelles et frissonna. De froid seulement. Il faisait réellement très froid. Elle se fraya un passage dans le bosquet d'aulnes, de saules et de hêtres.

Des gouttelettes de condensation dégringolaient des arbres sur le matelas de feuilles d'automne avec un bruit évoquant le glouglou tranquille du porridge qui cuit dans la casserole. Une grosse branche cassée roula sous ses pieds; plus loin, sous un peuplier, un petit dégagement offrait une vue qui l'attira. Sarah s'y dirigea et, son bloc de papier serré sur sa poitrine, appuya son chevalet contre l'arbre, ouvrit d'un geste sec le pliant, et posa sa boîte de peinture par terre.

Peindre, dessiner, esquisser, croquer... Le sang martelait ses tempes. Ses doigts étaient raides comme des baguettes, ses ongles même lui faisaient mal. Sa faiblesse ne lui inspira que du mépris.

Elle se força à s'asseoir sur le pliant pour faire face à la rivière et étudia le pont dans ses moindres détails, cherchant à tout évaluer en termes de lignes et d'angles, comme un simple problème de composition à résoudre. Retrouvant ses réflexes, son cerveau se mit à peser ce qui s'offrait à ses yeux. Trois branches d'aulne, dont les feuilles rousses au bord perlé d'humidité parvenaient à capter et renvoyer une lumière assez rare, encadraient le pont. Elles s'étiraient en diagonales au-dessus de l'ouvrage avant de retomber selon une ligne parfaitement parallèle vers les marches qui conduisaient à Coe Fen où, à travers une masse bouillonnante de brouillard, luisaient les lumières lointaines de Peterhouse. Un canard et deux cygnes formaient des silhouettes brumeuses sur la rivière si grise que les volatiles semblaient flotter dans l'air.

« De grands traits rapides, songea-t-elle. Sers-toi du fusain pour suggérer la profondeur. » Elle fit un premier passage sur le papier, un second et un troisième avant que le fusain ne lui échappe des doigts et, glissant sur la feuille, n'atterrisse sur ses genoux.

Elle contempla le gâchis. Le dessin était fichu. Elle arracha la page du bloc et se remit au travail.

Tandis qu'elle dessinait, la nausée lui retourna l'estomac et elle sentit que ses intestins menaçaient de la trahir. « Ah non, pas ça ! » chuchota-t-elle en jetant un regard alentour, consciente de ne pas avoir le temps de regagner son domicile et sachant qu'il était hors de question qu'elle se permette d'être malade dehors. Baissant les yeux sur son bloc, elle vit les lignes totalement dénuées d'intérêt qu'elle venait de tracer et froissa la feuille.

Elle attaqua un troisième dessin, luttant pour empêcher sa main droite de trembler. L'essentiel était de dominer sa panique. Elle s'employa à reproduire l'angle formé par les branches de l'aulne, les croisillons de la rambarde du pont, puis voulut suggérer le mouvement général du feuillage. Le fusain se cassa en deux.

Elle se leva. Ce n'était pas ainsi que les choses auraient dû se passer. La puissance créatrice aurait dû l'habiter. Le temps et le lieu, passer au second plan. Le désir de peindre aurait dû lui revenir. Mais il n'en était rien.

« Tu peux y arriver, songea-t-elle furieuse. Si tu veux, tu peux. Rien ne doit t'en empêcher. Rien ni personne. »

D'un geste énergique, elle fourra le bloc sous son bras, empoigna le pliant et se dirigea vers le sud de l'île, où elle découvrit une petite langue de terre. Le terrain était envahi par les orties mais de là on apercevait le pont sous un autre angle. C'était l'endroit qu'il lui fallait.

Le sol était gras, tapissé de feuilles collées. Les arbres et les buissons formaient une toile végétale derrière laquelle, à quelque distance, s'élevait le pont de pierre de Fen Causeway. Sarah ouvrit le pliant d'un coup sec et le laissa tomber à terre. Elle recula d'un pas, trébucha sur ce qui lui parut être une branche dissimulée sous un tas de feuilles. Compte tenu du site, cette petite mésaventure n'aurait pas dû l'étonner, pourtant elle l'énerva.

– Et zut ! dit-elle, décochant un coup de pied à l'objet.

Le tas de feuilles s'éparpilla. Sarah eut un violent haut-le-cœur. Ce qu'elle avait pris pour une branche était en fait un bras.

2

Dieu merci, le bras n'était pas séparé du corps. En vingt-neuf ans de carrière au sein de la police judiciaire du comté de Cambridge, le commissaire Daniel Sheehan n'avait jamais eu d'affaire de cadavre démembré sur les bras et il ne tenait nullement à connaître ce douteux privilège.

Après avoir reçu le coup de téléphone du commissariat, à sept heures vingt, il était parti en trombe d'Arbury, gyrophare allumé, sirène hurlante, soulagé d'avoir enfin un prétexte pour déserter la table du petit déjeuner. En effet, excédé de se retrouver pour le dixième jour consécutif devant un pamplemousse sans sucre, un œuf à la coque insipide et un maigre toast même pas beurré, il avait passé ses nerfs sur son fils et sa fille, critiquant leur tenue et leur coiffure, pourtant l'un et l'autre impeccables. Stephen avait regardé sa mère, Linda en avait fait autant. Et tous trois avaient piqué du nez dans leur assiette avec la mine abattue d'une famille soumise depuis trop longtemps aux brusques sautes d'humeur d'un père au régime.

La circulation bouchonnait à la hauteur du rond-point de Newham Road. Sheehan dut rouler à moitié sur le trottoir pour atteindre le pont de Fen Causeway à une allure à peu près raisonnable, plus en tout cas que celle des autres automobilistes, réduits à la vitesse d'escargot. Il imagina sans peine les embouteillages qui devaient engorger les rues du quartier sud. Aussi, après s'être garé derrière la fourgonnette des techniciens de la police scientifique et être sorti dans l'air humide et froid, ordonna-t-il au constable posté sur le pont de demander par radio au standardiste du commissariat d'envoyer des hommes en renfort pour s'occuper de la circulation.

Il détestait autant les badauds que les amateurs d'émotions fortes. Les accidents et les meurtres révélaient les pires instincts de l'espèce humaine. Rentrant soigneusement son écharpe marine dans l'échancrure de son manteau, Sheehan se baissa pour passer sous le cordon jaune de la police. Sur le pont, une demi-douzaine d'étudiants penchés au-dessus du parapet s'efforçaient de voir ce qui se passait en bas. Sheehan grogna et d'un geste envoya le constable s'occuper d'eux. Si la victime était un étudiant, il était bien décidé à prendre son temps avant de divulguer la nouvelle. Depuis l'enquête catastrophique menée à Emmanuel College le trimestre dernier, une paix précaire régnait entre la police locale et l'université, et Sheehan n'avait aucune envie que la trêve soit rompue.

Il franchit le pont pour piétons et arriva sur l'île, où une femme flic s'affairait autour d'une femme au visage et aux lèvres couleur de cire. Cette dernière était assise sur la dernière marche de fer du pont Crusoé, un bras sur l'estomac, la tête appuyée sur son poing. Elle portait un vieux manteau bleu dont le devant était constellé de taches brunes et jaunes. De toute évidence, elle avait vomi et s'en était mis partout.

– C'est elle qui a trouvé le corps ? demanda Sheehan à la femme flic, qui hocha la tête en signe d'assentiment. Qui est sur les lieux pour l'instant ?

– Tout le monde. Sauf Pleasance. Drake le retient au labo.

Sheehan grogna. Encore des chamailleries dans

le service de police scientifique sans aucun doute. Du menton, il désigna la femme au manteau bleu.
— Arrangez-vous pour lui trouver une couverture. Faut qu'elle reste là.
Il se dirigea vers la grille et pénétra dans la partie sud de l'île.
Selon l'angle sous lequel on se plaçait, l'endroit était une véritable aubaine pour commettre un crime ou carrément un cauchemar pour l'élucider. Des indices, il y en avait à la pelle, depuis les journaux pourrissants jusqu'aux sacs en plastique abandonnés. Le secteur ressemblait ni plus ni moins à une décharge et le sol spongieux portait les marques d'une bonne douzaine d'empreintes de pas susceptibles d'être exploitées par les spécialistes de la criminalistique.
— Merde, marmonna Sheehan.
Les gars du labo avaient disposé des planches par terre mais celles-ci disparaissaient dans le brouillard. Il avança le long du chemin en planches, évitant l'eau qui gouttait des arbres. Gouttes de brouillard. C'est sûrement le nom que sa fille Linda aurait donné à ces gouttelettes. Sa passion pour le mot juste le surprenait toujours, à tel point qu'il lui arrivait parfois de penser que sa fille, la vraie, était restée à l'hôpital seize ans plus tôt et qu'on l'avait remplacée par une poétesse adolescente.
Il fit halte près d'une clairière où deux toiles et un chevalet reposaient contre un peuplier. A côté, un coffret en bois resté grand ouvert avait permis à une pellicule de condensation de se former sur la rangée de pastels et de tubes de peinture. Il fronça les sourcils, puis son regard se promena de la rivière au pont et, de là, aux bouffées de brume qui s'élevaient du cours d'eau tel un gaz. Comme sujet de tableau, ça lui rappelait étrangement un truc français qu'il avait vu au Courtauld Institute[1] des

1. Musée londonien abritant notamment la collection d'impressionnistes du mécène Samuel Courtauld. *(N.d.T.)*

années auparavant : un magma de points, taches, virgules de couleur impossibles à distinguer les uns des autres à moins de reculer d'au moins dix mètres et de loucher atrocement.

Un peu plus bas, les planches partaient vers la gauche. C'est là qu'il tomba sur le photographe et la biologiste du labo. Emmitouflés dans d'épais manteaux, la tête couverte d'une casquette de laine, ils s'agitaient comme deux danseurs de ballets folkloriques russes, sautant d'une jambe sur l'autre pour obliger leur sang à circuler correctement dans leurs veines. Le photographe avait le teint pâle, comme chaque fois qu'il s'apprêtait à photographier un cadavre. Quant à la biologiste, elle avait l'air de mauvais poil. Les bras serrés sur la poitrine, elle jetait de fréquents coups d'œil inquiets vers la chaussée comme si le tueur rôdait encore dans les parages et qu'il suffisait de plonger dans le brouillard pour lui mettre la main dessus.

Sheehan commença à poser les questions habituelles – « C'est quoi le menu, ce coup-ci ?... » – quand il comprit la raison de l'agacement manifesté par la biologiste. Une haute silhouette émergeait de la brume sous les saules, marchant précautionneusement, les yeux rivés à terre. En dépit du froid, l'homme avait négligemment jeté son manteau de cachemire sur ses épaules à la manière d'une cape et il n'avait pas jugé bon de s'encombrer d'une écharpe qui eût partiellement dissimulé les lignes impeccables de son costume italien. Drake, le chef du laboratoire de police scientifique, était l'un des deux membres du couple infernal qui tapait sur les nerfs de Sheehan depuis maintenant cinq mois. Le commissaire nota qu'il avait donné ce matin-là libre cours à son goût bien connu pour l'élégance.

– Alors ? questionna Sheehan.

Drake s'immobilisa le temps d'allumer une cigarette. Il prit l'allumette entre ses doigts gantés puis il la jeta dans un petit flacon qu'il sortit de sa poche. Sheehan se garda de faire un commentaire. Où qu'il aille, cet emmerdeur prenait toujours d'invraisemblables précautions.

– Il semble que l'arme ait disparu, répondit-il. Il va sans doute falloir draguer la rivière.

Charmant, songea Sheehan en comptant mentalement le nombre d'hommes et d'heures que prendrait l'opération. Il s'approcha du corps pour y jeter un coup d'œil.

– Sexe féminin, intervint la biologiste. C'est une gamine.

Tout en examinant la jeune fille, Sheehan se fit la réflexion que le silence généralement de mise en présence de la mort n'était décidément pas au rendez-vous : coups de klaxon, bruits de moteur, grincements de freins, cris, gazouillis d'oiseaux, jappement aigu d'un chien... La vie continuait, malgré la violence et la mort.

Car la jeune fille était incontestablement morte de mort violente. Bien que presque entièrement recouvert de feuilles, le corps était suffisamment visible pour permettre à Sheehan de distinguer le plus affreux : le visage, à la fois éclaté et enfoncé par les coups. Le cordon de la capuche de son survêtement était serré au maximum autour de son cou. Qu'elle fût morte de ses blessures à la tête ou morte étranglée était l'affaire du médecin légiste ; en tout cas une chose était claire : nul ne pourrait identifier un visage si horriblement esquinté.

Sheehan s'accroupit pour l'examiner de plus près. Elle était allongée sur le côté droit, le visage tourné vers la terre, ses longs cheveux répandus sur le sol. Ses bras étaient devant elle, les poignets l'un à côté de l'autre, mais pas attachés. Elle avait les genoux pliés.

Il se mordit pensivement la lèvre inférieure, loucha vers la rivière à un mètre cinquante de là, contempla de nouveau le corps. Elle portait un survêtement brun taché et des chaussures de sport blanches aux lacets sales. Elle était mince et, apparemment, en excellente condition physique. Elle ressemblait au cauchemar qu'il redoutait. Il lui souleva le bras afin de voir s'il n'y avait pas d'insigne sur son blouson. Il poussa un soupir de désespoir en voyant l'écusson surmonté des mots « St. Stephen College » cousu sur le tissu à la hauteur du sein gauche.

— Nom de Dieu, marmonna-t-il. (Il lâcha le bras et adressa un signe de tête au photographe.) Allez-y, faites votre boulot, dit-il avant de s'éloigner.

Il regarda du côté de Coe Fen. Le brouillard semblait se lever mais peut-être était-ce une illusion d'optique imputable à la lumière du jour grandissante, ou peut-être se faisait-il des idées. Pourtant, avec ou sans brouillard, c'était du pareil au même car Sheehan, qui était né et avait grandi à Cambridge, connaissait par cœur ce qui se dressait derrière ce rideau opaque de brume mouvante. Peterhouse. De l'autre côté de la rue, Pembroke College. A gauche de Pembroke College, Corpus Christi College. Et tous les autres collèges. Autour d'eux, veillant à satisfaire leurs moindres besoins, ne devant son existence qu'à la présence de ces divers établissements universitaires, se trouvait la ville de Cambridge elle-même. Ce bel ensemble – collèges, facultés, bibliothèques, commerces, immeubles, maisons individuelles, habitants – reposait sur une délicate symbiose vieille de plus de six cents ans.

Percevant un mouvement derrière lui, Sheehan se retourna et se retrouva les yeux dans les yeux gris de Drake. De toute évidence, l'expert voulait se faire son opinion avant de laisser la moindre chance à Pleasance, son subordonné, de lui damer le pion.

— A moins que cette jeune fille ne se soit elle-même fracassé le visage avant de faire disparaître l'arme, je doute que quiconque puisse soutenir qu'il s'agit d'un suicide, annonça-t-il.

Dans son bureau londonien de New Scotland Yard, le commissaire Malcolm Webberly écrasa le troisième cigare qu'il venait de fumer en trois heures et passa en revue ses inspecteurs. Il essayait d'évaluer le degré de charité qu'ils lui montreraient quand, dans un instant, ils réaliseraient le ridicule de la situation dans laquelle il s'était fourré. Compte tenu de la durée et surtout de la violence de la diatribe dont il les avait gratifiés deux semaines plus tôt, il s'attendait au pire. Il ne l'avait pas volé. Pendant plus de trente minutes, il avait déblatéré devant eux contre ceux qu'il qualifiait avec ironie de commis voyageurs de la police et voilà qu'il s'apprêtait maintenant à demander à l'un de ses gars d'aller grossir leurs rangs.

Il fit un rapide tour d'horizon. Ils étaient assis à la table centrale de son bureau. Comme à son habitude, Hale trompait sa nervosité en triturant compulsivement des trombones. Stewart – l'obsessionnel du service – profitait de la pause marquée par le patron pour potasser un rapport, comportement qui le caractérisait. Le bruit courait même que Stewart avait réussi à faire l'amour à sa femme tout en rédigeant des procès-verbaux, manifestant le même enthousiasme pour l'une et l'autre actions. Près de lui, MacPherson se curait les ongles à l'aide d'un canif, arborant l'air résigné de celui qui fait le gros dos en attendant que la tempête passe. A côté de lui, Lynley essuyait ses lunettes avec un mouchoir neigeux dont le coin était orné d'un A richement brodé.

La situation était suffisamment ironique pour que Webberly choisît d'en sourire. Quinze jours plus tôt, en effet, il leur avait infligé ce fameux sermon sur la fâcheuse manie qui poussait la police du pays à intervenir dans des districts où elle n'avait rien à faire. Un article du *Times* qui dénonçait le gaspillage des fonds publics résultant du fonctionnement pour le moins tortueux de la police judiciaire appuyait sa démonstration.

– Regardez-moi ça, avait-il grondé, serrant rageusement le journal dans sa main de telle sorte qu'il était impossible de rien voir. Manchester enquête à Sheffield sur une affaire de corruption, suite aux bavures survenues lors du match disputé contre Hillsborough. Le Yorkshire est à Manchester pour tirer au clair une sombre histoire de plainte contre des officiers. Le West Yorkshire fourre son nez dans les affaires de Birmingham. Le Somerset fouine dans le Surrey, et le comté de Cambridge piétine les plates-bandes de l'Irlande du Nord. Chacun s'occupe des affaires du voisin, au lieu de s'occuper des siennes. Il est temps que cela cesse !

Ses hommes avaient hoché la tête en chœur, mais Webberly s'était demandé s'ils l'avaient vraiment écouté. Ils travaillaient dur, ils assumaient des responsabilités écrasantes et trente minutes passées à subir les indignations politiques de leur patron, c'était pour eux trente minutes de perdues. Webberly n'avait pensé qu'après coup à cet aspect du problème. Sur le moment, tenaillé par l'envie de palabrer, il avait profité de cet auditoire qui ne pouvait s'échapper pour poursuivre :

– Cette situation est intolérable. Que nous arrive-t-il donc, à nous autres policiers ? Voilà que les commissaires divisionnaires paniquent comme des dindons effarouchés au moindre mot de travers de la presse. Ils demandent à Pierre, Paul et Jacques d'enquêter sur leurs propres hommes au lieu de diriger leur service, de mener leurs enquêtes et d'envoyer les médias bouffer leurs fientes de vache ailleurs. Qu'est-ce que c'est que ces imbéciles qui ne sont pas fichus de laver leur linge sale eux-mêmes ?

Cette question purement rhétorique n'avait fait broncher personne, chacun attendant patiemment que Webberly y réponde – ce qu'il ne manqua pas de faire de façon indirecte.

— Qu'ils ne s'avisent surtout pas de venir me demander de jouer à ce petit jeu, ils verront de quel bois je me chauffe !

Or voilà justement qu'il se trouvait contraint d'y jouer, à la demande expresse de son supérieur hiérarchique, et sans avoir seulement eu le temps de lui montrer de quel bois...

Webberly s'écarta de la table et se dirigea d'un pas lourd vers son bureau afin d'appeler sa secrétaire dans l'interphone. A peine eut-il appuyé sur le bouton que la boîte vomit son flot de friture et de bavardage. La friture, il en avait l'habitude : l'interphone ne s'était pas remis de l'ouragan de 1987. Le bavardage, il en avait malheureusement également l'habitude, Dorothea Harriman ne perdant pas une occasion de tarir d'éloges sur l'objet de son admiration inconditionnelle.

— Je t'assure qu'ils sont teints. Comme ça, pas besoin de mascara, pas de risque que ça coule ! T'imagines une photo où... (Salve de parasites.) Tu ne vas pas encore me parler de Fergie ! Je me fiche de savoir combien de bébés elle a décidé...

— Harriman, coupa Webberly.

— Des collants blancs, c'est encore ce qu'il y aurait de mieux... Quand je pense à ces atroces collants à pois qu'elle avait dans le temps. Dieu merci elle y a renoncé.

— Harriman.

— ... l'adorable chapeau qu'elle portait à Ascot [1]. Tu l'as vu ?... *Laura Ashley ?* Ça alors ! Je préférerais être morte plutôt que...

Se résignant à recourir à un moyen certainement plus primitif mais en tout cas plus efficace pour attirer l'attention de sa secrétaire, Webberly ouvrit la porte en grand et aboya le nom de la jeune femme.

Dorothea Harriman se leva promptement tandis qu'il retournait vers la table. Elle s'était fait couper

1. Hippodrome situé près de Windsor, où se déroulent les courses du Royal Ascot durant quatre jours, chaque été. *(N.d.T.)*

les cheveux très court derrière et sur les côtés, le reste formant une masse blonde qui luisait d'un éclat doré trop parfait pour être naturel. Elle portait une robe de laine rouge, des chaussures assorties et des collants blancs. Le rouge lui seyait aussi mal qu'à la princesse. Mais, comme la princesse, elle avait des chevilles admirables.

– Monsieur le commissaire ? fit-elle avec un bref salut de tête à l'adresse des inspecteurs assis autour de la table. La jeune femme était de celles à qui on aurait donné le bon Dieu sans confession. Elle considérait, avec une assurance déconcertante, que chaque instant de *sa* journée était consacré au travail et uniquement au travail.

– Si vous aviez la bonté de vous arracher une seconde à l'étude minutieuse de la princesse... commença Webberly.

Sa secrétaire lui jeta un regard innocent. La princesse ? Quelle princesse ? Il savait qu'il valait mieux ne pas s'engager sur ce terrain. L'idolâtrie que Harriman vouait à la princesse de Galles depuis six ans était telle qu'il avait renoncé à perdre son temps et sa salive à essayer de la dissuader de s'y vautrer. Aussi se borna-t-il à déclarer :

– J'attends un fax de la police judiciaire de Cambridge. Occupez-vous-en. Et vite. Si Kensington Palace[1] vous appelle, je me charge de les faire patienter.

Dorothea pinça imperceptiblement les lèvres et esquissa un sourire espiègle.

– Un fax de Cambridge. Entendu. J'y cours, monsieur le commissaire. (Juste avant de sortir, elle lança) : Charles y était, vous savez, à Cambridge.

John Stewart releva la tête, tapotant son stylo pensivement contre ses dents.

– Charles ? fit-il, ébahi, craignant que l'examen de son rapport ne lui ait fait perdre le fil de la conversation.

---

1. Résidence du prince et de la princesse de Galles. *(N.d.T.)*

– Galles, précisa Webberly.
– La gale à Cambridge ? lâcha Stewart. Il y a une épidémie de gale à Cambridge ?
– Laissez la gale tranquille. C'est du prince de Galles qu'on parle, aboya Phillip Hale.
– Le prince de Galles est à Cambridge ? questionna Stewart. Mais c'est les gars de la *Special Branch*[1] que ça concerne, pas nous.
– Seigneur ! (Webberly prit le rapport des mains de Stewart et le roula en un tube qu'il agita sous le nez de son inspecteur.) Il ne s'agit ni du prince ni du pays de Galles. Seulement de Cambridge. Vous y êtes ?
– Monsieur le commissaire...
– Je vous remercie.

Webberly constata non sans un certain soulagement que MacPherson avait remisé son canif cependant que Lynley dardait sur lui ses yeux sombres au regard indéchiffrable qui contrastaient tant avec ses cheveux blonds impeccablement coupés.

– Il y a eu un meurtre à Cambridge et on m'a demandé de m'en occuper, poursuivit Webberly, balayant d'un revers de main objections et commentaires. Je sais. Inutile de me rappeler ma diatribe d'il y a quinze jours. Ravaler mes propres mots n'est pas le plat que je préfère.
– Hillier ? lança Hale astucieusement.

Le commissaire principal, Sir David Hillier, était le supérieur hiérarchique direct de Webberly. Si c'était de lui qu'émanait la requête, celle-ci avait force de loi.

– Pas seulement. Hillier est d'accord, bien sûr. Il est au courant de l'affaire. Mais on a fait directement appel à moi.

Trois des inspecteurs se regardèrent sans chercher à cacher leur curiosité. Le quatrième, Lynley, continua de fixer Webberly.

---

1. Service de contre-espionnage et de lutte contre la subversion interne. *(N.d.T.)*

– Je sais que vous êtes tous débordés de travail en ce moment, continua Webberly, je peux demander à un autre département de se charger de l'enquête. Mais j'aimerais mieux pas. (Il restitua son rapport à Stewart, qui se mit en devoir de le défroisser avec soin, et poursuivit :) Une étudiante a été assassinée. Une étudiante de St. Stephen College.

A ces mots, les quatre hommes parurent se raidir. Tous savaient que Miranda, la propre fille du commissaire, était élève à St. Stephen. Ils pouvaient d'ailleurs voir la photo où elle riait aux éclats de sa maladresse à manœuvrer le bachot sur lequel elle avait embarqué avec ses parents. Le cadre trônait sur l'un des classeurs métalliques du bureau de son père. L'inquiétude de ses hommes n'échappa pas à Webberly.

– Rassurez-vous, ça n'a aucun rapport avec Miranda. Mais elle connaissait la victime. C'est en partie pour ça qu'on m'a contacté.

– En partie seulement ? fit remarquer Stewart.

– Exact. Les appels que j'ai reçus – j'en ai reçu deux – ne venaient pas de la brigade criminelle de Cambridge mais du principal de St. Stephen et du vice-recteur de l'université. La situation est d'autant plus délicate qu'elle concerne la police locale. Le meurtre n'ayant pas eu lieu au collège, la Criminelle de Cambridge a le droit de faire son travail sans rien demander à personne. Mais comme la victime est une étudiante, nos collègues ont besoin du concours de l'Université pour mener l'enquête.

– Ça leur pose un problème, à l'Université ? demanda MacPherson, incrédule.

– Ils préféreraient confier l'enquête à un service extérieur. D'après ce que j'ai compris, ils n'ont toujours pas digéré la façon dont la Criminelle locale a traité une affaire de suicide à Pâques dernier. D'après le vice-recteur, les enquêteurs ont fait preuve d'un inqualifiable manque de tact –

sans compter qu'ils auraient imprudemment laissé filtrer des informations dont la presse s'est emparée. Par ailleurs la victime qui nous occupe étant la fille d'un professeur en poste à Cambridge, ils tiennent particulièrement à ce que tout se passe avec délicatesse et discrétion.

– L'inspecteur Empathie, voilà ce qui leur faut, ricana Hale sarcastique, avec une grimace destinée à faire comprendre à ses collègues qu'il était le dernier à envoyer sur cette affaire.

Aucun d'eux n'ignorait les problèmes conjugaux de Hale. S'il y avait une chose qu'il voulait éviter à tout prix en ce moment, c'était d'être expédié en province sur une enquête susceptible de prendre pas mal de temps.

Webberly ne releva pas.

– Nos collègues de la Criminelle de Cambridge n'apprécient guère, inutile de le dire. Le meurtre a eu lieu sur leur territoire, en principe c'est leur boulot de s'en charger. Celui d'entre vous qui acceptera le coup ne devra donc pas s'attendre à ce qu'ils tuent le veau gras en son honneur. Mais j'ai eu le commissaire au bout du fil – un certain Sheehan, qui a l'air d'un gars bien – et ils coopéreront. Il est furieux que l'Université puisse accuser ses gars d'avoir des préjugés à l'égard des étudiants. En même temps, il sait que sans le concours des instances universitaires ses hommes n'aboutiraient à rien.

Un léger bruit de pas annonça le retour de Harriman. Elle tendit à Webberly plusieurs feuillets à en-tête de la police judiciaire du comté de Cambridge, ornés dans le coin droit d'un insigne surmonté d'une couronne. A la vue des gobelets en plastique et des cendriers pleins à ras bord, elle fronça le nez. Avec un bruit de bouche réprobateur, elle jeta les gobelets dans la corbeille ; puis, elle ramassa les cendriers à bout de bras, et sortit en détournant la tête pour bien marquer sa désapprobation.

A mesure qu'il parcourait les feuillets, Webberly communiquait les informations à ses hommes.

– Pour l'instant, c'est maigre. Elena Weaver. (Il prononça le prénom à l'italienne.) Vingt ans.

– Une étrangère ? s'enquit Stewart.

– Pas d'après ce que m'a dit le principal de St. Stephen ce matin. La mère vit à Londres, le père est en poste à St. Stephen et candidat à la chaire d'histoire de Penford – du diable si je sais ce que c'est. Il a une excellente réputation dans son domaine.

– C'est pour ça qu'on déroule le tapis rouge, intervint Hale.

– L'autopsie n'a pas encore été pratiquée, poursuivit Webberly, mais l'heure de la mort se situe approximativement entre minuit et sept heures du matin. La petite a eu le visage enfoncé par un objet contondant...

– Selon la formule consacrée, ironisa Hale.

– Puis... d'après les constatations préliminaires... elle a été étranglée.

– Viol ? questionna Stewart.

– Rien qui fasse penser à un viol pour le moment.

– Entre minuit et sept heures du matin ? enchaîna Hale. Mais vous avez dit qu'on ne l'avait pas retrouvée dans l'enceinte du collège.

– C'est exact, confirma Webberly. On l'a retrouvée près de la rivière. (Il fronça les sourcils en poursuivant sa lecture.) Elle portait un survêtement et des chaussures de sport, ils ont donc supposé qu'elle faisait son jogging au moment de l'agression. Le corps était recouvert de feuilles. Une artiste peintre a trébuché dessus à sept heures et quart ce matin. Selon Sheehan, ça l'a aussitôt rendue malade.

– J'espère qu'elle a pas vomi sur le cadavre, glissa MacPherson.

– Oui, parce que le dégueulis et les indices, ça fait pas bon ménage, énonça Hale.

Les autres rirent doucement. Webberly ne fut pas choqué par la plaisanterie. Des années de confrontation avec le meurtre endurcissaient les plus tendres des policiers.

– D'après Sheehan, pour ce qui est des indices, ils en ont suffisamment pour faire plancher deux équipes de techniciens pendant des semaines.

– Comment ça? s'enquit Stewart.

– On a retrouvé la petite sur une île très fréquentée par les promeneurs. Les gars du labo ont quelque chose comme une demi-douzaine de sacs d'ordures à analyser en plus des tests habituels à faire sur le corps. (Il jeta le rapport sur la table.) C'est à peu près tout ce qu'on sait pour l'instant. Pas d'autopsie. Aucun compte rendu d'interrogatoire. Celui qui se chargera de l'affaire partira de zéro.

– C'est une belle petite affaire de meurtre, tout de même, commenta MacPherson.

Lynley tendit le bras pour s'emparer du rapport. Il mit ses lunettes, le lut et, cela fait, annonça :

– Je suis preneur.

– Je vous croyais sur un assassinat à Maida Vale, remarqua Webberly.

– L'enquête a été bouclée hier soir. Ou plutôt ce matin. On a amené le meurtrier de l'encaisseur au Yard, à deux heures et demie.

– Seigneur Dieu, faut souffler de temps en temps, mon petit, murmura MacPherson.

Lynley sourit et se leva.

– Est-ce que l'un d'entre vous aurait aperçu Havers?

Le sergent Barbara Havers était assise devant l'un des ordinateurs verts de la salle de consultation informatique au rez-de-chaussée du Yard et elle fixait l'écran. Elle était censée demander à l'ordinateur central de la police des renseignements concernant des personnes disparues –

depuis au moins cinq ans, à en croire l'anthropologue du labo de criminalistique – afin d'essayer de retrouver le propriétaire de divers os découverts sous les fondations d'un bâtiment en cours de démolition. C'était un service qu'elle rendait à un copain de la police de Manchester. L'esprit ailleurs, elle avait un mal de chien à assimiler les données affichées à l'écran et se sentait incapable de comparer ces éléments aux dimensions des radius, fémurs, tibias et autres péronés qu'elle possédait. D'un geste rude, elle se frotta les sourcils et jeta un coup d'œil au téléphone posé sur un bureau voisin.

Elle aurait dû téléphoner chez elle. Il fallait absolument qu'elle ait sa mère au bout du fil, ou qu'elle parle à Mrs. Gustafson pour savoir si tout allait bien à Acton. Mais à l'idée de composer le numéro, d'attendre avec une inquiétude grandissante qu'on décroche, d'apprendre que les choses ne s'étaient pas arrangées depuis la semaine dernière... Non, c'était au-dessus de ses forces.

Barbara se dit qu'il était inutile d'appeler à Acton de toute façon. Mrs. Gustafson était pratiquement sourde et sa mère évoluait dans l'univers embrumé de la démence. Il y avait aussi peu de chances que Mrs. Gustafson entende la sonnerie qu'il y en avait que sa mère comprenne que ce son provenant de la cuisine signifiait que quelqu'un cherchait à parler dans la drôle de boîte noire fixée au mur. En entendant ce grésillement perçant, Mrs. Havers pouvait aussi bien ouvrir le four que se diriger vers la porte d'entrée ou décrocher le combiné. Et à supposer qu'elle décroche, il était peu probable qu'elle reconnaisse la voix de Barbara – voire qu'elle se rappelle qui était Barbara.

La mère avait soixante-trois ans et une excellente santé. C'était son esprit qui s'éteignait.

Faire appel aux services de Mrs. Gustafson pour garder Mrs. Havers dans la journée n'était qu'une solution provisoire, un pis-aller. Agée elle-même de soixante-douze ans, Mrs. Gustafson n'avait ni l'énergie ni les moyens de s'occuper d'une personne dont la journée devait être planifiée et surveillée avec autant d'attention que celle d'un petit enfant. Par trois fois déjà, Barbara avait pu mesurer les risques qu'il y avait à confier sa mère à Mrs. Gustafson – fût-ce pour un laps de temps limité. A deux reprises, rentrée plus tard que prévu, elle avait trouvé Mrs. Gustafson profondément endormie devant la télévision qui hurlait des rires enregistrés. Quant à sa mère, en pleine absence, Barbara l'avait découverte une première fois dans le jardin, et une deuxième sur les marches du perron où elle se balançait d'avant en arrière d'un air égaré.

Le troisième incident, survenu quarante-huit heures plus tôt, avait terriblement secoué Barbara. Un interrogatoire lié à l'affaire de l'encaisseur de Maida Vale l'ayant conduite non loin de son quartier, elle était passée chez elle à l'improviste pour voir comment ça allait. La maison était vide. Au début, elle n'avait pas éprouvé la moindre inquiétude, se disant que Mrs. Gustafson avait emmené sa mère faire un petit tour à pied, toute contente que la vieille dame se fût sentie capable de veiller sur Mrs. Havers dans la rue.

Sa gratitude fondit comme neige au soleil lorsqu'elle vit apparaître Mrs. Gustafson sur le perron cinq bonnes minutes plus tard.

– Votre maman va bien, c' pas ? s'enquit la septuagénaire.

L'espace d'un instant, l'esprit de Barbara refusa de comprendre ce que sous-entendait la question.

– Elle n'est pas avec vous ?

Mrs. Gustafson porta à sa gorge une main criblée de taches de vieillesse. Sa perruque grise tressauta, secouée de tremblements.

– J'ai juste fait un petit saut chez moi pour donner à manger au poisson. J' me suis pas absentée plus d'une minute, Barbie.

Les yeux de Barbara se rivèrent sur la pendule.

Cette fois la panique s'empara d'elle, une bonne douzaine de scénarios catastrophe lui traversèrent l'esprit. Sa mère gisant morte dans Uxbridge Road. Sa mère ballottée par la foule dans le métro. Sa mère s'efforçant de retrouver le chemin du cimetière de South Ealing où étaient enterrés son fils et son mari. Sa mère se croyant revenue vingt ans en arrière et se rendant à un rendez-vous chez le coiffeur. Sa mère agressée, volée, violée.

Barbara se précipita hors de la maison, laissant Mrs. Gustafson se tordre les mains et geindre : « Fallait que j'aille nourrir le poisson », comme si cela pouvait justifier sa négligence. Elle sauta dans sa Mini et, moteur ronflant, prit la direction d'Uxbridge. Elle sillonna les rues du quartier. Arrêta des passants. Questionna les commerçants. Et, enfin, elle la découvrit dans la cour de l'école où son petit frère et elle avaient fait leurs études primaires.

La directrice avait déjà alerté la police. Deux constables en uniforme – un homme et une femme – parlaient à sa mère lorsque Barbara arriva. Des visages curieux se pressaient contre la vitre de l'école, ce qui n'avait rien d'étonnant car Mrs. Havers valait le coup d'œil avec sa petite robe légère et ses pantoufles pour tout vêtement, ses lunettes remontées sur le haut de la tête. Elle avait les cheveux en bataille et ne s'était manifestement pas lavée. Elle parlait, protestait, tenait des propos sans queue ni tête. Lorsque la femme flic tendit le bras vers elle, elle l'évita adroitement et se mit à courir vers le préau, en réclamant ses enfants.

L'incident vieux de deux jours montrait bien que Mrs. Gustafson ne suffisait plus à la tâche.

Depuis la mort de son père huit mois plus tôt, Barbara avait essayé toutes sortes de formules. Au début, elle avait emmené sa mère dans un centre de jour pour adultes, ce qui se faisait de mieux pour les personnes âgées. Malheureusement le centre ne pouvait garder les patients passé dix-neuf heures et son métier ne permettait pas à Barbara d'avoir des horaires réguliers. S'il avait appris qu'elle devait aller chercher sa mère à sept heures pile, son supérieur hiérarchique eût insisté pour qu'elle se libérât à temps. Mais cela lui eût imposé un surcroît de travail; or Barbara attachait trop de prix à sa collaboration avec Thomas Lynley pour la compromettre en donnant la priorité à ses problèmes personnels.

Après ça, elle avait engagé diverses dames de compagnie, quatre en l'espace de douze semaines. Puis le service d'entraide de la paroisse l'avait momentanément dépannée et elle avait obtenu une aide-ménagère auprès de l'assistante sociale du quartier. Pour finir, elle s'était provisoirement rabattue sur Mrs. Gustafson, bien que la propre fille de cette dernière ait tout tenté pour l'en dissuader. A juste titre, car les capacités de Mrs. Gustafson étaient décidément limitées. Et la patience de Barbara avait des limites. Aussi une crise était-elle imminente.

Barbara savait que la seule solution, c'était l'établissement spécialisé. Mais les carences du milieu hospitalier étaient telles à l'heure actuelle qu'elle se voyait mal mettant sa mère à l'hôpital. D'un autre côté, elle ne pouvait se payer le luxe de l'inscrire dans une clinique privée à moins de gagner à la loterie.

Elle plongea la main dans sa poche et en sortit la carte qu'elle y avait mise le matin. Hawthorn Lodge. Uneeda Drive, Greenford. Un coup de fil à Florence Magentry et ses problèmes seraient réglés.

– Mrs. Flo, avait rectifié Mrs. Magentry en ouvrant la porte à Barbara ce matin-là, à neuf heures et demie. Mes chères petites m'appellent Mrs. Flo.

Elle habitait une maisonnette terne d'un étage, datant de l'après-guerre et bucoliquement baptisée Hawthorne [1] Lodge. Faite de stuc gris rehaussé par

1. Aubépine. *(N.d.T.)*

des briques au rez-de-chausée, la morne construction s'enorgueillissait d'huisseries couleur sang de bœuf et d'un bow-window situé face à un jardin rempli de nains. La porte d'entrée donnait directement sur un escalier. A droite de ce dernier, une porte ouvrait sur un séjour dans lequel Mrs. Magentry entraîna Barbara tout en discourant avec volubilité sur les « commodités » que la villa offrait aux chères petites qui y venaient en visite.

— Visite, fit Mrs. Flo en tapotant le bras de Barbara d'une main blanche, douce et étonnamment chaude. C'est le nom que je donne à leur séjour. Ça sonne moins... définitif, vous ne trouvez pas ? Venez, je vais vous faire faire le tour du propriétaire.

Barbara comprit vite que la maison ne manquait pas d'avantages. Mobilier confortable dans le séjour — un peu usé certes, mais de bonne facture —, téléviseur, stéréo, rayonnages garnis de livres, profusion de magazines aux couleurs vives ; peinture et tapisserie neuves, gravures gaies au mur ; cuisine irréprochable de netteté, coin repas donnant sur le jardin de derrière ; quatre chambres à l'étage, une pour Mrs. Flo, les trois autres pour les chères petites. Deux WC, un en haut l'autre en bas, parfaitement propres avec des chromes brillants comme de l'argent. Enfin Mrs. Flo elle-même, avec ses lunettes à large monture et sa coupe de cheveux moderne, ressemblait à une surveillante d'hôpital chic et sentait bon le citron.

— Vous avez appelé au bon moment, dit Mrs. Flo. Nous avons perdu notre petite Mrs. Tilbird la semaine dernière, pauvre chère âme. Elle est partie aussi doucement qu'il est possible. Cela faisait un an à un mois près qu'elle était chez moi. (Les yeux de Mrs. Flo s'embuèrent dans son visage aux joues rondes.) On ne peut pas vivre éternellement, n'est-ce pas ? Est-ce que vous aimeriez rencontrer mes chères petites ?

Les pensionnaires de Hawthorne Lodge prenaient le soleil dans le jardin de derrière. Elles n'étaient que deux : une aveugle de quatre-vingt-quatre ans qui sourit en réponse au bonjour de Barbara avant de s'assoupir et une quinquagénaire qui attrapa la main de Mrs. Flo et se recroquevilla dans son fauteuil. Barbara reconnut aussitôt les symptômes.

– Deux, ça ne vous fera pas trop ? s'enquit-elle sans détour.

Mrs. Flo lissa les cheveux de la femme qui s'agrippait à sa main.

– Non, mon petit, je m'en sors très bien. Dieu nous donne à chacun notre fardeau mais il veille à ce que ce fardeau ne soit pas insupportable.

C'était à cela que Barbara songeait en tournant et retournant la carte de Mrs. Flo entre ses doigts. Était-ce vraiment ce qu'elle envisageait de faire ? Se débarrasser d'un fardeau que par paresse ou par égoïsme elle refusait de porter ?

Elle éluda la question tout en passant en revue les éléments qui faisaient peser la balance en faveur de l'entrée de sa mère à Hawthorne Lodge : la proximité de Greenford Station, qui lui permettrait de ne changer qu'une fois de train dans l'hypothèse où elle-même s'installerait dans le petit studio qu'elle avait déniché dans Chalk Farm ; le marchand de primeurs, installé devant Greenford Station où elle pourrait acheter des fruits pour sa mère en allant lui rendre visite ; le jardin public situé à deux pas avec son allée centrale bordée d'aubépines qui conduisait à une aire de jeux pleine de balançoires, de tourniquets et de bancs où elles pourraient s'asseoir pour regarder s'ébattre les enfants du voisinage ; les commerces tout proches – pharmacie, supermarché, marchand de vin, boulangerie et restaurant de plats chinois à emporter dont Mrs. Havers raffolait.

Tandis qu'elle énumérait les avantages qui l'incitaient à téléphoner à Mrs. Flo, Barbara savait qu'elle fermait les yeux sur certains aspects moins positifs de Hawthorne Lodge. Le bruit incessant sur la A 40, le fait que la banlieue de Greenford fût prise en sandwich entre la ligne de chemin de fer et une nationale. Et puis il y avait aussi les trois nains abîmés dans le jardin. Pourquoi diable fallait-il qu'elle se laisse arrêter par un détail aussi insignifiant ? Peut-être parce qu'il y avait quelque chose de pathétique dans le nez brisé de l'un, le chapeau cassé de l'autre et l'absence de bras du troisième. Elle frissonna en revoyant les traces brillantes laissées sur le dossier du canapé par les vieilles têtes huileuses qui s'y étaient trop longtemps appuyées. Et les miettes au coin de la bouche de l'aveugle...

« Broutilles », se dit-elle en évacuant tant bien que mal son sentiment de culpabilité. La perfection n'existait pas. En outre, tous ces inconvénients étaient minimes comparés à la façon dont elles vivaient toutes les deux à Acton et à l'état de la maison qu'elles habitaient.

La vérité, toutefois, était que cette décision ne se bornait pas à choisir entre Acton et Greenford, garder sa mère ou la placer dans une maison. Cette décision obligeait Barbara à s'avouer que son souhait le plus cher était de vivre loin d'Acton, loin de sa mère, loin du fardeau que, contrairement à Mrs. Flo, elle ne se sentait pas capable d'assumer.

La vente du pavillon d'Acton lui rapporterait de quoi payer le séjour de sa mère chez Mrs. Flo ainsi que les fonds nécessaires à son installation à Chalk Farm. Peu lui importait que le studio de Chalk Farm avec ses sept mètres de long sur trois mètres et demi de large ne soit guère plus vaste qu'un abri de jardin avec une cheminée en terre cuite et un toit où il manquait des tuiles. Tel qu'il était, on pouvait en faire quelque chose. Barbara demandait juste un peu de répit, un souffle d'espoir.

Derrière elle, la porte couina tandis que quelqu'un glissait son badge dans le système d'ouverture. Elle jeta un regard par-dessus son épaule et aperçut Lynley, en forme malgré l'heure tardive à laquelle ils en avaient fini avec le tueur de Maida Vale.

– Vous avez trouvé ce que vous cherchiez ?

– La prochaine fois que je proposerai à un copain de lui rendre service, essayez de m'en dissuader. Cet écran m'esquinte la vue.

– Vous avez fait chou blanc ?

– En gros. Pour être franche, je n'y ai pas non plus mis toute mon âme.

Elle soupira, nota la dernière donnée affichée et quitta le programme. Elle se frictionna la nuque.

– Et Hawthorne Lodge, c'était comment ? s'enquit Lynley.

Il saisit une chaise, et la rejoignit près du terminal.

Elle s'efforça d'éviter son regard.

– Pas mal. Mais Greenford est un peu loin. Je ne sais pas si maman pourrait s'y habituer. Il y a si longtemps qu'elle habite Acton. Vous voyez ce que je veux dire. Elle tient à la maison, à ses petites affaires.

Elle sentit son regard peser sur elle, consciente qu'il ne lui donnerait pas son avis. Leurs situations sociales étaient tellement différentes qu'il ne se hasarderait pas à émettre une suggestion. Pourtant Barbara savait qu'il était au courant de l'état de santé de sa mère et des décisions qu'elle devait prendre la concernant.

– Je me fais l'effet d'être une criminelle, dit-elle d'une voix creuse. Pourquoi ?

– Elle vous a mise au monde.

– Je ne le lui ai pas demandé.

– C'est vrai. N'empêche qu'on se sent toujours des responsabilités envers celui qui donne. Quelle est la meilleure voie à suivre ? Et la meilleure voie est-elle la plus juste ? Ou n'est-ce pas qu'une échappatoire commode ?

– Dieu ne nous donne pas des fardeaux que nous ne pouvons pas assumer, s'entendit déclarer Barbara.

— Quelle ridicule banalité, Havers ! C'est encore pire que de dire que tout finit par s'arranger. Franchement, c'est grotesque. Le plus souvent, les choses ne font qu'empirer et Dieu – s'Il existe – passe son temps à nous distribuer des fardeaux insupportables. D'ailleurs vous êtes bien placée pour le savoir.

— Pourquoi ?

— Parce que vous êtes flic. (Il se mit debout.) On a un boulot en province. C'est l'affaire de quelques jours. Je pars. Vous me rejoindrez quand vous pourrez.

Cette façon de présenter les choses l'irrita à cause de la compréhension de sa situation qu'elle sous-tendait. Barbara savait qu'il ne prendrait pas d'autre coéquipière. Il ferait son propre travail et le sien en attendant qu'elle arrive. C'était bien de lui. Elle détestait cette générosité qui faisait d'elle sa débitrice. D'autant qu'elle ne pourrait jamais le rembourser.

— Pas question, dit-elle. Je fais un saut à la maison. Je peux être prête dans... Vous m'accordez combien de temps ? Une heure ? Deux ?

— Havers...

— Je viens.

— Havers, ce boulot, c'est à Cambridge.

Elle redressa la tête, vit une satisfaction non déguisée briller dans les yeux bruns pleins de chaleur. Elle secoua la tête d'un air entendu.

— Vous êtes vraiment fou, inspecteur.

Il fit oui de la tête, sourit.

— Fou d'amour, oui.

3

Anthony Weaver immobilisa la Citroën dans la large allée de gravillon de sa maison d'Adams Road. A travers le pare-brise, il fixa le jasmin d'hiver qui grimpait, net et bien taillé, le long du treillage bordant le côté gauche de la porte d'entrée. Voilà huit heures déjà qu'il vivait entre le cauchemar et l'enfer, il se sentait plus engourdi que s'il avait passé la nuit dans une chambre froide. Le choc, vraisemblablement. Sans doute retrouverait-il ses sensations dès qu'il aurait surmonté sa stupeur.

Sans esquisser le moindre geste pour descendre de voiture, il attendit que son ex-femme dise quelque chose. Mais, bien calée sur le siège passager, Glyn Weaver ne fit pas mine de vouloir sortir du silence dans lequel elle l'avait accueilli à la gare de Cambridge.

Elle avait refusé qu'il vienne la chercher à Londres, qu'il porte sa valise ou qu'il lui ouvre la portière. Elle n'avait pas voulu non plus qu'il soit témoin de son chagrin. Il la comprenait. Il avait déjà accepté que le blâme de la mort de leur fille retombe sur lui. Il avait pris cette responsabilité sur ses épaules dès l'instant où il avait identifié le corps d'Elena. Glyn n'avait pas besoin de lui lancer des accusations à la figure : il les acceptait d'avance et sans broncher.

Il vit ses yeux se poser sur la façade de la maison et se demanda si elle ferait un commentaire. Elle n'avait pas mis les pieds à Cambridge depuis qu'elle était venue aider Elena à s'installer à St. Stephen, et elle ne connaissait pas Adams Road.

Il savait qu'elle ne manquerait pas de voir dans la villa – fruit d'un héritage, d'un remariage et de sa vanité professionnelle – le signe éclatant de sa réussite. Brique, deux étages, huisseries laquées de blanc, tuiles décoratives, véranda formant petit salon et surmontée d'un toit en terrasse. Rien à voir avec le meublé étriqué des débuts de leur mariage, trois pièces dans Hope Street, vingt ans plus tôt. Cette maison-ci trônait au bout d'une longue allée incurvée, à l'écart des voisins comme de la rue. C'était la demeure d'un éminent professeur d'histoire, d'un membre respectable de l'université. Rien à voir avec les HLM glauques où les rêves tombaient en quenouille.

A droite de la bâtisse, une haie de hêtres rouges aux rutilantes couleurs automnales protégeait le jardin, d'où jaillit un setter irlandais qui se précipita vers la voiture. A la vue de l'animal, Glyn parut retrouver l'usage de la parole.

– C'est son chien ? fit-elle d'une voix basse, atone.

– Oui.

– Impossible d'en avoir un à Londres. L'appartement est trop petit. Pourtant Elena aurait bien aimé avoir un chien. Un épagneul. Elle...

S'interrompant net, Glyn sortit de la Citroën. Le chien fit deux pas hésitants en avant, la langue pendante, prêt à sauter de joie. Glyn observa l'animal mais ne fit pas mine de s'approcher. Il avança encore et se mit à lui renifler les pieds. Clignant des paupières, elle tourna les yeux vers la maison.

– C'est un joli petit nid que Justine t'a construit là, Anthony.

Entre les pilastres de brique, la porte d'entrée

s'ouvrit, et le battant de chêne luisant capta le peu de lumière qui filtrait à travers le brouillard. Justine, la seconde épouse d'Anthony, se tenait dans l'encadrement, une main sur la poignée.

– Entrez, Glyn. J'ai préparé du thé.

Puis elle disparut dans les profondeurs de la maison, se gardant bien de présenter à son hôte des condoléances qu'elle savait importunes.

Anthony suivit Glyn à l'intérieur, monta sa valise dans la chambre d'ami et, en redescendant, les trouva, Justine et elle, dans le salon. Glyn, à la fenêtre donnant sur la pelouse sur laquelle était soigneusement disposé un mobilier de jardin blanc en fer forgé. Justine, près du canapé, le bout de ses doigts joints devant elle.

Sa première et sa seconde épouse n'auraient pu être plus dissemblables. A quarante-six ans, Glyn ne faisait aucun effort pour lutter contre les effets du temps. Son visage fatigué accusait pattes d'oie et rides d'expression. Le tracé de sa mâchoire avait perdu de sa netteté, les chairs commençant à tomber avec l'âge. Ses cheveux striés de gris étaient tirés en arrière en un chignon sans concession. Son corps, qui avait épaissi à la taille et aux hanches, disparaissait sous le tweed et la laine ; elle portait des bas couleur chair et des chaussures plates.

Par contraste, à trente-cinq ans Justine réussissait à donner une impression de fraîcheur et d'éclat juvéniles. Dotée d'une ossature de visage qui ne pouvait que contribuer à l'embellir au fil des années, elle était séduisante sans pour autant être belle. Elle avait une peau lisse, des yeux bleus, des pommettes aiguës et une mâchoire ferme. Elle était grande et mince, une cascade de cheveux blond cendré lui tombait librement sur les épaules. Nette, impeccable, elle portait les vêtements qu'elle avait mis pour se rendre à son bureau le matin : tailleur gris argenté agrémenté d'une large ceinture noire, bas gris, escarpins noirs, broche en argent au revers de la veste. Elle était parfaite, comme d'habitude.

Anthony jeta un coup d'œil dans la salle à manger où les attendait le thé de l'après-midi. Il comprit aussitôt à quoi Justine avait employé les heures qui s'étaient écoulées depuis qu'il lui avait téléphoné à University Press pour lui apprendre la mort de sa fille. Pendant que lui-même se rendait à la morgue, au commissariat, au collège, à son bureau, à la gare, pendant qu'il identifiait le corps, répondait à des questions, recevait des condoléances et contactait son ex-femme, Justine avait fait ses propres préparatifs pour les jours qui allaient venir. Le résultat de ses efforts trônait sur la table en ronce de noyer de la salle à manger.

Sur la nappe en lin, elle avait disposé le service à thé de leur mariage au grand complet. De la porcelaine à bord doré, décorée de roses et de feuilles. Au milieu des assiettes, des tasses, de l'argenterie, des serviettes blanches amidonnées et des fleurs, étaient posés un gâteau aux graines de pavot, un plat de petits sandwiches, des scones frais, de la confiture de fraises et de la crème.

Anthony regarda sa femme. Justine esquissa un sourire et, désignant la table, répéta :

— J'ai préparé du thé.

— Merci, chérie, dit-il machinalement.

— Glyn, qu'est-ce que je vous offre ?

Glyn pivota, examina la table, jeta un coup d'œil à son ex-mari.

— Rien, merci. Je suis incapable d'avaler quoi que ce soit.

— Anthony ? questionna Justine.

Il vit le piège, hésita l'espace d'un instant. Puis il se dirigea vers la table pour y prendre un sandwich, un scone, une tranche de gâteau. La nourriture lui parut avoir un goût de sable.

Justine s'approcha de lui et lui versa du thé. La vapeur s'éleva dans l'air, exhalant le parfum fruité du mélange qu'elle affectionnait. Tous deux restèrent devant cet étalage de nourriture, l'argenterie luisant doucement. Glyn demeura face à la

fenêtre dans la pièce voisine. Personne ne fit mine de prendre un siège.
– Qu'est-ce que la police t'a dit? s'enquit Glyn. Ils ne m'ont même pas téléphoné.
– Je leur ai demandé de ne pas le faire.
– Pourquoi?
– Je pensais que c'était à moi de m'en...
– Toi?

Du coin de l'œil, Anthony vit Justine reposer sa tasse, les yeux baissés sur la soucoupe.
– Que lui est-il arrivé?
– Glyn, je t'en prie, assieds-toi.
– Je veux savoir ce qui lui est arrivé.

Anthony posa son assiette près de la tasse à laquelle il n'avait pas touché. Il se dirigea vers le salon, suivi de Justine. Il s'assit sur le canapé, faisant signe à sa femme de le rejoindre, et attendit de voir si Glyn se déciderait à quitter la fenêtre. Elle ne bougea pas. On aurait dit qu'elle était enracinée devant la vitre. Près de lui, Justine se mit à jouer avec son alliance, la tournant autour de son doigt.

Weaver entreprit d'exposer les faits à l'intention de Glyn. Elena avait été tuée pendant son jogging matinal. On l'avait battue puis étranglée.
– Je veux voir le corps.
– Pas question, Glyn.

La voix de Glyn dérapa.
– C'est ma fille. Je veux la voir.
– Pas dans l'état où elle est. Plus tard. Quand les pompes funèbres...
– Je veux la voir, Anthony.

En entendant sa voix grimper dans les aigus, Anthony comprit ce qui se préparait.
– Elle a un côté du visage enfoncé. Plus de nez. C'est ça que tu veux voir?

Glyn fouilla dans son sac et en sortit un mouchoir en papier.
– Salaud, murmura-t-elle. Comment est-ce arrivé? Tu m'avais dit, tu m'avais promis qu'elle ne courrait pas seule.

– Elle a téléphoné à Justine hier soir pour lui dire qu'elle n'irait pas s'entraîner ce matin.

– Elle vous a téléphoné... (Le regard de Glyn quitta Anthony pour se braquer sur sa femme.) Parce que vous couriez avec Elena ?

Justine cessa de jouer avec son alliance mais elle la cacha de ses doigts, comme si c'était un talisman.

– A la demande d'Anthony. Il n'aimait pas la savoir près de la rivière toute seule lorsqu'il faisait noir, aussi je l'accompagnais. Hier soir, elle a appelé pour dire qu'elle ne courrait pas ; mais pour une raison que j'ignore, elle a changé d'avis à la dernière minute.

– Ça fait combien de temps que cet arrangement dure ? lança Glyn, fixant de nouveau son ex-mari. Tu m'avais promis qu'Elena ne s'entraînerait pas seule mais tu ne m'avais jamais dit que Justine... Comment as-tu pu faire une chose pareille, Anthony ? Confier ta fille à...

– Glyn, coupa Anthony.

– Elle ne pouvait pas se sentir concernée. Elle ne pouvait pas veiller sur elle.

– Pour l'amour du ciel, Glyn !

– Enfin, c'est vrai ! Elle n'a jamais eu d'enfant ! Comment veux-tu qu'elle sache ce que c'est que de le veiller, de le voir grandir, de se faire du souci, de s'émerveiller ? De rêver et de faire des projets d'avenir pour lui. Des milliers de projets qui ne se réaliseront pas, tout ça parce qu'*elle* n'est pas allée courir avec Elena ce matin.

Justine n'avait pas bougé. Son visage arborait un masque figé de bonne éducation.

– Laissez-moi vous montrer votre chambre, dit-elle en se levant. Vous devez être épuisée. Nous vous avons mise dans la chambre jaune, derrière. C'est calme. Vous pourrez vous reposer.

– Je veux la chambre d'Elena.

– Oui. Bien sûr. Le temps de changer les draps...

Justine quitta la pièce.

– Pourquoi as-tu confié Elena à Justine ? questionna aussitôt Glyn.
– Qu'est-ce que tu racontes ? Justine est ma femme.
– Précisément. Je me demande jusqu'à quel point tu es affecté par la mort d'Elena. Après tout, tu as quelqu'un sous la main pour t'en fabriquer une autre.

Anthony se leva d'un bond. Pour endiguer la violence de Glyn, il évoqua Elena telle qu'il l'avait vue la dernière fois par la fenêtre de la véranda ; elle lui avait souri sur sa bicyclette en partant au cours après le déjeuner qu'ils avaient partagé. Sandwiches et bavardage à propos du chien. Une heure de chaleureuse intimité.

Il éprouva une bouffée d'angoisse. Re-créer Elena ? En façonner une autre ? Il n'y en avait qu'une et il était mort avec elle.

Il passa devant son ex-femme sans la voir et se dirigea vers la porte d'entrée. Les mots terribles de Glyn lui martelaient encore la tête quand il quitta la maison. Il tituba jusqu'à sa voiture, mit le contact tant bien que mal. Il s'éloignait en marche arrière dans l'allée lorsque Justine jaillit de la maison.

Elle cria son nom. Il la vit un instant sous la lumière des lampadaires avant d'enfoncer l'accélérateur et de s'engager dans Adams Road dans une gerbe de gravillons.

Sa poitrine se soulevait à un rythme accéléré, la gorge lui faisait mal. Il se mit à verser des larmes brûlantes, pleurant sur sa fille, ses femmes, le gâchis qu'il avait fait de sa vie.

Il atteignit Grange Road, puis Barton Road et bientôt sortit de Cambridge. Il faisait complètement noir et le brouillard était épais, surtout dans cette zone de champs en friche que délimitaient des haies desséchées par l'hiver. Mais il conduisait sans rien voir et lorsque la campagne fit place à un village, il se gara et se précipita hors de la voiture pour s'apercevoir que la température avait encore baissé sous l'effet du vent mordant de l'East Anglia. Il avait laissé son manteau chez lui. Il ne portait qu'une veste. Remontant son col, il se mit à marcher, dépassa un portillon, une demi-douzaine de cottages aux toits de chaume et ne s'arrêta qu'une fois arrivé devant chez elle. Il traversa la rue pour prendre du recul par rapport à la maison. Malgré le brouillard, il distinguait ce qui se passait à l'intérieur.

Elle était là, allant et venant dans le séjour, une tasse à la main. Elle était si petite, si menue, une plume dans ses bras, un souffle éclatant de vie qui le consumait, l'embrasait, l'emplissait d'un sentiment de plénitude.

Il brûlait d'aller la trouver. Il avait besoin de lui parler. Il voulait qu'elle le prenne dans ses bras.

Il descendit du trottoir. Au même moment, une voiture le frôla, klaxonnant violemment. Le conducteur poussa un cri étouffé. Il reprit ses esprits.

Il la regarda se diriger vers la cheminée, remettre du bois dans le feu... comme lui le faisait jadis avant de se retourner vers elle pour trouver ses yeux caressants sur lui, son sourire qui ressemblait à une bénédiction, sa main tendue. « Tonio », murmurait-elle alors d'une voix qui était tout amour. « Tigresse, chuchotait-il. Ma tigresse. »

Lynley arriva à Cambridge à cinq heures et demie et se rendit directement à Bulstrode Gardens. Il gara la Bentley devant une maison qui lui rappela celle de Jane Austen à Chawton. Même symétrie de conception – deux fenêtres à deux battants flanquant une porte d'entrée blanche au rez-de-chaussée, trois fenêtres équidistantes les unes des autres au premier. La construction rectangulaire, dotée d'un toit de tuiles flamandes et de plusieurs cheminées sans intérêt, dénotait un total manque d'inspiration de la part de l'architecte. A sa vue, Lynley n'éprouva toutefois pas la cruelle déception qu'il avait ressentie en débarquant à Chawton. Car si l'on pouvait attendre de Jane Austen qu'elle eût habité un cottage au toit de chaume plein de caractère et de charme, entouré d'un jardin rempli de massifs de fleurs et d'arbres, on pouvait difficilement demander à un modeste assistant de faculté de théologie qu'il fasse vivre sa femme et ses trois enfants dans un pittoresque petit paradis aux murs en clayonnage.

Lynley descendit de voiture et enfila son manteau. Le brouillard gommait les détails qui trahissaient l'abandon dans lequel était laissée la maison. En guise de jardin, une allée semi-circulaire de cailloux encombrée de feuilles s'arrêtait devant la porte d'entrée; la partie centrale du demi-cercle était occupée par un massif hirsute séparé de la rue par un mur de brique bas. Rien n'avait été fait pour préparer la terre à l'arrivée de l'hiver aussi les plantes d'été gisaient-elles, toutes noires de pourriture. Un gros hibiscus étouffait le mur du jardinet au milieu des feuilles jaunes de narcisses qui auraient dû être arrachés depuis longtemps. A gauche de la porte d'entrée, une halesia grimpait avec vigueur jusqu'au toit tandis que du côté droit la même variété de plante formait un tas inerte aux feuilles malades et tachées. Cela donnait à la maison un petit air penché qui contrastait avec la symétrie de sa conception.

Lynley passa sous un bouleau élancé qui bordait l'allée. D'une maison voisine filtrait un filet de musique. Quelque part dans le brouillard, une porte claqua avec la violence d'une détonation. Évitant un tricycle renversé, il grimpa l'unique marche du perron et appuya sur la sonnette.

La sonnerie déclencha instantanément les cris de deux enfants. Il entendit des petits pas se ruer vers la porte, accompagnés d'un drôle de bruit qui, selon lui, ne pouvait provenir que d'un jouet. Les petites mains, faute de réussir à manœuvrer la poignée de la porte, se mirent à tambouriner avec frénésie sur le bois du battant.

– Tante Leen!

Impossible de dire si la voix était celle de la petite fille ou du petit garçon.

Une lumière s'alluma dans la pièce située à droite de la porte d'entrée. Un bébé se mit à pleurer. Une voix de femme cria :

– Un instant.
– Tante Leen, la porte!
– Je sais, Christian.

Au-dessus de la tête de Lynley, la lanterne du porche s'alluma. Il entendit tourner le verrou.

– Recule, chéri, dit la femme en ouvrant.

Debout dans l'encadrement, quatre personnages apparurent sous une lumière oblique et dorée provenant du salon, éclairage que Rembrandt n'eût pas renié. L'espace d'un instant, ils firent à Lynley l'effet de sortir d'une toile du maître néerlandais. La femme en pull rose à col cheminée portait dans ses bras un nouveau-né enveloppé dans un châle couleur d'airelle tandis que les deux enfants s'agrippaient aux jambes de son pantalon de lainage noir. Le petit garçon exhibait un bleu sous l'œil et la petite fille tenait à la main la poignée d'un jouet. C'était du jouet que provenait le *plop* perçu par Lynley, car celui-ci était surmonté d'un dôme en plastique transparent et lorsque la fillette le fit rouler sur le sol, des balles colorées s'élevèrent, percutant le dôme, telles des bulles bruyantes.

– Tommy! s'exclama Lady Helen Clyde. (Elle recula d'un pas, invitant les enfants à l'imiter. Ils obéirent comme un seul homme.) Tu es à Cambridge.

– Oui.

Elle regarda par-dessus l'épaule de Lynley comme si elle s'attendait à voir quelqu'un derrière lui.

– Seul ?
– Seul.
– Quelle surprise ! Entre.

La maison sentait la laine humide, le lait suri, le talc et les couches, des odeurs d'enfants. Elle était également pleine du fouillis que génèrent inévitablement ces petites personnes : jouets jonchant le sol du salon, livres aux pages déchirées encombrant le canapé et les fauteuils, vêtements abandonnés en tas devant la cheminée. Une couverture bleue toute tachée gisait en bouchon sur un rocking-chair miniature ; tandis que Lynley suivait Lady Helen dans le salon puis dans la cuisine située à l'arrière de la maison, le petit garçon se précipita sur la couverture, la prit et la serra contre lui. Il jeta à Lynley un regard plein de défi et de curiosité.

– Qui c'est, tante Leen ? (Sa sœur tenait toujours le pantalon de Lady Helen de la main gauche et avait fourré le pouce de sa main droite dans sa bouche.) Arrête, Perdita, dit le garçonnet. Maman veut pas que tu suces ton pouce. Espèce de bébé !

– Christian, intervint doucement Lady Helen.

Elle conduisit Perdita vers une table d'enfant installée sous une fenêtre. La fillette s'assit et commença à se balancer sur une petite chaise, le pouce dans la bouche, ses grands yeux sombres fixés sur sa tante avec une lueur de désespoir.

– L'arrivée de leur petite sœur les a pas mal perturbés, expliqua calmement Lady Helen à Lynley, le bébé en larmes sur un bras. J'allais la monter, c'est l'heure de la tétée.

– Comment va Pen ? s'enquit Lynley.

Lady Helen jeta un coup d'œil aux enfants. Regard éloquent. Pas mieux.

– Laisse-moi monter le bébé, fit-elle. J'en ai pour une minute. (Elle sourit.) Tu t'en sortiras ?

– Est-ce qu'il mord ?
– Seulement les filles.
– Voilà qui est réconfortant.

61

Elle rit, et retraversa le salon. Il entendit le bruit de ses pas dans l'escalier et sa voix apaisante qui essayait de calmer le bébé.

Il se tourna vers les enfants. Christian et Perdita, quatre ans, étaient jumeaux. La fillette était l'aînée de quinze minutes ; le petit garçon plus costaud, plus agressif, semblait peu disposé à accueillir les avances des inconnus. Ce n'était peut-être pas un mal, compte tenu de l'époque dans laquelle il vivait, mais en l'occurrence cela ne facilitait guère les choses à Lynley, qui n'avait jamais été vraiment à son aise avec les petits.

— Maman est malade, dit Christian en ponctuant sa déclaration d'un violent coup de pied dans une porte de placard. (Deux, trois coups de pied suivirent. Puis, abandonnant sa couverture sur le carrelage de la cuisine, il ouvrit le placard et se mit à sortir une série de casseroles à fond de cuivre.) A cause du bébé.

— Ce sont des choses qui arrivent, dit Lynley. Mais elle ne tardera pas à se remettre.

— M'en fiche. (Christian se mit à cogner une casserole contre le carrelage.) Perdita fait que pleurer. En plus elle a fait pipi au lit hier soir.

Lynley examina la petite fille. Ses cheveux bouclés lui tombaient sur les yeux. Elle se balançait sans parler, tétant consciencieusement son pouce.

— J'imagine qu'elle ne l'a pas fait exprès.

— Papa veut pas rentrer à la maison. (Christian choisit une seconde casserole, qu'il se mit à cogner avec violence contre la première. Le bruit était assourdissant mais les enfants ne semblaient pas en être incommodés.) Papa aime pas le bébé. Il est fâché après maman.

— Comment peux-tu dire ça ?

— J'aime bien tante Leen. Elle sent bon.

C'était là un sujet dont ils pouvaient parler.

— Ça c'est vrai.

— Tu l'aimes, tante Leen ?

— Beaucoup.

Christian parut en déduire que ce point commun pouvait faire d'eux des amis. Se redressant, il appuya contre la cuisse de Lynley une casserole munie de son couvercle.

– Tiens, dit-il. Tu fais comme ça.

Et de claquer le couvercle sur la casserole pour montrer à Lynley comment on s'y prenait.

– Vraiment, Tommy! Et en plus tu l'encourages! (Lady Helen ferma la porte derrière elle et vola au secours de la batterie de cuisine de sa sœur.) Assieds-toi près de Perdita, Christian. Je vais vous préparer à manger.

– Non! Je veux jouer!

– Pas maintenant.

Lady Helen lui retira des mains la casserole à laquelle il se cramponnait, elle le souleva pour le porter jusqu'à la table. Il se mit à se débattre en piaillant. Sa petite sœur le regardait, les yeux ronds, se balançant toujours.

– Il faut que je les fasse goûter, dit Lady Helen à Lynley en haussant le ton pour couvrir les cris de Christian. Il ne se tiendra pas tranquille tant qu'il n'aura pas mangé.

– J'ai mal choisi mon moment.

Elle poussa un soupir.

– J'en ai peur.

Il sentit son moral dégringoler. S'agenouillant, elle entreprit de rassembler les casseroles. Il se baissa pour l'aider. Sous la lumière impitoyablement crue de la cuisine, il vit combien elle était pâle. Ses joues avaient perdu leurs couleurs et sous ses yeux des marques sombres évoquaient des hématomes tout frais.

– Tu restes encore longtemps ici?

– Cinq jours, répondit Lady Helen. Daphné arrive samedi pour prendre le relais pendant deux semaines. Ensuite, maman viendra deux semaines aussi. Et après, Pen se retrouvera toute seule. (Elle repoussa une mèche de cheveux qui lui tombait sur la joue.) Je me demande comment elle va s'en sortir, Tommy. Elle n'a jamais été aussi mal en point.

– Christian a l'air de dire que son père n'est pas souvent à la maison.

Lady Helen pinça les lèvres.

– Pas souvent... C'est un euphémisme.

Il lui toucha l'épaule.

– Que leur est-il arrivé, Helen ?

– Je n'en sais rien. Une sorte de règlement de comptes, je pense. Mais ni l'un ni l'autre ne veut en parler. (Elle eut un sourire triste.) C'est ce qu'on appelle les joies du mariage.

Blessé, il retira sa main.

– Désolée.

Il sourit d'un air forcé, haussa les épaules, remit la dernière casserole en place.

– Tommy. (Il regarda dans sa direction.) Ça ne t'avancera à rien. Tu le sais, non ? Tu n'aurais pas dû venir.

Elle se mit à sortir de la nourriture du réfrigérateur, emportant quatre œufs, du beurre, un morceau de fromage et deux tomates jusqu'à la cuisinière. Elle fouilla dans un tiroir et en retira une miche de pain. Puis, très vite, sans un mot, elle prépara le repas des enfants tandis que Christian gribouillait sur la table à l'aide d'un bout de crayon qu'il avait trouvé dans un annuaire. Perdita se balançait et suçait tranquillement son pouce, les yeux dans le vide.

Lynley, planté près de l'évier, observait Lady Helen. Il n'avait toujours pas retiré son manteau. Elle ne le lui avait pas proposé.

A quoi avait-il rêvé en venant la voir chez sa sœur alors qu'elle était morte d'inquiétude et épuisée par les soins à donner à deux enfants et à un nouveau-né qui n'étaient même pas à elle ? Qu'avait-il bien pu espérer ? Qu'elle lui tomberait dans les bras en signe de reconnaissance ? Qu'elle verrait en lui l'ange de la délivrance ? Que son visage s'éclairerait de joie et de désir ? Que ses défenses tomberaient enfin, une bonne fois pour toutes ? Havers avait raison. Il était fou.

– Je m'en vais, dit-il.

Elle pivota, tournant le dos à la cuisinière où elle faisait glisser des œufs brouillés dans des assiettes décorées de dessins de Beatrix Potter.

– Tu rentres à Londres ?

– Non, je suis à Cambridge pour raisons professionnelles. (Il lui raconta le peu qu'il savait de l'affaire qu'on lui avait confiée et conclut :) On m'a donné une chambre à St. Stephen College.

– Idéal pour revivre ses souvenirs d'étudiant, non ?

Elle emporta les assiettes et les posa devant les enfants avec les toasts, les tomates grillées et le lait. Christian se jeta sur la nourriture comme un affamé. Perdita continua de se balancer. Lady Helen lui mit une fourchette dans la main, lui caressa les cheveux et passa doucement les doigts contre la joue duveteuse de la fillette.

– Helen. (Prononcer son nom lui fut un réconfort. Elle releva la tête.) Je file.

– Je te raccompagne.

Elle traversa le salon à sa suite jusqu'à la porte d'entrée. Il faisait plus froid dans cette partie de la maison. Il jeta un coup d'œil vers l'escalier.

– Je monte dire bonjour à Pen ?

– Vaut mieux pas, Tommy.

Il s'éclaircit la gorge, hocha la tête. Comme si elle lisait dans son cœur, elle lui effleura le bras de la main.

– Essaie de comprendre, s'il te plaît.

Il comprit d'instinct que ce n'était pas de sa sœur qu'elle parlait.

– Inutile de t'inviter à dîner, je suppose.

– Je ne peux pas la laisser seule avec les enfants. Dieu seul sait à quelle heure Harry va rentrer. Il dîne à Emmanuel College, ce soir, au réfectoire. Et il n'est pas exclu qu'il y passe la nuit. Ça lui est déjà arrivé quatre fois la semaine dernière, de découcher.

– Tu m'appelleras au collège s'il rentre ?

– Il ne...
– Tu m'appelleras ?
– Oh, Tommy.

Une soudaine vague de désespoir le submergea.

– Je me suis porté volontaire sur cette affaire. Quand j'ai su que c'était Cambridge...

A peine eut-il prononcé ces mots qu'il se méprisa. C'était de la manipulation psychologique, de la malhonnêteté, c'était indigne d'eux. Elle ne réagit pas. Dans l'ombre du vestibule, elle était obscurité et lumière. Courbe brillante des cheveux lui tombant sur les épaules, peau crémeuse. Il tendit la main et caressa la ligne de sa mâchoire. Elle se blottit contre son manteau. Il sentit ses bras se nouer autour de sa taille. Il posa sa joue contre sa tête.

– Christian m'a dit qu'il t'aimait parce que tu sentais bon, chuchota-t-il.
– Vraiment ?
– Oui. (Il la tint un moment serrée contre lui avant de l'embrasser sur le haut de la tête.) Christian a raison, affirma-t-il avant de la relâcher.

Il ouvrit la porte.

– Tommy...

Elle avait croisé les bras sur sa poitrine. Il ne dit rien, attendant, la poussant de toutes ses forces intérieures à faire un petit pas vers lui.

– Je t'appellerai. Si Harry rentre.
– Je t'aime, Helen.

Il se dirigea vers sa voiture.

Lady Helen regagna la cuisine. Pour la première fois en neuf jours, elle examina la pièce froidement avec l'œil d'un observateur impartial. Chaos, abandon.

Bien qu'elle l'eût frotté trois jours plus tôt, le linoléum jaune était de nouveau crasseux, plein de taches de nourriture et de liquide renversés par les enfants. Les murs avaient un aspect graisseux, ils étaient maculés de traces de mains grises. Les plans de travail servaient de dépotoir. Pile de courrier non décacheté, bol en bois plein de pommes et de bananes trop mûres, journaux, pot en plastique hérissé d'ustensiles de cuisine, livres d'images et crayons de couleur voisinaient avec un casier à bouteilles, un mixer, un grille-pain et une étagère garnie de livres poussiéreux. Sous les brûleurs de la cuisinière, il restait des traces d'un liquide jaune qui avait débordé. Les toiles d'araignées s'accumulaient sur trois paniers en osier placés au-dessus du réfrigérateur.

Lady Helen se demanda ce que Lynley avait pu penser en voyant tout ça. La maison avait drôlement changé depuis l'été où il était venu dîner à Bulstrode Gardens dans le jardin, après avoir pris l'apéritif sur la jolie terrasse. Depuis, cette dernière avait été transformée en bac à sable et terrain de jeux pour les enfants – pour preuve, les jouets qui l'encombraient. Pen et Harry Rodger venaient alors d'emménager, c'étaient de tout jeunes amants que consumaient les délices de l'amour naissant. Ils ne se souciaient de rien d'autre que d'eux-mêmes. Ils échangeaient des regards et des sourires complices; ils se touchaient au moindre prétexte; ils se donnaient la becquée, buvaient dans le même verre. Le jour chacun vaquait à ses occupations – Harry donnait des cours à l'université, Pen restaurait des tableaux au Fitzwilliam Museum –, mais la nuit ils ne formaient qu'un.

Leur attachement avait paru excessif, voire gênant, à Lady Helen. En tout cas pas vraiment de bon goût. Aujourd'hui toutefois, elle se posait des questions sur la nature de sa réaction face aux démonstrations amoureuses. Et elle finit par se dire qu'elle aurait préféré voir sa sœur et Harry roucouler et se frotter l'un contre l'autre plutôt que d'assister au spectacle de ce qu'ils étaient devenus à la naissance de leur troisième enfant.

Christian mangeait toujours et bruyamment. Utilisant ses mouillettes comme des bombardiers, il les faisait voler avec force bruits concomitants au-dessus de son assiette. Œufs, tomates, fromage maculaient le devant de sa salopette. Sa sœur avait à peine touché à son repas. Elle restait assise sans bouger sur sa chaise, une poupée sur les genoux. Elle l'examinait d'un air pensif mais n'y touchait pas.

Lady Helen s'agenouilla près de Perdita tandis que Christian hurlait : « Baoum ! Plonk ! » Une goutte de jaune d'œuf éclaboussa la table. Perdita battit de l'œil quand un morceau de tomate l'atteignit sur la joue.

— Ça suffit comme ça, Christian, dit Lady Helen, lui retirant son assiette.

C'était son neveu. Elle était censée l'aimer et en temps ordinaire, elle l'aimait en effet. Mais au bout de neuf jours, sa patience était à bout et si elle avait éprouvé de la compassion pour les angoisses que traduisait la conduite du petit garçon, elle n'arrivait plus maintenant à ressentir quoi que ce soit. Il ouvrit la bouche, prêt à pousser un hurlement de protestation. Tendant le bras, elle lui plaqua une main sur les lèvres pour l'empêcher de crier.

— Ça suffit ! Tu es un vilain. Cesse immédiatement !

Que sa chère tante Leen puisse lui parler sur ce ton causa un tel choc à Christian qu'il obtempéra. Mais l'espace d'un instant seulement. Puis il lâcha :

— Maman !

Et ses yeux s'emplirent de larmes.

Sans l'ombre d'un remords, Lady Helen profita de la situation.

— Oui, maman. Elle essaie de se reposer mais tu ne lui facilites pas les choses. (Il se tut et elle se tourna vers sa petite sœur.) Tu ne manges pas, Perdita ?

Les yeux baissés sur sa poupée, la fillette avait

les joues rondes comme des billes, un sourire placide aux lèvres. Image idéale de l'enfance, songea Lady Helen, qui dit à Christian :

– Je monte voir ta maman et le bébé. Tu veux bien tenir compagnie à Perdita ?

Christian loucha sur l'assiette de sa sœur.

– Elle a rien mangé, constata-t-il.

– Essaie de l'aider à avaler un petit quelque chose.

Elle les laissa et monta voir sa sœur. Dans le couloir du premier étage, la maison était calme. Arrivée sur le palier, elle s'arrêta un instant pour appuyer son front contre la vitre froide d'une fenêtre. Elle songea à Lynley et à son apparition inopinée à Cambridge. Elle se doutait de la raison de sa présence.

Dix mois. Il y avait presque dix mois qu'il avait roulé jusqu'à Skye pour la retrouver. Dix mois depuis ce jour glacé de janvier où il lui avait demandé de l'épouser. Dix mois qu'elle avait refusé. Il n'avait pas réitéré sa demande et depuis, d'un accord tacite, ils s'étaient efforcés de réintégrer les eaux tranquilles de l'amitié. Toutefois ce repli stratégique était aussi peu satisfaisant pour l'un que pour l'autre car, en lui demandant sa main, Lynley avait franchi une frontière subtile, modifiant irrévocablement la nature de leurs relations. Maintenant ils évoluaient dans des limbes incertains car même s'ils pouvaient se dire amis pour le reste de leur vie si tel était leur bon plaisir, en réalité leur amitié était morte le jour où Lynley avait pris le risque alchimique de transformer cette amitié en amour.

Depuis, toutes leurs rencontres, qu'elles aient été anodines, superflues ou fortuites, avaient été subtilement modifiées par cette demande en mariage. Et à force d'éviter le sujet, il devenait aussi dangereux que des sables mouvants. Un pas de travers et elle s'enfoncerait, prise dans le bourbier suffocant des tentatives d'explications qui le blesseraient plus qu'elle ne pourrait le supporter.

Avec un soupir, Lady Helen rejeta les épaules en arrière. Elle avait la nuque douloureuse. Au contact de la fenêtre froide, son front était humide. Elle se sentait horriblement fatiguée.

Au bout du couloir, la porte de la chambre de sa sœur était fermée. Elle frappa doucement et entra sans même attendre que Penelope lui donne le feu vert. Ces neuf jours avec sa sœur lui avaient appris que c'était inutile.

Les fenêtres étaient hermétiquement fermées à cause du brouillard nocturne et du froid. Deux radiateurs, l'un à gaz et l'autre à électricité, faisaient régner dans la pièce une température propre à rendre claustrophobe n'importe qui. Entre les fenêtres se dressait le vaste lit où Penelope, le visage cendreux malgré la lumière douce de la lampe de chevet, tenait le nouveau-né contre son sein gonflé. Lady Helen prononça son nom. Sa sœur resta la tête appuyée contre le montant du lit, les yeux fermés, les lèvres serrées en une grimace de souffrance. Son visage était trempé de sueur, des gouttes coulaient en petits ruisseaux de ses tempes à sa mâchoire puis de là sur sa poitrine dénudée. Tandis que Lady Helen la regardait, une grosse larme descendit le long de sa joue, qu'elle ne se donna pas la peine d'essuyer. Pas plus qu'elle n'ouvrit les yeux.

Une fois de plus, Lady Helen éprouva un intense sentiment de frustration devant son impuissance. Elle avait vu dans quel état étaient les seins de sa sœur, dont le bout craquelé saignait ; elle avait entendu sa sœur crier en pressant dessus pour en faire sortir le lait. Pourtant elle connaissait suffisamment Penelope pour savoir que rien de ce qu'elle lui dirait ne la ferait changer d'avis. Elle nourrirait le bébé jusqu'à six mois, quoi qu'il lui en coûtât. Elle avait fait de cette maternité une sorte de point d'honneur dont elle ne démordrait pas.

Lady Helen s'approcha du lit et contempla le bébé, remarquant pour la première fois que Pen ne le tenait pas. Elle avait placé le nouveau-né sur un oreiller et c'était ce dernier qu'elle tenait, appuyant le visage du bébé contre son sein. Le bébé tétait. Et Pen pleurait en silence.

Elle n'avait pas mis le nez dehors de la journée. Hier, elle avait réussi à rester dix minutes dans le salon. Les jumeaux se chamaillaient à ses pieds pendant que Lady Helen changeait ses draps. Mais aujourd'hui elle était restée claquemurée dans sa chambre, ne bougeant que lorsque Lady Helen lui apportait le bébé pour le nourrir. Parfois elle lisait. Parfois elle s'asseyait dans un fauteuil près de la fenêtre. La plupart du temps, elle pleurait.

Bien que le bébé eût maintenant un mois, ni Pen ni son mari ne l'avaient encore baptisé, disant simplement *la petite* ou *elle* lorsqu'ils en parlaient. C'était comme si en ne lui donnant pas de nom, ils rendaient sa présence dans leur vie moins définitive. Sans nom, elle n'existait pas vraiment. Si elle n'existait pas, ils ne l'avaient pas engendrée. S'ils ne l'avaient pas engendrée, ils n'étaient pas obligés de se demander pourquoi l'amour, le désir ou la tendresse qui avaient permis sa conception semblaient s'être évanouis.

Poing fermé, le nouveau-né cessa de téter. Son menton était trempé de lait. Poussant un soupir rauque, Pen écarta l'oreiller de sa poitrine et Lady Helen prit l'enfant, qu'elle tint contre son épaule.

– J'ai entendu la porte. (La voix de Pen était faible, forcée. Ses yeux demeuraient fermés. Ses cheveux bruns, comme ceux de ses enfants, étaient plaqués contre son crâne en une masse informe.) C'était Harry ?

– Non. Tommy. Il enquête à Cambridge.

Sa sœur ouvrit les yeux.

– Tommy Lynley ? Qu'est-ce qu'il voulait ?

Lady Helen tapota le dos tiède du bébé.

– Dire bonjour, j'imagine.

Elle s'approcha de la fenêtre. Pen remua dans son lit. Lady Helen sentait son regard posé sur elle.

— Comment est-ce qu'il t'a trouvée ?
— Je lui ai dit où j'étais.
— Pourquoi ? Non, ne réponds pas. Tu avais envie qu'il vienne, n'est-ce pas ?

La question était une accusation. Lady Helen tourna le dos à la fenêtre. Le brouillard se pressait contre la vitre telle une toile d'araignée humide et monstrueuse. Sans lui laisser le temps d'ouvrir la bouche, sa sœur enchaîna :

— Je ne t'en veux pas, Helen. Tu as envie de quitter cette maison. Tu as envie de rentrer à Londres. Je comprends ça.
— Tu te trompes.
— Retrouver ton appartement, ta vie, le silence. Seigneur Dieu, le silence, c'est ce qui me manque le plus. La tranquillité. Et du temps à moi. (Pen se mit à pleurer. Fouillant au milieu des crèmes et des pommades sur sa table de nuit, elle dénicha une boîte de mouchoirs en papier.) Je suis désolée. Je ne suis pas belle à voir. Je me demande à qui ou à quoi je sers.
— Ne dis pas ça. Tu sais que ce n'est pas vrai.
— Regarde-moi. Je t'en prie, Helen, regarde-moi vraiment. Je ne suis bonne à rien. Je ne suis qu'une machine à pondre des gosses. Je ne peux même pas être une bonne mère pour mes enfants. Je suis une loque. Nulle et archinulle !
— Tu es déprimée, Pen, j'espère que tu t'en rends compte. Ça t'est déjà arrivé après la naissance des jumeaux et si tu te souviens...
— Pas du tout ! J'étais parfaitement bien.
— Tu as oublié. Tu oublieras encore cette fois-ci.

Pen détourna la tête. Un sanglot la secoua.

— Harry couche encore à Emmanuel ce soir, n'est-ce pas ? (Elle tourna vers sa sœur un visage ruisselant de larmes.) Oh ! et puis non, inutile de me répondre. La réponse, je la connais.

C'était la première fois que Pen lui fournissait un semblant d'ouverture, aussi Lady Helen la saisit-elle et s'assit au bord du lit.

– Qu'est-ce qui se passe dans cette maison, Pen ?

– Il a eu ce qu'il voulait. A quoi bon s'éterniser à contempler les dégâts ?

– Euh... ? Je ne comprends pas. Il a une autre femme dans sa vie ?

Pen eut un rire amer, ravala un sanglot et changea adroitement de sujet.

– Tu sais pourquoi Tommy est venu de Londres, Helen. Ne fais pas semblant d'être naïve. Tu sais ce qu'il veut, et il fera tout pour l'obtenir. C'est du Lynley estampillé.

Lady Helen ne répondit pas. Elle coucha la fille de Pen sur le dos sur le lit, sentant son cœur se dilater au sourire du bébé. Elle mêla ses doigts aux doigts minuscules et se pencha pour les embrasser. Quel miracle que ce bébé ! Dix doigts de main, dix doigts de pied, d'adorables ongles en miniature.

– Ce n'est pas seulement pour résoudre une petite affaire de meurtre qu'il est à Cambridge. Si j'étais toi, je me préparerais à le repousser.

– C'est fini, tout ça.

– Ne sois pas idiote. (Sa sœur se pencha en avant et lui attrapa le poignet.) Écoute-moi, Helen. Tu as une vie bien organisée. Ne fiche pas tout en l'air pour un homme. Débarrasse-toi de lui. Il te désire. Il a bien l'intention de t'avoir. Il ne te lâchera pas tant que tu ne lui auras pas clairement claqué la porte au nez. Alors fais-le.

Lady Helen sourit d'un sourire qui se voulait affectueux. Elle tapota la main de sa sœur.

– Pen, mon chou. On n'est pas dans *Tess d'Urberville*. Tommy n'en a pas après ma vertu. Et si tel était le cas, j'ai peur qu'il n'arrive... – Elle eut un petit rire – laisse-moi me souvenir... quinze ans trop tard. Quinze ans à Noël exactement. Tu veux que je te raconte ?

Sa sœur se dégagea en coupant d'un ton sec :

– Tu as tort de plaisanter !

Lady Helen vit avec surprise et chagrin les yeux de Pen s'emplir à nouveau de larmes.

— Pen...
— Non ! Tu vis dans un rêve. Roses, champagne, draps de satin frais. Jolis bébés livrés à domicile par la cigogne. Enfants affectueux assis sur les genoux de la jolie maman. Dans ton monde, il n'y a pas de place pour ce qui sent mauvais, ce qui est désagréable, douloureux ou écœurant. Eh bien, je te conseille de jeter un coup d'œil autour de toi si tu songes à te marier.
— Tommy n'est pas venu à Cambridge pour me demander de l'épouser.
— Regarde bien autour de toi, Helen. Parce que la vie est moche. Dégoûtante, dégueulasse. La vie n'est rien d'autre qu'une façon de mourir. Mais tu n'y penses pas, bien sûr. Tu ne penses à rien.
— Tu n'es pas très juste.
— Oh ! tu penses sans doute à baiser avec lui. C'est ce que tu espérais quand tu l'as vu ce soir, non ? Je ne te blâme pas, Helen. Comment le pourrais-je ? Il a la réputation de faire des prouesses au lit. Je connais au moins une douzaine de filles à Londres qui seraient ravies d'en témoigner. Alors vas-y ! Tire un coup avec lui. Épouse-le. J'espère seulement que tu n'attends pas de lui qu'il te reste fidèle.
— Nous sommes simplement amis, Pen. Ça n'ira jamais plus loin.
— Peut-être que ce qui t'intéresse le plus au fond, c'est les propriétés, les voitures, les domestiques, l'argent. Et le titre, évidemment. N'oublions pas le titre. Comtesse d'Asherton. Quelle brillante union ! C'est papa qui serait fier. (Elle se tourna sur le côté et éteignit la lampe de chevet.) Je dors maintenant. Mets la petite au lit.
— Pen...
— Non. Je dors.

4

— Nous avons toujours pensé qu'Elena Weaver avait les capacités suffisantes pour décrocher une mention, déclara Terence Cuff à Lynley. Mais on dit ça de la plupart des étudiants. Que feraient-ils à Cambridge s'ils n'étaient pas capables d'obtenir une mention dans la matière de leur choix?
— Quelle était la sienne?
— L'anglais.

Cuff remplit deux verres de sherry et en tendit un à Lynley. Il lui désigna de la main trois volumineux fauteuils disposés autour d'une table placée à droite de la cheminée de la bibliothèque, spécimen représentatif d'une des périodes les plus flamboyantes de l'architecture élisabéthaine tardive, décorée de caryatides de marbre et de colonnes corinthiennes ainsi que des armoiries de Vincent Amberlan, Lord Brasdown, fondateur du collège.

Avant de se rendre à la résidence du principal, Lynley s'était accordé une promenade vespérale et solitaire à travers les sept cours composant les deux tiers de la partie ouest de St. Stephen College, faisant halte dans le jardin des Fellows [1], que prolongeait une terrasse surplombant la Cam. Lynley était un amoureux de l'architecture. Il appréciait en connaisseur les caprices de chaque époque.

---

1. Membres éminents d'un collège, ils ont souvent le titre de professeur et sont titulaires de leur poste. *(N.d.T.)*

Lui qui avait toujours trouvé que Cambridge était une intarissable source de fantaisies architecturales – de la fontaine de la grande cour de Trinity au pont mathématique de Queens –, il s'aperçut bientôt que St. Stephen College méritait une attention toute particulière. Le collège couvrait cinq siècles d'architecture, du Principal Court, cour du XVIe siècle avec ses bâtiments de brique rouge et ses pierres d'angle, à la cour nord triangulaire autour de laquelle on apercevait la salle de réunion des étudiants, le bar, une salle de conférences et l'office [1] derrière une série de baies vitrées coulissantes soulignées d'acajou du Brésil. St. Stephen, l'un des plus vastes collèges de Cambridge, était « cerné par les Trinity » comme l'indiquaient les brochures : Trinity College au nord, Trinity Hall au sud et Trinity Lane séparant la partie est et la partie ouest du collège. Seule la rivière courant le long de la frontière ouest empêchait l'établissement d'être complètement encerclé.

La résidence du principal, qui datait des années 1600, se dressait à l'extrémité sud-ouest du terrain occupé par le collège, contre Garret Hostel Lane, et face à la Cam. Tout comme les bâtiments de Principal Court, cette résidence avait échappé au parement en pierre de taille, si à la mode à Cambridge au XVIIIe siècle. L'édifice avait ainsi conservé sa façade de brique d'origine et ses pierres d'angle de couleur contrastée. Comme une bonne partie de l'architecture de la même période, c'était un heureux mélange de classique et de gothique.

Son parfait équilibre trahissait l'influence des conceptions classiques. Deux fenêtres en rotonde faisaient saillie de part et d'autre de la porte d'entrée tandis qu'une rangée de mansardes surmontées de frontons semi-circulaires se détachait d'un toit d'ardoise incliné. Quant au goût persis-

---

1. Salle où les étudiants peuvent acheter bière, vin et provisions de bouche diverses dans un collège anglais. *(N.d.T.)*

tant pour le gothique, il transparaissait dans les crénelures du toit, dans l'arc aigu surmontant l'entrée du bâtiment, dans la voûte complexe du plafond de cette dernière. C'était dans cet édifice que Lynley était venu rencontrer Terence Cuff, principal de St. Stephen et, comme Lynley lui-même, ancien élève d'Exeter College, à Oxford.

Lynley regarda Cuff installer sa carcasse dégingandée dans l'un des volumineux fauteuils de la bibliothèque lambrissée. Il ne se rappelait pas avoir entendu parler de lui à Oxford, toutefois comme Cuff était de vingt ans son aîné cela ne signifiait pas forcément qu'il n'avait pas réussi à s'y distinguer.

Sa confiance en soi paraissait aussi inébranlable que l'aisance avec laquelle il portait pantalon fauve et blaser marine. Bien que très préoccupé par le meurtre d'une de ses étudiantes, il ne semblait cependant pas considérer que la mort d'Elena Weaver pût remettre en cause ses compétences de directeur.

– Je suis soulagé que le vice-recteur ait accepté que Scotland Yard coordonne l'enquête, dit Cuff en reposant son sherry sur la table. Que Miranda Webberly fasse partie de nos étudiants m'a été d'une aide précieuse. J'ai aussitôt pu communiquer au vice-recteur le nom de son père.

– D'après Webberly, vous avez eu des problèmes, à Pâques dernier, à propos d'une affaire suivie par les inspecteurs de la Criminelle de Cambridge.

Cuff appuya sa joue contre deux doigts. Il ne portait pas de bagues. Il avait d'épais cheveux couleur de cendre.

– En effet. Un suicide. Malheureusement, un policier a cru bon de glisser à l'oreille d'un journaliste que, selon lui, ce suicide ressemblait fort à un meurtre déguisé. Vous voyez le genre : l'Université cherchant à protéger l'un des siens. Les choses se sont très vite gâtées et la presse s'est empressée de verser de l'huile sur le feu. C'est pourquoi j'aimerais autant que ça ne se reproduise pas. Le vice-recteur non plus, cela va sans dire.

— Mais, si j'ai bien compris, la jeune fille n'a pas été tuée dans un lieu appartenant à l'Université. Il se peut donc fort bien que ce soit quelqu'un de la ville qui ait commis le meurtre. Et si tel est le cas, vous risquez fort de vous retrouver dans une situation déplaisante, d'un autre genre cette fois. Quels que soient les services que vous attendiez de New Scotland Yard.

— Je sais.

— Alors l'intervention du Yard...

Cuff interrompit brutalement Lynley :

— Elena a été tuée dans l'île de Robinson Crusoé. Vous situez l'endroit ? C'est à deux pas de Mill Lane et du centre universitaire. Un coin tranquille où les jeunes gens se retrouvent pour boire et fumer.

— Des étudiants ? Curieux...

— Je ne vous le fais pas dire. Non. Les étudiants n'ont pas besoin d'aller dans l'île. Ils peuvent boire et fumer dans leur salle de réunion. Au centre universitaire, voire dans leur chambre. Il y a un règlement intérieur, bien sûr, mais il n'est pas scrupuleusement appliqué. Et les rondes systématiques des surveillants et autres membres du conseil de discipline, c'est fini de nos jours.

— Alors l'île sert de lieu de rendez-vous essentiellement à des jeunes de la ville.

— La partie sud de l'île, oui, acquiesça Cuff. La partie nord sert d'atelier de réparation des bateaux en hiver.

— Des bateaux appartenant aux collèges ?

— Certains.

— Autrement dit, les étudiants et les jeunes du cru pourraient se croiser là-bas.

Cuff ne chercha pas à le nier.

— Une querelle qui tourne au vinaigre entre un étudiant et un non-étudiant ? Un échange d'épithètes bien senties, sale *townee* par exemple, lancé avec une virulence particulière et voilà l'insulté qui tue l'insulteur pour se venger ?

— Elena Weaver aurait été du genre à se quereller de la sorte ?

— Vous pensez à une altercation qui aurait été suivie d'un guet-apens ?

— C'est une possibilité.

Cuff regarda, au-delà du bord de son verre, un globe ancien posé devant l'une des fenêtres en rotonde de la bibliothèque.

— Franchement, ça ne ressemble pas à Elena. Et même s'il s'agissait d'un tueur qui la connaissait et la guettait, je doute que celui-ci soit un citadin. Autant que je sache, elle n'entretenait pas de relations suffisamment étroites avec des gens de la ville pour justifier un meurtre.

— Un assassinat arbitraire alors ?

— Le portier de nuit affirme qu'elle a quitté le collège à six heures et quart. Seule. Conclure qu'une jeune fille sortie faire son jogging se soit fait tuer par un inconnu serait commode. Malheureusement, je n'ai pas l'impression que ce soit le cas.

— Donc vous pensez plutôt à quelqu'un qui la connaissait. Un membre d'un des collèges ?

Cuff offrit à Lynley une cigarette qu'il présenta dans un coffret en bois de rose posé sur la table. Lynley refusant, il en alluma une et, après avoir contemplé le lointain, dit :

— Ça me semble plus vraisemblable.

— Vous avez une idée ?

Cuff cligna des yeux :

— Pas la moindre.

Lynley ne manqua pas de remarquer le ton déterminé de Cuff et décida de revenir à leur point de départ.

— Elena avait des capacités, m'avez-vous dit.

— Formule révélatrice, non ?

— Qui tendrait à suggérer l'échec plutôt que le succès. Parlez-moi un peu d'elle.

– Elle était en deuxième année de licence d'anglais. Je crois qu'elle étudiait principalement l'histoire de la littérature cette année, mais son tuteur vous en dira plus si vous tenez à le savoir. Il suit Elena depuis le premier trimestre de l'an dernier.

Lynley haussa un sourcil. Il connaissait le rôle du tuteur : c'était celui d'un enseignant mais aussi celui d'un accompagnateur chargé, en cas de nécessité, d'aider les étudiants dans les moindres aspects de leur vie à l'université. Le fait que le tuteur ait eu à s'occuper d'Elena Weaver indiquait qu'elle avait eu des difficultés d'adaptation dépassant celles que rencontre tout étudiant qui s'initie aux méandres du système pédagogique universitaire.

– Elle avait des problèmes ?

Cuff tapota la cendre de sa cigarette dans un cendrier de porcelaine avant de répondre :

– Certainement plus que d'autres. C'était une fille intelligente qui écrivait remarquablement bien, mais peu après le début du premier trimestre de l'an dernier, elle a commencé à manquer des contrôles. Ça été le premier signal d'alarme.

– Et les autres signaux d'alarme ?

– Elle a cessé d'assister aux cours. A trois reprises, elle s'est présentée ivre à un contrôle et donc hors d'état de faire quoi que ce soit. Il lui arrivait de passer la nuit dehors – le tuteur pourra vous dire exactement combien de fois si vous le jugez utile pour votre enquête – sans même prévenir le portier.

– C'est à cause de son père, j'imagine, que vous n'avez pas envisagé de la renvoyer. Est-ce grâce à lui qu'elle a été admise à St. Stephen ?

– En partie seulement. C'est un universitaire de premier plan et nous aurions de toute façon accordé une attention particulière à la candidature de sa fille. Mais Elena était intelligente, comme je vous l'ai dit. Elle avait terminé ses études secondaires avec d'excellents résultats et obtenu des notes tout à fait correctes aux examens d'entrée en faculté. Et tout bien considéré, elle a subi son entretien de façon plus que satisfaisante. Ce qui n'empêche qu'elle avait de bonnes raisons de trouver la vie à Cambridge difficile au début.

– Qu'avez-vous fait lorsque vous avez détecté les premiers signaux d'alarme ?

– Le tuteur, ses professeurs et moi nous sommes réunis pour mettre une stratégie au point. Une stratégie simple. Nous avons décidé qu'indépendamment du fait qu'elle devait s'intéresser plus sérieusement à ses études, assister aux cours, nous remettre des feuilles de présence signées du tuteur prouvant qu'elle était bien allée à ses contrôles, il serait bon qu'elle ait des contacts plus suivis avec son père afin qu'il puisse lui aussi surveiller ses progrès. C'est alors qu'elle a commencé à passer les week-ends chez lui. (L'air embarrassé, il poursuivit :) Son père nous a suggéré de l'autoriser à avoir un animal de compagnie, une souris en l'occurrence, dans l'espoir que cela lui donnerait le sens des responsabilités et l'obligerait à rentrer au collège la nuit. Elena aimait beaucoup les animaux. Enfin nous avons fait appel à un étudiant de Queens – un garçon du nom de Gareth Randolph – pour qu'il l'épaule et surtout pour qu'il décide Elena à s'inscrire dans un club susceptible de lui convenir. Son père n'a pas apprécié du tout ce dernier point. Il s'y est même opposé avec la dernière énergie.

– A cause du garçon ? s'enquit Lynley.

– A cause de l'association : les Signeurs [1]. Gareth Randolph en est le président. Et c'est l'un des étudiants handicapés les plus actifs à l'université.

Lynley fronça les sourcils.

– Anthony Weaver craignait que sa fille ne s'attache sentimentalement à un handicapé, je présume.

---

1. Utilisateurs de la langue des signes.

— C'est certain, dit Cuff. Mais de mon point de vue, fréquenter Gareth aurait été une excellente chose pour elle.
— Pourquoi ?
— Pour une raison toute bête : Elena était handicapée elle aussi. (Lynley ne soufflant mot, Cuff eut l'air surpris.) Vous êtes au courant, non ?
— De quoi ?
Terence Cuff se pencha en avant.
— Désolé. Je croyais qu'on vous avait prévenu. Elena Weaver était sourde.

Les Signeurs, expliqua Terence Cuff, était le nom familièrement donné à l'association des étudiants sourds de Cambridge, lesquels se réunissaient une fois par semaine dans une petite salle de conférences désaffectée située dans les sous-sols de la bibliothèque de Peterhouse College, au bout de Little St. Mary's Lane. A première vue, c'était un groupe d'entraide pour les étudiants malentendants de Cambridge, dont le nombre était loin d'être négligeable. Mais, au-delà de ce soutien, l'association défendait l'idée que la surdité était une culture en elle-même, et non un handicap.
— Ces gens ont une fierté étonnante, poursuivit Cuff. Ils ont magnifiquement travaillé à donner confiance en eux aux étudiants sourds. Pour eux, il n'y a pas de honte à utiliser la langue des signes plutôt qu'à parler et rien de déshonorant dans l'incapacité de lire sur les lèvres.
— Pourtant vous venez de me dire qu'Anthony Weaver ne voulait pas que sa fille les fréquente. Si elle était sourde elle-même, c'est difficile à comprendre.
Cuff se leva de son fauteuil et s'approcha de la cheminée où il entreprit d'allumer un feu – la température de la pièce devenait glaciale. Bien que justifiée, cette activité semblait trahir le besoin de gagner du temps. Bientôt le feu se mit à crépiter,

mais Cuff resta planté près de l'âtre. Les mains enfoncées dans les poches de son pantalon, il se mit à contempler le bout de ses chaussures.

– Elena lisait sur les lèvres, poursuivit Cuff, et elle parlait assez bien. Ses parents – sa mère surtout – s'étaient démenés pour lui permettre de fonctionner comme une femme normale dans un monde de gens normaux. Ils voulaient qu'elle ait l'air capable d'entendre. Donc pour eux, faire partie des Signeurs symbolisait une forme de régression.

– Mais Elena utilisait la langue des signes, n'est-ce pas ?

– Oui. Elle n'a commencé à l'apprendre qu'à l'âge de douze, treize ans. C'est la directrice de son lycée qui, voyant qu'elle n'arriverait pas à persuader sa mère d'inscrire Elena à un cours spécialisé, a fait intervenir les services sociaux pour qu'ils fassent pression sur elle. Mais si elle suivait des cours, Elena n'avait pas l'autorisation de parler par signes chez elle. Et, pour autant que je sache, aucun de ses parents n'a jamais utilisé les signes pour communiquer avec elle.

– Bien compliqué, tout ça, dit Lynley.

– Pour nous, oui. Eux, ils voulaient que leur fille évolue le mieux possible dans le monde des entendants. On peut ne pas être d'accord avec la façon dont ils s'y sont pris ; mais le résultat, c'est qu'Elena savait lire sur les lèvres, parler *et* utiliser la langue des signes. Elle a réussi à posséder les trois techniques.

– Posséder les trois techniques est une chose, admit Lynley. Mais je me demande à quelle communauté elle se sentait appartenir.

Un petit tas de braises s'affaissa légèrement tandis que le feu le léchait. Armé d'un tisonnier, Cuff les arrangea adroitement.

– Vous voyez maintenant pourquoi nous étions disposés à nous montrer compréhensifs envers Elena : elle était prise en tenaille entre deux univers. Et comme vous l'avez vous-même souligné, son éducation ne l'avait préparée à être pleinement à l'aise dans aucun des deux.

— Étrange décision de la part d'un père qui possède un certain bagage intellectuel. Quel genre d'homme est donc Anthony Weaver ?

— C'est un historien brillant. Un esprit droit. Un homme d'une grande intégrité professionnelle.

Le caractère oblique de la réponse n'échappa pas à Lynley.

— Il est question qu'il obtienne une promotion...

— La chaire de Penford ? Exact. Il fait partie des candidats en liste.

— De quoi s'agit-il au juste ?

— C'est la chaire d'histoire la plus convoitée de toute l'université.

— Pour son prestige ?

— Pas seulement. Elle permet de faire exactement ce qu'on veut pendant le restant de sa carrière. Donner des cours, écrire, se charger de quelques étudiants... quand on le souhaite et si on le souhaite. Bref, une liberté totale au sein du monde universitaire, la reconnaissance à l'échelon national, les honneurs les plus grands et la considération de ses pairs. Si la candidature de Weaver est retenue, ce sera le point culminant de sa carrière.

— Est-ce que la conduite peu orthodoxe de sa fille risquait de compromettre ses chances ?

Cuff haussa les épaules, repoussant la question et ses implications :

— Je ne suis pas membre du comité de sélection, inspecteur. Ces messieurs étudient les dossiers des candidats potentiels depuis décembre dernier. Je suis incapable de vous dire quels critères ils prennent en compte.

— Weaver pouvait-il craindre que les problèmes de sa fille mettraient la commission dans de mauvaises dispositions à son égard ?

Cuff remit le tisonnier en place et caressa du pouce la poignée de cuivre terni.

– J'ai toujours pensé qu'il valait mieux ne pas se mêler de la vie privée des professeurs. J'ai bien peur de ne pas pouvoir vous être d'une grande aide.

Cuff ne se décida à lever le nez du tisonnier qu'après avoir fini sa phrase. Cette fois encore, Lynley ne put que constater la mauvaise volonté évidente avec laquelle le principal acceptait de le renseigner.

– Je suppose que vous souhaitez jeter un coup d'œil à votre chambre, ajouta Cuff poliment. Je vais faire venir le portier.

Il était un peu plus de dix-neuf heures lorsque Lynley sonna au domicile d'Anthony Weaver dans Adams Road. La maison, devant laquelle était garée une Citroën haut de gamme bleu métallisé, n'était pas loin de St. Stephen College aussi avait-il effectué le trajet à pied, empruntant pour traverser la rivière le croissant de béton et de fer de Garret Hostel Bridge, passant sous les marronniers de Burrell's Walk dont les grosses feuilles jaunes détrempées par le brouillard tapissaient le sol. De temps en temps, un cycliste le dépassait, bien emmitouflé dans son bonnet de tricot, son écharpe et ses gants. Le reste du temps, le chemin qui reliait Queen's Road à Grange Road était désert. Les réverbères répandaient une clarté sporadique. Des bordures de houx, de conifères et de buis délimitaient la route quand ce n'étaient pas des clôtures en bois, en brique ou en fer. Derrière se dressait la masse rousse de la bibliothèque de l'université, où s'agitaient des silhouettes floues qui profitaient des dernières minutes précédant la fermeture.

Les maisons sises le long d'Adams Road étaient toutes dissimulées derrière des haies et entourées d'arbres. Bouleaux blancs aux branches dénudées jaillissant tels des crayons sur fond de brouillard, peupliers dont l'écorce déclinait tous les tons de gris, aulnes qui n'avaient pas encore offert leurs feuilles à l'hiver. Le calme régnait dans ce quartier. Seul le glouglou de l'eau dans une canalisation extérieure troublait le silence. L'air nocturne exhalait une odeur conviviale de bois qui brûle. Devant chez les Weaver, toutefois, la seule odeur perceptible émanait de la laine mouillée du manteau de Lynley.

La porte fut ouverte par une grande femme blonde au visage ciselé, mélange de sang-froid et de raffinement. Elle semblait bien trop jeune pour être la mère d'Elena et ne paraissait pas particulièrement accablée de chagrin. Lynley songea qu'il n'avait jamais vu personne adopter une posture aussi parfaite. Chaque membre, os, muscle était exactement à sa place. On eût dit qu'une main invisible avait arrangé la pose quelques instants avant qu'il frappât à la porte.

– Oui, dit-elle sur un ton plus affirmatif qu'interrogatif, seules ses lèvres bougeant dans son visage.

Il sortit sa carte, se présenta et demanda à voir les parents de la victime.

A ces mots, la femme recula pour lui permettre d'entrer.

– Je vais chercher Anthony.

Sur ce, elle le laissa sur le tapis d'Orient bronze et pêche du vestibule parqueté. A gauche, une porte ouvrait sur un salon. A droite, un petit salon formant véranda contenait une table en osier sur laquelle le couvert du petit déjeuner était déjà mis pour le lendemain matin.

Lynley retira son manteau, le posa sur la rampe étincelante de l'escalier et pénétra dans le salon. Il s'arrêta, déconcerté par le décor. Tout comme le vestibule, le salon était parqueté. Sur un tapis d'Orient, étaient disposés des meubles en cuir gris – canapé, fauteuils, chaise longue – et des tables à pied de marbre veiné de pêche surmonté d'un plateau de verre. Deux aquarelles, manifestement choisies et encadrées de façon à s'harmoniser avec les couleurs de la pièce, étaient placées exactement au-dessus du canapé : la première réprésentait un compotier d'abricots posé sur un rebord de fenêtre derrière laquelle brillait un ciel d'un bleu éclatant et la seconde, un vase gris élancé plein de pavots saumon dont trois gisaient sur la surface ivoire sur laquelle était posé le vase. Les aquarelles étaient signées *Weaver*. Qui de Weaver lui-même, de sa femme ou de sa fille s'adonnait à l'art dans cette maison ? Une fragile table à thé en verre plaquée contre un mur supportait des tulipes en soie. Près des tulipes se trouvaient un exemplaire de *Elle* et une photographie dans un cadre en argent. Ces deux derniers objets et les aquarelles mis à part, rien dans la pièce n'indiquait qu'on y vivait. Lynley se demanda à quoi ressemblait le reste de la maison en s'approchant de la table à thé pour regarder la photo. C'était une photo de mariage vieille de quelque dix ans à en juger par la longueur des cheveux de Weaver. La mariée – l'air solennel, céleste et étonnamment jeune – n'était autre que la femme qui venait de lui ouvrir la porte.

– Inspecteur ?

Lynley pivota tandis que le père de la jeune fille décédée entrait dans la pièce. Il marchait lentement.

– La mère d'Elena est en haut, elle dort. Voulez-vous que je la réveille ?

– Elle a pris un somnifère, chéri.

La femme de Weaver se tenait dans l'encadrement de la porte, une main sur le lis en argent épinglé au revers de sa veste.

– Inutile de la déranger maintenant si elle se repose, dit Lynley.

– Le choc, expliqua Weaver, qui ajouta sans nécessité apparente : Elle est arrivée de Londres par le train cet après-midi.

– Café ? s'enquit la femme de Weaver sans bouger de là où elle était.

— Rien pour moi, dit Lynley.
— Ni pour moi, Justine. Merci, ma chérie.

Weaver lui sourit brièvement — ce qui parut lui demander un gros effort — et tendit la main dans sa direction pour l'inviter à se joindre à eux. Elle entra dans le salon. Weaver se dirigea vers la cheminée où il alluma un radiateur à gaz sous un élégant petit tas de braises artificielles.

— Asseyez-vous, inspecteur.

Tandis que Weaver prenait place dans l'un des deux fauteuils en cuir et que sa femme s'installait dans l'autre, Lynley observa l'homme qui venait de perdre sa fille le jour même. Il contenait sa douleur, que trahissaient cependant de subtils détails. Derrière ses grosses lunettes à monture métallique, ses yeux marron étaient injectés de sang et soulignés de cernes rouges. Ses mains, plutôt petites pour un homme de sa taille, tremblaient au moindre geste, de même que ses lèvres, en partie dissimulées sous une moustache sombre impeccablement taillée.

Lynley songea qu'il était très différent de sa femme. Brun, il avait la taille épaisse, environ quarante-cinq ans, les cheveux striés de mèches grises, des rides sur le front, des poches sous les yeux. Il portait un costume trois-pièces et des boutons de manchette en or mais, malgré sa mise plutôt protocolaire, il semblait totalement déplacé dans l'élégance froide et étudiée du décor de son salon.

— Que voulez-vous savoir, inspecteur? (La voix de Weaver était aussi mal assurée que ses gestes.) Dites-moi ce que nous pouvons faire pour vous aider. Il faut mettre la main sur ce monstre. Il le faut. Il l'a étranglée. Battue. Ils vous l'ont dit? Son visage était... Heureusement qu'elle portait autour du cou la petite licorne en or que je lui avais offerte à Noël. C'est grâce à ça que j'ai reconnu Elena. A ça et à sa dent de devant. Elle avait la bouche à demi ouverte et j'ai vu ce petit bout de dent qui lui manquait.

Justine Weaver baissa les yeux et croisa les mains sur ses genoux.

Weaver retira ses lunettes.

– Dieu du ciel ! Je n'arrive pas à croire qu'elle est morte.

Lynley avait beau être là en qualité de professionnel chargé d'enquêter sur le crime, il n'en compatit pas moins à la détresse de son hôte. Combien de fois n'avait-il pas assisté à cette même scène au cours des treize dernières années ? Pourtant il se sentait toujours aussi impuissant à consoler qu'il l'avait été à ses débuts lorsque, jeune constable, il lui avait fallu – pour son premier interrogatoire – questionner la fille hystérique d'une femme que son alcoolique de mari avait tabassée à mort. A chaque fois, il avait laissé les victimes donner libre cours à leur chagrin, espérant ainsi leur procurer le maigre réconfort de savoir qu'il partageait leur besoin que justice soit faite.

Weaver poursuivit, bien que ses yeux s'emplissent de larmes :

– Elle était tendre. Fragile.

– Parce qu'elle était sourde ?

– Non. Par ma faute. (La voix de Weaver se brisa. Sa femme tourna les yeux vers lui, serra les lèvres et baissa de nouveau la tête.) J'ai laissé tomber la mère d'Elena quand la petite avait cinq ans, inspecteur. De toute façon on vous l'aurait appris, alors autant que vous le sachiez dès maintenant. Elle était dans son lit, elle dormait. J'ai fait mes bagages, je suis parti et ne suis jamais revenu. Je ne pouvais pas expliquer à une enfant de cinq ans – qui n'entendait pas – que je ne l'abandonnais pas, que ce n'était pas sa faute, mais que ma vie conjugale était un tel désastre que je ne pouvais plus la supporter. Glyn et moi étions responsables de cet état de choses. Pas Elena. En aucun cas. Seulement j'étais son père et je l'ai trahie. Elle a dû se débattre avec l'idée que quelque part elle était responsable pendant les quinze années qui ont suivi.

Colère, désarroi, manque de confiance en soi, abandon. Voilà quels étaient ses démons.

Lynley n'eut même pas à poser de questions pour relancer Weaver. On aurait dit qu'il attendait depuis longtemps l'occasion de s'autoflageller.

– Elle aurait pu choisir Oxford – Glyn tenait à ce qu'elle aille à Oxford, elle ne voulait pas qu'Elena vive près de moi – mais ma fille a opté pour Cambridge. Pouvez-vous imaginer ce que cela signifiait pour moi ? Pendant toutes ces années, elle a vécu à Londres chez sa mère. J'ai fait de mon mieux pour qu'elle sente que j'étais présent, toujours prêt à l'aider, mais elle me tenait à distance. Elle ne me laissait lui servir de père que de façon superficielle. Enfin la chance s'est offerte à moi d'être un vrai père, de me rapprocher d'elle, de lui montrer l'amour que j'éprouvais pour elle. Ma plus grande joie au cours de l'année écoulée a été de voir des liens commencer à se tisser entre nous, de m'asseoir ici et de regarder Justine donner un coup de main à Elena pour ses dissertations. Quand ces deux femmes... (Il s'interrompit.) Ces deux femmes... ensemble... Justine et Elena, ma femme et ma fille...

Il fondit brusquement en larmes, incapable de retenir plus longtemps des sanglots atroces et humiliants pour un homme de sa position, une main plaquée sur les yeux, l'autre tenant ses lunettes.

Dans son fauteuil, Justine Weaver ne fit pas un geste. Elle semblait transformée en statue. Puis elle soupira doucement et, levant les yeux, elle fixa la flambée artificielle.

– Elena a eu des difficultés à l'université au début, dit Lynley, s'adressant autant à Justine qu'à son époux.

– Oui, dit Justine. Elle a eu du mal à s'adapter... Quitter sa mère, Londres... (Elle jeta un coup d'œil gêné à son mari.) Il lui a fallu un peu de temps pour...

– Comment aurait-elle pu changer de vie facilement ? coupa Weaver. Mais elle se battait pour y arriver, elle essayait d'être entière. Elle faisait de son mieux. (Il s'essuya le visage à l'aide d'un mouchoir froissé qu'il garda serré au creux de sa main. Il remit ses lunettes.) Le reste n'avait pas d'importance. Pas la moindre importance. Parce qu'elle était une joie pour moi. Un don du ciel.
– Ses problèmes ne vous ont jamais causé de gêne ? Professionnellement ?

Weaver le fixa, l'incrédulité succédant à l'indignation. Lynley trouva ce soudain changement inquiétant et il se demanda si on ne lui offrait pas une sorte de spectacle.
– Seigneur, dit Weaver. Que voulez-vous dire ?
– Eh bien, j'ai appris que vous étiez candidat à un poste prestigieux à l'université, répondit Lynley.
– Quel rapport avec...

Lynley se pencha pour l'interrompre.
– Mon travail consiste à obtenir des informations et à les évaluer, professeur Weaver. Pour y parvenir, je suis obligé de vous poser des questions que vous pourriez préférer ne pas entendre.

Weaver parut réfléchir.
– Ma fille n'a jamais été une source de gêne pour moi, inspecteur. Quoi qu'elle ait fait. Qui qu'elle ait été.

Lunley enregistra la violence du ton, la rigidité des muscles du visage de Weaver.
– Est-ce qu'elle avait des ennemis ?
– Non. Aucun de ceux qui la connaissaient ne lui aurait fait du mal.
– Anthony, murmura Justine d'un ton hésitant, tu ne crois pas que Gareth et elle... se seraient disputés ?
– Gareth Randolph ? fit Lynley. Le président des Signeurs ? (Voyant Justine acquiescer de la tête, il poursuivit :) Terence Cuff m'a dit lui avoir demandé de servir de mentor à Elena l'an dernier. Vous pouvez me parler de lui ?

— Si c'est lui, je le tuerai, cingla Weaver.

Justine entreprit de répondre à la question :

— Il est étudiant en ingénierie. A Queens College.

Plus pour lui-même que pour Lynley, Weaver précisa :

— Le labo d'ingénierie est à deux pas de Fen Causeway. C'est là qu'il fait ses travaux pratiques. Et ses contrôles. C'est à... quoi ? deux minutes à pied de l'île de Robinson Crusoé. A une minute de Coe Fen.

— Avait-il de l'affection pour Elena ?

— Ils se voyaient beaucoup, poursuivit Justine. L'an dernier, le professeur Cuff et l'équipe des enseignants ont beaucoup insisté pour qu'Elena fasse partie des Signeurs. Gareth veillait à ce qu'elle participe aux réunions de l'association. Il l'emmenait également dans des soirées. (Elle décocha un regard circonspect à son mari avant de terminer prudemment :) Elena aimait bien Gareth, je crois. Mais pas comme lui l'aimait. C'est un charmant garçon, vous savez. J'ai du mal à penser qu'il...

— Il fait de la boxe, enchaîna Weaver. C'est même un boxeur chevronné d'après ce que disait Elena.

— Est-ce qu'il savait qu'elle devait courir ce matin ?

— Justement, fit Weaver. Elle n'était pas censée courir. (Il se tourna vers sa femme.) Tu m'as dit qu'elle t'avait téléphoné pour te prévenir qu'elle n'irait pas.

Ces mots sonnaient comme une accusation. Justine se recroquevilla de façon presque imperceptible tant elle se tenait droite dans son fauteuil.

— Anthony... fit-elle sur un ton discrètement suppliant.

— Elle vous a téléphoné ? s'étonna Lynley. Comment ça ?

— Sur le Ceephone.

– Un téléphone visuel ?

Anthony Weaver remua, quitta sa femme des yeux, se leva de son siège.

– Il y en a un dans mon bureau. Venez, je vais vous le montrer.

Il traversa la salle à manger, puis la cuisine immaculée équipée d'appareils électroménagers étincelants et enfila un petit couloir conduisant vers l'arrière de la maison. Son bureau était une petite pièce qui donnait sur le jardin. Lorsqu'il alluma la lumière, un chien se mit à gémir dehors sous la fenêtre.

– Tu lui as donné à manger ? questionna Weaver.

– Il veut rentrer.

– Pas question. Je n'en veux pas, Justine.

– Ce n'est qu'un chien. Il ne comprend pas. Il n'a jamais dû...

– Laisse-le dehors.

Justine se tut. Comme précédemment, elle resta près de la porte tandis que Lynley et son mari entraient.

Le bureau n'avait rien de commun avec le reste de la maison. Un tapis à fleurs usé recouvrait le plancher. Des livres s'entassaient sur des étagères fatiguées en pin bon marché. Une collection de photos était appuyée contre un classeur métallique et des dessins encadrés étaient accrochés au mur. Sous l'unique fenêtre se trouvait le bureau de Weaver, énorme meuble métallique gris d'une laideur consommée. En dehors d'une pile de courrier et de quelques ouvrages de référence, un ordinateur, un téléphone et un modem étaient posés sur ce bureau. C'était donc là les éléments qui composaient le Ceephone.

– Comment est-ce que ça marche ? demanda Lynley.

Après s'être mouché, Weaver fourra son mouchoir dans la poche de sa veste.

– Je vais téléphoner chez moi au collège.

Il s'approcha de son bureau, alluma l'écran, pianota sur le téléphone et appuya sur une touche du modem.

Quelques instants plus tard, deux zones apparurent sur l'écran, séparées par une ligne horizontale. Dans la partie inférieure s'affichèrent les mots : « Ici Jenn. »

– Un de vos collègues ? questionna Lynley.

– Adam Jenn, mon assistant.

Weaver pianota rapidement. A mesure qu'il tapait, son message s'imprimait sur la partie supérieure de l'écran.

« Weaver à l'appareil, Jenn. Je fais une démonstration du Ceephone pour la police. Elena s'en est servie hier soir. »

« Très bien », s'afficha dans la partie inférieure de l'écran. « Vous voulez que je reste en ligne ? Au cas où ils souhaiteraient voir quelque chose de particulier. »

Weaver jeta un coup d'œil interrogateur à Lynley.

– Non, ce n'est pas la peine, dit Lynley. On voit très bien comment ça fonctionne.

« Inutile », tapa Weaver.

« OK ». Et au bout d'un instant : « Je serai là toute la soirée, monsieur. Et demain également. Aussi longtemps que vous aurez besoin de moi. Ne vous inquiétez de rien. »

Weaver déglutit.

– Gentil garçon, chuchota-t-il.

Il éteignit l'écran. Ils regardèrent les messages affichés disparaître lentement.

– Quel genre de message Elena vous a-t-elle envoyé hier soir ? demanda Lynley à Justine.

Elle était toujours près de la porte, une épaule contre le chambranle. Elle regarda l'écran comme pour se souvenir.

– Elle a simplement dit qu'elle ne courrait pas ce matin. Il lui arrivait d'avoir mal à un genou. J'en ai conclu qu'elle voulait se reposer un jour ou deux.

– Quelle heure était-il quand elle a appelé ?
Justine fronça les sourcils.
– Un peu après huit heures, je crois, parce qu'elle a demandé à parler à son père, mais il n'était pas encore rentré du collège. Je lui ai dit qu'il était retourné travailler et elle m'a répondu qu'elle l'appellerait là-bas.
– Elle l'a fait ?
Weaver fit non de la tête. Sa lèvre inférieure tremblait, il appuya dessus son index gauche comme pour empêcher de nouveaux débordements émotionnels.
– Vous étiez seule quand elle a téléphoné ?
Justine hocha la tête en signe d'assentiment.
– Et vous êtes sûre que c'était Elena ?
– Évidemment, fit Justine dont la peau parut se tendre sur ses joues. Qui d'autre...
– Qui savait que vous couriez toutes les deux le matin ?
Ses yeux se braquèrent sur son mari, puis sur Lynley.
– Anthony, bien sûr. Et j'ai dû en parler à des collègues.
– Où ça ?
– A University Press.
– Personne d'autre ?
De nouveau, elle chercha le regard de son mari.
– Anthony... qui était au courant encore ?
Weaver fixait toujours l'écran du Ceephone comme s'il espérait recevoir un appel.
– Adam Jenn, probablement. Je suis sûr de le lui avoir dit. Les amies d'Elena. Les filles de son escalier.
– Qui avait accès à sa chambre, à son téléphone ?
– Gareth, ajouta Justine à la liste. Elle en a certainement parlé à Gareth.
– Il a un Ceephone, lui aussi. (Weaver jeta un regard aigu à Lynley.) Elena n'a pas téléphoné, n'est-ce pas ? C'est quelqu'un d'autre qui a appelé.

Lynley sentait grandir chez son interlocuteur le besoin d'agir. Mais il n'aurait su dire si ce besoin était authentique ou feint.

– C'est possible, concéda-t-il. Mais il est également possible qu'Elena ait inventé un prétexte pour courir seule ce matin. Ça collerait avec son personnage ?

– Elle courait avec sa belle-mère. Elles couraient toujours ensemble.

Justine ne souffla mot. Lynley regarda dans sa direction. Elle détourna les yeux.

Weaver s'adressa à sa femme :

– Tu ne l'as pas vue ce matin. Comment ça se fait, Justine ? Tu ne l'as pas cherchée ?

– J'avais eu son coup de fil, chéri, dit Justine d'un ton patient. Elle s'était décommandée. Je n'avais aucune raison de penser que je la rencontrerais. Et d'ailleurs je ne suis pas allée courir au bord de la rivière.

– Vous avez fait votre jogging ce matin ? questionna Lynley. A quelle heure ?

– L'heure habituelle. Six heures et quart. Mais j'ai suivi un itinéraire différent.

– Vous n'êtes pas allée du côté de Fen Causeway ?

Un instant d'hésitation.

– Si. Mais en fin de parcours, pas en début. J'ai fait un tour dans la ville et traversé Fen Causeway d'est en ouest. Vers Newnham Road. (Avec un coup d'œil à son mari, elle changea légèrement de position comme pour se donner du courage.) J'ai toujours eu horreur de courir le long de la rivière, inspecteur. Aussi quand j'ai la possibilité d'emprunter un autre itinéraire, je ne m'en prive pas.

Lynley se dit que c'était certainement la seule révélation que Justine Weaver ferait devant son mari quant à la nature de ses relations avec la fille de ce dernier.

Justine fit entrer le chien dans la maison aussitôt après le départ de l'inspecteur. Anthony était monté au premier. Il n'en saurait rien. Comme il ne redescendrait pas de la nuit, Justine se dit qu'il n'y avait pas de mal à ce qu'elle laisse le chien dormir dans son panier. Elle se lèverait de bonne heure pour mettre l'animal dehors avant qu'Anthony le voie.

C'était malhonnête de passer outre aux consignes de son mari. Justine savait que sa mère n'aurait jamais fait une chose pareille. Mais il fallait bien penser au chien, pauvre créature rejetée qui sentait bien que quelque chose ne tournait pas rond.

Lorsque Justine ouvrit la porte de derrière, le setter se mit aussitôt sur ses pattes; mais au lieu de traverser la pelouse à grands bonds comme d'habitude, il arriva en hésitant, comme s'il n'était pas sûr de l'accueil qu'on lui réservait. Parvenu devant la porte, sa tête auburn penchée de côté, le chien leva vers Justine des yeux pleins d'espoir. Il frétilla deux fois de la queue. Ses oreilles se dressèrent puis retombèrent.

– Ne crains rien, murmura Justine. Entre.

Le *tchic-tchic* des ongles de l'animal sur le sol de la cuisine avait quelque chose de réconfortant. D'ailleurs, tous ses bruits étaient réconfortants : ses jappements quand il jouait; les *humph* qu'il émettait en fouillant la terre de sa truffe; le long soupir qu'il poussait en s'installant dans son panier la nuit; son grondement sourd quand il cherchait à attirer l'attention. Son comportement ressemblait tellement à celui d'un être humain par certains côtés que Justine continuait à en être surprise.

– Je crois qu'un chien, ça serait bien pour Elena, avait dit Anthony avant l'arrivée de la jeune fille à Cambridge l'an dernier. La chienne de Victor Troughton vient d'avoir des petits. J'emmènerai Elena chez lui pour qu'elle en choisisse un.

Justine n'avait pas protesté. Pourtant ce n'était pas l'envie qui lui en avait manqué. Le chien risquait d'être une source d'ennuis, d'autant qu'il vivrait à Adams Road et non au collège. Pourtant, d'un autre côté, cette idée lui avait plu. Car en dehors d'un perroquet qui avait débordé d'une tendresse grotesque pour sa mère, et d'un poisson rouge rapporté d'une kermesse alors qu'elle n'avait que huit ans et qui, à peine installé chez elle, s'était précipité hors de son bocal avec l'énergie d'un candidat au suicide pour atterrir contre une jonquille du papier peint, Justine n'avait jamais eu de véritable animal de compagnie – un chien pour trotter sur ses talons, un chat pour se rouler en boule au pied de son lit, un cheval pour galoper dans les allées cavalières du comté de Cambridge. Ses parents trouvaient ça malsain. Les animaux étaient pleins de microbes. Et les microbes ça n'était pas convenable. Or il n'existait rien de plus important au monde que les convenances, surtout depuis qu'ils avaient hérité de la fortune de son grand-oncle.

Anthony Weaver lui avait permis de rompre avec tout ça, de choisir l'inconvenance et d'entrer dans l'âge adulte. Elle revoyait encore la bouche tremblante de sa mère : « Mais enfin, Justine, tu n'y songes pas sérieusement ? Il est... voyons, il est juif ! » Elle sentait encore, juste entre ses seins, le coup de poignard de satisfaction qui l'avait transpercée à la vue des joues blêmes de consternation de sa mère lorsqu'elle lui avait annoncé son mariage imminent. La réaction de son père lui avait causé nettement moins de plaisir.

« Il a changé de nom. C'est un professeur de Cambridge. Il a un avenir superbe devant lui. Le fait qu'il ait déjà été marié une première fois me chiffonne un peu et j'aurais été plus content qu'il soit moins vieux. Mais tout bien considéré, tu aurais pu trouver pire. » Sur ce, il avait croisé les jambes, attrapé sa pipe et son *Punch*, seule revue dont la lecture lui semblât digne de meubler les après-midi dominicaux d'un gentleman. « Je suis rudement soulagé qu'il ait eu la bonne idée de changer de nom, ça oui. »

Ce n'était pas Anthony qui avait changé de nom, c'était son grand-père. En troquant deux simples lettres, ce dernier avait quitté la peau de l'Allemand Weiner pour renaître dans celle de l'Anglais Weaver. Certes, *Weaver* n'était pas ce qu'il est convenu d'appeler un patronyme distingué ; mais le grand-père d'Anthony ne pouvait pas le savoir, pas plus qu'il ne pouvait comprendre l'ombrageuse susceptibilité de la classe sociale qu'il rêvait de fréquenter, susceptibilité qui l'empêcha toujours de franchir la barrière que son accent et sa profession avaient irréductiblement élevée entre elle et lui. Tant il est vrai que les gens du gratin n'ont pas pour habitude de frayer avec leur tailleur, fût-il installé dans Savile Row.

Anthony avait raconté tout ça à Justine, peu de temps après qu'ils eurent fait connaissance dans les bureaux d'University Press où, jeune diplômée de l'université de Durham, elle s'occupait en qualité d'assistante de la publication d'un ouvrage sur le règne d'Édouard III. Édité sous la direction d'Anthony Weaver, l'ouvrage était un recueil d'essais écrits par différents médiévistes prestigieux. Durant les deux derniers mois précédant le bouclage, ils avaient travaillé en étroite collaboration, tantôt dans son petit bureau d'University Press, tantôt dans les appartements de Weaver à St. Stephen College. C'est pendant les pauses qu'Anthony avait commencé à lui parler de sa famille, de sa fille, de sa première épouse, de son travail, de ses recherches, bref de sa vie.

Jamais elle n'avait rencontré d'homme capable de parler aussi facilement de soi. Issue d'un milieu où la communication se réduisait à un haussement de sourcils, voire à un frémissement des lèvres, elle était tombée amoureuse de sa loquacité, de son sourire facile et chaleureux, de son regard direct. Elle ne désirait qu'une chose : l'écouter. Ce qu'elle avait fait d'ailleurs au cours des neuf dernières années, avant que le monde clos de Cambridge ne suffise plus à Anthony.

Justine regarda le setter irlandais fouiller dans sa boîte à jouets et en sortir une vieille chaussette noire pour jouer avec elle sur le carrelage de la cuisine.

— Pas ce soir, murmura-t-elle. Va dans ton panier. Et restes-y.

Elle tapota la tête du chien, sentit la caresse de sa langue tiède et affectueuse sur ses doigts et sortit de la cuisine. Elle fit halte dans la salle à manger pour retirer un fil qui dépassait de la nappe puis se rendit dans le salon afin d'éteindre le radiateur à gaz. Elle regarda disparaître les flammes entre les bûches avec un bruit de succion et, rien ne la retenant plus au rez-de-chaussée, elle se décida à monter.

Dans la pénombre de la chambre, Anthony était allongé sur le lit. Il avait retiré ses chaussures et sa veste ; Justine s'empressa machinalement de ranger ses affaires. Cela fait, elle pivota vers son mari. La lumière du couloir faisait briller la trace humide que les larmes avaient laissée le long de sa tempe et qui disparaissait dans ses cheveux.

Elle aurait voulu éprouver de la pitié, du chagrin, de la compassion pour lui. Tout sauf la bouffée d'angoisse qui l'avait étreinte lorsqu'il avait précipitamment quitté la maison dans l'après-midi, la laissant se débrouiller seule avec Glyn.

Elle s'approcha du lit, plate-forme en teck danois, luisant, avec chevets incorporés. Sur chacune des tables de chevet était posée une lampe en cuivre en forme de champignon. Justine alluma celle de son mari. Il leva le bras pour se protéger les yeux, tendit la main gauche, cherchant la sienne.

— J'ai besoin de toi, chuchota-t-il. Reste avec moi.

Elle ne sentit pas son cœur se dilater comme il l'aurait fait un an plus tôt. Pas plus qu'elle ne sentit son corps frémir et s'émouvoir de la promesse implicite que recelaient ces mots. Elle aurait tant voulu pouvoir saisir cette occasion pour ouvrir le petit tiroir du chevet de son mari, en sortir la boîte de préservatifs et lui dire : « Si tu as tellement besoin de moi, débarrasse-toi de ça. » Mais elle n'en fit rien.

Elle envia les femmes qui, à sa place, auraient eu ce courage. Mais elle avait épuisé depuis longtemps le stock de confiance en soi que nécessitait un tel geste. Que lui restait-il ? Ce qui reste une fois que tous les bons côtés ont disparu. Elle avait l'impression que depuis des siècles elle ne ressentait plus que de l'indignation, de la méfiance et un besoin de vengeance que rien encore n'avait pu apaiser.

Anthony se tourna sur le côté. Il l'attira vers lui, la fit asseoir sur le lit et posa la tête sur ses genoux, nouant ses bras autour de sa taille. Machinalement, elle se mit à lui caresser les cheveux.

– Je dois rêver, murmura-t-il. Elle va venir ce week-end, nous serons de nouveau ensemble tous les trois. Nous irons faire un tour à Blakeney. Ou alors nous nous exercerons à tirer pour la chasse au faisan. Ou bien nous resterons à la maison, à bavarder, tout simplement. Mais nous formerons une famille. Ensemble. (Justine regarda les larmes couler le long de sa joue et s'écraser sur la laine grise de sa jupe.) Je veux qu'elle revienne, chuchota-t-il. Elena. Elena.

Elle prononça les seuls mots qu'elle savait être vrais en la circonstance :

– Je suis désolée.

– Serre-moi contre toi, s'il te plaît.

Les mains d'Anthony se glissèrent sous sa veste, se plaquèrent contre son dos. Au bout d'un moment, elle l'entendit souffler, murmurer son nom. Il la serra plus fort, sortit les pans de son chemisier de sa jupe. Ses mains chaudes contre son dos s'apprêtaient à défaire son soutien-gorge.

– Serre-moi contre toi, répéta-t-il.

Il fit tomber la veste de ses épaules et leva la tête, la bouche tendue vers ses seins. A travers la soie mince de son chemisier, Justine sentit son souffle, puis sa langue et enfin ses dents contre le bout de son sein, qui se durcit.

– Serre-moi contre toi, chuchota-t-il. Je t'en prie.

Faire l'amour était la réaction la plus normale, la plus saine, après un deuil pareil. La seule chose qu'elle ne pouvait s'empêcher de se demander, c'était si son mari n'avait pas déjà eu cette saine réaction aujourd'hui.

Comme s'il percevait son manque d'empressement, il recula. Ses lunettes étaient restées sur le chevet, il les prit et les mit.

– Excuse-moi. Je ne sais même plus ce que je fais.

Elle se leva.

– Où étais-tu passé ?

– Tu n'avais pas l'air de vouloir...

– Je ne te parle pas de maintenant. Je te parle de cet après-midi. Où es-tu allé ?

– Faire un tour.

– Où ?

– Nulle part.

– Je ne te crois pas.

Il détourna les yeux, fixa la commode en teck aux lignes épurées, froides.

– C'est reparti. Tu es allé la voir, n'est-ce pas ? Tu lui as fait l'amour. Ou bien avez-vous juste communiqué – comment est-ce déjà entre vous ? – d'âme à âme ?

Il reporta son regard sur elle. Fit lentement non de la tête.

– Tu choisis bien ton moment, tu ne trouves pas ?

– C'est ce que j'appelle se défiler, Anthony.

Mais ça ne prend pas. Pas même ce soir. Où étais-tu ?

– Que dois-je faire pour te convaincre que c'est fini ? Tu as posé tes conditions – ou tu la quittes ou je te quitte – et tu as eu gain de cause. Sur toute la ligne. C'est fini.

– Vraiment ? (Elle joua son atout en douceur.) Alors où étais-tu la nuit dernière ? J'ai téléphoné chez toi, au collège, juste après avoir eu Elena au bout du fil. Où étais-tu, Anthony ? Tu as menti à l'inspecteur, tu peux bien dire la vérité à ta femme, non ?

– Parle moins fort. Je n'ai pas envie que tu réveilles Glyn.

– Je me fiche pas mal que ma voix réveille les morts.

A peine les mots lui eurent-ils échappé qu'elle esquissa un mouvement de recul. Et lui aussi. Ces paroles éteignirent net le feu de sa colère. La réponse de son mari aussi.

– Si seulement tu en avais le pouvoir, Justine...

5

Dans la banlieue londonienne de Greenford, le sergent Barbara Havers conduisait lentement sa Mini rouillée le long de Oldfield Lane. Sur le siège du passager, sa mère était recroquevillée dans les plis d'un vaste manteau noir poussiéreux, telle une marionnette privée de son fil. Avant de quitter Acton, Barbara lui avait noué autour du cou une écharpe rouge et bleue. Mais pendant le trajet, Mrs. Havers en avait défait le nœud et pour l'instant elle s'en servait comme d'un manchon, la tournant et la retournant entre ses doigts gantés. A la lueur sourde du tableau de bord, Barbara voyait que derrière leurs lunettes les yeux de sa mère étaient écarquillés de frayeur. Il y avait des années qu'elle ne s'était pas risquée si loin de chez elle.

– Il y a un traiteur chinois, fit Barbara, l'index pointé vers le magasin. Et puis le coiffeur et le pharmacien, maman. Dommage qu'il soit tard, on aurait pu aller dans le jardin public s'asseoir sur un banc. Mais ce sera pour un autre jour. Le week-end prochain.

Pour toute réponse, sa mère se mit à fredonner. Plaquée contre la portière, elle choisit une mélodie de circonstance. Barbara ne se souvenait plus d'où était tirée la chanson mais elle se rappelait fort bien les paroles. « Pense à moi, pense à moi avec affection... » Une rengaine qu'elle avait dû entendre à la radio des centaines de fois au cours de ces dernières années, que sa mère avait écoutée elle aussi, qui lui était revenue à l'esprit à cet instant précis pour exprimer ce qu'elle éprouvait derrière la façade de sa démence.

« Je pense à toi, aurait voulu lui dire Barbara. Ce que je fais, c'est ce qu'il y a de mieux. C'est la seule solution. »

Au lieu de quoi, elle dit d'un ton faussement enjoué :

– Tu as vu comme les trottoirs sont larges, ici, maman ? C'est pas à Acton qu'on verrait des trottoirs de cette largeur, hein ?

Elle n'attendait pas de réponse et n'en eut aucune. Elle obliqua dans Uneeda Drive.

– Et les arbres, tu as vu les arbres, maman ? Ils n'ont pas de feuilles en ce moment, mais en été je suis sûre que ça sera drôlement joli.

Bien sûr, ils ne formeraient jamais le tunnel dense et feuillu que l'on pouvait admirer dans les rues des beaux quartiers de Londres. Ils étaient plantés trop loin les uns des autres pour ça. Néanmoins ils réussissaient à rompre la lugubre monotonie de la rangée de maisons jumelées en stuc et brique, et pour cette raison Barbara trouvait leur présence réconfortante. Tout comme elle fut réconfortée par les jardinets des maisons. Elle ralentit pour mieux les montrer à sa mère, faisant semblant d'apercevoir des détails que l'obscurité rendait invisibles. Elle papota gaiement, mentionnant une famille de nains, des canards en plâtre, un abri pour les oiseaux, un massif de pensées d'hiver et de phlox. Peu importa qu'elle n'ait rien vu de tout cela. Sa mère aurait de toute façon tout oublié le lendemain matin. Peut-être même dans un quart d'heure.

Barbara savait bien que sa mère ne se souvenait pas de la conversation qu'elles avaient eue à propos de Hawthorn Lodge cet après-midi. Elle avait téléphoné à Mrs. Flo, pris ses dispositions pour que sa mère devienne l'une des pensionnaires de la maison et elle était rentrée à Acton faire ses bagages.

— Votre maman n'aura pas besoin de toutes ses affaires au début, avait dit Mrs. Flo gentiment. Apportez juste une valise avec deux ou trois petites choses, nous l'installerons progressivement. Dites-lui qu'elle est là en visite pour quelques jours si vous pensez que ça peut lui faciliter les choses.

Après avoir passé des années à entendre sa mère préparer des voyages qu'elle ne ferait jamais, Barbara ne pouvait que trouver ironique le fait de faire enfin la valise de Mrs. Havers en prétextant une « visite » à Greenford. Ça n'avait pas grand-chose à voir avec les destinations exotiques qui avaient occupé les pensées maternelles complètement décousues pendant si longtemps. Cependant le fait d'avoir tant caressé l'idée de prendre un jour des vacances lui avait rendu la vue de la valise moins pénible.

Sa mère avait bien entendu remarqué que Barbara ne rangeait aucune de ses affaires à elle dans la valise de vinyle. Elle était même allée fouiller dans la chambre de Barbara et avait rapporté une pile de pantalons et de pulls, vêtements qui constituaient l'essentiel de la garde-robe de sa fille.

— Tu vas en avoir besoin, mon chou, lui avait-elle dit. Surtout si on va en Suisse. C'est bien en Suisse, qu'on va, non ? Ça fait une éternité que j'ai envie d'y aller. L'air pur, Barbie. Pense à ce bon air pur.

Barbara avait expliqué à sa mère qu'il n'était pas question d'aller en Suisse et qu'elle-même ne serait pas du voyage. Elle avait terminé par un mensonge :

— Ce n'est qu'un petit séjour de quelques jours. Je viendrai te voir le week-end.

Espérant que sa mère se cramponnerait à cette idée suffisamment longtemps pour qu'elle ait le temps de l'installer à Hawthorn Lodge sans problème.

Mais maintenant Barbara se rendait compte que le désarroi avait eu raison du bref moment de lucidité pendant lequel elle avait énuméré les avantages d'un séjour chez Mrs. Flo et les inconvénients qu'il y avait à employer Mrs. Gustafson. Mrs. Havers se mordait la lèvre supérieure à mesure que son ahurissement croissait. Ses mains se tordaient dans le manchon qu'elle s'était fabriqué avec l'écharpe. Le tempo du fredonnement s'accélérait. « Pense à moi, pense à moi avec tendresse... »

– Maman, implora Barbara en se garant tout contre le trottoir, le plus près possible de Hawthorn Lodge.

Pour toute réponse, le fredonnement continua. Barbara sentit son moral dégringoler. L'espace d'un instant cet après-midi, elle s'était dit que la transition pourrait se faire en douceur. Sa mère avait même paru accueillir l'idée d'un départ avec une certaine excitation, persuadée qu'il s'agissait de vacances. Maintenant Barbara s'apercevait que la séparation promettait d'être aussi douloureuse qu'elle l'avait redouté.

Elle voulut prier pour trouver la force d'aller jusqu'au bout. Mais elle ne croyait pas particulièrement en Dieu et l'idée de faire appel à Lui en un moment où elle avait besoin de Son aide lui sembla aussi inutile qu'hypocrite. Prenant son courage à deux mains, elle ouvrit la portière et fit le tour du véhicule pour aider sa mère à descendre de voiture.

– Nous y sommes, maman, dit-elle avec un élan factice. Allons voir Mrs. Flo.

D'une main, elle empoigna la valise. De l'autre, elle prit sa mère par le bras. Elle l'entraîna sur le trottoir vers la bâtisse de stuc gris qui renfermait la promesse du salut.

– Tu entends ça, maman ? dit-elle en sonnant à la porte. (Dans la maison, Deborah Kerr modulait : « Apprendre à te connaître », pensant sans doute à la nouvelle arrivante.) Il y a de la musique. Tu entends ?

— Ça sent le chou, décréta sa mère. Une maison qui sent le chou, c'est pas convenable pour y passer des vacances. Le chou, c'est vulgaire. Pas question que je mette les pieds là-dedans.

— Ça vient de la maison d'à côté, maman.

— Je te dis que ça sent le chou, Barbie. Jamais je n'aurais réservé une chambre dans un hôtel qui sent le chou.

Barbara perçut la colère dans la voix angoissée de sa mère. Priant pour que Mrs. Flo vienne ouvrir, elle sonna de nouveau.

— On sert jamais de chou à la maison, Barbie. Jamais aux invités en tout cas.

— Ne t'inquiète pas, maman.

— Barbie, je ne crois pas...

Heureusement, la lampe du porche s'alluma. De surprise, Mrs. Havers cilla et recula, se cognant contre Barbara.

Mrs. Flo portait toujours sa robe chasuble impeccable avec la broche sur la poitrine. Elle avait l'air aussi fraîche que le matin.

— Vous voilà ! Magnifique. (Elle fit un pas dans la nuit et prit Mrs. Havers par le bras.) Soyez la bienvenue, ma chère. Nous parlions justement de vous, nous sommes tout excitées à l'idée de vous rencontrer.

— Barbie... (Voix suppliante.)

— Tout va bien, maman. Je suis là.

Les chères petites de Mrs. Flo regardaient une cassette vidéo dans le salon. Deborah Kerr chantait mélodieusement *Le Roi et moi*, devant un parterre d'enfants orientaux à l'air précoce. Les deux pensionnaires assises sur le canapé agitaient la tête en cadence.

— Voilà mes petites, annonça Mrs. Flo, un bras passé autour des épaules de Mrs. Havers. Et voici notre visiteuse. Nous avons toutes hâte de faire sa connaissance, n'est-ce pas ? Quel dommage que

Mrs. Tilbird ne soit pas là, ça lui aurait tant fait plaisir.

Les présentations furent faites. Mrs. Salkild et Mrs. Pendlebury, épaule contre épaule, restèrent enfoncées dans le canapé. Mrs. Havers recula, jetant à Barbara un regard plein de détresse. Barbara lui adressa un sourire réconfortant. La valise au bout de son bras lui sembla peser une tonne.

– Et si on vous enlevait votre joli manteau et votre écharpe, ma chère ?

Mrs. Flo tendit la main vers le bouton du haut du manteau.

– Barbie ! glapit Mrs. Havers.

– Tout va bien, dit Mrs. Flo. Vous n'avez aucune raison de vous inquiéter. Nous sommes très heureuses de vous avoir parmi nous quelques jours.

– Ça sent le chou !

Barbara posa la valise par terre et vint à la rescousse. Sa mère s'accrochait au bouton de son manteau comme s'il s'agissait d'un diamant de collection. De la salive s'accumula au coin de ses lèvres.

– Toi qui rêvais de vacances, maman, ça y est. Tu es en vacances, dit Barbara. Allons au premier voir ta chambre.

Elle prit le bras de sa mère.

– C'est un peu difficile au début pour eux, dit Mrs. Flo, remarquant peut-être la panique naissante de Barbara. Le changement les désarçonne. C'est tout à fait normal. Il ne faut pas vous faire de souci.

Ensemble, elles entraînèrent Mrs. Havers hors de la pièce tandis que les enfants orientaux chantaient à l'unisson « Jour... après... jour ». L'escalier était trop étroit pour leur permettre de monter à trois de front, aussi Mrs. Flo leur montra-t-elle le chemin tout en continuant de bavarder. Barbara sentait sa détermination calme et elle s'émerveillait de la patience de cette femme qui consacrait sa

109

vie aux personnes âgées et infirmes. Elle-même n'avait qu'une envie : quitter la maison le plus vite possible et elle se méprisait de cette claustrophobie.

Hisser sa mère de marche en marche dans l'escalier n'aida pas Barbara à se débarrasser de l'envie de fuir. Le corps de Mrs. Havers était devenu complètement rigide. Chaque pas était une aventure. Bien que Barbara lui murmurât des encouragements et gardât une main réconfortante sur son bras, elle avait l'impression d'emmener un animal innocent à l'abattoir, au moment où ce dernier flaire l'inimitable odeur de la mort.

– Ça sent le chou, fit Mrs. Havers, gémissant.

Barbara essaya de s'endurcir. Elle savait pertinemment que ça ne sentait pas le chou. Elle comprenait que sa mère s'accrochait à la dernière idée à peu près rationnelle qui lui avait traversé l'esprit. Mais lorsque la tête de Mrs. Havers ballotta contre son épaule et que Barbara vit la trace laiteuse laissée par les larmes dans la poudre dont elle s'était couvert le visage avant son départ en vacances, elle sentit un atroce sentiment de culpabilité l'étreindre.

« Elle ne comprend pas ce qui se passe, songea Barbara. Elle ne comprendra jamais. »

– Mrs. Flo, fit-elle, je ne crois pas...

Sur le palier, Mrs. Flo se retourna et tendit la main, paume en l'air, pour l'empêcher de poursuivre :

– Laissez-lui un peu de temps, ma chère enfant. Ce n'est facile pour personne.

Elle traversa le palier et ouvrit l'une des portes. Une lumière brillait déjà pour accueillir la nouvelle pensionnaire. La chambre était équipée d'un lit d'hôpital. Sinon elle ressemblait à toutes les chambres que Barbara avait pu voir et elle était nettement plus gaie que celle de sa mère à Acton.

– Tu as vu ce joli papier, maman ? Regarde toutes ses pâquerettes. Tu aimes ça, les pâquerettes, non ? Et le tapis. Il y a des pâquerettes jusque sur le tapis. Et tu as ton lavabo et même un rocking-chair près de la fenêtre. Je t'ai dit que tu verrais le jardin public de ta fenêtre ? Tu pourras regarder les enfants jouer au ballon.

« Je t'en prie, maman, fais un geste, réagis ! »

Cramponnée au bras de sa fille, Mrs. Havers émit une sorte de miaulement déchirant.

– Donnez-moi sa valise, mon petit, dit Mrs. Flo. Dépêchons-nous de la défaire. Vous avez apporté des photos et des petits souvenirs, n'est-ce pas ?

– Oui. Sur le dessus.

– Eh bien sortons-les. Les photos pour commencer. Ça lui rappellera la maison.

Il n'y avait que deux photos dans un cadre, une du frère de Barbara et l'autre de son père. Tandis que Mrs. Flo posait le cadre sur la commode, Barbara réalisa qu'elle s'était tellement dépêchée de faire sortir sa mère de sa vie qu'elle avait oublié de mettre une photo d'elle. Un sentiment cuisant de honte la brûla.

– N'est-ce pas que ça fait joli ? dit Mrs. Flo, reculant et inclinant la tête de côté pour admirer les photos. Quel adorable petit garçon. Il est...

– C'est mon frère. Il est mort.

Mrs. Flo eut un petit bruit de bouche qui se voulait plein de sympathie.

– On lui enlève son manteau maintenant ?

Il avait dix ans, songea Barbara. Aucun membre de la famille ne se trouvait à son chevet lorsqu'il était décédé, il n'y avait même pas eu une infirmière pour lui tenir la main et l'aider à partir. Il était mort tout seul.

– Retirez ça, ma chère petite, dit Mrs. Flo.

Barbara sentit sa mère se raidir.

– Barbie...

Ces deux syllabes contenaient toute la détresse du monde.

Barbara s'était souvent demandé comment ça s'était passé pour son frère. S'était-il laissé glisser doucement dans la mort sans sortir du coma ou avait-il ouvert les yeux à l'instant fatal pour se voir abandonné de tous – si ce n'est des machines, tubes, flacons et autres appareils qui s'acharnaient à prolonger sa vie ?

– Voilà. Un bouton. Et maintenant un autre. Nous allons vous installer et vous faire une bonne tasse de thé. Ça va vous faire le plus grand bien. Avec une tranche de gâteau, le thé ?

– Le chou, réussit à articuler Mrs. Havers.

On eût dit un cri étouffé, venant de très loin. Barbara prit sa décision.

– Les albums ! dit-elle. J'ai oublié les albums de ma mère, Mrs. Flo.

Mrs. Flo leva le nez de l'écharpe qu'elle avait réussi à retirer des mains de Mrs. Havers.

– Vous les apporterez plus tard, mon petit. Elle n'en aura pas besoin tout de suite.

– Non. C'est important. Il faut qu'elle ait ses albums à portée de la main. Elle a collectionné... (Barbara s'interrompit. Sa raison lui interdisait de faire cette folie mais son cœur lui criait qu'il n'y avait pas d'autre réaction possible.) Elle préparait les vacances dans ces albums. Elle continue à travailler dessus tous les jours. Si elle ne les a pas, elle sera perdue et...

Mrs. Flo lui toucha le bras.

– Écoutez, mon petit. Ce que vous éprouvez est parfaitement normal. Mais c'est la meilleure solution. Vous vous en rendez sûrement compte.

– Non. C'est déjà assez moche que j'aie oublié de lui donner une photo de moi. Mais je ne peux pas la laisser sans ses albums. Je suis désolée. Je vous ai dérangée pour rien. J'ai tout gâché. J'ai...

Pas question de pleurer, pas avec sa mère qui avait besoin d'elle et Mrs. Gustafson à qui elle allait devoir parler et donner des directives. Pas question de se mettre à pleurer maintenant.

Elle s'approcha de la commode, referma le cadre, le remit dans la valise, qu'elle retira du lit.

Elle prit un mouchoir en papier dans sa poche et essuya les joues et le nez de sa mère.
– Allez viens, maman, lui dit-elle. On rentre.

Le chœur chantait le *Kyrie* quand Lynley traversa Chapel Court. Il s'approcha de la chapelle qui, ouverte par une arcade, occupait la quasi-totalité de la partie ouest de la cour. Elle avait de toute évidence été construite pour pouvoir être admirée de Middle Court, à l'est; mais la nécessité d'agrandir le collège s'était rapidement fait sentir – si bien que l'édifice du XVIIe se trouvait aujourd'hui au cœur d'une cour carrée bordée de bâtiments XVIIIe.

Les lumières luisaient sur la façade en pierre de taille de Weldon du bâtiment. S'il n'avait pas été dessiné par Wren, il rendait en tout cas hommage à son amour de l'ornementation classique. La façade de la chapelle s'élevait du centre de l'arcade, définie par quatre pilastres corinthiens qui soutenaient un fronton renfermant une horloge et une coupole de lanterneau. Des guirlandes décoratives s'enroulaient autour des pilastres. De part et d'autre de l'horloge luisait un œil-de-bœuf. Au centre du bâtiment se trouvait un entablement ovale. L'ensemble concrétisait l'idéal classique de Wren, son sens de l'harmonie. De chaque côté de la chapelle, une galerie à arcades délimitait la partie ouest de la cour, permettant d'apercevoir les splendides jardins qui descendaient jusqu'à la Cam. La nuit, l'effet était ravissant, surtout quand la brume montant de la rivière tournoyait autour du mur et venait lécher les colonnes. A la lumière du soleil, ce devait être une splendeur.

Comme pour confirmer cette remarque, une fanfare de trompettes emplit soudain l'air glacé de ses notes pures et douces. Tandis que Lynley ouvrait la porte de la chapelle au sud-est du bâtiment, le chœur répondit à la fanfare en entonnant un nouveau *Kyrie*. Il pénétra dans la chapelle alors qu'une seconde fanfare retentissait.

Jusqu'à la hauteur des fenêtres en ogive qui filaient vers la corniche de plâtre, les murs étaient lambrissés de chêne doré. Alignés le long des bancs de chêne, disposés de part et d'autre de l'allée centrale, les membres de la chorale du collège fixaient leur attention sur la trompettiste qui jouait au pied de l'autel. Elle était minuscule à côté du retable aux ors baroques où Jésus rappelant Lazare d'entre les morts était peint. Elle termina son solo, aperçut Lynley et lui adressa un sourire tandis que le chœur attaquait le dernier *Kyrie*. Quelques caverneuses mesures d'orgue suivirent. Le maître de chœur griffonna dans sa partition.

– Les altos, c'est franchement mauvais. Les sopranos, ça piaille. Quant aux ténors, ils ont encore plus de talent que les chiens pour hurler. Le reste est passable. Demain soir même heure, s'il vous plaît.

Des gémissements accueillirent ces commentaires. Le maître de chapelle les ignora, fourra son crayon dans sa tignasse noire et dit :

– Excellente, la trompette. Merci, Miranda. Mesdemoiselles, messieurs, ce sera tout.

Tandis que le groupe se dispersait, Lynley descendit l'allée centrale pour rejoindre Miranda Webberly, qui nettoyait sa trompette avant de la ranger dans son étui.

– Tu as laissé tomber le jazz, Randie ?

Elle redressa vivement sa tête, aux cheveux roux frisés.

– Sûrement pas ! répondit-elle.

Comme à son habitude, elle portait un survêtement informe, persuadée qu'il l'allongeait et dissimulait les rondeurs de son corps potelé.

– Toujours membre du club de jazz, alors ?

– Et comment ! On donne un concert mercredi soir à Trinity Hall. Vous viendrez ?

– Je ne raterais ça pour rien au monde.

Elle sourit.
- Bon. (Elle referma l'étui d'un mouvement sec et le posa sur un banc.) Papa m'a téléphoné pour me prévenir qu'un de ses hommes débarquerait ici ce soir. Comment se fait-il que vous soyez seul ?
- Le sergent Havers a un petit problème personnel à régler. Elle me rejoindra un peu plus tard. Demain matin, je pense.
- Hmmmm... Bon. Vous voulez un café ou quelque chose ? Vous devez avoir des questions à me poser. L'office est encore ouvert. Sinon on peut aller chez moi. (Les joues de Miranda virèrent au cramoisi.) Je veux dire : si vous voulez que nous soyons vraiment tranquilles.

Lynley sourit.
- Allons chez toi.

Elle enfila une énorme veste vert moutarde, jetant un « Merci, inspecteur » à Lynley qui l'aidait, entortilla une écharpe autour de son cou et empoigna son étui.
- Suivez-moi. Je suis dans New Court.

Au lieu de traverser Chapel Court et d'emprunter le passage reliant le bâtiment est au bâtiment sud, elle l'entraîna le long de la galerie à arcades et franchit une porte à l'extrémité nord. Ils gravirent une petite volée de marches, enfilèrent un couloir, franchirent une porte coupe-feu, longèrent un autre couloir, franchirent une autre porte coupe-feu, dévalèrent une nouvelle volée de marches. Et pendant tout ce temps, Miranda n'arrêta pas de parler.
- Je ne sais pas encore ce que je ressens par rapport à la mort d'Elena, énonça-t-elle. (On aurait dit un discours qu'elle s'était ressassé toute la journée.) Je me dis que je devrais éprouver de l'indignation, de la colère, du chagrin mais je n'éprouve rien du tout pour l'instant. Si ce n'est la culpabilité de ne rien ressentir. En plus, j'ai comme une sorte de fierté malsaine du fait que papa est sur l'affaire – par votre intermédiaire évidemment – mais du

coup je me retrouve dans le camp de « ceux qui sont au courant ». Je me fais honte. Je suis chrétienne, pourtant. Je devrais être triste, non ? (Elle n'attendit pas la réponse de Lynley.) Le problème, voyez-vous, c'est que je n'arrive pas à me faire à l'idée qu'Elena est morte. Je ne l'ai pas vue la nuit dernière. Je ne l'ai pas entendue partir ce matin. C'est pour cela que tout me semble parfaitement normal. Peut-être que si c'était moi qui l'avais trouvée, ou si notre femme de ménage avait découvert son corps et qu'elle soit venue me chercher en hurlant – comme au cinéma – j'aurais pu être bouleversée. C'est mon absence de réaction qui m'inquiète. Est-ce que j'ai un cœur de pierre ? Est-ce que je me moque de ce qui lui est arrivé ?

– Tu la connaissais bien ?

– C'est le problème. J'aurais dû être plus proche d'elle. Faire plus d'efforts pour la comprendre. D'autant que je la connais depuis l'an dernier.

– Mais ce n'était pas une amie à toi ?

Miranda s'arrêta devant le portail qui donnait dans New Court. Elle fronça le nez.

– Le jogging, ça n'a jamais été mon truc, dit-elle énigmatiquement en ouvrant la porte.

A gauche, une terrasse surplombait la rivière. A droite, un sentier pavé courait entre le Randolph Building et une pelouse. Un énorme marronnier se dressait au centre de la pelouse, derrière lequel se profilait le corps de bâtiment en fer à cheval enserrant New Court, trois étages de style néo-gothique flamboyant, comportant des fenêtres à redents, des portails cintrés aux portes cloutées, des toits crénelés et une tour prolongée par une flèche. Bien que construit dans la même pierre de taille que le Randolph Building auquel il faisait face, ce bâtiment n'aurait pu être plus différent sur le plan du style.

– Par ici, dit Miranda en l'entraînant le long du sentier pavé dans le coin sud-est du bâtiment.

Le jasmin d'hiver partait allègrement à l'assaut des murs. Lynley en perçut le parfum délicat à l'instant où Miranda poussait une porte près de laquelle la lettre *L* était sculptée dans un petit bloc de pierre.

Ils grimpèrent deux étages. La chambre de Miranda et celle qui lui faisait face, de l'autre côté de l'étroit couloir, se partageaient une cuisinette, une douche et des W.-C.

Miranda fit halte dans la cuisinette pour remplir une bouilloire et la mettre sur le feu.

– Je n'ai que du café instantané, fit-elle avec une grimace. Mais j'ai un peu de whisky pour le corser si ça vous tente. Surtout ne dites pas à maman...

– Que tu t'es mise à la boisson ?

– Que je me suis mise à quoi que ce soit ! Sauf s'il s'agit d'un homme. Là, vous pouvez lui raconter tout ce qui vous passera par la tête. Mettez le paquet. Dites-lui que vous m'avez trouvée en déshabillé de dentelle noire. Ça lui mettra du baume au cœur. Elle commence à désespérer.

Elle éclata de rire, et se dirigea vers la porte de sa chambre. Lynley remarqua avec satisfaction qu'elle l'avait fermée à clé. Elle n'était pas fille unique d'un commissaire de police pour rien.

– Mais c'est le grand luxe ici ! constata-t-il en entrant.

En effet, contrairement aux logements standards de Cambridge, celui de Miranda comportait deux pièces au lieu d'une : une sorte d'antichambre où elle dormait et une seconde pièce, plus grande, qui tenait lieu de salle de séjour. Celle-ci était suffisamment vaste pour loger deux canapés miniatures et une petite table de salle à manger en noyer qui faisait fonction de table de travail. Dans un coin de la pièce il y avait une cheminée condamnée, et un banc de chêne dans l'embrasure de la fenêtre donnant sur Trinity Passage Lane. Sur le banc était posée une cage de fer. Lynley s'approcha pour examiner le minuscule prisonnier qui se démenait comme un diable dans sa roue.

Miranda posa son étui près du fauteuil et laissa tomber son manteau par terre.

– C'est Tibbit, annonça-t-elle.

Puis elle se dirigea vers la cheminée pour allumer le radiateur électrique.

Lynley, qui retirait son manteau, releva la tête.

– La souris d'Elena ?

– Quand j'ai appris ce qui lui était arrivé, je suis allée chercher Tibbit dans sa chambre. C'est la moindre des choses, non ?

– Quand ?

– Cet après-midi. Un peu après deux heures, il me semble.

– Sa chambre n'était pas fermée à clé ?

– Non. Pas encore en tout cas. Elena ne fermait jamais sa porte à clé. (Sur des étagères, dans un renfoncement, se trouvaient alignés plusieurs bouteilles d'alcool, cinq verres, trois tasses et des soucoupes. Miranda prit deux tasses et une bouteille et les posa sur la table.) Ça pourrait être important ? Qu'elle n'ait pas fermé sa porte à clé, je veux dire.

Le souriceau cessa de faire tourner sa roue et se précipita vers la paroi de la cage. Ses moustaches et son nez frémissaient. S'agrippant à l'aide de ses pattes aux minuscules barreaux métalliques, il s'assit sur son arrière-train et se mit à renifler les doigts de Lynley.

– Peut-être, concéda Lynley. Est-ce que tu as entendu du bruit dans sa chambre ce matin ? Vers sept heures, sept heures et demie ?

Miranda fit non de la tête d'un air de regret.

– A cause des boules, dit-elle.

– Tu portes des boules Quiès la nuit ?

– Depuis... (Elle hésita, embarrassée, puis se décidant, enchaîna :) Je ne peux pas dormir sans, inspecteur. L'habitude, sans doute. C'est laid comme tout mais je ne peux pas m'en passer.

Lynley combla sans peine les blancs, admirant le cran de Miranda. La vie conjugale de Webberly était un combat perpétuel, tous ceux qui connaissaient un tant soit peu le commissaire le savaient. Sa fille avait dû commencer à mettre des boules Quiès chez elle, pour ne pas entendre les disputes nocturnes de ses parents.

– A quelle heure t'es-tu levée ce matin, Randie ?

– Huit heures, dit-elle. A dix minutes près. Huit heures dix. J'avais un cours à neuf heures.

– Et qu'as-tu fait en te réveillant ? Tu as pris une douche ? Un bain ?

– Hmmmm. Oui. Ensuite, j'ai bu une tasse de thé. Mangé des cornflakes. Préparé des toasts.

– Sa porte était fermée ?

– Oui.

– Tout semblait normal ? Aucun signe révélant qu'il y avait quelqu'un à l'intérieur ?

– Rien. Mais... (La bouilloire se mit à siffler dans la cuisinette. Elle prit les deux tasses par leur anse, les coinça entre ses doigts, saisit un petit pot et s'approcha de la porte devant laquelle elle s'immobilisa.) Je ne sais pas si j'aurais remarqué quoi que ce soit. Elle recevait tellement plus de visites que moi.

– Elle était populaire ?

Du bout du doigt, Miranda caressa le bord ébréché d'une des tasses. Le sifflement de la bouilloire monta d'une octave. Elle eut l'air gêné.

– Auprès des hommes, précisa Lynley.

– Je vais chercher le café.

Elle s'éclipsa, laissant la porte ouverte. Lynley l'entendit s'agiter dans la cuisinette. Il voyait la porte fermée de l'autre côté du couloir. Le portier lui avait donné la clé mais il n'avait pas envie de s'en servir. Il se demanda pourquoi car c'était contraire au plus élémentaire bon sens.

Il attaquait l'affaire à l'envers. Malgré l'heure tardive de son arrivée, il aurait dû s'entretenir en premier lieu avec ses collègues de la police de Cambridge, interroger ensuite les parents, puis rencontrer la personne qui avait trouvé le corps. Cela fait, il aurait fouillé dans les affaires de la victime à la recherche d'un indice susceptible de le mettre sur la piste de l'assassin. Telle était la procédure normale, comme le sergent Havers n'aurait certainement pas manqué de le lui rappeler. Il n'aurait su expliquer pourquoi il s'en écartait. Simplement son instinct lui disait que, par sa nature même, le crime suggérait quelque chose de personnel, peut-être même un règlement de comptes. Et que seule une compréhension intime des principaux personnages impliqués pourrait lui en révéler la nature.

Miranda réapparut, portant tasses et pot sur un plateau métallique rose.

– Le lait a tourné, annonça-t-elle en posant les tasses sur les soucoupes. Désolée. Il va falloir se contenter du whisky. J'ai un peu de sucre. Vous en voulez ?

Il refusa.

– Parle-moi des visiteurs d'Elena. C'étaient des hommes, je présume.

Elle parut regretter qu'il n'ait pas oublié sa question pendant qu'elle préparait le café. Il la rejoignit près de la table. Elle versa une rasade de whisky dans leurs deux tasses, remua à l'aide d'une cuiller, qu'elle lécha et garda à la main, jouant avec tout en parlant.

– Pas uniquement. Elle était très copine avec les filles du club des Jeux de piste qui passaient la voir de temps à autre. Ou bien elle les accompagnait à des fêtes. Elena, les fêtes, c'était son truc. Elle adorait danser. Elle disait qu'elle sentait les vibrations de la musique quand le son était suffisamment fort.

– Et les hommes ? s'enquit de nouveau Lynley.

Miranda fit claquer la cuiller contre sa paume. Fronça le nez.

– Maman serait rudement contente si j'avais seulement le dixième des copains d'Elena. Les hommes l'avaient à la bonne, inspecteur.

– Chose que tu as du mal à comprendre ?
– Non. Pas du tout. Elena était vive, elle était drôle, elle adorait parler, écouter, ce qui est tout de même curieux car elle ne pouvait pas *vraiment* écouter ni parler. En tout cas elle savait donner à son interlocuteur l'impression que lui seul comptait. C'est pour ça que je ne suis pas étonnée que les hommes... Vous comprenez ce que je veux dire.

Elle tritura sa cuiller comme pour ponctuer sa phrase.

– Tu insinues que nous sommes des créatures égocentriques ?
– Les hommes adorent croire qu'ils sont le centre du monde. Et Elena était très forte pour leur donner ce plaisir.
– Quels hommes ?
– Gareth Randolph, par exemple, dit Miranda. Il venait souvent la voir. Deux ou trois fois par semaine. Je savais toujours quand il lui rendait visite parce que l'air devenait comme grave. C'est un garçon tellement intense, tellement sérieux ! Elena se disait capable de flairer son aura dès qu'il mettait la main sur la poignée de la porte menant à notre escalier. « Je sens que je vais avoir des ennuis », me disait-elle si nous étions dans la cuisinette. Et trente secondes plus tard, il se pointait. Elle prétendait avoir le don de double vue concernant Gareth. (Miranda éclata de rire.) Moi je crois plutôt qu'elle reniflait son eau de Cologne.

– Formaient-ils un couple ?
– Ils sortaient souvent ensemble. Les gens accolaient leurs noms.
– Elena aimait-elle ça ?
– Elle disait que c'était un ami, sans plus.
– Y avait-il quelqu'un à qui elle tenait plus particulièrement ?

Miranda but une gorgée de café, rajouta du whisky et poussa la bouteille vers lui.

– J'ignore si elle tenait vraiment à lui, mais elle

121

voyait Adam Jenn. L'assistant de son père. Elle le voyait même beaucoup. Son père aussi ; il passait souvent chez elle, mais je suppose qu'il ne compte pas, parce qu'il venait uniquement pour la surveiller. Elle avait eu de mauvais résultats l'an dernier – on vous l'a peut-être dit. Il voulait être certain que ça ne se renouvellerait pas. En tout cas, c'est comme ça qu'Elena voyait les choses. « Voilà mon garde-chiourme », disait-elle lorsqu'elle le voyait arriver de sa fenêtre. Une ou deux fois elle s'est cachée chez moi pour le faire marcher. Elle était morte de rire quand elle le surprenait en train de rouspéter parce qu'elle n'était pas dans sa chambre alors qu'elle lui avait dit qu'elle y serait.

– Elle n'appréciait pas qu'on l'oblige à rester dormir plus souvent à l'université...

– Elle aimait sa souris, Tibbit. Elle l'appelait son compagnon de cellule. C'était son caractère, inspecteur. Elle était capable de plaisanter de tout.

Miranda parut en avoir terminé avec son récit car elle se carra dans son fauteuil, les jambes repliées sous elle, et avala une nouvelle gorgée de café. Mais elle regardait Lynley d'un air qui laissait entendre qu'elle n'avait pas tout dit.

– Il y avait quelqu'un d'autre, Randie ?

Miranda remua sur son siège. Elle examina une corbeille pleine de pommes et d'oranges posée sur la table puis les affiches accrochées au mur. Dizzie Gillespie, Louis Armstrong, Wynton Marsalis en concert, Dave Brubeck au piano, Ella Fitzgerald tenant son micro. Le jazz avait toujours été sa passion. Elle tourna de nouveau les yeux vers lui, enfonçant la cuiller dans sa tignasse.

– Randie, si tu sais quelque chose...

– Rien dont je sois absolument sûre, inspecteur. Je ne peux pas vous en parler parce que ça ne veut peut-être rien dire du tout. Sans compter que ça pourrait nuire à certaines personnes. Papa m'a dit qu'il fallait toujours être certain de ce qu'on avançait.

Lynley songea qu'il lui faudrait décourager Webberly de tenir ce genre de propos philosophiques à sa fille.

– C'est exact, opina-t-il. Mais ce n'est pas parce que tu mentionnes le nom de quelqu'un que je vais m'empresser de l'arrêter. (Comme elle ne bronchait toujours pas, il se pencha au-dessus de la table et tapota du doigt le flanc de sa tasse.) Tu as ma parole d'honneur, Randie. Ceci restera entre nous. Alors, tu sais autre chose ?

– Ce que je sais concernant Gareth, Adam et son père, je le tiens d'Elena. C'est pour ça que je vous l'ai répété. Le reste, c'est des ragots que je me fais dans ma tête. Quelque chose que j'ai vu et que je n'ai pas compris. Et ça, ça ne sert à rien. Si ce n'est à compliquer les choses.

– Il ne s'agit pas de médire, Randie. Nous essayons de découvrir la vérité qui se cache derrière la mort d'Elena. Les faits, pas les conjectures.

Elle ne réagit pas immédiatement. Elle fixa la bouteille de whisky sur la table. L'étiquette était tachée de gras.

– Les faits ne sont pas des conclusions. C'est ce que papa dit toujours.

– Très juste. Entièrement d'accord.

Elle hésita, jetant un regard par-dessus son épaule comme pour s'assurer qu'ils étaient bien seuls.

– C'est quelque chose que j'ai vu. C'est tout.
– Compris.
– Bon. (Elle redressa les épaules comme pour s'encourager à parler.) Je crois qu'elle s'est engueulée avec Gareth dimanche soir. Mais, ajouta-t-elle précipitamment, je n'en suis pas sûre parce que je ne les ai pas entendus, ils parlaient avec leurs mains. Je les ai seulement aperçus dans la chambre d'Elena avant qu'elle ne ferme sa porte. Et quand Gareth est sorti, il était furieux. Il a claqué la porte. Notez que ça ne veut peut-être rien dire, il prend tout tellement au sérieux qu'il en aurait fait autant s'ils avaient discuté politique.

— Je vois. Et que s'est-il passé après cette dispute ?

— Elena est sortie, elle aussi.

— Quelle heure était-il ?

— Huit heures moins vingt, par là. Je ne l'ai pas entendue rentrer.

Miranda parut lire un regain d'intérêt sur le visage de Lynley car elle poursuivit en hâte :

— Je ne crois pas que Gareth ait quoi que ce soit à voir avec ce qui s'est passé, inspecteur. Il a un caractère de chien, c'est vrai. Mais il n'était pas le seul à...

Elle se mordit la lèvre.

— Il y avait quelqu'un d'autre avec eux ?

— Nooon... pas vraiment.

— Randie...

Elle parut se tasser.

— Mr. Thorsson.

— Tu l'as vu chez Elena ?

— Oui mais pas...

— Qui est-ce ?

— Un des profs d'Elena. Un professeur d'anglais.

— Quand l'as-tu vu ?

— Deux fois. Mais pas dimanche.

— Dans la journée ? Ou la nuit ?

— La nuit. La première fois, c'était aux environs de la troisième semaine du trimestre. Et de nouveau jeudi dernier.

— Penses-tu qu'il ait pu venir plus souvent ?

Elle répondit à contrecœur :

— C'est possible. Mais je ne l'ai vu que deux fois, inspecteur. Deux fois.

— Elle t'a dit pourquoi il venait la voir ?

Miranda fit lentement non de la tête.

— Elle ne l'aimait pas beaucoup. Elle l'avait surnommé Lenny le Libidineux. Lennart. Il est suédois. C'est absolument tout ce que je sais. Juré craché.

— Concernant les faits, tu veux dire.

Lynley ne put s'empêcher de penser qu'en digne fille de son père Miranda Webberly aurait eu une bonne demi-douzaine de conjectures à lui soumettre.

Lynley s'arrêta quelques instants dans la loge du portier avant de sortir dans Trinity Lane. Terence Cuff avait astucieusement veillé à ce que les chambres réservées aux visiteurs se trouvent dans St. Stephen Court, située de l'autre côté de Trinity Lane, et de ce fait à l'écart du reste du collège. Contrairement aux autres, le bâtiment réservé aux hôtes de passage n'avait ni portier ni loge et n'était pas fermé la nuit, ce qui laissait évidemment à ceux qui y séjournaient plus de liberté de mouvement qu'aux étudiants.

Une clôture de fer forgé, toute simple, séparait cette partie du collège de la rue ; elle courait du nord au sud, formant une ligne de démarcation interrompue par le mur ouest de l'église de St. Stephen. Cet édifice en moellons était l'une des églises paroissiales d'origine de Cambridge ; ses pierres d'angle, ses contreforts et sa tour romane anglaise juraient avec le strict bâtiment de brique edwardien qui le jouxtait.

Lynley poussa la grille de fer. A l'intérieur, une seconde clôture enserrait le cimetière. Les tombes étaient faiblement éclairées par des spots qui projetaient sur les murs de l'église des cônes de lumière jaune. Des insectes s'y pressaient, les ailes engluées d'humidité. Le brouillard, qui s'était épaissi pendant sa conversation avec Miranda, avait transformé sarcophages, pierres tombales, sépultures, buissons et arbres en silhouettes délavées. Le long de la clôture en fer forgé séparant St. Stephen Court du cimetière, une centaine de bicyclettes étaient parquées, leur guidon luisant d'humidité.

Longeant les vélos, Lynley se dirigea vers Ivy

Court, où le portier lui avait montré sa chambre en haut de l'escalier O. Le bâtiment était silencieux. Le portier lui avait expliqué que seuls les enseignants y avaient accès. Il y avait là des salles d'études et de conférences, des cuisinettes et des pièces plus petites équipées d'un lit où l'on pouvait se reposer. La plupart des universitaires n'habitant pas sur place, le corps de bâtiment était quasiment vide la nuit.

La chambre de Lynley était sous les combles et donnait sur Ivy Court et le cimetière de St. Stephen. Avec ses carrés de tapis brun, ses murs jaunes couverts de taches et ses rideaux à fleurs fanés aux fenêtres, le décor n'était pas franchement enthousiasmant. De toute évidence, St. Stephen n'attendait pas de ses visiteurs qu'ils fassent un séjour prolongé dans ses murs.

Lorsque le portier l'avait quitté, Lynley avait lentement examiné la pièce, touchant le fauteuil au violent parfum de moisi, ouvrant un tiroir, passant les doigts le long des étagères vides qui occupaient tout un pan de mur. Il avait fait couler l'eau dans le lavabo, éprouvé la solidité de l'unique tringle en acier de la penderie, pensé à Oxford.

Sa chambre, là-bas, était différente mais il retrouvait le sentiment qu'il y avait éprouvé ; il avait eu l'impression que le monde allait s'ouvrir devant lui, lui révéler ses mystères, un monde plein de promesses et de satisfactions à venir. Grâce à l'anonymat relatif dont il avait joui, il s'était senti renaître. Rayonnages vides, murs nus, tiroirs nets. A Oxford, il s'imposerait sans que nul ne connaisse son titre, ses origines, ou encore la rage ridicule qui l'habitait. Les parents et leur vie privée n'avaient pas leur place à Oxford. Ici, s'était-il dit, il serait à l'abri du passé.

Non sans amertume, il rit en repensant à la force avec laquelle il s'était cramponné à cette idée d'adolescent. Il s'était vu face à un avenir doré, débarrassé une fois pour toutes de ce qu'il laissait derrière lui. « Comme c'est étrange, songea-t-il, cette façon que nous avons de fuir la réalité. »

Sa valise était encore sur le bureau. Il lui fallut moins de cinq minutes pour la défaire. Après quoi, il s'assit dans la chambre glaciale, éprouvant le besoin furieux d'être ailleurs. Pour se distraire, il décida de rédiger son rapport, tâche dont se chargeait généralement le sergent Havers. Il s'y attela machinalement, heureux de trouver une diversion à l'obsession qu'il sentait renaître en lui : Helen.

– Il y a eu un appel pour vous, monsieur, lui avait annoncé le portier lorsqu'il était passé devant la loge.

« Elle a téléphoné ! s'était dit Lynley. Harry est rentré. » Son moral avait grimpé en flèche pour dégringoler aussitôt lorsque le portier lui avait tendu le message. Le commissaire Daniel Sheehan de la police judiciaire de Cambridge le recevrait le lendemain matin à huit heures et demie.

Pas un mot d'Helen.

Il se mit à noircir consciencieusement du papier, relatant en détail son entretien avec Terence Cuff, sa conversation avec Anthony et Justine Weaver, décrivant le Ceephone et ses applications, notant les faits qu'il avait réussi à extorquer à Miranda Webberly. Il écrivit d'abondance, délayant, en rajoutant, se forçant à se concentrer sur le meurtre pour empêcher ses pensées de vagabonder dans des régions où le lancinant sentiment de frustration qui le tenaillait ne pouvait que s'intensifier. Ses efforts furent vains. Au bout d'une heure de fébrile rédaction, il reposa son stylo, ôta ses lunettes, se frotta les yeux et sa première pensée fut pour... Helen.

Il sentait qu'il ne pourrait plus continuer longtemps à n'être pour elle qu'un ami. Elle lui avait demandé du temps. Il lui en avait accordé, laissant les mois se succéder, persuadé qu'à la moindre fausse manœuvre de sa part il la perdrait à jamais. Dans la mesure du possible, il s'était efforcé de réintégrer la peau de l'homme qui avait jadis été son compagnon de jeux et de rire, toujours prêt à la suivre dans les aventures les plus folles – qu'il s'agît de survoler la Loire en ballon ou de faire de la spéléologie dans le Burren. Les jours passant, toutefois, il se rendait compte qu'il lui était de plus en plus difficile de jouer ce rôle de frère affectueux et que « Je t'aime » n'était plus vraiment la formule adéquate pour définir la nature exacte de l'amitié qui les liait. Cette formule était même en train de devenir un gant qu'il lui jetait régulièrement au visage, exigeant une réponse qu'elle n'était pas disposée à lui offrir.

Elle continuait à voir d'autres hommes. Certes, elle ne le lui avait jamais dit carrément ; mais intuitivement, il le savait. Il le lisait dans ses yeux lorsqu'elle lui parlait d'une pièce qu'elle avait vue, d'un cocktail auquel elle avait assisté, d'une exposition qu'elle avait visitée. Et, bien que de son côté il cherchât la compagnie d'autres femmes pour s'étourdir et oublier passagèrement Helen, il ne pouvait la chasser ni de son cœur ni de son âme. Combien de fois n'avait-il pas fermé les yeux, imaginant que le corps qui se mouvait sous le sien était celui d'Helen, entendant les cris d'Helen, sentant les bras d'Helen, goûtant le miracle de la bouche d'Helen ? Combien de fois n'avait-il pas crié sous l'effet d'un bref moment de plaisir pour éprouver l'instant d'après un intense sentiment de désolation. Prendre et donner du plaisir ne lui suffisait plus. Il voulait faire l'amour. Il voulait connaître l'amour. Mais pas sans Helen.

Nerfs à vif, bras et jambes douloureux, il se leva de sa chaise et s'approcha du lavabo où il s'aspergea le visage tout en s'examinant froidement dans la glace.

Cambridge serait leur champ de bataille, décidat-il. Quoi qu'il eût à perdre ou à gagner, c'était là qu'ils s'affronteraient.

De retour à son bureau, il feuilleta les pages

qu'il avait noircies, mais les mots n'avaient aucun sens. D'un geste sec, il referma son carnet, le reposa.

L'air de la pièce lui parut soudain étouffant, chargé d'odeurs antagonistes : désinfectant fraîchement pulvérisé et tabac froid. Il en fut comme oppressé. Il se pencha au-dessus du plateau du bureau, ouvrit la fenêtre en grand et laissa l'air humide de la nuit lui caresser les joues. Du cimetière à demi noyé sous le brouillard montait un faible et vivifiant parfum de conifère ; le sol devait être jonché d'aiguilles de pin. Tandis qu'il en respirait la piquante fragrance, il imagina le tapis spongieux qu'elles devaient former sous les pieds.

Près de la clôture, un mouvement attira son attention. Tout d'abord il crut que le vent se levait pour chasser le brouillard des buissons et des arbres. Mais tandis qu'il scrutait l'obscurité, une silhouette émergea de derrière un sapin et il s'aperçut alors que le mouvement ne venait pas du cimetière mais de sa périphérie : quelqu'un se faufilait discrètement entre les bicyclettes, lui tournant le dos, la tête levée vers les fenêtres de la partie est de la cour. Homme ou femme ? Lynley n'aurait su le dire. Et lorsqu'il éteignit sa lampe de bureau pour mieux voir, la silhouette se figea comme avertie par un sixième sens qu'on l'observait à quelque vingt mètres de là. Lynley perçut ensuite un ronflement de moteur dans Trinity Lane. Des voix lancèrent un bonsoir entrecoupé d'éclats de rire auxquels répondit un coup de klaxon joyeux. Dans un grincement de boîte de vitesses, la voiture démarra en rugissant. Les voix s'estompèrent ; en bas, dans l'obscurité, l'ombre reprit vie.

Voler une bicyclette ne semblait pas être son objectif. La forme se dirigea vers un portail de la face ouest de la cour. La lanterne tapissée de lierre [1] qui donnait son nom à la cour ne produisait

1. Ivy = lierre. *(N.d.T.)*

que fort peu de lumière. Lynley attendit donc que la silhouette entre dans la pénombre laiteuse entourant la porte, dans l'espoir qu'elle se retournerait pour jeter un coup d'œil par-dessus son épaule, lui permettant ainsi d'entrevoir son visage. Mais cela ne se produisit pas. Elle fonça sans bruit vers le bâtiment, tourna la poignée d'une main pâle et disparut à l'intérieur. Toutefois, au moment où la forme franchissait la zone éclairée, Lynley distingua pendant une fraction de seconde une masse luxuriante de cheveux foncés.

Une femme. Cela faisait penser à un rendez-vous galant. Un amant guettait probablement la venue de sa belle, posté derrière l'une des fenêtres sombres. Lynley attendit que l'une d'elles s'allumât. Mais il en fut pour ses frais. Au lieu de ça, trois minutes après que la femme se fut introduite dans le bâtiment, elle en ressortit. Et cette fois elle s'arrêta quelques secondes sous la lumière afin de refermer la porte derrière elle. La lueur sourde souligna un bref instant la courbe d'une joue, le tracé du nez, la ligne du menton. Puis elle traversa la cour et disparut de nouveau dans l'obscurité du cimetière. Aussi silencieuse que la brume.

6

Le commissariat central de Cambridge faisait face à Parker's Piece, un vaste jardin public traversé par un lacis de sentiers. Les amateurs de jogging y couraient, leur souffle formant des nuages fibreux, tandis que sur l'herbe deux dalmatiens pleins d'entrain, la langue pendante, bondissaient sur un Frisbee orange que leur lançait un barbu mince comme un fil. Tout le monde semblait se réjouir de la disparition du brouillard. Les piétons qui se pressaient sur le trottoir marchaient la tête levée afin de profiter des premiers rayons de soleil depuis des jours. Bien que la température n'eût pas changé depuis la veille et qu'un vent vif rendît le froid piquant, le ciel bleu et la luminosité ôtaient au froid son caractère insupportable, le faisant paraître stimulant.

Lynley fit halte devant l'édifice de brique et de béton d'un brun grisâtre qui abritait les locaux de la police. Devant la porte, un panneau d'affichage vitré renfermait des affiches relatives à la sécurité des enfants en voiture, à l'alcool au volant, ainsi qu'à une association baptisée « Halte au crime ». Sur cette affiche était scotché une sorte de tract qui décrivait succinctement les circonstances de la mort d'Elena Weaver et qui demandait à toute personne l'ayant vue la veille au matin ou le dimanche soir de se faire connaître. Le tract avait été composé à la hâte et la photo de la jeune fille était une photocopie dénuée de netteté. Il n'émanait pas de la police. Il était signé les Signeurs et un numéro de téléphone figurait en bonne place au bas du feuillet. Lynley poussa un soupir à cette vue. Les étudiants sourds lançaient leur propre enquête. Cela n'allait pas lui simplifier la tâche.

Une bouffée d'air chaud lui sauta au visage lorsqu'il ouvrit la porte et pénétra dans le vestibule où un jeune homme vêtu de cuir noir palabrait avec un réceptionniste en uniforme à propos d'une contredanse. Assise sur une chaise non loin de là, sa copine attendait, chaussée de mocassins et emmitouflée dans une sorte de couvre-lit indien. Elle n'arrêtait pas de répéter : « Viens, Ron. Bon Dieu, viens ! » en tapant impatiemment des pieds sur le carrelage noir.

Le constable de permanence à la réception jeta un regard plein de reconnaissance à Lynley, sans doute ravi de la diversion.

Au jeune homme qui se lançait dans des : « Dites donc, si vous croyez que je vais... », il opposa un péremptoire :

— Asseyez-vous là, mon petit. Faut pas vous énerver pour rien.

Après quoi il tourna la tête vers Lynley en disant :

— Scotland Yard ?
— Ça se voit à ce point-là ?
— Au teint. Vous avez le teint pâle des gens de la Maison. Mais je vais quand même jeter un coup d'œil sur vos papiers.

Lynley sortit sa carte. Le constable l'étudia avant d'appuyer sur le bouton d'ouverture de la porte qui séparait le vestibule du commissariat à proprement parler. Une sonnerie sourde retentit, il fit signe à Lynley d'entrer.

— Premier étage, précisa-t-il. Vous n'avez qu'à suivre les flèches.

Puis il retourna s'occuper du garçon en cuir.

Le bureau du commissariat était côté façade, avec vue sur Parker's Piece. Tandis que Lynley s'en approchait, la porte s'ouvrit et une femme anguleuse dotée d'une coupe de cheveux géométrique s'encadra dans le chambranle. Les poings sur les hanches, les coudes agressifs, elle le scruta des pieds à la tête. Manifestement, la réception lui avait passé un coup de fil.

– Inspecteur Lynley. (Elle prononça son nom comme si elle évoquait un fléau social.) Le commissaire doit rencontrer le commissaire divisionnaire à dix heures et demie. Je vous demanderai de vous en souvenir quand vous...

– Ça ira comme ça, Edwina! cria une voix du fond du bureau.

Les lèvres de la secrétaire se crispèrent en un sourire glacial. Elle s'écarta pour laisser Lynley passer.

– Bien, dit-elle. Café, commissaire?
– Oui.

Tout en parlant, le commissaire Daniel Sheehan traversa la pièce pour aller accueillir Lynley sur le pas de la porte. Il lui tendit une main épaisse et charnue, à l'image du reste de sa personne. Sa poignée de main était ferme et son sourire non dénué de chaleur bien que Lynley, envoyé de Scotland Yard, vînt empiéter sur son territoire.

– Café pour vous aussi, inspecteur?
– S'il vous plaît. Noir.

Edwina hocha sèchement la tête et disparut. Ses talons hauts claquèrent dans le couloir tandis que Sheehan étouffait un rire.

– Entrez avant que les lions ne vous dévorent tout cru. Ou du moins cette lionne. Mes troupes ne sont pas toutes ravies de vous voir.

– Je ne peux pas ne pas comprendre.

Sheehan lui désigna non pas une des deux chaises de plastique qui faisaient face à son bureau mais un canapé de vinyle bleu qui, avec la table basse en contreplaqué, composait le coin confé-

133

rence de son bureau. Un plan du centre-ville était accroché au mur. Chaque collège était entouré d'un cercle rouge.

Tandis que Lynley se débarrassait de son manteau, Sheehan s'approcha de son bureau sur lequel se dressait une pile de dossiers qui penchait dangereusement vers la poubelle posée par terre. Comme le commissaire rassemblait des feuillets épars et les attachait à l'aide d'un trombone, Lynley l'observa, partagé entre la curiosité et l'admiration. Il ne s'attendait pas à le trouver aussi calme face à ce qui pouvait être interprété comme une déclaration d'incompétence de son service.

Extérieurement pourtant, Sheehan n'avait pas l'air d'un homme que rien n'émeut. Son teint rubicond trahissait une indéniable vivacité de caractère. Ses doigts boudinés promettaient des coups de poing redoutables. Son torse trapu, ses cuisses massives semblaient appartenir à un bagarreur de bar. Or ses manières, son flegme ne collaient pas avec son physique. De même que ses propos, qu'il tenait sur un ton dénué de passion. Son entrée en matière suggérait que Lynley et lui s'étaient déjà parlé auparavant, ce qui leur permettait de jeter les bases d'une espèce de camaraderie. C'était une façon curieusement dépolitisée d'aborder une situation qui aurait pu être gênante. Lynley lui sut gré de l'avoir choisie car elle révélait un homme direct, qui n'avait pas à prouver qui il était ni ce qu'il faisait.

– C'est entièrement notre faute si nous en sommes là aujourd'hui, dit Sheehan. C'est à cause d'un problème au labo de police scientifique qui aurait dû être résolu depuis deux ans. Mais mon patron n'aime pas intervenir dans les querelles de service. Résultat, il a fallu faire appel à quelqu'un de l'extérieur. En l'occurrence, vous.

Il heurta une des chaises en plastique, revint vers le canapé et laissa tomber sa collection de papiers sur la table basse où se trouvait déjà une chemise intitulée « Weaver ». Il s'assit, faisant craquer le fauteuil sous son poids.

– Je ne veux pas dire que je sois enchanté de vous avoir ici, convint-il. Mais je n'ai pas été surpris lorsque le vice-recteur m'a appelé pour me signifier que l'Université tenait à ce que New Scotland Yard soit mis sur le coup. Mes collègues du labo ont lamentablement cafouillé sur une affaire de suicide d'étudiant en mai dernier. L'Université n'a pas envie que ça se reproduise. Et pour parler franc, je comprends ces messieurs. Ce qui me chiffonne, c'est qu'ils sous-entendent que nous avons des préjugés. Ils semblent penser que si c'est un étudiant qui décède, la Criminelle est aussi capable de dire bon débarras que de mener une enquête.

– On m'a dit qu'à la suite d'une fuite dans votre service, la réputation de l'Université en avait pris un coup le trimestre dernier.

Sheehan poussa un grognement en guise de confirmation.

– Des fuites venant du labo, oui. Nous avons deux prima donna. Et lorsque l'un n'est pas d'accord avec les conclusions de l'autre, au lieu de discuter entre eux au labo, ils discutent avec la presse. Drake – le chef du service – défendait la thèse du suicide. Pleasance, lui, penchait pour un meurtre : le suicidé s'était tranché la gorge allongé sur son lit et ça ne plaisait pas à Pleasance, qui soutenait qu'on se met toujours devant une glace pour se couper la gorge. C'est de là que tous nos ennuis sont partis. (Sheehan souleva une cuisse en grognant pour pouvoir plonger la main dans la poche de son pantalon. Il en extirpa un paquet de chewing-gum, qu'il mit à plat sur sa paume.) Ça fait maintenant vingt et un mois que je travaille mon patron au corps pour qu'il les sépare – ou qu'il vire Pleasance. Si l'intervention du Yard me permet d'arriver à mes fins, je serai le plus heureux des hommes. (Il offrit un chewing-gum à Lynley.) Sans sucre. (Comme Lynley déclinait, il enchaîna :) Je vous comprends. Ce machin a un goût de caoutchouc. (Il en enfourna un.) Enfin, ça me donne l'illusion de grignoter quelque chose. Dommage que mon estomac refuse de s'y laisser prendre.

– Régime ?

Sheehan plaqua sa paume contre sa taille massive à l'endroit où son estomac passait par-dessus la ceinture de son pantalon.

– Faut que je perde mon pneu. J'ai eu une crise cardiaque l'an dernier. Ah, voilà le café.

Edwina pénétra dans la pièce, portant à bout de bras un plateau en bois fendillé sur lequel étaient posées deux tasses d'où s'échappaient des panaches de vapeur. Elle posa le café sur la table, consulta sa montre et dit avec un coup d'œil entendu en direction de Lynley :

– Je vous préviens lorsqu'il sera l'heure de partir pour Huntingdon, commissaire ?

– Ne vous inquiétez pas, Edwina.

– Le commissaire divisionnaire vous attend...

– A dix heures et demie. Oui, je sais.

Sheehan prit son café, leva sa tasse fumante pour saluer sa secrétaire. Il lui fit un sourire pour la remercier et la congédier du même coup. Edwina parut sur le point d'ajouter quelque chose ; se ravisant toutefois, elle quitta la pièce. Lynley nota que la porte ne s'était pas complètement refermée derrière elle.

– Nous n'avons que les constatations préliminaires à vous communiquer, dit Sheehan, désignant de sa tasse les papiers et la chemise posés sur la table basse. L'autopsie n'aura pas lieu avant la fin de la matinée.

Lynley mit ses lunettes.

– Que savez-vous au juste ?

– Peu de choses jusqu'à présent. Deux coups à la face ayant provoqué une fracture sphénoïdale. Après ça, elle a été étranglée à l'aide du cordon de la capuche de son survêtement.

– Tout ça s'est passé sur une île, si j'ai bien compris.

– Le meurtre seulement. Nous avons trouvé une grosse flaque de sang sur le chemin qui longe la rive. Elle a dû être tabassée là-bas, puis traînée sur le pont pour piétons jusque sur l'île. Quand vous serez sur place, vous verrez que c'était très faisable. L'île n'est séparée de la rivière que par un fossé. Une fois inconsciente, la traîner depuis le chemin n'a pas dû prendre plus de quinze secondes.

– Elle s'est débattue ?

Sheehan souffla sur sa tasse puis but une longue gorgée. Il fit non de la tête.

– Elle portait des gants, nous les avons analysés mais nous n'avons retrouvé ni cheveux ni peau dessus. D'après nous, elle a été prise par surprise. Mais le labo passe le survêtement au peigne fin à tout hasard.

– D'autres indices ?

– Des tas de saloperies que nous trions. Journaux en miettes, une demi-douzaine de paquets de cigarettes vides, une bouteille de vin. J'en passe et des meilleures. L'île sert de lieu de rendez-vous aux ados du cru et à ce titre elle est très fréquentée. On a au moins deux générations de détritus divers à examiner.

Lynley ouvrit la chemise.

– D'après vous, elle aurait été tuée entre cinq heures et demie et sept heures, observa-t-il en levant le nez. Or d'après le collège, le portier l'a vue quitter les lieux à six heures et quart.

– Le corps a été trouvé peu après sept heures. Ça laisse donc moins d'une heure de battement. C'est toujours ça, dit Sheehan.

Lynley feuilleta le dossier à la recherche des photos prises sur les lieux du crime.

– Qui l'a trouvée ?

– Une jeune femme du nom de Sarah Gordon. Elle était allée sur l'île pour dessiner.

Lynley releva vivement la tête :
- Avec ce brouillard ?
- C'est exactement ce que je me suis dit. On n'y voyait pas à dix mètres. Je me demande à quoi elle pensait. En tout cas, elle avait emporté tout un fourbi – chevalet, tubes de peinture, pastels –, c'est donc qu'elle s'apprêtait à rester là-bas un bon moment. Mais sa séance de croquis s'est interrompue net quand elle a trouvé le corps au lieu de l'inspiration.

Lynley examina les photos. La jeune fille allongée sur le sol était presque entièrement recouverte de feuilles détrempées. Elle était couchée sur le côté droit, les bras devant elle, les genoux repliés, les jambes légèrement écartées. Elle aurait pu dormir, à ceci près que son visage était tourné vers la terre, sa chevelure ramenée en avant, dégageant son cou nu. La peau portait l'empreinte du cordon de capuche avec lequel elle avait été étranglée. Par endroits, la trace était si profonde qu'elle semblait disparaître dans la chair, évoquant la force brutale et triomphante, la poussée impitoyable de l'adrénaline dans les muscles du meurtrier. Lynley étudia les clichés. Ils avaient quelque chose de vaguement familier au point qu'il se demanda si ce crime n'était pas copié sur un autre.

- Difficile de croire qu'elle a été tuée par hasard, remarqua-t-il.

Sheehan se pencha pour jeter un coup d'œil à la photographie.

- Entièrement d'accord. Pas à une heure aussi matinale. Le hasard ne joue aucun rôle dans ce meurtre. Il s'agit d'un guet-apens.

- Certains éléments tendraient à le confirmer.

Il parla au commissaire du coup de fil qu'Elena était censée avoir passé à son père la nuit précédant sa mort.

- Autrement dit, la personne que vous cherchez était au courant de ses allées et venues, de son emploi du temps de ce matin et du fait que sa belle-mère ne courrait pas à six heures et quart le long de la rivière puisqu'elle pouvait l'éviter. C'est donc un des proches de la jeune fille. (Sheehan prit une photo, puis une autre, les contemplant avec une expression douloureuse.) J'ai horreur de voir mourir des filles de cet âge. Surtout comme ça. (Il reposa les clichés.) Nous ferons tout notre possible pour vous aider – compte tenu de la situation au labo. Mais à en juger d'après le corps, inspecteur, on peut dire que la personne qui a tué Elena était animée d'une haine peu commune.

Le sergent Havers sortit de l'office et descendit les marches de la terrasse peu de temps après que Lynley eut traversé le passage reliant Middle Court à North Court. Elle expédia sa cigarette dans un massif d'asters et fourra ses mains dans les poches de son manteau. Couleur pois cassé, le vêtement entrouvert révélait un pantalon marine qui pochait aux genoux, un pull violet et deux écharpes – une marron et une rose.

– Quelle vision, Havers! s'exclama Lynley lorsqu'elle le rejoignit. C'est l'effet arc-en-ciel? On dirait l'effet de serre mais en plus... palpable.

Elle fourragea dans son sac à bandoulière à la recherche d'un paquet de Players. Elle en sortit une, l'alluma et lui souffla pensivement la fumée au visage. Il fit de son mieux pour ne pas laisser l'arôme du tabac emplir ses poumons. Dix mois sans tabac et il était toujours tenaillé par le besoin d'arracher la cigarette des doigts de son sergent pour la fumer jusqu'au trognon.

– J'ai pensé que je devais me fondre dans le décor, dit Havers. Ça ne vous plaît pas? Je n'ai pas l'air d'une universitaire?

– Si. Sûrement. Tout dépend des critères d'élégance estudiantine.

– Que peut-on attendre d'un type qui a fait ses études à Eton? fit Havers, prenant le ciel à témoin.

Si je m'étais pointée en haut-de-forme, pantalon rayé et jaquette, j'aurais eu votre approbation ?

— A condition de vous être fait accompagner de Ginger Rogers.

Havers éclata de rire.

— Allez vous faire foutre.

— Vous de même. (Il la regarda faire tomber sa cendre par terre.) Vous avez installé votre mère à Hawthorn Lodge ?

Deux jeunes filles les dépassèrent en chuchotant fiévreusement, tête penchée au-dessus d'un morceau de papier. Lynley reconnut le tract qui avait été apposé sur le panneau vitré devant le commissariat central. Ses yeux se braquèrent de nouveau sur Havers, qui continua de fixer les étudiantes jusqu'à ce qu'elles aient disparu derrière la plate-bande marquant l'entrée de New Court.

— Havers ?

Avec un geste de la main lui signifiant qu'il était importun, elle continua de tirer sur sa cigarette.

— J'ai changé d'avis. Ça n'a pas marché.

— Qu'allez-vous faire ?

— Garder Mrs. Gustafson encore quelque temps. Histoire de voir comment ça se passe. (Elle passa la main dans ses cheveux courts, les ébouriffant.) Alors, comment se présente notre affaire ?

Respectant pour le moment son désir de se taire, il lui communiqua les éléments qu'il tenait de Sheehan. Lorsqu'il eut fini, elle questionna :

— Des armes ?

— Celle avec laquelle on l'a battue ? Ils ne la connaissent pas encore : ils n'ont rien trouvé sur les lieux du crime. Et ils continuent à chercher sur le corps des traces permettant de l'identifier.

— L'éternel objet contondant, dit Havers. Et la strangulation ?

— Le cordon de la capuche de son blouson.

— Le tueur savait comment elle serait habillée ?

— Possible.

— Des photos ?

Il lui tendit la chemise. Elle se ficha la cigarette entre les lèvres, ouvrit la chemise et loucha à travers la fumée sur les clichés.

— Avez-vous déjà visité Brompton Oratory[1], Havers?

Elle releva le nez. Sa cigarette tremblota tandis qu'elle parlait.

— Non. Pourquoi?

— Parce qu'il y a dans cette église une très intéressante sculpture représentant le martyre de sainte Cécile. Je n'ai pas fait le rapprochement avec les photos tout de suite, mais ça m'est revenu alors que je regagnais le collège. (Se penchant par-dessus l'épaule de son sergent, il fouilla dans les clichés pour retrouver celui qui l'intéressait.) C'est la façon dont les cheveux sont ramenés en avant, la position des bras, et le sillon autour du cou qui m'y ont fait penser.

— Sainte Cécile a été étranglée? s'enquit Havers. Je croyais que le martyre consistait essentiellement à se faire bouffer par les lions devant une foule de Romains en liesse.

— Si ma mémoire est bonne, on lui a tranché la tête, mais mal. Cécile a mis deux jours à mourir. La sculpture ne représente que la coupure, qui ressemble étrangement à un sillon de strangulation.

— Seigneur Dieu! Pas étonnant qu'elle ait fini au ciel. (Havers laissa tomber sa cigarette par terre et l'écrasa d'un coup de talon.) Quelle est votre théorie, inspecteur? Que notre assassin serait un maniaque de la duplication des sculptures du Brompton Oratory? Bon Dieu! Si c'est ça, j'espère ne plus être sur l'enquête le jour où il en arrivera à la crucifixion. Au fait, est-ce qu'il y a une Crucifixion, à l'Oratory?

— Impossible de m'en souvenir. Mais tous les apôtres y sont.

— Onze martyres, fit-elle pensivement. Ça pro-

1. Église londonienne située dans le quartier de Knightsbridge. *(N.d.T.)*

141

met. A moins que notre homme ne s'intéresse qu'aux femmes.

– Aucune importance. De toute façon je doute que la théorie de l'Oratory intéresse grand monde, dit Lynley, l'entraînant vers New Court.

Tout en marchant, il lui résuma les éléments d'information qu'il avait obtenus en parlant avec Terence Cuff, les Weaver et Miranda Webberly.

– La chaire de Penford, un amour brisé, une bonne dose de jalousie et une vilaine belle-mère, commenta Havers, lorsqu'il eut terminé. (Elle consulta sa montre.) Et vous avez trouvé tout ça, tout seul, en l'espace de seize heures. Vous êtes sûr que vous avez besoin de moi, inspecteur ?

– Absolument certain. Vous pouvez passer pour une étudiante plus facilement que moi. Grâce à vos vêtements, ajouta-t-il malicieusement avant d'ouvrir la porte de l'escalier. Deux étages plus haut, fit-il en prenant la clé dans sa poche.

Au premier, ils entendirent de la musique. De plus en plus fort à mesure qu'ils grimpaient les marches. Le gémissement bas d'un saxophone, auquel répondaient les accents d'une clarinette. Miranda Webberly écoutait du jazz. Dans le couloir du second, ils surprirent quelques notes de trompette : Miranda s'essayait à jouer en compagnie des grands.

– C'est là, dit Lynley en ouvrant.

Contrairement au logement de Miranda, celui d'Elena Weaver ne comportait qu'une seule pièce, qui donnait sur la terrasse de brique chamois de North Court. Et contrairement aux appartements de Miranda, ceux-ci étaient sens dessus dessous. Placards et tiroirs étaient grands ouverts. Deux lampes étaient restées allumées. Les livres jonchaient le bureau. Des pages frémirent dans le courant d'air provoqué par l'ouverture soudaine de la porte. Une robe de chambre verte gisait en tas par terre à côté d'un jean, d'un caraco noir, et d'un petit monticule de nylon noir qui avait tout l'air d'être un sous-vêtement sale.

L'air était imprégné d'une odeur de vêtements bons à passer à la machine à laver. Lynley s'approcha du bureau pour ouvrir une fenêtre tandis que Havers ôtait manteau et écharpes et les posait sur le lit. Elle se dirigea vers la cheminée murée dans l'angle de la pièce, sur laquelle s'alignaient des licornes de porcelaine. Au-dessus des licornes étaient accrochés des posters représentant également des licornes ainsi qu'une demoiselle perdue au milieu d'une brume fantasmagorique.

A l'autre bout de la pièce, Lynley inspecta la penderie, essentiellement garnie d'une collection de vêtements collants aux couleurs crues. Une exception toutefois : un pantalon de tweed classique, sobre, et une robe à fleurs ornée d'un gracieux col de dentelle étaient suspendus à l'écart.

Havers le rejoignit. Sans un mot, elle examina la garde-robe.

– Vaudrait mieux embarquer tout ça pour une analyse des fibres, histoire de voir si ça correspond avec les fragments de textile qui ont été prélevés sur son survêtement. Elle devait ranger sa tenue de sport dans ce placard. (Elle entreprit de décrocher les vêtements des cintres.) Bizarre, non ?

– Quoi ?

Elle désigna du pouce la robe et le pantalon classiques, au bout de la tringle.

– Quelle part de cette fille jouait à se déguiser, inspecteur ? La vamp fluo ? Ou l'ange au col de dentelle ?

– Les deux peut-être. (Devant le bureau, Lynley vit qu'un grand calendrier servait de sous-main et de buvard ; il repoussa cahiers et livres pour y jeter un œil.) Un coup de chance, Havers.

Elle enfournait les habits dans un sac en plastique qu'elle avait sorti de son sac à bandoulière.

– De quel genre ?

– Un calendrier. Elle n'a pas arraché les mois périmés. Elle les a seulement repliés.

– Un point pour vous.

– Je note.

Lynley sortit ses lunettes de la poche poitrine de sa veste.

Les six premiers mois du calendrier représentaient les deux derniers tiers de la première année d'Elena à Cambridge – soit le trimestre du Carême et celui de Pâques. La plupart des annotations étaient sans surprise. Les cours magistraux étaient répertoriés par sujet. « Chaucer – 10 heures » tous les mercredis. « Spencer – 11 heures » le lendemain. Les contrôles informels portaient le nom de l'enseignant qui lui était assigné, conclusion à laquelle Lynley aboutit lorsqu'il vit le nom de Thorsson occuper la même tranche horaire semaine après semaine pendant le trimestre de Pâques. D'autres annotations permettaient de se faire une idée de certains détails de la vie de la jeune fille. Les Signeurs figuraient de plus en plus régulièrement de janvier à mai, preuve qu'Elena avait obéi aux consignes du tuteur principal [1], de ses professeurs, de Terence Cuff et décidé de s'amender. Jeux de piste, mentionné à plusieurs reprises, indiquait son appartenance à ce club. « Papa », que l'on retrouvait de multiples fois tout au long de chaque mois, prouvait qu'Elena passait énormément de temps avec son père et sa belle-mère. Rien n'indiquait en revanche qu'elle voyait sa mère en dehors des vacances.

– Eh bien ? demanda Havers tandis que Lynley examinait les mois.

Elle fourra le dernier vêtement dans le sac en plastique, ferma ce dernier et griffonna quelques mots sur une étiquette.

– Aucun mystère là-dedans, ça semble limpide, fit Lynley. A un détail près, toutefois. Dites-moi donc ce que vous pensez de ça, Havers.

Lorsqu'elle s'approcha du bureau, il désigna du doigt un symbole dont Elena s'était abondamment servie sur les pages du calendrier : un poisson des-

---

1. Il assure la coordination entre les tuteurs. *(N.d.T.)*

siné au crayon. Le dessin apparaissait pour la première fois le 18 janvier et revenait ensuite avec régularité trois ou quatre fois par semaine, sporadiquement le samedi, rarement le dimanche.

Havers se pencha pour mieux voir, laissant tomber le sac de vêtements par terre.

– Ça ressemble au symbole du christianisme, déclara-t-elle enfin. Elle avait peut-être décidé de se convertir.

– Un peu trop rapide comme conversion, non ? L'Université lui a demandé de faire partie des Signeurs, pas de devenir dévote.

– Peut-être ne voulait-elle pas que ça se sache.

– C'est l'évidence : elle dissimulait quelque chose à quelqu'un. Mais quoi ? Je ne suis pas certain que cela ait un rapport avec la découverte de Dieu.

Havers parut d'accord pour se lancer dans une autre direction.

– Elle faisait du jogging, n'est-ce pas ? Pourquoi ne s'agirait-il pas dans ce cas d'une histoire de régime alimentaire ? Peut-être qu'elle devait manger du poisson ces jours-là. Le poisson, c'est bon pour la tension, c'est bon pour le cholestérol, pour... le tonus musculaire, non ? Mais comme elle était mince – il n'y a qu'à voir la taille de ses vêtements –, elle ne tenait pas forcément à ce qu'on sache qu'elle suivait un régime.

– Vous pensez qu'elle avait une tendance à l'anorexie ?

– Ce n'est pas une mauvaise idée. Le poids. C'est une chose qu'une fille comme elle pouvait surveiller de près.

– Mais il lui aurait fallu le préparer elle-même dans la cuisinette, remarqua Lynley. Et Randie Webberly l'aurait remarqué, elle m'en aurait parlé. De toute façon, je croyais que les anorexiques cessaient purement et simplement de manger.

– Bon, d'accord. Disons que c'est le symbole d'une quelconque association, alors. Une société

145

secrète qui en fait des vertes et des pas mûres. Drogue, alcool, piratage de bases de données du gouvernement. On est à Cambridge, nom d'un chien, *alma mater* des traîtres les plus prestigieux du pays. Peut-être espérait-elle suivre leur trace. Le poisson est peut-être leur sigle.

– Peut-être.

Ils continuèrent de feuilleter les pages du calendrier. Les annotations continuaient, identiques, mois après mois, se raréfiant en été toutefois, saison pendant laquelle seul le poisson apparaissait. A trois reprises. Le dernier dessin datait de la veille du meurtre, et l'unique annotation était une adresse inscrite le mercredi avant sa mort : « 31, Seymour Street, 2 heures ».

– Voilà quelque chose, dit Lynley.

Havers recopia le renseignement dans son carnet à côté de Jeux de piste, et d'une reproduction approximative du poisson.

– Je m'en occupe, fit-elle.

Elle entreprit d'examiner les tiroirs du bureau tandis que Lynley inspectait le placard abritant le lavabo. Ce dernier renfermait une foule d'objets et illustrait la façon dont on range ses affaires quand on dispose d'un espace restreint. Il y avait de tout, des produits ménagers aux pop-corn. Mais rien de particulièrement révélateur sur la personnalité d'Elena.

– Regardez ça, dit Havers alors qu'il s'affairait sur un des tiroirs encastrés dans la penderie.

Il leva les yeux et vit qu'elle tenait une petite boîte blanche ornée de fleurs bleues et d'une étiquette de pharmacie collée au milieu.

– Pilules contraceptives, lut Havers en sortant une plaquette qui n'avait pas été entamée.

– Ça n'a rien d'étonnant dans la chambre d'une étudiante de vingt ans, observa Lynley.

– Mais elles ont été délivrées en février dernier, inspecteur. Et elle n'en a pas avalé une seule. On dirait qu'elle n'avait pas d'homme dans sa vie.

Faut-il éliminer l'amant jaloux de la liste des tueurs potentiels ?

Lynley songea que cela corroborait ce que Justine Weaver et Miranda Webberly lui avaient dit la veille concernant Gareth Randolph : Elena n'était pas sa petite amie. Les pilules, toutefois, suggéraient également qu'Elena avait refusé d'être la petite amie de quiconque, ce qui avait pu déclencher la colère de son assassin. Mais nul doute qu'elle en aurait parlé à quelqu'un. Elle était du style à demander conseil si elle avait des problèmes avec un homme.

De l'autre côté du couloir, la musique cessa. Quelques ultimes notes hésitantes s'échappèrent de la trompette puis un grincement de porte se fit entendre après un instant de silence.

– Randie, appela Lynley.

La porte d'Elena s'ouvrit vers l'intérieur. Miranda était sur le seuil, emmitouflée pour sortir dans sa grosse veste et son survêtement marine, un béret d'un vert acide perché sur la tête, des chaussures de sport noires aux pieds. Des chaussettes représentant des tranches de pastèque dépassaient des chaussures.

Avec un coup d'œil à sa tenue, Havers remarqua :

– Je suis dans le ton, inspecteur. (Puis à la jeune fille :) Contente de vous voir, Randie.

Miranda sourit.

– Vous avez fait vite.

– Bien obligée. Je ne pouvais pas laisser Sa Seigneurie patauger seule. En outre... (coup d'œil sarcastique à Lynley), il n'a pas vraiment le feeling en ce qui concerne la vie universitaire moderne.

– Merci, sergent, dit Lynley. Sans vous, je serais perdu. (Il désigna du geste le calendrier.) Tu peux regarder ce dessin, Randie ? Est-ce que ce poisson te dit quelque chose ?

Miranda s'approcha du bureau et étudia les dessins. Elle fit non de la tête.

— Elle ne cuisinait pas ici? s'enquit Havers, testant sa théorie sur le régime.

Miranda eut l'air sidéré :

— Cuisiner? Du poisson, vous voulez dire? Elena cuisiner du poisson?

— Vous auriez été au courant, non?

— J'aurais été malade surtout. Je déteste l'odeur du poisson.

— Alors il s'agit d'une association à laquelle elle appartenait? poursuivit Havers, testant sa théorie numéro deux.

— Elle était membre des Signeurs et des Jeux de piste et sans doute d'une ou deux autres associations ou clubs. Mais lesquels, je l'ignore. Désolée. (Randie tourna les pages du calendrier comme eux-mêmes l'avaient fait quelques instants plus tôt tout en se mordillant l'extrémité du pouce d'un air absent.) Ça revient trop souvent pour qu'il s'agisse d'une association. Les réunions ne sont pas aussi nombreuses que ça.

— Il s'agirait d'une personne, alors?

Lynley la vit rougir.

— Aucune idée. Je ne sais pas. Jamais je ne l'ai entendue dire qu'elle avait quelqu'un à qui elle tenait à ce point-là. Je veux dire au point de le voir trois ou quatre nuits par semaine. Jamais elle ne m'en a soufflé mot.

— Elle ne te l'a jamais dit mais tu n'en es pas *certaine*, corrigea Lynley. C'était ta voisine de chambre, Randie. Tu la connaissais certainement mieux que tu ne le penses. Parle-moi de sa façon de vivre. Donne-moi des faits, des détails. Je verrai ce que je peux en tirer.

Après un long moment d'hésitation, Miranda finit par se décider :

— Elle sortait beaucoup le soir.

— Elle découchait?

— Non, elle ne pouvait plus passer toute la nuit dehors parce que depuis décembre dernier on l'obligeait à signer le registre chez le portier. Mais chaque fois qu'elle sortait, elle rentrait tard. Je parle de ses sorties mystérieuses.

– Sorties mystérieuses ?

Les cheveux roux de Miranda tressautèrent tandis qu'elle hochait la tête en signe d'assentiment.

– Elle sortait seule. Elle se parfumait. Elle n'emportait pas de livres. Elle allait retrouver quelqu'un, apparemment.

– Elle ne t'a jamais dit qui ?

– Non. Et je n'ai jamais essayé de le savoir. Je crois qu'elle tenait à garder ça pour elle.

– Ce n'était pas un étudiant, alors ?

– Sans doute que non.

– Et Thorsson ? (Les yeux de Miranda se braquèrent sur le calendrier.) Que sais-tu de ses relations avec Elena ? Je suis sûr qu'il y a quelque chose, Randie. Ta tête parle pour toi. Il était là jeudi soir.

– Tout ce que je sais... (Randie hésita, poussa un soupir.) Je ne sais que ce qu'elle m'a confié, inspecteur. Rien d'autre.

– Très bien.

Lynley vit Havers tourner une page de son carnet.

Miranda regarda le sergent écrire.

– Elle m'a dit qu'il essayait de la sauter, inspecteur. Qu'il lui cavalait après depuis le trimestre dernier. Elle le détestait. Elle le trouvait mielleux. Elle était décidée à le dénoncer pour harcèlement sexuel.

– Elle l'a fait ?

– Je l'ignore. (Miranda tripota le bouton de sa veste comme un petit talisman à qui on demande du courage.) Je ne crois pas qu'elle en ait eu le temps.

Lennart Thorsson terminait un cours à la faculté d'anglais de Sidgwick Avenue lorsque Lynley et Havers finirent par le trouver. Le succès remporté par son sujet et la façon dont il le traitait pouvaient se mesurer à la taille de la salle dans laquelle il officiait. Celle-ci ne contenait pas moins d'une centaine de chaises, toutes occupées, essentiellement par des jeunes filles. Quatre-vingt-dix pour cent d'entre elles semblaient littéralement suspendues à ses lèvres.

La densité du cours, débité par ailleurs dans un anglais impeccable et pratiquement dénué d'accent, justifiait amplement cette attitude.

Le Suédois faisait les cent pas en parlant. Il n'utilisait pas de notes. Il puisait peut-être l'inspiration en se passant la main dans les cheveux fort épais d'un blond tirant sur le roux qui lui tombaient sur le front et les épaules avec un laisser-aller plein de séduction. Sa chevelure allait à merveille avec sa moustache, dont le style rappelait le début des années 70.

– Les pièces historiques nous permettent d'étudier les questions que Shakespeare se posait, disait Thorsson. Monarchie. Puissance. Hiérarchie. Autorité. A l'examen de ces grands thèmes, nous ne pouvons nous empêcher de nous pencher sur la question du statu quo. Dans quelle mesure Shakespeare écrit-il pour maintenir le statu quo ? S'il entend le maintenir, comment s'y prend-il ? Et s'il se contente de faire semblant de se plier aux contraintes sociales de son époque – tout en s'efforçant constamment par ailleurs de faire entendre la voix insidieuse de la subversion –, comment y parvient-il ?

Thorsson marqua une pause pour permettre à tous ceux qui notaient fébrilement ses paroles de le rattraper. Pivotant sèchement sur ses talons, il se remit à arpenter le plancher.

– Après quoi, franchissant une étape supplémentaire, il nous faut examiner la thèse inverse et nous demander dans quelle mesure Shakespeare conteste ouvertement les hiérarchies sociales en vigueur. De quel point de vue se place-t-il pour les contester ? Propose-t-il d'autres valeurs – des valeurs subversives ? Et si oui, lesquelles ? Ou bien... (Thorsson tendit un index frémissant vers son public et se pencha vers lui, la voix de plus en plus lourde de sens.) Ou bien Shakespeare ne s'attelle-t-il pas à une tâche encore plus complexe ? Ne remet-il pas en question les fondements mêmes de son pays – l'autorité, le pouvoir et la hiérarchie – afin de réfuter les prémisses sur lesquelles repose toute la société de son temps ? Est-ce qu'il ne propose pas d'autres façons de vivre ? Est-ce que le véritable postulat de Shakespeare – présent dans toutes ses pièces – n'est pas que tous les hommes sont égaux ? Tous les personnages qu'il met en scène n'en arrivent-ils pas à se dire : « Je crois que le roi n'est qu'un homme, comme moi. » Comme moi ! Voilà la question sur laquelle nous devons nous pencher. L'égalité. Le roi et moi sommes égaux. Nous ne sommes l'un et l'autre que des hommes. Il n'existe pas de hiérarchie sociale défendable. Nous sommes d'accord pour dire que Shakespeare a pu, grâce à la puissance de son imagination d'artiste, être hanté par des idées dont on ne parlerait pas avant des siècles, se projetant dans un avenir qu'il ignorait, nous permettant de conclure que si son œuvre reste aussi moderne aujourd'hui, c'est tout simplement parce que nous sommes encore loin d'atteindre le niveau de sa pensée.

Thorsson gagna l'estrade à grands pas et s'empara d'un carnet qu'il referma d'un geste décidé.

– La semaine prochaine nous parlerons de *Henry V*. Je vous remercie.

L'espace d'un instant, personne ne broncha. Il y eut quelques froissements de papier. La chute d'un crayon. Puis, comme à regret, l'assistance se mit en branle avec un soupir. Un brouhaha de conversation s'éleva tandis que les étudiants gagnaient la sortie et que Thorsson fourrait son carnet et ses livres dans un sac à dos. Tout en retirant sa toge noire et la roulant en boule pour la mettre dans son sac, il parlait avec une jeune fille ébouriffée, assise au premier rang. Puis, après lui avoir tapoté la joue pour ponctuer une de ses remarques, il descendit l'allée centrale en direction de la porte.

– Ah, murmura Havers à mi-voix. Le beau prince des ténèbres que voilà.

Le sobriquet était particulièrement heureux. Car Thorsson ne se contentait pas d'aimer le noir, il s'enveloppait dedans pour créer un contraste violent avec son teint et ses cheveux pâles. Pull, pantalon, veste à chevrons, manteau, écharpe. Même ses bottes étaient noires, pointues du bout, dotées de hauts talons. Cherchait-il à jouer au rebelle indomptable et juvénile ? Il n'aurait pu choisir costume plus adéquat. Toutefois, lorsqu'il arriva à la hauteur de Lynley et Havers et qu'il leur adressa un signe de tête avant de continuer son chemin, Lynley constata que si Thorsson était indomptable, il n'était plus tout jeune. Il avait des pattes-d'oie au coin des yeux et des fils gris dans son abondante chevelure. Lynley lui donna une bonne trentaine. Le Suédois et lui étaient du même âge.

– Mr. Thorsson ? (Il exhiba son badge.) New Scotland Yard. Brigade criminelle. Avez-vous quelques instants à nous consacrer ?

Thorsson regarda Lynley, Havers, puis de nouveau Lynley, qui fit les présentations.

– C'est au sujet d'Elena Weaver, j'imagine ?
– Oui.

Faisant porter le poids de son sac sur une épaule, il se passa rudement une main dans les cheveux avec un soupir.

– Nous ne pouvons pas parler ici. Vous avez une voiture ? (Lynley ayant acquiescé, il enchaîna :) Allons au collège.

Il opéra un demi-tour abrupt et franchit la porte, ramenant son écharpe par-dessus son épaule.

– Jolie, cette sortie, commenta Havers.
– Quelque chose me dit qu'il s'y entend, en matière de sorties.

Ils suivirent Thorsson le long du couloir, descendirent l'escalier, débouchèrent dans le cloître.

– J'ai un autre cours dans une heure, dit l'enseignant.
– J'espère que nous aurons fini d'ici là, fit Lynley avec un aimable sourire.

Il désigna à Thorsson l'entrée nord-est de Selwyn College, où il avait laissé sa voiture, en stationnement interdit. Ils se dirigèrent de ce côté, marchant tous trois de front sur le trottoir. Thorsson ne manquait pas d'adresser des signes de tête aux étudiants en bicyclette qui le saluaient au passage.

Ce n'est qu'en arrivant devant la Bentley que le Suédois leur adressa de nouveau la parole.

– C'est dans ce genre de véhicule que la police britannique se déplace ? *Fy fan !* Pas étonnant que le pays aille si mal !
– Rassurez-vous, ma voiture rétablit l'équilibre, rétorqua Havers. Si vous faites la moyenne entre une Mini vieille de dix ans et une Bentley vieille de quatre, ça donne sept ans d'égalité, non ?

Lynley sourit intérieurement. Toujours caustique, Havers avait tiré la leçon du cours de Thorsson.

Thorsson n'eut pas l'air de trouver ça drôle.

Ils montèrent dans la voiture. Lynley s'engagea dans Grange Road pour regagner le centre-ville. Au bout de la rue, tandis qu'ils attendaient pour tourner à droite dans Madingley Road, un cycliste solitaire les dépassa, roulant vers la campagne. Il fallut un moment à Lynley pour reconnaître le beau-frère d'Helen, l'éternel absent Harry Rodger. Il pédalait en direction de son domicile, les pans de son manteau flottant telles deux grandes ailes laineuses autour de ses jambes. Lynley le contempla, se demandant s'il avait passé la nuit à Emmanuel

153

College. Le visage de Rodger paraissait terreux, à l'exception de son nez, qui était aussi rouge que ses oreilles. Il avait l'air parfaitement misérable. En le voyant, Lynley éprouva un bref sentiment d'inquiétude qui ne concernait qu'indirectement Harry Rodger. C'était pour Helen qu'il se tourmentait, brusquement persuadé qu'il devait l'éloigner de chez Penelope et l'inciter à regagner Londres. Il repoussa cette pensée et s'obligea à se concentrer sur la conversation entre Havers et Lennart Thorsson.

— Son œuvre illustre le combat de l'artiste qu'habite une vision utopique du monde, sergent. Une vision qui dépasse une société féodale et englobe toute l'humanité, pas seulement une poignée d'individus nés avec une cuiller en argent dans la bouche. L'ensemble de son œuvre à ce titre est prodigieusement, je dirais même miraculeusement subversif. Mais la plupart des critiques refusent de l'envisager sous cet angle. Ça les liquéfie de penser qu'un écrivain du XVIe siècle ait pu avoir une vision sociale plus vaste qu'eux... qui n'en ont aucune.

— Finalement Shakespeare était un genre de marxiste avant l'heure, non ?

Thorsson eut un grognement de dérision.

— Snobisme réducteur, rétorqua-t-il. Ce n'est vraiment pas ce que j'attendais de...

Havers se retourna :

— Oui ?

Thorsson ne termina pas sa phrase mais c'était inutile. « Quelqu'un appartenant à votre classe sociale. » Les mots semblaient suspendus dans l'air. Des mots qui vidaient de tout sens sa critique littéraire progressiste.

Ils effectuèrent le reste du trajet sans parler, se frayant un passage au milieu des camions et des taxis agglutinés dans St. John's Street, enfilant l'étroite Trinity Lane. Lynley se gara non loin de l'extrémité de Trinity Passage, devant l'entrée nord de St. Stephen College. Ouverte durant la journée, celle-ci permettait d'accéder directement à New Court.

– Mes appartements sont par là, dit Thorsson, se dirigeant d'un bon pas vers la rangée de bâtiments situés à l'ouest de la cour.

Il poussa une porte près de laquelle un panneau portait son nom en blanc sur fond noir et entra à gauche de la tour crénelée qu'emmitouflait de la vigne vierge drue. Lynley et Havers lui emboîtèrent le pas, Lynley ayant hoché la tête lorsque Havers avait jeté un regard entendu à l'escalier *L*, de l'autre côté de la pelouse, dans la rangée de bâtiments sis à l'est.

Devant eux, Thorsson grimpait bruyamment les marches, ses bottes claquant contre le bois nu. Lorsqu'ils le rattrapèrent, il poussait une porte, révélant une pièce dont les fenêtres donnaient sur la rivière, le flamboiement automnal des jardins et Trinity Bridge sur lequel un groupe de touristes prenaient des photos. Thorsson laissa tomber son sac à dos sur une table placée sous la fenêtre. Deux chaises se faisaient face, il posa son manteau sur le dossier de l'une d'elles et gagna un vaste renfoncement situé dans un coin de la pièce, qu'occupait un lit pour une personne.

– Je suis vanné, dit-il en s'allongeant sur le couvre-lit écossais. (Il eut une grimace, comme si cette position n'était pas confortable.) Asseyez-vous, si vous voulez.

Il leur désigna un fauteuil et un canapé au pied du lit, tous deux recouverts d'un tissu aux tons boueux. L'intention était claire. L'interrogatoire qu'il souhaitait voir se dérouler sur son terrain se déroulerait également selon son bon vouloir.

Depuis bientôt treize ans qu'il était dans la police, Lynley avait l'habitude de rencontrer pareilles manifestations de bravade. Ignorant l'invitation, il entreprit de passer en revue la collection de livres de la bibliothèque. Poésie, romans de la période classique, ouvrages de critique littéraire en anglais, français, suédois, et plusieurs volumes de littérature érotique. L'un d'eux était posé sur le rebord du meuble, ouvert au chapitre intitulé : « La femme et son orgasme ». Ce détail fit sourire Lynley.

Devant la table, le sergent Havers ouvrait son carnet. Elle sortit un crayon de son sac à bandoulière et regarda Lynley, attendant qu'il se décide à commencer. Sur le lit, Thorsson bâilla.

Lynley se tourna vers lui.

– Elena Weaver vous voyait beaucoup, dit-il.

Thorsson cilla.

– Voilà bien de quoi éveiller les soupçons ! C'était une des étudiantes dont j'avais la charge, inspecteur.

– Mais vous la voyiez en dehors des contrôles.

– Vraiment ?

– Vous vous êtes rendu dans sa chambre. Plus d'une fois, même, si j'ai bien compris. (L'air pensif et le plus innocent possible, Lynley balaya le lit du regard.) Les contrôles se passaient ici, Mr. Thorsson ?

– Oui. Mais devant la table. Les jeunes filles réfléchissent mieux assises sur leurs fesses qu'allongées sur le dos. (Thorsson ricana.) Je vois où vous voulez en venir, inspecteur. Laissez-moi vous rassurer tout de suite. Je ne suis pas homme à séduire les écolières, même quand elles font de la provoc.

– Elena était du nombre ?

– Elles se pointent ici, elles s'asseyent en écartant largement leurs jolies jambes pour que je comprenne le message. C'est fréquent. Moi, je fais celui qui ne voit rien. (Il bâilla de nouveau.) J'avoue m'être tapé trois ou quatre diplômées de fin d'études ; mais elles sont adultes à ce moment-là, elles connaissent la musique : tout ce qu'elles demandent, c'est une bonne queue bien raide pour le week-end. Quand elles ont baisé jusqu'à plus soif, elles se barrent et les choses en restent là. On s'est bien amusés – elles surtout, pour être franc – et point final.

Thorsson n'avait pas répondu à la question, ce qui n'échappa pas à Lynley. Le Suédois continua :
– Les enseignants de Cambridge qui ont des liaisons avec des gamines ont un profil bien particulier, inspecteur. Si vous cherchez quelqu'un qui aurait pu tringler Elena, cherchez un type entre deux âges, marié, pas séduisant, mal dans sa peau et d'une stupidité rare.

– Tout le contraire de vous, résuma Havers de la table.

Thorsson ne tint pas compte de la remarque.
– Je ne suis pas fou. Je n'ai pas envie de me griller professionnellement. Or c'est ce qui pend au nez d'un *jävla typ* qui se compromet avec un ou une étudiante. Ce genre de scandale peut lui gâcher la vie pendant des années.

– Comment se fait-il que j'aie l'impression que vous n'êtes pas homme à vous soucier du scandale, Mr. Thorsson ? questionna Lynley.

– Est-ce que vous l'avez harcelée sexuellement, Mr. Thorsson ? ajouta Havers.

Thorsson roula sur le côté, braqua les yeux sur Havers, une moue de mépris aux lèvres.

– Vous êtes passé la voir jeudi soir, poursuivit Havers. Pourquoi ? Pour l'empêcher de mettre ses menaces à exécution ? Vous ne deviez pas vraiment tenir à ce qu'elle donne votre nom au principal du collège. Que vous a-t-elle dit au juste ? Avait-elle déjà porté plainte officiellement contre vous pour harcèlement sexuel ? Ou espériez-vous l'empêcher de le faire ?

– Pauvre connasse ! répliqua Thorsson.

Sous l'effet de la colère, Lynley sentit son sang affluer dans ses muscles. Mais il constata que le sergent Havers ne bronchait pas. La mine impassible, elle faisait tourner un cendrier entre ses doigts tout en examinant son contenu.

— Où habitez-vous, Mr. Thorsson ? s'enquit Lynley.

— Non loin de Fullbourn Road.

— Vous êtes marié ?

— Dieu merci, non. Les Anglaises ne me fouettent pas particulièrement le sang.

— Vous vivez avec quelqu'un ?

— Non.

— Est-ce que quelqu'un a passé la nuit de dimanche avec vous ?

Les yeux de Thorsson se détournèrent l'espace d'un instant.

— Non, dit-il.

Mais comme les trois quarts des gens, il mentait plutôt mal.

— Elena Weaver faisait partie de l'équipe de cross country poursuivit Lynley. Vous le saviez ?

— Je l'ai peut-être su à un moment ou un autre. Je ne m'en souviens pas.

— Elle s'entraînait le matin. Vous étiez au courant ?

— Non.

— Elle vous avait surnommé Lenny le Libidineux. Est-ce que vous le saviez ?

— Non.

— Pourquoi êtes-vous allé la voir jeudi soir ?

— Je pensais qu'on pourrait aboutir à un résultat si on parlait comme deux adultes. Je me suis aperçu que j'avais tort.

— Vous saviez donc qu'elle comptait vous dénoncer pour harcèlement sexuel ? C'est ce qu'elle vous a dit jeudi soir ?

Thorsson hurla de rire. Il passa les jambes par-dessus le bord du lit.

— Je vois clair dans votre jeu maintenant : vous êtes venu fouiner ici dans l'espoir de trouver le mobile du meurtre. Eh bien, vous arrivez trop tard, inspecteur. Cette petite salope m'avait *déjà* dénoncé.

– Il a un mobile, dit Havers. Qu'est-ce qui arrive à ces universitaires qui se font prendre la main dans la culotte d'une jolie petite étudiante ?

– Thorsson a été assez clair sur ce point. Dans le meilleur des cas, il est mis en quarantaine. Au pire, il est viré. Malgré ses prises de position politiques, l'Université est un milieu conservateur sur le plan de l'éthique. Les enseignants ne sauraient tolérer qu'un des leurs fraie avec une jeune étudiante. Surtout s'il s'agit d'une des étudiantes qui lui sont confiées.

– Mais qu'est-ce que Thorsson en a à foutre de ce que ses collègues pensent ? Rien ne l'oblige à chasser les papillons avec eux, si ?

– Il n'est peut-être pas obligé de les voir, Havers. Il se peut même qu'il n'en ait pas envie. Mais il est bien obligé de les côtoyer dans le cadre du travail. Et si ses collègues lui battent froid, il peut dire adieu à ses chances d'avancement. Cela vaut pour n'importe quel enseignant en faculté, et *a fortiori* pour Thorsson.

– Pourquoi ?

– Un spécialiste de Shakespeare qui n'est même pas anglais ? Ici ? A Cambridge ? Il a dû se battre comme un lion pour décrocher son poste.

– Et il pourrait se battre avec encore plus de vigueur pour le garder.

– Exact. Quel que soit le mépris que Thorsson affiche pour Cambridge, je ne le vois pas compromettant son avenir. Car il est suffisamment jeune pour convoiter un poste de professeur en chaire. Seulement il peut faire une croix dessus s'il s'avère qu'il a eu une liaison avec une étudiante.

Havers laissa tomber une cuiller de sucre dans son café. Elle se mit à mâchonner pensivement un morceau de gâteau. Assis devant trois autres tables aux pieds métalliques dans l'office spacieux, sept étudiants sirotaient leur thé du milieu de la matinée, le soleil des baies vitrées leur chauffant le dos.

La présence de Lynley et Havers ne semblait guère éveiller leur intérêt.

— Il avait un mobile et il avait également l'occasion d'agir, souligna Havers.

— Si l'on ne tient pas compte du fait qu'il a prétendu ignorer qu'Elena s'entraînait le matin.

— J'estime qu'on peut ne pas en tenir compte, inspecteur. Il n'y a qu'à voir le nombre de fois où elle rencontrait Thorsson : c'est noté sur son calendrier. Vous croyez vraiment qu'elle ne lui aurait jamais parlé de l'équipe de cross country ? Foutaises. Il ne pouvait pas ignorer qu'elle courait.

Lynley fit la grimace tant son café était amer. Il avait un goût de soupe. Il y ajouta du sucre et emprunta la cuiller de son sergent.

— Si une plainte a été déposée contre lui, une enquête doit être en cours. Il voulait forcément y mettre un terme, non ? poursuivit Havers. D'autant que si Elena a trouvé le moyen de le neutraliser, je ne vois pas ce qui empêcherait la douzaine d'autres jolies petites choutes qu'il s'est envoyées de l'acculer.

— A supposer que ces jolies petites choutes existent. A supposer qu'il soit coupable. Elena l'a peut-être accusé de harcèlement sexuel, sergent, mais n'oublions pas qu'il fallait encore le prouver.

— Et maintenant ça ne peut plus l'être, n'est-ce pas ? (Havers tendit vers lui un doigt accusateur. Sa lèvre supérieure se retroussa.) Je vois que vous prenez la défense des mâles... Pauvre Lenny Thorsson accusé à tort de tripoter une jeune fille parce qu'il l'a repoussée alors qu'elle faisait tout pour qu'il tombe le pantalon ! Voire pour qu'il ouvre sa braguette ?

— Je ne prends la défense de personne, Havers. Je me contente de rassembler les faits. Et le plus incontestable des faits, c'est qu'Elena l'avait déjà dénoncé et qu'une enquête était en cours. Regardez les choses de façon rationnelle. Le mot mobile est inscrit au néon au-dessus de sa tête. Il parle peut-être comme un idiot, mais il n'est pas idiot. Il se doutait forcément qu'il serait considéré comme le suspect numéro un dès que nous aurions appris ce que nous savons. S'il l'avait tuée, il se serait forgé un alibi en béton, vous ne croyez pas?

— Non. (Elle agita son gâteau dans sa direction. Un raisin sec tomba avec un *plop* dans son café. Sans y prêter attention, elle poursuivit :) Je le crois assez intelligent pour se douter que nous tiendrions précisément ce raisonnement. Il savait que nous nous dirions : c'est un prof de Cambridge, donc il est loin d'être con, donc il n'aurait jamais tué Elena Weaver sans alibi. Regardez-nous, inspecteur. Nous marchons dans sa combine comme des crétins!

Elle mordit dans son gâteau et mastiqua furieusement.

Lynley dut reconnaître que les propos d'Havers n'étaient pas dénués d'une espèce de logique même si celle-ci était tordue. Toutefois, il n'aimait pas la virulence avec laquelle elle s'exprimait. Les débordements de cette nature entraînaient toujours une perte d'objectivité, le pire fléau menaçant un policier au cours d'une enquête. Il en avait trop souvent fait personnellement l'expérience pour ne pas laisser sa coéquipière s'y enferrer.

Il devinait la raison de sa colère. Mais aborder le sujet de front serait accorder aux paroles de Thorsson un poids qu'elles ne méritaient pas. Il chercha une autre tactique.

— Il devait connaître la présence du Ceephone. Selon Miranda, Elena avait déjà quitté sa chambre quand Justine a reçu l'appel. S'il était allé plusieurs fois chez Elena – ce qu'il ne nie pas –, il devait savoir se servir du visiophone. Il aurait donc pu passer un coup de fil chez les Weaver.

— Vous avez mis le doigt sur quelque chose, inspecteur, dit Havers.

— Possible. Mais si, en exploitant les indices, les techniciens du labo ne trouvent rien que nous puissions rattacher à Thorsson, si nous ne parvenons pas à mettre la main sur l'arme qui a servi à défoncer le visage de la jeune fille avant qu'elle ne soit étranglée et si nous n'arrivons pas à établir un lien entre cette arme et Thorsson, tout ce que nous avons contre lui, c'est l'antipathie qu'il nous inspire.

— Et Dieu sait qu'il nous en inspire.

— Ça, oui. (Il repoussa sa tasse de café.) Ce qu'il nous faut, Havers, c'est un témoin.

— Du meurtre ?

— De n'importe quoi. (Il se mit debout.) Allons donc rendre visite à la femme qui a trouvé le corps. Ne serait-ce que pour savoir ce qu'elle comptait peindre dans ce brouillard.

Havers vida sa tasse et retira les miettes grasses qu'elle avait sur les mains à l'aide d'une serviette en papier. Elle se dirigea vers la porte tout en enfilant son manteau, ses deux écharpes traînant sur le sol derrière elle. Il n'ajouta rien, attendant qu'ils fussent sur la terrasse au-dessus de North Court. Et même là, il choisit soigneusement ses mots.

— Au fait, Havers, pour en revenir à ce que Thorsson vous a dit...

Impassible, elle le regarda.

— Ce qu'il m'a dit, monsieur ?

Lynley sentit un filet de sueur lui couler le long de la nuque. En général, il n'attachait aucune importance au fait que sa partenaire soit une femme. Or là, il était bien forcé d'en tenir compte.

— Dans sa chambre, Havers. Lorsqu'il vous a traitée de... (Il chercha un euphémisme.) De...

— De pauvre connasse, vous voulez dire ?

— Euh... oui.

Lynley se demanda ce qu'il allait bien pouvoir trouver pour lui mettre du baume au cœur. Mais il comprit très vite qu'il avait tort de se tracasser pour ça.

Elle se mit à rire doucement.

— Ne vous en faites pas, inspecteur. Qu'un trou du cul me traite de connasse ne m'empêchera jamais de dormir.

7

— Et celui-là, Christian, c'est quoi ? questionna Lady Helen, lui tendant une des pièces du grand puzzle de bois posé par terre entre eux.

Sculpté dans l'acajou, le chêne, le pin et le bouleau, le puzzle était une carte des États-Unis aux tons fondus, cadeau envoyé d'Amérique aux jumeaux à l'occasion de leur quatrième anniversaire par leur tante Iris, la sœur aînée de Lady Helen. Le puzzle était davantage un reflet des goûts de Lady Iris que de l'affection qu'elle éprouvait pour ses neveu et nièce. « Qualité et solidité, Helen. C'est ce qui compte le plus », déclarait-elle volontiers comme si Christian et Perdita étaient voués à manipuler des jouets jusqu'à un âge avancé.

Des couleurs vives auraient autrement plu aux enfants. En tout cas, elles auraient plus facilement retenu leur attention. Après deux ou trois faux départs, Lady Helen avait réussi à faire participer Christian au montage du puzzle et il y jouait maintenant avec passion sous le regard de sa sœur. Perdita était confortablement assise contre Lady Helen, ses jambes minces tendues devant elle, ses chaussures éraflées tournées l'une vers l'est et l'autre vers l'ouest.

— Californie ! annonça triomphalement Christian après avoir passé un moment à étudier le morceau que sa tante lui tendait. Tapant des pieds, il poussa un cri de victoire. Les États aux formes bizarres ne lui posaient aucun problème. Avec l'Oklahoma, le Texas, la Floride, l'Utah, ça marchait comme sur des roulettes. Tandis que le Wyoming, le Colorado et le Nord Dakota pouvaient déclencher des crises de colère.

– Formidable. Et la capitale est...?
– New York!

Lady Helen éclata de rire.

– Sacramento, gros bêta.
– Sakermenno!
– Exactement. Mets-le en place maintenant. Tu sais où il va?

Après une vaine tentative pour caser la pièce dans l'emplacement réservé à la Floride, Christian la fit glisser d'une côte à l'autre.

– Encore, tante Leen, dit-il. Je peux en faire d'autres.

Choisissant la pièce la plus petite, elle la lui mit devant les yeux. Sagement, Christian commença par loucher sur la carte. Puis il plongea le doigt dans l'espace vide situé à l'est du Connecticut.

– Ici, déclara-t-il.
– Oui. Tu sais comment il s'appelle, celui-là?
– Ici, ici!
– Tu donnes ta langue au chat, mon chéri?
– Ici! Tante Leen!

Près de Lady Helen, Perdita s'agita.

– Rosila, chuchota-t-elle.
– Rose Island! glapit Christian.

Avec un hurlement de triomphe, il se jeta sur l'État que sa tante tenait toujours entre deux doigts.

– Et la capitale? fit Lady Helen, qui n'avait pas lâché la pièce. Allons, tu la savais hier.
– Lantic Ocean! beugla-t-il.

Lady Helen sourit.

– Tu y es presque.

Christian lui retira la pièce des mains et la pla-

qua sur le puzzle à l'envers. Voyant qu'elle ne s'emboîtait pas avec les autres, il essaya dans l'autre sens. Puis il repoussa sa sœur, qui se penchait pour lui donner un coup de main, en disant :
– J'y arrive, Perdy.
Et à la troisième tentative de sa petite main poisseuse, il réussit à placer la pièce.
– Encore, exigea-t-il.
Avant que Lady Helen ait pu lui donner satisfaction, la porte d'entrée s'ouvrit et Harry Rodger pénétra dans la maison. Il jeta un œil dans le salon, ses yeux s'attardant sur le bébé qui gigotait avec de petits bruits sur une couverture posée par terre près de Perdita.
– Bonjour tout le monde, dit-il en retirant son manteau. Alors, on n'embrasse pas papa ?
Christian bondit en hurlant vers son père et se jeta contre ses jambes. Perdita resta immobile.
Rodger souleva son fils, lui colla un sonore baiser sur la joue et le reposa par terre. Puis il fit mine de le fesser, s'enquérant :
– Alors, Christian, tu as été vilain ? Tu as été un vilain petit garçon ?
Christian poussa un cri de joie. Lady Helen sentit Perdita se recroqueviller contre elle et, baissant le nez, constata que la petite fille suçait son pouce, les yeux braqués sur le bébé.
– On fait un puzzle, dit Christian à son père. Tante Leen et moi.
– Et Perdita ? Elle vous aide ?
– Non. Perdita veut pas jouer. Mais tante Leen et moi on joue. Viens voir.
Christian tira son père par la main pour l'entraîner dans le salon.
Lady Helen s'efforça de n'éprouver ni colère ni aversion tandis que son beau-frère les rejoignait. Il n'était pas rentré la veille. Il n'avait même pas daigné téléphoner. Ces deux faits suffisaient à faire disparaître la sympathie que son état aurait pu lui inspirer. Il avait réellement l'air malade, physique-

ment et moralement. Ses yeux semblaient jaunes. Son visage n'était pas rasé. Ses lèvres étaient gercées. Il ne dormait pas chez lui mais dormait-il seulement quelque part ?

– Californie, fit Christian, montrant le puzzle. Tu vois, papa ? Nevada. Puta.

– Utah, corrigea machinalement Harry Rodger, qui ajouta à l'adresse de sa belle-sœur : Alors, comment ça se passe, ici ?

Lady Helen pensa aux enfants, et particulièrement à Perdita, qui tremblait blottie contre elle. Elle lutta contre son envie de se défouler contre son beau-frère, de l'injurier.

– Bien, Harry, se contenta-t-elle de répondre. Ça fait plaisir de te voir.

Il eut un sourire vague en guise de réponse.

– Bon, je te laisse.

En tapotant la tête de Christian, il quitta la pièce, s'éclipsant en direction de la cuisine.

Christian se mit aussitôt à pleurer. Lady Helen sentit qu'elle allait s'énerver.

– Ce n'est rien, Christian. Je vais préparer ton déjeuner. Tu veux bien rester un moment avec Perdita et ta petite sœur ? Montre à Perdita comment assembler les pièces du puzzle.

– Je veux mon papa ! hurla-t-il.

Lady Helen poussa un soupir. Comme si elle ne le savait pas ! Retournant le puzzle, elle fit tomber les pièces par terre :

– Regarde, Christian...

Mais il se mit à lancer les pièces dans la cheminée. Elles atterrirent dans les cendres, faisant voler de la poussière sur le tapis. Ses cris redoublèrent d'intensité.

Rodger passa la tête dans le séjour.

– Pour l'amour du ciel, Helen, tu ne peux pas le faire taire !

Lady Helen craqua. Bondissant sur ses pieds, elle traversa la pièce au galop et poussa son beau-frère dans la cuisine, fermant la porte pour ne plus entendre les vagissements de Christian.

Si sa véhémence surprit Rodger, il n'en montra rien. Il se contenta de se replonger dans le tri du courrier qui s'était accumulé au cours des deux derniers jours. Il tendit une lettre vers la lumière, loucha dessus, la reposa, en attrapa une autre.

– Que se passe-t-il, Harry ?

Il lui décocha un bref coup d'œil avant de se concentrer de nouveau sur le courrier.

– De quoi diable parles-tu ?

– De toi. De ma sœur. Au fait, elle est en haut. Au cas où tu aurais envie de la voir avant de retourner au collège. Parce que j'imagine que tu y repars, n'est-ce pas ? En tout cas, tu parais être là pour une courte visite !

– J'ai un cours à deux heures.

– Et après ?

– Je suis de dîner au réfectoire ce soir. Franchement, Helen, on croirait entendre Pen. C'est fatiguant.

Lady Helen marcha droit vers lui, lui arracha la pile de lettres des mains et les jeta sur le plan de travail.

– Comment oses-tu ? Sale petit égocentrique. Tu t'imagines qu'on est tous à ta disposition ici ?

– Qu'est-ce que tu es perspicace, Helen, fit Penelope, de la porte. Je ne m'en étais pas rendu compte.

Elle avança péniblement, une main contre le mur, l'autre dans le col de sa robe de chambre. Deux traînées humides à la hauteur de ses seins gonflés décoloraient le tissu rose, lui donnant un ton fuchsia. Les yeux de Harry se braquèrent sur les taches, puis se détournèrent.

– Ça ne te plaît pas ? s'enquit Penelope. Trop réel pour toi, Harry ? Pas vraiment ce que tu voulais ?

Rodger se replongea dans le courrier.

– Ne commence pas, Pen.

Elle eut un rire hésitant :

– Ce n'est pas moi qui ai commencé. Corrige-

167

moi si je me trompe mais c'est toi. N'est-ce pas que c'est toi ? Toutes ces journées, toutes ces nuits que tu as passées à me baratiner, à me harceler ! « Les enfants sont un cadeau, Pen, un cadeau que nous faisons au monde. Mais imagine que l'un d'eux vienne à mourir... » C'est bien toi qui me disais ça, n'est-ce pas ?

– C'est pas avec toi que je risque de l'oublier. Ça fait six mois maintenant que tu prends ta revanche. Très bien. Vas-y, continue. Je ne peux pas t'arrêter. Mais je peux décider de ne plus le subir.

Penelope rit de nouveau, plus faiblement cette fois. Elle s'appuya contre la porte du réfrigérateur. Elle porta une main à ses cheveux qui pendaient, mous et graisseux, dans son cou.

– Très drôle, Harry. Si tu veux vraiment savoir ce que c'est que subir, mets-toi dans ma peau, entre en moi. Oh, mais qu'est-ce que je raconte ? Tu l'as fait. Des centaines de fois, même.

– On ne va pas...

– Parler de ça ? Pourquoi ? Parce que ma sœur est là et que tu ne veux pas qu'elle sache ? Parce que les enfants jouent dans la pièce à côté ? Parce que les voisins risquent de m'entendre si j'élève la voix ?

Harry jeta les lettres avec rage. Les enveloppes s'éparpillèrent sur le plan de travail.

– Ne me colle pas ça sur le dos. La décision, c'est toi qui l'as prise.

– Parce que tu m'as laissé le choix ? Je n'avais plus l'impression d'être une femme. Tu refusais de me toucher tant que je n'aurais pas accepté de...

– Non ! hurla Harry. Pour l'amour du ciel, Pen. Tu aurais pu dire non.

– Je n'étais qu'une truie, n'est-ce pas ? Tout juste bonne à satisfaire le cochon en rut.

– Pas exactement. Les truies se vautrent dans la boue, pas dans l'apitoiement.

– Ça suffit ! s'écria Lady Helen.

Dans le séjour, Christian poussa un cri perçant. Le gémissement fluet du bébé se joignit à ses cris. Un objet heurta le mur avec un violent claquement. Le puzzle lancé avec rage contre la paroi, sans doute.

– Regarde dans quel état tu les mets, siffla Harry Rodger. Il se dirigea vers la porte.

– Parce que tu es mieux que moi, sans doute? glapit Penelope. Père modèle, mari modèle, assistant modèle, un saint! Ça y est? Tu es prêt à te carapater? Tu savoures ta vengeance? « Ça fait six mois que je fais tintin alors elle va payer, maintenant qu'elle est faible et malade. Je vais lui faire comprendre à quel point elle n'est rien! »

Pivotant, il lui fit face.

– J'en ai assez. Il serait temps que tu saches ce que tu veux au lieu de me rendre responsable de ce que tu as.

Avant qu'elle ait eu le temps de répondre, il était parti. Un instant plus tard, la porte d'entrée claqua. Christian se mit à hurler. Le bébé à pleurer. De nouvelles taches d'humidité apparurent sur la robe de chambre de Penelope, qui fondit en larmes.

– Je ne veux pas de cette vie!

Lady Helen éprouva une bouffée de pitié. Ses yeux s'embuèrent. Jamais elle ne s'était sentie aussi à court de paroles réconfortantes.

Elle comprenait enfin les longs silences de sa sœur, ses veilles près de la fenêtre, ses crises de larmes. Toutefois ce qu'elle ne pouvait comprendre, c'était ce qui avait poussé Penelope à en arriver là. La capitulation de sa sœur était si étrangère à sa nature que sa signification lui faisait horreur. S'approchant de Pen, elle la prit dans ses bras.

Penelope se raidit.

– Non! Ne me touche pas! Je suis trempée. C'est le bébé...

Lady Helen continua de la serrer contre elle.

Elle cherchait par où commencer, ce qu'elle pourrait dire sans trahir sa colère. Sa fureur étant dirigée contre plusieurs personnes, il lui était d'autant plus difficile de la cacher.

Furieuse, elle l'était d'abord contre Harry et les exigences égocentriques qui poussent un homme à vouloir engendrer un enfant, comme si l'important était de prouver la virilité du père et non de créer un être doté de besoins propres. Furieuse, elle l'était également contre sa sœur, qui avait cédé au sens du devoir gravé dans le cerveau des femmes depuis le commencement des temps, les réduisant à la possession d'un ventre en état de fonctionner.

La décision d'avoir des enfants – prise sans nul doute dans la joie par Penelope et son mari – avait causé la perte de sa sœur. Car, en abandonnant sa carrière pour s'occuper des jumeaux, elle avait perdu son indépendance pour devenir une femme qui ne pouvait plus s'accrocher qu'à son homme. Aussi lorsqu'il avait exigé un autre enfant s'était-elle inclinée. Quel meilleur moyen de le garder que de lui donner ce qu'il voulait ?

Que la situation actuelle résultât de l'incapacité de Penelope – ou de sa répugnance – à remettre en question la définition réductrice de la féminité, qu'elle avait décidé de faire sienne, rendait les choses encore plus difficiles. Car Penelope était assez intelligente pour réaliser qu'elle refusait la vie qu'elle s'était créée et cela expliquait en grande partie sa détresse présente. Son mari l'avait sommée de prendre une décision en partant. Mais tant qu'elle n'aurait pas redéfini son rôle et ses priorités, ce seraient les circonstances – et non elle – qui mèneraient le jeu.

Lady Helen sentit sa sœur sangloter sur son épaule. Elle la serra contre sa poitrine, s'efforçant de murmurer des mots de réconfort.

– Je n'en peux plus, pleura Penelope. J'étouffe. Je ne suis rien. Je n'existe pas en tant qu'être humain. Je ne suis qu'une machine.

« Tu es une mère », songea Lady Helen tandis que dans la pièce voisine Christian continuait de crier.

Il était midi lorsque Lynley et Havers s'immobilisèrent dans la grand-rue sinueuse de Grantchester, village composé de maisons, de pubs, d'une église et d'un presbytère. Grantchester était séparé de Cambridge par les terrains de rugby de l'université et par des champs en jachère pour l'hiver que l'on apercevait derrière une haie d'aubépines qui commençaient à roussir. L'adresse inscrite sur le rapport de police était vague : « Sarah Gordon, L'École, Grantchester ». Toutefois, à l'entrée du village, Lynley comprit que les précisions étaient inutiles. Entre une rangée de cottages au toit de chaume et un pub à l'enseigne du *Lion rouge* se dressait un bâtiment de brique noisette nanti d'huisseries rouge vif et d'un toit de tuile percé de lucarnes. Accroché à l'un des piliers qui flanquaient l'allée un panneau de bronze annonçait tout simplement : L'École.
– Charmant petit nid, commenta Havers, ouvrant sa portière d'un coup d'épaule. C'est l'exemple type de l'édifice historique amoureusement rénové. J'ai toujours eu horreur des gens qui ont la patience de faire du neuf avec du vieux. Qui est cette Sarah Gordon ?
– Une artiste peintre. Je n'en sais pas plus.
A la place de la porte d'entrée d'origine avaient été installées quatre baies vitrées à travers lesquelles ils distinguèrent de hauts murs blancs, un bout de canapé, et l'abat-jour de verre bleu d'un lampadaire en cuivre. Lorsqu'ils claquèrent les portières et se mirent à remonter l'allée, un chien se précipita vers les baies en jappant follement.
La nouvelle porte d'entrée, aménagée sur l'arrière de la maison, était en partie abritée sous un passage couvert reliant le bâtiment au garage.

Ils furent accueillis par une femme mince portant un jean râpé, une chemise d'homme en lainage ivoire et une serviette rose nouée en turban sur la tête. D'une main, elle tenait la serviette, de l'autre, le chien, un bâtard ébouriffé aux oreilles asymétriques – l'une dressée, l'autre pendante – qui arborait une touffe de poils kaki dans les yeux.

– Ne craignez rien. Il ne mord pas, dit-elle tandis que le chien tirait sur sa laisse, qu'elle tenait d'une main ferme. Il adore les visites. (Et s'adressant au chien) : Assis, Flame.

Ignorant cette paisible injonction, le chien se mit à agiter frénétiquement la queue.

Lynley sortit sa carte, se présenta, présenta Havers.

– Vous êtes Sarah Gordon ? Nous aimerions vous parler. C'est au sujet d'hier matin.

A ces mots, les yeux sombres de la maîtresse de maison parurent s'assombrir encore.

– Je ne sais pas ce que je pourrais vous dire d'autre, inspecteur. J'ai raconté tout ce que je savais à la police.

– Oui, je sais. J'ai lu le compte rendu. Mais dans certains cas, ça aide d'entendre les choses de la bouche du témoin. Si cela ne vous ennuie pas.

– Pas le moins du monde. Entrez. (Elle recula pour les laisser passer. Flame bondit de joie et sauta sur Lynley, lui plaquant ses pattes grandes comme des gants sur les cuisses.) Flame ! Ça suffit ! fit-elle en tirant sur le collier du chien.

Elle se baissa pour le prendre dans ses bras tandis qu'il se débattait comme un diable et l'emmena dans la pièce qu'ils avaient aperçue de la rue pour le déposer dans un panier près de la cheminée.

– Ne bouge plus maintenant.

Elle lui tapota la tête.

Le chien darda un œil vif vers Lynley et Havers puis vers sa maîtresse. Voyant qu'ils avaient l'intention de rester dans la pièce avec lui, il poussa un aboiement de plaisir et posa le menton sur ses pattes.

Sarah s'approcha de la cheminée où un feu crépitait. Le bois faisait entendre de petits *plops* lorsque les flammes atteignaient des poches de résine et de sève. Elle jeta une autre bûche dans l'âtre avant de pivoter pour leur faire face.

– C'était une école ici, avant ? s'enquit Lynley.

Elle eut l'air surprise. Manifestement, elle s'était attendue à ce qu'il lui pose directement des questions sur sa macabre découverte de la veille au matin. Néanmoins, elle sourit, jeta un regard autour d'elle.

– Oui, c'était l'école du village. Elle était dans un triste état quand je l'ai achetée.

– C'est vous qui l'avez rénovée ?

– Une pièce par-ci, une pièce par-là, quand j'en avais le temps et les moyens. Elle est presque finie, il ne reste plus que le jardin à aménager. Cette pièce-ci, dit-elle en indiquant le séjour dans lequel ils se trouvaient, est celle que j'ai refaite en dernier. C'est un peu différent de ce qu'on pourrait s'attendre à trouver dans une construction de cette époque, mais c'est pour ça que je l'aime.

Tandis que Havers commençait à retirer la première de ses deux écharpes, Lynley examina les lieux. La pièce était en effet surprenante avec son impressionnant décor de lithographies et d'huiles représentant des enfants, des adolescents, des vieillards jouant aux cartes, une vieille femme regardant par la fenêtre. L'œuvre était à la fois figurative et métaphorique, les couleurs pures, vives, vraies.

Cette accumulation de tableaux combinée au parquet de chêne délavé et au canapé couleur avoine aurait dû donner au séjour l'aspect d'une salle de musée. Mais, pour atténuer sans doute l'allure peu chaleureuse du décor, Sarah Gordon avait recouvert d'une couverture de mohair rouge le dossier du canapé et posé sur le parquet un tapis bariolé. Comme si cela ne suffisait pas à donner au séjour un air habité, un exemplaire du *Guardian* était étalé devant la cheminée, un coffret à dessin et un chevalet gisaient près de la porte, et l'air était imprégné de l'odeur riche et reconnaissable entre toutes du chocolat. Ce parfum semblait émaner d'un pichet vert posé sur le bar à une extrémité de la pièce à côté d'une tasse d'où s'élevait de la vapeur.

Suivant la direction du regard de Lynley, Sarah Gordon confirma :

– Du cacao. Ça me tient lieu d'antidépresseur. J'en ai consommé par mal depuis hier. Je vous en offre ?

Il fit non de la tête.

– Sergent ?

Havers déclina et alla s'asseoir sur le canapé où elle posa ses écharpes, se débarrassa de son manteau et extirpa non sans mal son carnet de son sac à bandoulière. Un gros chat roux, jaillissant soudain de derrière les rideaux, sauta lestement sur le canapé et s'installa sur ses genoux.

Sarah alla prendre sa tasse de cacao et vola au secours de Havers.

– Désolée, fit-elle en mettant le chat sous son bras.

Elle prit place à l'autre bout du canapé, tournant le dos à la lumière. Elle enfouit sa main libre dans la fourrure épaisse de l'animal. Son autre main lorsqu'elle porta sa tasse à ses lèvres tremblait visiblement. Elle prit la parole comme pour expliquer cette réaction.

– Je n'avais jamais vu de cadavre auparavant. Non, c'est faux. J'avais déjà vu des gens dans leur cercueil mais apprêtés, maquillés par les pompes funèbres. On ne supporte la mort que si elle ne montre pas une image trop altérée de la vie, je suppose. Mais là... J'aimerais pouvoir oublier cette jeune fille, or son image est gravée dans mon cerveau. (Elle effleura la serviette qui lui tenait lieu de turban.) J'ai pris cinq douches depuis hier matin. Je me suis lavé les cheveux trois fois. Pourquoi ?

Lynley s'assit dans un fauteuil en face du canapé. Il n'essaya même pas de répondre à la question. Les réactions au spectacle d'une mort violente diffèrent selon les individus. Il avait connu de jeunes inspecteurs qui refusaient de se laver tant que l'affaire n'était pas résolue, d'autres qui ne voulaient pas manger, d'autres encore qui ne dormaient pas. La plupart d'entre eux s'endurcissaient avec le temps, considérant l'enquête sur le crime comme un travail à accomplir, mais le profane, lui, prenait le meurtre de façon personnelle, presque comme une insulte délibérée. Nul ne tenait à ce qu'on lui rappelle l'extraordinaire fugacité de la vie.

– Parlez-moi d'hier matin, dit-il.

Sarah reposa sa tasse sur une table et plongea son autre main dans la fourrure du chat. Ce n'était pas tant un geste affectueux qu'une façon de se raccrocher à quelque chose de vivant pour y puiser du réconfort. Avec l'exceptionnelle sensibilité des félins, le chat parut s'en rendre compte car il fit entendre une sorte de grondement d'arrière-gorge dont Sarah, qui s'était mise à le caresser, choisit de ne pas tenir compte. Se redressant, il fit alors une tentative pour sauter sur le parquet.

– Sois sage, Silk, dit-elle.

Mais il lança un miaulement, cracha et quitta ses genoux. Sarah eut l'air effondrée. Elle regarda le chat traverser la pièce jusqu'à la cheminée où, avec une belle indifférence, il s'allongea sur le journal et entreprit de se lécher le museau.

– Les chats! fit Havers d'un ton éloquent. C'est fou ce qu'ils ressemblent aux hommes.

Sarah parut peser sérieusement cette remarque. Elle était penchée en avant, les mains sur les cuisses. Repliée sur elle-même comme pour se protéger.

– Hier matin... dit-elle.

– Oui, l'encouragea Lynley.

Elle dévida rapidement les faits, n'ajoutant pour

ainsi dire rien qui ne figurât déjà dans le compte rendu de la police. Incapable de dormir, elle s'était levée à cinq heures et quart. Elle s'était habillée, avait avalé un bol de céréales. Elle avait lu presque en entier le journal de la veille. Elle avait trié et rassemblé son matériel. Elle était arrivée à Fen Causeway peu après sept heures. Elle s'était rendue sur l'île pour faire des croquis du pont de l'île Crusoé. Elle avait découvert le corps.

– J'ai marché dessus, dit-elle. C'est horrible, quand j'y pense. J'aurais dû essayer de voir si elle était encore en vie. Mais je ne l'ai pas fait.

– Où était-elle exactement ?

– Au bord d'une petite clairière, vers la pointe sud de l'île.

– Vous ne l'avez pas remarquée tout de suite ?

Elle tendit la main vers sa tasse, qu'elle serra entre ses doigts.

– Non. J'étais allée là-bas pour dessiner et je ne pensais qu'à mon travail. Je n'ai pas travaillé – je veux dire : je n'ai rien produit de valable – depuis des mois. Je me sentais paralysée, j'avais tellement peur de l'avoir perdu.

– Quoi ?

– Le talent, inspecteur. La faculté de créer. La passion. L'inspiration. Appelez ça comme vous voulez. Le temps passant, j'ai fini par croire qu'il avait disparu. Aussi il y a quelques semaines de ça, j'ai décidé d'arrêter d'occuper mon temps à bricoler dans la maison et de me remettre au travail. J'ai même choisi une date pour ce grand jour : c'était hier. (Elle devançait la question de Lynley :) Pourquoi cette date ? Sans raison particulière. J'ai senti qu'en inscrire une sur le calendrier me motiverait. Je me figurais qu'en me fixant un jour précis, j'éviterais les tentatives avortées. Reprendre mes pinceaux, c'est très important pour moi.

Du regard, Lynley fit de nouveau le tour de la pièce, plus attentivement cette fois, examinant la collection de lithographies et d'huiles. Il ne pouvait s'empêcher de les comparer aux aquarelles qu'il avait vues chez Anthony Weaver, joliment exécutées mais dénuées d'originalité. Ces œuvres-ci, au contraire, constituaient un défi tant sur le plan des couleurs que sur celui de la conception.

— C'est votre travail, dit-il sur le ton de la constatation tant il était évident que tout était de la même main.

Sa tasse pointée vers l'un des murs, elle acquiesça :

— C'est mon travail, oui. Ce n'est pas récent, mais c'est de moi.

L'espace d'un instant, Lynley se réjouit en songeant qu'il n'aurait pu tomber sur un meilleur témoin. Les artistes savent observer car sans observation, il n'y a pas de création possible. L'œil de Sarah Gordon avait dû enregistrer les moindres détails de l'île, un objet, une ombre bizarre. Se penchant en avant, il dit :

— Dites-moi ce que vous avez vu dans l'île.

Sarah contempla son cacao comme si elle se repassait la scène.

— Il y avait du brouillard, c'était très humide, au point que les feuilles des arbres étaient dégoulinantes d'eau. Les hangars où l'on prépare les bateaux étaient fermés. Le pont a été repeint. Je me souviens de la façon dont il accrochait la lumière. Et... (Elle hésita, l'air pensif.) Près de la grille, le terrain était boueux et la boue semblait avoir été retournée. Ça faisait comme des sillons.

— Comme si on avait traîné un corps, les talons raclant la terre ?

— C'est possible. Et il y avait des détritus sur le sol près d'une branche cassée. Et puis... (Elle releva la tête.) Je crois que j'ai vu les vestiges d'un feu aussi.

— A côté de la branche ?

— Devant, oui.

— Quel genre de détritus avez-vous vu par terre ?

– Essentiellement des paquets de cigarettes. Des journaux. Une bouteille de vin. Un sac ? Oui, il y avait un sac plastique de chez Peter Dominic. Je m'en souviens. Vous croyez que quelqu'un serait resté là à guetter la fille ?

Ignorant la question, il insista :

– Rien d'autre ?

– Les lumières de la lanterne de Peterhouse. On les voyait de l'île.

– Vous n'avez rien entendu ?

– Rien de bizarre en tout cas. Les oiseaux. Un chien. Tout semblait normal sauf le brouillard, qui était très dense. Mais ça, on a dû vous le dire.

– Vous n'avez entendu aucun bruit en provenance de la rivière ?

– Un bateau ? Quelqu'un qui aurait ramé ? Non, désolée. (Ses épaules se voûtèrent imperceptiblement.) J'aimerais pouvoir vous en dire davantage, mais je ne pensais qu'à mes dessins. J'y pense toujours d'ailleurs. Je suis d'un égocentrisme monstrueux, ce dont je ne suis pas particulièrement fière.

– C'est plutôt inhabituel de faire des croquis dans le brouillard, remarqua Havers.

Jusqu'alors, Barbara avait pris des notes à toute vitesse mais maintenant elle relevait le nez, abordant la question qui les avait amenés là : quel genre d'artiste peintre dessine dans le brouillard ?

– C'est plus qu'inhabituel, renchérit Sarah. C'était de la folie. Et même si j'avais réussi à faire quelque chose, ça n'aurait pas vraiment ressemblé au reste de mon travail.

Il y avait du vrai dans cet énoncé. Car outre leurs couleurs vives, claquantes, ensoleillées, les personnages de Sarah Gordon étaient dessinés avec une grande netteté de trait : groupe d'enfants pakistanais assis sur les marches usées d'une HLM délabrée, nu de femme allongée sous un parapluie jaune. Aucun tableau n'évoquait le flou et l'absence de couleur associés au brouillard. Aucun ne représentait un paysage.

– Vous aviez l'intention de changer de style ? s'enquit Lynley.
– Pour passer des *Mangeurs de pommes de terre* aux *Paysages dans le brouillard* ?

Sarah quitta le canapé et se dirigea vers le bar pour se resservir du cacao. Flame et Silk levèrent le nez, se demandant s'ils auraient droit à une gâterie. Elle s'approcha du chien, s'accroupit près de lui pour lui gratter la tête. Agitant la queue en signe de satisfaction, l'animal reposa le menton sur ses pattes. Elle s'assit par terre, en tailleur, près de la corbeille de Flame, faisant face à Lynley et Havers.

– J'étais prête à tout. Je ne sais pas si vous pouvez comprendre ce qu'on ressent quand on se dit qu'on a perdu la faculté et la volonté de créer. Oui, ajouta-t-elle comme si elle s'attendait à un démenti, la *volonté*, car il ne s'agit pas seulement d'attendre passivement la visite des muses. Créer, c'est décider d'offrir une part de soi aux autres et de la soumettre à leur jugement. En tant qu'artiste, je pensais me moquer de l'accueil réservé à mon œuvre. Je pensais que l'essentiel était l'acte créateur et non la manière dont il était reçu. Malheureusement j'ai cessé de croire en cela. Et lorsqu'on cesse de croire que l'acte de créer est supérieur à l'analyse qu'autrui peut en faire, on est frappé de paralysie. C'est ce qui m'est arrivé.

– Tout ça me rappelle les démêlés de Ruskin et Whistler, dit Lynley.

L'allusion parut la toucher au vif, car elle eut comme un mouvement de recul.

– Ah, oui. Le critique et sa victime. Mais au moins Whistler a pris sa revanche au tribunal. (Ses yeux balayèrent les tableaux un à un, comme si elle cherchait à se persuader qu'elle en était l'auteur.) J'ai perdu la passion. Or, sans elle, il n'y a plus que des masses, des objets. Peinture, toile, argile, cire, pierre : seule la passion peut leur faire prendre vie. Sans la passion, la matière reste inerte. Oh, bien sûr, on peut toujours dessiner, peindre, sculpter. Des tas de gens le font. Mais ce n'est rien de plus qu'un exercice de style. Ce n'est pas l'expression du moi. Or, c'est ça que je voulais retrouver – le désir d'être vulnérable, la capacité de sentir, de prendre des risques. Si pour atteindre ce résultat, il me fallait changer de technique, de style, de support, j'étais décidée à essayer. J'étais prête à tenter n'importe quoi.

– Ça a marché ?

Elle se pencha et frotta sa joue contre la tête du chien. Quelque part dans les profondeurs de la maison, le téléphone sonna. Un répondeur se mit en marche. Un instant plus tard, les accents graves d'une voix d'homme parvinrent jusqu'à eux, dévidant un message qu'ils ne comprirent pas car il venait de trop loin. Sarah parut ne se soucier ni de l'identité de son correspondant ni de l'appel.

– Je n'ai pas eu le temps de le savoir. J'ai fait plusieurs croquis préliminaires dans un coin de l'île. Voyant qu'ils ne rendaient rien – ils étaient exécrables, à vrai dire –, j'ai changé d'endroit et c'est alors que j'ai trébuché sur le corps.

– Racontez-moi ça.

– En reculant, j'ai heurté quelque chose. D'abord j'ai cru que c'était une branche. J'ai donné un coup de pied dedans et puis je me suis rendu compte que c'était un bras.

– Vous n'aviez pas remarqué le corps ? questionna Havers.

– Il était enseveli sous les feuilles. Je fixais le pont.

– Dans quelle direction votre coup de pied a-t-il déplacé le bras ? Vers elle ?

– Oui.

– Vous ne l'avez pas touchée autrement ?

– Seigneur, non ! Mais j'aurais dû, n'est-ce pas ? Elle était peut-être encore vivante. J'aurais dû essayer de m'en assurer. Mais au lieu de ça, j'ai été malade. Ensuite, je me suis mise à courir.

– Dans la direction d'où vous étiez venue ?
– Non, j'ai traversé Coe Fen.
– Dans le brouillard ? s'enquit Lynley. Vous n'êtes pas repartie par le même chemin ?

Dans l'échancrure de la chemise, la poitrine et le cou de Sarah commencèrent à rougir.

– Je venais de tomber sur le corps d'une jeune fille, inspecteur. Rien de ce que j'ai fait n'était logique. J'ai traversé le pont en courant, puis Coe Fen. Il y a un sentier qui débouche près du labo d'ingénierie. C'est là que j'avais laissé ma voiture.
– Vous l'avez prise pour aller au commissariat ?
– Non, j'ai continué à courir le long de Lensfield Road, à travers Parker's Piece. Ça n'est pas très loin.
– Vous auriez pu prendre votre voiture.
– Oui, c'est vrai, convint-elle sans chercher à se défendre. (Elle regarda la toile représentant les enfants pakistanais. Flame remua sous la caresse de sa main et poussa un soupir de bien-être.) Je n'avais plus ma tête. J'étais dans un état de nerfs épouvantable car je m'étais rendue dans l'île pour dessiner. Dessiner. C'était la seule chose qui comptait à mes yeux. Aussi quand j'ai trouvé le corps, je n'ai pas réfléchi. J'aurais dû essayer de voir si la jeune fille était encore vivante. J'aurais dû rester sur le sentier pavé. Me rendre en voiture au commissariat. Je sais. Je n'ai aucune excuse. Simplement, j'ai été prise de panique. Et je m'en veux, croyez-moi.
– Il y avait de la lumière au laboratoire ?

Elle reporta les yeux sur lui mais sans le voir, comme quelqu'un qui s'efforce de visualiser un souvenir.

– Je crois. Je n'en suis pas sûre.
– Vous avez vu quelqu'un ?
– Sur l'île ? Non. Dans Coe Fen, non plus : il y avait trop de brouillard. J'ai aperçu des cyclistes le long de Lensfield Road et il y avait de la circulation, évidemment. Mais c'est tout ce dont je me souviens.

– Comment se fait-il que vous ayez choisi d'aller dessiner dans l'île ? Pourquoi n'êtes-vous pas plutôt restée à Grantchester ? Surtout quand vous avez vu le brouillard.

Sur sa peau, la rougeur s'accentua. Comme si elle s'en rendait compte, elle porta sa main à l'encolure de sa chemise et se mit à jouer avec le tissu avant de la fermer complètement.

– Difficile à expliquer. Tout ce que je peux vous dire, c'est qu'après avoir choisi le jour et le lieu, j'aurais eu l'impression de me défiler en changeant d'avis à la dernière minute. Ça doit vous paraître grotesque, vous allez sûrement me prendre pour une obsessionnelle. Mais c'est comme ça. (Elle se mit debout.) Suivez-moi, ajouta-t-elle. Il n'y a qu'une seule façon de vous faire comprendre les choses.

Laissant son cacao et ses animaux dans le séjour, elle entraîna les policiers vers l'arrière de la maison où, poussant une porte entrebâillée, elle les fit pénétrer dans son atelier. C'était une salle vaste et claire dont le plafond était percé de quatre lucarnes rectangulaires. Lynley marqua une pause avant d'entrer, promenant ses regards sur la pièce dont le contenu corroborait les propos de Sarah Gordon. Les murs étaient couverts d'énormes dessins au fusain – torse, bras, nus enlacés, visage d'homme vu de trois quarts –, toutes les études préliminaires qu'un artiste réalise avant de s'attaquer à un tableau. Mais au lieu de servir d'ébauche à quelque œuvre achevée qu'on eût pu reconnaître sur un mur, les dessins jouxtaient des toiles abandonnées en cours de route. Une immense table de travail supportait un monceau de fournitures : boîtes de nescafé pleines de pinceaux propres, flacons de térébenthine, huile de lin, vernis ; boîte de pastels intacts ; plus d'une douzaine de tubes de gouache étiquetés à la main. Le chaos aurait dû régner sur la table, taches de peinture, empreintes graisseuses sur les bouteilles et les boîtes de conserve. Au lieu de quoi tous les objets étaient rangés avec minutie comme s'ils étaient exposés dans une demeure historique ouverte aux visiteurs.

L'air n'exhalait aucun relent de peinture ou de térébenthine. Il n'y avait pas de pile de dessins par terre suggérant l'inspiration fulgurante ou le rejet non moins rapide. Aucune toile terminée n'attendait l'ultime couche de vernis. La pièce était nettoyée régulièrement, car le parquet délavé brillait comme s'il avait été sous verre et on ne voyait pas la moindre trace de poussière ni de saleté. De toute évidence, la pièce ne servait plus. Sous l'une des grandes lucarnes, un unique chevalet supportant une toile était recouvert d'un chiffon maculé de peinture et il ne semblait pas qu'on y eût touché récemment.

– Le centre de mon univers était ici, dit Sarah Gordon avec résignation. Est-ce que vous comprenez, maintenant, inspecteur ? Je rêvais qu'il le redevienne.

Le sergent Havers s'était dirigée vers l'un des murs de la pièce où, au-dessus d'un plan de travail, avaient été installés des étagères et des modules de rangement. Ceux-ci abritaient boîtes de diapositives, carnets de croquis aux coins écornés, boîtes de pastels, rouleau de toile, outils – couteaux à palette et pinces. Le plan de travail lui-même était recouvert d'une plaque de verre à l'aspect rugueux que Havers effleura du doigt, une question muette sur le visage.

– C'est pour broyer les couleurs, lui expliqua Sarah Gordon. Je fabriquais moi-même mes couleurs.

– Vous êtes une puriste, commenta Lynley.

Elle sourit, toujours avec résignation.

– Quand j'ai commencé à peindre, il y a de ça des années, je voulais maîtriser chacune des étapes. Je voulais être chacun de mes tableaux. Je fabriquais même les cadres. Pour vous dire à quel point j'étais... pure.

– Vous avez perdu cette pureté ?
– Le succès gâte tout à la longue.
– Et vous avez connu le succès, fit Lynley, s'approchant du mur où étaient accrochés les fusains.

Bras, main, tracé d'une mâchoire, visage. Il songea aux dessins de Vinci que possédait la reine. Sarah Gordon était décidément douée.

– D'une certaine façon, oui. Mais pour moi le succès est moins important que la paix de l'esprit. Et c'est cette paix de l'esprit que j'essayais de retrouver hier matin.

– Or, c'est Elena Weaver que vous avez trouvée à la place, remarqua Havers.

Tandis que Lynley passait en revue ses dessins, Sarah rajustait le chiffon qui recouvrait le chevalet – peut-être pour les empêcher de voir à quel point son travail s'était détérioré – quand elle s'immobilisa soudain. Sans regarder de leur côté, elle répéta d'une voix mal assurée :

– Elena Weaver ?
– La victime, oui, confirma Lynley. Vous la connaissiez ?

Elle se tourna vers eux. Ses lèvres remuèrent sans bruit. Au bout d'un moment, elle chuchota :
– Oh non ! Mon Dieu !
– Miss Gordon ?
– Son père. Je connais son père. Anthony Weaver. (Elle tendit la main vers le haut tabouret qui flanquait le chevalet et s'y hissa.) Oh mon Dieu ! Pauvre Tony ! (Comme pour répondre à une question qui ne lui avait pourtant pas encore été posée, elle désigna la pièce d'un grand geste circulaire.) C'était un de mes élèves. Jusqu'au début du printemps dernier. Avant qu'il ne se mette en campagne pour décrocher la chaire de Penford, je l'avais comme élève.

– Comme élève ?
– J'ai donné des cours pendant plusieurs années dans la région. Anthony Weaver a été un élève

assidu. Je le connaissais bien. Nous avons été assez proches.

Ses yeux s'embuèrent, elle cligna des paupières, refoulant ses larmes.

– Est-ce que vous connaissiez sa fille ?

– Vaguement. Je l'avais rencontrée plusieurs fois l'an dernier, au début du premier trimestre. Il me l'avait amenée pour servir de modèle.

– Mais vous ne l'avez pas reconnue hier ?

– Comment aurais-je pu la reconnaître ? Je n'ai même pas vu son visage. (Elle baissa la tête, se passa la main sur les yeux.) Ça va l'anéantir. Elle était tout pour lui. Vous lui avez parlé ? Quelle question ! (Elle releva le nez.) Comment va-t-il ?

– Comme un père qui vient de perdre son enfant.

– Mais Elena était plus qu'un enfant pour lui. Il disait qu'elle était sa seule chance de rédemption. (Elle jeta un coup d'œil autour d'elle avec honte.) Et dire que j'étais là à m'apitoyer sur mon sort, à me demander si je redessinerais un jour pendant que ce pauvre Tony... Comment peut-on être à ce point égoïste ?

– Vous vouliez remettre votre carrière en route, il ne faut pas vous accabler pour ça.

C'était, songea-t-il, le plus normal des souhaits. Il repensa aux œuvres qu'il avait vues dans le séjour, à leurs lignes nettes, pures. Obtenir une telle acuité de trait, une telle finesse de détail à la peinture à l'huile était étonnant. Chaque scène – enfant jouant avec un chien, vendeur de marrons se réchauffant devant son brasero, cycliste pédalant sous la pluie – révélait une remarquable sûreté de trait. Lynley se demanda ce que devait ressentir un peintre qui croyait avoir perdu la faculté de créer des œuvres d'une telle qualité. On ne pouvait qualifier d'égoïste le désir bien légitime de retrouver ce don.

Il lui semblait curieux qu'elle s'accusât de la sorte et tandis qu'elle les ramenait vers le séjour,

Lynley s'aperçut qu'il éprouvait un vague malaise, assez proche de celui qu'il avait ressenti en observant les réactions d'Anthony Weaver face à la mort de sa fille. Quelque chose en elle, dans son attitude et ses propos, le gênait. Il n'arrivait pas à mettre le doigt dessus et pourtant son intuition lui disait que la jeune femme manquait de spontanéité comme si sa réaction avait été soigneusement préparée. Un instant plus tard, elle lui fournit la réponse.

Alors que Sarah Gordon ouvrait la porte, Flame jaillit de son panier, se mit à aboyer et se précipita dans le couloir, tout frétillant à l'idée d'aller gambader dehors. Sarah se pencha et l'attrapa par son collier. C'est alors que la serviette qu'elle portait sur la tête se défit, révélant des cheveux humides et bouclés, de la couleur du café, qui lui tombèrent sur les épaules.

Lynley étudia son image. C'étaient les cheveux et le profil, mais les cheveux surtout, de la femme qu'il avait aperçue la nuit dernière dans Ivy Court.

Sarah fonça dans les toilettes dès qu'elle eut fermé la porte d'entrée à clé. Avec un hoquet affolé, elle traversa le séjour, la cuisine et réussit à atteindre les W.-C. juste à temps pour vomir. Son estomac se retournait tandis que le cacao, acide maintenant, lui brûlait la gorge en refluant. Elle en eut plein le nez lorsqu'elle respira. Elle toussa, s'étouffa, continua de vomir. Une sueur froide lui couvrit le front. Le plancher tanguait, les murs aussi. Elle ferma les yeux.

Dans son dos, elle entendit un petit jappement de sympathie. Puis elle sentit un museau contre sa jambe. Une tête se posa sur l'un de ses bras étendus et un souffle chaud lui balaya la joue.

– Ça va, Flame, dit-elle. Ça va. Ne t'inquiète pas. Silk est avec toi ?

Sarah eut un petit rire exténué en pensant au

peu probable changement de personnalité du chat. Les chats ressemblaient tellement aux êtres humains. La compassion et l'empathie, ça n'était vraiment pas leur truc. Mais les chiens étaient différents.

A tâtons, elle tendit la main vers le bâtard et tourna son visage vers lui. Elle entendit sa queue fouetter le mur. Il lui lécha le nez. Elle se dit soudain que Flame se moquait bien de savoir qui elle était, ce qu'elle avait fait, ce qu'elle avait créé, si elle avait apporté sa petite pierre à l'édifice de la vie. Qu'elle ne retouchât jamais à un pinceau lui importait peu. Cette pensée était réconfortante.

Le dernier spasme passa. Elle se releva et s'approcha du lavabo, où elle se rinça la bouche tout en s'examinant dans la glace.

Elle porta une main à son visage, suivit du doigt les rides de son front, celles qui joignaient son nez à sa bouche. Trente-neuf ans. Elle en paraissait cinquante. Pire, elle avait l'impression d'en avoir soixante. Elle se détourna de son reflet.

Dans la cuisine, elle fit couler de l'eau froide sur ses poignets. Puis elle but au robinet, s'aspergea de nouveau le visage, et s'essuya à l'aide d'un torchon. L'espace d'un instant, elle songea à se laver les dents ou à prendre un peu de repos, mais elle y renonça, ne se sentant pas le courage de monter jusqu'à sa chambre ni d'étaler de la pâte dentifrice sur une brosse à dents. Elle retourna dans le séjour où brûlait toujours le feu devant lequel Silk se chauffait avec indifférence. Flame la suivit, regagnant son panier d'où il l'observa tandis qu'elle remettait du bois dans la cheminée. Sous ses poils hirsutes, il avait l'air crispé, inquiet.

– Ça va, lui dit-elle. Je t'assure que ça va.

Il n'eut pas l'air convaincu – après tout, il connaissait la vérité pour en avoir été témoin –, toutefois il tourna quatre fois sur lui-même dans son panier, gratta sa couverture et s'enfouit dans les plis laineux. Ses paupières se fermèrent aussitôt.

– C'est bien, dit-elle. Fais un somme.

Elle était soulagée que lui au moins pût y parvenir.

Pour ne plus penser au sommeil ni à ce qui l'empêchait de dormir, elle s'approcha de la fenêtre. Plus on s'éloignait du feu, plus la température baissait. Tout en sachant qu'elle ne pouvait pas baisser à ce point, elle se passa les bras autour de la taille et regarda dehors.

La voiture était toujours là. Luisant de tout son gris métallique au soleil. Pour la deuxième fois, elle se demanda si ces gens étaient de la police. Lorsqu'elle leur avait ouvert la porte, elle s'était dit qu'ils venaient demander à voir son travail. Cela ne lui était pas arrivé depuis des années et jamais sans rendez-vous, mais c'était la seule explication possible à la visite de ces deux inconnus dans leur Bentley. Quel couple mal assorti ! L'homme était grand et d'une beauté raffinée, étonnamment bien habillé et il s'exprimait avec l'accent reconnaissable entre tous d'un ancien élève d'école privée huppée. La femme en revanche était petite, elle avait un visage assez ingrat et un parler de prolétaire. Malgré tout, et bien qu'ils se fussent dûment présentés, Sarah avait continué pendant quelques minutes à les voir comme un couple marié. Elle avait trouvé ça plus commode pour leur raconter son histoire.

Son histoire, ils n'y avaient pas cru ; elle l'avait vu sur leur visage. Comment ne pas les comprendre ? Pourquoi s'amuser à traverser Coe Fen dans ce brouillard au lieu de repartir par le même chemin ? Pourquoi quelqu'un qui vient de trouver un corps irait-il à pied au commissariat de police au lieu d'y foncer d'un saut de voiture ? Ça n'avait pas de sens. Elle le savait très bien et eux aussi.

C'est sans doute ce qui expliquait que la Bentley fût encore garée devant chez elle. Les policiers ne se trouvaient pas à l'intérieur. Elle se dit qu'ils devaient être en train d'interroger les voisins afin de vérifier son histoire.

« N'y pense pas, Sarah. »

Elle s'obligea à se détourner de la fenêtre et retourna dans son atelier. Sur une table près de le porte, son répondeur clignotait pour signaler la présence d'un message sur la bande. Elle le fixa un bon moment avant de se rappeler que le téléphone avait sonné pendant la visite des policiers. Elle appuya sur le bouton pour prendre connaissance du message.

« Sarah chérie, il faut que je te voie. Je n'ai pas le droit de te demander ça. Tu ne m'as toujours pas pardonné. Je ne mérite pas ton pardon. Je ne le mériterai jamais. Mais j'ai besoin de te voir. Je dois te parler. Tu es la seule qui me connaisse vraiment, qui me comprenne, qui ait de la compassion, de la tendresse et... (Il se mit à pleurer.) Je suis resté garé devant chez toi presque toute la soirée de dimanche. Je t'ai aperçue par la fenêtre. Et je... Lundi, je suis passé, mais je n'ai pas eu le courage de sonner à ta porte... Et maintenant, Sarah... je t'en supplie... Elena a été assassinée. Accepte de me recevoir. Appelle-moi au collège. Laisse-moi un message. Je ferais n'importe quoi. Accepte de me recevoir, je t'en supplie. J'ai besoin de toi, Sarah. »

Comme anesthésiée, elle entendit l'appareil s'arrêter. « Pourquoi ne sens-tu rien ? » se demanda-t-elle. Elle s'ordonna d'éprouver quelque chose. Mais rien ne remua dans son cœur. Elle plaqua le dos de sa main contre ses lèvres et se mordit jusqu'à ce qu'elle sentît le goût de son sang dans sa bouche. Elle se força à battre le rappel de ses souvenirs, cherchant à tout prix une diversion.

Douglas Hampson, son frère adoptif, dix-sept ans. Elle s'était donné un mal de chien pour attirer son attention. Elle voulait qu'il lui parle. Elle le voulait, lui. Elle revit l'abri sentant le renfermé au fond du jardin de ses parents, dans King's Lynn, où l'odeur de la mer ne parvenait pas à supplanter les effluves du compost, du paillis et du fumier. Mais cela leur avait été bien égal. Elle était prête à tout pour quelques miettes d'attention – à défaut d'affection. Lui était mort d'envie de copuler parce qu'il avait dix-sept ans et la trique, et qu'il perdrait la face s'il rentrait de vacances sans une bonne histoire de baise à raconter aux copains.

Ils avaient choisi un jour où le soleil tapait sur les rues et les trottoirs et encore plus sur le vieux toit de tôle de l'abri de jardin. Il lui avait fourré sa langue dans la bouche et pendant qu'elle se demandait si c'était ça que les gens appelaient faire l'amour – car elle n'avait que douze ans et aucune idée de ce que les hommes et les femmes faisaient dans ces moments-là – il s'était attaqué à son short, puis à sa culotte tout en soufflant comme un chien qui vient de courir dix kilomètres.

Ç'avait été rapidement terminé. Lui roide et déterminé, elle, absolument pas prête. Elle n'en avait rien tiré d'autre que du sang, l'impression de suffoquer et une douleur atroce. Douglas avait étouffé un grognement en déchargeant.

Il s'était remis debout immédiatement après, s'était essuyé avec son short avant de le lui jeter à la figure. Il avait reboutonné son jean en disant : « Ça pue ici, on se croirait dans des chiottes. Je me tire. » Et il était parti.

Il n'avait pas répondu à ses lettres. Il ne desserrait pas les lèvres lorsqu'elle l'appelait à l'école pour lui déclarer son amour en pleurant. Naturellement, elle n'était pas amoureuse de lui. Mais elle s'était crue obligée de l'être. Rien d'autre ne pouvait excuser l'invasion brutale de son corps qu'elle avait subie sans protester cet après-midi d'été.

Dans son atelier, Sarah s'éloigna du répondeur. Elle n'aurait pu mieux choisir pour faire diversion que d'évoquer la silhouette de Douglas Hampson. Il s'était mis à lui courir après. Quarante-quatre ans, marié depuis vingt ans, agent d'assurances en pleine crise de l'âge mûr... c'était maintenant qu'il la voulait.

« S'il te plaît, Sarah, lui disait-il lorsqu'ils se retrouvaient pour déjeuner comme cela leur arrivait souvent. Je ne peux pas rester assis devant toi à faire semblant de ne pas te désirer. Allez viens. Faisons l'amour. »

« Nous sommes amis, lui répondait-elle. Tu es mon frère, Doug. »

« La barbe, avec tes histoires de frère. Je me souviens d'une fois où ça ne t'a pas arrêtée. »

Elle lui souriait gentiment – elle avait de l'affection pour lui maintenant – et se gardait bien de lui expliquer ce que cette fois lui avait coûté.

Mais le souvenir de Douglas ne suffit pas. Malgré elle, elle traversa l'atelier jusqu'au chevalet couvert et contempla le portrait commencé des mois plus tôt pour servir de pendant à l'autre. Elle avait l'intention de lui en faire cadeau à Noël. Ne se doutant pas alors qu'il n'y aurait pas de Noël.

Il se tenait penché en avant dans une attitude qui lui était familière, un coude sur le genou, les lunettes pendant au bout des doigts. Son visage était illuminé par la passion qui l'habitait chaque fois qu'il parlait peinture. La tête inclinée sur le côté, il avait l'air heureux et juvénile d'un homme qui vit pleinement pour la première fois de sa vie.

Il n'était pas vêtu d'un costume trois-pièces mais d'une chemise maculée de peinture, déchirée au poignet. Souvent, lorsqu'elle s'approchait pour étudier la lumière dans ses cheveux, il l'attirait vers lui, riant de la voir se débattre sans conviction, et la serrait dans ses bras. Sa bouche se posait sur son cou, ses mains sur ses seins, et ils oubliaient le tableau dans la fièvre des vêtements retirés à la hâte. Et cette façon qu'il avait de la regarder en lui faisant l'amour... Et sa voix qui chuchotait : « Oh mon Dieu, mon cher amour... »

Sarah se raidit pour chasser ces souvenirs et s'obligea à étudier le portrait inachevé. Elle songea à le terminer, non comme un néophyte qui se borne à mettre de la couleur sur une toile selon les principes qu'on lui a inculqués mais comme un peintre. Elle pouvait le faire. N'était-elle pas un vrai peintre ?

Elle tendit le bras vers le chevalet. Ses mains tremblaient. Elle crispa les poings.

Elle eut beau essayer de penser à autre chose, son corps la trahissait : il refusait d'oublier.

Elle jeta un coup d'œil au répondeur, crut entendre de nouveau sa voix, ses supplications.

Mais ses mains tremblaient toujours. Ses jambes étaient en coton. Son esprit était bien forcé d'accepter ce que son corps lui disait.

Il y a pire que de trouver un cadavre.

8

Lynley attaquait sa tourte à la viande et aux oignons lorsque le sergent Havers s'engouffra dans le pub. La température extérieure avait commencé à baisser et le vent à se lever, aussi Havers, prenant les mesures qui s'imposaient, s'était-elle enveloppé la tête dans une écharpe et couvert la bouche et le nez avec une autre, ce qui lui donnait l'air d'un bandit débarqué du Grand Nord.

Elle marqua une pause dans l'encadrement de la porte, balayant des yeux la foule dense et bruyante qui déjeunait sous une collection de faux et autres outils du même genre accrochés aux murs de l'établissement. Quand elle aperçut Lynley, elle eut un mouvement de tête dans sa direction et s'approcha du bar où elle retira son manteau avant de commander à manger et d'allumer une cigarette. Une bouteille de tonic dans une main, un sachet de chips au vinaigre dans l'autre, elle louvoya entre les consommateurs pour le rejoindre à une table de coin. Sa cigarette tremblotait au bord de sa lèvre, se consumant lentement.

Elle laissa tomber manteau et écharpes sur le banc près de Lynley et prit place sur une chaise en face de lui. Après quoi, elle lança un coup d'œil furieux au haut-parleur qui, juste au-dessus de leur tête, déversait à plein régime : *Killing me softly*, par Roberta Flack. Havers n'avait aucun goût pour les promenades musicales dans le passé.

Élevant la voix pour couvrir le vacarme de la musique, des conversations et des tintements de vaisselle, Lynley laissa tomber :

– C'est quand même mieux que les *Guns and Roses*.

– A peine, rétorqua Havers.

D'un coup de dent, elle déchira le sachet de chips et entreprit d'en croquer une, tandis que la fumée de sa cigarette caressait mollement le visage de Lynley.

– Sergent, fit-il avec un coup d'œil à la cigarette.

Elle lui adressa une grimace.

– Vous devriez vous y remettre, inspecteur. On s'entendrait mieux.

– Et moi qui croyais que nous avancions bras dessus bras dessous, dans la joie, vers la retraite.

– On avance, c'est un fait. Mais dans la joie, ça, c'est une autre paire de manches.

Elle poussa le cendrier de côté. La fumée ondula vers une dame aux cheveux bleu-gris dont le menton s'ornait de six poils de beau calibre. De la table qu'elle partageait avec un corgi à trois pattes et un gentleman qui semblait lui aussi en piteux état, la consommatrice jeta par-dessus son verre de gin un regard meurtrier à Havers. S'avouant vaincue, cette dernière tira une dernière bouffée avant d'écraser sa cigarette en maugréant.

– Alors ? interrogea Lynley.

Elle ôta un brin de tabac resté collé sur le bout de sa langue.

– Deux de ses voisins ont confirmé son histoire de bout en bout. La dame qui habite la maison mitoyenne... (Elle repêcha son carnet dans son sac à bandoulière, l'ouvrit.) Une certaine Mrs. Stamford... Mrs. Hugo Stamford. Même qu'elle s'est crue obligée d'épeler son nom tellement j'ai l'air d'une demeurée. Mrs. Stamford, donc, l'a vue charger le coffre de sa voiture un peu avant sept heures hier matin. Elle se dépêchait, a précisé cette dame. Et en outre elle avait l'air préoccupé, parce que quand Mrs. Stamford est sortie prendre son lait, elle lui a dit bonjour, mais Sarah ne l'a pas entendue. Le second... (Elle tourna son carnet pour lire en biais.) Un vieux type nommé Norman Davies, qui habite en face. Il l'a vue passer en trombe au volant de sa voiture sur le coup de sept heures. S'il se souvient si bien de l'heure, c'est qu'il promenait son colley, lequel posait justement sa crotte sur le trottoir et non dans le caniveau. A son grand dam, bien sûr. Le pauvre Norman ne voulait pas que Sarah s'imagine qu'il était du genre à laisser Mr. Jeffries – c'est le nom de son chien – saloper le trottoir. « C'est pas bon pour elle, a-t-il ajouté. Il faut qu'elle se remette à la marche à pied. Cette petite a toujours été une fana de marche... », bref, il ne comprenait pas ce qui lui arrivait et s'étonnait de la voir dans sa voiture. A propos de voiture, la vôtre ne lui a pas plu, monsieur. Même qu'il a ricané en disant qu'un type qui conduisait un engin comme ça vendrait le pays aux Arabes pourvoyeurs de pétrole. Intarissable, cet homme. J'ai de la chance d'avoir réussi à m'en dépêtrer avant l'heure du thé.

Lynley hocha la tête sans répondre.

– Qu'y a-t-il ? s'enquit-elle.

– Je ne sais pas trop, Havers.

Il se tut tandis qu'une adolescente déguisée en laitière apportait au sergent son déjeuner : morue, petits pois et frites. Havers aspergea copieusement l'assiette de vinaigre tout en fixant la serveuse.

– Vous ne devriez pas être à l'école, mon petit ?

– J'suis plus vieille que j'en ai l'air, rétorqua la gamine, qui portait un assez gros grenat fiché dans la narine droite.

Havers grogna.

– Ben voyons. (Elle s'attaqua à son poisson et l'adolescente disparut dans un envol de jupons. Revenant à Lynley, Havers enchaîna :) Ça ne me

195

plaît pas, ce que vous venez de dire, inspecteur. J'ai l'impression que vous avez quelque chose contre Sarah Gordon. (Elle leva les yeux, attendant une réponse. Voyant qu'il ne bronchait pas, elle poursuivit :) C'est à cause de cette histoire de sainte Cécile, je parie. Quand vous avez appris qu'elle était peintre, vous vous êtes dit qu'elle avait arrangé inconsciemment le corps.

— Non, ce n'est pas ça.
— Alors c'est quoi ?
— Je suis certain de l'avoir aperçue la nuit dernière à St. Stephen.

Havers baissa sa fourchette. Elle but une gorgée de tonic et se frotta la bouche à l'aide d'une serviette en papier.

— Voilà qui est intéressant. Où était-elle ?

Lynley lui parla de la femme qui avait émergé de l'ombre du cimetière tandis qu'il était à sa fenêtre.

— Je ne l'ai pas bien vue, avoua-t-il. Mais les cheveux sont identiques. Le profil aussi. J'en mettrais ma main au feu.

— Qu'est-ce qu'elle serait allée fabriquer là-bas ? Vous n'êtes pas logé près de chez Elena Weaver, si ?

— Non. Ivy Court est réservé aux enseignants. Il y a essentiellement des bureaux où les professeurs travaillent et reçoivent leurs étudiants.

— Alors qu'est-ce qu'elle...
— Je suis prêt à parier que c'est là que se trouvent les appartements d'Anthony Weaver, Havers.

— Et alors ?
— Si c'est bien le cas — je vérifierai après déjeuner —, c'est sans doute lui qu'elle allait voir.

Havers enfourna une généreuse portion de frites et de petits pois et se mit à mastiquer pensivement avant de répondre.

— Vous en êtes certain ?
— Qui d'autre serait-elle allée voir ?

– N'importe qui, voyons ! Elle n'avait que l'embarras du choix. Et d'abord, qui vous dit que c'était bien Sarah Gordon ? Vous avez aperçu une silhouette avec des cheveux foncés. Ç'aurait aussi bien pu être la silhouette de Lennart Thorsson s'il était resté dissimulé dans l'ombre. La couleur des cheveux ne colle pas puisqu'il est blond ; mais question quantité, ça collerait. Il a une sacrée tignasse.

– C'était quelqu'un qui ne voulait pas être vu, ça, c'est sûr. A supposer que ç'ait été Thorsson, pourquoi se serait-il caché ?

– Et elle, pourquoi se serait-elle cachée ? (Havers se repencha sur son poisson, mâcha une bouchée et pointa sa fourchette vers lui.) Bon, allons-y, suivons votre raisonnement. Admettons que le bureau d'Anthony Weaver soit dans ce bâtiment. Que Sarah Gordon soit allée le voir. Elle nous a dit l'avoir eu comme élève, donc elle le connaît ; elle l'appelle Tony, c'est donc qu'elle le connaît bien. Qu'est-ce que ça donne ? Sarah Gordon va apporter à son ancien élève – et ami – un peu de réconfort après la mort de sa fille. (Elle reposa sa fourchette sur le bord de son assiette.) Sauf qu'elle ne savait pas que le corps qu'elle avait trouvé était celui d'Elena. Elle ne l'a appris que ce matin, par nous.

– Et en supposant qu'elle ait su qui c'était et qu'elle nous ait menti sur ce point, si elle tenait à présenter des condoléances à Weaver, pourquoi ne s'est-elle pas plutôt rendue à son domicile ?

Havers embrocha une frite ramollie.

– Très bien. Changement de scénario. Supposons que Sarah Gordon et Anthony... *Tony* Weaver baisent ensemble. Vous voyez ce que je veux dire : leur passion commune pour la peinture les entraîne vers un autre genre de passion. Le lundi soir est leur jour de rendez-vous. Ignorant que c'est le corps d'Elena qu'elle a découvert, Sarah se faufile dans le noir afin d'aller retrouver son amant pour leur partie de jambes en l'air habituelle. Weaver n'ayant pas dû penser, compte tenu des circonstances, à annuler la séance, elle se rend dans ses appartements comme à l'accoutumée – à condition que ce soient bien ses appartements – et trouve porte close.

– S'ils avaient eu rendez-vous, elle aurait patienté quelques instants, non ? Je dirais même plus, elle aurait eu une clé de son bureau.

– Qu'est-ce qui vous fait dire qu'elle n'en possède pas ?

– Parce qu'elle a mis moins de cinq minutes pour entrer et ressortir, sergent. Deux minutes au plus. C'est insuffisant pour glisser la clé dans la serrure et attendre Weaver. Et pourquoi diable se retrouvaient-ils au collège ? D'après ce que Weaver nous a dit, il a un assistant. En outre, il est candidat à une chaire d'histoire prestigieuse. Je ne crois pas qu'il s'amuserait à compromettre ses chances de l'obtenir en faisant venir chez lui, au collège, une femme autre que la sienne. Les comités de sélection ne badinent pas avec ce genre de choses. S'ils ont une histoire d'amour ensemble pourquoi Weaver ne va-t-il pas la retrouver à Grantchester ?

– Quel est votre sentiment, inspecteur ?

Lynley repoussa son assiette de côté.

– Il arrive fréquemment que le tueur ne fasse qu'un avec la personne qui a découvert le corps.

– Aussi fréquemment qu'il arrive au tueur d'être un membre de la proche famille. (Havers mit du poisson sur sa fourchette, ajouta dessus deux frites tout en l'observant d'un œil rusé.) Et si vous me disiez où vous voulez en venir, au juste ? Parce que ses voisins l'ont dédouanée, quoi que vous en pensiez. Je commence à avoir un sentiment de malaise qui me rappelle étrangement Westerbrae [1], si vous voyez ce que je veux dire.

Lynley ne le voyait que trop. Havers avait raison

---

1. Voir du même auteur, *Le Lieu du crime*. (N.D.T.)

de douter de sa faculté de demeurer objectif. Il s'efforça de justifier ses sentiments :

– Sarah Gordon trouve le corps. Elle se présente chez Weaver, au collège, le soir même. Cette coïncidence ne me plaît pas.

– Quelle coïncidence ? Pourquoi faut-il qu'il s'agisse d'une coïncidence ? Elle n'avait pas reconnu Elena. Elle s'est rendue chez Weaver pour d'autres raisons. Peut-être pour le persuader de se remettre à la peinture. L'art, c'est son dada.

– Mais elle se déplaçait vraiment comme quelqu'un qui ne veut pas être vu.

– C'est l'impression que vous avez eue, inspecteur. Il y avait du brouillard, elle essayait peut-être tout simplement de lutter contre le froid. (Havers froissa son sachet de chips et le roula dans sa paume. Elle paraissait préoccupée et désireuse de ne pas le montrer.) Je crois que vous vous êtes un peu précipité, dit-elle avec circonspection. Je me demande pourquoi. J'ai bien étudié Sarah Gordon aujourd'hui. Brune, mince, séduisante. Elle m'a rappelé quelqu'un. Je me demande si elle ne vous a pas rappelé des souvenirs à vous aussi.

– Havers...

– Inspecteur, écoutez-moi. Reprenons les faits. Elena est partie faire son jogging à six heures et quart. Sa belle-mère vous l'a dit. Le portier a confirmé. D'après ses dires – confirmés, eux aussi, par son voisin – Sarah est partie de chez elle vers sept heures. Le rapport de police indique qu'elle est arrivée au commissariat à sept heures vingt pour faire part aux policiers de sa macabre découverte. Si on suit votre logique, qu'est-ce que ça donne ? Primo, Elena, ayant quitté le collège à six heures et quart, aurait mis quarante-cinq minutes pour courir entre St. Stephen et Fen Causeway, c'est-à-dire pour faire quoi, un kilomètre et demi ? Secundo, arrivée sur l'île, elle se fait démolir le visage par Sarah Gordon. Miss Gordon utilise une arme non encore identifiée dont elle s'empresse de se débarrasser, elle étrangle la petite, recouvre son corps de feuilles, vomit, et se précipite au commissariat pour éloigner les soupçons. Tout ça en l'espace de quinze minutes. Et sans répondre à la question : pourquoi aurait-elle tué Elena ? Vous qui n'arrêtez pas de parler mobile, moyen, occasion, inspecteur, dites-moi quel est le mobile de Sarah Gordon ?

Lynley en était bien incapable. Il ne pouvait pas non plus soutenir que dans ce qu'ils savaient des événements une trop énorme coïncidence trahissait une culpabilité indéniable. Car tout ce que Sarah Gordon leur avait dit quant aux raisons qui l'avaient poussée à se rendre dans l'île sonnait juste. Que son art comptât plus que tout était bien compréhensible, la qualité de son travail suffisait à le prouver. Cela étant, il s'obligea à examiner les questions soulevées par Havers.

Il aurait voulu lui dire que la ressemblance entre Sarah Gordon et Helen Clyde était purement superficielle, combinaison de cheveux foncés, d'yeux sombres, de peau claire, de minceur. Mais il ne pouvait nier le fait qu'il se sentait attiré par Sarah pour d'autres raisons. Elle avait la même façon directe de parler qu'Helen, le même penchant pour l'introspection, le même souci de progresser, la même aptitude à être seule. Et en même temps cette façade cachait quelque chose de vulnérable. Il ne voulait pas croire que ses difficultés avec Helen pussent l'aveugler au point de l'entraîner sur une fausse piste. Il ne s'agirait pas cette fois de rejeter la culpabilité sur un éventuel amant d'Helen, mais de se focaliser sur un suspect qui l'attirait pour des raisons étrangères à l'affaire. Ces considérations pouvaient l'empêcher de tenir compte des panneaux indicateurs signalant une autre direction.

Pourtant il devait admettre que les remarques du sergent Havers concernant le créneau horaire au cours duquel le crime avait été commis rendaient la culpabilité de Sarah Gordon strictement impossible.

Avec un soupir, il se frotta les yeux, se demandant s'il l'avait véritablement vue la nuit dernière. Il pensait à Helen avant de s'approcher de la fenêtre, alors pourquoi ne l'aurait-il pas transportée en imagination de Bulstrode Gardens à Ivy Court ?

Fouillant dans son sac à bandoulière, Havers en sortit un paquet de Players qu'elle jeta sur la table. Au lieu d'allumer une cigarette, elle le fixa.

– Thorsson fait un bien meilleur client, dit-elle. (Et comme il allait prendre la parole, elle l'interrompit :) Non, écoutez-moi jusqu'au bout, monsieur. Vous trouvez son mobile trop évident ? Bien. Mais cette objection ne s'applique-t-elle pas aussi à Sarah Gordon ? Sa présence sur les lieux du crime est encore plus énorme. S'il faut choisir entre elle et lui, je mise ma fortune sur lui. Il voulait coucher avec Elena, elle l'a envoyé paître, et l'a dénoncé au principal. Je me demande pourquoi vous, vous misez la vôtre sur Sarah Gordon.

– Je ne mise pas toute ma fortune sur elle. Ce sont ses relations avec Anthony Weaver qui me gênent.

– O.K. Gardez votre malaise. En attendant, je suis d'avis qu'on s'intéresse à Thorsson jusqu'à ce qu'on ait une bonne raison de lui foutre la paix. Allons interroger ses voisins, histoire de savoir si l'un d'entre eux ne l'aurait pas vu sortir de chez lui – ou rentrer – le matin. Voyons si l'autopsie donne quelque chose. Voyons ce qu'on peut tirer de l'adresse de Seymour Street.

C'était du bon travail de police, solide, digne de Havers.

– Entendu, dit-il.

– Je vous trouve bien conciliant tout d'un coup. Qu'est-ce qui vous prend ?

– Rien, pourquoi ? Je vous laisse vous occuper de cet aspect de l'enquête...

201

– Et vous ?
– Je vais voir si ces appartements, à St. Stephen, sont ceux de Weaver.
– Inspecteur...

Il sortit une cigarette du paquet, la lui tendit et craqua une allumette :
– C'est ce qu'on appelle un compromis, sergent. Tenez, grillez-en une.

Lorsque Lynley poussa la grille de fer forgé de l'entrée sud d'Ivy Court, il vit qu'une noce posait pour les photographes dans le vieux cimetière de l'église de St. Stephen. C'était un groupe étrange. La mariée, le visage fardé de blanc, portait une sorte de buisson sur la tête ; sa demoiselle d'honneur était emmitouflée dans un burnous rouge sang ; quant au témoin, il avait l'air d'un ramoneur. Seul le marié était en jaquette traditionnelle. Mais pour pallier le conformisme de sa tenue, il buvait du champagne dans une botte empruntée à l'un de ses invités. Le vent fouettait les vêtements des convives et le jeu des couleurs – blanc, rouge, noir et gris – contre le vert lichen des vieilles pierres tombales ne manquait pas d'un certain charme.

Le photographe s'en rendait compte car il ne cessait de crier : « Ne bouge plus, Nick. Plus un geste, Flora. Oui ! C'est parfait », tout en mitraillant son monde.

« Flora, songea Lynley en souriant. Pas étonnant qu'elle porte un buisson sur la tête. »

Il évita un amoncellement de mobylettes tombées par terre et, traversant la cour, s'approcha de la porte par laquelle il avait vu disparaître la femme la nuit précédente. Presque dissimulé sous un fouillis de lierre, un panneau à la peinture encore fraîche était accroché au mur sous une lanterne. Trois noms figuraient dessus. Lynley éprouva le bref sentiment de triomphe que l'on ressent quand les faits confirment une intuition.

Car le nom d'Anthony Weaver figurait en haut de la liste.

Il y en avait deux autres, il n'en reconnut qu'un. Adam Jenn, l'assistant de Weaver.

Lynley trouva d'ailleurs le jeune homme dans le bureau de Weaver, au premier étage. La porte entrebâillée révélait une entrée triangulaire non éclairée desservant une minuscule cuisine, une chambre à coucher et le bureau proprement dit. Lynley distingua des voix en provenance du bureau – une voix d'homme posait des questions auxquelles répondait une voix de femme. Il décida d'en profiter pour jeter un bref coup d'œil aux deux autres pièces.

A sa droite, la cuisine était dotée d'une cuisinière, d'un réfrigérateur et de placards vitrés contenant ustensiles de cuisine et vaisselle en quantité suffisante pour une famille nombreuse. A l'exception du réfrigérateur et de la cuisinière, le matériel semblait neuf, du four à micro-ondes étincelant aux tasses, soucoupes et assiettes. Les murs étaient peints de frais et l'air sentait le talc pour bébé, odeur qui provenait d'un bloc désodorisant suspendu à un crochet derrière la porte.

Lynley fut intrigué par la parfaite netteté de la cuisine, tellement en contradiction avec l'idée qu'il se faisait du cadre dans lequel Anthony Weaver devait travailler, compte tenu de l'état de son bureau d'Adams Road. Curieux de voir si la marque de Weaver se trouvait ailleurs, il alluma dans la chambre de l'autre côté de l'entrée et, debout dans l'encadrement de la porte, examina les lieux.

Au-dessus des boiseries couleur champignon, les murs étaient tapissés d'un papier crème à fines rayures brunes. Des dessins au crayon encadrés étaient accrochés au mur – chasse au faisan, chasse au renard, daim poursuivi par les chiens –, tous signés Weaver. Un plafonnier de cuivre de forme pentagonale éclairait un lit pour une personne, flanqué d'une table à trois pieds supportant une lampe de chevet et un cadre contenant deux photos. Lynley traversa la pièce et s'empara de ce dernier. Elena Weaver lui sourit d'un côté, Justine de l'autre. La première photo était un instantané de la fille de Weaver chahutant joyeusement avec un tout jeune setter irlandais. La seconde était un portrait réalisé en studio par un professionnel : sa seconde femme, ses longs cheveux soigneusement dégagés de son visage, souriait avec précaution sans montrer ses dents. Lynley replaça le cadre sur la table de nuit et jeta un regard pensif autour de lui. La main qui avait présidé à l'aménagement de la cuisine s'était également occupée de la décoration de la chambre. Mû par une impulsion subite, il rabattit en partie le couvre-lit brun et vert, découvrant avec stupeur un matelas nu et un oreiller sans taie. Il sortit de la chambre.

Au même moment, la porte du cabinet de travail s'ouvrit et il se retrouva nez à nez avec les deux jeunes gens dont il avait entendu les voix quelques instants plus tôt. A la vue de Lynley, le jeune homme, dont la toge universitaire accentuait encore la carrure, tendit le bras vers la jeune fille et l'attira contre lui en un geste protecteur.

– Je peux vous aider ?

La phrase était polie mais le ton glacial contenait un tout autre message, de même que les traits du jeune homme qui, brusquement fermés, exprimaient le soupçon.

Lynley jeta un coup d'œil à la jeune fille, qui tenait un cahier serré contre la poitrine. Elle portait un bonnet en tricot d'où s'échappait un flot de cheveux blonds brillants. Son bonnet baissé sur le front lui cachait les sourcils mais rehaussait la couleur de ses yeux violets. Ils exprimaient pour l'instant le plus vif effroi.

La réaction des jeunes gens était normale et même remarquable compte tenu des circonstances. Une étudiante du collège avait été assassinée de manière horrible et il était compréhensible que les étrangers ne fussent pas accueillis avec des transports de joie. Lynley sortit sa carte et se présenta.

– Adam Jenn? s'enquit-il.

Le jeune homme hocha la tête.

– A la semaine prochaine, Joyce, dit-il à la jeune fille. Lisez avant de rédiger votre dissertation. Vous avez une liste bibliographique. Vous avez un cerveau. Servez-vous des deux. Compris?

Il sourit pour atténuer le caractère négatif de la remarque mais son sourire semblait machinal, simple mimique qui ne modifiait en rien la lueur circonspecte brillant dans ses yeux noisette.

– Merci, Adam, fit Joyce en un murmure qui sonnait comme une invitation.

Elle les salua avec une jolie moue et un instant plus tard ils l'entendirent descendre bruyamment l'escalier de bois. Adam Jenn attendit que la porte du rez-de-chaussée se referme pour inviter Lynley à pénétrer dans le cabinet de Weaver.

– Le Dr Weaver n'est pas là, dit-il. Si c'est lui que vous voulez voir.

Lynley ne réagit pas immédiatement. Il se dirigea vers l'une des fenêtres qui, comme celle de la chambre qui lui avait été attribuée, était ménagée dans l'un des pignons donnant sur Ivy Court. Contrairement à celui de sa chambre, toutefois, le renfoncement ne contenait pas de bureau. A la place il y avait deux fauteuils confortables à l'air fatigué séparés par une table sur laquelle était posé un exemplaire d'un ouvrage intitulé *Édouard III : Le culte de la chevalerie,* et signé Anthony Weaver.

– Un type remarquable, assena Adam Jenn. Personne dans ce pays ne lui arrive à la cheville pour ce qui est de l'histoire médiévale.

Lynley chaussa ses lunettes, ouvrit le volume et le feuilleta. Par hasard, il tomba sur ces mots : « ... mais c'est par le traitement atroce réservé aux femmes, considérées ni plus ni moins comme des biens soumis aux caprices politiques de leur père et de leurs frères, que cette époque se fit, dans le domaine de l'intrigue diplomatique, une réputation qui rejeta loin dans l'ombre les préoccupations passagères ou fictives du peuple qu'elle s'était efforcée de mettre en avant ». N'ayant pas lu d'ouvrages écrits par des universitaires depuis des années, Lynley eut un sourire amusé. Il avait oublié la tendance des enseignants à donner dans le style emphatique.

Après avoir lu la dédicace : *A ma chère Elena,* il referma le livre et retira ses lunettes.

– Vous êtes l'assistant du Dr Weaver, dit-il.

– Oui, fit Adam Jenn en se dandinant d'un pied sur l'autre.

Sous sa toge noire, il portait une chemise blanche et un jean fraîchement lavé au pli impeccable. Il enfonça les poings dans les poches arrière de son jean et attendit sans un mot, debout près d'une table ovale encombrée de trois manuels restés ouverts et d'une demi-douzaine de dissertations.

– Qu'est-ce qui vous a amené à travailler sous la direction du Dr Weaver ?

Lynley retira son manteau et le plaça sur le dossier d'un des vieux fauteuils.

– Pour une fois, j'ai eu de la chance, répondit Adam.

C'était une réponse sans en être une et Lynley haussa un sourcil interrogateur. Le sens de sa mimique n'échappa pas à Adam, qui poursuivit :

– En licence, j'avais eu deux de ses livres au programme. J'avais également assisté à ses cours magistraux. Lorsque j'ai appris qu'il était sur la liste des candidats retenus pour la chaire de Penford, à Pâques l'an dernier, je suis venu lui demander d'être mon directeur de recherches. Avoir pour directeur le titulaire de la chaire de Penford... (Il balaya la pièce du regard comme si le fouillis qu'elle contenait suffisait à expliquer l'importance de Weaver dans sa vie. Puis il conclut :) C'est ce qu'on peut espérer de mieux.

– En liant si tôt votre sort à celui du Dr Weaver, est-ce que vous ne preniez pas un risque ? Imaginez qu'il n'obtienne pas cette promotion ?

– Qui ne risque rien n'a rien. Quand il aura la chaire, il sera submergé de demandes d'étudiants désireux de l'avoir pour directeur. J'ai anticipé.

– Vous semblez sûr de votre homme. Je pensais que ces nominations étaient avant tout politiques. Un changement de climat à l'université et c'est la mort d'un candidat.

– C'est juste. Les candidats sont sur la corde raide. Qu'ils s'aliènent le comité de sélection, qu'ils prennent à rebrousse-poil un seul de ses membres, et leur compte est bon : ils sont cuits. Cela dit, le comité serait fou de ne pas lui donner la chaire. Comme je vous l'ai dit, c'est le médiéviste le plus prestigieux du pays : tout le monde est d'accord là-dessus.

– J'imagine qu'il n'est pas homme à s'aliéner ni à prendre à rebrousse-poil qui que ce soit ?

Adam Jenn éclata d'un rire juvénile.

– Le Dr Weaver ? fit-il pour toute réponse.

– Je vois. Quand le comité doit-il faire connaître sa décision ?

– C'est ça qui est curieux. (Adam Jenn chassa d'un mouvement de tête une mèche de cheveux blonds qui lui tombait sur le front.) La décision aurait dû être prise en juillet dernier mais les membres du comité ne cessent de reculer la date limite. Ils se sont mis à éplucher les dossiers des candidats comme s'ils y cherchaient des secrets honteux. Ils sont ridicules.

– Ou peut-être simplement prudents. La chaire est l'objet de toutes les convoitises.

– Forcément. Seuls les meilleurs l'obtiennent. C'est *la* chaire de recherche historique à Cambridge.

Deux fines lignes cramoisies se dessinèrent sur les pommettes d'Adam. Sans doute se voyait-il occupant cette même chaire le jour où Weaver prendrait sa retraite.

Lynley s'approcha de la table, jetant un œil sur les dissertations qui la jonchaient.

– Vous partagez cet appartement avec le Dr Weaver ?

– J'y travaille quelques heures chaque jour, oui. C'est également là que je reçois les étudiants pour les contrôles.

– Depuis combien de temps ?

– Depuis le début du trimestre.

Lynley hocha la tête.

– Le cadre est agréable. Beaucoup plus agréable que dans mes souvenirs de l'université.

Adam balaya du regard le fatras de dissertations et d'ouvrages, les meubles, les rayonnages. Agréable ne semblait pas être le terme qui lui serait venu à l'esprit pour décrire la pièce. Puis il tourna la tête vers la porte.

– Oh, vous voulez parler de la cuisine et de la chambre. C'est la femme du Dr Weaver qui les a aménagées le printemps dernier.

– En pensant à son avancement ? Un professeur en chaire se doit d'avoir un pied-à-terre décent au collège...

Adam eut un sourire sans joie.

– Quelque chose dans ce goût-là. Mais elle n'a pas réussi à toucher au bureau. Là, le Dr Weaver ne s'est pas laissé faire. (Avec un sourire de connivence sarcastique, il conclut :) Ah, les femmes.

Que Justine Weaver n'ait pas eu accès au bureau, c'était évident. Bien que le cabinet de travail fût loin de ressembler au sanctuaire désordonné de la villa d'Adams Road, il y avait des points communs indéniables. Ici régnaient le même chaos diffus, la même abondance de livres, la même atmosphère habitée que dans la pièce d'Adams Road.

Partout des travaux en cours. Principalement sur le grand bureau de pin où voisinaient traitement de texte et pile de classeurs noirs. La table ovale installée au centre de la pièce servait de table de conférences, et le renfoncement sous la fenêtre, de coin lecture. Outre la table sur laquelle était posé l'ouvrage de Weaver, une petite bibliothèque remplie de volumes divers avait été casée sous la fenêtre, à portée de main des deux fauteuils. La cheminée aux carreaux cannelle abritait certes un radiateur électrique, mais son marbre servait également à déposer le courrier. Plus d'une demi-douzaine d'enveloppes s'y alignaient, toutes au nom d'Anthony Weaver. Une carte de vœux esseulée se dressait, tel un presse-livres, contre le tas de courrier. Lynley la prit. C'était une carte d'anniversaire humoristique adressée à *Papa* et signée *Elena* en lettres rondes.

Lynley la remit en place et se tourna vers Adam Jenn, resté planté près de la table ovale, une main dans sa poche, l'autre sur le dossier d'une chaise.

– Vous la connaissiez ?

Adam tira la chaise. Lynley le rejoignit près de la table, poussant de côté deux dissertations et une tasse pleine de thé froid à la surface de laquelle flottait une fine pellicule peu engageante.

Le visage grave, Adam acquiesça :

– Oui.

– Étiez-vous ici lorsqu'elle a appelé son père dimanche soir ?

Adam tourna les yeux vers le Ceephone, posé sur une petite console de chêne près de la cheminée.

– Elle n'a pas téléphoné. Ou si elle l'a fait, c'est après mon départ.

– A quelle heure êtes-vous parti ?

– Sept heures et demie. (Il consulta sa montre comme pour vérifier.) J'avais rendez-vous avec trois copains au University Center à huit heures. J'ai fait un saut chez moi avant.

– Chez vous ?

– Je loue une chambre chez des particuliers, près de Little St. Mary. Il devait être aux alentours de sept heures et demie. Un tout petit peu plus tard, peut-être. Mettons huit heures moins le quart.

– Le Dr Weaver était encore là lorsque vous êtes parti ?

– Le Dr Weaver ? Il n'a pas mis les pieds ici dimanche soir. Il est passé en début d'après-midi, et ensuite il est rentré dîner chez lui. Il n'est pas revenu.

– Je vois.

Lynley réfléchit à cet élément d'information, se demandant pourquoi Weaver avait menti sur ses faits et gestes de la veille de la mort de sa fille. Adam parut comprendre l'importance du détail qu'il venait de révéler car il se hâta d'enchaîner.

– Il a pu repasser ici plus tard, vous savez. Je ne sais pas pourquoi j'ai été aussi affirmatif en vous disant qu'il n'était pas revenu dans la soirée. Je l'ai raté, si ça se trouve. Il travaille depuis deux mois à un article sur le rôle des monastères dans l'économie médiévale et il se peut qu'il ait voulu en revoir certains aspects. La plupart des documents sur lesquels il s'appuie sont en latin. Ça n'est pas d'une lecture commode. Et trier toute cette documentation prend un temps fou. Sans doute est-ce ce qu'il est venu faire dimanche soir. C'est sa façon de procéder : il tient à tout vérifier, à s'assurer de la parfaite exactitude des détails. S'il avait un doute concernant un point quelconque, il a fort bien pu repasser au bureau sur un coup de tête. Sans que je le sache.

Lynley ne se souvenait pas d'avoir entendu quelqu'un revenir sur ses paroles avec autant d'empressement – si ce n'est dans les pièces de Shakespeare.

– Il ne vous prévenait pas quand il repassait ?

– Laissez-moi réfléchir.

Le jeune homme fronça les sourcils, mais Lynley lut la réponse dans sa façon de plaquer ses mains contre sa cuisse.

– Vous avez beaucoup d'estime pour le Dr Weaver, n'est-ce pas ? s'enquit-il.

Assez pour le protéger aveuglément, sous-entendait la remarque.

Adam Jenn perçut l'accusation implicite.

— C'est un type remarquable. Il est honnête. Plus intègre que bien des universitaires en poste à St. Stephen ou ailleurs. (Adam désigna du doigt les enveloppes qui s'entassaient sur le dessus de la cheminée.) Les messages de condoléances ne cessent d'affluer depuis que les gens ont appris ce qui est arrivé à... ce qui est arrivé. Les gens l'aident. Ils ont de la sympathie pour lui. Si c'était un salaud, il ne pourrait pas être apprécié comme il l'est.

— Elena avait-elle de la sympathie pour son père ?

Adam jeta un coup d'œil rapide vers la carte d'anniversaire.

— Oui. Tout le monde en a. Il s'intéresse aux gens. Il répond toujours présent quand on a besoin de lui. Les gens lui parlent, se confient à lui. Il est direct avec eux. Sincère.

— Et Elena ?

— Il se faisait du souci pour elle. Il lui consacrait du temps. Il l'encourageait. Il lisait ses dissertations, l'aidait, parlait avec elle de ses projets, de ce qu'elle comptait faire dans la vie.

— C'était important pour lui qu'elle réussisse ?

— Je vois à quoi vous pensez, fit Adam. Un père qui réussit doit avoir une fille qui réussit. Mais il n'est pas comme ça. Elle n'était pas la seule à qui il consacrait du temps ; il est disponible pour tout le monde. Il m'a aidé à trouver une chambre. Il m'a soutenu dans mon travail universitaire. J'ai fait une demande de bourse et il m'a donné un coup de main pour effectuer les démarches. Et puis quand j'ai une question à lui poser, il est toujours prêt à y répondre. Jamais je n'ai eu le sentiment de le déranger. Ça, c'est une sacrée qualité, chez quelqu'un. Une qualité qui ne court pas les rues. Surtout dans une ville comme Cambridge.

Ce n'était pas tant le panégyrique que Lynley trouvait intéressant ; qu'Adam Jenn admirât son directeur de recherches était compréhensible. Beaucoup plus instructif, était le fait qu'Adam Jenn ait réussi à éluder toutes les questions concernant Elena. Il était même parvenu à éviter de prononcer son nom.

Dehors, l'écho des rires des mariés et de leurs invités monta du cimetière. Une voix cria : « Fais-moi une bise ! » Une autre répondit : « Tu serais trop content ! » Un bruit de verre brisé accompagna le trépas abrupt d'une bouteille de champagne.

– Vous êtes très proche du Dr Weaver, dit Lynley.

– En effet.

– Vous êtes comme un fils pour lui.

Le visage d'Adam vira au cramoisi. Mais il n'eut pas l'air mécontent.

– Comme un frère pour Elena, ajouta-t-il.

Adam passa son pouce sur le bord de la table.

– Comme un frère, peut-être pas, rectifia Lynley. C'était une fille séduisante, après tout. Vous avez dû vous voir assez souvent. Ici même. Au domicile des Weaver. Dans la salle de réunion des étudiants. Au réfectoire. Et dans sa chambre.

– Je n'y ai jamais mis les pieds, précisa Adam. Je suis allé la chercher, mais je ne suis jamais entré dans sa chambre.

– Vous sortiez avec elle ?

– Je l'emmenais voir des films étranger à l'*Arts* de temps en temps. Parfois on dînait ensemble. Une fois, nous sommes allés faire un tour à la campagne.

– Je vois.

– Ce n'est pas ce que vous croyez. Je ne faisais pas ça parce que j'en avais envie... Je veux dire... Oh, et puis zut !

– Le Dr Weaver vous avait demandé de sortir Elena, c'est ça ?

– Si vous tenez vraiment à le savoir, oui. Il pensait qu'on était faits pour s'entendre.

– Vous le pensiez aussi ?
– Non ! (La véhémence du ton était telle que le mot parut résonner quelques secondes dans la pièce. Comme pour justifier la violence de la dénégation, Adam précisa :) Écoutez, pour elle, j'étais un chaperon. Rien de plus.
– Est-ce qu'Elena avait envie d'un chaperon ?
Adam ramassa les dissertations qui traînaient sur la table ovale.
– J'ai du boulot par-dessus la tête. Les contrôles à faire passer aux étudiants. Mon travail personnel. Je n'ai pas de temps à consacrer aux femmes pour l'instant : elles ne vous créent que des complications et je n'en ai vraiment pas besoin. J'ai des heures de recherches à effectuer chaque jour, des dissertations à corriger, des réunions auxquelles je dois assister.
– Vous avez dû avoir du mal à faire comprendre ça au Dr Weaver.
Adam poussa un soupir. Croisant la jambe, il posa sa cheville sur son genou et se mit à triturer le lacet de sa chaussure de sport.
– Il m'a invité chez lui le second week-end du trimestre. Il voulait que je fasse la connaissance d'Elena. Qu'est-ce que je pouvais dire ? Il m'avait pris comme assistant. Dépanné de mille façons. Je ne pouvais pas refuser de l'aider.
– Comment ça, de l'aider ?
– Il y avait un type qu'il ne voulait pas qu'elle voie. J'étais censé faire barrage. Un type de Queens.
– Gareth Randolph.
– Exact. Elle l'avait connu par l'intermédiaire des Signeurs l'an dernier. Le Dr Weaver n'aimait pas beaucoup qu'ils sortent ensemble. Et il espérait bien qu'elle...
– Finirait pas vous apprécier plus que Randolph ?
Il reposa sa jambe par terre.
– Elle n'était pas amoureuse de Gareth, vous

savez. Elle me l'avait dit. Ils étaient copains, elle le trouvait sympathique mais ça n'allait pas plus loin. Et elle savait très bien pourquoi son père se rongeait les sangs.

– Pourquoi ?
– Il avait peur qu'elle finisse par... je veux dire qu'elle épouse...
– Un sourd, termina Lynley. Ce qui n'aurait rien eu d'étonnant puisqu'elle-même l'était.

Adam se leva de sa chaise. Il s'approcha de la fenêtre et observa la cour.

– C'est compliqué, dit-il tranquillement. Je ne sais pas comment vous expliquer. Et même si j'y arrivais, ça n'y changerait rien. Tout ce que je pourrais vous dire se retournerait contre lui sans que ça ait le moindre rapport avec ce qui est arrivé à sa fille.
– Le Dr Weaver ne peut pas se permettre d'avoir une mauvaise image de marque, n'est-ce pas ? Pas avec cette histoire de chaire.
– Il ne s'agit pas de ça !
– Alors qu'est-ce qui vous empêche de parler ? Vous ne risquez pas de nuire à qui que ce soit.

Adam eut un rire rauque.

– Facile à dire. La seule chose qui vous intéresse, vous, c'est de mettre la main sur l'assassin et de repartir à Londres. Que des vies soient détruites au passage, ça vous est bien égal.

La police dans le rôle des Euménides. Ce n'était pas la première fois que Lynley s'entendait accuser de la sorte. Et s'il reconnaissait la justesse partielle de l'accusation – car il fallait bien que la justice eût un bras désintéressé sinon la société s'écroulait –, la facilité de l'allégation fit naître chez lui une sorte d'amusement amer. Poussés au bord du gouffre de la vérité, les gens se cramponnaient toujours au même argument pour refuser de parler : par mon silence, je protège quelqu'un de la souffrance, de la réalité, des soupçons. Les variations ne manquaient pas autour de ce thème unique :

refus de dire la vérité sous le masque de la grandeur d'âme.

– La mort d'Elena touche forcément tout son entourage. Personne n'est à l'abri, Adam. Des vies ont déjà été détruites. Ce sont les conséquences d'un meurtre. Si vous ne l'avez pas encore réalisé, il serait temps de revenir sur terre.

Le jeune homme déglutit avec tant de bruit que Lynley l'entendit.

– Elle prenait tout ça à la blague, finit-il par déclarer. Elle prenait *tout* à la blague.

– Quoi, par exemple ?

– Le fait que son père craigne qu'elle épouse Gareth Randolph. Qu'il ne veuille pas qu'elle fréquente régulièrement les étudiants sourds. Mais surtout qu'il... qu'il l'aime autant et qu'il tienne tant à ce qu'elle le paye de retour. Elle prenait ça à la blague. C'était sa façon d'être.

– Quel genre de relations avaient-ils ? s'enquit Lynley, sachant qu'il était peu probable qu'Adam Jenn dise quoi que ce soit qui fût de nature à trahir son mentor.

Adam contempla ses ongles avant de s'attaquer aux cuticules, les repoussant rudement à l'aide de son pouce.

– Il n'en faisait jamais assez pour sa fille. Il voulait faire partie intégrante de sa vie. Mais ça semblait toujours... (Il fourra ses mains dans ses poches.) Je ne sais comment vous dire.

Lynley se souvint de la description que Weaver avait faite de sa fille, et de la réaction que cette description avait provoquée chez Justine Weaver.

– Artificiel ?

– Il donnait l'impression de se sentir obligé de l'inonder de preuves d'amour et de tendresse. En lui montrant sans cesse combien elle comptait à ses yeux, il espérait qu'elle finirait par y croire un jour.

– Il se donnait probablement d'autant plus de mal qu'elle était sourde. Elle venait de changer de cadre de vie, il devait vouloir qu'elle s'adapte, qu'elle réussisse. Pour elle-même. Pour lui.

– Je vois où vous voulez en venir. Toujours la chaire. Mais ça allait plus loin que cela. Ça dépassait le cadre de ses études et de sa surdité. Il semblait persuadé qu'il lui fallait, pour une raison que j'ignore, se racheter aux yeux d'Elena. Il était tellement obsédé par cette idée qu'il n'a jamais réussi à voir sa fille telle qu'elle était vraiment.

Ces propos collaient parfaitement avec les angoisses exprimées la veille au soir par Weaver, des angoisses que provoque souvent un divorce. Un père pris au piège d'un mariage devenu invivable est tiraillé entre les exigences de sa progéniture et les siennes propres. S'il reste au foyer pour le bien de l'enfant, il recueille l'approbation de la société mais il dépérit. D'un autre côté, s'il quitte le foyer familial pour satisfaire ses aspirations personnelles, c'est l'enfant qui en pâtit. L'idéal est de trouver un équilibre entre ces exigences contradictoires, une sorte de compromis permettant aux deux anciens partenaires de mener une existence plus riche et aux enfants de s'en tirer avec le moins de souffrance possible.

C'était, songea Lynley, du domaine de l'utopie, car la rupture d'un couple s'accomplit généralement dans le déchirement et la violence. Même lorsque les gens faisaient tout pour conserver une certaine tranquillité d'esprit, c'était dans ce besoin de tranquillité que la culpabilité prenait sa source. La plupart des individus – et il reconnaissait faire partie du nombre – se soumettaient aux diktats d'une société toujours prête à condamner, laissant la culpabilité leur dicter leur conduite. La tradition judéo-chrétienne, loin d'enseigner le droit au bonheur, valorisait le dévouement à autrui aux dépens de l'accomplissement personnel. Que le respect de la tradition forçât des hommes et des femmes à mener une vie de morne désespoir ne choquait personne.

La situation d'Anthony Weaver était pire. Afin de retrouver la paix intérieure, il avait rompu son mariage pour s'apercevoir que la culpabilité liée au divorce était décuplée par le fait qu'il n'abandonnait pas seulement un enfant en bas âge qui l'aimait et qui dépendait de lui, mais un enfant handicapé. Quel genre de société lui pardonnerait jamais cela ? Quelque parti qu'il eût adopté, de toute façon il était perdant. Fût-il resté au foyer pour se consacrer à sa fille, sa grandeur d'âme n'aurait pas mis fin à son malheur. En choisissant d'essayer de retrouver la paix, il avait récolté un sentiment de culpabilité dont les germes se trouvaient dans ce que la société – et lui-même – considérait comme un acte aussi bas qu'égoïste.

A y regarder de plus près, le sentiment de culpabilité était à la base de bien des dévouements. Lynley se demanda si c'était ce sentiment qui soustendait le dévouement de Weaver à l'égard de sa fille. En conscience, Weaver considérait qu'il avait péché. Contre sa femme, contre sa fille, contre la société. Ce péché lui avait valu quinze ans de culpabilité. Et la seule façon d'expier qu'il avait trouvée avait été d'essayer de se racheter aux yeux d'Elena en l'aidant, en la soutenant, en s'efforçant de gagner son amour. Lynley éprouva un profond sentiment de pitié en songeant à la lutte que cet homme avait dû mener pour se faire accepter en tant que père par la jeune fille. Il se demanda si Weaver avait eu le courage – et le temps – de demander à Elena s'il était nécessaire qu'il souffrît à ce point pour obtenir son pardon.

– Je ne crois pas qu'il l'ait jamais vue telle qu'elle était vraiment, dit Adam.

Lynley se leva.

– A quelle heure êtes-vous parti d'ici, hier soir, après le coup de fil du Dr Weaver ?

– Un peu après neuf heures.

– Vous avez fermé à clé ?

– Bien sûr.

– Dimanche soir aussi ? Vous fermez toujours à clé ?

– Oui. (Adam eut un mouvement de tête vers le bureau en pin et le matériel posé dessus – traitement de texte, imprimante, disquettes, fichiers.) Tout ça vaut une fortune. La porte du cabinet de travail est équipée de deux verrous.

– Et les autres portes ?

– La cuisine et la chambre n'ont pas de serrure mais la porte d'entrée, si.

– Vous vous serviez du Ceephone du Dr Weaver pour contacter Elena au collège ? Ou l'appeler à Adams Road ?

– Ça m'arrivait, oui.

– Est-ce que vous saviez qu'Elena faisait du jogging le matin ?

– Avec Mrs. Weaver. (Adam fit la grimace.) Le Dr Weaver refusait de la laisser courir seule. Elle n'était pas spécialement enchantée que Mrs. Weaver l'accompagne, mais comme le chien était de la partie, ça faisait passer la pilule. Elle adorait ce chien. Et elle adorait courir.

– Oui, fit pensivement Lynley. La plupart des gens adorent ça.

Hochant la tête, Lynley quitta la pièce. Deux jeunes filles étaient assises devant la porte dans l'escalier, genoux pliés, tête penchée sur un livre ouvert. Elles ne relevèrent pas la tête lorsqu'il passa mais leur conversation cessa brusquement pour reprendre dès qu'il eut atteint le rez-de-chaussée. Il entendit la voix d'Adam Jenn :

– Katherine, Keelie, je suis à vous.

Puis il sortit dans le glacial après-midi automnal.

Il jeta un regard vers le cimetière de l'autre côté d'Ivy Court, pensant à son entretien avec Adam Jenn. Il se demandait ce que le jeune homme avait dû éprouver, coincé entre le père et la fille, et surtout qu'elle était la signification du violent « Non ! » qui lui avait échappé lorsqu'il lui avait demandé s'ils étaient faits pour s'entendre, Elena et lui. Concernant la visite de Sarah Gordon à Ivy Court, en tout cas, il n'était pas plus avancé.

Il consulta sa montre de gousset. Deux heures. Havers en aurait pour un moment avec la police de Cambridge. Il avait largement le temps de pousser une pointe jusqu'à l'île de Crusoé. Cela lui permettrait toujours de humer les lieux, à défaut de lui apprendre du nouveau. Il alla se mettre en tenue pour courir.

9

Anthony Weaver fixa la discrète plaque « Pompes funèbres P.L. Beck, Directeur » et se sentit envahi par une bouffée de gratitude. Le bureau du directeur de l'entreprise était aussi peu funèbre que le bon goût le permettait. Si ses chaudes couleurs d'automne et son mobilier confortable ne modifiaient en rien la pénible réalité qui le conduisait là, du moins l'endroit n'accentuait-il pas le caractère irrémédiable de la mort de sa fille par un décor sombre, de la musique d'orgue en boîte et des employés à l'allure lugubre tout de noir vêtus.

Près de lui, Glyn. Assise les poings sur les genoux, les deux pieds reposant bien à plat par terre, la tête et les épaules raides. Le regard fixé droit devant elle.

Cédant à ses instances, il l'avait emmenée au commissariat où, malgré ses explications, elle s'attendait à trouver le corps d'Elena et à le voir. Lorsqu'on lui avait déclaré que le corps avait été emmené aux fins d'autopsie, elle avait exigé qu'on la laisse assister à l'opération. Après avoir jeté un coup d'œil de supplication horrifiée à Anthony, la jeune constable de permanence à la réception lui avait gentiment répondu en s'excusant que ce n'était pas possible, que le règlement l'interdisait, que de toute façon l'autopsie n'était pas pratiquée sur place, et que même si ç'avait été le cas, les membres de la famille...

– Je suis sa mère ! hurla Glyn. Elle est à moi ! Je veux la voir !

Au commissariat, le personnel s'était montré compréhensif. On l'avait emmenée en vitesse dans une salle de conférences où une jeune secrétaire inquiète lui avait proposé de l'eau minérale, que Glyn avait refusée. Une autre secrétaire lui avait apporté du thé. Un préposé à la circulation, de l'aspirine. Et tandis qu'un policier téléphonait fébrilement au psychologue de la police, Glyn continuait d'insister, demandant qu'on la laisse voir sa fille. Sa voix était aiguë, perçante. Ses traits figés. Voyant qu'elle n'obtiendrait pas ce qu'elle voulait, elle se mit carrément à crier.

Témoin de la scène, Anthony n'en éprouvait que de la honte. Il avait honte de cette femme qui se donnait en spectacle d'une façon aussi humiliante. Et honte d'avoir honte d'elle. Elle commença à s'en prendre à lui, l'accusa d'être trop imbu de lui-même pour être capable d'identifier le corps de sa propre fille. Elle soutint que les policiers ne pouvaient pas être sûrs que c'était bien le corps d'Elena qu'on leur avait amené s'ils ne laissaient pas sa mère l'identifier, sa mère qui l'avait mise au monde, sa mère qui l'aimait, sa mère qui l'avait élevée seule, vous m'entendez, espèce de salauds, *seule*, parce que son père l'avait abandonnée à l'âge de cinq ans, tout ça pour recouvrer sa précieuse liberté, alors laissez-moi la voir ! Laissez-moi la voir...

« Je suis un morceau de bois, se répétait-il. Rien de ce qu'elle dit ne m'atteint. » Bien que sa détermination stoïque à demeurer calme le retint d'exploser, elle n'était pas suffisante pour l'empêcher de faire un retour en arrière afin d'essayer de se remémorer – et de comprendre – les forces qui l'avaient poussé à unir son sort à celui de cette femme.

Il aurait dû y avoir quelque chose de plus que le sexe : des centres d'intérêt, une expérience commune, une similitude de milieu, ou encore un objectif, un idéal. Un seul de ces éléments aurait pu donner à leur couple une chance, même minime, de survivre. Tout avait commencé entre eux au cours d'une soirée dans une élégante maison proche de Trumpington Road, où une trentaine de personnes ayant œuvré à l'élection du nouveau député local avaient été conviées à arroser sa victoire. Sans projet particulier pour la soirée, Anthony s'y était rendu en compagnie d'un ami. Glyn Westhompson en avait fait autant de son côté.

L'indifférence que leur inspiraient à tous deux les machinations ésotériques de la vie politique à Cambridge leur avait donné l'illusion d'une complicité. L'abus du champagne avait fait le reste. Lorsqu'il lui avait suggéré d'emporter une bouteille sur la terrasse pour regarder la lune poudrer d'argent les arbres du jardin, son intention était de profiter de l'occasion pour l'embrasser, caresser les seins opulents que laissait deviner le tissu très fin de son chemisier et, avec un peu de chance, lui glisser une main entre les cuisses.

Mais la terrasse était sombre, la nuit tiède et la réaction de Glyn lorsqu'il l'avait embrassée l'avait pris par surprise. D'une bouche avide, elle avait englouti sa langue. Puis, déboutonnant son chemisier et dégrafant son soutien-gorge d'une main, elle avait glissé l'autre dans son pantalon tout en poussant des gémissements de désir. Elle s'était frottée contre sa jambe en remuant les hanches.

Toutes pensées conscientes envolées, il n'avait eu qu'une envie : entrer en elle, s'enfoncer dans sa chaleur, sentir la douce succion moite des muqueuses, décharger.

Ils n'avaient pas prononcé un mot. Ils s'étaient servi de la balustrade de la terrasse comme d'un levier. Il l'avait assise dessus et elle avait écarté les jambes. Il avait plongé dans son ventre, plongé encore, ahanant, ne songeant qu'à éjaculer avant qu'un invité venu respirer l'air frais ne les découvre en pleine action, cependant qu'elle lui mordait le cou en haletant et lui tirait les cheveux. Ç'avait été la seule fois de sa vie où, en prenant une femme, il s'était dit « je baise ». Quand tout avait été fini, il n'avait même pas été capable de se rappeler son nom.

Cinq ou six invités étaient sortis de la maison avant que Glyn et lui aient eu le temps de se séparer. L'un d'eux avait crié : « Ouh là là ! » Et un autre : « Je m'en paierais bien une tranche, moi aussi. » Tous avaient ricané avant de descendre dans le jardin. Aiguillonné par leurs sarcasmes, il avait entouré Glyn de ses bras, l'avait embrassée, et murmuré d'une voix rauque : « Allons-nous-en d'ici. » Quitter la soirée avec elle donnait une autre dimension à l'acte, cela faisait d'eux un peu plus que des corps transpirants dans la fièvre d'un accouplement où ni l'âme ni l'esprit n'avaient de place.

Elle l'avait accompagné jusqu'à la maison exiguë de Hope Street qu'il partageait avec trois copains. Elle y avait passé la nuit, puis la suivante, roulant avec lui sur le maigre matelas qui lui tenait lieu de lit, mangeant sur le pouce quand l'envie lui en prenait, fumant des cigarettes françaises, buvant du gin anglais et l'entraînant sans relâche vers la chambre. En l'espace de deux semaines, elle avait emménagé en douceur. Oubliant d'abord un vêtement, un livre, puis passant déposer une lampe. Ils n'avaient jamais parlé d'amour. Ils n'étaient pas tombés amoureux l'un de l'autre. Ils avaient basculé dans le mariage, seul moyen de valider socialement un acte sexuel purement mécanique accompli avec une femme dont il ignorait tout.

La porte du bureau s'ouvrit. Un homme – vraisemblablement P.L. Beck – entra. Tout comme la décoration de la pièce, la tenue de Beck trahissait le désir d'éviter tout ce qui pouvait mettre inutilement l'accent sur la mort. Il portait un blazer bleu seyant, un pantalon gris moyen et une cravate du collège de Pembroke au nœud impeccable.

— Dr Weaver ? (Et pivotant vers Glyn :) Mrs. Weaver ?

Manifestement, il avait pris ses renseignements. En tout cas, c'était une façon astucieuse de dissocier leurs noms. Au lieu de leur présenter des condoléances qui manqueraient forcément de sincérité vu qu'il ne connaissait pas leur fille, il enchaîna :

— La police m'a prévenu que vous passeriez. Je vais essayer d'être aussi bref que possible. Puis-je vous offrir quelque chose à boire ? Du café ? Du thé ?

— Rien pour moi, répondit Anthony.

Glyn ne souffla mot.

Mr. Beck s'assit.

— D'après ce que j'ai cru comprendre, c'est la police qui a le corps. Ils ne nous le rendront vraisemblablement pas avant quelques jours. Je suppose qu'ils vous ont prévenus ?

— Non. Ils nous ont seulement dit qu'ils allaient pratiquer une autopsie.

— Je vois. (L'air pensif, il réunit ses doigts en clocher, appuya les coudes sur sa table de travail.) Il faut compter plusieurs jours pour les tests. Ils procèdent à des examens d'organes et de tissus et rédigent des comptes rendus de toxicologie. En cas de mort brutale, la procédure est rapide, surtout si le... (bref coup d'œil inquiet à Glyn) si le défunt était suivi par un médecin. Mais dans un cas comme celui-ci...

— Nous comprenons, dit Anthony.

— Dans une affaire de meurtre, dit Glyn. (Cessant de fixer le mur, elle braqua les yeux sur Mr. Beck, sans bouger d'un centimètre sur sa chaise.) Il s'agit d'un meurtre. Dites-le. Pourquoi tourner autour du pot ? Ma fille n'est pas la défunte. C'est la victime. La victime d'un meurtre. Je n'ai pas encore eu le temps de m'y habituer, mais je suppose qu'à force d'entendre prononcer le mot il finira par me venir naturellement aux lèvres. Ma fille est la victime d'un meurtre.

Beck loucha vers Anthony dans l'espoir qu'il aurait un mot de réconfort à offrir à son ex-femme. Anthony ne bronchant pas, Beck s'empressa de poursuivre.

— Il faudra que vous me disiez où et quand le service doit avoir lieu et où votre fille sera enterrée. Nous avons une très jolie chapelle dans nos locaux pour le service funèbre si cela vous intéresse. Et il faudra aussi – je sais que ce n'est pas facile – décider si vous voulez qu'il y ait une présentation du corps.

— Une présentation du corps...? (A la pensée que sa fille puisse être exhibée aux regards des curieux, Anthony sentit se dresser les poils qui ornaient le dos de ses mains.) C'est impossible. Elle n'est pas...

— Je suis pour la présentation, décréta Glyn, les ongles blancs à force de crisper les poings.

— C'est hors de question. Tu ne l'as pas vue, tu ne sais pas de quoi elle a l'air.

— Ce n'est pas à toi de me dire ce que je veux. Je veux la voir. Et je veux que tout le monde la voie.

Mr. Beck intervint :

— Il est possible d'atténuer les... Avec un peu de cire, du maquillage, personne ne verra l'étendue des...

Glyn se pencha brutalement en avant. Par un geste réflexe, Mr. Beck esquissa un mouvement de recul.

— Vous ne comprenez pas ce que je dis ? Je veux qu'on voie les dégâts. Je veux que tout le monde les voie.

Anthony eut envie de demander : « Qu'est-ce que tu y gagneras ? » Mais il connaissait la réponse. Elle lui avait confié Elena et elle voulait que le monde entier sache à quel point il avait failli. Quinze années durant, elle avait vécu avec leur fille dans l'un des quartiers les plus chauds de Londres et Elena s'en était tirée en tout et pour tout avec une dent ébréchée. L'incident était survenu lors d'une bagarre à propos d'un gamin couvert d'acné qui avait préféré déjeuner avec elle plutôt qu'avec sa petite amie habituelle. Ni Glyn ni Elena n'avaient considéré cet épisode comme la preuve que Glyn n'était pas capable de défendre sa fille. Au contraire, c'était pour elles deux une preuve du courage d'Elena, et de sa détermination à être l'égale des autres. Car les trois gamines qui l'avaient attaquée n'étaient pas sourdes, mais elles n'avaient pas fait le poids face au cageot de pommes de terre nouvelles et aux deux paniers métalliques qu'Elena avait pris à l'étalage d'un épicier tout proche pour se défendre.

Quinze ans à Londres, une dent ébréchée. Quinze mois à Cambridge, une mort atroce.

Anthony ne se sentait pas la force de la contrer.
— Vous avez une brochure que nous pourrions consulter ? Pour décider...

Mr. Beck parut trop heureux de collaborer.
— Bien sûr, fit-il en ouvrant à la hâte le tiroir de son bureau.

Il en sortit un classeur à trois anneaux recouvert de plastique rouge foncé sur la couverture duquel s'étalaient en lettres dorées les mots « Pompes funèbres Beck et Fils » et le leur tendit.

Anthony l'ouvrit. Des pochettes en plastique transparent renfermaient des photos couleur format 21 × 29,7. Il entreprit de tourner les pages, regardant les photos sans les voir, lisant les descriptifs sans vraiment assimiler les données. Il reconnaissait les bois : acajou, chêne. Il reconnaissait la terminologie : résistance naturelle à la corrosion, joints en caoutchouc. Il entendit vaguement Mr. Beck disserter à voix basse sur les avantages respectifs du cuivre et de l'acier par rapport au chêne, parler de matelas dont le capiton se soulève, de pose de charnières.

– Les cercueils Uniseal sont ce qui se fait de mieux. Le mécanisme de fermeture renforcé par un joint caoutchouté assure une parfaite étanchéité au niveau du couvercle. Ainsi vous avez une protection maximale contre... (Avec tact, il hésita, l'air visiblement indécis.) Les vers, les insectes, l'humidité, la moisissure. Bref contre les éléments.

Anthony entendit Glyn demander :

– Est-ce que vous avez des cercueils dans votre établissement ?

– Très peu. Les gens choisissent généralement sur catalogue. Compte tenu des circonstances, il ne faut pas que vous vous sentiez obligée de...

– J'aimerais les voir.

Les yeux de Mr. Beck se tournèrent vers Anthony. Il semblait s'attendre à ce qu'il proteste. Ne voyant rien venir, il dit :

– Certainement. C'est par ici.

Et il les entraîna dehors.

Anthony emboîta le pas à son ex-femme ainsi qu'au directeur de l'entreprise de pompes funèbres. Il aurait préféré que Glyn fasse son choix dans le bureau de Mr. Beck, où les photos leur auraient permis de tenir la terrible réalité à distance encore un instant. Mais il savait que Glyn interpréterait cette demande comme une preuve supplémentaire de son incompétence. Or la mort d'Elena n'illustrait-elle pas déjà amplement son incapacité à être un père digne de ce nom et ne renforçait-elle pas le jugement que Glyn n'avait cessé de marteler pendant des années – à savoir que sa contribution à l'éducation de leur fille s'était bornée à la production d'un spermatozoïde aveugle qui s'était révélé capable de nager ?

– C'est ici, fit Mr. Beck, poussant les lourdes doubles portes de chêne. Je vous laisse.

– Ce ne sera pas nécessaire, décréta Glyn.

– Mais vous devez vouloir discuter...

— Non.

Le dépassant, elle pénétra dans la salle d'exposition. Dans la pièce dépourvue de décorations comme de meubles superflus quelques cercueils étaient alignés le long des murs gris perle, le couvercle ouvert sur des capitons en velours, en satin ou en crêpe, leur coque reposant sur des piédestaux translucides arrivant à hauteur de la taille.

Anthony s'obligea à suivre Glyn, qui allait de l'un à l'autre. Chaque cercueil était muni d'une discrète étiquette indiquant son prix, d'une notice précisant le type d'étanchéité garantie par le fabricant, d'un capitonnage garni de ruches, d'un coussin, et d'une sorte de couvre-pieds posé sur le couvercle. Chacun portait un nom : Bleu napolitain, Peuplier de Windsor, Chêne d'automne, Bronze vénitien. Chacun avait sa caractéristique particulière : motif en forme de conque, broderies délicates sur la face interne du couvercle. Anthony s'efforça de chasser la vision d'Elena allongée dans l'une de ces boîtes, sa belle chevelure étalée tels des fils de soie sur le repose-tête.

Glyn s'immobilisa devant un cercueil gris tout simple doté d'un sobre capitonnage en satin. Elle se mit à pianoter dessus. Comme répondant à un signal, Mr. Beck se précipita et les rejoignit. Les lèvres crispées, il se tripotait le menton.

— Qu'est-ce que c'est ? s'enquit Glyn.

Une petite pancarte fixée sur le couvercle annonçait « Sans protection extérieure ». L'étiquette indiquait deux cents livres.

— Du contre-plaqué, fit Mr. Beck, ajustant nerveusement sa cravate de Pembroke. Contre-plaqué, flanelle, intérieur garni de satin. C'est joli, bien sûr, mais en dehors de la flanelle rien ne protège la bière de l'extérieur. Très franchement, si je puis me permettre, et compte tenu de notre climat, j'aurais scrupule à vous conseiller ce modèle. Nous ne le faisons que pour les personnes qui ont des difficultés... financières. Je ne pense pas que vous aimeriez que votre fille...

Il laissa sa phrase en suspens.
- C'est évident, commença Anthony.
- Ce cercueil fera l'affaire, coupa Glyn.

L'espace d'un instant, Anthony se contenta de fixer son ex-femme, les yeux écarquillés. Puis il trouva la force de se rebiffer :
- Tu ne te figures tout de même pas que je vais te laisser enterrer Elena là-dedans.
- Je me moque pas mal de tes intentions. Je n'ai pas assez d'argent pour...
- Je paierai.

Pour la première fois depuis qu'ils étaient dans l'entreprise, elle le regarda.
- Avec l'argent de ta femme? Pas question.
- Ça n'a rien à voir avec Justine.

Mr. Beck s'écarta d'un pas. Il redressa l'étiquette, qui avait été légèrement déplacée.
- Je vous laisse discuter.
- C'est inutile. (Glyn ouvrit son grand sac noir et commença à fourrager dedans. Un trousseau de clés cliqueta. Un poudrier s'ouvrit. Un stylo à bille dégringola par terre.) Je peux vous faire un chèque? Ma banque est à Londres mais si ça pose un problème, téléphonez-leur. Il y a des années que je suis cliente chez eux.
- Glyn, je ne suis pas d'accord.

Pivotant vers lui, elle heurta de la hanche le cercueil qui trembla sur son piédestal. Le couvercle se referma avec un bruit creux.
- Comment ça, tu n'es pas d'accord? Tu n'as pas voix au chapitre.
- Il s'agit de ma fille.

Mr. Beck amorça un discret mouvement de repli vers la porte.
- Ne bougez pas! (Les joues de Glyn étaient rouges de colère.) Tu as abandonné ta fille, Anthony. Ne l'oublie pas. Tu as donné la priorité à ta carrière. Ne l'oublie pas. Tu avais envie de courir le jupon. Ne l'oublie pas non plus. Tu as eu ce que tu voulais. Tout ce que tu voulais. Tu n'as plus voix au chapitre désormais.

Carnet de chèques en main, elle se baissa pour récupérer son stylo. Sa main tremblait. Anthony fit mine d'attraper le chéquier :
– Glyn, pour l'amour du Ciel !
– Non. C'est moi qui paie, Anthony. Je ne veux pas de ton argent. Tu ne m'achèteras pas.
– Mais je n'essaie pas de t'acheter. Je veux seulement qu'Elena...
– Je t'interdis de prononcer son nom !
Mr. Beck murmura :
– Je vous laisse.
Et sans tenir compte du non furieux de Glyn, il se rua hors de la salle d'exposition.
Glyn continua d'écrire, tenant son stylo comme elle aurait brandi une arme.
– Deux cents livres, c'est ça ?
– Ne fais pas ça, dit Anthony. Nous n'allons pas recommencer à nous battre.
– Elle portera la robe bleue que maman lui avait offerte pour son anniversaire.
– Nous ne pouvons pas l'enterrer comme une pauvresse. Je ne te laisserai pas faire ça. Je ne peux pas.
Glyn détacha le chèque du carnet.
– Où est-il parti ? Voilà son argent. Allons-nous-en.
Et elle se dirigea vers la porte.
Anthony essaya de la prendre par le bras.
D'une secousse, elle se dégagea.
– Salopard ! siffla-t-elle. Espèce de salaud ! Qui l'a élevée ? Qui a passé des années à essayer de lui apprendre à parler ? Qui l'a aidée à faire ses devoirs, qui a séché ses larmes, lavé ses vêtements, qui l'a veillée quand elle était malade ? Pas toi, fumier. Ni ta précieuse femme. C'est ma fille, Anthony. Ma fille ! Et je l'enterrerai comme bon me semble. Contrairement à toi, je n'ai pas à me soucier de ma brillante carrière ni de ce que les gens pensent de moi !
Il l'examina avec une curieuse absence de pas-

sion, se rendant soudain compte qu'il n'y avait nulle trace de chagrin dans son attitude. Il n'y vit rien qui pût illustrer l'étendue de la perte qu'elle venait de faire, et surtout pas l'amour d'une mère pour son enfant.

– Tout ça n'a rien à voir avec l'enterrement d'Elena, dit-il lentement, la lumière se faisant en lui. En fait, tu continues à te venger de moi. Je ne suis même pas certain que sa disparition t'attriste.

– Comment oses-tu! siffla-t-elle.

– As-tu seulement versé une larme, Glyn? As-tu seulement du chagrin? Est-ce que tu es capable d'éprouver quoi que ce soit en dehors du besoin de te venger? Je devrais y être habitué depuis le temps. Après tout, tu t'es servie d'elle toute sa vie pour prendre ta revanche.

Il ne vit pas arriver le coup. Elle le gifla de toutes ses forces, faisant tomber ses lunettes par terre.

– Espèce de sale...

Elle leva le bras pour le frapper de nouveau. Il lui attrapa le poignet. Elle recula, heurtant le cercueil gris. Mais elle n'avait pas dit son dernier mot. Elle le cracha même :

– Ne me parle pas de chagrin. Ne me parle jamais de chagrin.

Elle lui tourna le dos, et se jeta sur le couvercle du cercueil, les bras tendus comme pour l'étreindre et se mit à pleurer.

– Je n'ai plus rien. Elle est partie. Je ne la reverrai plus jamais. Et je ne peux pas... je ne pourrai jamais... (Les doigts d'une de ses mains se crispèrent, accrochant la flanelle qui recouvrait le cercueil.) Mais toi, tu peux. Tu peux encore, Anthony. Et je voudrais que tu sois mort.

Bien que profondément secoué, il éprouva un soudain mouvement de compassion horrifiée. Après des années de conflit, après la scène qu'elle venait de lui faire, il ne se serait pas cru capable de ressentir pour elle autre chose qu'une solide aversion. Mais dans ce « toi, tu peux », il perçut l'étendue et la nature du chagrin de son ex-femme : elle avait quarante-six ans, jamais elle ne pourrait avoir d'autre enfant.

Peu importait qu'il considérât comme totalement exclue l'idée de faire un autre enfant, et qu'il eût perdu toute raison de vivre à l'instant où il avait vu le cadavre de sa fille. Il consacrerait le reste de sa vie à ses recherches universitaires de façon à n'avoir pas une seconde pour se remémorer l'état pitoyable de son visage, le sillon autour de son cou. Mais rien de tout ça ne comptait, car il pouvait toujours avoir un autre enfant, quelle que fût la violence de son chagrin. Il avait encore le choix, lui. Mais pas Glyn. L'âge ajoutait encore à sa souffrance.

Il fit un pas vers elle, posa la main sur son dos qui tremblait.

– Je suis...
– Ne me touche pas !

Elle se dégagea avec violence, trébucha et tomba sur un genou.

La flanelle légère couvrant le cercueil se déchira. Le bois du cercueil apparut, mince, vulnérable.

Le cœur cognant dans la poitrine et les oreilles, Lynley s'arrêta de courir lorsqu'il arriva en vue de Fen Causeway. Il fouilla dans sa poche pour y prendre sa montre. Il l'ouvrit, haletant, regarda l'heure. Sept minutes.

Il secoua la tête, plié en deux, les mains sur les genoux, soufflant comme un emphysémateux qui s'ignore. Il avait parcouru moins d'un kilomètre et demi et il se sentait épuisé. Seize années de tabagisme, ça laissait des traces. Et ce n'étaient pas ces dix mois d'abstinence qui lui avaient permis de s'en remettre.

Vacillant, il prit pied sur les planches de bois vermoulues qui enjambaient le cours d'eau, reliant l'île de Robinson Crusoé à Sheep Green. Il s'accouda contre la rambarde métallique, rejeta la tête en arrière, aspirant goulûment une gorgée d'air comme un homme qui a réchappé de la noyade. La sueur trempait son front et son pull. Courir, quelle expérience merveilleuse...

Avec un grognement, il laissa pendre sa tête, essayant de retrouver son souffle. Sept minutes. Pas même un kilomètre et demi. Elle avait dû couvrir la distance en cinq minutes.

Aucun doute là-dessus. Elle s'entraînait régulièrement avec sa belle-mère. Elle pratiquait la course de fond. Elle était membre des Jeux de piste, l'équipe de cross country de Cambridge. D'après les indications portées sur son calendrier, elle courait depuis janvier dernier. Peut-être même avant. A supposer qu'elle ait changé de parcours, elle n'avait de toute façon pas dû mettre plus de dix minutes pour atteindre l'île. Cela étant, à moins qu'elle ne se fût arrêtée en route, elle avait dû arriver sur les lieux de l'agression à six heures vingt-cinq au plus tard.

Sa respiration retrouvant un rythme plus régulier, il releva la tête. Même sans le brouillard qui enveloppait la région le jour où Elena avait été tuée, il dut reconnaître que le site se prêtait particulièrement bien à un meurtre. Saules, aulnes, bouleaux encore feuillus formaient un écran impénétrable qui rendait l'île invisible de la chaussée, au sud, comme du sentier qui longeait la rivière à dix mètres de là. Toute personne souhaitant commettre un crime pouvait agir en toute tranquillité. A l'exception d'un passant occasionnel traversant le pont reliant Coe Fen à l'île ou de rares cyclistes pédalant le long de la Cam, l'endroit était désert. Dans la quasi-obscurité d'un glacial petit matin de novembre, le tueur n'avait pas à craindre d'être surpris par un témoin pendant qu'il tabassait et étranglait Elena Weaver. A six heures et demie du matin, il ne devait y avoir personne dans les parages, sa belle-mère exceptée. Et encore cette dernière avait-elle été éliminée par un simple appel sur le Ceephone, appel passé par quelqu'un qui, connaissant Justine, savait qu'elle ne courrait pas ce matin-là puisqu'elle pouvait s'en dispenser.

Évidemment, elle avait fait son jogging quand même. Mais le tueur avait eu de la chance : elle avait emprunté un itinéraire différent. Si tant est que la chance eût joué un rôle là-dedans.

Lynley s'écarta de la rambarde et traversa le pont pour piétons donnant accès à l'île. Un haut portail de bois conduisant à l'extrémité nord était ouvert. L'ayant franchi, Lynley aperçut un atelier avec des bachots empilés d'un côté et trois vieilles bicyclettes appuyées contre les portes vertes. A l'intérieur, emmitouflés dans de gros pulls, trois hommes examinaient un trou dans le fond d'un bachot. Des lumières fluorescentes au plafond leur jaunissaient le teint. L'odeur du vernis à bateau alourdissait l'air. Celle-ci provenait d'un établi encombré où deux boîtes de vernis étaient restées ouvertes, un pinceau posé à cheval par-dessus. Elle émanait également de deux autres bachots qui venaient d'être remis en état et séchaient sur des chevalets.

– Bande de petits crétins, disait l'un des ouvriers. Regarde-moi ça. C'est de la négligence pure et simple. Y z'ont aucun respect pour le matériel.

L'un d'eux leva le nez. Lynley vit qu'il était tout jeune – pas plus de vingt ans. Visage boutonneux, cheveux longs, il portait un zircon dans le lobe d'une oreille.

– Je peux vous aider, mon vieux ? fit-il, s'adressant à Lynley.

Les deux autres s'arrêtèrent de travailler. C'étaient des types entre deux âges qui avaient l'air fatigué. L'un d'eux examina Lynley, passant en revue sa tenue de jogging improvisée : tweed brun, laine bleue, cuir blanc. Son collègue se dirigea vers l'autre extrémité du hangar où il mit en marche une ponceuse électrique et s'attaqua au flanc d'un canot.

Ayant constaté la présence du panneau de la police signalant qu'il y avait eu un crime à la pointe sud de l'île, Lynley se demanda pourquoi Sheehan n'avait pas pris des mesures concernant cette partie de l'île. Il eut la réponse en entendant le plus jeune des trois hommes dire :

– C'est pas parce qu'une pétasse est dans la merde qu'on va arrêter de venir bosser.

– Déconne pas, Derek, contra le plus âgé. Y s'agit d'un meurtre. Pas d'une demoiselle en détresse.

Derek secoua la tête d'un air moqueur. Il sortit une cigarette de son jean et l'alluma à l'aide d'une allumette de cuisine qu'il jeta par terre sans se soucier des pots de peinture.

Lynley se présenta et leur demanda si l'un d'entre eux connaissait la victime. On savait juste que c'était une étudiante, lui fut-il répondu. Ils n'avaient pas d'autres renseignements que ceux que la police leur avait communiqués en arrivant au hangar hier matin, à savoir qu'une étudiante avait été retrouvée morte dans la partie sud de l'île, le visage défoncé, une cordelette autour du cou.

La police avait-elle fouillé la partie nord de l'île ? questionna Lynley.

– Ils ont fourré leur nez partout, ça oui, dit Derek. Ils ont pas attendu qu'on soit là pour franchir le portail. Même que Ned, ça l'a foutu en pétard pour le reste de la journée. (Il cria pour couvrir le bruit de la ponceuse.) Pas vrai, mon grand ?

S'il entendit la question, Ned ne se donna pas la peine d'y répondre. Il s'affairait autour du canot.

– Vous n'avez rien remarqué d'anormal ? questionna Lynley.

Derek expulsa de la fumée par la bouche et la

ravala par le nez. Il sourit, manifestement ravi de ce petit tour de passe-passe.

— Rien en dehors des douzaines de flics qui rampaient dans les buissons à la recherche d'un truc à nous coller sur le dos.

— Comment ça? fit Lynley.

— C'est toujours la même histoire. Une pétasse d'étudiante s'est fait buter. Alors les flics cherchent à cravater quelqu'un du cru. Parce que si le mec qu'ils font tomber plaît pas aux gens de l'Université, ces connards se déchaînent. Demandez donc à Bill comment ça se passe.

Bill ne parut pas désireux d'exprimer son point de vue sur la question. Il continua de s'activer devant l'établi où il sciait un petit morceau de bois maintenu dans un vieil étau rouge.

— Son gamin travaille à la rédaction du canard local, dit Derek. Au printemps dernier, il bossait sur un fait divers, un suicide d'étudiant. L'Université n'a pas apprécié la tournure que prenaient les choses et ils ont essayé d'étouffer le truc. C'est comme ça que ça fonctionne ici. (Derek tendit un pouce sale en direction de la ville.) Faut pas que les gens de la ville s'amusent à pas penser comme l'Université.

— Je croyais que c'était fini, la petite guerre entre les habitants de Cambridge et les autorités universitaires, remarqua Lynley.

— Ça dépend qui vous questionnez, se décida enfin à lâcher Bill.

— Ouais, ajouta Derek. Si vous parlez de ça aux nantis, ils vous répondent que c'est terminé. Mais quand vous posez la question à des gars comme nous, c'est pas la même chanson.

Lynley songeait aux paroles de Derek tout en marchant vers la pointe sud de l'île et se baissant pour franchir la bandelette fluo mise en place par la police qui servait à délimiter les lieux du crime. Combien de fois n'avait-il pas entendu ces versions si contradictoires au cours des dernières années. « Nous n'avons plus de système de classes, dans notre pays; il est mort et enterré. » Ces affirmations proférées avec sincérité et bonne conscience émanaient de gens que leur carrière, leur milieu ou leur fortune, rendait incapables de voir la réalité des faits. Tandis que ceux qui n'avaient aucune chance de faire carrière, ceux qui n'avaient pas d'arbre généalogique aux racines profondément plongées dans le sol britannique, pas de réserves d'argent, ni même l'espoir d'économiser quelques pounds sur leur paie hebdomadaire, ceux-là étaient bien placés pour connaître la discrimination sociale. Comment leur demander de ne pas juger une société qui s'en prétendait débarrassée alors que, dans le même temps, elle jugeait et étiquetait un homme aux seules inflexions de sa voix.

L'Université serait certainement la première à nier l'existence de barrières entre elle et la ville. Et pourquoi en serait-il autrement? Ceux qui dressent les remparts se sentent rarement gênés par leur existence.

Pourtant, il avait du mal à attribuer la mort d'Elena Weaver à la résurgence d'un conflit de type lutte de classes. A supposer que le meurtre fût l'œuvre de quelqu'un du coin, ce quelqu'un aurait bien connu Elena. Mais pour autant que Lynley le sût, personne à Cambridge n'avait été suffisamment proche de la jeune fille. En s'engageant dans cette voie – celle d'un conflit entre la ville et l'Université –, il était certain de n'aboutir à rien.

Il suivit le chemin de planches que la police de Cambridge avait installé depuis la grille en fer forgé jusqu'au lieu du crime. Tous les indices potentiels avaient été emportés par les techniciens du laboratoire de la police judiciaire. Seuls restaient de vagues traces d'un feu de camp, à demi enfouies devant une branche cassée. Il s'approcha de la branche et s'assit.

Malgré les problèmes que connaissait le service

de criminalistique, les techniciens avaient fait du bon travail. Les cendres du feu de camp avaient été soigneusement passées au tamis. Ils en avaient même embarqué une partie.

Près de la branche qui lui tenait lieu de siège, il distingua l'empreinte d'une bouteille dans la terre meuble et songea à la liste des objets que Sarah Gordon lui avait dit avoir vus. Il réfléchit, imaginant un tueur suffisamment astucieux pour utiliser comme arme une bouteille de vin non entamée, puis la vider dans la rivière, la rincer et la ficher ensuite dans la terre, au milieu des détritus qui jonchaient déjà le terrain. Maculée de boue, la bouteille aurait eu l'air d'être là depuis des semaines. L'eau se trouvant à l'intérieur aurait été prise pour de la pluie. Et, pleine de vin, elle collait parfaitement avec la description – sommaire pour l'instant – de l'arme qui avait servi à fracasser le visage de la jeune fille. Mais si c'était bien l'arme du crime, comment diable les policiers réussiraient-ils à retrouver le propriétaire d'une bouteille de vin dans une ville où les étudiants stockaient de l'alcool jusque dans leur chambre ?

Il se leva et se dirigea vers la clairière où le corps avait été caché. Silène, lierre, ronces et fraises sauvages, rien n'avait été piétiné, bien que chaque millimètre de feuillage ait été examiné par les gens dont le métier consistait à « faire parler » les indices potentiels. Il s'approcha de la rivière et contempla, sur l'autre rive, le terrain marécageux qui constituait Coe Fen, au bout duquel se dressaient les bâtiments beiges de Peterhouse. Il les examina, admettant qu'il les voyait distinctement. A cette distance, leurs lumières – et particulièrement celle de la coupole – devaient être visibles sauf en cas de brouillard particulièrement dense. Il dut s'avouer qu'il cherchait à contrôler la version de Sarah Gordon, sans trop savoir pourquoi.

Tournant le dos à la rivière, il perçut soudain l'odeur aigre et caractéristique du vomi humain.

Les effluves provenaient d'une flaque de liquide brun verdâtre en train de se figer sur la rive. La flaque était assez grande, parsemée de coups de bec et de traces d'oiseaux. Se penchant pour l'examiner, il crut entendre les commentaires laconiques du sergent Havers : « Ses voisins l'ont dédouanée, inspecteur, son histoire tient la route. Mais vous pouvez toujours lui demander ce qu'elle a mangé au petit déjeuner et emporter ça au labo pour qu'ils l'analysent. »

C'était peut-être ça le problème, avec Sarah Gordon. Tout collait trop bien dans son histoire. Il n'y avait pas une seule faille.

« Mais pourquoi voulez-vous qu'il y en ait ? lui aurait demandé Havers. Votre boulot, c'est pas de vouloir qu'il y ait des failles. Votre boulot, c'est de les trouver. Alors quand vous n'en trouvez pas, passez à autre chose. »

Il décida de passer à autre chose, empruntant le chemin de planches dans l'autre sens pour quitter l'île. Il grimpa la montée qui conduisait au pont où une grille donnait accès au trottoir et à la rue. Juste de l'autre côté se trouvait une grille similaire. Il s'en approcha pour voir ce qu'il y avait derrière.

Il réalisa qu'une jeune fille faisant son jogging matinal le long de la rivière avait le choix entre trois directions en atteignant Fen Causeway. Si elle tournait à gauche, elle passait devant le laboratoire d'ingénierie avant de poursuivre sa route vers Parker's Piece et le commissariat de Cambridge. En prenant à droite, elle se dirigeait vers Newnham Road et Barthom Road. Dernière hypothèse, elle continuait tout droit, traversait la rue, franchissait cette seconde grille et continuait vers le sud le long de la rivière. Celui qui avait tué Elena devait connaître non seulement son itinéraire habituel mais aussi le choix qui s'offrait à elle. Celui qui l'avait tuée savait que sa seule vraie chance de l'attraper était dans l'île de Robinson Crusoé.

Sentant le froid s'insinuer à travers ses vêtements, il repartit en sens inverse mais à un rythme moins rapide, destiné uniquement à le réchauffer. Tandis qu'il émergeait de Senate House Passage où Senate House et les murs extérieurs de Gonville et Caius College formaient comme un tunnel réfrigéré, il vit le sergent Havers sortir de St. Stephen. Elle avait l'air d'une naine à côté de ces tourelles et de ces sculptures héraldiques.

Le visage impassible, elle détailla son allure.
– C'est un nouveau style, inspecteur?
– N'est-ce pas que je me fonds dans le décor?
– Question camouflage, c'est champion!
– Votre admiration me touche. (Il lui expliqua ce qu'il avait fait, ignorant son haussement de sourcils lorsqu'il mentionna la flaque de vomi et termina en disant:) Je dirais qu'Elena a mis cinq minutes pour boucler son parcours. Mais si elle comptait courir plus longtemps que d'habitude, peut-être a-t-elle ralenti l'allure. Dans ce cas, je dirais qu'elle a mis dix minutes maximum.

Havers hocha la tête. Elle loucha vers King's College en disant:
– Si le portier l'a vraiment vue partir aux alentours de six heures et quart...
– Et je crois qu'on peut lui faire confiance.
– Alors elle est arrivée dans l'île bien avant Sarah Gordon. C'est pas votre avis?
– A moins qu'elle ne se soit arrêtée quelque part en cours de route.
– Où ça?
– Adam Jenn nous a dit que sa chambre était près de Little St. Mary. C'est à moins d'un pâté de maisons du parcours d'Elena.
– Elle serait passée chez lui pour boire une tasse de thé?
– Peut-être que oui. Peut-être que non. Mais si Adam la cherchait hier matin, il n'aurait pas eu beaucoup de mal à la trouver.

Ils se dirigèrent vers Ivy Court, se frayant un passage au milieu des inévitables rangées de bicyclettes, et atteignirent l'escalier *0*.

— Il faut que je prenne une douche, annonça Lynley.
— Tant que vous ne me demandez pas de vous frotter le dos...

Au sortir de la douche, il la trouva installée devant son bureau, examinant les notes qu'il avait rédigées la veille. Elle s'était mise à l'aise, éparpillant ses affaires dans la chambre, une écharpe sur le lit, l'autre jetée sur le fauteuil, son manteau traînant par terre. Son sac à bandoulière béait sur la table de travail, débordant de crayons, chéquier, peigne en plastique aux dents cassées, et autres ustensiles. Elle avait réussi à dénicher à l'étage une cuisine contenant des provisions, car elle avait préparé du thé. Elle était justement en train d'en verser dans une tasse à bord doré.
— Vous avez sorti la porcelaine des jours de fête, dit-il en s'essuyant les cheveux.

Elle tapa dessus du bout du doigt : au lieu de chanter, la tasse fit entendre une sorte de claquement sec.
— C'est du plastique, dit-elle. Vos lèvres supporteront-elles ?
— Elles se feront une raison.
— Très bien. (Elle lui versa une tasse.) Il y avait du lait, mais comme il était plein de grumeaux bizarres, j'ai préféré le laisser là où il était. (Elle mit deux morceaux de sucre, remua avec un crayon et lui tendit la tasse.) Est-ce que vous auriez la bonté d'enfiler une chemise, inspecteur ? Ce n'est pas que vos pectoraux soient vilains, mais la vue des torses masculins me fait tourner la tête.

Il finit de s'habiller et, emportant son thé jusqu'au fauteuil, entreprit de se chausser.
— Alors, Havers, qu'est-ce que vous avez récolté ?

Elle écarta le carnet de Lynley et fit pivoter le fauteuil de bureau de façon à lui faire face. Elle croisa les jambes, posant sa cheville droite sur son genou gauche, ce qui permit à son supérieur d'apercevoir ses chaussettes. Elles étaient rouges.

— Des fibres, dit-elle. Sur les dessous de bras de son survêtement. Coton, polyester et rayonne.

— Ces fibres peuvent venir de sa penderie.

— Très juste. Ils sont en train de comparer.

— Autrement dit, tout est possible.

— Pas exactement. Car ces fibres sont noires.

— Ah!

— Oui. D'après moi, il l'a attrapée par les aisselles pour la transporter sur l'île et c'est comme ça qu'on a retrouvé les fibres sur le survêtement.

— Et l'arme? Est-ce qu'ils ont du nouveau?

— Toujours la même description. Quelque chose de lisse, de lourd, qui n'a laissé aucune trace sur le corps. Le seul changement, c'est qu'ils ont cessé de parler d'objet contondant standard. Ils se donnent un mal de chien pour trouver d'autres adjectifs. Sheehan envisage de demander du renfort parce que ses deux médecins légistes sont incapables de se mettre d'accord sur quoi que ce soit.

— Effectivement, il m'a dit qu'il risquait d'y avoir des problèmes de ce côté-là, dit Lynley. (Songeant à l'arme et au lieu du crime, il ajouta :) Du bois, ça vous semble possible, Havers?

Comme d'habitude, elle le reçut cinq sur cinq.

— Un aviron, une pagaie, vous voulez dire?

— Quelque chose dans ce goût-là.

— Dans ce cas, il y aurait des traces. Une écharde, un éclat de vernis. Quelque chose.

— Mais ils n'ont rien trouvé?

— Que dalle.

— La barbe.

— En effet. On n'est pas sortis de l'auberge. A part ça, j'ai de bonnes nouvelles. Des nouvelles excellentes même. (Elle sortit plusieurs feuillets pliés de son sac.) Sheehan a reçu les résultats de l'autopsie pendant que j'étais là. On n'a peut-être pas de traces, mais on a un mobile.

– C'est ce que vous n'arrêtez pas de me raconter depuis que nous avons rencontré Lennart Thorsson.
– Oui, mais c'est mieux qu'une dénonciation pour harcèlement sexuel. Cette fois, c'est du sérieux. Un type dénoncé aux autorités pour un truc comme ça était cuit.
– Que voulez-vous dire ?
Elle lui tendit le rapport.
– Elena Weaver était enceinte.

10

– Ce qui nous ramène à la plaquette de pilules contraceptives qu'elle n'a pas utilisée, poursuivit Havers.

Lynley alla prendre ses lunettes dans la poche de sa veste et regagna le fauteuil où il se mit à lire le rapport. Elena Weaver était enceinte de huit semaines. On était le 14 novembre. Huit semaines, ça les menait à la troisième semaine de septembre, soit un peu avant la rentrée universitaire. Il se demanda si Elena était déjà arrivée à Cambridge.

– J'avais à peine mentionné les pilules contraceptives que Sheehan s'est lancé dans un discours d'un anachronisme inquiétant. Dix minutes de rang pour...

– Quoi ? fit Lynley en s'arrachant à ses réflexions.

– Je parlais de la grossesse, monsieur.

– Eh bien quoi, la grossesse ?

Écœurée, Havers se voûta.

– Vous n'écoutiez pas ?

– Je faisais des calculs pour savoir si Elena Weaver était à Londres quand elle est tombée enceinte ou à Cambridge. (Il laissa ces questions en suspens.) Que vous a raconté Sheehan ?

– Son discours avait des accents proprement victoriens, mais comme il le dit lui-même, il n'y a pas plus rétrograde que Cambridge question mentalité.

Quoi qu'il en soit, ses conjectures m'ont paru bougrement séduisantes. (S'aidant d'un crayon, elle se tapota le genou au fur et à mesure qu'elle les énumérait.) Il suggère qu'Elena Weaver a eu une liaison avec un enseignant de St. Stephen. Elle se retrouve enceinte, et lui demande de l'épouser. Or le monsieur préfère la réussite professionnelle au mariage : il sait qu'il peut dire adieu à ses chances de promotion si le bruit se répand qu'il a mis une étudiante en cloque. Elle le menace d'aller crier la nouvelle sur les toits, pensant pouvoir lui forcer la main. Manque de pot, ça ne tourne pas comme elle le souhaite : au lieu de l'épouser, il la tue.

– Votre suspect favori est toujours Thorsson, alors ?

– Ça colle, inspecteur. Et l'adresse de Seymour Street notée dans son calendrier, vous vous en souvenez ? J'ai vérifié pour savoir ce que c'était.

– Et c'est ?

– Une clinique. Le médecin, trop heureux d'aider la police, m'a appris qu'Elena était passée mercredi après-midi pour un test de grossesse. Or nous savons que Thorsson est allé la voir jeudi soir. Il était cuit, inspecteur. Mais c'est encore pire que ça.

– Pourquoi ?

– Les pilules que nous avons découvertes dans sa chambre. Bien que délivrées par le pharmacien en février dernier, elles n'ont pas été utilisées. Je crois qu'Elena essayait de se faire mettre enceinte. (Havers avala une bonne gorgée de thé.) Le piège classique.

Lynley fronça les sourcils, ôta ses lunettes et les essuya avec l'écharpe d'Havers.

– Pas nécessairement. Elle aurait pu cesser de les prendre parce qu'il n'y avait pas d'homme dans sa vie, par exemple. Et quand il s'en est présenté un, elle s'est trouvée prise au dépourvu.

– Foutaises, contra Havers. La plupart des femmes savent si elles vont coucher avec un homme ou non. A l'instant même où elles le rencontrent.

— Mais elles ne peuvent pas savoir à l'avance si elles vont se faire violer.

— Je vous l'accorde. Mais on ne peut pas exclure la candidature de Thorsson de ce point de vue-là.

— Certes. Seulement il n'est pas le seul, Havers. Et il n'est peut-être même pas en tête de liste.

Deux coups furent frappés à la porte. Lynley cria : « Entrez ! » Le portier passa la tête dans la pièce.

— Un message pour vous, dit-il, tendant un bout de papier plié. J'ai pensé qu'il valait mieux vous le monter.

— Merci, fit Lynley, se levant.

Le portier esquissa un pas en arrière.

— Pas pour vous, inspecteur, pour le sergent.

Havers lui prit le papier des mains et le remercia d'un signe de tête. Le portier s'éclipsa. Lynley, qui observait Havers pendant qu'elle lisait, vit son visage se décomposer. Elle froissa le papier, revint vers le bureau.

— Je crois qu'on en a assez fait pour aujourd'hui, fit Lynley en consultant sa montre. Seigneur, trois heures et demie passées. On devrait peut-être...

Elle baissa la tête. Il la regarda tripoter son sac. Il n'eut pas le courage de continuer à jouer la comédie. Ils n'étaient pas des fonctionnaires astreints à des horaires de bureau après tout.

— Ça ne marche pas, dit-elle en expédiant le bout de papier dans la corbeille. J'aimerais qu'on me dise pourquoi ça foire tout le temps.

— Rentrez chez vous. Allez la voir. Je me charge de tout ici.

— Il y a beaucoup trop à faire. C'est pas juste.

— Possible, n'empêche que c'est un ordre. Rentrez chez vous, Barbara. Vous pouvez être à Acton à cinq heures. Revenez demain matin.

— Pas avant de m'être occupée de Thorsson.

— Inutile. Il ne risque pas de filer, vous savez.

– Je vais m'en occuper quand même.

Elle prit son sac à bandoulière, ramassa son manteau qui traînait par terre. Lorsqu'elle se tourna vers lui, il vit que son nez et ses joues étaient cramoisis.

– La solution la plus raisonnable est souvent celle qui nous crève les yeux, Barbara.

– Je sais. C'est justement ça qui est moche.

– Mon mari n'est pas là, inspecteur. Glyn et lui sont partis s'occuper des obsèques.

– Vous devriez pouvoir me renseigner.

Justine Weaver regarda par-dessus son épaule dans l'allée. La lumière déclinante de l'après-midi faisait briller l'aile droite de la Bentley. Sourcils froncés, elle semblait avoir du mal à prendre une décision. Elle croisa les bras et glissa les doigts dans les manches de son blazer de gabardine. Pour se tenir chaud ? Mais si elle avait froid, pourquoi restait-elle dehors en plein vent ?

– Je vois mal comment. Je vous ai dit tout ce que je savais au sujet de dimanche soir et de lundi matin.

– Mais pas tout ce que vous savez concernant Elena, j'imagine.

Les yeux de Justine Weaver se fixèrent sur lui. Bleu volubilis, ils n'avaient nul besoin d'être mis en valeur par une tenue appropriée. Bien que sa présence chez elle à cette heure permît de conclure qu'elle n'était pas allée travailler, elle était habillée avec autant de soin que la veille. Blazer taupe, chemisier imprimé de petites feuilles et boutonné jusqu'au cou, pantalon droit en laine. Un peigne retenait ses cheveux.

– C'est Anthony que vous devriez voir, inspecteur.

– Bien sûr, sourit Lynley.

Dans la rue, un timbre de bicyclette résonna, suivi d'un coup de klaxon. Tout près, des gros-becs s'envolèrent du toit pour se poser sur la pelouse. Ils sautillèrent dans l'allée, picorant dans le gravier, avant de s'envoler de nouveau dans un ensemble parfait. Justine les suivit des yeux jusqu'à un cyprès voisin.

– Entrez, dit-elle en s'effaçant pour le laisser passer.

Elle le débarrassa de son manteau, qu'elle posa sur la rampe au pied de l'escalier. Puis elle l'entraîna dans le séjour. Contrairement à la veille, elle ne lui proposa pas de rafraîchissements. Elle s'approcha de la table à thé en verre poussée contre le mur et modifia imperceptiblement la disposition des tulipes en soie. Cela fait, elle pivota pour lui faire face, les mains croisées devant elle avec naturel.

Dans ce cadre, cette tenue, cette pose, elle avait l'air d'un mannequin. Lynley se demanda s'il lui arrivait de perdre sa maîtrise de soi.

– Quand Elena est-elle arrivée à Cambridge pour la rentrée universitaire ? s'enquit-il.

– Le premier trimestre commence la première semaine d'octobre.

– Je sais. Je me demandais si par hasard elle n'était pas arrivée un peu avant. Pour passer quelques jours chez vous, peut-être. Son père voulait sans doute lui donner un coup de main pour la rentrée.

– Vers la mi-septembre, il me semble, car nous avons donné une petite réception pour des membres de la faculté d'histoire le 13 et elle y a assisté. Je m'en souviens. Voulez-vous que je consulte le calendrier ? Vous désirez peut-être connaître la date exacte ?

– C'est chez vous qu'elle a séjourné quand elle est arrivée à Cambridge la première fois ?

– Séjourner n'est pas vraiment le mot. Elena était toujours par monts et par vaux. C'était quelqu'un de très actif.

– Lui arrivait-il de passer toute la nuit dehors ?

– Drôle de question.
– Elena était enceinte de huit semaines quand elle est morte.

Un frémissement courut sur le visage de Justine, frisson émotionnel plus que physique. Avant qu'il ait eu le temps de l'analyser, elle baissa les yeux.
– Vous étiez au courant, fit Lynley.
Elle releva le nez.
– Non. Mais je ne suis pas surprise.
– Vous saviez qu'elle sortait avec quelqu'un?

Son regard se braqua vers la porte du séjour comme si elle s'attendait à voir l'amant d'Elena sur le seuil.
– Mrs. Weaver, poursuivit Lynley, nous sommes à la recherche d'un mobile pour le meurtre de votre belle-fille. Si vous savez quelque chose, dites-le-moi.
– C'est Anthony qui devrait vous parler de ça.
– Pourquoi?
– Parce que moi j'étais sa belle-mère. (Elle dirigea de nouveau son regard vers lui. Un regard étrangement froid.) Vous comprenez? Je n'ai donc pas le droit de...
– De dire du mal de la défunte?
– Si vous voulez.
– Vous n'aimiez pas Elena. C'est évident. Mais vous n'êtes pas la seule à vivre ce genre de situation. J'imagine qu'il doit y avoir des millions de femmes de par le monde qui ne débordent pas de sympathie pour les enfants dont elles héritent lorsqu'elles épousent un divorcé.
– Les belles-filles ne finissent pas toutes assassinées, inspecteur.
– Le rêve secret de la belle-mère devenu réalité? (Il la vit esquisser un mouvement de recul.) Ce n'est pas un crime, Mrs. Weaver. Et vous n'êtes pas la première à voir vos souhaits les plus noirs exaucés au-delà de toute espérance.

Elle s'éloigna brusquement de la table à thé et se dirigea vers le canapé où elle s'assit. Au lieu de s'enfoncer dans les coussins, elle se posa tout au bord, les mains sur les genoux, le dos raide.

– Asseyez-vous, inspecteur Lynley. (Lorsqu'il eut pris place dans le fauteuil de cuir qui faisait face au canapé, elle poursuivit :) Très bien. Elena était... (elle parut chercher un euphémisme adéquat)... intéressée par le sexe.

– De façon active ? (Voyant qu'elle hochait la tête en signe d'assentiment, Lynley dit :) Elle vous avait fait des confidences ?

– Non. C'était l'évidence. Il n'y avait qu'à la sentir. Quand elle avait eu des rapports, elle ne se donnait pas toujours la peine de se laver. Et l'odeur est caractéristique, non ?

– Vous ne lui donniez pas de conseils ? Votre mari non plus ?

– Des conseils d'hygiène ? (Justine parut amusée.) Anthony préférait ignorer ce que son nez lui disait.

– Et vous ?

– J'ai essayé de lui parler à plusieurs reprises. Au début, j'ai cru qu'elle était ignorante de ces choses. Et puis je me suis dit qu'il serait peut-être bon de m'assurer qu'elle prenait les précautions nécessaires pour ne pas tomber enceinte. Franchement, je me demandais si Glyn et elle avaient eu des conversations à cœur ouvert sur le sujet.

– Elle a refusé de discuter de ça avec vous ?

– Au contraire. En fait, mes propos l'ont plutôt fait rire. Elle m'a appris qu'elle prenait la pilule depuis l'âge de quatorze ans, âge auquel elle avait commencé à baiser – c'est son expression, inspecteur – avec le père d'une de ses copines de classe. Vrai ou faux, je ne sais pas. Quant à l'hygiène intime, Elena savait tout ce qu'il y a à savoir sur la question. C'est délibérément qu'elle évitait de se laver. Elle voulait que les gens sachent qu'elle avait des relations sexuelles. Son père surtout.

– D'où vous est venue cette impression ?

– Certains soirs où elle rentrait tard et que nous

n'étions pas encore couchés, elle se suspendait au cou de son père, elle se frottait contre lui, empestant comme...

Justine joua avec son alliance.

– Essayait-elle de l'exciter sexuellement ?

– C'est ce que j'ai cru au début. Toute autre à ma place aurait pensé la même chose en la voyant. Mais après je me suis dit qu'elle essayait de lui mettre le nez dans la normalité en quelque sorte.

C'était une curieuse expression.

– Par défi ?

– Pas du tout. (Devant son air interrogateur, elle explicita :) Je suis normale, papa. Regarde comme je suis normale. Je sors, je bois, je baise. C'est pas ça que tu voulais ? Un enfant normal ?

Lynley vit à quel point ces paroles allaient dans le sens du tableau que Terence Cuff lui avait brossé la veille au soir sur les relations d'Anthony Weaver avec sa fille.

– Votre mari ne voulait pas qu'elle pratique la langue des signes, ça, je le sais. Quant au reste...

– Inspecteur, Anthony ne voulait pas qu'elle soit sourde. Et Glyn non plus.

– Elena le savait ?

– Comment aurait-elle pu ne pas le savoir ? N'ont-ils pas passé toute leur vie à essayer de faire d'elle une femme normale, seule chose qu'elle ne pouvait pas être.

– Parce que sourde de naissance.

– Oui. (Pour la première fois, Justine bougea, se penchant imperceptiblement en avant pour donner plus de poids à son discours.) Les sourds ne sont pas normaux, inspecteur.

Elle attendit un instant avant de poursuivre, guettant sa réaction. Et de fait, il ne tarda pas à réagir. Il éprouvait une aversion épidermique chaque fois qu'il entendait quelqu'un faire une réflexion xénophobe ou raciste.

– Vous voyez, fit-elle. Vous aussi, vous la percevez comme normale. Vous avez envie de dire qu'elle est normale, et vous êtes prêt à me condamner parce que j'ai osé suggérer que sa surdité la rendait différente. Ça se lit sur votre visage : un sourd, pour vous, c'est un être normal. C'est exactement ce qu'Anthony pensait. Vous ne pouvez pas le juger pour vouloir voir sa fille comme vous la voyez vous-même.

Ces mots révélaient de la pénétration. Lynley se demanda le temps qu'il avait fallu à Justine Weaver pour arriver à une analyse aussi détachée de la situation.

– Mais Elena le jugeait, elle.

– Oui.

– Adam Jenn m'a dit qu'il sortait de temps en temps avec elle à la demande de votre mari.

Justine se raidit de nouveau sur le canapé.

– Anthony espérait qu'Elena finirait par s'attacher à Adam.

– Se pourrait-il que ce fût lui qui l'ait mise enceinte ?

– Je ne crois pas. Adam ne l'a rencontrée qu'en septembre dernier, à la réception dont je vous ai parlé.

– Mais si elle est tombée enceinte peu après...

Justine l'arrêta d'un geste.

– Elle avait eu de nombreuses aventures depuis Noël de l'année précédente. Bien avant de faire la connaissance d'Adam. (Cette fois encore, elle devança sa question :) Vous vous demandez sans doute comment je puis être aussi affirmative.

– Ça remonte à un an, après tout.

– Elle était venue nous faire admirer la robe qu'elle avait achetée pour le bal de Noël. Elle s'est déshabillée pour la passer.

– Et elle ne s'était pas lavée.

– Exactement.

– Qui l'a accompagnée à ce bal ?

– Gareth Randolph.

Le jeune homme sourd. Lynley songea que le nom de Randolph revenait décidément très régulièrement. Il réfléchit à la façon dont Elena aurait pu l'utiliser. Si elle agissait dans le but de renvoyer à la figure de son père son désir de la voir mener une vie normale de femme normale, quel meilleur moyen pouvait-elle trouver que de tomber enceinte ? Le rêve de son père d'avoir une fille normale avec des besoins normaux et un corps fonctionnant lui aussi normalement ainsi exaucé, elle prenait sa revanche en choisissant pour père de son enfant un sourd. C'était un cercle parfait. Il se demanda toutefois si Elena avait été démoniaque à ce point, ou si sa belle-mère utilisait sa grossesse pour tracer un portrait de la jeune fille qui servait ses propres intérêts.

– Depuis janvier, un dessin revient régulièrement sur le calendrier d'Elena. Un poisson. Cela vous dit quelque chose ?

– Un poisson ?

– C'est un dessin au crayon qui ressemble au symbole qu'utilisaient les premiers chrétiens. Il apparaît plusieurs fois par semaine. Et la veille de sa mort.

– Un poisson ?

– Oui, un poisson.

– Aucune idée de ce que ça signifie.

– Une association à laquelle elle appartenait ? Une personne qu'elle rencontrait ?

– A vous entendre, sa vie a des allures de roman d'espionnage, inspecteur.

– Vous ne trouvez pas que ce dessin de poisson évoque la clandestinité ?

– Pourquoi ?

– Pourquoi ne pas avoir écrit en toutes lettres ce à quoi il se rapportait ?

– Peut-être était-ce trop long. Ça ne peut pas vouloir dire grand-chose d'intéressant. Pourquoi se serait-elle inquiétée de ce que quelqu'un voie ce qu'elle notait sur son calendrier ? C'est probablement un genre de signe de sténo, un pense-bête, pour se rappeler une séance de travail, par exemple.

– Ou un rendez-vous.

– Elena ne faisait pas mystère de ses activités sexuelles, inspecteur, je vois mal pourquoi elle se serait donné la peine de noter un rendez-vous en code.

– Elle a pu se sentir obligée de procéder comme ça. Peut-être voulait-elle que son père sache ce qu'elle faisait, mais pas avec *qui*. (Lynley attendit, ne voyant pas venir de réponse, il poursuivit :) Elena avait des pilules contraceptives dans son bureau. Mais elle avait cessé de les prendre depuis février. Comment expliquez-vous ça ?

– De la façon la plus évidente. Elle voulait se retrouver enceinte. Cela ne m'étonne absolument pas. Après tout, il n'y a rien de plus normal. Aimer un homme. Lui donner un enfant.

– Votre mari et vous n'avez pas d'enfants, Mrs. Weaver ?

Le rapide changement de sujet, amené par ses propres propos, parut la déstabiliser momentanément. Elle entrouvrit les lèvres. Ses yeux se posèrent sur la photo de mariage posée sur la table à thé. Elle sembla se redresser encore davantage sur le bord du canapé.

– Nous n'avons pas d'enfants.

Il attendit, se demandant si elle en dirait davantage, confiant dans le fait que le silence était souvent plus efficace que les questions pour délier les langues. Les secondes passèrent. Dehors, devant la fenêtre du salon, une bourrasque plaqua une poignée de feuilles d'érable champêtre contre la vitre tel un nuage safran tourbillonnant.

– D'autres questions ? demanda Justine, passant doucement la main sur le pli impeccable de son pantalon.

Ce geste signifiait clairement qu'elle pensait être sortie vainqueur de ce bref affrontement de leurs deux volontés.

Reconnaissant sa défaite, il se leva.

– Pas pour l'instant.

Elle le raccompagna jusqu'à la porte d'entrée, lui tendit son manteau. Son expression n'était guère différente de celle qu'il lui avait vue lorsqu'il était entré dans cette maison pour la première fois. Il aurait voulu pouvoir admirer son extraordinaire maîtrise de soi. Mais il se demanda si c'était le fruit d'une incapacité à exprimer ses sentiments ou si ce n'était pas plutôt le résultat d'une longue expérience de ce genre d'émotion. Ce fut pour tester cette dernière possibilité plus que pour faire craquer quelqu'un qui lui semblait invulnérable qu'il posa sa dernière question.

– C'est une artiste peintre de Grantchester qui a découvert le corps d'Elena hier matin. Sarah Gordon. Vous la connaissez ?

D'un geste vif, elle se baissa pour ramasser une tige de feuille à peine visible sur le parquet. Elle passa le doigt sur l'endroit où elle l'avait trouvée. Quatre, cinq fois, comme si la tige minuscule avait abîmé le parquet. Après quoi, elle se redressa.

– Non, dit-elle. (Elle le regarda droit dans les yeux.) Je ne connais pas de Sarah Gordon.

Dans le genre bluff, la performance était étonnante.

Avec un hochement de tête, il ouvrit la porte et sortit dans l'allée. Un setter irlandais bondit gracieusement vers eux, une balle de tennis sale dans la gueule. Il contourna la Bentley et se précipita sur la pelouse, sauta sur une table blanche en fer forgé et, traversant l'allée, se posta aux pieds de Lynley. Il desserra les mâchoires et déposa la balle par terre, agitant la queue, ses poils soyeux frémissant au vent tels de jeunes roseaux. Lynley ramassa la balle et la lança en direction du cyprès. Avec un jappement de joie, le chien partit en courant. Une fois de plus, il contourna la pelouse, sauta sur la table en fer forgé et atterrit aux pieds de Lynley. Encore, encore, semblaient dire ses yeux.

– Il attend sa maîtresse. Elle avait l'habitude de

255

jouer avec lui en fin d'après-midi, expliqua Justine. Il ne sait pas qu'elle ne reviendra plus.

— Adam m'a dit que le chien vous accompagnait le matin quand vous faisiez votre jogging avec Elena, dit Lynley. Vous l'avez emmené courir avec vous hier ?

— Je n'ai pas voulu m'en encombrer. Il m'aurait entraînée vers la rivière et je n'avais pas l'intention d'aller dans cette direction.

Lynley frotta la tête du setter. Lorsqu'il s'arrêta, le chien lui poussa la main du nez pour qu'il recommence. Lynley sourit.

— Comment s'appelle-t-il ?
— Townee.

Justine ne s'autorisa à réagir qu'une fois arrivée dans la cuisine. Et même là, ce n'est qu'en constatant que sa main serrait le verre d'eau avec la violence de quelqu'un qui vient d'avoir une attaque qu'elle s'aperçut qu'elle réagissait. C'était comme si les disputes, les discussions, les supplications et la sensation de vide de ces dernières années avaient été condensées et résumées en une phrase : « votre mari et vous n'avez pas d'enfants ».

Et c'était elle qui avait fourni à l'inspecteur l'occasion de faire cette remarque : aimer un homme, lui donner un enfant.

Mais pas ici, pas maintenant, pas dans cette maison, pas avec cet homme.

Laissant le robinet ouvert, elle porta le verre à ses lèvres et se força à boire. Elle remplit le verre une deuxième fois, se força à boire encore. Elle le remplit une troisième fois, but de nouveau. Alors seulement elle ferma le robinet, leva les yeux de l'évier et regarda par la fenêtre de la cuisine le jardin où deux oiseaux gris voletaient au bord du bassin tandis qu'un pigeon dodu les observait, perché sur le toit de tuiles de l'abri de jardin.

Pendant un moment, elle avait nourri le secret

espoir de réussir à l'exciter au point qu'oubliant toute précaution il n'aurait songé qu'à la prendre. Elle avait même potassé des livres lui conseillant tour à tour d'être espiègle, de devenir sa putain, de découvrir ses propres zones érogènes de façon à mieux comprendre les siennes, d'exiger un orgasme, de changer de position, d'endroit, d'heure, d'être distante, amoureuse, honnête, soumise. Ces lectures, ces conseils l'avaient laissée perplexe. Ils ne l'avaient pas changée. Et ni ses soupirs, ni ses gémissements, ni ses chatteries, ni ses encouragements n'avaient jamais empêché Anthony de se dégager au moment crucial pour fouiller dans le tiroir, ouvrir le paquet et interposer entre eux ce misérable millimètre de latex. C'était sa façon à lui de la punir d'avoir, au cours d'une dispute inutile, menacé d'arrêter de prendre la pilule sans prévenir.

Il avait un enfant. Il refusait d'en avoir un autre. Il ne pouvait pas trahir Elena une deuxième fois. Il l'avait abandonnée et il ne voulait pas aggraver la situation en ayant un autre enfant qu'Elena risquait de considérer comme un rival. Pas plus qu'il ne voulait qu'elle pense qu'il cherchait à se faire plaisir en engendrant un enfant capable d'entendre.

Ils avaient discuté de tout cela avant de se marier. Dès le début, il avait été catégorique : il n'était pas question qu'ils aient des enfants, compte tenu de son âge et de ses responsabilités envers Elena. A l'époque, Justine avait vingt-cinq ans, elle commençait à travailler et l'idée d'avoir un enfant lui avait semblé lointaine. Son énergie était focalisée sur le monde de l'édition. Mais si les dix années écoulées lui avaient permis de connaître une réussite professionnelle indéniable, elles lui avaient également fait prendre conscience du caractère incontournable de la mort et du besoin de laisser derrière soi quelque chose que l'on a soi-même créé.

Les mois passaient, les cycles se succédaient. Les ovules disparaissaient dans un flot de sang. Les cris ponctuant le plaisir de son mari constituaient autant d'occasions manquées de donner la vie.

Mais Elena avait été enceinte, elle.

Justine avait envie de hurler. Elle aurait voulu pleurer. Sortir son joli service de porcelaine du placard et jeter les assiettes une à une contre le mur. Renverser les meubles et briser les cadres, fracasser les carreaux de son poing. Mais au lieu de cela, elle baissa les yeux sur le verre qu'elle tenait à la main et le posa avec précision dans l'évier de porcelaine étincelant.

Elle songea au temps qu'elle avait passé à épier Anthony tandis qu'il contemplait sa fille. A voir l'amour aveugle gravé sur son visage. Confrontée jour après jour à ce spectacle, elle avait réussi à se maîtriser, tenant sa langue plutôt que de dire la vérité et de courir le risque qu'il conclue qu'elle ne supportait pas son amour pour Elena. Elena, des courants aussi violents que contradictoires l'habitaient – énergie farouche, curiosité intellectuelle, humour exubérant, colère. Et toujours, derrière tout ça, son besoin d'être acceptée en conflit perpétuel avec son désir de se venger.

Elle avait réussi à se venger. Justine se demanda avec quel frémissement d'impatience Elena attendait le moment où elle apprendrait à son père qu'elle était enceinte, lui faisant ainsi payer au centuple son obsession qu'elle fût comme tout le monde. Comme Elena avait dû triompher à l'idée de l'embarras dans lequel elle plongerait son père. Et comme elle-même aurait dû triompher à l'idée d'être en possession d'un fait capable de détruire à jamais les illusions d'Anthony sur sa fille. Décidément, elle était bien contente qu'Elena fût morte.

Tournant le dos à l'évier, Justine se dirigea vers la salle à manger puis passa dans le salon. La maison était calme, on n'entendait que le bruit du vent qui se ruait dans les branches d'un vieux liquidambar. Soudain glacée, elle posa la paume de sa main sur son front puis sur ses joues, se demandant si elle ne couvait pas quelque chose. Puis elle s'assit sur le canapé, les mains croisées sur les genoux et elle examina la pile symétrique de charbons artificiels dans la cheminée.

« Nous lui donnerons un foyer, avait-il dit quand il avait appris qu'Elena viendrait à Cambridge. Nous lui donnerons des trésors d'amour. Justine, il n'y a rien de plus important. »

Pour la première fois depuis qu'elle avait reçu l'appel téléphonique affolé d'Anthony la veille, Justine se demanda si la mort d'Elena aurait des répercussions sur son mariage. Combien de fois Anthony n'avait-il pas insisté sur la nécessité de donner à Elena un foyer stable, combien de fois n'avait-il pas fait allusion à la longévité de leur union, exemple éclatant du dévouement, de la fidélité et du pouvoir salvateur de l'amour que tous les couples recherchent et que bien peu trouvent. Il voulait faire de leur couple un havre de paix où sa fille pourrait se réfugier afin de recharger ses batteries en vue d'affronter les difficultés de la vie.

« Nous sommes Gémeaux tous les deux. Nous sommes des jumeaux, Justine. Nous sommes ensemble contre le monde. Elle le verra. Ça l'aidera. »

Elena s'épanouirait dans la chaleur de leur vie conjugale. Le fait d'être en contact avec un ménage stable, heureux, ne pourrait que lui être bénéfique.

Tel avait été le rêve d'Anthony. A force de s'y cramponner, ils avaient réussi à masquer la réalité. Pourraient-ils continuer de vivre dans le mensonge ?

Justine leva les yeux de la cheminée pour regarder sa photo de mariage. Ils étaient assis sur une sorte de banc, Anthony se tenait légèrement en retrait, les cheveux plus longs qu'aujourd'hui mais

259

la moustache bien taillée et portant les mêmes lunettes à monture métallique. Ils fixaient tous les deux l'appareil avec un demi-sourire comme si, en manifestant trop de bonheur, ils risquaient d'oublier le sérieux de leur entreprise. Après tout, construire un mariage parfait, ça n'était pas une mince affaire. Mais sur la photo leurs corps ne se touchaient pas. Il ne lui avait pas passé un bras autour de la taille. Il n'avait pas posé sa main sur la sienne. C'était à croire que le photographe qui les avait fait poser avait perçu une vérité dont ils n'étaient pas conscients eux-mêmes. En tout cas, la photo, elle, ne voulait pas mentir.

Pour la première fois, Justine vit ce qui menaçait de se passer si elle ne prenait pas les choses en main.

Townee jouait toujours dans le jardin lorsqu'elle sortit de la maison. Au lieu de l'enfermer dans le garage, ce qui l'aurait retardée, elle l'appela, ouvrit la portière et le laissa sauter à l'intérieur sans se soucier des traces boueuses que ses pattes laisseraient sur le siège passager.

La voiture démarra dans un ronron fluide de moteur parfaitement réglé. Elle descendit l'allée en marche arrière et tourna dans Adams Road en direction de la ville. Comme tous les hommes, c'était un être d'habitudes. Il y avait donc gros à parier qu'elle le trouverait près de Midsummer Common.

Les derniers rayons de soleil traversaient les nuages, projetant des lueurs abricot dans le ciel. Sur le siège passager, Townee aboya de contentement en voyant défiler les haies et les voitures. Puis changeant sa patte avant gauche de position, il se mit à japper d'excitation. Manifestement, il croyait qu'ils jouaient à défiler sous ses yeux.

Et d'une certaine façon, c'était un jeu. Tous les joueurs étaient en place, il ne manquait que la règle. Seul le plus opportuniste d'entre eux réussirait à donner aux horreurs des trente dernières heures des allures de victoire.

Les hangars abritant les bateaux des collèges bordaient la rive nord de la Cam. Ils étaient orientés au sud, en face de Midsummer Common où, dans l'obscurité qui tombait rapidement, une jeune fille soignait un cheval, ses cheveux blonds dépassant d'un chapeau de cow-boy, de grandes traînées de boue maculant ses bottes. Le cheval agitait la tête et la queue et semblait chercher à lui échapper, mais elle gardait le contrôle de la situation.

Sur ce terrain non boisé, le vent paraissait plus vif et plus froid. Tandis que Justine descendait de voiture, attachant la laisse au collier de Townee, trois morceaux de papier orange lui atterrirent sur la figure. Elle les repoussa. L'un deux tomba sur le capot de la Peugeot. Elle reconnut la photo d'Elena.

C'était le tract des Signeurs demandant des explications. Elle s'en empara avant qu'il ne s'envole et le fourra dans la poche de son manteau. Puis elle se dirigea vers la rivière.

A cette heure de la journée, les équipes de rameurs n'étaient pas sur l'eau. Ils s'entraînaient généralement le matin. Mais les abris étaient encore ouverts, leurs façades élégantes dissimulant de profonds hangars. A l'intérieur, des rameurs finissaient la journée comme ils l'avaient commencée : en parlant de la saison, qui démarrerait à la fin du deuxième trimestre. Maintenant tout était axé sur la préparation des compétitions de juin. Confiance et espoirs n'avaient pas encore été entamés par la vue d'un équipage filant sur l'eau à la vitesse de l'éclair, comme si l'air – et non l'eau – était l'élément auquel les huit rameurs se mesuraient.

Justine et Townee suivirent la courbe douce de la rivière, le chien tirant sur sa laisse, désireux de faire connaissance avec les quatre canards qui s'éloignèrent de la rive à son approche. Il se mit à sauter et à aboyer. Justine enroula sa laisse autour de son poignet et tira sèchement dessus.

— Tiens-toi tranquille, lui dit-elle, on n'est pas venus là pour courir.

Mais comment le setter pouvait-il le savoir ? Après tout, ils étaient au bord de l'eau. Et c'était au bord de l'eau qu'ils couraient habituellement.

Devant eux, un rameur solitaire rentrait en luttant rageusement contre le vent et le courant. Justine crut presque l'entendre respirer car, à cette distance et dans la lumière déclinante, elle distinguait les gouttes de transpiration sur son visage et elle imaginait sans peine les mouvements de sa poitrine, semblables à ceux d'un soufflet. Elle s'approcha du bord de la rivière.

Il ne releva pas la tête tout de suite en arrivant. Il resta penché sur les avirons, la tête dans les mains. Ses cheveux, clairsemés sur le dessus de la tête et bouclés autour, étaient trempés et lui collaient au crâne comme les frisettes d'un nouveau-né. Justine se demanda combien de temps il avait ramé et si cet exercice avait réussi à apaiser les émotions qu'il avait dû éprouver à l'annonce de la mort d'Elena. Car il avait appris sa mort. Justine le comprit rien qu'en le regardant. Bien qu'il ramât tous les jours, il ne serait pas resté jusqu'au crépuscule dans ce froid intense s'il n'avait pas eu besoin de se délivrer physiquement de ses tourments.

En entendant les gémissements de Townee, qui ne songeait qu'à courir, l'homme leva la tête. L'espace d'un instant, il ne souffla mot. Justine non plus. Le seul bruit perceptible était le raclement des ongles du chien sur le sentier, ainsi que le vacarme de la musique rock qui s'échappait de l'un des hangars. « U2 », songea Justine. Elle reconnut la chanson sans toutefois être capable de se rappeler le titre.

Il sortit de l'embarcation et s'approcha d'elle sur la rive. Elle réalisa qu'elle avait oublié à quel point il était petit. Un mètre soixante-dix, peut-être. Elle faisait cinq centimètres de plus que lui.

Avec un geste superflu en direction de l'embarcation, il dit :

– Je ne savais pas quoi faire d'autre.
– Vous auriez pu rentrer chez vous.
Il rit sans bruit, caressa la tête de Townee.
– Il a l'air en bonne santé. Elle s'en occupait bien.
Justine plongea la main dans sa poche et en sortit le prospectus orange, qu'elle lui tendit.
– Vous avez vu ça ?
Il le parcourut, effleurant des doigts le texte puis la photo d'Elena.
– Oui. C'est comme ça que j'ai appris la nouvelle. Personne ne m'a téléphoné, je n'étais au courant de rien. J'ai trouvé ce prospectus dans la salle de réunion des professeurs quand je suis allé prendre un café à dix heures ce matin. Et... (Il regarda de l'autre côté de la rivière en direction de Midsummer Common. La jeune fille emmenait son cheval vers Fort St. George.) Je ne savais pas quoi faire.
– Vous étiez chez vous dans la nuit de dimanche, Victor ?
Sans la regarder, il fit non de la tête.
– Elle était avec vous ?
– Une partie de la nuit.
– Et ensuite ?
– Elle est rentrée à St. Stephen. Je suis resté chez moi, au collège. (Il se décida à tourner les yeux vers elle.) Comment avez-vous su, pour nous ? C'est elle qui vous l'a dit ?
– La soirée. En septembre dernier. Vous avez fait l'amour avec Elena pendant la réception, Victor.
– Oh ! Seigneur.
– Dans la salle de bains au premier.
– Elle m'avait suivi. Elle est entrée. Elle...
Il se passa la main le long de la mâchoire. Il paraissait ne pas s'être rasé ce jour-là car les poils de sa barbe, épais, dessinaient comme une ecchymose sur sa peau.
– Vous vous êtes déshabillés complètement ?

263

— Bon Dieu, Justine.
— Oui ou non ?
— Non. On est restés debout contre le mur. Je l'ai soulevée. Elle voulait que ça se passe comme ça.
— Je vois.
— Très bien. Moi aussi, je le voulais. Contre le mur. Comme ça.
— Est-ce qu'elle vous a dit qu'elle était enceinte ?
— Oui.
— Et alors ?
— Et alors quoi ?
— Que comptiez-vous faire ?
Détournant les yeux de la rivière, il la fixa.
— J'avais l'intention de l'épouser.
Ce n'était pas la réponse à laquelle elle s'était attendue bien que plus elle y réfléchissait, moins elle trouvait ça surprenant. Restait toutefois un dernier point à éclaircir.
— Victor, où était votre femme dans la nuit de dimanche ? Que faisait Rowena pendant que vous couchiez avec Elena ?

11

C'est avec un certain soulagement que Lynley finit par découvrir Gareth Randolph dans les bureaux des Signeurs, l'association des étudiants sourds de l'université de Cambridge.

Il était d'abord passé dans sa chambre à Queens College. Sans succès. On lui avait conseillé de pousser jusqu'à Fenners, le gymnase central de l'université où l'équipe de boxe s'entraînait deux heures par jour. Là, dans la plus petite des deux salles de sport, agressé par une violente odeur de sueur, de cuir humide, de craie et de survêtements raides de crasse, Lynley avait questionné un poids lourd qui, tendant vers la sortie un poing aux allures de demi-carcasse de bœuf, lui avait expliqué que le Bantam – allusion à la catégorie des poids coq à laquelle appartenait Gareth – montait la garde près du téléphone, dans l'espoir de recevoir un appel concernant la nénette qui s'était fait rectifier.

– C'était sa bonne femme, précisa le poids lourd. Il est mal.

Après quoi, il s'était mis à bourrer de coups le punching-ball accroché au plafond avec une violence telle que le sol semblait trembler sous ses pieds.

Lynley se demanda si, dans sa catégorie, Gareth Randolph était un frappeur aussi puissant. Il tourna la question dans sa tête en se rendant chez les Signeurs. Anthony Weaver avait parlé de lui comme d'un boxeur chevronné. Lynley ne pouvait s'empêcher de rapprocher cet élément des informations rapportées par Havers du commissariat : l'arme avec laquelle Elena avait été battue n'avait pas laissé de traces.

Les Signeurs étaient installés dans le sous-sol de la bibliothèque Peterhouse non loin du University Graduate Center, au bout de Little St. Mary's Lane et à deux pâtés de maisons de Queen's College, où habitait Gareth Randolph. Les bureaux étaient casés au fond d'un couloir au plafond bas qu'éclairaient de gros globes ronds. On y accédait soit par la Lubbock Room, au rez-de-chaussée de la bibliothèque, soit directement par la rue derrière le bâtiment, à quelque cinquante mètres du pont de Mill Lane qu'Elena Weaver avait dû franchir le matin de sa mort. Sur la porte du local en verre opaque s'étalaient les mots Association des étudiants sourds de Cambridge et en dessous Les Signeurs avec deux mains croisées, doigts tendus, paumes en l'air.

Lynley s'était longuement demandé comment il allait s'y prendre pour communiquer avec Gareth Randolph. Il avait même songé à appeler le commissaire Sheehan pour savoir si ce dernier pouvait lui fournir un interprète. Il n'avait jamais parlé avec un sourd auparavant ; or, contrairement à Elena Weaver, Gareth Randolph ne savait pas lire sur les lèvres, et il n'avait aucune maîtrise du langage parlé.

Une fois dans le bureau, il comprit qu'il avait eu tort de s'inquiéter. Car il aperçut, conversant avec une dame assise à un bureau couvert de brochures, de papiers et de livres, une jeune fille à lunettes et nattes, un crayon coincé derrière l'oreille. Bavardant et riant, elle parlait simultanément par signes. Elle se tourna dans sa direction en entendant la porte. « Voilà mon interprète », se dit Lynley.

– Gareth Randolph ? fit la dame assise au bureau en examinant sa carte du Yard. Il est dans la salle de conférences. Bernadette, est-ce que vous... (Et à Lynley.) Vous ne connaissez pas la langue des signes, je suppose, inspecteur ?

– Non.

Bernadette cala le crayon derrière son oreille d'un geste décidé, sourit timidement et dit :

– Bien. Suivez-moi, inspecteur.

Elle lui fit rebrousser chemin puis emprunter un couloir sur le plafond duquel couraient des tuyaux peints en blanc.

– Gareth n'a pratiquement pas bougé d'ici de la journée. Il ne va pas très bien.

– A cause du meurtre ?

– Il avait un faible pour Elena. Ce n'était un secret pour personne.

– Vous connaissiez Elena ?

– De vue seulement. Les autres aiment bien avoir un interprète de temps en temps pour les accompagner aux cours magistraux, histoire d'être sûrs qu'ils ne laissent rien passer d'important. Et c'est moi qui leur sers d'interprète. Ça me permet de me faire un peu d'argent pour payer le trimestre. Et parfois j'assiste à des conférences drôlement intéressantes, comme la semaine dernière par exemple, à celle de Stephen Hawking. Mais alors c'est un sacré boulot pour interpréter ça ! L'astrophysique. On dirait une langue étrangère.

– J'imagine.

– L'amphithéâtre était tellement silencieux qu'on aurait dit que Dieu y faisait une apparition. Quand ç'a été fini, les gens se sont levés et ils ont applaudi et... (Elle se frotta le nez avec l'index.) C'est quelqu'un qui sort vraiment de l'ordinaire, Hawking. J'ai bien failli pleurer.

Lynley sourit, la trouvant décidément sympathique.

– Vous n'avez jamais servi d'interprète à Elena Weaver ?

– Elle n'en avait pas besoin. Et en plus, elle n'aimait pas ça.
– Elle voulait qu'on croie qu'elle entendait ?
– C'est pas tellement ça, dit Bernadette. Elle était fière de savoir lire sur les lèvres. Ça n'est pas commode, surtout pour quelqu'un qui est sourd de naissance. Mes parents – qui sont sourds tous les deux – n'ont jamais réussi à aller plus loin que : « ça fait trois livres » ou « merci ». Mais Elena se débrouillait formidablement bien.
– Elle était très active au sein des Signeurs ?
Bernadette fronça le nez pensivement.
– Je n'en sais rien. C'est à Gareth Randolph qu'il faut poser la question. Il est là.
Elle le fit entrer dans une salle de conférences de la taille d'une salle de cours. La pièce contenait une grande table rectangulaire recouverte de tissu vert. Assis à la table, un jeune homme était penché sur un carnet. Des cheveux mous couleur de paille mouillée lui tombaient sur le front et dans les yeux. Cessant un instant d'écrire, il se mit à se mordiller les ongles de la main gauche.
– Attendez un instant, dit Bernadette.
Et elle actionna l'interrupteur, allumant et éteignant la lumière.
Aussitôt Gareth Randolph releva la tête. Tout en se levant, il ramassa une pile de Kleenex froissés qui traînaient sur la table et en fit une boule dans son poing. C'était un grand type au teint pâle avec des traces d'acné qui ressortaient, écarlates. Il était vêtu comme tous les étudiants : blue-jean et sweat-shirt sur lequel on pouvait lire la question « Quel est ton signe ? » imprimée sur deux mains ébauchant un geste inconnu de Lynley.
Le type ne dit rien, attendant que Bernadette commence.
– Voilà l'inspecteur Lynley de New Scotland Yard, dit-elle, ses mains voletant près de son visage tels des oiseaux pâles et terriblement mobiles. Il aimerait te parler d'Elena Weaver.

Les yeux du jeune homme détaillèrent Lynley des pieds à la tête. Il répondit, ses mains fendant l'air. Bernadette traduisit :
– Pas ici.
– Bien, fit Lynley. Où il voudra.
Les mains de Bernadette traduisirent la réponse de Lynley et elle rectifia :
– Parlez directement à Gareth, inspecteur. C'est moins déshumanisant que de dire *il*.
Gareth sourit. A coups de gestes fluides, il fit une remarque à Bernadette, qui éclata de rire.
– Que vous a-t-il dit ?
– Merci, Bernie. Tu mérites d'être des nôtres.
Gareth les entraîna hors de la salle de conférences et leur fit parcourir le couloir qu'ils avaient emprunté à l'aller jusqu'à un bureau dépourvu de ventilation qu'un radiateur poussif rendait proprement étouffant. A l'intérieur il n'y avait de place que pour une table de travail, des rayonnages métalliques, trois chaises en plastique et une table au plateau de contre-plaqué sur laquelle se dressait un Ceephone identique à ceux que Lynley avait déjà vus.

Lynley comprit que ce genre d'interrogatoire le désavantageait forcément. Gareth Randolph étant obligé de regarder les mains de Bernadette pour comprendre ce qu'il dirait, Lynley ne pourrait surprendre dans ses yeux la moindre lueur révélatrice – aussi fugace fût-elle – d'un désarroi ou d'une peur. En outre, comme Randolph ne parlait pas, il ne fallait pas compter sur sa voix ni sur ses intonations pour deviner ce qu'il évitait de mettre en relief ou choisissait d'accentuer. Gareth avait l'avantage du silence. Lynley se demanda s'il s'en servirait et comment.

– J'ai beaucoup entendu parler de vos relations avec Elena Weaver, dit Lynley. Le Dr Cuff de St. Stephen vous a mis en contact, c'est cela ?
– Pour son bien, répondit Gareth avec des gestes saccadés. J'étais censé l'aider. Peut-être même la sauver.

– Par l'intermédiaire des Signeurs ?
– Elena n'était pas sourde. C'était ça, le problème. Elle aurait pu l'être, mais elle ne l'était pas. Ils s'y étaient opposés.

Lynley fronça les sourcils.

– Que voulez-vous dire ? Tout le monde m'a pourtant...

Gareth fit une grimace et attrapa un morceau de papier. A l'aide d'un feutre vert, il griffonna deux mots dessus : sourd et sourd. Il souligna de trois traits le *S* majuscule et poussa le papier vers Lynley.

– S pour singulier ? s'enquit Lynley, songeant que cette interprétation allait dans le sens des propos que lui avait tenus Justine Weaver.

Gareth agita les mains.

– Singulier, oui. Comment pourrions-nous ne pas être singuliers ? Différents. Nous vivons dans un monde privé de son. Mais ça va bien au-delà. La surdité avec un *S* majuscule, c'est une culture. Avec un *s* minuscule c'est un handicap. Elena était sourde.

– Et vous vouliez qu'elle soit Sourde, n'est-ce pas ?

– Forcément. On préfère voir ses amis courir plutôt que ramper.

– Je ne saisis pas bien l'analogie.

Gareth repoussa sa chaise, qui grinça sur le linoléum. Il s'approcha des rayonnages et en sortit deux albums reliés en cuir. Il les posa sur le bureau. Lynley vit que sur la couverture de chacun était imprimé le mot Signeurs et l'année.

– Voilà ce que c'est que les Sourds, fit Gareth en se rasseyant.

Lynley ouvrit au hasard l'un des albums. Il y trouva des documents écrits et des photos relatant les activités auxquelles les étudiants sourds avaient participé l'an passé, trimestre après trimestre.

Il y avait de tout, depuis l'équipe de football américain des Signeurs – les phases de jeu étant signalées aux malentendants par les vibrations d'un énorme tambour sur lequel tapaient des étudiants postés sur la touche –, jusqu'aux soirées dansantes qui se déroulaient grâce à de puissants haut-parleurs qui transmettaient les vibrations de la musique en passant par les pique-niques et les réunions où l'on voyait des douzaines de mains s'agiter en même temps et des douzaines de visages briller d'animation.

Penchée au-dessus de l'épaule de Lynley, Bernadette remarqua :

– Ils font les moulins à vent, inspecteur.

– Quoi ?

– Quand plusieurs malentendants parlent, agitent les mains en même temps pour communiquer, on dit qu'ils font les moulins à vent.

Lynley continua à feuilleter l'album. Il vit des photos de trois équipes de rameurs dont les coups d'avirons étaient réglés par des chefs de nage armés de petits drapeaux rouges ; une formation de dix percussionnistes se servant du battement d'un métronome géant pour garder le rythme ; des jeunes gens radieux brandissant des banderoles sur lesquelles se lisaient les mots Les Signeurs ; un groupe de danseurs de flamenco ; un autre de gymnastes. Sur toutes les photos, les participants étaient entourés et soutenus par des supporters. Lynley rendit l'album au président de l'association.

– Sacré groupe, dit-il.

– Ce n'est pas un groupe. C'est une façon de vivre. (Gareth remit l'album sur son rayonnage.) La surdité, c'est une culture.

– Est-ce qu'Elena avait envie d'être Sourde ?

– Elle ignorait ce que c'était avant de venir ici. On lui avait appris à se considérer comme une handicapée.

– Ce n'est pas l'impression que j'ai eue, contra Lynley. D'après ce que j'ai cru comprendre, au contraire, ses parents ont tout fait pour qu'elle s'intègre dans le monde des entendants. Ils lui ont appris à lire sur les lèvres. Ils lui ont appris à parler. Ils ne pensaient certainement pas que sa surdité faisait d'elle une handicapée.

Les narines de Gareth frémirent. Il se mit à faire des gestes violents.

— On n'a pas à s'intégrer dans le monde des entendants. On a à leur montrer qu'on est des individus à part entière. Mais son père voulait qu'elle joue à la fille qui entend. Il fallait qu'elle lise sur les lèvres comme une gentille petite fille. Qu'elle parle comme une gentille petite fille.

— Ça n'est pas un crime. Après tout, nous vivons dans un monde d'entendants.

— Parlez pour vous. Nous nous passons fort bien des sons, nous. Nous ne voulons plus de votre monde d'entendants. Mais bien sûr, ça vous dépasse, vous vous croyez supérieurs alors que vous n'êtes que différents.

C'était une nouvelle variation du thème abordé par Justine Weaver. Les sourds n'étaient pas normaux. Mais, bon sang, les trois quarts du temps, les entendants ne l'étaient pas non plus.

Gareth poursuivait :

— Nous appartenons au même monde. Ici, entre Signeurs, nous pouvons nous soutenir, nous comprendre. Mais il ne voulait rien savoir. Il ne voulait pas qu'elle nous fréquente.

— Son père ?

— Il voulait absolument faire croire aux autres qu'elle entendait.

— Comment ressentait-elle ça ?

— Qu'est-ce que vous ressentiriez si on vous obligeait à faire semblant d'être ce que vous n'êtes pas ?

Lynley répéta la question qu'il avait déjà posée :

— Est-ce qu'elle voulait être Sourde ?

— Elle ne savait pas...

— ... ce que ça signifiait au début, j'ai bien compris. Elle ne savait pas non plus ce qu'était la culture sourde. Mais après avoir bénéficié de vos explications, est-ce qu'elle voulait être Sourde ?

– Elle aurait fini par le vouloir.

C'était une réponse révélatrice. Une fois mise dans le bain, Elena n'avait pas pour autant adhéré à la cause.

– Alors elle a adhéré aux Signeurs uniquement pour obéir au Dr Cuff ? Parce que c'était la seule façon de ne pas se faire renvoyer du collège.

– Au début, oui. Mais après, elle a assisté à des réunions, participé à des soirées dansantes. Elle a commencé à connaître des gens.

– Elle a commencé à vous connaître ?

Gareth ouvrit avec violence le tiroir central du bureau. Il en sortit un paquet de chewing-gum et en dépiauta un. Bernadette allait se pencher pour attirer son attention lorsque Lynley l'arrêta d'un geste :

– Ne vous inquiétez pas, il va relever la tête dans un instant.

Gareth ne se pressa pas mais Lynley se dit que le jeune homme devait avoir plus de mal à déballer la tablette que lui à attendre qu'il ait fini. Lorsqu'il se décida à lever le nez, Lynley dit :

–. Elena Weaver était enceinte de huit semaines.

Bernadette s'éclaircit la gorge.

– Mon Dieu ! Désolée.

Et par gestes, elle transmit la nouvelle à Gareth.

Les yeux de Gareth se posèrent d'abord sur Lynley puis ils fixèrent la porte du bureau. Il se mit à mastiquer son chewing-gum avec une lenteur délibérée. Une odeur de sucre, presque liquide, imprégna discrètement l'atmosphère.

Lorsqu'il répondit ce fut avec des gestes aussi lents que sa mastication.

– Je l'ignorais.

– Vous n'étiez pas son amant ?

Il fit non de la tête.

– D'après sa belle-mère, elle vous voyait depuis décembre de l'an dernier. C'est noté sur son calendrier. A l'aide d'un symbole. Un poisson. Ce n'était pas vous ? Pourtant c'est à cette époque que vous lui avez été présenté, non ?

273

— Je la voyais, c'est exact. Le Dr Cuff me l'avait demandé. Mais je n'étais pas son amant.
— Un type, à Fenners, l'a appelée votre bonne femme.

Gareth prit une seconde tablette de chewing-gum, la débarrassa de son papier, la roula et se la fourra dans la bouche.

— Est-ce que vous l'aimiez ?

De nouveau, Gareth baissa les yeux. Lynley songea au tas de Kleenex froissés aperçu dans la salle de conférences. Il regarda de nouveau le visage blême du jeune homme.

— On ne pleure pas quelqu'un qu'on n'aime pas, Gareth.
— Il voulait l'épouser, inspecteur, intervint Bernadette. Il me l'a dit. Et il...

Sentant qu'ils parlaient, Gareth releva la tête. Il agita vivement les mains.

— Je lui ai dit la vérité, fit Bernadette. Je lui ai dit que tu voulais l'épouser. Il sait que tu l'aimais, Gareth. Il faudrait être idiot pour ne pas s'en rendre compte.
— Je l'ai aimée, fit Gareth, le poing contre la poitrine. C'est du passé. C'était fini.
— Quand est-ce que ça a fini ?
— Elle ne m'aimait pas.
— Ça n'est pas une réponse.
— Elle en aimait un autre.
— Qui ?
— J'en sais rien. Je m'en fous. Je croyais qu'on était ensemble. Mais non.
— Quand vous a-t-elle craché le morceau, Gareth ?
— M'en souviens pas, fit-il, sombre.
— Dimanche soir ? C'est pour ça que vous vous êtes disputé avec elle ?
— Oh, mon Dieu, murmura Bernadette, continuant néanmoins à traduire.
— Je ne savais pas qu'elle était enceinte. Elle ne me l'avait pas dit.

274

— Mais l'autre. L'homme qu'elle aimait. Elle vous en a parlé. Dimanche soir, non ?

— Inspecteur, intervint Bernadette, vous ne pensez tout de même pas que Gareth a quelque chose à voir dans le...

Gareth se pencha vivement au-dessus du bureau et attrapa les poignets de Bernadette. Puis il fit quelques signes véhéments.

— Il ne veut pas que je le défende. Il dit qu'il n'a pas à se défendre.

— Vous êtes étudiant en ingénierie, non ? s'enquit Lynley. (Gareth hochant la tête, il poursuivit :) Et le laboratoire d'ingénierie se trouve près de Fen Causeway, n'est-ce pas ? Saviez-vous qu'Elena Weaver courait dans ce coin tous les matins ? L'avez-vous vue courir ? L'auriez-vous accompagnée ?

— Ça vous arrangerait de penser que c'est moi qui l'ai tuée parce qu'elle ne voulait pas de moi, répondit-il. Vous croyez que j'étais jaloux. Que je l'ai tuée parce qu'elle donnait à un autre ce qu'elle me refusait.

— C'est un mobile de taille, non ?

— Peut-être que c'est le type qui l'a mise enceinte qui l'a tuée. Peut-être qu'il ne l'aimait pas autant qu'elle l'aimait, lui.

— Mais vous ne savez pas qui c'est ?

Gareth Randolph fit non de la tête. Lynley eut la nette impression qu'il mentait. Et pourtant il ne parvenait pas à comprendre pourquoi Gareth aurait menti sur ce point, surtout s'il était persuadé que cet homme était son meurtrier. A moins qu'il n'eût l'intention de lui régler son compte lui-même, à son heure et à sa façon. Boxeur chevronné, il avait toutes les chances de parvenir à ses fins.

Alors qu'il étudiait cette hypothèse, Lynley se rendit compte qu'il y avait encore une autre raison au refus de Gareth Randolph de coopérer avec la police. Si la mort d'Elena lui causait autant de plai-

275

sir que de chagrin, la meilleure façon de prolonger ces instants était encore de différer le moment où son assassin serait traduit devant la justice. Les amoureux éconduits qui pensent que leur bien-aimée mérite d'être assassinée ne sont-ils pas légion ?

Lynley se mit debout et, adressant un signe de tête au jeune homme, dit :

– Merci de votre accueil.

Puis il se dirigea vers la sortie.

C'est alors qu'il remarqua, accroché au dos de la porte, un calendrier géant qu'il n'avait évidemment pas pu voir en arrivant. Ce n'était donc pas pour éviter son regard que Gareth Randolph avait soudain braqué les yeux dans cette direction lorsque Lynley avait mentionné la grossesse d'Elena Weaver.

Il avait oublié les cloches. Pourtant elles sonnaient aussi à Oxford au temps où il était étudiant. Mais les années avaient effacé ce souvenir de sa mémoire. Alors qu'il sortait de la bibliothèque Peterhouse et reprenait le chemin de St. Stephen College, l'appel vribrant invitant les fidèles à célébrer l'office du soir formait une toile de fond sonore d'un bout à l'autre de la ville. C'était l'un des sons les plus joyeux de la vie. Il se prit à regretter que le temps consacré à l'étude des mentalités criminelles lui ait fait oublier le plaisir d'écouter des cloches d'église carillonner dans le vent de l'automne.

Il se laissa pénétrer par leur musique tandis qu'il longeait le vieux cimetière envahi par les mauvaises herbes de l'église de Little St. Mary et tourna dans Trumpington Street où les timbres des bicyclettes et le grincement métallique des dérailleurs mal huilés se mêlaient au bourdonnement de la circulation du soir.

– Passe devant, Jack, cria un jeune homme à un

cycliste qui s'éloignait, tandis que lui-même sortait de la boutique d'un épicier. On se retrouve à l'*Anchor*. Ça te va ?

– D'accord, jeta le cycliste, sa réponse emportée par le vent.

Trois jeunes filles passèrent, plongées dans une grande discussion, où il était question de « ce con de Robert ». Une femme les suivait, ses talons hauts claquant sur le trottoir, poussant un bébé en larmes dans sa poussette. Puis arriva une silhouette trébuchante, toute de noir vêtue et au sexe incertain, enveloppée dans un immense manteau des plis duquel s'échappèrent les notes plaintives de *Swing Low, Sweet Chariot* jouées à l'harmonica.

Lynley entendait encore Bernardette traduisant les mots véhéments de Gareth : « Nous ne voulons pas de votre monde d'entendants. Mais ça, bien sûr, ça vous dépasse parce que vous vous croyez supérieurs à nous ; alors que vous êtes simplement différents. »

Il se demanda si là n'était pas le gouffre qui séparait Gareth Randolph et Elena Weaver. « Nous ne voulons pas de votre monde d'entendants. » Or Elena avait été élevée dans l'idée qu'il lui manquait quelque chose. Comment Gareth avait-il donc pu espérer lui faire adopter une manière de vivre et une culture qu'on lui avait appris à rejeter dès la naissance ?

Il se demanda comment les choses s'étaient passées entre eux : Gareth Randolph, dévoué à l'association et à ses membres, s'efforçant de convaincre Elena qu'elle faisait partie des leurs quand elle se contentait d'obéir aux injonctions du principal de son collège. Avait-elle feint de s'intéresser aux Signeurs ? Et à supposer qu'elle n'ait eu que mépris pour l'association, quelles répercussions ce mépris avait-il eues sur le jeune homme qui s'était vu chargé de l'intégrer à un univers tellement différent de celui auquel elle était habituée ?

Lynley se demanda s'il fallait reprocher aux

Weaver les choix qu'ils avaient faits pour leur fille. Car malgré la façon dont ils s'y étaient pris, n'avaient-ils pas donné à Elena ce que Gareth n'avait jamais connu ? Ne lui avaient-ils pas permis de communiquer avec les entendants ? Si Elena se mouvait avec une aisance relative dans un monde d'où Gareth était exclu, comment ce dernier pouvait-il accepter le fait d'être tombé amoureux d'une jeune femme qui ne partageait ni sa culture ni ses rêves ?

Lynley fit halte devant King's College. Les lumières brillaient dans la loge du portier. Il fixa sans les voir les bicyclettes omniprésentes. Un jeune homme écrivait au tableau devant la loge tandis qu'un groupe animé d'universitaires en toge noire traversaient d'un air important la pelouse pour se diriger vers la chapelle. Il écouta les cloches. Great St. Mary, de l'autre côté de King's Parade, appelait à la prière en un chant sonore et ininterrompu. Chacune des notes se jetait dans le vide de Market Hill, juste derrière l'église. Chaque bâtiment captait le son et le renvoyait dans la nuit. Il écouta sans cesser de réfléchir. Il se savait intellectuellement capable de pénétrer le secret de la mort d'Elena Weaver. Mais tandis que l'air du soir résonnait du tintement des cloches, il se demanda s'il était capable de pénétrer le secret de la vie d'Elena Weaver.

Il attaquait l'enquête avec les idées préconçues d'un entendant. Il ne savait comment s'en défaire – ni même s'il lui fallait s'en débarrasser – afin de découvrir la vérité et la raison de cet assassinat. Mais il savait que seule une compréhension de la façon dont Elena se percevait lui permettrait de saisir la nature de ses relations avec autrui. Il lui semblait, pour l'instant du moins, que la clé de ce qui lui était arrivé se trouvait au cœur de ces relations.

A l'autre bout de la rangée nord de bâtiments bordant Front Court, un rhombe de lumière ambrée se répandit sur la pelouse tandis que la porte de la chapelle de King's College s'ouvrait lentement. Le son assourdi de l'orgue s'envola dans le vent. Lynley frissonna, remonta le col de son manteau et décida d'assister à l'office du soir.

Une centaine de personnes étaient massées dans la chapelle où le chœur faisait son entrée, passant sous le magnifique jubé Renaissance au-dessus duquel des anges brandissaient des trompettes de cuivre. Les membres du chœur avançaient dans l'allée centrale à la suite du porteur de croix et des thuriféraires ; le parfum doux et entêtant des volutes d'encens emplissait l'air glacial. Fidèles, chœur et porteurs d'encens paraissaient minuscules dans cet édifice grandiose dont le plafond voûté à nervures en éventail s'élançait dans un savant déploiement d'entrelacs, ponctués tantôt de herses Beaufort et tantôt de roses Tudor en relief. La beauté du lieu, à la fois austère et exaltée, évoquait l'envol jaillissant d'un oiseau qui exulte.

Lynley prit place au fond du chœur dans un coin où il pouvait méditer non loin de *l'Adoration des Mages*, la toile de Rubens qui servait de retable à la chapelle, doucement éclairée au-dessus du maître-autel. Sur cette toile, l'un des mages était penché en avant, la main tendue vers l'enfant que la mère lui présentait avec sérénité, certaine qu'il ne lui serait fait aucun mal. Et pourtant elle devait déjà savoir ce qui l'attendait. Avoir la prémonition de la perte qu'elle ferait.

Un soprano solitaire – un garçonnet si petit que son surplis touchait presque le sol – chanta les sept premières notes pures d'un *Kyrie Eleison* et Lynley leva les yeux vers le vitrail au-dessus du tableau. La lumière de la lune luisait sourdement à travers le verre, mettant en relief un bleu profond ponctué de touches de blanc. De ce vitrail qui représentait la Crucifixion, la lune n'éclairait qu'un visage – soldat, apôtre, croyant ou apostat –, bouche ouverte sur un cri noir à jamais silencieux.

La vie et la mort. L'alpha et l'oméga. Lynley, coincé entre les deux, essayait de donner un sens à ces extrêmes. Quand le service s'acheva, les jeunes choristes se dirigèrent en file indienne vers la sortie et l'assemblée se leva pour les suivre. Lynley aperçut Terence Cuff parmi les fidèles. Il était de l'autre côté du chœur, absorbé dans la contemplation du Rubens, les mains dans les poches d'un manteau gris un ton ou deux plus foncé que le gris de ses cheveux. En l'examinant de profil, Lynley fut à nouveau frappé par l'impassibilité de cet homme. Ses traits ne manifestaient pas la moindre trace d'angoisse. Ils ne révélaient pas non plus le stress lié à son travail.

Lorsque Cuff tourna le dos à l'autel, il ne montra aucun étonnement en réalisant que Lynley l'observait. Il se contenta de hocher la tête, quitta son banc et rejoignit Lynley près du jubé. Il jeta un regard autour de la chapelle avant de parler.

– Je reviens toujours à King's College, dit-il. Deux fois par mois au moins, comme un fils prodigue. Je n'ai jamais l'impression d'être vraiment un pécheur face à un dieu en colère ici. Un petit transgresseur tout au plus, mais pas un vrai mécréant. Car quel genre de dieu pourrait ne pas absoudre quelqu'un qui lui demande pardon au milieu de tant de splendeurs architecturales ?

– Vous avez des choses à vous faire pardonner ?

Cuff eut un petit rire.

– Il n'est pas raisonnable de reconnaître que l'on a péché en présence d'un policier, inspecteur.

Ils quittèrent la chapelle ensemble. Cuff s'arrêta devant le plateau de la quête pour laisser tomber une pièce d'une livre qui résonna lourdement contre des pièces de dix et cinquante pence, puis ils sortirent dans la nuit.

– Quand il m'arrive d'avoir envie de m'éloigner de St. Stephen, c'est là que je viens, dit Cuff tandis qu'ils se dirigeaient vers Senate House Passage et Trinity Lane. Mes racines universitaires sont ici, à King's College.

– Vous étiez enseignant ici ?
– Oui. Maintenant c'est à la fois mon refuge et mon foyer. (Cuff tendit la main vers les flèches de la chapelle qui s'élevaient telles des ombres sculpturales dans le ciel nocturne.) Les églises devraient toutes ressembler à celle-ci, inspecteur. Depuis les architectes gothiques, personne n'a su faire aussi bien vibrer la pierre. On pourrait penser que ce type de matériau tue l'émotion, mais il n'en est rien.

Revenant à ce qu'avait dit son interlocuteur, Lynley enchaîna :

– A quoi le principal d'un collège cherche-t-il à échapper ?

Cuff sourit. Dans la lumière faible, il avait l'air beaucoup plus jeune que la veille dans sa bibliothèque.

– Aux machinations politiques. Aux conflits de personnalités. Aux magouilles.

– Bref à tout ce que génère le choix du futur titulaire de la chaire de Penford ?

– Et à tout ce que génère une communauté d'universitaires qui ont une réputation à soutenir.

– Et Dieu sait que vos universitaires ont une réputation à soutenir.

– Oui. St. Stephen a de la chance dans ce domaine.

– Lennart Thorsson fait partie de ces universitaires ?

Cuff s'arrêta, se tourna vers Lynley. Le vent lui ébouriffait les cheveux et faisait voleter l'écharpe couleur charbon qu'il portait autour du cou. Il inclina la tête en connaisseur.

– Bien amenée, votre question.

Ils continuèrent leur route, passant devant la façade arrière de la vieille faculté de droit. Leurs pas résonnaient dans l'allée étroite. Devant l'entrée de Trinity Hall, une jeune fille et un jeune homme étaient en grande discussion ; la jeune fille était appuyée contre le mur en pierre de taille, la tête en arrière, les larmes ruisselant sur son visage, tandis que le jeune homme lui parlait d'un ton coléreux, une main à plat contre le mur près de sa tête et l'autre posée sur son épaule.

– Tu comprends pas, disait-elle. T'essaies jamais de comprendre. Je crois même pas que t'as envie de comprendre. Tout ce qui t'intéresse...

– Tu peux pas arrêter un peu, Beth ? A t'entendre on dirait que je pense qu'à te mettre la main aux fesses.

Tandis que Lynley et Cuff passaient, la jeune fille se détourna, la main sur le visage. Cuff dit tout doucement :

– C'est toujours la même chanson, n'est-ce pas ? J'ai cinquante-cinq ans et je continue à me demander pourquoi on en est encore là.

– Je dirais que ça vient en grande partie des injonctions que l'on répète aux femmes depuis qu'elles sont gamines, dit Lynley. « Méfie-toi des hommes. Ils n'ont qu'une seule chose en tête, et lorsqu'ils l'ont obtenue, ils s'en vont. Ne cède pas. Ne leur fais pas confiance. Ne fais confiance à personne. »

– C'est ce que vous diriez à votre fille ?

– Je n'en sais rien, dit Lynley. Je n'ai pas de fille. Je pense que je lui dirais d'écouter son cœur. Mais je suis un romantique.

– Curieux, quand on est dans votre branche.

– N'est-ce pas ? (Une voiture s'approcha lentement, son clignotant pointant vers Garret Hostel Lane et Lynley profita de la lumière des phares pour regarder le visage de Cuff.) Le sexe est une arme dangereuse dans un milieu comme celui-ci. Dangereuse pour tous ceux qui jouent avec. Pourquoi ne m'avez-vous pas parlé des accusations portées par Elena Weaver contre Lennart Thorsson ?

– Ça ne m'a pas semblé nécessaire.

– Pas nécessaire ?

– La jeune fille est morte. A quoi bon vous entretenir de faits qui n'ont pas été prouvés et qui

n'auraient servi qu'à salir la réputation d'un professeur ? Thorsson a eu suffisamment de mal pour arriver là où il en est à Cambridge.
– Parce qu'il est suédois ?
– L'Université n'est pas à l'abri de la xénophobie, inspecteur. Un spécialiste de Shakespeare de nationalité britannique n'aurait certainement pas eu à franchir les obstacles que Thorsson a franchis ces dix dernières années pour faire ses preuves. Bien qu'il ait fait sa thèse ici.
– Tout de même, Dr Cuff, dans une enquête criminelle...
– Laissez-moi finir, s'il vous plaît. Personnellement, je n'aime pas beaucoup Thorsson. Je l'ai toujours soupçonné d'être un cavaleur. Et je n'ai guère d'estime pour ce genre d'homme. Mais c'est également un spécialiste de Shakespeare extrêmement compétent qui a un avenir remarquable devant lui. Traîner son nom dans la boue dans une situation comme celle-ci m'a semblé et me semble encore stérile.

Cuff fourra les mains dans les poches de son manteau et s'immobilisa lorsqu'ils arrivèrent devant St. Stephen. Deux étudiants lui lancèrent au passage un bonsoir auquel il répondit par un hochement de tête.
– Il n'y a pas que ça. Il faut aussi penser au Dr Weaver. Si je demande une enquête officielle, Thorsson est capable de tout pour se défendre. Sa carrière étant en jeu, qui sait ce qu'il racontera sur Elena. Sur ses tentatives de séduction, les vêtements qu'elle portait lorsqu'elle allait travailler chez lui, sa façon de s'asseoir, ce qu'elle disait, la manière dont elle le disait. Sur ses manigances pour l'entraîner au lit. Et comme Elena n'est plus là pour se défendre, je vous laisse imaginer ce que son père pourrait ressentir. Il l'a déjà perdue. Faut-il qu'en plus nous salissions le souvenir qu'il a d'elle ? Dans quel but ?
– On peut aussi se demander dans quel but vous

283

étouffez l'affaire. Cela ne vous déplairait pas, je pense, que le titulaire de la chaire de Penford soit un enseignant de St. Stephen.

Cuff le regarda droit dans les yeux.

– Votre insinuation est abominable.

– Le meurtre aussi, Dr Cuff. Et vous n'allez pas me dire qu'un scandale dans lequel Elena Weaver serait impliquée n'inciterait pas le comité de sélection à rayer le nom de son père de la liste. Après tout, ce serait plus simple.

– Ce n'est pas le plus simple qui les intéresse. C'est le meilleur.

– Et leur décision est basée sur...

– Certainement pas sur la conduite des enfants des candidats, quelque scandaleuse qu'elle puisse être.

Linley tira ses conclusions de l'adjectif utilisé par Cuff.

– Autrement dit, vous ne croyez pas vraiment que Thorsson l'ait harcelée. Vous croyez qu'elle a inventé cette histoire parce qu'il refusait de coucher avec elle.

– Je n'ai pas dit ça. Tout ce que je dis, c'est qu'il n'y a pas matière à faire une enquête. C'est sa parole contre celle d'Elena et malheureusement elle n'est plus là pour nous la donner.

– Vous aviez informé Thorsson des accusations portées par Elena avant sa mort ?

– Bien sûr. Il a tout nié en bloc.

– De quoi l'a-t-elle accusé, au juste ?

– D'avoir essayé de coucher avec lui, d'avoir eu des gestes déplacés – il lui aurait touché les seins, les cuisses, mis la main aux fesses –, de lui avoir parlé de sa vie sexuelle, notamment d'une femme à laquelle il avait été fiancé, et des difficultés que cette femme avait eues du fait de la taille de son érection.

Lynley haussa un sourcil.

– Quelle imagination étonnante de la part d'une jeune fille !

— Pas à notre époque. De toute façon, ça ne change rien puisqu'il était impossible de prouver quoi que ce soit. A moins que d'autres étudiantes ne soient venues me trouver pour porter le même genre d'accusations, je ne pouvais rien faire si ce n'est parler à Thorsson et lui donner un petit avertissement. Ce que j'ai fait d'ailleurs.

— L'accusation de harcèlement sexuel ne constitue pas selon vous un mobile de meurtre ? Si d'autres filles étaient venues le dénoncer après avoir appris qu'Elena l'avait fait, Thorsson se serait retrouvé dans de très sales draps.

— A condition qu'il y en ait d'autres, inspecteur. Mais Thorsson enseigne à St. Stephen depuis maintenant dix ans et aucun bruit scandaleux n'a été associé à son nom. Alors pourquoi ce remue-ménage tout d'un coup ? Surtout venant d'une fille suffisamment perturbée pour que l'on prenne des dispositions particulières de façon à lui éviter d'être renvoyée ?

— Une fille qui a fini assassinée, Dr Cuff.

— Assassinée, mais pas par Thorsson.

— Vous semblez bien certain de la chose.

— En effet.

— Elle était enceinte. De huit semaines. Et elle le savait. Il semble qu'elle l'ait découvert la veille du jour où Thorsson est allé lui rendre visite dans sa chambre. Comment expliquez-vous cela ?

Cuff porta une main à son front. Il se frotta les tempes.

— Seigneur ! dit-il. Je l'ignorais, inspecteur.

— M'auriez-vous parlé de cette histoire de harcèlement sexuel si vous aviez été au courant de la grossesse d'Elena ? Ou auriez-vous continué à le protéger ?

— Je les protège tous les trois. Elena, son père, Thorsson.

— Vous ne pensez pas que ça lui donne un mobile encore plus puissant pour la tuer ?

— Si c'est lui le père de l'enfant.

— Ce que vous ne croyez pas.

Cuff laissa tomber sa main.

— Peut-être que je ne veux pas le croire. Peut-être que je veux voir l'éthique et la morale là où elles n'existent plus. Je ne sais pas.

Ils longèrent la loge du portier, qui surveillait les allées et venues des membres du collège, et s'y arrêtèrent un instant. Le portier de nuit était de service, et dans une pièce derrière le comptoir, une télévision diffusait des images d'une série policière américaine. On y voyait des coups de feu éclater de tous côtés et des corps tomber au ralenti sur des accords de guitare électrique. Puis un long plan du visage du héros qui, émergeant de la brume, constate le carnage, malheureusement inévitable dans le noble combat qu'il mène au service de la justice. Puis, fondu sur le générique, en attendant le prochain épisode la semaine suivante où d'autres cadavres s'amoncelleront au nom de la justice et du divertissement.

— Vous avez un message, dit Cuff, qui relevait le courrier devant les casiers.

Il le tendit à Lynley, qui le déplia et lut.

— Ça vient de mon sergent. (Il redressa la tête.) La voisine de Lennart Thorsson l'a vu devant chez lui, juste avant sept heures, hier matin.

— Ça n'est pas un crime. Sans doute partait-il travailler plus tôt que d'habitude.

— Non, Dr Cuff. Il garait sa voiture devant chez lui au moment où la voisine ouvrait les rideaux de sa chambre. Il rentrait. D'où ? Mystère.

12

Rosalyn Simpson gravit le dernier étage menant à sa chambre de Queen's College. Une fois de plus, elle se maudit d'avoir choisi cette chambre. Sa mauvaise humeur n'avait rien à voir avec l'ascension proprement dite bien qu'elle se rendît parfaitement compte que n'importe quelle personne sensée aurait préféré habiter au rez-de-chaussée ou au moins, plus près des toilettes. Toujours est-il qu'elle s'était installée dans cette chambre en forme de L, située sous les toits, avec ses murs obliques qui se prêtaient à l'accrochage de ses tentures indiennes et son parquet de chêne aux lames disjointes qui craquait sous les pas. Elle disposait d'une petite pièce supplémentaire pourvue d'un lavabo – un grand placard plutôt qu'une pièce – où son père et elle avaient réussi tant bien que mal à caser le lit. La mansarde possédait en outre toutes sortes de coins et de recoins où elle avait disposé plantes et livres. Elle s'y réfugiait chaque fois qu'elle éprouvait le besoin de s'isoler. Mais la particularité de ce logement était une trappe aménagée dans le plafond. Elle ouvrait sur un passage qui conduisait directement à la chambre de Melinda Powell. C'était ce dernier point qui l'avait séduite, parce qu'il leur permettait, à Melinda et elle, d'être ensemble sans que personne ne découvrît la nature exacte de leur relation, que Rosalyn préférait garder secrète. Chacune y trouvait son compte : Melinda s'en contentait et Rosalyn préservait sa tranquillité d'esprit. Mais maintenant, elle doutait de tout : de sa décision, de Melinda et même de leur amour. Elle croulait sous le poids de divers fardeaux. D'abord, son sac à dos, alourdi par les provisions que sa mère l'avait forcée à accepter avant son départ, larmes aux yeux, lèvres tremblantes. Elle avait dit « nous avions fait tant de rêves pour toi, Ros », d'un ton qui avait fait prendre conscience à Rosalyn de l'étendue du chagrin qu'elle causait à ses parents. Mais n'avait-elle pas promis à Melinda de leur annoncer la nouvelle ?

« Ça passera », avait dit son père à plusieurs reprises pendant les effroyables trente-deux heures qu'ils avaient passées ensemble. Et il l'avait répété de nouveau lorsque Rosalyn était partie, mais cette fois en s'adressant à sa mère. « Les rêves sont toujours là, bon sang. C'est une phase. Ça lui passera. »

Rosalyn n'avait pas essayé de les persuader du contraire. Comme elle espérait elle-même que cela lui passerait, elle leur avait caché que cette phase durait depuis qu'elle avait quinze ans. Il lui avait fallu toute son énergie et tout son courage pour aborder le sujet. Elle ne se sentait pas la force de discuter avec eux de l'éventuelle disparition de cette phase dans son existence.

Rosalyn secoua son sac à dos, sentit le paquet de sa mère s'enfoncer dans son omoplate gauche et s'efforça de se débarrasser du fardeau beaucoup plus encombrant, beaucoup plus odieux de sa culpabilité. Elle avait l'impression qu'une énorme pieuvre l'étouffait de ses tentacules. L'Église disait que c'était mal. Son éducation disait que c'était mal. Quand elle était enfant, ses amies et elle avaient chuchoté, ricané et frissonné rien que d'y penser. Elle avait toujours espéré rencontrer un homme, se marier, fonder une famille. Et pourtant, elle n'arrivait pas à échapper à sa marginalité.

La plupart du temps, elle se contentait de vivre au jour le jour, se trouvant mille occupations pour meubler ses heures de loisir, se concentrant sur les conférences, les séances de travail, les travaux pratiques, sans jamais penser à ce que l'avenir réservait aux gens comme elle. Ou, quand elle pensait à l'avenir, c'était pour essayer de retrouver le rêve qui l'habitait lorsqu'elle était petite fille : aller en Inde, enseigner, faire le bien, vivre uniquement pour les autres.

Ce rêve avait perdu de sa précision cinq ans plus tôt, l'après-midi où son professeur de biologie l'avait invitée à prendre le thé chez elle. Elle lui avait offert des gâteaux, des scones, de la crème et de la confiture de fraises mais aussi les riches et sombres mystères de la séduction. L'espace d'un instant, sur le lit de ce cottage non loin de la Tamise, Rosalyn avait senti son sang bouillonner dans ses veines sous l'effet de deux émotions contradictoires, la terreur et l'extase. Mais tandis que sa partenaire murmurait à son oreille, embrassait, explorait, caressait son corps, la peur avait cédé le pas à l'excitation, éveillant ses sens aux délices les plus aiguës, la laissant suspendue entre douleur et plaisir. Et lorsque le plaisir l'avait finalement envahie, elle avait été surprise par la force de la joie qui l'accompagnait. Aucun homme ne l'avait connue intimement après cela. Et aucune homme ne l'avait aimée ni chérie comme Melinda. Aussi avait-elle trouvé normal que Melinda lui demande de parler à ses parents, de leur avouer avec fierté ce qu'elle était en vérité, plutôt que de continuer à dissimuler sous l'effet de la peur et de la paralysie.

– Lesbienne, avait dit Melinda en détachant soigneusement les syllabes. Lesbienne, lesbienne. Ça ne veut pas dire lépreuse.

Allongée, une nuit, dans les bras de son amie, les doigts minces, splendides, habiles de Melinda faisant trembler son corps de désir, elle avait promis.

Et elle avait passé les dernières trente-deux heures chez ses parents à Oxford à subir les conséquences de cette promesse. Elle était exténuée.

Arrivée au dernier étage, elle s'immobilisa devant sa porte, fouillant dans la poche de son jean à la recherche de sa clé. C'était l'heure du dîner au réfectoire, et bien qu'elle eût envisagé un instant de passer sa toge et de rejoindre les autres au réfectoire, elle rejeta cette idée. Elle n'avait envie de voir personne et encore moins de parler. Manque de chance, lorsqu'elle ouvrit la porte, elle tomba sur Melinda, qui traversait la pièce, reposée, ravissante. Elle avait lavé ses épais cheveux terre de Sienne qui formaient une masse bouclée autour de son visage. Rosalyn remarqua immédiatement que Melinda n'était pas vêtue de ses habituels jupe à mi-mollets, bottes, pull-over et écharpe. Elle portait du blanc : pantalon de laine, pull à col cheminée, long manteau qui lui arrivait à la cheville. Elle semblait s'être habillée pour une fête. On aurait dit une mariée.

— Te voilà, dit-elle, s'approchant de Rosalyn et lui prenant la main tandis qu'elle lui posait un baiser sur la joue. Comment ça s'est passé ? Ta mère a fait une crise d'apoplexie ? On a emmené ton père à l'hôpital ? Ils t'ont traitée de gouine ou seulement de vicieuse ? Allons raconte-moi tout, comment ça s'est passé ?

Rosalyn fit glisser le sac à dos de ses épaules et le laissa tomber par terre. Ses tempes battaient très fort.

— Ça s'est passé, dit-elle.

— Comment, c'est tout ? Pas de pleurs ? Pas de crise de nerfs ? Pas de « comment peux-tu faire ça à ta famille ? » Pas d'accusations ? On ne t'a pas demandé si tu avais songé à ce que ta grand-mère et tes tantes allaient dire ?

Rosalyn essaya de chasser de son esprit le souvenir du visage de sa mère crispé de désarroi. Elle aurait voulu oublier la tristesse des yeux de son père, et surtout se délivrer du sentiment de culpabilité qui l'avait empoignée quand elle avait vu à quel point ses parents luttaient pour lui dissimuler le choc qu'elle leur causait.

– Ç'a dû être un drôle de cirque, poursuivit Melinda avec un sourire entendu. Larmes, crêpage de chignon, grincements de dents, reproches. Sans compter les prophéties habituelles : tu iras en enfer, tu seras damnée. Très petit-bourgeois, tout ça. Pauvre chérie, ils t'ont insultée ?

Melinda pour sa part avait annoncé la nouvelle à sa famille alors qu'elle avait dix-sept ans, à l'occasion d'un repas de Noël, entre les crackers et le pudding. Rosalyn avait eu droit à l'histoire à maintes reprises. « Oh, à propos, je suis lesbienne, au cas où ça vous intéresserait. » Ça ne les avait pas intéressés. Mais la famille de Melinda était comme ça, aussi avait-elle du mal à se mettre à la place de Rosalyn, fille unique de parents qui rêvaient – entre autres choses – d'un gendre, de petits-enfants et d'une lignée familiale.

– Ta mère a tout fait pour que tu culpabilises un maximum, j'imagine. Heureusement que je t'avais prévenue. Tu n'as pas été prise au dépourvu quand elle t'a sorti le fameux : « Et nous alors ? » Et si tu t'es bien défendue, elle a...

– J'ai pas envie d'en parler, Mel, dit Rosalyn.

Elle s'agenouilla sur le sol, ouvrit son sac à dos et commença à déballer ses affaires. Elle mit de côté les provisions que sa mère lui avait données.

– J'imagine le tableau. Je t'avais dit de me laisser venir avec toi. Pourquoi n'as-tu pas voulu que je t'accompagne ? Je leur aurais tenu tête, moi, à tes vieux. (Melinda s'accroupit à côté de Rosalyn. Elle sentait le frais et le propre.) Ils n'ont pas... Ros, ils ne t'ont pas fait mal au moins ? Bon Dieu, ton père ne t'a pas tapé dessus ?

– Bien sûr que non. Écoute, j'ai pas envie d'en parler. C'est tout.

Melinda s'assit sur ses talons. Elle repoussa son

épaisse mèche de cheveux derrière une oreille. Elle dit :

— Tu regrettes de leur avoir parlé. Je m'en rends compte.

— Pas du tout.

— Mais si. Il fallait que tu le fasses mais tu espérais y couper. Tu te disais qu'ils finiraient par se faire à l'idée que tu resterais vieille fille, c'est ça ? Tu ne voulais pas leur avouer ce que tu es.

— C'est faux.

— Ou peut-être que tu espérais guérir. Te réveiller un beau matin et te retrouver hétéro comme par enchantement. Me faire sortir de ton lit pour y faire entrer un type. Et alors, maman et papa n'auraient jamais rien su.

Rosalyn releva la tête. Elle voyait briller les yeux de Melinda, elle voyait ses pommettes rouges. Elle n'arrivait pas à croire que quelqu'un d'aussi intelligent, d'aussi beau, pût être aussi peu sûr de soi.

— Je n'ai pas l'intention de te quitter, Mel.

— Tu aimerais bien avoir un homme dans ta vie, n'est-ce pas ? dit Melinda. Si seulement tu pouvais en avoir un ! Si seulement tu pouvais être hétéro ! Ça te plairait, pas vrai ?

— Pas toi ? lança Rosalyn.

Elle se sentait horriblement fatiguée.

Melinda rit d'un rire incertain.

— Les hommes, ça ne sert qu'à une chose et nous n'avons même pas besoin d'eux pour ça, il suffit de trouver un donneur et de pratiquer l'insémination tranquillement, chez soi. Ça se fait, tu sais. Je l'ai lu quelque part. Dans quelques siècles, le sperme sera fabriqué en laboratoire et les hommes tels que nous les connaissons n'existeront plus.

Rosalyn savait qu'il valait mieux se taire quand le spectre de l'abandon revenait hanter Melinda. Mais elle était exténuée. Découragée. Pour faire plaisir à son amie, elle venait de subir un marathon émotionnel des plus pénibles et elle se sentait comme tous les gens qui se sont laissé manipuler : pleine de ressentiment. Aussi se permit-elle de rétorquer :

— Je ne déteste pas les hommes, Melinda. Je ne les ai jamais détestés. Si tu les détestes, c'est ton problème. Pas le mien.

— Oh, ils sont chouettes, les hommes. Ils sont super. (Melinda se leva et s'approcha du bureau de Rosalyn. Elle prit un papier orange, l'agita et dit :) Il y en avait partout aujourd'hui. Je t'en ai mis un de côté. C'est ça, les hommes, Ros. Jette un œil, puisque tu les aimes tellement.

— Qu'est-ce que c'est ?
— Regarde.

Rosalyn se mit debout à son tour et frotta ses épaules endolories par le sac à dos, puis elle prit le morceau de papier des mains de Melinda. C'était un tract. Avec un nom en grosses lettres noires sous une photo un peu floue : Elena Weaver. Suivi d'un mot : assassinée.

Un frisson glacé lui parcourut la colonne vertébrale.

— Melinda, qu'est-ce que c'est que ça ?
— Ça ? C'est ce qui se passait ici pendant que tu discutais le bout de gras avec papa et maman à Oxford.

Sans réaction, Rosalyn emporta le papier jusqu'à son vieux rocking-chair. Elle fixa la photo, le visage lui était familier : le sourire, la dent ébréchée, les longs cheveux. Elena Weaver. Sa principale rivale. Une fille qui courait comme une déesse.

— Elle fait partie des Jeux de piste, dit Rosalyn. Melinda, je la connais. Je suis allée chez elle.
— Tu la connaissais, tu veux dire.

Melinda lui arracha le papier des mains, le froissa et le jeta dans la corbeille à papier.

— Ne le jette pas ! Laisse-moi le regarder. Que s'est-il passé ?
— Elle courait le long de la rivière de bonne heure hier matin. On l'a agressée près de l'île.

— L'île de Robinson Crusoé ? (Rosalyn sentit son cœur battre à coups redoublés.) Mel, c'est... (Soudain un souvenir inattendu s'imposa à sa conscience, telle une ombre prenant consistance.) Melinda, il faut que j'appelle la police.

Quelles qu'aient été ses intentions en apprenant à Rosalyn la mort d'Elena Weaver, Melinda blêmit.

— L'île. C'est là que tu t'es entraînée ce trimestre, non ? Le long de la rivière. Comme cette fille. Rosalyn, promets-moi de ne plus retourner courir là-bas. Jure-le-moi. Je t'en prie.

Rosalyn prit son sac à bandoulière qui était posé par terre.

— Viens, Mel.

Melinda ne bougea pas, semblant soudain comprendre pourquoi Rosalyn voulait parler à la police.

— Non ! Ros, si tu as vu quelque chose... si tu sais quelque chose... Écoute-moi, tu ne peux pas faire ça. Ros, si quelqu'un découvre que tu as vu quelque chose... Je t'en prie. Il faut réfléchir aux conséquences. Il faut absolument qu'on réfléchisse. Parce que si tu as vu quelqu'un, ce quelqu'un t'a sûrement vue.

Rosalyn, près de la porte, fermait la fermeture Éclair de sa veste. Melinda s'écria de nouveau :

— Rosalyn ! Il faut absolument réfléchir !

— C'est tout réfléchi, dit Rosalyn. (Elle ouvrit la porte.) Tu peux rester ici si tu veux. Je n'en ai pas pour longtemps.

— Mais où vas-tu ? Qu'est-ce que tu vas faire ? Rosalyn !

Melinda s'élança à sa suite.

Ayant trouvé les appartements de Thorsson vides à St. Stephen, Lynley poussa jusqu'à Fulbourn Road, où il habitait. Le quartier ne collait pas avec l'image de mauvais garçon marxiste de

Thorsson. La coquette construction de brique avec son toit de tuiles pimpant se dressait au cœur d'un lotissement flambant neuf dans une rue baptisée Ashwood Court. Deux douzaines de maisons similaires étaient éparpillées sur ce terrain, remplaçant les vieilles fermes de jadis. Chacune possédait son carré de pelouse à l'avant, son jardin clos sur la façade arrière et son arbre grêle, récemment planté, dans le but sans doute de créer un cadre bucolique à la hauteur des noms de rues choisis par le promoteur : Maple Close, Oak Lane, Pauwlownia Court.

Lynley avait pensé trouver la résidence de Thorsson dans un environnement conforme aux opinions philosophiques qu'il professait – triste HLM proche de la gare ou appartement sombre au-dessus d'une boutique. En tout cas, il ne s'était pas attendu à le trouver logé au cœur d'un quartier petit-bourgeois aux rues pleines de Metro et de Fiesta et aux trottoirs encombrés de tricycles et de jouets.

La maison de Thorsson, à l'extrémité ouest de l'impasse, était identique à celle de sa voisine et située de telle façon que quiconque regardait par la fenêtre – du premier ou du rez-de-chaussée – avait une vue imprenable sur les allées et venues de Thorsson. Un observateur même moyennement attentif n'aurait pu prendre un départ pour une arrivée. Ainsi, le retour précipité de Thorsson à sept heures du matin ne laissait aucune place au doute.

De la rue, on ne distinguait pas de lumière chez Thorsson. Lynley s'approcha quand même de la porte d'entrée et sonna à plusieurs reprises. La sonnerie se répercuta avec un bruit creux derrière le battant, comme s'il n'y avait à l'intérieur ni meubles ni tapis pour étouffer les sons. Il recula, jeta un coup d'œil aux fenêtres du premier, n'aperçut aucun signe de vie.

Il retourna à sa voiture et s'assit un instant, songeant à Lennart Thorsson, observant les alentours et réfléchissant à la personnalité de cet homme. Il songea aux jeunes esprits qui l'écoutaient exposer ses théories sur Shakespeare. Thorsson se servait de textes vieux de quelque quatre cents ans pour promouvoir des idées politiques, mais le procédé apparaissait de plus en plus comme un déguisement destiné à camoufler une personnalité plutôt quelconque. Prendre une œuvre aussi familière que les prières qu'on récite toute son enfance, choisir des vers, des scènes et les passer au filtre d'une interprétation qui – à y regarder de près – était encore plus réductrice que toutes celles qu'elle cherchait à réfuter... Pourtant Thorsson avait une manière d'exposer ses théories fort séduisante. Il ne manquait pas de brio. Lynley avait eu le temps de s'en rendre compte dans l'amphithéâtre de la faculté d'anglais. L'homme avait une conviction absolue, une intelligence indéniable et son style était juste assez provocateur pour qu'un climat de complicité se crée entre ses étudiants et lui. Quelle jeune fille aurait pu résister à la tentation de frayer avec un rebelle ?

En suivant cette logique, n'était-il pas envisageable qu'Elena Weaver ait cherché à séduire Thorsson et que, tombant sur un bec, elle ait inventé cette histoire de harcèlement sexuel pour se venger ? A l'inverse, on pouvait aussi penser que Thorsson avait cédé à son attirance pour Elena Weaver pour s'apercevoir qu'elle n'était pas la fille facile qu'il croyait mais une femme décidée à le piéger.

Lynley fixa la maison, persuadé qu'en fin de compte on en revenait toujours à une réalité : Elena Weaver était sourde ; et à un appareil : le Ceephone.

Thorsson avait eu l'occasion d'aller dans sa chambre. Il connaissait l'existence du Ceephone. Il ne lui restait qu'à passer le coup de fil qui avait empêché Justine Weaver de retrouver Elena pour leur jogging du matin. A condition bien sûr que Thorsson sache qu'Elena courait avec sa belle-mère. A condition qu'il sache se servir de l'appareil. A condition évidemment que quelqu'un d'autre ayant accès à un Ceephone n'ait pas déjà passé un appel. A condition enfin qu'il y ait bien eu un appel.

Lynley démarra, sillonnant lentement les rues du lotissement, et se mit à réfléchir à l'antipathie quasi instantanée qu'avait éprouvée le sergent Havers pour Lennart Thorsson. L'instinct de Havers était en général très sûr dès lors qu'il s'agissait de détecter l'hypocrisie de ses semblables et on pouvait l'accuser de tout sauf de xénophobie. Elle n'avait pas eu besoin de voir la maison de Thorsson dans ce coquet lotissement de banlieue pour flairer son affectation. Lynley la connaissait suffisamment bien pour savoir que, s'étant assurée que Thorsson n'était pas chez lui au moment du meurtre, elle n'aurait qu'une envie : lui réciter la mise en garde d'usage et l'enfermer dans l'une des salles d'interrogatoire de Sheehan. Et c'était exactement ce qui se passerait – en tout cas, c'était ce qu'un travail de police solide l'obligeait à faire à ce stade – à moins qu'un nouvel élément ne l'oriente vers une nouvelle piste.

Bien que les éléments en leur possession eussent inéluctablement désigné Thorsson, Lynley était gêné par la façon presque magique dont les pièces s'emboîtaient. Il savait par expérience qu'un meurtre a souvent une explication simple, voire simpliste, et que très souvent le suspect le plus plausible est effectivement l'assassin. Mais il savait également que certaines morts trouvent leur source dans des régions beaucoup plus sombres de l'âme et des mobiles beaucoup plus complexes que ne le suggéraient les premières constatations. Et tandis que les faits et les personnages impliqués dans cette affaire défilaient dans son esprit, il se mit à passer en revue les autres mobiles possibles, tous plus sinistres que le besoin de se débarrasser d'une fille enceinte.

Gareth Randolph, amoureux fou d'Elena et fou de douleur qu'elle ait un amant. Gareth Randolph, qui avait un Ceephone dans son bureau chez les Signeurs. Justine Weaver, lui racontant par le menu les aventures amoureuses d'Elena. Justine Weaver, qui avait un Ceephone, mais pas d'enfant. Adam Jenn, sortant avec Elena à la demande de son père, son avenir lié à celui de Weaver. Adam Jenn, qui disposait d'un Ceephone dans le bureau d'Anthony Weaver à St. Stephen. Enfin tout ce qui se rattachait à ce bureau, et particulièrement la brève visite de Sarah Gordon là-bas, dans la nuit de lundi. Lynley bifurqua vers l'ouest en direction de Cambridge, reconnaissant qu'en dépit des révélations de la journée son esprit ne cessait de revenir à Sarah Gordon. Elle le décontenançait.

« Vous savez pourquoi, lui aurait dit Havers. Vous savez pourquoi vous n'arrivez pas à la chasser de votre esprit. Vous savez qui elle vous rappelle. »

Il ne pouvait le nier. Pas plus qu'il ne pouvait nier qu'en fin de journée, épuisé, il perdait sa puissance de concentration. A la fin de la journée, fragilisé, il était particulièrement vulnérable et réceptif à tout ce qui lui rappelait Helen. Il y avait maintenant près d'un an que cela durait. Comme Helen, Sarah Gordon était mince, elle avait les cheveux foncés, elle était sensible, intelligente, passionnée. Pourtant ces qualités n'étaient pas l'unique raison pour laquelle il songeait à elle avec insistance en un moment où tout l'incitait à suivre la piste Lennart Thorsson.

Il avait d'autres raisons de ne pas éliminer Sarah Gordon. Pas aussi impérieuses peut-être que celles qui tendaient à désigner Thorsson comme coupable, mais ces raisons le travaillaient.

« C'est de l'autosuggestion, lui aurait dit Havers. Rien de solide. Vous bâtissez sur du sable. »

Mais il n'en était pas si sûr.

Il n'aimait pas les coïncidences dans une enquête criminelle et – malgré les protestations de Havers – il ne pouvait s'empêcher de considérer comme telle la présence de Sarah Gordon sur les lieux du crime et son apparition à Ivy Court le soir même. Bien plus, il ne pouvait oublier qu'elle connaissait Weaver. Il avait été son élève – son élève particulier. Elle l'appelait Tony.

« Bon, d'accord, ils baisaient ensemble, aurait poursuivi Havers. Cinq nuits par semaine. Dans toutes les positions répertoriées et dans quelques autres de leur invention. Et alors, inspecteur ? »

« Weaver tient à décrocher la chaire de Penford, Havers. »

« Ah ! se serait-elle exclamée. Examinons ça de plus près. Anthony Weaver cesse de baiser Sarah Gordon – qu'il ne sautait peut-être même pas, si ça se trouve – parce qu'il a la trouille que la chaire lui passe sous le nez. Alors Sarah Gordon tue sa fille. Pas le pauvre Weaver, qui mériterait pourtant qu'on mette un terme à ses souffrances s'il est aussi chiffe molle que ça. Sa fille. Génial. Et quand ? Comment est-ce qu'elle s'y prend ? Elle est arrivée dans l'île à sept heures du matin or la fille était déjà morte. Morte, inspecteur, froide, kaputt, morte. Alors qu'est-ce qui vous obsède chez Sarah Gordon ? Dites-le-moi parce que ça commence à me rendre nerveuse. C'est pas la première fois qu'on navigue dans ces eaux-là, vous et moi. »

Il ne parvenait pas à trouver une réponse qu'Havers aurait jugée acceptable. Elle lui soutiendrait qu'à ce stade focaliser son attention sur Sarah Gordon équivalait à poursuivre Helen. Elle ne comprendrait pas la curiosité que cette femme éveillait en lui. Quant à son malaise face aux coïncidences, elle refuserait d'en entendre parler. Mais Havers n'était pas là pour critiquer sa démarche. Il voulait en savoir davantage sur Sarah Gordon et il savait où trouver quelqu'un qui l'éclairerait. A Bulstrode Gardens.

« Comme c'est pratique, inspecteur », aurait ironisé Havers.

Tournant à droite dans Hill Road, il chassa de son esprit le spectre de son sergent.

Lorsqu'il arriva, il était huit heures et demie. Les lumières allumées dans le salon filtraient à travers les rideaux en dentelle et se reflétaient sur le gris métallisé d'une voiture de déménagement miniature qui gisait sur le flanc, une roue en moins. Lynley la ramassa et sonna. Contrairement à la veille, il n'y eut pas de cris d'enfant. Seulement quelques instants de silence, dont il profita pour écouter le bruit de la circulation dans Madingley Road et respirer l'odeur âcre des feuilles que l'on fait brûler. Puis le verrou fut tiré, la porte s'ouvrit.

– Tommy.

C'était curieux. Pendant combien d'années l'avait-elle accueilli ainsi, se contentant de dire son nom, rien de plus ? Pourquoi n'avait-il jamais réalisé ce que cela signifiait pour lui que d'entendre l'intonation de sa voix lorsqu'elle le prononçait ?

Il lui tendit le jouet. Outre qu'il lui manquait une roue, le camion avait pris un énorme coup sur le capot comme si l'on avait tapé dessus avec une pierre ou un marteau.

– J'ai trouvé ça dans l'allée.

Elle le lui prit des mains.

– C'est à Christian. Il n'est pas très soigneux. (Elle recula pour le laisser passer.) Entre.

Sans y être invité, il retira son manteau et le suspendit à un portemanteau de rotin à gauche de la porte d'entrée. Il se tourna vers elle. Elle portait un chemisier couleur cendre sous un pull sarcelle maculé de sauce spaghetti. Elle le vit loucher sur les taches.

– Encore un coup de Christian. Il ne s'améliore pas à table. (Elle eut un sourire fatigué.) Au moins, il ne fait pas à la cuisinière des compliments qu'elle ne mérite pas. Car Dieu sait qu'en matière de cuisine, je ne suis pas brillante.

– Tu es exténuée, Helen.

Malgré lui, il tendit la main et lui effleura la joue des doigts. Sa peau était fraîche et lisse, semblable à la surface calme de l'eau douce. Ses yeux sombres étaient fixés sur lui. Une petite veine battait sur son cou.

– Helen.

Et aussitôt il sentit le courant douloureux du désir que faisait naître en lui le simple fait de prononcer son nom.

Elle s'éloigna de lui, entra dans le séjour en disant :

– Ils sont couchés maintenant. Je suis un peu plus tranquille. Tu as mangé, Tommy ?

– Non. J'ai oublié de dîner.

– Je te prépare quelque chose ? (Elle baissa les yeux vers son pull-over.) Pas des spaghettis, rassure-toi. Encore que je n'aie pas le souvenir de t'avoir vu jeter un plat à la tête du cuisinier.

– Pas ces derniers temps, du moins

– Il reste de la salade de poulet. Et un bout de jambon. Du saumon en boîte aussi.

– Merci. Je n'ai pas faim.

Elle était debout près de la cheminée où un tas de jouets s'empilaient contre le mur. Le puzzle en bois des États-Unis était au-dessus de la pile. Quelqu'un avait mordu l'extrémité de la Floride. Son regard naviga du puzzle à Helen. Il distingua des rides de fatigue sous ses yeux.

Il aurait voulu lui dire : « Viens avec moi, Helen ; vis avec moi. » Au lieu de cela, il dit simplement :

– Il faut que je parle à Pen.

Les yeux de Lady Helen s'écarquillèrent.

– Pen ?

– C'est important. Elle est réveillée ?

– Je crois, oui. Mais... (Elle jeta un regard circonspect vers la porte et l'escalier qui conduisait au premier.) Je ne sais pas, Tommy. Ça n'a pas été

une bonne journée. Les enfants... Une engueulade avec Harry.
— Il n'est pas là ?
— Non. Il est reparti. (Elle ramassa la Floride et examina les dégâts, puis remit la pièce du puzzle au milieu des autres.) Quel gâchis ! Je ne sais comment l'aider. Je ne sais que lui dire. Elle vient d'avoir un bébé dont elle ne veut pas. Elle a une vie qui lui semble insupportable. Des enfants qui ont besoin d'elle et un mari qui a décidé de la punir parce qu'elle le punissait. Ma vie à moi est si facile, si lisse comparée à la sienne. Que puis-je lui dire qui ne soit ni idiot ni complètement inutile ?
— Simplement que tu l'aimes.
— L'amour ne suffit pas. Tu le sais.
— Mais c'est la seule chose qui existe quand on va au fond des choses. La seule chose qui soit réelle.
— Tu simplifies.
— Je ne crois pas. Si l'amour était simple, on n'en serait pas là. On ne se risquerait pas à confier sa vie et ses rêves entre les mains d'un autre être humain. On cacherait soigneusement sa vulnérabilité, on ne dévoilerait pas ses faiblesses. On ne se laisserait pas aller à ses émotions. On ne ferait jamais aveuglément confiance à quelqu'un. On garderait le contrôle de soi. A tout prix. Car quand on perd le contrôle, Helen, ne fût-ce qu'un instant, Dieu seul sait le vide qui se cache derrière.
— Quand Pen et Harry se sont mariés...
Un sentiment de frustration le traversa.
— Il ne s'agit pas d'eux. Tu le sais bien.
Ils se dévisagèrent. La largeur de la pièce, entre eux, prit soudain des allures de gouffre. Malgré ce gouffre, il lui parla. Conscient de l'impuissance des mots, abandonnant toute prudence, toute dignité et tout orgueil, il prononça les paroles qu'il avait sans cesse besoin de prononcer.
— Je t'aime. Et j'ai l'impression de mourir.
Les yeux d'Helen avaient beau être brillants de

larmes, elle se tenait raide. Il savait qu'elle ne pleurerait pas.

– Cesse d'avoir peur, ajouta-t-il. Juste ça. Je t'en prie, cesse d'avoir peur.

Elle ne répondit pas. Mais elle ne détourna pas les yeux, elle n'essaya pas non plus de sortir de la pièce. Il reprit espoir.

– Pourquoi ? dit-il. Tu ne veux pas me dire pourquoi ?

– On est bien comme on est. (Sa voix était basse.) Pourquoi est-ce que ça ne te suffit pas ?

– Comment veux-tu que cela me suffise, Helen ? Il ne s'agit pas d'amitié. Nous ne sommes pas des copains.

– On l'était dans le temps.

– Oui. Mais c'est du passé. Du moins en ce qui me concerne. Bien que j'aie essayé de le redevenir. Mais c'est impossible. Je t'aime, Helen. Je te désire.

Elle déglutit. Une larme coula de son œil, qu'elle essuya d'un geste vif de la main. Il en eut le cœur déchiré.

– Moi qui croyais que l'amour était un sentiment jubilatoire...

– Je suis désolée, dit-elle.

– Et moi donc. (Il détourna les yeux. Sur la cheminée, derrière elle, était posée une photo de sa sœur entourée des siens. Mari, femme, enfants, le but d'une existence clairement définie.) Il faut quand même que je voie Pen.

Elle hocha la tête.

– Je vais la chercher.

Tandis qu'elle quittait la pièce, il s'approcha de la fenêtre. Les rideaux étaient tirés. Il n'y avait rien à voir. Il fixa le motif fleuri du chintz.

« Va-t'en, se dit-il rageusement. C'est le moment de faire la coupure. Une coupure chirurgicale, définitive. Va-t'en. »

Mais il en était incapable. C'était, il le savait, l'insupportable ironie de l'amour. L'amour venait de nulle part, il n'avait pas de logique, on pouvait toujours le nier, l'ignorer, même si on le payait très cher, spirituellement et moralement. Il avait vu des hommes rencontrer l'amour et s'en détourner, le plus souvent des cavaleurs ou des ambitieux préoccupés de leur seule réussite. N'étant jamais atteints dans leur cœur, ces êtres-là ne souffraient pas. Comment en aurait-il été autrement ? Le séducteur ne songeait qu'à la conquête du moment, l'ambitieux, aux satisfactions que son travail lui procurerait. Aucun d'eux n'était touché par l'amour ou le chagrin. L'un comme l'autre poursuivaient leur route sans un regard en arrière. Son malheur – si l'on pouvait le qualifier ainsi – résidait en ceci qu'il n'était pas de cette race. Ce n'étaient ni les conquêtes féminines ni la réussite professionnelle qui l'intéressaient mais le désir de lier son sort à celui d'Helen.

Il les entendit dans l'escalier – voix calme, démarche lente – et se tourna vers la porte du salon. Il savait par Helen que Penelope n'allait pas bien ; pourtant il fut secoué en la voyant. Ses yeux durent le trahir car, en pénétrant dans le salon, elle esquissa un faible sourire et passa ses doigts vierges de bagues dans ses cheveux ternes qui pendaient.

– Je ne suis pas exactement au mieux de ma forme, dit-elle.

– Merci de me recevoir.

De nouveau, le petit sourire. Elle traversa la pièce en traînant les pieds, flanquée de Lady Helen. Elle s'installa dans un rocking-chair en rotin et ferma le col de sa robe de chambre rose éteint.

– On peut vous offrir quelque chose ? dit-elle. Un whisky ? Un cognac ?

Il fit non de la tête. Lady Helen se dirigea vers le bout du canapé près du rocking-chair de sa sœur et se posa dessus, le buste en avant, les yeux sur sa sœur, les mains tendues comme pour la soutenir le cas échéant. Lynley prit place sur la chaise en face de Pen. S'efforçant de rassembler ses esprits, il tenta de ne pas s'appesantir sur le changement qui s'était produit en elle. Cernes profonds sous les yeux, teint brouillé, lèvres gercées. Cheveux sales, corps à l'avenant.

— Helen m'a dit que vous étiez à Cambridge pour un meurtre, dit-elle.

Il lui en exposa les grandes lignes. Pendant qu'il parlait, elle se balançait. Le rocking-chair grinçait agréablement. Il termina en disant :

— Mais c'est Sarah Gordon qui m'intrigue. J'ai pensé que vous pourriez peut-être me parler d'elle. Est-ce que vous la connaissez, Pen ?

Elle hocha la tête en signe d'assentiment. Ses doigts jouaient avec la ceinture de sa robe de chambre.

— Oh, oui. Et depuis longtemps. Ils en ont fait tout un plat, dans le journal local, quand elle est venue s'installer à Grantchester.

— C'était quand ?

— Il y a six ans.

— Vous en êtes sûre ?

— Oui, c'était... (De nouveau son sourire sans joie et un haussement d'épaules)... avant la naissance des enfants. Je travaillais au Fitzwilliam, je restaurais des tableaux. Le musée avait organisé une grande réception en son honneur, ainsi qu'une exposition de ses œuvres. Harry et moi l'avons rencontrée à cette occasion. Nous avons eu l'impression d'être présentés à une reine. Bien que cette impression fût plutôt le fait des directeurs du musée car Sarah Gordon elle-même, pour autant que je m'en souvienne, était plutôt quelqu'un de discret. Chaleureuse, accessible. Pas du tout le genre de femme que je m'attendais à voir après tout ce que j'avais entendu dire à son sujet.

— C'est une artiste de grande valeur, vraiment ?

— Oui. Chacune de ses toiles pose un regard sur la société, lequel trouve aussitôt un large écho

305

dans la presse. Quand je l'ai rencontrée, elle venait d'être nommée membre ou officier de l'Ordre de l'Empire britannique, je ne sais plus. Elle avait exécuté un portrait de la reine qui avait été bien accueilli par les critiques. Certains avaient même parlé de conscience de la nation à propos de ce portrait, vous voyez le genre. Elle a fait plusieurs expositions à la Royal Academy, qui ont eu beaucoup de succès. Partout on parlait d'elle, c'était la nouvelle coqueluche du monde des arts.

– Intéressant, fit Lynley. Car ce n'est pas ce qu'on appelle une artiste moderne. On pourrait penser que pour être reconnu dans le monde des arts, il faut innover. Or j'ai vu son travail, et la découverte de nouveaux territoires ne semble pas l'intéresser.

– La découverte de nouveaux territoires... La peinture des boîtes de soupe, vous voulez dire ? sourit Pen.

– Peut-être.

– Ce qui est important, ce n'est pas de coller à la mode du moment, mais d'avoir un style qui retienne l'attention des collectionneurs et des critiques, Tommy. Comme Jurgen Gorg. Ou Peter Max. Ou Salvador Dali. Un artiste qui a un style propre crée une œuvre novatrice. Et si ce style recueille l'approbation internationale, sa carrière est faite.

– C'est le cas de Sarah Gordon ?

– Absolument. Son style est caractéristique. Percutant. D'une grande pureté. D'après les chargés de relations publiques qui l'ont aidée à se faire connaître, elle broie elle-même ses couleurs, comme Botticelli. Aussi ses peintures à l'huile ont-elles une qualité étonnante.

– Elle m'a dit qu'elle avait été une puriste dans le temps.

– Ça a toujours fait partie de son personnage. Comme son désir de se tenir à l'écart. Grantchester, et pas Londres. Le monde vient à elle. Elle ne va pas vers le monde.

– Vous n'avez jamais travaillé sur ses toiles pendant que vous étiez au musée ?
– Pourquoi ? Son travail est récent, Tommy. Ses toiles n'ont pas besoin d'être restaurées.
– Mais vous les avez vues, vous les connaissez.
– Oui, bien sûr. Pourquoi ?
Lady Helen intervint :
– Est-ce que sa peinture a quelque chose à voir avec ton affaire, Tommy ?
Il examina le tapis marron taché qui recouvrait partiellement le parquet.
– Je ne sais pas. Elle m'a dit qu'elle n'avait rien produit de valable depuis des mois. Qu'elle avait peur d'avoir perdu la passion de créer. Elle avait décidé de s'y remettre le matin du meurtre justement. Poussée par une sorte de superstition. Ou bien elle peignait ce jour-là, à cet endroit-là, ou bien elle abandonnait définitivement. Est-ce que c'est possible, Pen ? Qu'un peintre ayant cessé momentanément de créer – ou ayant perdu la faculté de créer – trouve si difficile de s'y remettre qu'il éprouve le besoin de s'inventer des contraintes de lieu, de temps et de sujet pour essayer de relancer la machine ?
Penelope changea de position dans son fauteuil.
– Vous n'êtes sûrement pas naïf à ce point. Bien sûr que c'est possible. Des artistes sont devenus fous parce qu'ils croyaient ne plus pouvoir créer. Certains se sont même tués à cause de ça.
Lynley leva la tête. Il vit que Lady Helen le regardait. Tous deux étaient arrivés à la même conclusion en entendant les derniers mots de Penelope.
– Ou ils ont tué quelqu'un, dit Lady Helen.
– Quelqu'un qui les empêchait de créer, ajouta Lynley.
– Camille et Rodin ? suggéra Penelope. Ils se sont certainement entre-tués. En tout cas métaphoriquement.
– Mais en quoi cette jeune fille aurait-elle

empêché Sarah Gordon de créer, Tommy ? questionna Lady Helen. Est-ce qu'elles se connaissaient ?

Il songea à Ivy Court, à Sarah Gordon, qui appelait Weaver Tony. Il examina les conjectures qu'Havers et lui avaient hasardées pour expliquer la présence du peintre au collège la nuit précédente.

— Ce n'est peut-être pas Elena qui l'empêchait de créer, dit-il. Mais peut-être son père.

Pourtant alors même qu'il avançait cette hypothèse, il dressait la liste des arguments qui la démolissaient. Le coup de fil passé à Justine Weaver, le fait que quelqu'un savait qu'Elena courait, la question du temps, l'arme utilisée pour défigurer Elena, la disparition de cette arme. Les questions réellement pertinentes se réduisaient au mobile, au moyen, à l'occasion. Il lui était facile de soutenir que Sarah Gordon avait l'un des trois.

— J'ai fait allusion devant elle au conflit qui a opposé Whistler à Ruskin, dit-il pensivement. Elle a réagi. Peut-être que son incapacité à créer cette année tient au fait qu'elle a été éreintée par la critique.

— C'est possible, convint Penelope.

— Mais elle n'a pas eu de mauvaises critiques ?

— Rien de bien méchant à ma connaissance.

— Alors, qu'est-ce qui tue la créativité, Pen ? Qu'est-ce qui tue la passion ?

— La peur, dit-elle.

Lynley regarda Lady Helen, qui baissa les yeux.

— La peur de quoi ?

— La peur de l'échec. La peur d'être rejeté. Exposer une part de soi au monde pour la voir piétinée, ça suffit à vous ôter l'envie de créer.

— Mais rien de semblable ne lui est arrivé ?

— A Sarah Gordon ? Non. Mais elle a peut-être peur que ça lui arrive un jour. Des tas de gens sont victimes de leur réussite.

Penelope regarda vers la porte tandis que dans

la pièce voisine le moteur du réfrigérateur toussait et ronflait. Elle se mit debout. Le rocking-chair craqua une dernière fois.

– Il y a bien un an que je n'avais pas pensé à l'art. (Elle repoussa ses cheveux en arrière et sourit à Lynley.) Étrange. Ça m'a fait plaisir de parler avec vous.

– Vous avez beaucoup à dire sur le sujet.

– J'avais autrefois. C'est vrai. (Elle se dirigea vers l'escalier et lui fit un signe de la main en voyant qu'il faisait mine de se lever.) Je vais voir ce que devient le bébé. Bonsoir, Tommy.

– Bonsoir.

Lady Helen attendit pour parler que les pas de sa sœur résonnent dans le couloir du premier étage et que la porte de sa chambre s'ouvre et se referme. Puis elle se tourna vers Lynley.

– Ça lui a fait du bien. Tu as dû te dire que ça lui ferait du bien. Merci, Tommy.

– Non. C'était de l'égoïsme de ma part. J'avais besoin de renseignements et j'ai pensé que Penelope pourrait me les fournir. C'est tout, Helen. Enfin... Pas vraiment. J'avais envie de te voir. Je ne me lasse pas de te voir.

Elle se leva et il l'imita. Ils se dirigèrent vers la porte d'entrée. Il tendit le bras pour prendre son manteau et se tourna impulsivement vers elle.

– Miranda Webberly joue du jazz demain soir à Trinity Hall. Tu veux venir ? (Comme elle jetait un coup d'œil vers l'escalier, il poursuivit :) Quelques heures, Helen. Pen réussira bien à se débrouiller seule quelques heures. Sinon, on peut toujours réquisitionner Harry. Ou faire venir un des agents de la police de Sheehan. Ce serait encore la meilleure solution pour Christian. Allez viens ! Randie se défend bougrement bien à la trompette. D'après son père, c'est le nouveau Dizzy Gillespie.

Lady Helen sourit.

– Entendu, Tommy. Je viens.

Il se sentit le cœur plus léger même s'il était probable qu'elle n'acceptât que pour le remercier d'avoir distrait Pen quelques instants.

– Très bien, dit-il. Sept heures et demie, alors. Je t'inviterais bien à dîner, mais je ne veux pas abuser.

Il prit son manteau au portemanteau et le jeta sur ses épaules. Le froid ne l'incommoderait pas. L'espoir le réchaufferait.

Elle comprit ce qui se passait en lui, comme d'habitude.

– Ce n'est qu'un concert, Tommy.

– Je sais. D'ailleurs, je nous vois mal faisant l'aller-retour à Gretna Green avant le petit déjeuner de Christian. Et même si on y arrivait, ce n'est pas devant le forgeron local ni à la sauvette que j'ai envie de me marier. Alors tu n'as pas à t'inquiéter.

Lady Helen lui offrit son merveilleux sourire.

– Tu me rassures.

– Dieu sait que je tiens à te savoir rassurée, Helen, fit-il en lui touchant la joue.

Il attendit qu'elle bouge, essaya de l'inciter à le faire par la seule force de son désir. Elle inclina légèrement la tête, pressant sa joue contre la main de Lynley.

– Tu n'échoueras pas cette fois. Pas avec moi. Je ne te laisserai pas échouer, dit-il.

– Je t'aime, Tommy. Au fond, je t'aime.

13

– Barbara ? Mon chou ? Tu es déjà au lit ? Tes lumières sont éteintes... alors si tu dors, je ne veux pas te déranger. Tu as besoin de dormir. De récupérer. Mais si tu n'es pas encore couchée, on pourrait peut-être parler de Noël. Je sais bien que c'est encore un peu tôt, mais il faut penser aux idées de cadeaux. Réfléchir aux invitations qu'on va accepter, à celles qu'on va refuser.

Barbara Havers ferma brièvement les yeux, comme si par ce simple geste elle pouvait couper le son de la voix de sa mère. Debout dans l'obscurité devant la fenêtre de sa chambre, elle contemplait le jardin. Un chat se glissait le long de la barrière qui séparait leur pavillon de celui de Mrs. Gustafson. L'attention de l'animal était focalisée sur les touffes de mauvaises herbes qui avaient envahi l'étroite bande de gazon. Il chassait. Le jardin devait grouiller de rats. Barbara le salua en silence. « Saute-leur dessus. Ne te gêne pas. »

Près de son visage, les rideaux exhalaient une odeur de vieux tabac froid et de poussière. Le coton parsemé de bouquets de violettes et d'un blanc jadis neigeux, que l'on amidonnait avec soin, pendait maintenant gris et flasque. Sur ce fond de crasse, les pimpantes fleurs bleues avaient depuis longtemps perdu leur gaieté. On aurait dit des traînées charbonneuses sur un champ de cendres lugubre.

– Ma poulette ?

Barbara entendit sa mère se traîner le long du couloir du premier, ses mules raclant le plancher nu. Elle aurait dû répondre, mais elle espérait que Mrs. Havers, dont la capacité de concentration était extrêmement limitée, penserait à autre chose avant d'atteindre sa chambre. A la chambre de son frère peut-être, qui, bien que vide, constituait encore assez souvent un pôle d'attraction pour Mrs. Havers, laquelle continuait à parler à son fils comme s'il était encore en vie.

« Cinq minutes, songea Barbara. Rien que cinq minutes de paix. »

A son retour quelques heures plus tôt, elle avait trouvé Mrs. Gustafson assise, le dos raide, sur une chaise de cuisine au pied de l'escalier et sa mère, en haut, tassée sur le bord de son lit, dans une obscurité complète. Mrs. Gustafson était bizarrement armée du tuyau de l'aspirateur ; sa mère avait l'air hagard et effrayé, petite silhouette ratatinée dans le noir qui a complètement oublié comment on allume la lumière.

– On a eu un petit accrochage. Elle réclamait votre père, avait dit Mrs. Gustafson lorsque Barbara s'était encadrée dans la porte. (Sa perruque grise avait glissé si bien qu'à gauche ses boucles pendaient beaucoup trop bas par rapport à son oreille.) Elle s'est mise à cavaler dans toute la maison en appelant Jimmy. Ensuite elle a voulu aller le chercher dans la rue.

Les yeux de Barbara se braquèrent sur le tuyau de l'aspirateur.

– Je ne l'ai pas tapée, Barbie, se défendit Mrs. Gustafson. Vous savez bien que je taperai jamais votre maman. (Ses doigts se refermèrent autour du tuyau puis en caressèrent le rêche tissu usé.) C'est un serpent, dit-elle en confidence. Elle se tient tranquille lorsqu'elle le voit, mon petit. Je me contente de l'agiter et ça la fait tenir tranquille.

L'espace d'un instant, Barbara avait senti son sang se figer, elle était restée immobile, incapable de parler, prise entre deux envies contradictoires. Celle d'éclater, de reprocher à la vieille dame la bêtise qui l'avait poussée à terroriser sa mère au lieu de s'occuper d'elle. Et celle de ne pas se la mettre à dos. Car si Mrs. Gustafson se mettait à poser ses conditions quant à ce qu'elle était prête ou non à endurer, c'était la fin de tout.

Tout en se méprisant, Barbara creusa dans sa conscience un réservoir plus vaste pour y loger son sentiment de culpabilité grandissant, et se contenta de dire :

— Elle n'est pas commode quand elle perd les pédales, je sais. Mais vous ne craignez pas que ça empire si vous lui brandissez ce truc sous le nez ?

Elle s'en voulait d'adopter ce ton raisonnable, de quémander la compréhension et la collaboration de Mrs. Gustafson.

— C'est vrai que ça empire pendant un moment, convint Mrs. Gustafson. C'est même pour ça que je vous ai appelée, ma petite. Je croyais qu'elle avait définitivement perdu la boule. Heureusement tout va bien maintenant. Elle a récupéré. Vous n'auriez pas dû quitter Cambridge.

— Mais vous m'avez demandé de rentrer, au téléphone.

— Oui, c'est vrai. J'ai paniqué quand elle a réclamé son Jimmy et qu'elle a refusé de boire son thé et de manger le bon sandwich aux œufs que je lui avais préparé. Mais tout est rentré dans l'ordre maintenant. Montez, allez jeter un œil. Si ça se trouve, elle fait une petite sieste. Comme les bébés. Ils pleurent et après ça, ils s'endorment.

Ces derniers mots avaient permis à Barbara de se faire une idée de ce qui s'était passé au cours des heures précédant son arrivée. Seulement ce n'était pas d'un bébé tombant de fatigue physique qu'il s'agissait dans le cas présent, mais d'une adulte dont l'épuisement était mental.

Elle avait trouvé sa mère recroquevillée sur le lit, le menton sur les genoux, le visage tourné vers la commode située près de la fenêtre. Lorsque Barbara traversa la pièce, elle s'aperçut que les lunettes de sa mère étaient tombées par terre, ce qui donnait à ses yeux bleus un regard plus lointain que d'habitude.

– Maman ?

Elle hésita avant d'allumer la lumière de la table de nuit, craignant d'effrayer davantage sa mère. Elle lui toucha la tête. Ses cheveux semblaient secs mais ils étaient doux comme du coton. Ce serait une bonne idée de lui faire faire une permanente. Ça lui plairait sûrement. Si elle n'essayait pas subitement de se sauver de chez le coiffeur en se voyant la tête couverte de petits rouleaux de couleur dont elle ne savait plus à quoi ils servaient.

Mrs. Havers remua, petit mouvement des épaules comme pour se débarrasser d'un fardeau indésirable.

– Doris et moi, on a joué cet après-midi. Elle voulait faire la dînette et moi je voulais qu'on joue aux osselets. On s'est disputées. Finalement, on a fait les deux.

Doris était la sœur aînée de sa mère, elle était morte, adolescente, pendant le *Blitz*. Mais elle n'avait pas eu le bon goût de périr sous les bombes allemandes, ce qui eût donné du panache à l'histoire de la famille. Elle avait trouvé une fin aussi peu glorieuse qu'adéquate pour quelqu'un dont la vie avait été placée sous le signe d'une insatiable voracité. Elle s'était en effet étouffée en avalant un morceau de porc du marché noir dérobé dans l'assiette de son frère un dimanche soir, alors qu'il s'était levé de table pour régler les boutons du poste dans lequel Winston Churchill, tel un sauveur, devait parler.

Enfant, Barbara avait eu droit plus souvent qu'à son tour à la lamentable anecdote. « Mastique, lui disait sa mère, mastique bien, sinon tu finiras comme tante Doris. »

— J'ai des devoirs pour demain, mais ça me barbait de les faire, poursuivit sa mère. J'ai joué au lieu de travailler. Maman va me gronder. Elle va me demander : « Qu'est-ce que c'est que ça ? » Et je sais pas quoi lui dire.

Barbara se pencha vers sa mère.

— Maman, dit-elle. C'est moi, Barbara. Je suis rentrée. Je vais allumer. Tu ne vas pas avoir peur ?

— Mais le couvre-feu, Barbie ? Il faut faire attention. Tu as tiré les rideaux au moins ?

— Ne t'inquiète pas, maman. (Barbara alluma la lampe et s'assit sur le lit près de sa mère. Elle lui mit la main sur l'épaule et la serra tout doucement.) Ça va, maman ? Tu te sens mieux ?

Les yeux de Mrs. Havers naviguèrent de la fenêtre à Barbara. Elle loucha. Barbara tendit la main pour ramasser ses lunettes, fit disparaître une tache de gras de l'un des verres en le frottant contre la jambe de son pantalon et remit les lunettes sur le nez de sa mère.

— Elle a un serpent, confia Mrs. Havers. Barbie, j'ai horreur des serpents, et elle en a un. Elle le sort, elle me le fourre sous le nez et elle me dit ce qu'il va me faire. Elle dit que les serpents vous rampent sur le corps. Qu'ils vous rentrent dans le ventre. Celui-là, il est tellement gros, que s'il me rentre dans le ventre, je...

Barbara entoura d'un bras les épaules de sa mère, et adopta la même position qu'elle, le menton sur les genoux.

— Les serpents ? Y a pas de serpent, maman. C'est l'aspirateur. Elle essaie de te faire peur avec le tuyau de l'aspirateur. Elle s'amuserait pas à ça si tu faisais ce qu'elle te dit. Tu peux pas essayer de te tenir tranquille ?

Le visage de Mrs. Havers s'assombrit.

— L'aspirateur ? Oh non, Barbie, je t'assure que c'était un serpent.

— Où veux-tu que Mrs. Gustafson aille dénicher un serpent ?

— J'en sais rien, ma grande. Mais elle en a un. Je l'ai vu. Même qu'elle le tient à la main et qu'elle me l'agite sous le nez.

— C'est vrai, elle a quelque chose à la main en ce moment. Mais c'est le tuyau de l'aspirateur. Tu veux qu'on descende vérifier ?

— Non ! (Barbara sentit le dos de sa mère se raidir. Sa voix commença à déraper dans les aigus.) J'aime pas les serpents, Barbie. Je veux pas qu'ils me rampent dessus. Je veux pas qu'ils me rentrent dans le ventre. Je veux pas...

— Bon, maman, d'accord.

Elle comprit que sa mère n'avait pas les moyens de lutter contre les « ruses » psychologiques de Mrs. Gustafson. Ce n'était pas avec des phrases du genre : « C'est l'aspirateur, maman, Mrs. Gustafson est idiote d'essayer de te faire peur avec ça », qu'elle réussirait à maintenir la paix précaire de la maison. Cette paix était trop fragile, car elle reposait sur l'impossibilité croissante de Mrs. Havers à rester ancrée dans l'ici et le maintenant. Elle aurait voulu lui dire : « Mrs. Gustafson a autant la trouille que toi, maman. C'est pour ça qu'elle essaie de te flanquer la frousse quand tu perds la boule. » Mais elle savait que sa mère ne comprendrait pas. Aussi ne dit-elle rien. Elle avait attiré sa mère contre elle, songeant avec envie et regret au studio de Chalk Farm où, sous le faux acacia, elle s'était laissée aller quelques instants à rêver d'indépendance.

— Mon chou ? Tu n'es pas encore couchée ?

Barbara se détourna de la fenêtre. Le clair de lune emplissait la chambre d'argent et d'ombre. La clarté dessinait une raie sur son lit et nappait les pieds griffus de la commode. La glace, fixée sur toute la hauteur de la porte du placard encastré, renvoyait la lumière sur le mur opposé — « Regarde ça, Jimmy, avait dit sa mère à son père. N'est-ce pas que c'est chouette ! On n'aura pas besoin de penderie ici. » Pour ses treize ans, Barbara avait accroché au mur un tableau de liège dans l'idée d'y punaiser ses souvenirs d'adolescente. Programmes de théâtre, invitations, souvenirs de soirées dansantes à l'école, fleurs séchées peut-être. Les trois premières années, le tableau était resté vide. Et elle avait compris qu'il le resterait si elle ne se décidait pas à y punaiser autre chose que des rêves irréalisables. Alors elle y avait épinglé des coupures de journaux, d'abord sur les bébés et les animaux, puis des papiers relatant des actes de violence et enfin des articles à sensation sur diverses affaires de meurtre. « Pas très convenable pour une jeune fille », avait remarqué sa mère avec un reniflement désapprobateur.

Non, effectivement. Pas très convenable pour une jeune fille.

– Barbie ? Mon petit chou ?

Barbara entendit sa mère gratter de l'ongle à sa porte restée entrebâillée. Peut-être que si elle ne bougeait pas, Mrs. Havers tournerait les talons. Mais après l'épreuve qu'elle avait traversée ce jour-là, la laisser repartir était de la cruauté inutile.

– Je ne dors pas, maman. Je ne suis pas couchée. Entre.

La porte s'ouvrit. La lumière du couloir mit en relief les formes tendineuses de Mrs. Havers. Ses jambes surtout, telles des baguettes dotées de genoux bulbeux et de chevilles maigres que la chemise de nuit trop courte et la robe de chambre froissée dévoilaient largement. Elle entra d'un pas hésitant.

– J'ai sûrement fait une bêtise aujourd'hui, Barbie, pas vrai ? Mrs. Gustafson devait passer la nuit ici avec moi. En tout cas, c'est ce qui était prévu, si j'ai bien compris ce que tu m'as dit ce matin avant de partir. Parce que tu partais pour Cambridge. Mais si tu es là, c'est que j'ai fait une bêtise.

Barbara se réjouit de ce rare instant de lucidité.

– Tu as perdu les pédales, maman.

Sa mère s'arrêta à quelques pas. Elle avait réussi à prendre un bain toute seule mais elle s'était moins bien débrouillée pour le reste : elle s'était tellement aspergée d'eau de Cologne qu'elle semblait se déplacer au milieu d'une véritable aura parfumée.

– C'est pas bientôt Noël, ma poulette ? questionna Mrs. Havers.

– On est en novembre, maman, deuxième semaine de novembre. Effectivement, Noël n'est pas loin.

Sa mère sourit, manifestement soulagée.

– C'est bien ce que je pensais. Il fait froid en général aux alentours de Noël, pas vrai ? Et comme ces derniers jours, il a fait plutôt frisquet, je me suis dit qu'on devait pas être loin de Noël. Avec toutes ces jolies lumières dans Oxford Street et ces belles vitrines chez *Fortnum & Mason*. Et le Père Noël qui parle aux enfants. Je me suis dit que ça devait être bientôt Noël.

– Et tu avais raison, dit Barbara. (Elle se sentait incroyablement fatiguée, les paupières comme criblées de coups d'épingle. Mais au moins, sa mère semblait délivrée du cauchemar dans lequel elle l'avait trouvée.) Tu es prête à te mettre au lit, maman ?

– Demain, dit sa mère. (Elle hocha la tête, satisfaite de sa décision.) On s'en occupera demain, mon bijou.

– De quoi ?

– Du Père Noël. Il faut que tu lui dises ce que tu veux.

– J'ai passé l'âge de parler au Père Noël. Et de toute façon, il faut que je retourne à Cambridge demain matin. L'inspecteur Lynley y est toujours. Je ne peux pas le laisser seul. Tu n'as pas oublié, n'est-ce pas ? Je suis sur une affaire à Cambridge. Tu t'en souviens, maman ?

– Il va falloir trier les invitations et choisir les cadeaux. On va avoir du travail demain. On va avoir un sacré travail.

Le répit avait été de courte durée. Barbara prit

sa mère par ses épaules osseuses et commença à la remorquer hors de la chambre. Mrs. Havers poursuivit :

— C'est pour papa que c'est le plus dur de trouver un cadeau. Maman, c'est pas un problème. Elle est tellement gourmande qu'on peut toujours lui acheter des chocolats. Mais papa, c'est un vrai casse-tête. Dorrie, qu'est-ce que tu vas lui acheter, toi ?

— J'en sais rien, maman, dit Barbara. J'en sais rien.

Elle longea le couloir jusqu'à la chambre de sa mère, où la lampe en forme de canard brûlait sur la table de chevet. Sa mère continua à parler de Noël, mais Barbara coupa le son dans sa tête, sentant la dépression l'envahir lentement.

Elle lutta pour la chasser, et chercha le message qui se cachait derrière cette mise à l'épreuve. Elle essaya de se persuader que cette journée n'avait pas été inutile car elle lui avait permis de se rendre compte qu'il était impossible de laisser sa mère seule pour la nuit avec Mrs. Gustafson. Il valait mieux qu'elle le réalise maintenant, alors qu'elle se trouvait suffisamment près de chez elle pour pouvoir rentrer rapidement, plutôt que...

« Plutôt que quoi ? » se demanda-t-elle. Plutôt que de le réaliser au cours de vacances idylliques à l'étranger dans un endroit qu'elle ne verrait jamais, en compagnie d'un homme qu'elle ne connaîtrait jamais, dans les bras duquel elle ne dormirait jamais ?

Elle repoussa cette pensée. Il lui fallait absolument se remettre au travail. Se focaliser sur autre chose que ce pavillon.

— Peut-être... dit sa mère tandis que Barbara remontait les couvertures et la bordait dans l'espoir que son geste passerait pour de la sollicitude et non pour le désir de la maintenir fermement dans son lit, peut-être qu'on devrait prendre des vacances à Noël, se détendre. Qu'est-ce que tu en penses ?

— C'est une idée géniale. Pourquoi est-ce que tu ne te mets pas à organiser ça ? Mrs. Gustafson te donnera un coup de main pour trier les brochures.

Le visage de Mrs. Havers s'assombrit. Barbara lui retira ses lunettes et les posa sur la table de nuit.

— Mrs. Gustafson, Barbie ? Qui est Mrs. Gustafson ?

14

Lynley vit la Mini vétuste du sergent Havers cahoter le long de Trinity Lane à sept heures quarante le lendemain matin. Il venait de quitter sa chambre d'Ivy Court et se dirigeait vers sa voiture, garée dans Trinity Passage, lorsque la boîte de sardines rouillée dans laquelle se déplaçait Havers tourna au bout de Gonville et Caius College. Elle expédia un nuage de gaz d'échappement dans l'air glacial tandis que Barbara changeait de vitesse pour négocier le virage. En l'apercevant, elle klaxonna. Lynley leva la main, attendit qu'elle s'arrête. Il ouvrit la porte du passager sans un mot et plia sa longue carcasse qu'il casa dans le siège étriqué. La housse brillait tellement elle était usée. Un ressort cassé crevait le tissu.

Le chauffage de la Mini ronflait avec un enthousiasme dénué d'efficacité, créant une flaque de chaleur presque palpable qui s'élevait du sol et lui frôlait les genoux. Au-delà, l'air était glacial et imprégné de l'odeur de la cigarette qui avait fait passer le vinyle du plafond du beige au gris. Havers faisait manifestement de son mieux pour parachever la métamorphose du vinyle : tandis qu'il refermait la portière avec violence, elle écrasa une cigarette dans le cendrier et en alluma aussitôt une autre.

– C'est votre petit déjeuner ? s'enquit-il.

— Toast à la nicotine. (Elle inhala avec gourmandise et chassa d'une pichenette la cendre restée collée sur la jambe gauche de son pantalon en laine peignée.) Alors, quoi de neuf ?

Au lieu de répondre tout de suite, il descendit imperceptiblement la vitre pour laisser entrer un peu d'air frais et se tourna vers elle. Barbara avait l'air résolument gaie dans sa tenue bariolée. Mais ses mains serraient le volant avec une violence bien inutile et la crispation de sa bouche démentait la légèreté de son ton.

— Qu'est-ce qui s'est passé à la maison, Barbara ?

Elle tira de nouveau sur sa cigarette, examinant le bout incandescent avec attention.

— Pas grand-chose. Maman a eu un passage à vide. Mrs. Gustafson a paniqué. Rien de grave.

— Havers...

— Écoutez, inspecteur, vous devriez demander à Nkata de me remplacer. C'est pas marrant pour vous, ces allées et venues que je suis obligée de faire entre Cambridge et Londres. Webberly n'appréciera sans doute pas que vous me mettiez sur la touche, mais si je prends rendez-vous avec lui et que je lui explique la situation en tête à tête, il comprendra.

— Je m'en sortirai, sergent. Je n'ai pas besoin de Nkata.

— Mais il vous faut quelqu'un. Vous ne pouvez pas tout faire tout seul. Un assistant est indispensable pour ce foutu boulot et vous avez parfaitement le droit d'en demander un.

— Barbara, il ne s'agit pas de l'enquête.

Elle jeta un regard autour d'elle. Devant St. Stephen College, le portier sortit aider une femme entre deux âges, vêtue d'un gros manteau et d'une écharpe qui tentait de ranger sa bicyclette au milieu d'une douzaine d'autres contre le mur. Elle lui tendit le guidon de son vélo et le regarda glisser la bicyclette parmi les autres tout en bavardant

avec animation. Ils pénétrèrent ensemble dans le collège.
– Barbara...
Havers s'ébroua.
– Je fais de mon mieux, monsieur. En tout cas, j'essaie. Et maintenant, au boulot, d'accord ?
Il soupira, tendit la main vers la ceinture de sécurité et la passa par-dessus son épaule.
– Prenez la direction de Fulbourn Road, dit-il. On va passer chez Lennart Thorsson.
Avec un hochement de tête, elle fit marche arrière dans Trinity Passage, repartant par où elle était venue quelques instants plus tôt. Autour d'eux la ville s'éveillait. Çà et là un étudiant lève-tôt pédalait, prêt à attaquer sa journée ; les femmes de ménage des collèges arrivaient pour faire les chambres. Dans Trinity Street, deux balayeurs déchargeaient balais et seaux d'une petite voiture jaune de la voirie tandis que non loin de là trois ouvriers grimpaient sur un échafaudage. Les commerçants de Market Hill dressaient leurs étalages de fruits et légumes, coupons de tissu de couleurs vives, tee-shirts, blue-jeans et robes indiennes, composant des bouquets d'automne rutilants. Les bus et les taxis avançaient tant bien que mal dans Sydney Street. A la sortie de Cambridge, Lynley et Havers croisèrent les banlieusards qui arrivaient de Ramsey Town et Cherry Hinton pour prendre leur poste dans les bureaux, dans les bibliothèques, dans les jardins et aux fourneaux des vingt-huit collèges de l'université.
Havers attendit pour reprendre la parole qu'ils longent – avec force émission de gaz d'échappement, hoquets et crachotements de moteur – Parker's Piece, vaste pelouse s'étendant jusqu'au commissariat central. Avec sa double rangée de fenêtres où se reflétait un ciel sans nuage, la façade du bâtiment ressemblait à un échiquier bleu et gris.
– Vous avez eu mon message, alors, dit Havers. Au sujet de Thorsson. Vous ne l'avez pas vu hier soir ?

– Impossible de lui mettre la main dessus.
– Il s'attend à notre visite ?
– Non.
Elle éteignit sa cigarette mais n'en alluma pas d'autre.
– Qu'est-ce que vous en pensez ?
– C'est trop beau pour être vrai.
– Parce que nous avons trouvé des fibres noires sur le corps ? Parce qu'il a un mobile et une occasion ?
– Il semble avoir les deux. Et quand nous saurons avec quoi elle a été frappée, il se peut que nous constations qu'il avait également le moyen.

Il lui rappela la bouteille de vin que Sarah Gordon avait aperçue sur les lieux du crime, lui parla de l'empreinte de cette même bouteille qu'il avait vue dans la terre meuble de l'île. Il lui exposa sa théorie, lui exprimant comment la bouteille avait pu être utilisée pleine avant d'être vidée et dissimulée au milieu des détritus.

– Mais que Thorsson soit le tueur, ça ne vous plaît toujours pas. Il suffit de voir votre visage.
– C'est trop net, Havers. Trop propre. Et j'avoue que ça me gêne.
– Pourquoi ?
– Parce qu'en général un meurtre est sale. Celui-ci particulièrement.

Elle ralentit à un feu et regarda une femme voûtée vêtue d'un long manteau noir traverser péniblement la chaussée. Les yeux baissés, elle fixait ses pieds. Elle remorquait un caddie vide.

Lorsque les feux passèrent au vert, Havers reprit la parole.

– Je pense que Thorsson est aussi sale qu'un chien, inspecteur. Ce qui me surprend, c'est que vous ne vous en rendiez pas compte. Mais peut-être qu'aux yeux d'un homme séduire des écolières n'a rien de dégueulasse, dès lors qu'elles la bouclent.

Lynley refusa de se laisser entraîner dans la voie de la polémique.

– Ce ne sont pas des écolières, Havers. On peut à la rigueur les appeler comme ça faute d'un meilleur terme. Mais ce ne sont pas des écolières.
– Très bien. Des jeunes femmes, alors. En position d'infériorité. Ça vous va ?
– Non. Bien sûr que non. Mais rien ne prouve encore qu'il ait séduit Elena.
– Elle était enceinte, nom de Dieu. Il a bien fallu que quelqu'un la séduise.
– Ou qu'elle séduise quelqu'un.
– Ou alors, comme vous le disiez vous-même hier, elle a été violée.
– Peut-être. Encore que je n'en sois plus si sûr.
– Pourquoi ? (Le ton de Havers indiquait que la réponse de Lynley lui paraissait grotesque.) Vous pensez peut-être comme la plupart des mâles qu'elle s'est laissé faire, trouvant l'expérience agréable ?

Il jeta un coup d'œil dans sa direction.

– Vous savez bien que non.
– Alors ?
– Elle a dénoncé Thorsson pour harcèlement sexuel. Si elle est allée jusque-là, quitte à ce qu'on passe sa vie privée au crible, je la vois mal subir un viol sans réagir.
– On a pu la violer pour conclure une agréable soirée, inspecteur. Un type qu'elle fréquentait mais avec lequel elle ne voulait pas coucher.
– Dans ce cas, vous mettez Thorsson hors de cause, non ?
– Vous le croyez *vraiment* innocent. (Elle donna un coup de poing sur le volant.) Vous cherchez un moyen de le disculper, n'est-ce pas ? Vous essayez de coller ça sur le dos de quelqu'un d'autre. Qui ? (Elle lui jeta un regard entendu une seconde après avoir posé la question.) Oh non ! Vous ne pensez tout de même pas...
– Je ne pense à rien, je cherche la vérité.

Elle obliqua vers la gauche en direction de Cherry Hinton, longeant un jardin public planté de marronniers aux feuilles jaunes et aux troncs moussus. Sous les arbres, tête inclinée, deux femmes poussaient côte à côte des voitures d'enfant, leur conversation rapide expédiant de petits panaches de vapeur dans l'air.

Il était huit heures passées lorsqu'ils atteignirent le lotissement où habitait Thorsson. Dans l'étroite allée menant à sa maison d'Ashwood Court était garée une Triumph soigneusement retapée, ses ailes vertes et bulbeuses luisant sous le soleil matinal. Ils s'arrêtèrent derrière, si près que l'avant de la Mini heurta le coffre de la Triumph.

– Pas mal, la caisse, dit Havers en l'examinant. Tout à fait le genre d'engin dans lequel on s'attend à voir se balader un marxiste.

Lynley sortit et s'approcha du véhicule. Curieusement, la carrosserie était sèche, pas la moindre gouttelette d'humidité. Il posa la main sur la surface lisse du capot : on sentait encore la chaleur du moteur.

– Encore une arrivée matinale, dit-il.
– C'est censé faire de lui un innocent ?
– Je n'en sais rien.

Ils se dirigèrent vers la porte. Lynley appuya sur la sonnette tandis que son sergent fouillait dans son sac à bandoulière pour en extraire son carnet. Comme il n'y avait pas de réponse et que personne ne bougeait dans la maison, il sonna une seconde fois. Un cri distant leur parvint, une voix d'homme clamant :

– Un moment.

Mais plusieurs minutes s'écoulèrent tandis qu'ils patientaient sur le petit rectangle de béton qui tenait lieu de porche, regardant les voisins de Thorsson partir au travail tandis qu'un autre poussait deux enfants dans une Escort dont le moteur tournait au ralenti. Puis derrière le verre opaque de la porte, une ombre bougea. Le verrou fut tourné et Thorsson apparut dans l'encadrement de la porte. Il portait une robe de chambre de velours

noir dont il nouait la ceinture. Ses cheveux humides lui arrivaient à l'épaule. Il était pieds nus.
– Mr. Thorsson, dit Lynley.

Thorsson soupira, son regard naviga de Lynley à Havers.

– Nom de Dieu, dit-il. C'est merveilleux, vous revoilà. (Il passa une main dans ses cheveux, qui retombèrent sur son front en un désordre juvénile.) Vous avez un problème tous les deux ? Qu'est-ce que je peux faire pour vous ?

Sans attendre de réponse, il pivota sur ses talons et, enfilant un petit couloir, se dirigea vers l'arrière de la maison et franchit une porte ouvrant sur la cuisine. Ils lui emboîtèrent le pas et le regardèrent se verser une tasse de café d'une impressionnante cafetière posée sur le plan de travail. Il commença à boire avec bruit, soufflant sur son café. Sa moustache fut rapidement dégoulinante de liquide.

– Je vous en offrirais bien, mais j'ai besoin de toute la cafetière pour me réveiller, le matin.

Cela dit, il remplit de nouveau sa tasse.

Lynley et Havers s'installèrent à une table en verre et chrome placée devant les portes-fenêtres. Celles-ci donnaient sur un petit jardin où des dalles de pierre formaient une terrasse sur laquelle étaient disposés des meubles de jardin. L'un de ces meubles était une chaise longue. Une couverture froissée était posée dessus, humide de rosée.

Lynley contempla pensivement la chaise longue puis il examina Thorsson. Thorsson jeta un coup d'œil aux meubles par la fenêtre de la cuisine avant d'affronter le regard de Lynley. Son visage était parfaitement impassible.

– Il semble que nous ayons interrompu votre bain matinal, dit Lynley en guise de préambule.

Thorsson avala une gorgée de café. Il portait autour du cou une chaîne en or plate qui luisait comme la peau d'un serpent contre sa poitrine.

– Elena Weaver était enceinte, poursuivit Lynley.

Thorsson s'appuya contre le plan de travail avec un air de profond ennui.

— Et dire que je n'ai pas eu l'occasion de fêter cet heureux événement avec elle.

— Parce qu'il y avait lieu de le fêter ?

— Comment le saurais-je ?

— Je pensais que vous le sauriez.

— Pourquoi ? fit Thorsson en avalant une autre gorgée de café.

— Vous étiez avec elle jeudi soir.

— Je n'étais pas avec elle, inspecteur. J'étais allé la voir. Il y a une nuance. Une nuance peut-être trop subtile pour vous mais une nuance tout de même.

— J'entends bien. Toujours est-il qu'elle a eu les résultats du test de grossesse mercredi. Est-ce elle qui a demandé à vous voir ? Ou bien lui avez-vous rendu visite de votre propre chef ?

— Elle ne savait pas que je venais.

— Ah.

Les doigts de Thorsson se crispèrent autour de la tasse.

— Je vois. J'étais le futur père attendant anxieusement les résultats du test. Alors, ma douce, faut-il commencer à stocker des couches-culottes ? C'est ça que vous avez en tête ?

— Pas exactement.

Havers tourna une page de son carnet.

— J'imagine que vous deviez être impatient de connaître les résultats si vous étiez le père. Compte tenu des circonstances.

— Compte tenu de quelles circonstances ?

— Ben, les accusations de harcèlement sexuel. Une grossesse, c'est quand même convaincant comme preuve, non ?

Thorsson rugit de rire.

— Qu'est-ce que je suis censé avoir fait, cher sergent ? L'avoir violée ? Lui avoir arraché sa petite culotte ? L'avoir droguée pour mieux la sauter ?

– Peut-être, dit Havers. Mais je vous vois mieux lui déballer votre grand numéro de séduction.
– J'imagine que vous en connaissez un rayon là-dessus.

Lynley intervint :
– Avez-vous déjà eu des problèmes avec une étudiante auparavant ?
– Comment ça, des problèmes ? Quel genre de problèmes ?
– Des problèmes du type de ceux que vous avez eus avec Elena Weaver. Vous a-t-on déjà accusé de harcèlement sexuel ?
– Bien sûr que non. Jamais. Interrogez mes collègues si vous ne me croyez pas.
– J'ai parlé au Dr Cuff. Ses propos confirment vos dires.
– Mais sa parole ne vous suffit pas apparemment. Vous préférez croire les histoires inventées par une petite pute sourde, qui ne pensait qu'à écarter les jambes ou à ouvrir la bouche devant le premier venu.
– Une petite pute sourde, Mr. Thorsson, reprit Lynley. Curieuse façon de qualifier une de vos étudiantes. Vous voulez dire qu'Elena avait la réputation d'être facile ?

Thorsson se versa une autre tasse de café et prit son temps pour la boire.
– Les choses se savent très vite, finit-il par lâcher. Le collège est petit. Il y a toujours des ragots.
– Si c'était une... (Havers loucha sur ses notes)... une petite pute sourde, comme vous dites, qu'est-ce qui vous a empêché de la grimper comme les autres ? Vous auriez dû vous dire qu'elle... quoi donc déjà ? (De nouveau, elle se concentra sur ses notes.) Ah oui... qu'elle ne demandait qu'à écarter les jambes ou à ouvrir la bouche pour vous ? Un homme de votre trempe, c'était une véritable aubaine pour elle, ça devait la changer de ses partenaires habituels.

Le visage de Thorsson vira à l'écarlate. La couleur de son teint jurait avec l'élégant roux doré de ses cheveux. Mais il se contenta de dire avec le plus grand naturel :

– Désolé, sergent. Je vois bien que vous êtes partante mais malheureusement je ne peux rien pour vous : je n'aime pas les tonneaux.

Havers sourit en policier qui a piégé sa proie.

– Vous préférez les filles du gabarit d'Elena Weaver ?

– *Jävla skit !* Ça suffit !

– Où étiez-vous lundi matin, Mr. Thorsson ? questionna Lynley.

– A la faculté d'anglais, comme hier.

– Je veux dire lundi matin de bonne heure. Entre six heures et six heures et demie.

– Au lit.

– Ici ?

– Oui, ici.

– Une voisine vous a vu rentrer chez vous un peu avant sept heures.

– Cette voisine s'est trompée. Qui est-ce d'abord ? La grosse vache d'à côté ?

– Quelqu'un qui vous a vu remonter l'allée, descendre de voiture et entrer chez vous. Vous aviez l'air pressé. Vous pouvez m'expliquer ? On peut difficilement confondre votre Triumph avec une autre voiture.

– On dirait pourtant que c'est ce qui s'est produit. J'étais ici, inspecteur.

– Et ce matin ?

– Ce... ? J'étais ici.

– Pourtant, le moteur de votre voiture était encore chaud quand nous sommes arrivés.

– Ce qui fait de moi un tueur ? C'est comme ça que vous l'interprétez ?

– Je n'interprète rien. Je veux seulement savoir où vous étiez.

– Ici. Je vous l'ai dit. Je ne sais pas ce que la voisine a vu. Mais ce n'était pas moi.

– Je vois. (Lynley regarda Havers, assise en face de lui. Palabrer avec le Suédois commençait à le fatiguer sérieusement. Il lui fallait connaître la vérité.) Sergent, c'est à vous.

Havers n'attendait que ça. Avec cérémonie, elle tourna les pages de son carnet et arriva à l'endroit où elle conservait le texte officiel déclinant les droits de tout prévenu. Lynley l'avait entendue des centaines de fois débiter les formules consacrées. Il savait pertinemment qu'elle les connaissait par cœur. Le recours au carnet servait simplement dans les cas où ils souhaitaient accentuer le côté dramatique de l'instant et compte tenu de son antipathie croissante pour Lennart Thorsson, Lynley la laissa faire durer le plaisir.

– Maintenant, dit-il lorsque Havers eut terminé, où étiez-vous dans la nuit de dimanche à lundi, Mr. Thorsson ? Où étiez-vous lundi matin très tôt ?

– Je veux un avocat.

Lynley fit un geste vers le téléphone mural.

– Je vous en prie. Nous avons tout notre temps.

– Ce n'est pas à cette heure-ci que je vais en dénicher un et vous le savez.

– Parfait. Nous attendrons.

Thorsson secoua la tête d'un air dégoûté.

– Très bien. Lundi matin de bonne heure, je me rendais à St. Stephen, où j'avais rendez-vous avec l'une de mes étudiantes. J'ai réalisé que j'avais oublié sa dissertation ici et je suis revenu en vitesse la récupérer de façon à être à l'heure au rendez-vous. C'est ça que vous voulez savoir ?

– Sa dissertation. Je vois. Et ce matin ?

– Ce matin, rien.

– Alors comment expliquez-vous l'état dans lequel j'ai trouvé la Triumph ? Curieusement, le capot était tiède, mais il n'y avait aucune trace d'humidité sur la carrosserie. Où l'avez-vous garée la nuit dernière ?

– J'ai une housse. Je l'ai enlevée.

– Vous voulez nous faire croire que vous êtes

sorti ce matin, que vous avez enlevé la housse et que vous êtes rentré chez vous prendre un bain ?
— Je me fiche pas mal de ce que vous...
— Et que vous avez fait tourner le moteur, histoire de réchauffer la voiture ?
— Je vous ai déjà dit...
— Vous nous avez raconté beaucoup de choses, Mr. Thorsson. Mais rien ne colle avec rien.
— Si vous croyez que j'ai assassiné cette sale petite conne...

Lynley se mit debout.
— J'aimerais jeter un coup d'œil à vos vêtements.

Thorsson fit glisser sa tasse sur le plan de travail. Elle alla s'écraser dans l'évier.
— Il vous faut un mandat de perquisition pour ça. Vous le savez bien.
— Si vous êtes innocent, vous n'avez rien à craindre, Mr. Thorsson. Donnez-moi le nom de l'étudiante que vous deviez rencontrer lundi matin et rassemblez tout ce que vous avez de noir. Nous avons retrouvé des fibres noires sur le corps, à propos, un mélange de polyester, de rayonne et de coton. On devrait voir rapidement s'il s'agit ou non de fibres provenant de vos vêtements.
— Si vous cherchez des fibres noires, essayez donc les toges universitaires. Oh, mais ça ne vous dit rien d'aller fouiner dans cette direction. Parce que tout le monde dans cette putain d'université porte la toge.
— C'est une information intéressante. La chambre est par là ?

Lynley repartit vers l'entrée. Dans un salon à l'avant de la maison, il trouva l'escalier et commença à le gravir. Thorsson le suivit, Havers sur ses talons.
— Espèce de fumier ! Vous n'avez pas le droit...
— C'est votre chambre ? dit Lynley devant la porte en haut de l'escalier. (Il entra dans la pièce et ouvrit le placard encastré dans l'un des murs.) Voyons voir. Sergent, un sac.

Havers lui passa un sac poubelle en plastique tandis qu'il commençait à examiner les vêtements.

– Je vous ferai virer !

Lynley leva la tête.

– Où étiez-vous lundi matin, Mr. Thorsson ? Où étiez-vous ce matin ? Un innocent n'a rien à craindre.

– Quand il est vraiment innocent, ajouta le sergent Havers. Quand il mène une existence honnête. Quand il n'a rien à cacher.

Les veines du cou de Thorsson jaillirent. Son pouls battait comme un tambour sur sa tempe. Ses doigts se crispèrent sur la ceinture de sa robe de chambre.

– Emportez tout, dit-il, emportez donc toutes ces merdes. Mais n'oubliez pas ceci.

Il arracha sa robe de chambre. Il ne portait rien en dessous. Il mit ses mains sur ses hanches.

– Je n'ai rien à cacher, lança-t-il.

– Je me suis demandé si je devais éclater de rire, applaudir ou l'arrêter sur-le-champ pour outrage à la pudeur, fit Havers. Ce type-là ne fait vraiment pas les choses à moitié.

– C'est un phénomène, convint Lynley.

– C'est à ça que vous conduit le milieu universitaire ?

– Encourager les professeurs à s'exhiber devant les policiers ? Je ne crois pas, Havers.

Ils s'étaient arrêtés chez un boulanger de Cherry Hinton où ils avaient acheté deux pains aux raisins et deux cafés tièdes. Ils buvaient leur café dans des gobelets en plastique tout en regagnant la ville ; Lynley aidait très gentiment Havers à manœuvrer le levier de changement de vitesses pour qu'elle puisse avoir une main libre.

– C'est révélateur quand même, ce geste, non ? Je ne sais pas ce que vous en pensez, monsieur, mais j'ai l'impression qu'il n'attendait que ça... Je

333

veux dire qu'il avait hâte de nous montrer... vous voyez ce que je veux dire.

Lynley froissa le papier dans lequel son pain aux raisins était enveloppé. Il le déposa dans le cendrier au milieu d'une demi-douzaine de mégots.

– Il brûlait manifestement d'envie de nous mettre son engin sous le nez. Aucun doute là-dessus, Havers. Vous l'avez provoqué.

Elle tourna vivement la tête vers lui.

– Moi monsieur ? Mais je n'ai rien fait.

– Oh que si ! Vous lui avez très clairement fait comprendre depuis le début que vous ne vous laisseriez éblouir ni par son statut à l'université, ni par ses exploits...

– Aussi douteux fussent-ils.

– Alors il s'est senti obligé de vous donner une idée de ce que vous perdiez.

– Quel con !

– Comme vous dites. (Lynley avala une gorgée de café et rétrograda en seconde tandis que Havers négociait un virage.) Mais il a fait plus, Havers. Et si vous me passez l'expression, c'est la beauté de la chose.

– Quoi donc, à part me faire rigoler comme je n'avais pas rigolé depuis des années ?

– En exhibant son anatomie, il a confirmé l'histoire qu'Elena a racontée à Terence Cuff.

– Comment ça ? Quelle histoire ?

Lynley passa en troisième puis en quatrième avant de répondre.

– Selon Elena, Thorsson a fait plusieurs fois allusion devant elle aux difficultés qu'il avait rencontrées avec sa fiancée.

– Des difficultés de quel ordre ?

– Sexuelles, Havers, liées à la taille de son érection.

– La nature l'a tellement gâté que la malheureuse n'arrivait pas à... Ce genre de choses, monsieur ?

– Exactement.

Les yeux de Havers brillèrent, elle poursuivit :
– Comment Elena aurait-elle pu connaître ce détail s'il ne s'en était pas lui-même vanté ? Il devait espérer éveiller sa curiosité ; peut-être même qu'il lui a laissé jeter un petit coup d'œil, histoire de la mettre en appétit.
– Sans doute. En tout cas, je vois mal une fille de vingt ans inventer ça. Surtout quand ça colle à ce point à la réalité. Si Elena avait fabulé, elle aurait certainement trouvé quelque chose de mieux.
– Alors il mentait à propos du harcèlement sexuel. (Havers sourit avec un plaisir non dissimulé.) Et s'il mentait à ce sujet, pourquoi ne mentirait-il pas sur tout le reste ?
– Il est de nouveau dans la course, sergent.
– Et il a même des chances de gagner.
– Nous verrons.
– Mais monsieur...
– Continuez tout droit, sergent.

Ils reprirent le chemin de Cambridge et, après être restés quelques instants coincés dans un mini-embouteillage provoqué par une collision entre deux taxis au sommet de Station Road, ils arrivèrent au commissariat central, sortirent de la voiture le sac qu'ils avaient rempli chez Thorsson. La réceptionniste en uniforme leur fit franchir le sas après avoir examiné les papiers de Lynley. Ils prirent l'ascenseur et se dirigèrent vers le bureau du commissaire.

Ils trouvèrent Sheehan planté près du bureau vide de sa secrétaire, l'écouteur collé contre l'oreille. Sa conversation se composait essentiellement de grognements ponctués de « Merde » et de « Nom de Dieu ». Agacé, il finit par trancher :

– Ça fait maintenant deux jours que vous lui en faites voir de toutes les couleurs avec le corps de cette fille et on n'arrive toujours à rien, Drake... Si vous n'êtes pas d'accord avec ses conclusions, appelez un gars de la Met [1] et finissez-en... Je me fous de ce que pense le commissaire divisionnaire. Je me charge de lui. Faites-le, c'est tout... Suivez mon conseil. Il ne s'agit pas de remettre en cause vos compétences de chef de département, mais si vous ne pouvez pas contresigner le compte rendu de Pleasance et qu'il refuse de le modifier, je vois mal ce qu'on peut faire d'autre... En tout cas, je n'ai pas la possibilité de le virer... C'est comme ça, mon vieux. Alors téléphonez à la Met.

Lorsqu'il raccrocha, il parut contrarié de constater que les émissaires de New Scotland Yard avaient été témoins de ce nouvel appel à une aide extérieure que les circonstances du meurtre d'Elena Weaver le forçaient à faire.

– Des problèmes ? questionna Lynley.

Sheehan prit une pile de chemises sur le bureau de sa secrétaire et fouilla dans un tas de papiers rangés dans sa corbeille « Arrivée ».

– Sacrée bonne femme ! fit-il avec un mouvement de menton en direction de la chaise vide. Elle a trouvé le moyen d'appeler ce matin pour nous annoncer qu'elle était malade. Cette Edwina est dotée d'un sixième sens, c'est pas possible, on dirait qu'elle sent quand la pression monte.

– Parce que la pression monte ?

Sheehan retira trois papiers de la corbeille, les fourra sous son bras avec les chemises et s'engouffra dans son bureau. Lynley et Havers le suivirent.

– Le commissaire divisionnaire, à Huntingdon, me tanne pour que je mette sur pied ce qu'il appelle pompeusement une « stratégie de normalisation des relations avec l'Université ». En d'autres termes, un moyen d'éviter que vous ne vous montriez trop souvent chez ces messieurs de l'Université. Par ailleurs, l'entreprise de pompes funèbres et les parents me téléphonent tous les quarts d'heure pour me réclamer le corps de la petite

---

1. Police métropolitaine. A son siège à New Scotland Yard à Londres. *(N.d.T.)*

Weaver. Et maintenant... (coup d'œil au sac poubelle que tenait Havers) je suppose que vous m'apportez de quoi passer le temps.

– Des vêtements pour le labo, fit Havers. Pour une recherche de convergence. Faut essayer de savoir s'il y a une correspondance entre ça et les fibres retrouvées sur le corps. Un résultat positif nous aiderait.

– Pour une arrestation ?

– Y a des chances.

Sheehan hocha la tête d'un air sombre.

– Ça ne me plaît pas de donner à ces deux abrutis de quoi alimenter leur foutue connerie, mais il va falloir que je me résigne. Ils s'engueulent à propos de l'arme du crime depuis hier ; ça les distraira peut-être.

– Ils n'ont toujours pas réussi à tirer de conclusions ? s'enquit Lynley.

– Pleasance, si. Mais Drake n'est pas d'accord. Il refuse de signer le compte rendu et il renâcle à téléphoner à la Met pour demander une contre-expertise depuis hier après-midi. Question d'amour-propre, si vous voyez ce que je veux dire ; sans compter qu'il a peut-être peur que ses compétences soient remises en cause. Je crois qu'il craint que Pleasance n'ait raison. Et comme il a fait des pieds et des mains pour se débarrasser de lui, si jamais les conclusions de Pleasance venaient à être confirmées par un tiers, c'est pas seulement la face que Drake perdrait.

Sheehan jeta les chemises et les papiers sur son bureau où ils allèrent grossir une pile de listings. Il se mit à farfouiller dans le tiroir du haut de sa table et en sortit un rouleau de pastilles à la menthe. Il les offrit à la ronde, s'enfonça dans son fauteuil et desserra sa cravate. Dans le bureau de sa secrétaire, le téléphone se mit soudain à sonner. Il fit celui qui n'entendait rien.

– L'amour et la mort, dit-il. Ajoutez un peu d'orgueil dans la casserole et vous êtes fichus. Pas vrai ?

— C'est l'intervention de la Met qui embête Drake, ou celle d'un spécialiste extérieur ?

Le téléphone continua à sonner dans le bureau d'Edwina. Sheehan continua de l'ignorer.

— Drake est malade à l'idée de faire intervenir les grosses pointures de Londres. Nos gars de la Criminelle râlent déjà comme des poux parce que vous êtes là. Et Drake ne veut pas que la même chose se produise au labo : Pleasance lui donne suffisamment de fil à retordre comme ça.

— Est-ce que Drake s'opposerait à ce que quelqu'un de l'extérieur – quelqu'un qui n'ait aucun rapport avec le Yard – jette un coup d'œil au corps ? Il travaillerait directement avec Pleasance et Drake, leur communiquerait ses conclusions oralement et les laisserait ensuite rédiger le compte rendu.

Le visage de Sheehan manifesta le plus vif intérêt.

— A qui songez-vous, inspecteur ?
— A un expert.
— Hors de question. Nous n'avons pas de quoi le payer.
— Vous n'aurez pas à le payer.

Des pas retentirent dans le bureau d'Edwina. Une voix essoufflée répondit au téléphone.

— Ainsi nous obtiendrons les renseignements dont nous avons besoin sans que la Met aille raconter partout que les compétences de Drake sont remises en question.

— Et comment ça se passera au tribunal lorsqu'il faudra témoigner, inspecteur ? Ni Drake ni Pleasance ne peuvent formuler des conclusions qui ne sont pas les leurs.

— Il suffirait que l'un ou l'autre assiste notre expert dans son travail et que leurs conclusions soient identiques.

Pensivement, Sheehan fit rouler son rouleau de pastilles de menthe sur le bureau.

— Vous pouvez arranger ça discrètement ?

— Vous voulez dire de façon que personne, hormis Drake et Pleasance, n'apprenne l'intervention de l'expert ?

Voyant Sheehan acquiescer de la tête, Lynley lui dit :

— Passez-moi le téléphone.

Dans le bureau d'Edwina, une voix de femme appela Sheehan : « Commissaire ? ». Sheehan se leva, rejoignit le constable en uniforme qui avait décroché le téléphone. Tandis qu'il parlait, Havers se tourna vers Lynley.

— Vous pensez à Saint James ? Mais est-ce qu'il pourra venir à Cambridge ?

— Certainement plus rapidement que quelqu'un de la Met, répondit Lynley. Sans paperasserie ni tracasseries politiques. On n'a plus qu'à prier pour qu'il n'ait pas à témoigner au cours des jours à venir.

Il releva la tête tandis que Sheehan revenait, se dirigeait vers le portemanteau où était accroché son manteau. Il l'attrapa, saisit le sac poubelle posé près de la chaise de Havers et le lança au constable qui l'avait suivi jusqu'à la porte.

— Assurez-vous que les gars du labo s'occupent bien de ça, dit-il. (Puis à Lynley et Havers :) Allons-y.

Lynley n'eut pas à poser de questions pour savoir ce que l'expression figée de Sheehan signifiait. Il l'avait trop souvent vue pour se demander ce qui avait pu la provoquer. D'ailleurs, il se sentait lui-même envahi par cette noire colère qui accompagne toujours la révélation d'un crime. Aussi était-il prêt lorsque Sheehan annonça :

— On a un autre corps sur les bras.

15

Gyrophares allumés et sirènes hurlantes, deux voitures pie de la police entraînaient la caravane de véhicules qui, quittant Cambridge en trombe, filaient vers Lensfield Road, Fen Causeway et le long des Backs pour bifurquer à l'ouest en direction de Madingley. Ils laissaient dans leur sillage des groupes d'étudiants aux yeux écarquillés, des cyclistes qui dégageaient promptement la route, des professeurs en toge noire qui se rendaient à leurs cours ainsi que deux cars de touristes dégorgeant des Japonais devant l'avenue parée des couleurs de l'automne qui menait à New Court dans Trinity College.

La Mini de Havers était prise en sandwich entre la seconde voiture pie et le véhicule de Sheehan, sur lequel il avait fixé un gyrophare. Derrière lui fonçait la camionnette des techniciens du labo et derrière elle, une ambulance, dans l'espoir que le mot corps ne signifiait pas nécessairement mort.

Ils traversèrent le viaduc qui enjambait la M11 et longèrent les cottages qui constituaient le minuscule village de Madingley. Après le village, ils s'engagèrent dans un étroit sentier, au beau milieu des champs, car le passage de la ville à la campagne était abrupt, à quelques minutes seulement de Cambridge. Des haies séparaient les champs où l'on venait de planter du blé d'hiver.

Ils prirent un virage, derrière lequel ils aperçurent un tracteur garé à moitié sur le sentier et à moitié sur le bas-côté, ses énormes roues couvertes d'une croûte de boue. Sur le siège du tracteur, un homme vêtu d'une grosse veste au col relevé rentrait la tête dans les épaules pour s'abriter du vent et du froid. Il leur fit signe de s'arrêter et sauta à bas de l'engin. Un chien de berger écossais couché derrière la roue du tracteur se dressa d'un bond en entendant l'ordre sec de son maître et s'approcha de lui.

– Par ici, dit l'homme, qui se présenta : Bob Jenkins. (Il désigna du doigt sa maison à environ trois cents mètres de là, en retrait par rapport à la route et entourée par une étable, des hangars et des champs.) C'est Sacha qui l'a trouvée.

A l'énoncé de son nom, le chien dressa les oreilles, agita la queue et suivit son maître quelque vingt mètres plus loin, là où au pied de la haie, dans un fouillis de mauvaises herbes et de ronces, gisait un corps.

– Jamais vu un truc pareil, déclara Jenkins. C'est à se demander où on va.

Il frotta son nez écarlate de froid ; la bise du nord-est le fit loucher. Le vent tenait le brouillard en respect mais il apportait dans son sillage les températures glaciales de la mer du Nord. Et ce n'était pas une haie qui pouvait offrir une protection suffisante contre les rafales.

– Merde, murmura Sheehan en s'accroupissant près du corps.

Lynley et Havers le rejoignirent.

C'était une jeune fille grande et mince, avec une masse de cheveux de la couleur des hêtres. Elle portait un sweat-shirt vert, un short blanc, des chaussures de sport et des chaussettes plutôt crasseuses, dont la gauche lui tombait sur la cheville. Elle était allongée sur le dos, menton levé, bouche ouverte, yeux fixes. Son torse était une masse écarlate tatouée de traces de poudre noire. Un seul coup d'œil leur suffit : l'ambulance ne servirait qu'à emporter le cadavre aux fins d'autopsie.

— Vous l'avez touchée ? demanda Lynley à Bob Jenkins.

L'homme eut l'air horrifié.

— J'ai touché à rien, dit-il. Sacha est allé la renifler, mais il a eu vite fait de reculer quand il a senti l'odeur de la poudre. Les armes à feu, c'est pas sa tasse de thé à mon chien.

— Vous n'avez pas entendu de coups de feu ce matin ?

Jenkins fit non de la tête.

— Je réglais le moteur du tracteur. Je manœuvrais le carburateur et j'ai fait un sacré boucan. Si c'est à ce moment-là qu'on lui a tiré dessus... (de la tête il désigna le corps mais sans le regarder)... je risquais pas d'entendre.

— Et votre chien ?

Jenkins posa automatiquement la main sur la tête du chien, assis à quelques centimètres de sa cuisse gauche. Sacha cligna des yeux, souffla brièvement et accepta la caresse avec un mouvement de la queue.

— Il a aboyé, à un moment, c'est vrai. La radio couvrait le bruit du moteur et il a fallu que je le fasse taire.

— Il était quelle heure ? Vous vous en souvenez ?

Au début le fermier fit non de la tête. Puis il leva vivement un doigt vers le ciel, comme si une idée l'avait soudain frappé.

— Six heures et demie environ.

— Vous en êtes sûr ?

— Ils lisaient les infos et je voulais savoir si le député local ferait quelque chose au sujet de cette histoire d'impôt foncier. (Ses yeux se dirigèrent vers le corps et s'en détournèrent rapidement.) La fille s'est peut-être fait descendre à ce moment-là. Mais je dois vous dire que Sacha aboie souvent sans raison.

Autour d'eux, les policiers déroulaient la bandelette jaune en travers du sentier pour en interdire l'accès tandis que les techniciens commençaient à décharger la camionnette. Le photographe de la police s'approcha, brandissant son appareil devant lui comme un bouclier. Il avait la peau verdâtre sous les yeux et autour de la bouche. Il attendit à quelques mètres de là que Sheehan lui donne le feu vert. Sheehan examinait le sweat-shirt trempé de sang de la jeune fille.

— Un fusil de chasse, dit-il. (Relevant la tête, il cria aux techniciens :) Tâchez de trouver la douille, les gars. (Assis sur ses talons, il secoua la tête.) Ça va être pire que de chercher une aiguille dans une meule de foin.

— Pourquoi ? s'enquit Havers.

Sheehan inclina la tête vers elle, surpris.

— C'est une citadine, commissaire, intervint Lynley. (Et à Havers :) C'est la saison du faisan.

Sheehan enchaîna :

— Tous les amateurs de faisan possèdent un fusil, sergent. C'est la semaine prochaine que la chasse commence vraiment. Les chatouilleux de la gâchette qui meurent d'envie de retrouver leurs racines vont se mettre à tirer sur tout ce qui bouge. A la fin du mois, y aura des blessures par balle en veux-tu en voilà.

— Mais pas comme celle-ci.

— Non. Ça, ce n'est pas un accident. (Il plongea la main dans la poche de son pantalon, en sortit un portefeuille dont il extirpa une carte de crédit.) Deux adeptes de la course à pied, dit-il pensivement. Toutes deux des femmes. Toutes deux grandes, blondes, aux cheveux longs.

— Vous pensez qu'il s'agirait de meurtres en série ?

La voix d'Havers exprimait le doute, elle semblait déçue que le commissaire de Cambridge ait pu aboutir à une conclusion de cette nature.

Avec le bord de sa carte de crédit, Sheehan fit tomber de la terre et des feuilles qui étaient restées collées au sweat-shirt gorgé de sang de la jeune fille. Sous le sein gauche les mots « Queen's College, Cambridge » étaient inscrits autour du blason du collège.

— Vous voulez dire un cinglé qui aurait la vilaine manie de supprimer des coureuses blondes ? s'enquit Sheehan. Non, je ne pense pas. Les meurtriers en série s'en tiennent généralement à une façon de faire. Leurs meurtres sont leur signature. Vous voyez ce que je veux dire : « J'ai encore défoncé la tête d'une fille à l'aide d'une brique, connard de flic, alors tu vas me coincer, oui ou merde ? » (Il nettoya la carte de crédit, s'essuya les doigts à un mouchoir couleur de rouille et se remit debout.) Allez-y Graham, photographiez-la, jeta-t-il par-dessus son épaule.

Le photographe s'avança pour s'exécuter. Là-dessus, les techniciens se mirent en branle, ainsi que les constables en uniforme, commençant à examiner chaque pouce de terrain aux alentours du corps. Bob Jenkins marmonna :

— Faut que j'aille dans mon champ, si ça vous dérange pas. Du menton, le fermier désigna l'endroit où il se rendait lorsque son chien avait trouvé le corps.

A trois mètres du corps, un trou dans la haie laissait voir une barrière donnant accès au champ le plus proche. Lynley l'examina un instant tandis que les techniciens travaillaient.

— Encore quelques minutes de patience, dit-il au fermier. (Et il ajouta à l'adresse de Sheehan :) Il va falloir qu'ils cherchent des empreintes le long du bas-côté, commissaire. Des empreintes de pas, de pneus de voiture ou de bicyclette.

— Très juste, acquiesça Sheehan en allant parler à son équipe.

Lynley et Havers se dirigèrent vers la barrière. Elle était tout juste assez large pour laisser passer le tracteur et bordée de chaque côté par d'épais buissons d'aubépines. Ils l'enjambèrent soigneusement. Derrière la barrière, le sol meuble était parsemé de nids-de-poule. Mais sa consistance était fragile. Aussi, bien que les empreintes de pas fussent nombreuses, elles ne laissaient guère que des indentations presque indistinctes dans le sol déjà abondamment foulé et piétiné.

– Rien d'intéressant, dit Havers, examinant les alentours. Mais s'il s'agit d'un guet-apens...

– ... elui qui atte dait la victime s'est posté ici, conclut Lynley.

Des yeux, il balaya lentement le sol d'un côté de la barrière à l'autre. Ayant trouvé ce qu'il cherchait, il appela Havers.

Elle le rejoignit. Il tendit l'index vers une marque lisse circulaire, prolongée par une seconde marque étroite et à peine visible, elle-même terminée par une fissure plus profonde. La marque était à quelques centimètres de la barrière et de la haie d'aubépines.

– Genou, jambe, orteil, diagnostiqua Lynley. Le tueur s'est agenouillé ici, caché par la haie, sur un genou et il a appuyé le fusil sur la barrière. Puis il a attendu.

– Mais comment quelqu'un pouvait savoir...

– Qu'elle viendrait s'entraîner de ce côté ? De la même façon qu'il savait où courrait Elena Weaver.

Justine Weaver gratta à l'aide de son couteau le bord brûlé du toast, regardant les cendres noires maculer la surface impeccable de l'évier et y déposer une fine couche de poudre. Elle essayait de trouver en elle un recoin où il restait un peu de compassion et de compréhension, un recoin semblable à un puits auquel elle aurait pu se désaltérer et reconstituer les réserves que les événements des huit derniers mois et des deux derniers jours avaient taries. Mais si une source d'empathie avait jamais existé dans son cœur, elle s'était depuis longtemps évaporée, remplacée par les terres stériles du ressentiment et du désespoir.

« Ils ont perdu leur fille, se dit-elle. Ils partagent la même peine. » Mais cela ne dissipait pas le malaise lancinant qu'elle éprouvait depuis la nuit dernière, et qui ravivait un chagrin plus ancien.

Hier, Anthony et son ex-femme étaient rentrés ensemble en silence. Ils avaient été voir la police. Ils étaient ensuite passés aux pompes funèbres. Ils avaient choisi un cercueil et pris des dispositions pour les obsèques. Ce n'est que lorsqu'elle apporta les assiettes de sandwiches et de gâteaux, qu'elle eut versé le thé, qu'elle leur eut donné à chacun du citron, du lait et du sucre, qu'ils se décidèrent l'un et l'autre à s'exprimer autrement que par monosyllabes fatiguées. Ce fut Glyn qui se décida finalement à lui adresser la parole. Elle choisit son moment pour brandir son arme, une déclaration fort simple apparemment.

Tout en parlant, elle garda les yeux braqués sur l'assiette de sandwiches que Justine lui tendait et qu'elle ne fit pas mine d'accepter.

– J'aimerais mieux que vous n'assistiez pas à l'enterrement de ma fille, Justine.

Ils étaient dans le salon, rassemblés autour de la table basse. Le feu artificiel était allumé, ses flammes léchaient les charbons avec un sifflement tranquille. Les rideaux étaient tirés. Une pendule électrique bourdonnait tout doucement. Le cadre était tellement civilisé...

Au début Justine ne dit rien. Elle regarda son mari, attendant qu'il proteste. Mais il fixait en silence sa tasse et sa soucoupe. Le coin de sa bouche était agité par un tic.

Il était au courant, songea-t-elle.

– Anthony ? fit-elle.

– Vous n'étiez pas vraiment intimes, Elena et vous, poursuivit Glyn. (Sa voix était unie, raisonnable.) C'est pourquoi je préférerais que vous ne soyez pas là. J'espère que vous comprenez.

– J'ai été sa belle-mère pendant dix ans, fit remarquer Justine.

— Je vous en prie, rectifia Glyn, vous avez été la seconde femme de son père.

Justine reposa l'assiette. Elle étudia les sandwiches qu'elle avait minutieusement disposés sur la porcelaine, remarquant qu'ils formaient une sorte de motif. Salade d'œufs, crabe, jambon, fromage. Les croûtes avaient été soigneusement retirées et le pain coupé avec régularité. Glyn poursuivit :

— Nous allons la faire transporter à Londres pour le service funéraire, ainsi vous n'aurez pas à vous passer d'Anthony plus de quelques heures. Après ça, vous pourrez reprendre le cours de vos existences.

Justine se contenta de la dévisager, essayant en vain de réagir.

Glyn enchaîna comme si elle suivait un raisonnement soigneusement établi à l'avance.

— Nous ne saurons jamais pourquoi Elena est née sourde. Est-ce qu'Anthony vous a parlé de ça ? Je suppose que nous aurions pu passer des examens pour essayer de savoir s'il s'agissait d'une anomalie génétique, mais nous ne l'avons pas fait.

Anthony se pencha en avant, posa sa tasse sur la table basse. Il laissa ses doigts contre la soucoupe comme s'il s'attendait à ce qu'elle dégringole par terre.

— Je ne vois pas ce que... dit Justine.

— La réalité, Justine, c'est que si jamais il y a une anomalie dans les gènes d'Anthony vous risquez d'avoir un bébé sourd. Je me suis dit qu'il valait mieux que je vous prévienne. Est-ce que vous vous sentez capable, psychologiquement parlant, de vous occuper d'un enfant handicapé ? Est-ce que vous avez réfléchi à ce qu'un enfant sourd représente quand on est décidé à faire carrière ?

Justine tourna les yeux vers son mari. Il évita de croiser son regard. Il avait une main fermée en poing sur la cuisse.

— Êtes-vous sûre que tout cela soit bien nécessaire, Glyn ? fit Justine.

347

— J'ai pensé que ça vous aiderait.

Glyn attrapa sa tasse. L'espace d'un moment, elle parut s'absorber dans la contemplation de la rose peinte sur la porcelaine, elle tourna la tasse à droite puis à gauche comme pour mieux en admirer le dessin.

— Eh bien voilà, cette fois je crois qu'on s'est tout dit. (Elle remit la tasse sur la soucoupe et se leva.) Je ne dînerai pas.

Elle les laissa seuls.

Justine se tourna vers son mari, attendant qu'il parle. Il était assis sans bouger et semblait se ratatiner, comme si ses os, son sang et sa chair se désintégraient pour se réduire en poussière, poussière dont tous les hommes sont constitués. « Quelles petites mains il a », songea-t-elle. Et pour la première fois, elle regarda la grosse alliance en or qui enserrait son doigt, songeant à la raison pour laquelle elle l'avait choisie : elle avait voulu la plus grosse, la plus large, la plus voyante du magasin, celle qui proclamerait haut et fort qu'ils étaient mariés.

— C'est ça que tu veux ? finit-elle par lui demander.

Ses paupières avaient l'air comme collées, la peau tendue et à vif.

— Quoi ?

— Que je n'assiste pas aux obsèques. C'est ça que tu veux, Anthony ?

— On n'a pas le choix. Essaie de comprendre.

— Comprendre quoi ?

— Qu'elle n'est pas responsable de ce qu'elle est pour l'instant. Elle n'a aucun contrôle sur ce qu'elle dit ni sur ce qu'elle fait. Elle est traumatisée, Justine. Il faut que tu comprennes.

— Et que je me dispense d'assister aux obsèques.

Elle vit le mouvement résigné de ses doigts qui se levèrent et s'abaissèrent sur sa cuisse et comprit la réponse avant même qu'il ne la formule.

— Je lui ai fait du mal. Je l'ai abandonnée. Je lui dois bien ça. Je leur dois bien ça.

– Mais comment donc!
– J'ai parlé à Terence Cuff. Il y aura probablement un service à sa mémoire vendredi dans l'église de St. Stephen. Tu y assisteras. Tous les amis d'Elena y seront.
– C'est tout ce que tu trouves à dire? Sur notre mariage? Sur notre vie? Sur mes relations avec Elena?
– Ça ne te concerne pas. Tu n'as rien à te reprocher.
– Tu n'as même pas essayé de discuter avec Glyn. Tu aurais pu protester.
Il se décida à la regarder:
– C'est comme ça que ça doit se passer.
Elle ne dit plus rien. Simplement elle sentit son ressentiment croître. « Sois gentille, Justine, lui aurait dit sa mère. Sois une gentille petite fille. »
Elle mit le sixième toast sur le porte-toasts et le posa à côté des œufs à la coque et des saucisses sur un plateau en osier blanc. « Les gentilles petites filles témoignent de la compassion à ceux qui souffrent, songea-t-elle. Les gentilles petites filles pardonnent, pardonnent et pardonnent encore. Ne pense pas à toi. Regarde plus loin que toi. C'est ainsi que vivent les chrétiens. »
Mais impossible d'y arriver. Sur la balance qui lui servait à peser sa conduite, elle plaça les heures innombrables qu'elle avait consacrées à essayer d'apprivoiser Elena, les petits matins où elle s'était levée pour courir avec sa belle-fille, les soirées où elle l'avait aidée à rédiger ses dissertations, les après-midi, les dimanches passés à attendre le retour de promenade du père et de la fille, promenades qu'Anthony estimait nécessaires à l'établissement d'un climat de confiance entre Elena et lui.
Elle emporta le plateau dans la véranda où son mari et son ex-femme étaient assis devant la table en rotin. Depuis près d'une demi-heure maintenant, ils chipotaient quartiers de pamplemousse et

corn-flakes, et sans doute réserveraient-ils le même sort aux œufs, aux saucisses et aux toasts.

Elle savait qu'elle aurait dû les encourager à manger : « Il faut que vous preniez quelque chose. » Sans doute une autre Justine aurait-elle réussi à prononcer ces simples mots et à leur donner l'accent de la sincérité. Mais elle ne souffla mot. Elle s'assit à sa place habituelle, le dos vers l'allée, face à son mari. Elle lui versa du café. Il leva la tête. Il avait l'air d'avoir vieilli de dix ans en quarante-huit heures.

— Toute cette nourriture, soupira Glyn. Je ne peux rien avaler. Franchement, c'est du gâchis. (Elle observa Justine qui décapitait son œuf à la coque.) Vous êtes allée courir ? s'enquit-elle et comme Justine ne répondait pas, elle poursuivit : J'imagine que vous allez bientôt vous y remettre. C'est important, pour une femme, de veiller à sa ligne. La vôtre est impeccable.

Justine baissa les yeux sur la cuillerée de blanc qu'elle avait retirée de son œuf.

— Elena était enceinte. (Elle leva les yeux.) Enceinte de huit semaines.

Le visage d'Anthony se défit. Un curieux sourire satisfait apparut sur les traits de Glyn.

— L'inspecteur de Scotland Yard est venu hier après-midi, poursuivit Justine. C'est lui qui m'a mise au courant.

— Enceinte ? reprit Anthony d'une voix sourde.

— C'est ce que l'autopsie a révélé, oui.

— Mais qui... Comment ?

Anthony tripota sa cuiller qui lui échappa et tomba avec bruit sur le sol.

— Comment ? (Glyn éclata de rire.) De la manière habituelle j'imagine. (Elle regarda Justine.) Quel moment de triomphe pour vous, ma chère.

Anthony tourna la tête avec lenteur. Il semblait écrasé par un énorme poids.

— Qu'est-ce que ça veut dire ?

– Crois-tu qu'elle ne savoure pas cet instant ? Demande-lui donc si elle n'était pas déjà au courant. Demande-lui si la nouvelle l'a surprise. En fait, demande-lui si elle n'a pas encouragé ta fille à coucher avec des types chaque fois que l'envie lui en prenait. (Glyn se pencha en avant.) Parce qu'Elena me racontait tout, Justine. Vos petits entretiens à cœur ouvert et vos conseils d'hygiène intime.

– Justine, tu l'as encouragée ? Tu étais au courant ?

– Bien sûr qu'elle était au courant.

– C'est faux, dit Justine.

– Ne te figure surtout pas qu'elle voulait éviter à Elena de tomber enceinte, Anthony. Pour t'éloigner de ta fille, elle était prête à tout. Car en te brouillant avec Elena, elle obtenait enfin ce qu'elle souhaitait. Toi. Pour elle toute seule.

– Non, fit Justine.

– Elle haïssait Elena. Elle souhaitait sa mort. Je ne serais pas étonnée qu'elle l'ait tuée.

Durant une brève fraction de seconde, Justine vit le doute se peindre sur le visage d'Anthony. Après tout, n'avait-elle pas été seule à la maison pour prendre l'appel sur le Ceephone ? N'était-elle pas sortie courir seule le matin et sans le chien ? Elle aurait très bien pu défoncer le visage de sa belle-fille puis l'étrangler.

– Mon Dieu, Anthony.

– Tu étais au courant, répondit-il.

– Tu veux dire pour son amant ? Oui. Mais c'est tout. Et je lui ai parlé. Oui. D'hygiène. Des précautions à prendre pour ne pas...

– Qui est-ce ?

– Anthony, à quoi bon... ?

– Bon sang, qui est-ce ?

– Elle le sait, dit Glyn. Ça se voit sur sa figure.

– Depuis combien de temps ? questionna Anthony. Depuis combien de temps est-ce que ça dure ?

351

– Ils faisaient ça ici, Justine ? Dans la maison ? Pendant que vous étiez là ? Vous les laissiez faire ? Vous écoutiez à la porte peut-être ?

Justine recula sa chaise de la table et se mit debout. Elle se sentait la tête vide.

– Je veux des réponses, Justine. (Anthony haussa le ton.) Qui a fait ça à ma fille ?

– Elle s'est fait ça elle-même.

– Oh oui, fit Glyn le regard brillant, l'air entendu. Que la vérité éclate.

– Vous êtes une vipère.

Anthony se leva.

– Je veux les faits, Justine.

– Alors va les chercher à Trinity Lane.

– Trinity... (Il se tourna vers les fenêtres derrière lesquelles sa Citroën était garée dans l'allée.) Non !

Il sortit de la pièce sans un mot, quitta la maison sans manteau, les manches de sa chemise à rayures flottant au vent. Il monta dans la voiture.

Glyn prit un œuf.

– Ça n'a pas tourné comme vous le souhaitiez, dit-elle.

Adam Jenn fixa les lignes qu'il venait d'écrire, s'efforçant de comprendre ses notes. Révolte des paysans. Conseil de régence. Question : est-ce la composition du conseil de régence ou la création de nouvelles taxes foncières qui a été à l'origine de la révolte de 1381 ? Il relut quelques phrases concernant John Ball [1], Wat Tyler [2], et le roi. Richard II, plein de bonnes intentions mais inefficace, avait manqué des compétences et de l'étoffe nécessaires pour gouverner ; à force de vouloir plaire à tout le monde, il n'avait réussi qu'à se détruire. Il était la preuve historique que la réus-

---

1. Prêtre anglais qui prêcha une doctrine égalitaire aux paysans révoltés à Londres en 1381. *(N.d.T.)*
2. Agitateur anglais, l'un des meneurs de la révolte de 1381, qui obtint de Richard II d'importantes mesures sociales. *(N.d.T.)*

site requiert plus qu'une haute naissance. Le sens politique, voilà la clef indispensable pour atteindre les objectifs personnels et professionnels qu'on s'est fixés.

Adam avait toujours vécu en fonction de ce principe. Il avait choisi son directeur de recherches avec le plus grand soin, passant des heures à examiner les différents candidats à la chaire de Penford. Finalement, il s'était décidé pour Anthony Weaver quand il avait acquis la quasi-certitude que le médiéviste de St. Stephen serait le candidat retenu par le comité de sélection. Avoir pour directeur de recherches le titulaire de la chaire de Penford, c'était mettre toutes les chances de son côté pour faire carrière à l'université : il commencerait par obtenir un poste d'assistant, puis une bourse de recherches, un poste de maître de conférences et enfin un poste de professeur avant son quarante-cinquième anniversaire. A l'instant même où Anthony Weaver l'avait pris comme assistant, Adam avait considéré que tout cela était à sa portée. Aussi, lorsqu'à la demande de Weaver il avait accepté de prendre sa fille sous son aile afin de rendre sa seconde année à l'université plus facile et plus agréable que la première, il avait vu là une nouvelle occasion de démontrer aux autres – et à lui-même – qu'il possédait la perspicacité nécessaire pour réussir dans ce milieu. Ce à quoi il ne s'était pas attendu en entendant parler du handicap de la fille du professeur et en songeant à la gratitude que le Dr Weaver lui manifesterait pour le temps qu'il passerait à aplanir ses difficultés, c'était à tomber sur une fille comme Elena.

Il s'attendait à ce qu'on lui présente une jeune personne au dos rond, à la poitrine concave, à la peau terne, assise comme une malheureuse au bord d'un canapé usé jusqu'à la corde, genoux serrés, une main cramponnée à l'accoudoir. Il s'attendait à la voir fagotée dans une vieille robe imprimée de boutons roses, portant des socquettes et des grosses chaussures. Pour faire plaisir au Dr Weaver, il ferait son devoir avec un séduisant mélange de gravité et de gentillesse. Il irait même jusqu'à mettre un petit carnet dans la poche de sa veste de façon qu'ils puissent communiquer par écrit à tout moment.

C'est avec cette Elena imaginaire en tête qu'il avait pénétré dans le séjour d'Anthony Weaver, rejoignant les invités conviés à la réception de septembre. Il avait rapidement dû abandonner l'idée du canapé usé jusqu'à la corde devant la nature du mobilier de la maison : aucun meuble éraflé n'aurait séjourné plus de cinq minutes dans ce cadre élégant tout de cuir et de verre. Mais il avait gardé à l'esprit l'image d'une jeune fille terne et timide, repliée sur elle-même, seule dans son coin, ayant peur de tout le monde.

Et c'est alors qu'elle s'était avancée vers lui, vêtue d'une robe noire moulante et de boucles d'oreilles en onyx, ses cheveux ondulant au rythme de sa démarche, accompagnant son déhanchement subtil. Elle lui avait souri et dit quelque chose qui ressemblait à : « Bonjour. Vous êtes Adam ? » – son élocution n'était pas claire. Il constata qu'elle sentait le fruit mûr, qu'elle ne portait pas de soutien-gorge et qu'elle était jambes nues. Il remarqua aussi que tous les invités – bien que plongés dans leurs conversations – l'avaient suivie des yeux.

Elle savait donner à un homme l'impression qu'il était l'unique objet de ses préoccupations ; il n'avait d'ailleurs pas tardé à en subir le charme, bien qu'il comprît très vite que cela venait de ce que la jeune fille était obligée de le regarder en face pour pouvoir lire sur ses lèvres. L'espace d'un moment, il se persuada que c'était la seule chose qui l'attirait en elle. Mais dès ce premier soir dans le salon du Dr Weaver, il s'aperçut que ses yeux ne cessaient de se fixer sur les mamelons de ses seins, érigés, qui tendaient le tissu de sa robe, demandant à être sucés, malaxés et léchés, et il sentit que ses mains étaient douloureuses de l'envie de se glisser autour de sa taille, de lui prendre les fesses et de la plaquer contre lui.

Il n'avait rien fait de tout cela. Pas une seule fois au cours des douze occasions où il s'était trouvé seul avec elle. Il ne l'avait même pas embrassée. Et l'unique fois où elle avait tendu impulsivement la main vers lui pour lui caresser l'intérieur de la cuisse, il lui avait donné une petite tape pour qu'elle cesse. Elle avait ri, amusée, absolument pas vexée. Il aurait voulu la frapper autant que la baiser. Il sentait le désir brûler derrière ses paupières : désir de lui faire mal, désir de la posséder ; d'entendre ses cris de douleur, de la voir réduite à sa merci.

C'était toujours comme cela quand il voyait trop une femme. Il se sentait pris entre le désir et le dégoût. Car toujours, à l'arrière-plan, rôdait le souvenir de son père tabassant sa mère, puis le bruit des accouplements frénétiques qui succédaient aux coups.

Connaître Elena, voir Elena, l'escorter ici et là, faisait partie de sa stratégie pour réussir dans le monde universitaire. Mais chaque fois qu'on essaye de faire passer une manœuvre égocentrique pour un acte désintéressé, il y a un prix à payer.

Il avait vu le visage du Dr Weaver lorsque ce dernier l'interrogeait sur les moments qu'il avait passés avec Elena, comme il avait vu, dès le premier soir, les yeux de Weaver suivre sa fille à travers la pièce et briller de satisfaction lorsqu'elle s'arrêtait pour bavarder avec Adam. Adam n'avait pas mis longtemps à comprendre que le prix de sa réussite dans un milieu où Anthony Weaver jouait un rôle prépondérant était lié à la tournure que prendrait la vie d'Elena.

– C'est une fille merveilleuse, disait Weaver. Elle a tant de choses à offrir à un homme.

Adam se demanda ce que lui réservait l'avenir maintenant que la fille du Dr Weaver était morte.

Car s'il avait choisi le Dr Weaver pour directeur de recherches en fonction des avantages qu'il en escomptait, il savait maintenant que le Dr Weaver avait accepté de diriger son travail pour des raisons qui étaient tout sauf désintéressées. Ces raisons, qu'il abritait dans le secret de son cœur, Adam les connaissait très exactement. Il aurait même pu les appeler des rêves.

La porte du bureau s'ouvrit alors qu'il fixait sans les voir les documents relatifs aux émeutes du XIVe siècle dans le Kent et l'Essex. Il releva la tête, recula sa chaise, gêné, tandis qu'Anthony Weaver pénétrait dans la pièce. Comme Adam ne s'attendait pas à le voir débarquer avant plusieurs jours, il n'avait pas touché au fatras de tasses, d'assiettes et de dissertations qui encombraient la table et le plancher. De toute façon, la simple apparition de son directeur au moment précis où il pensait à lui lui fit monter le rouge aux joues.

– Dr Weaver, dit-il. Je ne m'attendais pas...

Sa phrase demeura en suspens. Weaver ne portait ni veste ni manteau, ses cheveux sombres étaient bouclés et en désordre. Il ne portait pas de serviette ni de livres. Quelle que fût la raison de sa venue, elle n'avait rien à voir avec le travail.

– Elle était enceinte, dit-il.

La gorge d'Adam devint sèche. Il songea à avaler une gorgée du thé qu'il s'était versé et qu'il avait oublié de boire une heure plus tôt. Mais bien qu'il se mît lentement debout, il ne parvint pas à tendre la main vers la tasse.

Weaver ferma la porte et resta près du battant.

– Je ne vous en veux pas, Adam. Manifestement vous étiez amoureux l'un de l'autre.

– Dr Weaver...

– J'aurais simplement préféré que vous preniez des précautions. Ce n'est pas le meilleur moyen de démarrer dans la vie.

Adam ne parvint pas à formuler de réponse. Tout son avenir dépendait des prochaines minutes, de la façon dont il se tirerait d'une aussi délicate situation. Il hésita entre la vérité et le mensonge, se demandant lequel des deux servirait le mieux ses intérêts.

– Lorsque Justine m'a appris la nouvelle, j'ai quitté la maison fou de rage. J'avais l'impression d'être un père du XVIIIe se ruant sur l'homme qui avait séduit sa fille pour lui demander réparation. Mais je sais comment ces choses se passent entre jeunes gens. Je veux seulement que vous me disiez si vous lui avez parlé mariage. Je veux dire avant. Avant de lui faire l'amour.

Adam aurait voulu dire qu'ils en avaient parlé souvent, la nuit, par Ceephone interposé, qu'ils avaient fait des projets, partagé des rêves et s'étaient promis de passer leur vie ensemble. Mais s'il inventait un mensonge pareil, il se condamnait à jouer la comédie du chagrin pendant des mois. Or s'il regrettait la mort d'Elena, il ne pleurait pas réellement sa disparition. Il comprit que simuler d'aussi abjectes démonstrations de chagrin était au-dessus de ses forces

– Elle était différente, disait Anthony Weaver. Son bébé – *votre* bébé, Adam – aurait été différent, lui aussi. Elle était fragile, elle faisait des efforts pour essayer de se trouver, c'est vrai, mais vous l'aidiez à progresser. Souvenez-vous de ça. Cramponnez-vous à cette idée. Vous aviez une excellente influence sur elle. J'aurais été fier de vous voir mari et femme.

Adam comprit qu'il n'allait pas pouvoir y arriver.

– Dr Weaver, ce n'est pas moi. (Il baissa les yeux, fixa la table.) Je n'ai jamais couché avec Elena, monsieur. (Il se sentit rougir de plus belle.) Je ne l'ai même jamais embrassée. C'est à peine si je l'ai touchée.

– Je ne suis pas furieux, Adam. Ne vous méprenez pas. Vous n'avez pas à nier que vous étiez amants.

— Je ne nie rien. Je dis la vérité. Les faits. Nous n'étions pas amants. Ce n'est pas moi.
— Mais vous étiez le seul qu'elle voyait.

Adam hésita à rappeler au Dr Weaver l'élément que son cerveau évitait, inconsciemment ou pas. Il savait qu'en le mentionnant, il concrétisait les pires craintes du professeur. Pourtant il ne voyait pas d'autre moyen de convaincre cet homme qu'il disait la vérité sur ses relations avec Elena. Et puis après tout, il était historien. Et les historiens sont censés être en quête de la vérité.

— Non, monsieur. Vous avez oublié. Je n'étais pas le seul à sortir avec Elena. Il y avait Gareth Randolph.

Derrière les lunettes, les yeux de Weaver papillotèrent. Adam s'empressa de poursuivre.

— Elle le voyait plusieurs fois par semaine, monsieur. Ça faisait partie de l'accord passé avec le Dr Cuff.

Il ne voulut pas en dire davantage. Il vit le rideau gris de la compréhension s'ouvrir dans l'esprit de Weaver.

— Cette espèce de sourd... (Weaver s'arrêta net. Son regard redevint aigu.) Est-ce que vous l'avez repoussée, Adam ? C'est pour ça qu'elle est partie voir ailleurs ? Elle n'était pas assez bien pour vous ? Elle vous rebutait parce qu'elle était sourde ?

— Non. Absolument pas. C'est juste que...
— Alors pourquoi ?

Il aurait voulu dire : « Parce que j'avais peur. Peur qu'elle ne me suce jusqu'à la moelle. Je voulais la baiser, la baiser, seigneur, mais surtout pas l'épouser et vivre le reste de ma vie au bord de la destruction. » Au lieu de cela, il dit :

— Simplement ça ne s'est pas produit.
— Quoi donc ?
— Le déclic.
— Parce qu'elle était sourde.
— Ça n'était pas un problème, monsieur.

– Comment pouvez-vous dire ça ? Comment voulez-vous que je vous croie ? Bien sûr que c'était un problème. Pour tout le monde. Pour elle. Comment aurait-il pu en être autrement ?

Adam savait qu'il était en terrain glissant. Il voulait éviter la confrontation. Mais Weaver attendait sa réponse et son expression figée indiquait qu'Adam avait intérêt à répondre correctement.

– Elle était sourde, monsieur, simplement sourde. Rien d'autre.

– Qu'est-ce que vous voulez dire ?

– Que c'est tout ce qui clochait chez elle. Et encore, il n'y a là rien de péjoratif. La surdité, ce n'est qu'un mot qui signifie qu'il manque quelque chose à quelqu'un.

– Comme aveugle, muet, paralysé.

– Je suppose, oui.

– Et si elle avait été aveugle, muette, paralysée, vous soutiendriez toujours que ça n'était pas un problème ?

– Mais elle n'était rien de tout ça.

– Vous soutiendriez toujours que ce n'était pas un problème ?

– Je ne sais pas. Que voulez-vous que je vous dise ? Tout ce que je sais, c'est que la surdité d'Elena n'était pas un problème. Pas pour moi.

– Vous mentez.

– Monsieur...

– Vous la voyiez comme un phénomène de foire.

– Pas du tout.

– Vous étiez gêné par sa diction. Comme elle ne pouvait pas contrôler le volume de sa voix, elle parlait souvent trop fort. Dans les endroits publics, elle attirait l'attention, les gens se tournaient vers elle, la dévisageaient. Et vous étiez gêné de sentir tous ces yeux sur vous. Vous aviez honte. D'elle, de vous, d'être gêné. Bref vous n'étiez plus le type formidable aux idées larges que vous pensiez être. Vous enragiez qu'elle fût sourde car si elle avait été normale, vous n'auriez pas eu le sentiment de lui devoir plus que vous n'étiez en mesure de lui donner.

Adam se sentit soudain glacé mais il ne répondit pas. Il aurait voulu faire celui qui n'avait pas entendu, ou du moins faire en sorte que son visage reste de marbre afin que le professeur ne vît pas qu'il avait compris la signification réelle de ses propos. Il vit qu'il avait échoué car les traits de Weaver parurent se défaire tandis qu'il murmurait :
– Oh, mon Dieu.

Le professeur s'approcha de la cheminée sur laquelle Adam avait continué d'entasser les messages de condoléances. Au prix d'un effort surhumain, il ramassa les enveloppes, les emporta jusqu'à son bureau. Il commença à les décacheter, lentement, pesamment, ses gestes alourdis par vingt années d'aveuglement et de culpabilité.

Adam se rassit prudemment. Il replongea dans ses notes mais sans rien y comprendre. Il savait qu'il aurait dû réconforter le Dr Weaver, lui montrer sa compassion et même son affection. Mais il n'avait que vingt-six ans, une expérience limitée de la vie, et rien ne l'avait préparé à trouver les mots qui auraient pu persuader le professeur qu'éprouver ce qu'il éprouvait n'était pas un crime. Que le seul crime, c'était de se voiler la face.

Il entendit le professeur trembler de façon convulsive. Il se retourna.

Weaver avait commencé à ouvrir les enveloppes. Et bien que le contenu d'au moins trois d'entre elles reposât sur ses genoux et qu'il tînt une quatrième lettre froissée dans son poing, il ne regardait pas son courrier. Il avait retiré ses lunettes et se cachait les yeux d'une main. Il pleurait.

16

Melinda s'apprêtait à pousser sa bicyclette de Queens' Lane dans Old Court lorsqu'une voiture pie de la police s'arrêta à moins d'un demi-pâté de maisons. Un policier en uniforme en descendit en compagnie du président de Queens' College et du tuteur principal. Les trois hommes restèrent debout dans le froid, mains croisées sur la poitrine, leur souffle dessinant un panache dans l'air, le visage grave et sombre. Le policier hocha la tête en réponse à ce que le président disait au tuteur principal. Tandis qu'ils s'éloignaient, une Mini bruyante s'engagea dans Queens' Lane, venant de Silver Street, et se gara derrière eux.

Deux personnes sortirent de la voiture. Un grand type blond en manteau de cachemire et une petite femme trapue et carrée emmitouflée dans des écharpes. Ils se joignirent aux trois autres. Le grand blond présenta ses papiers au président du collège, qui lui tendit la main. Il y eut une conversation animée, un geste du président vers l'entrée latérale du collège et un ordre donné par l'homme blond au policier en uniforme. Ce dernier hocha la tête et se dirigea jusqu'à l'endroit où Melinda s'était immobilisée, ses mains sur le guidon de sa bicyclette, sentant le froid du métal malgré ses gants de laine. Il dit : « Excusez-moi, mademoiselle » en la dépassant et pénétra dans le collège.

Melinda le suivit. Elle s'était absentée presque toute la matinée, aux prises avec une dissertation qu'elle récrivait pour la quatrième fois, s'efforçant d'exposer clairement ses idées avant de soumettre son travail à son professeur, qui, avec son sadisme habituel, ne manquerait pas de la déchirer en morceaux. Il était presque midi. Bien qu'il ne fût pas rare de voir des gens traîner dans Old Court à cette heure, Melinda s'étonna du nombre de petits groupes d'étudiants qui bavardaient à voix basse, disséminés sur le sentier entre les deux rectangles de pelouse, tandis qu'un attroupement se massait devant la porte de l'escalier, à gauche de la tourelle nord.

Ce fut cette porte justement que le policier emprunta, après s'être arrêté un instant pour répondre à une question. Voyant cela, Melinda eut un coup au cœur. Sa bicyclette lui parut soudain peser une tonne, comme si la chaîne s'était rouillée et l'empêchait de la pousser. Elle leva les yeux vers le dernier étage du bâtiment, essayant d'apercevoir les fenêtres de la petite chambre sous les combles. Un frisson d'appréhension la traversa.

– Que se passe-t-il ? demanda-t-elle à un étudiant qui passait.

Il portait un anorak de ski bleu ainsi qu'un bonnet assorti sur lequel on pouvait lire en lettres rouges « Skiez en Bulgarie ».

– Une fille qui faisait du cross, dit-il. Elle s'est fait buter ce matin.

– Qui ?

– Une autre nénette des Jeux de piste, y paraît.

Melinda fut prise d'un vertige. Elle entendit le garçon lui demander si ça allait, mais elle ne répondit pas. Comme anesthésiée, elle poussa sa bicyclette vers la porte de l'escalier de Rosalyn Simpson.

– Elle m'avait donné sa parole, chuchota Melinda pour elle-même.

Et l'espace d'un instant, la trahison monstrueuse de Rosalyn la blessa plus encore que l'idée de sa mort.

D'autant qu'elle ne lui avait pas extorqué cette promesse pendant qu'elles étaient au lit où les résistances les plus farouches fondent sous l'effet du désir. Elle ne lui avait pas non plus fait de scène larmoyante, elle ne s'était pas servie des faiblesses de Rosalyn pour la manipuler. Elle avait préféré discuter calmement, sans sombrer dans une crise d'hystérie qui ne servirait qu'à éloigner Rosalyn. Elle avait simplement mais fermement pressé son amie de penser aux dangers qu'elle courait en continuant de faire son jogging alors qu'un tueur rôdait en liberté. Elle s'était attendue à des protestations de la part de Rosalyn, surtout depuis qu'elle savait combien cette dernière regrettait la promesse impulsive qui l'avait conduite à Oxford le lundi matin. Mais au lieu de se disputer avec elle ou de refuser de discuter de la question, Rosalyn s'était rangée à ses arguments : elle ne courrait pas tant que le tueur n'aurait pas été arrêté. Ou alors si elle courait, elle ne courrait pas seule.

Elles s'étaient séparées à minuit. Formant toujours un couple, du moins Melinda le croyait-elle, toujours amoureuses l'une de l'autre... bien qu'elles n'eussent pas fait l'amour, comme elle l'avait espéré. N'était-ce pas la meilleure façon de fêter la démarche courageuse de Rosalyn et l'aveu public de ses préférences sexuelles ? Mais Rosalyn avait prétexté la fatigue, une dissertation à terminer et le désir d'être seule afin de digérer la nouvelle de la mort d'Elena Weaver. Tout ça, c'étaient des prétextes, songea Melinda, autant dire le début de la fin.

Cela ne se passait-il pas toujours ainsi en amour ? L'enchantement initial. Les rencontres, les espoirs. L'intimité croissante. La prière des rêves partagés. Le dialogue joyeux. Et finalement la déception. Elle avait cru Rosalyn différente des autres. Mais à l'évidence, il n'en était rien. C'était une menteuse comme toutes les autres.

« Garce, se dit-elle. Garce. Tu avais promis et tu as menti. A propos de quoi d'autre as-tu encore menti ? Avec qui d'autre as-tu couché ? Avec Elena peut-être ? »

La colère brûlait comme du charbon dans sa poitrine. Faisant fi du règlement du collège, elle appuya sa bicyclette contre le mur et se fraya un passage à coups de coude à travers la foule. L'un des portiers se tenait juste devant l'entrée, barrant la porte aux curieux, l'air sombre, furieux et écœuré. Par-dessus le brouhaha des voix, elle l'entendit déclarer :

– Coup de feu. En pleine figure.

Sous l'effet de ces quelques mots, sa colère fondit aussi vite qu'elle était montée.

Coup de feu. En pleine figure.

Melinda s'aperçut qu'elle se mordait les ongles à travers ses gants. A la place du portier, elle vit Rosalyn, son visage et son corps se désintégrant devant elle dans le fracas de la poudre, de la détonation et du sang. En un éclair, elle se rendit compte qu'elle savait qui avait fait ça, pourquoi, et que sa propre vie était en danger.

Elle examina les visages des étudiants autour d'elle, cherchant celui qui ne pouvait manquer de chercher le sien. Il n'était pas là. Mais cela ne voulait pas dire qu'il n'était pas dans les environs, guettant sa réaction du haut d'une fenêtre. Sans doute se reposerait-il du labeur du matin, mais il avait sûrement l'intention de finir le travail.

Elle sentit ses muscles se raidir sous les ordres de son esprit qui lui enjoignaient de fuir. Dans le même temps, elle avait conscience qu'il lui fallait garder une apparence calme. Car si elle tournait les talons et se mettait à courir au vu de tout le monde – et spécialement du guetteur qui devait attendre qu'elle se décide à bouger – elle était perdue.

« Où aller ? se demanda-t-elle. Mon Dieu, mon Dieu , où aller ? »

La foule des étudiants au milieu de laquelle elle se tenait commença à s'écarter tandis qu'une voix d'homme ordonnait :

– Reculez, s'il vous plaît. Havers, téléphonez à Londres, s'il vous plaît.

L'homme blond qu'elle avait vu dans Queen's Lane se fraya un chemin à travers le groupe chuchotant tandis que sa compagne s'éloignait en direction de la salle de réunion des étudiants.

– Le portier dit qu'on lui a tiré dessus, cria quelqu'un tandis que l'homme blond gravissait l'unique marche donnant accès au bâtiment.

L'homme blond gratifia le portier d'un regard désapprobateur mais ne dit mot tandis qu'il passait devant lui et commençait à grimper l'escalier.

– On lui a tiré dans le ventre, déclara un jeune homme au visage boutonneux.

– Pas dans le ventre, dans la figure, corrigea un autre.

– Mais paraît qu'on l'a d'abord violée...

– Elle était attachée...

– On lui a coupé les tétons et...

Melinda passa à l'action. Tournant le dos aux voix qui se perdaient en conjectures, elle se fraya un chemin hors de la foule. Si elle était suffisamment rapide, qu'elle ne perdait pas de temps à s'interroger sur où aller et comment, si elle se précipitait dans sa chambre pour prendre un sac à dos, des vêtements et l'argent que sa mère lui avait envoyé pour son anniversaire...

Longeant la façade du bâtiment, elle se précipita vers l'escalier situé à droite de la tourelle sud. Ayant poussé la porte, elle s'élança dans l'escalier. Respirant à peine, réfléchissant encore moins, elle ne songeait qu'à une chose : fuir.

Quelqu'un l'appela lorsqu'elle atteignit le second étage, mais elle ignora la voix et continua de monter. Il y avait la maison de sa grand-mère dans le West Sussex. Elle avait un grand-oncle qui habitait Colchester et un frère dans le Kent. Mais aucune de ces destinations ne semblait suffisamment lointaine. Aucun de ces refuges ne la protégerait d'un tueur qui paraissait connaître à l'avance les allées et venues de ses victimes ainsi que leurs pensées et leurs projets. Un tueur, en fait, qui à cet instant même attendait peut-être...

Au dernier étage, elle s'immobilisa devant sa porte, se rendant compte du danger potentiel qui la guettait à l'intérieur. Ses intestins menaçaient de la trahir, les larmes se pressaient derrière ses yeux. Elle colla l'oreille au panneau blanc couvert de taches mais ne perçut que le bruit amplifié de sa respiration hachée.

Elle voulait fuir, elle voulait se cacher. Mais pour cela, elle avait absolument besoin de son argent.

– Mon Dieu, chuchota-t-elle. Oh, mon Dieu.

Elle tendrait la main vers la poignée, ouvrirait la porte. Et si le tueur était là, elle se mettrait à hurler comme une folle.

Après avoir pris une profonde inspiration, elle donna un coup d'épaule dans la porte. Celle-ci s'ouvrit à la volée, alla claquer contre le mur, lui offrant une vue dégagée sur la chambre. Le corps de Rosalyn était allongé sur son lit. Melinda se mit à hurler.

Glyn Weaver se posta à gauche de la fenêtre de la chambre de sa fille et souleva le léger tissu du rideau de façon à pouvoir examiner à loisir ce qui se passait sur la pelouse devant la maison. Le setter irlandais gambadait sur l'herbe, aboyant sa joie d'aller courir. Il tournait frénétiquement autour de Justine, qui, vêtue d'un survêtement et de chaussures de sport, se baissait et se relevait, faisant une série d'échauffements. Elle avait emporté la laisse du chien et Townee s'en empara en passant, la portant comme une bannière.

Elena lui avait envoyé une bonne douzaine de photos du chien. Bébé roulé en boule sur ses genoux, chiot aux longues pattes cherchant ses cadeaux sous l'arbre de Noël, jeune chien franchissant d'un bond un mur de pierres sèches. Au dos de chacun des clichés, la jeune fille avait noté l'âge de Townee : six semaines, deux jours ; quatre mois, huit jours ; dix mois aujourd'hui ! Comme l'eût fait une mère indulgente. Glyn se demanda si Elena aurait fait la même chose pour le bébé qu'elle portait ou si elle aurait choisi d'avorter. Un bébé, après tout, ça n'était pas un chien. Et quelles que fussent les raisons qui l'avaient poussée à se faire mettre enceinte – Glyn connaissait suffisamment bien sa fille pour savoir que sa grossesse ne pouvait qu'être le résultat d'un calcul –, Elena n'était pas idiote au point de croire que l'arrivée d'un enfant ne bouleverserait pas sa vie. Les enfants changent toujours le cours de votre existence de façon inattendue et l'affection qu'ils vous portent est nettement moins fiable que celle d'un chien. Ils exigent, ils prennent et ils donnent rarement. Seuls les moins égocentriques des adultes peuvent aimer se sentir vidés de leurs ressources et dépouillés de leurs rêves.

Pourquoi fait-on un enfant ? Dans l'espoir nébuleux que cette adorable créature – un individu sur lequel on n'a aucun contrôle – ne fera pas les mêmes erreurs, ne tombera pas dans les mêmes pièges, ne connaîtra pas la même souffrance que celle qu'on a soi-même endurée.

Dehors, Justine attachait ses cheveux sur sa nuque. Glyn nota que pour ce faire elle utilisait une écharpe assortie à la couleur de son survêtement et à celle de ses chaussures de sport. Machinalement, elle se demanda s'il arrivait à cette femme de sortir de chez elle autrement que dans une tenue parfaitement composée. Glyn étouffa un rire. On pouvait trouver à redire au fait que Justine reprenne son jogging deux jours seulement après le meurtre de sa belle-fille, mais on ne pouvait certainement pas critiquer la couleur de sa tenue, choisie avec le plus grand tact.

« Quelle hypocrite », songea Glyn avec une moue en tournant le dos à la fenêtre.

Justine avait quitté la maison sans un mot, lisse et calme, patricienne jusqu'au bout des ongles mais cependant pas aussi maîtresse d'elle-même qu'elle l'eût souhaité. Leur confrontation de la matinée dans la petite salle à manger avait entamé son assurance ; sa véritable nature avait enfin percé sous le déguisement de l'hôtesse empressée, de l'épouse idéale. Maintenant, elle allait faire son jogging pour entretenir son corps parfait, appétissant, qui sous l'effet de la transpiration répandrait un délicat parfum de rose.

Mais il n'y avait pas que cela. Maintenant il fallait qu'elle coure. Et il fallait qu'elle se cache. Parce que la véritable Justine Weaver était enfin apparue au grand jour à l'heure du petit déjeuner, à l'instant fugace où ses traits de jeune fille à qui on aurait donné le bon Dieu sans confession s'étaient crispés sous le poids de la culpabilité. La vérité avait éclaté.

Elle détestait Elena. Et maintenant qu'elle était partie courir, Glyn allait prouver que sous cette façade de bonne éducation se cachait la détermination d'un tueur poussé à bout.

Dehors, elle entendit s'éloigner les aboiements surexcités du chien. Ils étaient partis. Quel que fût le temps dont elle disposait avant le retour de Justine, Glyn était bien décidée à le mettre à profit.

Elle gagna en hâte la grande chambre avec son mobilier danois luisant et ses lampes de cuivre aux formes élégantes. Elle s'approcha de la longue commode basse et commença à ouvrir les tiroirs.

— Georgina Higgins-Hart. (Le constable à face de belette loucha sur son carnet dont la couverture s'ornait d'une tache évoquant étrangement de la sauce de pizza.) Membre des Jeux de piste. Spécialisée dans la littérature de la Renaissance. Originaire de Newcastle. (Il ferma son carnet d'un geste sec.) Le président du collège et le tuteur principal n'ont eu aucun mal à identifier le corps, inspecteur. Ils connaissent cette jeune fille depuis son arrivée à Cambridge il y a maintenant trois ans.

Le constable était posté devant la porte fermée de la chambre de la jeune fille. Il se tenait comme un gardien, jambes écartées et bras croisés sur la poitrine. Son expression, oscillant entre sévérité et moquerie, indiquait qu'il tenait pour responsables de ce dernier meurtre les représentants du service des affaires criminelles de New Scotland Yard.

– Vous avez la clé, constable ? demanda Lynley.

Le policier la lui tendit, posée bien à plat sur sa paume.

Georgina avait été une fan de Woody Allen : les murs de sa chambre étaient couverts d'affiches de ses films. Sur les étagères, qui occupaient le reste de l'espace disponible, elle avait regroupé des trésors fort éclectiques : cela allait de la collection de vieilles poupées à un choix considérable de bouteilles de vin. Le peu de livres qu'elle possédait trônaient sur le dessus de la cheminée, maintenus par deux palmiers nains à l'air tristounet.

Refermant la porte sur le constable, Lynley s'assit au bord du lit. Une couette rose le recouvrait sur laquelle était brodé un gros bouquet de pivoines jaunes. Du bout du doigt il suivit le dessin des fleurs et des feuilles tandis qu'il passait en revue les deux meurtres et leurs caractéristiques.

Certaines ressemblances sautaient aux yeux : cette fois encore il s'agissait d'un membre du club de cross des Jeux de piste ; d'une fille ; d'une fille grande et mince aux cheveux longs qui s'entraînait de bonne heure le matin, quasiment dans l'obscurité. C'étaient certes là des similitudes superficielles. Mais il devait y en avoir d'autres si les deux meurtres étaient liés.

Et il y en avait d'autres, bien évidemment. La plus flagrante était le fait que Georgina Higgins-Hart, comme Elena Weaver, était inscrite à la faculté d'anglais. Attaquant sa quatrième année à l'université, elle devait connaître bon nombre de professeurs, la plupart des maîtres de conférences et tous ceux qui s'intéressaient à la littérature de la Renaissance, c'est-à-dire les XIVe, XVe et XVIe siècles. Il savait comment Havers réagirait en apprenant cela, et il ne pouvait se cacher ce que ça signifiait.

Mais il ne pouvait pas non plus ignorer le fait que Georgina Higgins-Hart était membre de Queens' College, pas plus qu'il ne pouvait se dissimuler ce que ce dernier détail impliquait.

Il se leva et s'approcha du bureau, enfoncé dans une sorte d'alcôve dont les murs étaient ornés de photos de films de Woody Allen. Il lisait le premier paragraphe d'une dissertation sur *Un conte d'hiver* lorsque la porte s'ouvrit, livrant passage au sergent Havers.

– Eh bien? fit-elle en le rejoignant près du bureau.

– Georgina Higgins-Hart, dit-il. Étudiante en littérature de la Renaissance.

Il vit se dessiner le sourire d'Havers cependant qu'elle associait automatiquement à la période son auteur le plus représentatif : Shakespeare.

– Je le savais! Je le savais! Il faut qu'on retourne chez lui et qu'on essaie de trouver ce fusil, inspecteur. Il faut qu'on envoie les gars de Sheehan retourner la maison de fond en comble.

– Vous ne pensez tout de même pas qu'un homme de l'intelligence de Thorsson aurait rangé son fusil au milieu de ses affaires après avoir descendu une jeune fille. Il sait que nous le soupçonnons, sergent. Ce n'est pas un imbécile.

– Il n'a pas besoin d'être un imbécile, dit-elle. Il suffit qu'il soit aux abois.

– En outre, comme Sheehan l'a souligné, nous

sommes au début de la saison du faisan. Et les fusils, ça n'est pas ça qui manque. Je ne serais d'ailleurs pas surpris d'apprendre que l'Université a un club de chasse. D'ailleurs, s'il y a un manuel de l'étudiant sur la cheminée, vous allez pouvoir vérifier.

Elle ne bougea pas.

– Vous ne voulez tout de même pas me faire croire que ces meutres ne sont pas liés.

– Non. Je crois qu'ils le sont. Mais pas nécessairement de la façon la plus évidente.

– Alors comment? Quel autre lien y a-t-il si ce n'est le plus évident? Un lien qui d'ailleurs nous a été fourni sur un plateau. D'accord, vous allez me diré qu'elle faisait du cross, et donc qu'il y a là une autre piste à suivre. En outre, elle avait la même allure que la petite Weaver. Mais franchement, inspecteur, vous ne pouvez pas vous baser là-dessus. La piste Thorsson me semble plus solide.

Elle sentit qu'il n'était pas d'accord, et elle poursuivit avec plus d'insistance :

– Nous savons qu'il y avait du vrai dans ce qu'Elena Weaver a dit de Thorsson. Ne nous l'a-t-il pas démontré lui-même ce matin? S'il la harcelait, pourquoi n'aurait-il pas harcelé également Georgina?

– Il y a un autre lien, Havers. En dehors de Thorsson. En dehors du cross.

– Lequel?

– Gareth Randolph. Lui aussi est étudiant à Queen's.

Cette nouvelle n'eut l'air ni de l'étonner ni de lui plaire.

– Très bien. Et son mobile, inspecteur?

Lynley fouilla au milieu des objets épars sur le bureau de Georgina. Il en dressa mentalement la liste et réfléchit à la question de son sergent, s'efforçant de trouver une réponse susceptible de coller avec les deux meurtres.

– Elena l'a éconduit. Il ne s'en est peut-être pas remis.

— Elena Weaver l'a envoyé balader, il la tue, soit ; ensuite il s'aperçoit que ce meurtre ne suffit pas à effacer ce souvenir cuisant de sa mémoire, alors il remet ça ? Il la tue de nouveau ? Partout où il la trouve ? (Havers ne fit aucun effort pour dissimuler son incrédulité. Elle passa la main dans ses cheveux et en attrapa une poignée, tirant rageusement dessus.) Vous ne me ferez pas avaler ça, monsieur. Les moyens utilisés sont beaucoup trop différents. La petite Weaver a été tuée à la suite d'un guet-apens, on l'a attaquée. Mais c'est le mot attaquée qui est important. Car il y avait une rage terrible dans ce meurtre, un besoin de faire mal comme de tuer. L'autre... (Elle tourna la tête vers le bureau comme pour indiquer que les livres et les papiers qui se trouvaient dessus symbolisaient la seconde étudiante.) Je crois que la seconde, elle, a été éliminée. Son meurtrier a dû agir vite. Parer au plus pressé. Faire simple.

— Pourquoi ?

— Georgina était membre du club des Jeux de piste. Elle connaissait vraisemblablement Elena. Dans ce cas, il est probable qu'elle ait été au courant des intentions d'Elena.

— Concernant Thorsson.

— Peut-être que Georgina Higgins-Hart allait apporter de l'eau au moulin d'Elena, porter plainte elle aussi pour harcèlement sexuel. Peut-être que Thorsson le savait. S'il est allé parler de tout ça avec Elena jeudi soir, elle a pu lui dire qu'elle n'était plus la seule à le dénoncer aux autorités. Dans ce cas, ce ne serait plus sa parole à elle contre sa parole à lui. Ce serait sa parole à lui contre celle des deux jeunes filles. Ce qui changeait tout, n'est-ce pas inspecteur ?

Lynley dut convenir que l'hypothèse d'Havers tenait plus solidement la route que la sienne. Et pourtant à moins de tomber sur une preuve concrète, ils étaient coincés. Elle parut s'en rendre compte.

– Il y a les fibres noires, insista-t-elle. Si on retrouve des fibres de même nature sur ses vêtements, on est en bonne voie.
– Vous croyez vraiment que Thorsson nous aurait laissés embarquer ses vêtements ce matin s'il y avait eu une chance que le labo trouve des fibres correspondant à celles relevées sur le survêtement d'Elena Weaver ? (Lynley ferma un cahier qui était sur le bureau.) Il sait qu'il est blanc, Havers. Il faut trouver autre chose.
– L'arme utilisée pour tuer Elena ?
– Vous avez eu Saint James au téléphone ?
– Il sera là demain vers midi. D'après ce que j'ai compris, il était aux prises avec des isoenzymes ou je ne sais quelle substance polymorphe. Comme ça fait plus d'une semaine qu'il examine ça au microscope, il n'a plus les yeux en face des trous. Un changement d'activité lui fera du bien.
– C'est ce qu'il a dit ?
– Non. Ce qu'il a dit, en fait, c'était quelque chose du genre : « Dites à Tommy qu'il est mon obligé. » Mais c'est toujours comme ça, n'est-ce pas ?
– Tout à fait.

Lynley examinait l'agenda de Georgina. Moins active qu'Elena Weaver, elle avait cependant noté ses rendez-vous. Séminaires et contrôles étaient indiqués par sujet et par nom d'enseignant. Jeux de piste y figurait également. Mais il ne fallut qu'un instant à Lynley pour constater que le nom de Lennart Thorsson n'apparaissait nulle part. Et il n'y avait rien non plus qui ressemblât au poisson omniprésent sur le calendrier d'Elena. Lynley feuilleta les pages dans l'espoir de découvrir quelque chose qui se rapportât à un poisson mais l'agenda ne contenait rien de mystérieux. Si Georgina Higgins-Hart avait des secrets, ce n'était pas là qu'elle les cachait.

Il comprit qu'ils avaient vraiment peu d'éléments pour poursuivre leur enquête. Essentiellement une série de conjectures absolument impossibles à prouver. Tant que Simon Allcourt-Saint James ne serait pas à Cambridge et à moins qu'on ne leur fournisse de nouvelles informations, il leur faudrait se contenter de ce qu'ils avaient sous la main.

17

Le cœur lourd, sentant que l'inévitable se préparait, Rosalyn Simpson regarda son amie fourrer des affaires en vrac dans deux sacs à dos. Melinda exhuma des chaussettes, des sous-vêtements, des bas, trois chemises de nuit d'un tiroir. Un foulard en soie, deux ceintures, quatre tee-shirts d'un autre tiroir. Son passeport, un vieux guide Michelin de la France. Puis elle s'approcha de la penderie, d'où elle sortit deux jeans, des sandales et une jupe. Son visage était bouffi par les larmes et, tout en faisant ses bagages, elle reniflait. De temps en temps, elle étouffait un sanglot.

– Melinda, dit Rosalyn en s'efforçant de prendre un ton apaisant. Essaie d'être raisonnable.

– J'ai cru que c'était toi.

Il y avait une heure qu'elle répétait la même chose. A ses hurlements de terreur avaient succédé une violente crise de larmes puis la décision de quitter Cambridge sur-le-champ en compagnie de Rosalyn.

Impossible de lui parler de façon sensée. De toute façon, Rosalyn ne s'en sentait pas la force. Elle avait passé une nuit épouvantable à lutter dans son lit contre la culpabilité qui l'étouffait et la dernière chose dont elle avait envie était que Melinda lui fasse une scène. Faisant preuve de prudence, elle ne raconta qu'une partie de la vérité à

Melinda : elle n'avait pas bien dormi la veille ; en rentrant d'un contrôle, elle s'était rendue dans la chambre de Melinda, n'ayant nulle part où aller pour se reposer car le portier l'avait empêchée d'emprunter son propre escalier ; elle s'était endormie et ne s'était réveillée que lorsque la porte avait heurté le mur et que Melinda avait commencé à hurler comme une folle. Elle ne savait pas qu'une étudiante avait été tuée le matin même. Le portier ne lui avait rien dit d'autre que le fait que l'escalier était momentanément fermé. Comme la nouvelle du meurtre n'avait pas filtré, personne ne l'avait informée de ce qui s'était passé. Mais si c'était bien une fille de son escalier qui avait été tuée, ce ne pouvait être que Georgina Higgins-Hart, seule autre membre des Jeux de piste à habiter dans cette partie du bâtiment.

– J'ai cru que c'était toi, sanglota Melinda. Je sais, tu m'avais promis de ne pas courir seule. Mais j'ai pensé que tu l'avais fait pour me contrarier. Tu étais tellement en colère contre moi ! Tu m'en voulais d'avoir insisté pour que tu parles à tes parents à propos de nous deux. C'est pour ça que j'ai pensé que c'était toi.

Rosalyn se rendit compte qu'elle en voulait effectivement à Melinda. Son ressentiment naissant menaçait même de tourner à l'aversion caractérisée. Elle s'efforça de penser à autre chose.

– Mais pourquoi est-ce que j'aurais fait une chose pareille, Melinda ? Je ne suis pas allée courir seule. Et d'ailleurs je ne suis même pas allée courir du tout.

– Tu es dans sa ligne de mire, Ros. On est toutes les deux dans la ligne de mire. C'est toi qu'il voulait, mais c'est elle qu'il a eue à la place. Crois-moi, il n'en a pas fini avec nous. Il faut que nous déguerpissions.

Elle avait pris la boîte où elle rangeait son argent, laquelle était dissimulée dans un carton à chaussures. Elle avait descendu les sacs à dos d'une étagère de sa penderie. Elle avait ensuite enfourné ses produits de beauté dans un sac en plastique. Et maintenant, elle roulait les jeans avant de les fourrer dans le sac de toile avec le reste de ses affaires. Quand elle était dans cet état, il n'y avait pas moyen de lui parler. Rosalyn se crut cependant obligée d'essayer.

— Melinda, ça n'a pas de sens.
— Je t'avais dit de ne parler à personne ! C'est vrai ou c'est pas vrai ? Mais tu n'as pas voulu m'écouter. Le devoir, pour toi, ça passe avant tout. Eh bien, regarde où il nous mène, ton sens du devoir.
— Où ?
— Ici. Il faut qu'on foute le camp et on n'a nulle part où aller, aucun point de chute. Si tu avais réfléchi... Si tu avais réfléchi pour une fois... Maintenant il nous guette, Ros. Il attend le moment propice. Il sait où nous trouver. C'est comme si tu l'avais invité à nous flinguer toutes les deux. Eh bien, ça ne se passera pas comme ça. J'ai pas l'intention d'attendre qu'il vienne me tirer dessus. Et toi non plus. (D'un tiroir, elle sortit deux autres pulls.) Nous faisons pratiquement la même taille. Inutile d'aller prendre des vêtements dans ta chambre.

Rosalyn s'approcha de la fenêtre. Un enseignant solitaire se promenait sur la pelouse en bas. La foule des curieux avait depuis longtemps disparu, la police aussi. Rosalyn avait du mal à croire qu'une autre fille ait pu être assassinée, et encore plus de mal à croire que ce second meurtre pût avoir un rapport avec sa conversation de la veille avec Gareth Randolph.

Melinda et elle s'étaient rendues chez les Signeurs en s'engueulant d'un bout à l'autre du trajet. Elles avaient découvert Gareth dans le réduit qui lui tenait lieu de bureau. Faute d'interprète, ils s'étaient servis de l'écran d'un traitement de texte pour communiquer. Gareth avait une mine épouvantable. Les yeux larmoyants, la peau tendue, pas rasé, il avait l'air malade, déchiré. Mais il n'avait certainement pas l'allure d'un tueur.

Si Gareth avait représenté un danger pour elle, Rosalyn l'aurait senti d'une façon ou d'une autre. Il aurait dégagé une tension particulière, montré des signes de panique pendant qu'elle lui racontait ce qu'elle savait à propos du meurtre d'Elena. Mais au lieu de cela, son visage n'avait trahi que de la colère et du chagrin. C'est en le voyant qu'elle avait compris qu'il était encore amoureux d'Elena Weaver.

Subitement elle avait éprouvé une bouffée irrationnelle de jalousie. Que n'aurait-elle pas donné pour avoir un être humain – un homme – qui l'aimât à ce point, qui rêvât d'elle, qui espérât faire sa vie avec elle...

En regardant Gareth Randolph, en voyant ses mains se déplacer sur le clavier pour taper ses questions et répondre à celles qu'elle lui posait, elle eut comme une révélation : elle désirait un avenir conventionnel, un avenir comme tout le monde. Ce désir inattendu s'accompagna aussitôt d'un sentiment de culpabilité dans la mesure où il reposait le problème de la trahison. Bien que bourrelée de remords, elle sentit néanmoins la colère la gagner. Car en quoi était-ce trahir que de souhaiter connaître ce que la vie offrait à tout un chacun ?

Elles étaient retournées dans sa chambre. Melinda était d'humeur sombre. Elle ne voulait pas que Rosalyn parle à quiconque de l'île de Robinson Crusoé et même le fait qu'elles soient allées trouver Gareth Randolph et non la police n'avait pas suffi à la calmer. Rosalyn savait que seule la séduction réussirait à rendre sa bonne humeur à Melinda. Elle connaissait par cœur le déroulement de la scène : elle-même dans le rôle du quémandeur, Melinda lui donnant la réplique du bout des dents. Ses avances empressées feraient fondre l'indifférence de Melinda, cependant que les réactions languissantes de cette dernière la tiendraient à distance. Une fois de plus, elles interpréteraient le subtil ballet de l'expiation et du châtiment. Rosalyn voyait défiler la succession des figures, toutes destinées à prouver à Melinda qu'elle l'aimait. Bien que le succès de ces manœuvres lui procurât généralement quelques instants de plaisir et de détente, l'entreprise lui avait semblée la veille au soir tout à fait au-dessus de ses forces.

Aussi avait-elle prétexté la fatigue, une dissertation, le besoin de se reposer et de réfléchir. Et lorsque Melinda l'avait quittée, jetant par-dessus son épaule un regard de reproche, Rosalyn avait connu un délicieux instant de soulagement.

Cela ne l'avait pas pour autant aidée à s'endormir. La satisfaction de se retrouver seule ne l'avait pas empêchée de se tortiller dans son lit à essayer d'effacer de sa mémoire les aspects de sa vie qui semblaient se retourner contre elle.

« Tu as choisi, se dit-elle. Tu es ce que tu es. Rien ni personne ne peut y changer quoi que ce soit. »

Mais elle aurait bien aimé changer.

– Pourquoi est-ce que tu ne penses pas à nous ? disait Melinda. Tu n'y penses jamais, Ros. Moi, si. Tout le temps. Mais toi, jamais. Pourquoi ?

– Parce que nous ne sommes pas seules en cause dans cette histoire.

Melinda s'arrêta de faire ses bagages, une paire de chaussettes à la main.

– Comment peux-tu dire ça ? Je t'ai suppliée de ne parler à personne. Tu m'as dit qu'il fallait absolument le faire. Résultat ? Une seconde victime. Une fille des Jeux de piste qui habitait le même escalier que toi. Il l'a suivie, Ros. Persuadé que c'était toi.

– C'est ridicule. Il n'a aucune raison de me faire du mal.

– Tu as dû lui dire quelque chose d'important sans même t'en rendre compte. Mais lui, il a compris. Il a essayé de te tuer. Et comme j'étais là moi aussi, j'ai toutes les chances d'y passer. Eh bien, pas question que je le laisse faire. Si tu ne penses pas à nous, j'y penserai pour deux. On va se tirer d'ici jusqu'à ce qu'ils l'aient coincé. (Elle ferma son sac à dos et le laissa tomber sur le lit. Elle se dirigea vers la penderie pour y prendre son manteau, son écharpe et ses gants.) D'abord, nous allons prendre le train pour Londres. Nous pourrons rester près d'Earls Court en attendant que j'aie assez d'argent pour...
– Non.
– Rosalyn...
– Gareth Randolph n'est pas un tueur. Il aimait Elena. C'est écrit sur son visage. Jamais il ne lui aurait fait du mal.
– Ça, c'est des conneries. Les gens tuent par amour, plus souvent qu'on ne le croit. Après, ils continuent pour couvrir leurs traces. C'est exactement ce qu'il est en train de faire, contrairement à ce que tu penses. (Melinda balaya la chambre du regard comme pour s'assurer qu'elle n'avait rien oublié.) Allons-nous-en. Viens.

Rosalyn ne fit pas un mouvement.

– C'est pour toi que je suis allée chez les Signeurs hier soir, Melinda, au lieu d'aller à la police. Et maintenant Georgina est morte.
– Elle est morte parce que tu es allée chez les Signeurs. Parce que tu as parlé. Si tu l'avais bouclée, rien ne serait arrivé. C'est pourtant pas difficile à comprendre.
– Je suis responsable de ce qui est arrivé, Melinda. Nous sommes toutes les deux responsables.

La bouche de Melinda se crispa en une grimace rectiligne.

– Moi, responsable? Mais de quoi? J'ai essayé de prendre soin de toi, Ros. De te protéger. De t'empêcher de nous mettre dans le pétrin toutes les deux. Et maintenant tu me dis que je suis responsable de la mort de Georgina ? Ah, ça alors, c'est la meilleure !

– Tu ne comprends pas ? Je t'ai laissée me convaincre de ne pas aller trouver les flics. Alors que j'aurais dû suivre mon instinct. Je devrais toujours suivre mon instinct. Mais non, je passe mon temps à me faire avoir.

– Qu'est-ce que ça signifie, Ros ?

– Ça signifie qu'avec toi, il n'y a qu'une seule chose qui compte, c'est l'amour. Si je t'aime, je choisis la chambre sous les combles. Si je t'aime, on couche ensemble quand tu en as envie. Si je t'aime, il faut que je raconte à mes parents la vérité nous concernant.

– Ah, nous y voilà ! C'est ça, hein ? Tu as parlé à tes parents et au lieu de te féliciter, de se montrer compréhensifs, ils ont réussi à te faire culpabiliser.

– Si je t'aime, je t'obéis au doigt et à l'œil. Si je t'aime, je ne réfléchis pas. Si je t'aime, je mène la vie d'une...

– D'une quoi ? Allez, dis-le. La vie d'une quoi ?

– Rien. N'en parlons plus.

– Allez, dis-le. (Melinda avait l'air hors d'elle.) La vie d'une gouine. Une gouine. Une gouine. C'est ce que tu es, ma vieille. Seulement, comme tu ne peux pas le supporter, tu me colles ça sur le dos. Tu crois peut-être qu'un homme va résoudre tes problèmes ? Tu crois qu'un homme pourra faire de toi ce que tu n'es pas ? Ouvre les yeux, Ros. Regarde les choses en face. Le problème, c'est toi. (Elle mit son sac à dos à l'épaule et jeta l'autre par terre aux pieds de Rosalyn.) Choisis.

– Je n'ai pas envie de choisir.

– Oh, je t'en prie. Pas de ça avec moi.

Melinda attendit un instant.

Rosalyn tendit la main. Mais elle ne ramassa pas le sac.

– Melinda...

— On naît comme on naît. C'est un coup de dés, on ne choisit pas. Personne ne peut rien y changer.

— Mais tu ne comprends pas? Je ne sais même pas si j'ai une chance de changer. Je n'ai jamais eu l'occasion de le découvrir.

Melinda hocha la tête, son visage se ferma.

— Très bien. Vas-y, essaie. Mais ne reviens pas en chialant quand tu auras la réponse. (Elle empoigna son sac à dos et enfila ses gants.) Je m'en vais. Ferme à clé en partant et donne la clé au portier.

— Tout ça parce que je veux aller trouver la police? s'enquit Rosalyn.

— Tout ça parce que tu refuses de te voir telle que tu es.

— Je mise sur le pull-over, dit le sergent Havers. (Elle attrapa la théière trapue en inox et grimaça à la vue du liquide pâle qui coulait dans sa tasse.) Qu'est-ce que c'est que ce truc-là? lança-t-elle à la serveuse qui passait devant leur table.

— Un mélange maison.

L'air sombre, Havers remua le sucre qu'elle avait mis dans sa tasse.

— Du gazon bouilli, oui! (Elle but une gorgée, grimaça de nouveau.) Qu'est-ce que je vous avais dit? Le thé, ils ne connaissent pas ici? Vous savez, cette boisson colorée qui attaque l'émail des dents...

Lynley emplit sa tasse à son tour.

— Cette tisane est exactement ce qu'il vous faut, sergent. Elle ne contient pas de caféine.

— Et elle est parfaitement insipide. Mais peut-être que le goût, vous vous en fichez?

— C'est un des inconvénients de la vie saine.

Havers marmonna et sortit ses cigarettes.

— On ne fume pas ici, dit la serveuse en leur apportant leurs gâteaux – des biscuits au caroube et des tartes aux fruits sans sucre.

— Enfer et damnation, gronda Havers.

Ils étaient dans le Bliss Tea Room à Market Hill, petit établissement coincé entre une papeterie et ce qui semblait être le lieu de rendez-vous des skinheads du coin. « Métale urlant » avait écrit un illettré au crayon gras rouge sur la façade de l'officine d'où s'échappaient des grincements redoutables de guitares électriques.

Le Bliss Tea Room avec ses tables en pin et ses sets de table rustiques était vide lorsque Lynley et Havers étaient entrés. Entre la musique assourdissante du café voisin et la nourriture diététique inscrite au menu, on pouvait parier sans trop de risque que le petit restaurant ne tiendrait pas longtemps le coup.

Au sortir de la chambre de Georgina Higgins-Hart, Havers avait entraîné Lynley vers la salle de réunion des étudiants pour téléphoner au labo de la police scientifique de Cambridge. Il l'avait arrêtée, lui disant :

– J'ai aperçu une cabine dans la rue. Si jamais les fibres correspondent, j'aimerais autant que la nouvelle ne se répande pas comme une traînée de poudre avant que nous ayons le temps de réfléchir à ce qu'il convient de faire.

Aussi, quittant le collège, ils s'étaient dirigés vers Trumpington où les vestiges d'une cabine téléphonique tenaient – par miracle – encore debout : trois de ses quatre panneaux vitrés manquaient et le quatrième disparaissait sous une affiche montrant un fœtus dans une poubelle. Le slogan « Avorter, c'est tuer » éclatait en lettres écarlates qui se liquéfiaient dans une flaque de sang.

Lynley ne fut pas surpris par les nouvelles que lui donnèrent les techniciens du laboratoire.

– La recherche de convergence n'a rien donné, dit-il à Havers tandis qu'ils retournaient vers Queens' College où ils avaient laissé la voiture. Ils n'ont pas encore fini, mais jusqu'à présent, résultat néant.

Restaient à analyser un manteau, un pull, un tee-shirt et deux pantalons. C'est à cela que le sergent songeait en trempant son biscuit au caroube dans sa tisane. Elle avala une bouchée avant de revenir à son thème de prédilection.

– Ça colle. Il faisait froid. Il portait sûrement un pull. Je crois qu'on le tient.

Lynley avait choisi une tarte aux pommes. Il en prit une bouchée. Elle était bonne.

– Pas forcément. Rayonne, polyester et coton, sergent, c'est trop léger pour un pull ; surtout pour un pull censé vous protéger du froid de canard d'un petit matin de novembre.

– D'accord. Alors il portait quelque chose par-dessus son pull. Un manteau. Une veste. Il l'a enlevé avant de la tuer. Puis il l'a remis pour cacher le sang qui a dû l'éclabousser quand il lui a démoli la figure.

– Et ensuite il l'a nettoyé, son sens de l'anticipation lui ayant soufflé que nous lui rendrions visite ce matin, sergent ? Il n'y avait pas de taches sur le pull. En outre s'il s'attendait à ce que nous débarquions chez lui, pourquoi l'aurait-il laissé au milieu des autres ? Pourquoi ne s'en serait-il pas débarrassé ?

– Parce qu'il ignore comment se déroule une enquête.

– Ça ne me plaît pas, Havers. Ça ne me plaît pas. Ça laisse trop de choses inexpliquées.

– Par exemple ?

– Par exemple, qu'est-ce que Sarah Gordon fabriquait sur les lieux du crime ce matin-là ? Pourquoi rôdait-elle autour d'Ivy Court cette nuit-là ? Pourquoi Justine Weaver a-t-elle couru sans son chien lundi matin ? Quelles conséquences pouvaient avoir les frasques d'Elena Weaver à Cambridge sur la chaire de Penford que convoite son père ?

Havers prit un second biscuit et le cassa en deux.

– Et moi qui croyais que vous soupçonniez

Gareth Randolph! Vous le rayez de la liste, ou quoi? C'est joli de le remplacer par Sarah Gordon, Justine Weaver ou je ne sais trop qui, mais alors comment expliquez-vous le second meurtre?

Lynley reposa sa fourchette et repoussa sa tarte aux pommes.

— J'aimerais pouvoir vous répondre.

La porte du salon de thé s'ouvrit. Ils levèrent tous deux les yeux. Une jeune fille se tenait d'un air hésitant dans l'encadrement. Elle avait la peau claire et une masse de cheveux auburn qui moussait autour de son visage tels des nuages au crépuscule.

— Vous êtes... (Elle jeta les yeux autour d'elle comme pour s'assurer qu'elle s'adressait bien aux gens qu'elle cherchait.) Vous êtes de la police, n'est-ce pas? (Comprenant qu'elle ne s'était pas trompée, elle s'approcha.) Je m'appelle Catherine Meadows. Je peux vous parler?

Elle ôta son béret bleu, son écharpe assortie et ses gants mais conserva son manteau. Puis elle s'assit tout au bord d'une chaise à dossier droit à la table voisine. Lorsque la serveuse s'approcha, la jeune fille eut l'air confus puis consulta la carte et commanda simplement du thé à la menthe ainsi qu'un sablé.

— Je vous cherche depuis neuf heures et demie, dit-elle. Le portier de St. Stephen n'a pas réussi à me dire où vous étiez. C'est par hasard que je vous ai vus entrer ici. J'étais à la banque Barclay.

— Ah, fit Lynley.

Catherine sourit fugacement et se tripota les cheveux. Elle avait gardé son sac à bandoulière sur ses genoux et ses genoux étaient serrés. Elle ne dit pas un mot avant que la serveuse ne lui ait apporté son thé et son gâteau.

— C'est au sujet de Lenny, attaqua-t-elle à voix basse, les yeux fixés sur le plancher.

Lynley vit Havers sortir son carnet et l'ouvrir sans bruit.

– Lenny ?
– Thorsson.
– Ah, oui.
– J'ai vu que vous l'attendiez après sa conférence sur Shakespeare mardi. J'ignorais qui vous étiez mais il m'a dit ensuite que vous l'avez interrogé à propos d'Elena Weaver. Il m'a aussi dit qu'on n'avait pas à s'inquiéter parce que... (Elle tendit la main vers sa tasse mais changea d'avis en cours de route.) C'est sans importance. Tout ce qu'il faut que vous sachiez, c'est qu'il n'avait absolument rien à voir avec Elena. Et qu'il ne l'a certainement pas tuée. Il n'aurait pas pu la tuer. Il était avec moi.

– Quand exactement était-il avec vous ?

Elle les regarda d'un air sérieux, ses yeux gris s'assombrissant. Elle ne devait pas avoir plus de dix-huit ans.

– C'est tellement personnel. Il risquerait d'avoir de gros ennuis si vous parliez de ça. Vous voyez, je suis la seule étudiante que Lenny ait jamais... (Elle roula sa serviette en papier et en fit un petit tube puis elle ajouta d'un ton calme et déterminé :) avec laquelle il se soit laissé aller à avoir des relations... intimes. Ça n'a pas été facile pour lui, à cause de son sens moral et de son éthique. Car c'est mon professeur, voyez-vous.

– Vous êtes amants, c'est ça ?

– Vous devez savoir que des semaines entières se sont écoulées sans qu'il se passe rien entre nous. On a lutté comme des diables pour ne pas succomber. Dès le début ça a fait tilt entre nous. Le courant passait, c'était comme de l'électricité. Lenny n'a pas essayé de faire comme si de rien n'était. Au contraire. Il a pris le problème à bras-le-corps. C'est sa façon de procéder dans ces cas-là, car ce n'était pas la première fois que ça lui arrivait, vous pensez bien. Il aime les femmes et n'en fait pas mystère. Jusque-là il s'en était toujours sorti en en parlant avec elles. Alors on a essayé de discuter. On a vraiment essayé. Mais c'était plus fort que nous.

– C'est ce que Lenny a dit ? s'enquit Havers en gardant un visage en apparence impassible.

Catherine parut percevoir quelque chose dans son intonation cependant, car elle dit, un peu raide :

– C'est moi qui ai décidé de faire l'amour avec lui. Lenny ne m'a pas forcée. J'étais prête. On en a parlé pendant des jours. Il voulait que je le connaisse à fond avant de prendre ma décision. Il voulait que je comprenne.

– Que vous compreniez ? questionna Lynley.

– Que je le comprenne, lui, sa vie. Ce qu'il a vécu lorsqu'il était fiancé. Il voulait que je le voie tel qu'il est et que je l'accepte tel qu'il est. Complètement. Pour que je ne fasse pas comme sa fiancée. (Elle les regarda franchement en face.) Elle l'a rejeté sexuellement pendant quatre ans. Quatre ans ! Parce qu'il était... oh, ça n'a pas d'importance. Mais il faut que vous compreniez qu'il ne pouvait pas supporter l'idée que cela puisse se reproduire. Il a été profondément démoli par l'attitude de cette fille et le chagrin qu'elle lui a causé. Ça lui a pris un temps fou pour surmonter tout ça et apprendre à faire confiance à une autre femme.

– Vous a-t-il demandé de venir nous parler ? questionna Lynley.

Elle inclina sa jolie tête.

– Vous ne me croyez pas, n'est-ce pas ? Vous pensez que j'invente.

– Pas du tout. Je me demande simplement s'il vous a demandé de nous parler et quand.

– Il ne m'a pas demandé de vous parler. Jamais il ne ferait une chose pareille. Simplement il m'a dit que ce matin vous étiez venus le voir, que vous aviez emporté certains de ses vêtements et que vous pensiez... (Elle hésita et tendit la main vers son thé, qu'elle but cette fois. Elle garda la tasse en équilibre sur la paume blanche de sa petite main.)

Lenny ne s'intéressait pas à Elena. Il est amoureux de moi.

Le sergent Havers toussa discrètement. Catherine la regarda d'un œil perçant.

– Oh, je vois à quoi vous pensez. Vous vous dites que je ne suis qu'une fille facile et naïve pour lui. Mais c'est faux. Nous allons nous marier.

– Ben voyons!

– Si! Quand j'aurai ma licence.

– A quelle heure Thorsson vous a-t-il quittée? questionna Lynley.

– A sept heures moins le quart.

– Il est sorti de votre chambre à St. Stephen à sept heures moins le quart?

– Je n'habite pas au collège. Je partage une maison avec trois autres étudiantes du côté de Mill Road. Vers Ramsey Town.

« Et pas, songea Linley, vers l'île de Robinson Crusoé. »

– Vous êtes certaine de l'heure?

– Sûre et certaine.

Havers tapota avec son crayon contre une page de son carnet.

– Pourquoi?

Il y avait beaucoup d'orgueil dans la réponse de Catherine.

– Parce que j'ai regardé l'heure quand il m'a réveillée et que je l'ai regardée de nouveau quand on a eu fini. Je voulais voir combien de temps il tenait, cette fois. Soixante-dix minutes. Il a fini à six heures quarante.

– Un véritable champion de marathon, fit Havers. Vous avez dû vous sentir comme un sac de viande hachée après ça!

– Havers, fit doucement Lynley.

La jeune fille se mit debout.

– Lenny m'avait prévenue que vous ne me croiriez pas. Vous surtout... (Pointant un doigt vers Havers.) Il m'a dit que vous vouliez sa peau. Pourquoi? Je lui ai demandé. « Tu verras, m'a-t-il dit, tu verras quand tu lui parleras. » (Elle remit son béret et son écharpe, roula ses gants en boule.) Eh bien maintenant, je vois. C'est un homme merveilleux. Il est tendre, aimant, brillant et il a été terriblement traumatisé parce qu'il est trop sensible. Il avait de la sympathie pour Elena Weaver mais elle s'est méprise sur ses sentiments. Et lorsqu'il a refusé de coucher avec elle, elle est allée raconter cette histoire abominable au Dr Cuff... Maintenant, si vous n'êtes pas capables de voir la vérité...

– Était-il avec vous la nuit dernière ? questionna Havers.

La jeune fille hésita.

– Quoi ?

– Est-ce qu'il a de nouveau passé la nuit avec vous ?

– Je... Non. Il travaillait à une conférence. Et aussi à un article. (Sa voix s'affermit.) Il travaille sur les tragédies de Shakespeare. Sur les héros des tragédies. Victimes non pas de leurs vices mais des valeurs sociales de leur époque. Il est brillant, il a des idées audacieuses. Il travaillait là-dessus la nuit dernière et...

– Où ça ? questionna Havers.

L'espace d'un instant la jeune fille hésita. Elle ne répondit pas.

– Où ça ? répéta Havers.

– Chez lui.

– Il vous a dit qu'il était resté chez lui toute la nuit ?

La main de Catherine se crispa sur ses gants.

– Oui.

– Vous êtes sûre qu'il n'est pas sorti à un moment donné ? Pour voir quelqu'un, peut-être ?

– Pour voir quelqu'un ? Qui ? Qui aurait-il voulu voir ? J'étais à une réunion. Je suis rentrée très tard. Il n'était pas passé chez moi, il n'avait pas téléphoné ; quand j'ai appelé, il n'a pas répondu, mais j'en ai déduit... Je suis la seule qu'il fréquente. La seule. Alors... (Elle baissa les yeux, et mit ses gants péniblement.) Je suis la seule...

Elle pivota vers la porte, se retourna comme pour ajouter quelque chose puis s'éloigna.

La porte resta ouverte derrière elle. Le vent s'engouffra vivement dans le restaurant. Un vent froid et humide.

Havers souleva sa tasse comme pour saluer le départ de la jeune fille.

– Quel homme, ce Lenny.

– Ce n'est pas lui le tueur, dit Lynley.

– Non. Ce n'est pas lui le tueur. Pas celui d'Elena du moins.

18

Lorsque Lynley sonna à Bulstrode Gardens à sept heures et demie, ce fut Penelope qui lui ouvrit la porte, le bébé calé contre son épaule. Bien que toujours vêtue d'une robe de chambre et de pantoufles, elle s'était lavé les cheveux et ceux-ci tombaient sur ses épaules en douces vagues. Autour d'elle, l'air sentait la poudre de riz.
– Tommy ! Bonsoir.
Elle l'entraîna dans le salon où plusieurs volumineux ouvrages restés ouverts sur le canapé voisinaient avec un colt 45 miniature, un chapeau de cow-boy et une pile de linge propre, essentiellement des pyjamas et des couches.
– Vous m'avez donné envie de me replonger dans les démêlés de Whistler et Ruskin, dit-elle en désignant les ouvrages qui, comme Lynley ne tarda pas à le constater, étaient des livres d'art. Le conflit qui les a opposés appartient désormais à l'histoire, mais voilà des années que je n'avais eu l'occasion d'y penser. Quel bagarreur que ce Whistler ! Quoi que l'on puisse penser de son travail – un travail sérieusement controversé à l'époque... Il n'y a qu'à voir la Peacock Room de la maison Leyland pour s'en rendre compte –, on ne peut s'empêcher de l'admirer.
Elle se dirigea vers le canapé, creusa une sorte de nid dans le linge dans lequel elle déposa le

bébé, qui se mit à gazouiller joyeusement tout en donnant des coups de pied en l'air. Extirpant un livre de sous la pile, elle poursuivit :

– Cet ouvrage contient une partie des minutes du procès. Vous vous rendez compte d'un culot, s'en prendre au critique d'art le plus influent de l'époque et le poursuivre pour écrits diffamatoires... Je ne vois personne qui aurait le toupet de faire ça à un critique aujourd'hui. Écoutez plutôt ce qu'il dit de Ruskin. (Elle prit le livre et promena le doigt le long des lignes pour retrouver le passage.) Voilà, j'y suis. « Ce n'est pas seulement lorsque la critique est hostile que je lui en veux, mais c'est lorsqu'elle est incompétente. Je prétends que seul un artiste peut faire un critique compétent. » (Avec un rire léger, elle repoussa ses cheveux qui lui tombaient sur les joues – geste rappelant singulièrement Helen.) Vous vous rendez compte ? Dire ça de John Ruskin ! Quelle arrogance de la part de Whistler.

– Est-ce qu'il disait la vérité ?

– C'est vrai de toute critique, Tommy. L'opinion qu'un peintre a de son travail repose sur les connaissances qu'il a acquises à travers son éducation et son expérience. Le critique artistique ou littéraire, lui, s'appuie sur des références historiques – la production artistique antérieure –, et sur la théorie – la façon dont on est censé travailler. Tout ça, c'est très bien ; la théorie, la technique, les bases. Mais il n'y a qu'un artiste pour comprendre vraiment un autre artiste et son travail.

Lynley la rejoignit près du canapé où l'un des livres était ouvert sur le *Nocturne en noir et or*.

– Je connais mal son œuvre, avoua-t-il. En dehors du tableau qu'il a peint de sa mère.

Elle fit la grimace.

– Dommage que l'on se rappelle ce portrait assez lugubre plutôt que ces tableaux-là. Mais je suis peut-être injuste. Après tout, le portrait de sa mère était une excellente étude du point de vue de la composition et de la couleur – ou plus exactement du manque de couleurs primaires et de lumière –, mais ses tableaux de la rivière sont splendides. Regardez-les. Ils sont étonnants, non ? Quel défi, pour un peintre, que de s'attaquer à l'obscurité, d'essayer de l'extraire de la substance de l'ombre.

– Ou du brouillard ? fit Lynley.

Penelope leva les yeux de sa page.

– Du brouillard ?

– Sarah Gordon, expliqua Lynley. Elle s'était installée pour peindre en pleine purée de pois lorsqu'elle a trouvé le corps d'Elena Weaver lundi matin. Je n'arrête pas d'achopper sur ce détail lorsque j'essaie de comprendre son rôle dans cette affaire. Est-ce qu'on peut dire que peindre le brouillard est la même chose que peindre l'obscurité ?

– Ça n'est pas très différent.

– Cela signifierait qu'elle avait décidé de changer de style ?

– Oui. Mais les changements de style sont fréquents chez les artistes. Regardez Picasso. La période bleue. Le cubisme. Il passait son temps à innover, à se renouveler.

– Pour se lancer des défis ?

Elle sortit un autre volume de la pile. Il était ouvert sur le *Nocturne en bleu et argent*, tableau représentant la Tamise et Battersea Bridge, peint par Whistler en pleine nuit.

– Défi, ennui, besoin d'évoluer. Les artistes changent de style pour toutes sortes de raisons.

– Et Whistler ?

– Il voyait de l'art là où les autres ne voyaient rien. Mais c'est le rôle de l'artiste, n'est-ce pas ?

Voir de l'art là où les autres ne voient rien. Lynley s'aperçut non sans surprise que c'était une conclusion logique, que lui-même aurait dû être capable de tirer.

Penelope feuilletait l'ouvrage. Soudain une voiture s'immobilisa dans l'allée. Une portière s'ouvrit et se referma. Elle leva la tête.

— Qu'est-il arrivé à Whistler ? questionna Lynley. Je n'arrive pas à me rappeler s'il a gagné son procès contre Ruskin.

Les yeux de Penelope, d'abord braqués sur les rideaux fermés, se dirigèrent vers la porte d'entrée tandis que des pas s'approchaient, crissant agressivement sur les graviers de l'allée.

— Il a gagné et il a perdu. Le jury lui a accordé un franc symbolique de dommages et intérêts, mais il lui a fallu payer les frais de justice, ce qui l'a ruiné.

— Et ensuite ?

— Il est parti quelque temps à Venise, où il n'a rien peint. Il s'est employé à se détruire en menant une vie de patachon. Puis, il est rentré à Londres, où il a continué d'essayer de se détruire.

— Il n'y est pas parvenu ?

— Non. (Elle sourit.) Il est tombé amoureux d'une femme qui est tombée amoureuse de lui. Rien de tel pour vous faire oublier les injustices passées, n'est-ce pas ? Difficile de persévérer dans l'autodestruction quand un être devient subitement le centre de votre vie.

La porte d'entrée s'ouvrit. Il y eut comme une sorte de froissement de manteau que l'on retire et que l'on suspend au portemanteau. Puis quelques pas encore, et Harry Rodger s'arrêta net devant la porte du séjour.

— Oh, Tommy. Bonsoir. J'ignorais que vous étiez à Cambridge. (Rodger resta planté sur le seuil, mal à l'aise dans un complet froissé, sa cravate rouge toute tachée. Il tenait à la main un sac de sport avachi d'où sortait la manchette d'une chemise blanche.) Je te trouve l'air nettement plus animé, dit-il à sa femme. (Il fit quelques pas dans la pièce. Ses yeux se dirigèrent vers le sofa, il examina les titres des livres.) Ah, je vois.

— Tommy est venu me poser des questions à propos de Whistler et Ruskin la nuit dernière.

– Vraiment ?

Rodger jeta un regard froid à Lynley.

– Oui, poursuivit-elle avec vivacité. J'avais oublié à quel point c'est passionnant...

– Tiens donc.

Lentement, Penelope porta une main à ses cheveux comme pour vérifier l'état de sa coiffure. De fines rides se dessinèrent au coin de sa bouche.

– Je vais chercher Helen, dit-elle à Lynley. Elle lit une histoire aux jumeaux. Elle n'a pas dû vous entendre arriver.

Lorsqu'elle fut sortie, Rodger vint se poster devant le canapé. Les doigts au-dessus du front du bébé, il semblait lui donner la bénédiction.

– On devrait te baptiser Peinture-à-l'huile, fit-il, suivant de l'index la joue lisse du bébé. Je suis sûr que ça plairait à ta maman.

Il fixa Lynley, un sourire sarcastique aux lèvres.

– On peut avoir des centres d'intérêt extérieurs à sa sphère familiale, Harry, observa Lynley.

– A condition que ces centres d'intérêt restent accessoires. La famille doit passer en premier.

– Les principes, c'est une chose. La vie en est une autre, vous le savez bien. Les gens ne rentrent pas forcément tous dans un moule unique.

– Pen est une épouse. (La voix de Rodger était lisse comme le roc, dure et déterminée.) Une épouse et une mère. C'est ce qu'elle a décidé d'être il y a plus de quatre ans. Elle a choisi de s'occuper des enfants, d'être l'épine dorsale de la famille. Pas quelqu'un qui abandonne son bébé sur un tas de linge pendant qu'elle feuillette des livres d'art en remuant le passé.

Lynley trouva l'analyse d'autant plus injuste que c'était à cause de lui que Penelope s'était replongée dans ses ouvrages d'art.

– C'est moi qui l'ai branchée sur le sujet hier.

– Très bien. Je comprends. Mais c'est fini pour elle tout ça, Tommy. Il faut qu'elle tourne cette page de sa vie.

– Qui en a décidé ainsi ?
– Oh, je sais ce que vous pensez. Vous avez tort. Nous avons fixé nos priorités d'un commun accord. Or la voilà qui refuse d'assumer ses responsabilités à présent. Elle ne veut pas s'adapter.
– Pourquoi devrait-elle s'adapter ? Les décisions que vous avez prises ne sont pas gravées dans la pierre. Pourquoi ne pourrait-elle pas concilier sa carrière et sa vie de famille ?
– Personne n'y gagne dans une situation comme celle-là. Tout le monde paie les pots cassés.
– Au lieu que Pen soit la seule à souffrir ?
Le visage de Rodger se durcit. Sa voix cependant resta parfaitement calme.
– J'ai déjà vu ce genre de choses arriver chez mes collègues, Tommy, si vous ne l'avez pas vu. Quand les femmes travaillent à l'extérieur, la famille part à vau-l'eau. Et même si Pen réussissait à concilier les rôles d'épouse, de mère, de femme au foyer et de restauratrice de tableaux sans nous rendre tous complètement fous – ce qui est impossible, la preuve : elle a laissé tomber son job au Fitzwilliam à la naissance des jumeaux –, je ne vois pas pourquoi elle travaillerait. Elle a tout ce dont elle a besoin ici. Un mari, des revenus décents, un foyer, trois enfants en pleine santé.
– Ça n'est pas forcément suffisant.
Rodger eut un rire rauque.
– Vous parlez comme elle. Elle se plaint d'avoir perdu son identité, de n'avoir plus d'existence propre. Quelle bêtise ! Ce qu'elle a perdu, ce sont des choses, des biens matériels. Ce que ses parents lui donnaient. Ce que nous pouvions nous payer lorsque nous avions deux salaires. Des objets, des gadgets. (Il laissa tomber son sac de sport près du canapé et se frictionna la nuque d'un air las.) J'ai parlé à son médecin. « Laissez-lui un peu de temps, me dit-il. C'est toujours comme ça après un accouchement. Dans quelques semaines, elle retombera sur ses pattes. » Eh bien, en ce qui me concerne, il

vaudrait mieux qu'elle accélère le mouvement. Parce que je commence à en avoir par-dessus la tête. (D'un mouvement de menton, il désigna le bébé.) Surveillez-la, voulez-vous ? Faut que j'aille me mettre quelque chose sous la dent.

Sur ce, il disparut par la porte de la cuisine. Le bébé se mit à gazouiller, agitant ses petites mains en l'air.

Lynley s'assit près du tas de linge qui lui servait de berceau et prit une des minuscules mains entre les siennes : elle n'était guère plus grosse que la base de son pouce. Les ongles menus lui griffèrent la peau – bizarrement, il n'avait jamais pensé que les bébés avaient des ongles –, il éprouva une soudaine bouffée de tendresse pour ce petit être. Tout étonné de sa réaction, il saisit l'un des livres d'art de Penelope. Bien que les mots soient légèrement flous, il négligea de mettre ses lunettes. Néanmoins, il se plongea dans le récit de James McNeill relatant l'arrivée de Whistler à Paris. L'auteur expédiait les relations du peintre avec sa première maîtresse en une seule phrase : « Adoptant le mode de vie qui lui semblait convenir à un bohémien, Whistler persuada une jeune chapelière – surnommée " La Tigresse " avec l'emphase gaie de l'époque – de vivre avec lui et de lui servir de modèle. » Lynley continua sa lecture. Mais il ne trouva plus trace de la chapelière. Aux yeux de l'universitaire qui avait rédigé l'ouvrage, la jeune femme ne méritait qu'une phrase, quelles qu'aient pu être sa place dans la vie de Whistler et l'influence qu'elle avait exercée sur son œuvre.

Lynley réfléchit à ce qu'impliquait ce laconisme. *Quantité négligeable.* Aux yeux de l'histoire, elle était son modèle et sa maîtresse. Point final. Si elle avait eu une personnalité propre, celle-ci avait été oubliée depuis longtemps. Il se leva, traversa la pièce pour se planter devant la cheminée, sur laquelle s'alignaient des photographies. Penelope avec Harry, Penelope avec les enfants, Penelope

avec ses parents, Penelope avec ses sœurs. Mais pas une seule photo de Penelope seule.
— Tommy ?
Il se tourna. Helen se tenait près de la porte, vêtue de laine marron et de soie ivoire, une veste poil de chameau jetée sur un bras. Penelope était derrière elle.
Il aurait voulu leur dire à toutes les deux : « Je crois que je comprends. Maintenant. Je crois que je vous comprends enfin. » Mais au lieu de cela, il dit simplement :
— Harry est en train de manger un morceau dans la cuisine. Merci de votre aide, Pen.
Elle accueillit ses remerciements par une moue qui pouvait passer pour un sourire et par une légère inclination de la tête. Puis elle s'approcha du canapé et commença à fermer les livres. Elle les empila sur le sol et prit le bébé dans ses bras.
— C'est l'heure de la tétée. Bizarre qu'elle n'ait pas réclamé.
Elle sortit et ils l'entendirent monter l'escalier.
Ils ne parlèrent qu'une fois dans la voiture, pendant le court trajet jusqu'à Trinity Hall – le concert de jazz devait avoir lieu dans la salle de réunion des étudiants. Ce fut Lady Helen qui brisa le silence.
— C'est comme si elle était revenue à la vie, Tommy. Je ne peux pas te dire à quel point je suis soulagée.
— Oui. Ça fait une sacrée différence.
— Elle a passé la journée à s'occuper d'autre chose que de la maison et cette bouffée d'oxygène lui a fait un bien fou. Ils savent tous les deux la vie de famille ne lui suffit pas, qu'elle a besoin de se réaliser à l'extérieur. Ils en sont bien conscients. Mais...
— Tu en as parlé avec elle ?
— Bien sûr. « Comment veux-tu que je les laisse ? me répond-elle. Ce sont mes enfants, Helen. Je serais une drôle de mère si je les abandonnais. »

398

Lynley la regarda. Helen avait tourné la tête.
– C'est un problème que tu ne peux pas résoudre à sa place, Helen.
– Je ne peux pas non plus la laisser se dépatouiller seule.

La détermination qui sous-tendait ces paroles fit chuter le moral de Lynley.
– Tu as l'intention de rester à Cambridge ?
– Je vais téléphoner à Daphné demain. Elle peut reporter sa visite d'une semaine. Dieu sait qu'elle sera contente de le faire. Elle aussi, elle a des enfants et un mari.

Sans réfléchir, il dit :
– Bon sang Helen, j'aimerais que tu... (Il s'arrêta net.)

Il sentit qu'elle se tournait vers lui pour le regarder. Il n'ajouta pas un mot.
– Tu as été formidable avec Pen, déclara-t-elle. Je crois que tu l'as obligée à regarder certaines réalités en face.

La nouvelle ne lui fit pas le moindre plaisir.
– Heureux d'avoir été utile à quelqu'un.

Il gara la Bentley dans Garret Hostel Lane, à quelques mètres du pont pour piétons qui enjambait la rivière Cam. Ils retournèrent à pied vers la loge du portier.

L'air était froid et humide. Une épaisse couche de nuages obscurcissait le ciel nocturne. Leurs pas résonnaient sur le trottoir, claquements vifs semblables à ceux d'une batterie.

Lynley jeta un coup d'œil à Lady Helen, qui marchait près de lui, son épaule frôlant la sienne. La chaleur de son bras, l'odeur fraîche de son corps le poussaient à agir bien qu'il s'efforçât de résister à la tentation. Il se dit qu'il existait autre chose dans la vie que la gratification immédiate de ses désirs. Il s'efforça de s'en persuader alors même qu'il se perdait dans la contemplation du contraste entre la chevelure sombre d'Helen et son teint nacré.

Reprenant la conversation, il murmura :

— Mais à toi, Helen, qu'est-ce que je t'apporte ? Car c'est bien là toute la question, n'est-ce pas ? (Bien que réussissant à garder un ton léger, il sentit son cœur battre plus vite.) Plus je réfléchis, plus je me demande si je fais le poids.

— Si tu fais le poids ? (Lorsqu'elle tourna la tête, la lumière ambrée qui coulait d'une fenêtre la nimba, telle une auréole.) Pourquoi ne ferais-tu pas le poids, Tommy ?

Il réfléchit à toutes les questions qu'il se posait, analysant les sentiments que provoquait en lui la décision d'Helen de rester chez sa sœur à Cambridge. Il aurait tant voulu qu'elle rentre à Londres avec lui. Il se dit que s'il le lui demandait, si elle attachait du prix à son amour, elle se plierait à ses désirs. Il voulait qu'il en fût ainsi. Il voulait qu'elle lui donne une preuve tangible de l'amour qu'elle prétendait éprouver pour lui. Et il voulait être celui qui choisirait la preuve en question.

Mais il ne pouvait rien lui dire de tout cela. Aussi se contenta-t-il de bougonner :

— Je n'arrive pas à définir l'amour.

Elle sourit et le prit par le bras.

— Tu n'es pas le seul, Tommy chéri.

Ils tournèrent dans Trinity Lane et pénétrèrent dans le collège. Un tableau annonçait « Ce soir, jazz » à la craie de différentes couleurs et des flèches jalonnaient le chemin jusqu'à la salle de réunion des étudiants dans l'angle nord-est du collège.

Le bâtiment abritant la salle de réunion des étudiants de Trinity Hall, semblable en cela à celui de St. Stephen, était moderne, composé de panneaux de bois et de verre. Outre la salle de réunion, l'édifice contenait le bar. Une foule considérable massée autour de petites tables bavardait bruyamment tout en taquinant avec bonhomie deux hommes qui jouaient aux fléchettes avec plus de sérieux que ce jeu n'en nécessite habituellement. Raison apparente de cette animation : l'âge. L'un des joueurs en effet était un garçon d'une vingtaine d'années tandis que son adversaire était plus âgé et arborait une barbe grise assez courte.

– Vas-y, Petersen, cria quelqu'un lorsque le cadet s'avança pour lancer. Montre-lui ce que les jeunes savent faire.

Le jeune homme se mit en position et lança sa fléchette, ratant complètement son coup. Les huées fusèrent. Pour toute réponse, il se tourna, présenta son derrière à l'assistance et porta une pinte de bière à ses lèvres. Les huées redoublèrent, la foule hurla de rire.

Lynley guida Lady Helen à travers les groupes compacts jusqu'au bar où ils prirent une bière et de là ils se dirigèrent vers la salle de réunion, chope à la main. La salle de réunion des étudiants, construite sur plusieurs niveaux, était meublée de canapés et de chaises aussi nombreuses que dénuées d'intérêt. Au fond de la pièce était installée une petite estrade où le groupe de musiciens se préparait à jouer.

Comme ils n'étaient que six, l'espace dont ils avaient besoin était limité, juste suffisant pour caser un orgue électrique, une batterie, trois chaises à dossier droit pour les joueurs de saxophone, de trompette et de clarinette, et un petit espace triangulaire pour la contrebasse. Des fils électriques traînaient partout. Lorsque Miranda Webberly aperçut Lynley et Lady Helen, elle trébucha sur l'un des fils tellement elle était pressée de leur dire bonjour.

Rétablissant son équilibre, elle se précipita à leur rencontre.

– Vous êtes venus ! C'est formidable. Vous direz à papa que je suis un génie de la musique, inspecteur ? Je meurs d'envie de retourner à La Nouvelle-Orléans, mais il ne m'aidera financièrement que s'il est persuadé que j'ai de l'avenir à Bourbon Street.

— Je lui dirai que tu joues comme un ange.
— Plutôt comme Chet Baker ! (Elle dit bonsoir à Lady Helen et poursuivit en confidence.) Jimmy, le batteur, voulait qu'on annule la soirée. Il est étudiant à Queen's, il trouve qu'avec cette deuxième fille qui s'est fait tuer ce matin... (Elle jeta un coup d'œil par-dessus son épaule en direction du batteur qui faisait claquer ses baguettes sur les cymbales.) Il dit qu'on devrait pas jouer. Que ça n'est pas bien. Paul, le contrebassiste, voulait aller en découdre avec les gens du coin dans un pub d'Arbury. Finalement, on s'est dit que le mieux, c'était de s'en tenir à notre programme et de jouer. Je me demande ce que ça va donner parce qu'aucun d'entre nous n'est vraiment en forme.

Elle jeta un coup d'œil anxieux autour d'elle comme pour se rassurer.

Une foule non négligeable avait commencé à envahir la pièce, attirée par les accords plaqués sur le clavier par le musicien qui s'échauffait. Lynley profita de ce que le concert n'était pas encore commencé pour demander à Randie :

— Tu savais qu'Elena Weaver était enceinte ?

Miranda dansa d'un pied sur l'autre, frottant la semelle droite de sa chaussure de sport contre sa cheville gauche.

— Oui.
— Comment l'as-tu appris ?
— Eh bien, disons que j'avais deviné. Elle ne me l'a jamais dit.
— Tu t'en doutais mais tu n'en avais pas la certitude ?
— Je n'en avais pas la certitude.
— Mais tu t'en doutais. Pourquoi ?

Miranda se suça l'intérieur de la lèvre inférieure.

— C'est à cause des Coco Pops, inspecteur. Le paquet était à elle. Et ça faisait plusieurs semaines qu'il traînait dans la cuisine.
— Je ne comprends pas.
— Son petit déjeuner, dit Lady Helen. Elle mangeait des Coco Pops au petit déjeuner.

Miranda hocha la tête.
— Sauf qu'elle avait cessé de manger le matin. Et à trois ou quatre reprises, en allant aux toilettes, je me suis aperçue qu'elle avait été malade. Une fois, je l'ai trouvée en train de vomir et les autres fois... (Miranda tripota un bouton de son gilet bleu marine. Elle portait un tee-shirt marine en dessous.) Les autres fois, j'ai reconnu l'odeur.

Lynley songea qu'elle aurait fait un bon flic : elle avait le sens de l'observation, rien ne lui échappait.

— Je vous en aurais parlé lundi soir si j'avais été vraiment sûre. Parce que, en dehors du fait qu'il lui arrivait d'être malade le matin, elle se conduisait tout à fait comme d'habitude.

— Qu'est-ce que tu veux dire ?

— Elle n'avait pas du tout la tête de quelqu'un qui a des soucis. Alors je me suis dit que je m'étais trompée.

— Peut-être qu'elle ne se faisait effectivement pas de mauvais sang. Une grossesse hors mariage, de nos jours, ce n'est plus une catastrophe. Il y a trente ans, je ne dis pas, mais aujourd'hui...

— C'est peut-être comme ça dans votre famille, sourit Miranda. Mais je vois mal mon père accueillant la nouvelle comme s'il s'agissait du Second Avènement. Et je n'ai pas l'impression que le père d'Elena soit très différent du mien.

— Randie ! Faut s'y mettre, appela le saxophoniste de l'autre côté de la pièce.

— Très bien. (Elle salua légèrement Lynley et Lady Helen.) Je prends un solo pendant le second morceau. Tendez l'oreille.

— Elle prend un solo ? reprit Lady Helen en écho tandis que Randie se dépêchait de rejoindre la formation. Qu'est-ce que ça veut dire, Tommy ?

— Du jargon de jazzman, fit Lynley. Dommage que Louis Armstrong ne soit pas là pour traduire.

Le concert commença dans un roulement de batterie et le musicien au clavier lança :

— Allez, Randie, un, deux, trois...

Randie, le saxophoniste et le clarinettiste empoignèrent leurs instruments. Lynley jeta un œil au feuillet qui tenait lieu de programme et lut le nom du morceau. *Dysrythmie circadienne*. Penché sur son instrument avec un air concentré, l'organiste attaqua avant de passer le relais au clarinettiste, qui se leva d'un bond et enchaîna. Le batteur à l'arrière-plan marquait le rythme en frappant sur les cymbales. Tout en maniant ses baguettes, il promenait sur la salle ses yeux étrécis comme des fentes.

Au milieu du morceau, d'autres amateurs de jazz rallièrent la salle, venant qui du bar avec leur boisson à la main, qui du parc du collège où la musique se répandait. Comme chaque fois que le jazz est bon, les gens agitaient machinalement la tête et tapotaient de la main accoudoirs et flancs des chopes de bière quand ils ne se tapotaient pas le haut de la cuisse pour marquer la mesure. Au milieu du morceau, l'assistance était conquise. Lorsqu'il se termina sur une longue note aiguë, un moment de surprise suivit, bientôt rompu par des applaudissements enthousiastes et nourris.

L'organiste les accueillit par un petit hochement de tête. Avant que les applaudissements ne s'éteignent, le saxophone attaqua le familier, l'envoûtant *Take Five*. Après en avoir déroulé la mélodie, il commença à improviser. Le contrebassiste le soutenait, répétant trois notes, et le batteur maintenait le rythme. Pour le reste le saxophone jouait seul ; il y mettait tout son cœur – les yeux fermés, le corps renversé en arrière, son instrument levé. Sa musique vous donnait un coup dans le plexus solaire.

Tandis qu'il terminait son improvisation, le saxophoniste fit un signe de tête à Randie, qui se mit debout et attaqua en reprenant la dernière note. Le contrebassiste continua de jouer les trois mêmes notes, le batteur continua de marquer le rythme. Mais le son de la trompette changea l'esprit du morceau. Il devint pur et tonique, célébration joyeuse du son cuivré.

Comme le saxophoniste, Miranda jouait les yeux fermés, et elle marquait la mesure avec son pied droit. Mais à l'inverse du saxophoniste, lorsque son solo fut terminé et qu'elle passa le relais au clarinettiste, elle accueillit avec un franc sourire les applaudissements de l'assistance.

Le troisième morceau, *Just a child*, marqua un nouveau changement d'atmosphère. Le clarinettiste – un rouquin obèse au visage luisant de transpiration – lança des notes qui évoquaient des soirées pluvieuses et des night-clubs en sous-sol, la fumée des cigarettes et le gin. La musique invitait à la danse, au flirt, au sommeil.

Les spectateurs adorèrent cela, tout comme ils adorèrent le quatrième morceau, *Black Nightgown* que jouèrent le clarinettiste et le saxophoniste. Ce morceau marqua la fin de la première partie. Il y eut des cris de protestation lorsque l'organiste annonça :

– On fait une pause de quinze minutes.

La plupart des spectateurs se dirigèrent vers le bar pour se faire resservir à boire. Lynley se joignit à eux.

Dans le bar, les deux joueurs de fléchettes n'avaient pas encore fini d'en découdre, leur concentration nullement troublée par le concert qui se déroulait dans la pièce voisine. Le plus jeune avait apparemment réussi à rattraper son retard, car il était presque à égalité avec son adversaire.

– Dernier lancer, annonça le cadet, brandissant la fléchette avec un geste de prestidigitateur. Cette fois, je la lance par-dessus mon épaule, je fais mouche et je gagne. Qui parie là-dessus ?

– Tu parles ! fit quelqu'un en riant.

– Contente-toi de lancer normalement, Petersen, cria un autre. Abrège tes souffrances.

Petersen fit claquer sa langue, l'air faussement consterné.

405

– Ô hommes de peu de foi...

Tournant le dos à la cible, il lança la fléchette par-dessus son épaule et eut l'air aussi surpris que les spectateurs lorsque cette dernière, tel un aimant irrésistiblement attiré par le métal, alla se loger au cœur même de la cible.

La foule lâcha un rugissement. Déchaîné, Petersen sauta sur une table.

– Et maintenant, je prends tous ceux qui osent me défier, cria-t-il. Allez-y, tentez votre chance ! Les professeurs seulement. Je viens d'écraser Collins, je cherche de nouvelles victimes. (Il loucha à travers la fumée.) Dr Troughton ? Je vous vois là-bas, dans le coin. Venez défendre l'honneur de vos collègues.

Lynley suivit la direction du regard du champion et aperçut à l'autre bout de la salle une table où un homme était assis en grande conversation avec deux autres, nettement plus jeunes que lui.

– Laissez tomber les discussions sérieuses, poursuivit Petersen. L'histoire, c'est pour les cours. Allez venez, Troughton.

L'homme leva la tête. Il eut un geste de la main comme pour chasser Petersen. La foule l'encouragea mais il fit celui qui l'ignorait.

– Allons Troughtsie. Sois un homme, fit Petersen en riant.

– Vas-y, Trout, beugla quelqu'un d'autre.

Soudain Lynley n'entendit plus que ce nom et ses variantes. Troughton, Troughtsie, Trout [1]. Les étudiants avaient la manie de donner des surnoms affectueux à leurs enseignants. Lui-même s'était amusé à ça à Eton, puis à Oxford.

Pour la première fois, il se demanda si Elena Weaver n'en avait pas fait autant.

---

1. Truite. *(N.d.T.)*

19

– Que se passe-t-il, Tommy ? s'enquit Lady Helen.
– En ce qui nous concerne, le concert est terminé. Tu viens avec moi ?

Elle le suivit à l'intérieur du bar, où les amateurs de jazz commençaient à refluer vers la salle de réunion. Troughton était toujours assis à la table d'angle ; l'un de ses compagnons était parti et l'autre s'apprêtait à l'imiter, enfilant son anorak vert et mettant une écharpe noire et blanche. Troughton se leva et mit la main en cornet autour de son oreille pour pouvoir entendre ce que le jeune homme lui disait. Après quelques échanges, il enfila lui aussi une veste et, traversant la pièce, se dirigea vers la porte.

Lynley le détailla, se demandant s'il avait assez d'étoffe pour être l'amant d'une fille de vingt ans. Bien que Troughton eût un visage de lutin, il était parfaitement quelconque. C'était un homme ordinaire qui ne faisait guère plus d'un mètre soixante-treize ; ses cheveux couleur pain brûlé, fins et bouclés, se clairsemaient sur le sommet de sa tête. Il semblait avoir entre quarante-cinq et cinquante ans. En dehors de la largeur de ses épaules et de l'ampleur de son torse – qui révélaient l'adepte de l'aviron –, il n'avait pas grand-chose pour séduire une fille comme Elena Weaver.

Il passait devant eux pour gagner la porte quand Lynley l'apostropha :

– Dr Troughton ?

Troughton s'arrêta, étonné de s'entendre appeler par son nom par un étranger.

– Oui ?

– Thomas Lynley, dit Lynley, lui présentant Lady Helen dans la foulée. (Il plongea la main dans sa poche et en sortit sa carte.) Pouvons-nous parler quelque part ?

Troughton ne parut pas le moins du monde surpris par cette requête. Au contraire, il eut l'air à la fois résigné et soulagé.

– Oui. Par ici, dit-il en les entraînant dans la nuit.

Il les emmena chez lui dans la rangée de bâtiments qui longeaient le jardin du collège, à deux cours de la salle de réunion. Ses appartements étaient situés au second étage dans l'aile sud-ouest et donnaient d'un côté sur la Cam et de l'autre sur le jardin. Ils se composaient d'une petite chambre, dont le lit était resté en désordre, et d'un bureau encombré de meubles vieillots, et d'un grand nombre de livres éparpillés un peu partout. Ceux-ci imprégnaient la pièce de l'odeur de renfermé caractéristique du vieux papier.

Troughton retira une pile de dissertations d'un des fauteuils et la posa sur son bureau.

– Puis-je vous offrir un cognac ?

Lynley et Lady Helen acceptèrent. Il s'approcha d'une vitrine située à côté de la cheminée, d'où il sortit trois verres à dégustation qu'il examina soigneusement à la lumière avant de verser le cognac. Il attendit pour prendre la parole de s'être installé dans l'un des fauteuils rembourrés.

– C'est au sujet d'Elena Weaver, n'est-ce pas ? (Il parlait tranquillement, calmement.) Je crois que je vous attends depuis hier après-midi. C'est Justine qui vous a donné mon nom ?

– Non. C'est Elena, d'une certaine façon.

Depuis janvier dernier, un drôle de dessin revenait régulièrement dans son calendrier, dit Lynley. Un poisson.

– Je vois. (Troughton baissa le nez sur son verre. Ses yeux s'embuèrent et il y porta la main avant de relever la tête.) La truite, évidemment. Mais elle m'appelait Victor.

– En tout cas, c'est le signe qu'elle utilisait pour noter ses rendez-vous avec vous. Sans doute pour éviter que son père n'apprenne qu'il s'agissait de vous, au cas où il aurait jeté un coup d'œil sur son calendrier. Parce que j'imagine que vous connaissez son père.

Troughton hocha la tête. Il avala une gorgée de cognac, et posa le verre sur la table basse qui séparait son fauteuil de celui de Lady Helen. Il tapota la poche poitrine de sa veste de tweed gris et en sortit un étui à cigarettes en étain cabossé dans un coin, au couvercle orné d'armoiries. Il le fit circuler puis alluma une cigarette, l'allumette brasilla entre ses doigts. Il avait de grandes mains, des mains puissantes aux ongles lisses et ovales. Physiquement, c'était ce qu'il avait de plus réussi.

Troughton garda les yeux sur sa cigarette.

– Le plus dur, ces trois derniers jours, a été de faire comme si de rien n'était. Me traîner au collège, faire cours, prendre mes repas avec les autres. Boire un verre de sherry avant le dîner, hier soir, avec le principal et lui faire la conversation alors que j'avais envie de hurler.

Sa voix tremblait légèrement ; Lady Helen allait se pencher vers lui dans un geste de réconfort quand Lynley lui fit signe de s'abstenir. Troughton se ressaisit en tirant sur sa cigarette puis en faisant tomber la cendre dans un cendrier posé sur la table près de lui. Il regarda la fumée s'élever en volutes molles avant de poursuivre :

– Mais rien ne m'autorise à donner libre cours à mon chagrin. J'ai des devoirs, des responsabilités. Une femme. Trois enfants. Je dois penser à eux. Il faut que j'essaie de recoller les morceaux, de repartir d'un bon pied et surtout de m'estimer heureux que mon mariage et ma carrière n'aient pas volé en éclats du fait que j'ai passé les onze derniers mois à baiser une gamine sourde de vingt-sept ans ma cadette. En fait, je devrais être secrètement soulagé de la disparition d'Elena. Parce que maintenant, je sais qu'il n'y aura pas de scandale, pas de chuchotements ni de ricanements derrière mon dos. Tout est fini. Je n'ai plus qu'à reprendre tranquillement le cours de mon existence là où je l'avais laissé. Après tout, c'est ce que font les hommes de mon âge lorsqu'ils ont réussi à faire une conquête qui, le temps passant, devient pesante. Cette petite aventure ne pouvait que me peser à la longue, n'est-ce pas, inspecteur ? J'étais censé commencer à me fatiguer de la petite, à la considérer comme un boulet.

– Ce n'est pas ce qui s'est passé ? Vous ne vous en êtes pas lassé ?

– Je l'aime, inspecteur. Je ne peux même pas dire je l'aimais, car mettre le verbe à l'imparfait, c'est m'obliger à regarder sa disparition en face. Or j'en suis incapable.

– Elle était enceinte. Vous le saviez ?

Troughton ferma les yeux. La faible lumière qui tombait d'un abat-jour conique dessinait des ombres sous ses yeux. Sur sa peau, sous les cils, on voyait un croissant de larmes qu'il s'efforçait de contenir. Il sortit un mouchoir de sa poche.

– Je le savais.

– Vous risquez de sérieux ennuis, Dr Troughton. Quoi que vous éprouviez pour cette jeune fille.

– Vous voulez parler du scandale ? Des collègues et des amis qui m'auraient tourné le dos ? De ma carrière ? Rien de tout cela ne comptait. Oh, je savais ce qui m'attendait si j'abandonnais ma famille pour me mettre en ménage avec une fille de vingt ans. Mais plus j'y songeais, plus cela m'était indifférent. Ce qui fait courir mes collègues, inspecteur, les nominations à des postes prestigieux, la réputation universitaire internationale, les invitations à donner des conférences à droite et à gauche ou à présider des commissions, tout cela a depuis longtemps cessé de m'intéresser. Depuis le jour, pour être précis, où j'ai compris que la seule chose qui compte dans la vie, c'est les rencontres, les relations humaines. Je crois avoir vécu une vraie relation avec Elena. Tout ça pour vous dire que je n'avais absolument pas l'intention de renoncer à elle. J'aurais fait n'importe quoi pour garder Elena.

Le fait de prononcer son nom sembla procurer à Troughton une forme subtile de soulagement qu'il s'était refusé jusque-là. Mais il ne pleura pas, craignant peut-être que se laisser aller au chagrin lui ferait perdre le contrôle des derniers pans de son existence encore intacts.

Percevant tout cela, Lady Helen s'approcha de la vitrine et sortit la bouteille de cognac. Elle en versa un peu dans le verre de Troughton. Lynley vit que le visage de Lady Helen était grave.

– Quand avez-vous vu Elena pour la dernière fois? questionna Lynley.

– Dimanche dans la nuit. Ici.

– Mais elle n'a pas passé toute la nuit ici? Le portier l'a vue quitter St. Stephen tôt le matin pour aller courir.

– Elle m'a quitté... un peu avant une heure. C'est-à-dire avant la fermeture des grilles, ici.

– Et vous? Vous êtes rentré chez vous?

– Je suis resté ici, au collège. C'est ce que je fais les trois quarts du temps en semaine. Depuis maintenant deux ans.

– Je vois. Vous n'habitez pas en ville, alors?

– Si. J'habite dans Trumpington Road. (Voyant la mimique de Lynley, Troughton ajouta :) Oui, je sais, inspecteur. Trumpington Road n'est pas suffisamment éloigné du collège pour m'obliger à pas-

411

ser la nuit ici. Si je couche au collège, c'est pour d'autres raisons. Des raisons qui datent d'avant l'apparition d'Elena dans ma vie.

La cigarette de Troughton s'était consumée dans le cendrier. Il en alluma une autre et se resservit à boire. Il semblait s'être ressaisi.

— Quand vous a-t-elle dit qu'elle était enceinte ?

— Mercredi soir, juste après avoir reçu les résultats du test.

— Mais avant ça, elle vous avait laissé entendre qu'elle se doutait de quelque chose ?

— Elle ne m'avait absolument pas parlé de grossesse avant mercredi. Je ne me doutais de rien.

— Vous saviez qu'elle ne prenait aucune précaution ?

— Ce n'est pas un sujet que j'ai cru bon d'aborder avec elle.

Du coin de l'œil, Lynley vit Lady Helen tressaillir, se tourner vers Troughton.

— Mais enfin, Dr Troughton, intervint-elle. Vous êtes un homme averti. Vous n'avez pas laissé cette jeune femme assumer seule la responsabilité de la contraception. Vous lui en avez parlé avant de coucher avec elle, non ?

— Je n'en ai pas vu la nécessité.

— La nécessité, reprit lentement Lady Helen.

Lynley songea aux pilules contraceptives inutilisées que le sergent Havers avait trouvées dans le tiroir du bureau d'Elena Weaver. Il se rappela la date de février inscrite sur la boîte et les hypothèses que Havers et lui avaient échafaudées à ce sujet.

— Dr Troughton, s'enquit-il. Vous pensiez qu'elle utilisait un moyen de contraception ? Elle vous l'a dit peut-être.

— Non. Elle ne m'a jamais parlé de ça. C'était inutile, inspecteur.

Il prit son verre de cognac et le fit tourner d'un geste méditatif.

Lynley regarda l'incertitude se peindre sur le

visage de Troughton. Compte tenu des circonstances, il risquait de devoir se montrer brutal pour extirper la vérité à l'enseignant, ce qui l'irritait fortement.

– J'ai la nette impression que nous oscillons entre le malentendu et le faux-fuyant. Pourquoi ne pas vous décider à me dire ce que vous gardez pour vous ?

Dans le silence qui suivit, le bruit du concert de jazz vint percuter les fenêtres. Les notes perçantes de la trompette retentirent : Randie prenait un solo. Puis le batteur la relaya. Et ensuite la mélodie reprit. Comme s'il puisait du courage dans la musique, Victor Troughton releva la tête.

– J'allais épouser Elena. Franchement, j'étais heureux de le faire. Mais le bébé n'était pas de moi.

– Pas de vous...

– Elle l'ignorait. Elle croyait que j'en étais le père. Je ne l'ai pas détrompée. Mais ce n'était pas moi.

– Vous avez l'air bien sûr de vous.

– En effet, inspecteur. (Troughton sourit avec une infinie tristesse.) Il y a trois ans, voyez-vous, j'ai subi une vasectomie. Elena n'en savait rien. Je n'en ai soufflé mot à personne.

En face du bâtiment où logeait Victor Troughton, une terrasse donnait sur la Cam. Surélevée par rapport au jardin, partiellement dissimulée par un mur de briques, elle renfermait plusieurs plates-bandes de persistants ainsi que quelques bancs sur lesquels, à la belle saison, les membres du collège pouvaient prendre le soleil en écoutant les rires de ceux qui se promenaient en bachot le long de la rivière. C'est vers cette terrasse que Lynley entraîna Lady Helen.

Bien que désireux de lui faire part des prises de conscience successives et des réflexions que les événements de la soirée lui avaient inspirées, il se tut, essayant d'analyser ses sentiments.

Le vent des deux jours précédents s'était considérablement calmé. Seules de petites bourrasques de froid soufflaient à travers les jardins, un peu comme si la nuit soupirait. Mais même ces brèves bouffées finiraient par se dissiper et la lourdeur de l'air glacial laissait présager du brouillard pour le lendemain.

Il était un peu plus de dix heures. Le concert de jazz s'était terminé quelques instants avant qu'ils ne prennent congé de Victor Troughton. Les voix des étudiants s'élevaient et retombaient encore dans le parc du collège tandis que la foule se dispersait. Personne, cependant, ne s'aventura dans leur direction. Compte tenu de l'heure et de la température, Lynley se dit qu'il était peu probable qu'on les dérangeât en cet endroit retiré.

Ils choisirent un banc à l'extrémité sud de la terrasse, où un mur séparant le jardin des professeurs du reste du parc leur fournissait un abri contre le vent. Lynley s'assit, attirant Lady Helen contre lui. Il appuya ses lèvres contre sa tempe – besoin de contact plus que geste affectueux – et le corps de Lady Helen sembla céder, s'abandonner contre le sien en une pression douce et constante. Elle se taisait mais il imaginait sans peine ce à quoi elle pensait.

Victor Troughton avait saisi l'occasion de parler pour la première fois de son secret le plus chèrement gardé. Comme la plupart des gens qui vivent depuis longtemps dans le mensonge, il ne s'était pas fait prier pour vider son sac. Toutefois, au fur et à mesure qu'il racontait son histoire, Lynley avait constaté que la sympathie de Lady Helen pour Troughton s'évanouissait lentement. Son attitude avait changé, elle s'était enfoncée dans son siège, comme pour s'éloigner de cet homme. Ses yeux s'étaient assombris. Bien qu'au cœur d'un interrogatoire crucial pour son enquête, Lynley s'était surpris à observer Lady Helen autant qu'il écoutait Troughton. Il aurait voulu s'excuser, excuser tous les hommes, pour les péchés commis contre les femmes que Troughton énumérait sans un tiraillement de conscience.

L'historien avait allumé une troisième cigarette au mégot brasillant de la deuxième. Il avait repris du cognac et tout en parlant, contemplé l'alcool dans son verre. Il parlait d'une voix basse et franche.

— Je voulais vivre. C'est ma seule excuse et je sais qu'elle ne vaut pas grand-chose. J'étais prêt à supporter mon mariage dans l'intérêt de mes enfants. Prêt à jouer la comédie, à faire semblant d'être heureux. Mais il était hors de question que je me résigne à l'abstinence. Je venais de vivre comme un moine pendant deux ans, deux années pendant lesquelles j'étais comme mort. Je voulais vivre de nouveau.

— Quand avez-vous rencontré Elena ? avait questionné Lynley.

D'un geste, Troughton avait écarté la question. Il semblait décidé à raconter l'histoire à sa façon.

— La vasectomie n'avait rien à voir avec Elena. J'ai pris la décision de me faire opérer avant de la rencontrer. Nous vivons à une époque où la sexualité est à la mode et j'ai décidé d'en profiter. Mais comme je ne voulais pas tomber sur une de ces femmes qui vous font le coup de la grossesse pour vous piéger, je me suis fait opérer. Et après ça, je me suis mis en chasse.

Il souleva son verre avec un sourire sarcastique.

— Le réveil a été plutôt rude. Je suis tombé de haut, croyez-moi. J'avais quarante-cinq ans, je jouissais d'une santé correcte, j'étais un universitaire relativement connu et respecté : je m'attendais à ce que les femmes tombent par dizaines dans mes bras.

— Vous avez été déçu ?

— J'ai pris veste sur veste auprès des femmes que

j'ai essayé de draguer. (Troughton jeta un long regard à Lady Helen; il semblait peser les forces contradictoires qui l'animaient : pudeur de se taire, besoin de se soulager. La seconde l'emportant sur la première, il se tourna de nouveau vers Lynley.) Je voulais une femme jeune, inspecteur. Je voulais toucher de la chair jeune, élastique. Je voulais embrasser des seins ronds et fermes. Je voulais des jambes sans varices, des pieds lisses, des mains douces comme de la soie.

— Et votre femme? questionna Lady Helen.

Sa voix était posée, ses jambes croisées, ses mains jointes sur ses genoux. Mais Lynley la connaissait suffisamment pour imaginer la vitesse à laquelle devait battre son cœur en écoutant Troughton dresser la liste de ses exigences. Peu lui importait l'esprit, l'âme d'une femme, ce que voulait cet homme, c'était un corps jeune et frais.

Troughton lui répondit sans se faire prier.

— Nous avons trois enfants. Trois garçons. A chaque grossesse, Rowena se laissait aller un peu plus. Elle a d'abord négligé ses vêtements et ses cheveux, ensuite sa peau, enfin son corps.

— Vous voulez dire qu'une femme entre deux âges, qui vous avait donné trois enfants, ne vous intéressait plus sexuellement.

— Je l'admets, répliqua Troughton. J'étais révulsé à la vue de son ventre. Dégoûté par son tour de hanches. Écœuré par les sacs flasques qu'étaient devenus ses seins et par la peau qui pendait sous ses bras. Mais par-dessus tout, je lui en voulais de ne rien faire pour s'arranger et de s'accommoder si bien de mon total manque d'empressement.

Il se leva et, traversant la pièce, s'approcha de la fenêtre qui donnait sur le jardin du collège. Il souleva le rideau pour examiner le paysage tout en sirotant son cognac.

— Alors, j'ai pris mes dispositions. Je me suis fait faire une vasectomie pour me mettre à l'abri des mauvaises surprises et j'ai commencé à sortir en célibataire. Le seul problème c'est que je me suis vite aperçu que je ne savais pas m'y prendre avec les femmes. (Il eut un petit rire d'autodérision.) Je m'étais imaginé que ça serait facile. Que je prendrais le train de la révolution sexuelle avec deux décennies de retard, mais que je le prendrais, comme une sorte de pionnier de la quarantaine. Ç'a été un rude coup.

— Et c'est alors qu'Elena Weaver est entrée en scène ? questionna Lynley.

Troughton resta près de la fenêtre. Derrière lui, en toile de fond sur la vitre, s'étalait le noir de la nuit.

— Son père et moi, on se connaît depuis des années. J'avais eu l'occasion de rencontrer la petite à Adams Road. Mais ce n'est que lorsqu'il l'a amenée chez moi, à l'automne dernier, pour choisir un chiot que j'ai commencé à la voir autrement que comme la fille sourde d'Anthony. Et même alors, tout ce qu'elle m'inspirait, c'était de l'admiration : elle était tonique, enthousiaste, elle se débrouillait très bien dans la vie malgré sa surdité, et je trouvais ça formidable. Mais Anthony est un collègue. Et même si une douzaine de jeunes femmes ne s'étaient pas chargées de me faire comprendre que j'étais totalement dénué de séduction, je n'aurais jamais eu le culot de draguer la fille d'un collègue.

— C'est elle qui vous a fait des avances ?

Troughton fit un geste, désignant la pièce.

— Elle est passée chez moi à l'improviste plusieurs fois pendant le premier trimestre de l'année dernière. Elle me parlait du chien avec cette drôle de voix qu'elle avait. Elle buvait du thé, elle me piquait des cigarettes quand elle croyait que je ne la voyais pas. J'appréciais ses visites. Petit à petit, j'en suis venu à les attendre avec impatience. Mais jusqu'à Noël il ne s'est rien passé entre nous.

— Et à Noël ?

Troughton regagna son fauteuil. Il écrasa sa cigarette mais n'en alluma pas d'autre.

— Un beau jour, elle est venue me montrer la robe qu'elle avait achetée pour un bal de Noël. Elle m'a dit : « Je vais la passer. » Elle m'a tourné le dos et elle a commencé à se déshabiller. Ici même. Évidemment, je ne suis pas complètement idiot. J'ai compris plus tard qu'elle avait fait ça délibérément, mais sur le moment, j'ai été horrifié, non seulement par son comportement mais par ce que je ressentais. Elle était déjà en petite tenue quand j'ai dit : « Nom de Dieu, qu'est-ce que vous fabriquez ? » Seulement comme elle me tournait le dos, elle n'a pas pu lire sur mes lèvres. Alors elle a continué à se déshabiller. Je me suis approché, je l'ai fait pivoter vers moi et j'ai répété ma question. Elle m'a regardé droit dans les yeux et elle a dit : « Je fais ce que vous avez envie que je fasse, Victor. » Et ça a été tout. Nous avons fait l'amour dans le fauteuil où vous êtes assis, inspecteur. J'avais tellement hâte de la prendre que je ne me suis même pas donné la peine de fermer la porte. (Il finit son cognac, reposa le verre sur la table.) Elena savait ce que je voulais. Elle l'a compris, j'en suis sûr, le jour où son père l'a amenée chez moi choisir un chien. Elle n'avait pas son pareil pour deviner les gens. En tout cas, elle devinait tout ce que je ressentais, tout ce que je voulais.

— Ainsi vous aviez trouvé la chair jeune et élastique dont vous rêviez, résuma Lady Helen d'une voix qui exprimait la désapprobation.

— Oui. Mais les choses ne se sont pas passées comme je l'avais imaginé. Pas un instant je n'avais pensé pouvoir tomber amoureux d'elle ; je croyais que ça n'irait pas plus loin qu'une brève aventure sexuelle. Après tout, nous satisfaisions les désirs l'un de l'autre.

— Comment cela ?

— Elle me permettait de savourer sa jeunesse et de retrouver en partie la mienne. Quant à moi, je lui permettais de faire du mal à son père. (Il se reversa du cognac et remplit les autres verres tout en étudiant les réactions de Lynley puis de Lady Helen. Il poursuivit :) Comme je vous l'ai déjà dit, inspecteur, je ne suis pas complètement idiot.

– N'êtes-vous pas un peu sévère avec vous-même ?

Troughton posa la bouteille sur la table près de son fauteuil et but une longue rasade de cognac.

– Absolument pas. Considérez les faits : j'ai quarante-sept ans, je suis sur la pente descendante. Elena en avait vingt, elle était entourée d'une nuée de jeunes gens qui ont tout l'avenir devant eux. Pourquoi diable aurait-elle jeté son dévolu sur moi si je ne lui avais pas fourni le moyen d'atteindre son père ? J'étais un des collègues de Weaver, un de ses amis même. Un homme plus âgé que lui, marié, père de trois enfants. Si Elena m'a sauté dessus, ce n'est pas parce qu'elle me trouvait plus séduisant qu'un autre. Dès le début, j'ai compris ce qu'elle avait en tête.

– Le scandale dont nous parlions plus tôt ?

– Anthony accordait beaucoup trop d'importance aux résultats d'Elena à Cambridge. Il se mêlait de tout ce qui la concernait. Comportement, tenue vestimentaire, prise de notes pendant les conférences, travail. Pour lui, c'étaient des questions importantes. Il se disait, je crois, que l'opinion qu'on pouvait avoir de lui en tant qu'homme, en tant que père, en tant qu'universitaire même, dépendait de la réussite de sa fille.

– Et la chaire de Penford, ça jouait un rôle là-dedans ?

– Il en était persuadé. En fait, non.

– Mais s'il pensait qu'on le jugerait au vu des résultats scolaires et de la conduite d'Elena...

– ... il devait tenir à ce qu'elle ait un comportement digne de la fille d'un respectable professeur ? C'est exact. Et Elena le savait car ce souci transparaissait dans les moindres faits et gestes de son père. Elle lui en voulait de ça. Vous imaginez la revanche qu'elle aurait prise le jour où tout le monde aurait appris qu'elle couchait avec un des plus proches collègues de son père.

– Ça ne vous gênait pas qu'elle vous utilise comme ça ?

– Je réalisais tous mes fantasmes amoureux avec elle. Après Noël, nous en sommes rapidement venus à nous voir trois fois par semaine. Je savourais chaque minute de sa présence. Je me foutais pas mal de ses mobiles, du moment qu'elle venait me voir et qu'elle se déshabillait pour moi.

– Vous vous retrouviez ici ?

– En règle générale, oui. J'ai également réussi à faire un saut à Londres, pendant l'été, pour la voir. Et je suis allé la retrouver deux ou trois fois l'après-midi et le soir, à Adams Road, chez son père.

– Alors qu'il était là ?

– Une fois, oui. C'était à l'occasion d'une réception. Elle a trouvé ça particulièrement excitant. (Il haussa les épaules tout en rougissant.) Moi aussi, d'ailleurs. La frayeur d'être surpris, je suppose.

– Mais ce n'est pas arrivé ?

– Jamais. Justine était au courant – elle a deviné ce qui se passait, à moins qu'Elena ne lui ait tout raconté –, mais elle ne nous a jamais surpris sur le fait.

– Et elle n'en a jamais soufflé mot à son mari ?

– Vous pensez bien qu'elle ne se serait pas amusée à lui raconter ça, inspecteur. Anthony aurait été capable de tuer le porteur d'une nouvelle pareille. Et Justine, qui n'est pas idiote, a tenu sa langue. Elle attendait qu'Anthony découvre le pot aux roses.

– Ce qui ne s'est jamais produit.

– Jamais. (Troughton remua dans son fauteuil, croisa les jambes, sortit de nouveau son étui à cigarettes mais se contenta de le faire passer d'une main dans l'autre sans l'ouvrir.) Évidemment, il aurait bien fini par l'apprendre.

– De votre bouche ?

– Non, c'est un privilège qu'Elena se réservait.

Lynley avait du mal à comprendre que Troughton n'ait tenu aucun compte des problèmes d'Elena. Il n'avait pas essayé de l'aider à trouver d'autres moyens d'évacuer le ressentiment que son père lui inspirait.

— Mais Dr Troughton, ce que je ne comprends pas, c'est...

— Pourquoi j'ai marché dans son jeu ? (Troughton posa l'étui à cigarettes près du verre à dégustation, étudiant la nature morte que formaient les deux objets.) C'est parce que je l'aimais, inspecteur. Ça a commencé par son corps – la sensation incroyable d'étreindre et de toucher ce corps magnifique. Et puis, ça a été elle. Elena. Déchaînée, toujours prête à rire, éclatante de vitalité. Je voulais tout cela. Je me moquais de ce que cela coûterait.

— Vous étiez même prêt à faire semblant d'être le père de son enfant ?

— Oui, inspecteur. Lorsqu'elle m'a annoncé qu'elle était enceinte, j'ai failli me persuader que la vasectomie avait échoué et que l'enfant était de moi.

— Avez-vous une idée de l'identité du père ?

— Non, mais depuis mercredi dernier je n'arrête pas de me poser la question.

— Êtes-vous arrivé à une conclusion ?

— Toujours la même. Si elle couchait avec moi pour se venger de son père, elle pouvait coucher avec n'importe quel autre homme pour les mêmes raisons. L'amour n'entrait absolument pas en ligne de compte.

— Et sachant tout cela, vous étiez néanmoins prêt à refaire votre vie avec elle ?

— C'est pathétique, n'est-ce pas ? Je voulais connaître de nouveau la passion. Je voulais me sentir vivant. Je me disais qu'à la longue je lui ferais du bien. Qu'avec moi elle finirait par oublier sa rancœur. Je croyais que je lui suffirais. Que je réussirais à l'apaiser. C'était un rêve d'adolescent auquel je me suis cramponné jusqu'à la fin.

Lady Helen plaça son verre sur la table près de celui de Troughton. Ses doigts restèrent posés sur le rebord.

– Et votre femme dans tout cela ?
– Je ne lui ai pas encore parlé d'Elena.
– Ce n'est pas ce que je voulais dire.
– Je sais. Vous pensiez au fait que Rowena a mis au monde mes enfants, lavé mon linge, préparé mes repas, astiqué ma maison. Vous pensez à ces dix-sept années de loyauté et de dévouement. A mes responsabilités envers elle, envers l'Université, mes étudiants et mes collègues. A mon éthique, à ma morale, à ma conscience. C'est bien cela, n'est-ce pas ?
– Sans doute.

Il se versa un autre verre de cognac, plus plein que ceux qu'il s'était versés auparavant.

– Certains mariages vous usent tellement qu'on finit par ne plus être qu'un corps qui fonctionne purement machinalement.
– Et votre femme est arrivée à la même conclusion ?
– Rowena veut sortir de cette vie de couple autant que moi. Simplement, elle ne le sait pas encore.

En repensant à cette conversation, dans l'obscurité de la terrasse, Lynley se sentait accablé par le bilan que Troughton avait dressé de son mariage, par le mélange de révulsion et d'indifférence que sa femme lui inspirait. Mais surtout il regrettait qu'Helen ait assisté à l'entretien. Pendant que l'enseignant énonçait calmement les raisons qui l'avaient amené à se détourner de son épouse et à chercher l'amour d'une femme suffisamment jeune pour être sa fille, Lynley avait soudain eu l'impression de comprendre enfin – en partie du moins – pourquoi Helen refusait de l'épouser.

Cette prise de conscience s'était manifestée dès le

début de la soirée, à Bulstrode Gardens, sous la forme d'un malaise qui n'avait cessé de croître pour atteindre son point culminant dans le bureau exigu de Victor Troughton où flottait un parfum de renfermé.

« Ce que nous leur demandons, songea-t-il, ce que nous exigeons d'elles est la seule chose qui nous importe. Nous ne pensons jamais à ce que nous leur donnons en retour. Jamais à ce qu'*elles* veulent. Et jamais nous ne nous soucions du fardeau que nos désirs et nos exigences font peser sur leurs épaules. »

Il leva les yeux vers l'obscurité grise du ciel couvert de nuages. Au loin une lumière clignota.

– Qu'est-ce que tu regardes? questionna Lady Helen.

– Une étoile filante. Ferme les yeux, Helen. Vite. Fais un vœu.

Il se dépêcha d'en faire un lui-même.

Elle rit doucement.

– Ce n'est pas une étoile filante, c'est un avion, Tommy. Il vole vers Heathrow.

Il ouvrit les yeux et s'aperçut qu'elle avait raison.

– Je n'ai aucun avenir dans l'astronomie.

– Je n'en suis pas si sûre. Tu me montrais toutes les constellations en Cornouailles.

– C'était du bluff, Helen chérie. J'essayais de t'en mettre plein la vue.

– Vraiment? Eh bien tu as réussi.

Il se tourna vers elle et lui prit la main. Malgré le froid, elle ne portait pas de gants. Il pressa ses doigts glacés contre sa joue et lui embrassa la paume.

– En écoutant Troughton, j'ai réalisé que ç'aurait pu être moi qui parlais, dit-il. Parce qu'au fond tout se ramène à ce que veulent les hommes, Helen. Et ce que nous voulons, c'est vous, les femmes. Mais pas en tant qu'individus à part entière. Pas comme des êtres humains qui vivent, respirent, se meuvent, sont vulnérables, ont des désirs et des rêves propres. Nous vous voulons comme des prolongements de nous-mêmes. Et en cela, je suis comme les autres.

La main d'Helen bougea dans la sienne. Mais au lieu de se dégager, elle entrelaça ses doigts aux siens.

– En l'écoutant, poursuivit Lynley, je pensais à tout ce que je veux que tu sois pour moi, Helen. Je veux que tu sois ma maîtresse, ma femme, la mère de mes enfants. Je te veux dans mon lit. Dans ma voiture. Chez moi. Recevant mes amis. M'écoutant te raconter ma journée de travail. Assise tranquillement près de moi lorsque je n'ai pas envie de parler. M'attendant à la maison pendant que je pars sur une enquête. M'ouvrant ton cœur. Devenant mienne. *Je, ma, mon, moi.* Je n'ai que ça à la bouche.

Il regarda, de l'autre côté des jardins, les formes floues des chênes et des aulnes, ombres à peine distinctes dressées contre le ciel charbonneux. Puis il se tourna de nouveau vers Helen ; son expression était grave mais ses yeux le dévisageaient avec douceur.

– Ce n'est pas un péché, Tommy.
– Tu as raison. C'est de l'égocentrisme. Ce que *je* veux. Quand *je* le veux. Tu es une femme, tu es censée t'effacer, faire passer mes désirs avant les tiens. Décidément, je ne vaux pas plus cher que ton beau-frère ou que Troughton.
– Non, dit-elle. Tu ne leur ressembles pas. Ce n'est pas comme ça que je te perçois.
– Je te désirais, Helen. Et Dieu sait que je te désire toujours autant maintenant. En écoutant Troughton, j'ai commencé à comprendre pourquoi ça ne pouvait pas fonctionner entre les hommes et les femmes. C'est toujours la même chose. Je t'aime. Je te désire.
– Si tu couchais avec moi, une fois, tu me laisserais partir ?

Pour toute réponse, il eut un rire âpre et douloureux. Il détourna les yeux.

– S'il ne s'agissait que de coucher avec toi, ce serait simple. Mais il n'y a pas que cela. Et tu le sais...

– Mais tu pourrais me laisser partir, Tommy

Lentement, il se tourna vers elle, percevant dans sa voix un appel à la compréhension d'une nature et d'une ampleur nouvelles pour lui. Tandis qu'il scrutait son visage – et remarquait la fine ride entre ses sourcils –, il lui sembla que la réalisation de ses rêves reposait sur sa faculté de comprendre le sens de sa question.

Il regarda sa main qu'il tenait toujours dans la sienne. Si frêle qu'il sentait les os de ses doigts. Si lisse qu'il en imaginait la caresse tendre contre sa peau.

– Comment veux-tu que je te réponde, dit-il enfin. J'ai l'impression que tu me fais jouer mon avenir sur une question.

– Ce n'est pas mon intention.

– Mais c'est pourtant bien ce que tu fais.

– D'une certaine façon, oui.

Il se dégagea et se dirigea vers le muret de brique qui bordait la terrasse. En contrebas, la Cam luisait dans l'obscurité, son encre glauque coulant paresseusement vers l'Ouse. Le mouvement de l'eau était inexorable, lent, sûr, aussi inéluctable que le temps.

– Je désire ce que tous les hommes désirent, dit-il. Un foyer, une femme. Des enfants, un fils. Arrivé au terme de ma vie, j'aimerais pouvoir me dire que mon passage sur terre n'aura pas été totalement vain et je ne vois pas de meilleur moyen que de laisser quelque chose derrière moi et d'avoir quelqu'un à qui le laisser. Que puis-je te dire de plus, Helen? Que je comprends enfin quel genre de fardeau cela fait peser sur les épaules d'une femme. Quelle que soit la façon dont la charge est répartie entre les deux partenaires, je m'en rends compte maintenant, c'est le fardeau de la femme qui est le plus lourd. Je le sais. Mais à quoi bon te mentir? Ces choses, je continue de les vouloir.

– N'importe qui peut te les donner.
– Je veux que ce soit toi qui me les donnes.
– Tu n'as pas besoin de moi.
– Besoin ?

Il s'efforça de lire l'expression de son visage mais il ne distingua qu'une tache floue et pâle sous l'arbre qui jetait une ombre caverneuse sur le banc. Il réfléchit à l'étrangeté du mot qu'elle avait choisi, songea à sa décision de rester à Cambridge auprès de sa sœur. Il passa en revue les quatorze années pendant lesquelles ils s'étaient côtoyés. Et finalement il comprit.

Il s'assit sur le rebord de béton du petit mur bordant la rivière Cam. Il la regarda d'un air pensif. Au loin, il perçut le cliquetis d'une bicyclette qui traversait Garret Hostel Bridge, il entendit un camion qui changeait de vitesse en descendant Queens' Road. Mais aucun de ces bruits ne réussit à le distraire ; il continua d'étudier Lady Helen.

Il se demanda comment il avait pu l'aimer autant et la comprendre si mal. Jamais elle n'avait cherché à déguiser sa véritable nature. Et pourtant, au lieu de la voir telle qu'elle était, il n'avait cessé de la doter des qualités qu'il souhaitait lui voir posséder. Alors que, pendant tout ce temps, ses relations avec autrui illustraient clairement sa conception du rôle qu'elle souhaitait jouer dans l'existence. Il n'arrivait pas à croire qu'il ait pu être idiot à ce point.

S'adressant davantage à la nuit qu'à Helen, il poursuivit :

– Tu refuses de m'épouser parce que je n'ai pas *besoin* de toi, Helen. Pas de la façon dont tu voudrais que j'aie besoin de toi. Tu vois que je tiens grosso modo sur mes jambes, que je me débrouille dans la vie. C'est vrai. Je n'ai pas besoin de toi de cette façon-là.

– Alors tu vois, dit-elle.

Ces trois mots et le ton définitif sur lequel elle les prononça le mirent en colère.

– Je vois. Oui. Je vois que je ne fais pas partie de

tes priorités : je n'ai pas besoin que tu me sauves. Ma vie est relativement équilibrée. Je veux la partager avec toi en qualité d'égal, pas de mendiant. Comme un homme dont le desir est de grandir, d'évoluer à tes côtés. C'est tout ce que je peux te dire. Je comprends que ça te déroute, tu n'es pas habituée à ce genre de relations. Mais je n'ai rien de mieux à t'offrir. Ça et mon amour. Et Dieu sait que je t'aime.

– L'amour ne suffit pas.

– Bon Dieu, Helen, quand vas-tu te décider à comprendre que c'est la seule chose qui compte !

Comme pour répondre à ces mots pleins de colère, une lumière s'alluma dans le bâtiment juste derrière eux. Un rideau bougea et un visage désincarné apparut à une fenêtre. Lynley descendit du petit mur et rejoignit Lady Helen sous l'arbre.

– Je sais ce que tu penses, lui dit-il d'un ton calme en la sentant s'éloigner de lui. Si j'avais vraiment, mais vraiment besoin de toi, je ne te quitterais jamais. Et tu serais toujours en sécurité. C'est cela, n'est-ce pas ?

Elle détourna la tête. Tout doucement, il prit son menton entre ses doigts et l'obligea à le regarder en face.

– Helen, c'est ça
– Ce n'est pas loyal de me faire ça.
– Tu es amoureuse de moi, Helen.
– Je t'en prie.
– Tu m'aimes autant que je t'aime. Tu me désires autant que je te désire. Mais je ne suis pas comme tous ceux que tu as connus avant moi. Aimer un type comme moi te fait peur parce que je suis autonome. Je ne dépends pas de toi. En décidant de vivre avec moi, tu sautes dans le vide. Tu prends un énorme risque.

Il la sentit trembler doucement. Il vit sa gorge palpiter. Il sentit son cœur s'ouvrir.

– Helen...

Il la prit dans ses bras. Le poids de sa joue contre

son épaule lui procurait un immense sentiment de réconfort. Il puisa des forces dans la connaissance qu'il avait de ses moindres courbes, dans la caresse légère de ses cheveux contre son visage, dans la main fine qui se posait sur sa veste.

— Helen chérie, chuchota-t-il en caressant ses cheveux.

Lorsqu'elle releva la tête, il l'embrassa. Elle lui passa les bras autour du cou. Ses lèvres s'entrouvrirent sous les siennes. Elle sentait le parfum et la cigarette de Troughton. Elle sentait le cognac.

— Est-ce que tu comprends ? chuchota-t-elle.

Pour toute réponse, il approcha sa bouche de la sienne, se concentra sur ses sensations : douce chaleur des lèvres d'Helen et de sa langue, souffle léger de sa respiration, plaisir aigu de sentir ses seins contre lui. Le désir monta en lui, lui fouettant le sang, effaçant tout le reste ; il n'avait plus qu'une envie : la posséder. Maintenant. Ce soir. Pas question d'attendre une heure de plus. Il la coucherait dans son lit et au diable les conséquences. Il voulait la goûter, la toucher, connaître chaque pouce de son adorable corps et la faire sienne. Il voulait se glisser entre ses cuisses, l'entendre hoqueter puis crier tandis qu'il plongerait en elle...

« Je voulais sentir de la chair jeune et élastique. Je voulais embrasser des seins ronds et fermes. Je voulais des jambes sans varices, des pieds lisses, je voulais, je voulais, je voulais... »

— Seigneur Dieu, murmura-t-il en la relâchant.

Il sentit qu'elle lui caressait la joue. Sa peau était si fraîche. La sienne devait probablement être brûlante.

Il se mit debout, terriblement secoué.

— Il faut que je te ramène chez Pen.

— Que se passe-t-il ?

Il secoua la tête sans répondre. C'était facile d'établir une comparaison entre Troughton et lui, d'autant plus facile qu'il savait qu'Helen lui certifierait avec amour et générosité qu'il était différent des autres hommes. Mais cela devenait beaucoup plus difficile dès lors qu'il considérait ses désirs et ses intentions avec honnêteté. C'était comme s'il venait à l'instant même de jeter aux quatre vents tout ce qu'il avait commencé à comprendre au cours de ces dernières heures.

Ils retraversèrent la pelouse, se dirigeant vers la loge du portier et Trinity Lane. A ses côtés, Helen gardait le silence bien que sa question demeurât en suspens. Il savait qu'elle méritait une réponse. Pourtant il attendit qu'ils eussent atteint sa voiture pour la lui donner. Il ouvrit la portière et il la retint avant qu'elle monte. Il lui toucha l'épaule. Il cherchait ses mots.

– J'ai porté un jugement sur Troughton, dit-il. J'ai estimé qu'il avait péché et j'ai décidé de son châtiment.

– N'est-ce pas ce qu'un policier est censé faire ?

– Pas quand le policier est coupable du même crime, Helen.

Elle fronça les sourcils.

– Le même...

– Le désir. Désirer au lieu de donner. Prendre aveuglément ce que l'on veut. Ne se soucier de rien d'autre.

Elle posa sa main sur la sienne. L'espace d'un instant, elle regarda du côté des jardins, au-delà du pont pour piétons, où les premières bouffées de brouillard commençaient à se recourber tels des doigts autour du tronc des arbres. Puis ses yeux se tournèrent de nouveau vers lui.

– Tu n'étais pas seul à désirer, dit-elle. Tu n'as jamais été seul, Tommy. Certainement pas ce soir, ni même avant.

Cette absolution emplit son cœur d'un sentiment de plénitude qu'il n'avait jamais éprouvé avec elle auparavant.

– Reste à Cambridge, dit-il. Rentre à Londres quand tu seras prête.

– Merci, chuchota-t-elle.

20

Le lendemain, le brouillard pesait sur la ville comme une couverture grise qui montait, comme un gaz, des marais environnants et bouillonnait dans l'air en nuages amorphes enveloppant arbres et bâtiments, routes et terrains, privant le paysage de ses contours familiers. Voitures, camions, bus et taxis roulaient au ralenti le long des chaussées humides. Les cyclistes louvoyaient lentement dans la pénombre. Les piétons, emmitouflés dans d'épais manteaux, évitaient les gouttes de condensation qui tombaient des toits, des rebords de fenêtres et des arbres. A croire que les deux jours de vent et de soleil n'avaient jamais existé. Le brouillard, telle une maladie chronique, était revenu pendant la nuit. Cambridge était redevenu Cambridge.

– Je suis bonne pour le pavillon des tuberculeux si ça continue, maugréa Havers.

Enveloppée dans son manteau pois cassé, capuche relevée, une casquette en tricot rose sur la tête pour mieux se protéger du froid, elle s'assenait des claques sur les bras et tapait des pieds tout en marchant vers la voiture de Lynley. La brume lourde emperlait ses vêtements et faisait boucler sa frange blond roux.

– Pas étonnant que Philby et Burgess soient passés chez les Russes, poursuivit-elle, lugubre. Le climat de Cambridge a dû leur donner envie de vivre sous des cieux plus cléments.

– Sûrement, ironisa Lynley. Moscou en hiver, c'est le paradis sur terre.

Il jeta un coup d'œil à son sergent. Havers était arrivée avec presque trente minutes de retard ; il allait partir sans elle lorsqu'il l'avait entendue courir dans le couloir et frapper à la porte de sa chambre d'Ivy Court.

– Désolée, lui avait-elle dit. Il y a un de ces putains de brouillard ce matin... La M11 était complètement bouchée.

Malgré le ton volontairement neutre de sa voix, il avait remarqué que ses traits étaient affreusement tirés. Elle tournicotait dans la pièce en attendant qu'il enfile son manteau et mette son écharpe.

– La nuit a été dure ?
– Je n'ai pas très bien dormi. Mais je survivrai.
– Et votre mère ?
– A ça aussi, je survivrai.
– Je vois.

Il noua son écharpe autour de son cou et mit son manteau. Planté devant le miroir, il se passa un coup de brosse dans les cheveux – prétexte pour observer Havers dans la glace. Elle fixait sans la voir sa serviette restée ouverte sur le bureau. Il resta devant la glace, lui laissant du temps, ne bronchant pas, se demandant si elle se déciderait à parler.

Il se sentait à la fois coupable et honteux quand il songeait à leurs situations respectives et à tout ce qui les séparait. Ce n'était pas la première fois qu'il lui fallait l'admettre ; les différences qui existaient entre eux n'étaient pas seulement de naissance, de classe ou d'argent. Les problèmes de Barbara Havers venaient d'un ensemble de circonstances qui dépassaient de loin la famille dans laquelle elle était née et sa façon de parler. Le sort semblait s'acharner contre elle, un peu comme si les dominos de la malchance s'étaient affaissés si rapidement les uns à la suite des autres au cours des dix derniers mois qu'elle n'avait pas réussi à en endiguer la chute. Lynley aurait voulu qu'elle se rende compte qu'il était en son pouvoir de la stopper et cela grâce à un simple coup de téléphone. Pourtant il devait bien reconnaître que ce coup de fil – pour lui si facile à préconiser – représentait pour elle une écrasante responsabilité. Elle craignait plus que tout confondre fuite et solution. Il se dit qu'à la place d'Havers lui-même aurait eu moins de scrupules.

Avant d'atteindre le stade où seul un narcissisme indécent pourrait expliquer sa station prolongée devant la glace, il reposa sa brosse à cheveux et pivota vers elle. L'entendant bouger, elle leva les yeux de la serviette de cuir.

– Désolée d'être arrivée en retard, inspecteur. Je sais que vous me couvrez. Mais ça ne peut pas continuer indéfiniment.

– Ce n'est pas la question, Barbara. Vous savez très bien que quand l'un de nous deux a des problèmes, l'autre le couvre automatiquement.

Elle tendit la main vers le dossier d'un fauteuil, moins pour s'y appuyer que pour s'occuper les mains, et se mit à tirer sur un fil qui dépassait du tissu.

– Le plus drôle, c'est qu'elle se portait comme un charme ce matin. La nuit a été horrible, mais ce matin elle était en pleine forme. Je n'arrête pas de me dire que ça doit signifier quelque chose. Que c'est un signe.

– Si vous commencez à chercher des signes partout, vous allez en trouver. Seulement les signes ne changent rien à la réalité.

– Mais s'il y a une petite chance que son état s'améliore...

– Et la nuit dernière, qu'est-ce que vous en faites ? Et vous ? Vous avez pensé à vous, Barbara ?

Elle continua de tirer sur le fil, l'entortillant autour de son doigt.

– Comment pourrais-je lui faire quitter sa maison d'Acton alors qu'elle ne comprend rien à ce qui se passe ? Comment voulez-vous que je fasse une chose pareille ? C'est ma mère, inspecteur.

– Ce n'est pas une punition que vous lui infligez.

– Alors pourquoi ai-je le sentiment que c'en est une ? Et le pire, c'est que j'ai l'impression d'être une criminelle qui s'en tire en toute impunité pendant qu'elle, elle trinque.

– On ne se sent jamais aussi coupable que lorsqu'on essaie de savoir si la décision qu'on a envie de prendre – et qui peut paraître égoïste – est la bonne. Comment savoir si vous agissez pour le mieux, en votre âme et conscience, ou si vous essayez de vous convaincre de régler le problème d'une façon qui vous arrange ?

Havers avait l'air complètement abattu.

– C'est la question, inspecteur. Et je ne connaîtrai jamais la réponse. Ça devient trop dur pour moi. Je suis dépassée par la situation.

– Non. Au contraire. La décision est entre vos mains. C'est à vous de la prendre.

– Je ne peux pas supporter de lui faire du mal. Elle ne comprendrait pas.

Lynley ferma sa serviette avec un bruit sec.

– Parce qu'elle comprend ce qui se passe en ce moment, sergent ?

Cela mit fin à la conversation.

Tandis qu'ils se dirigeaient vers la Bentley, qu'il avait garée comme un chausse-pied dans Garret Hostel Lane, il lui rapporta sa conversation avec Victor Troughton. Avant de monter dans la Bentley, elle lui demanda :

– Croyez-vous qu'Elena Weaver ait réellement aimé quelqu'un ?

Il mit le chauffage.

Lynley songea aux derniers mots de Troughton : « Essayez de comprendre. Elle n'était pas méchante, inspecteur. Seulement furieuse. Et je ne peux pas la condamner. »

433

« Même si vous n'avez été pour elle qu'une arme ? » lui avait demandé Lynley.

« Oui », avait répondu Troughton.

Lynley répondit à la question d'Havers :

– Comment savoir ce qui se passe dans le cœur d'une victime, sergent ? Dans notre boulot, on avance à reculons : on part de la mort et on remonte vers la vie. On essaie de recoller les morceaux pour découvrir la vérité. Une vérité qui nous permet tout au plus de comprendre pourquoi la victime a été tuée, mais pas de savoir ce qu'elle avait vraiment dans le cœur. En dernier ressort, tout ce dont nous disposons, ce sont des faits et les conclusions que nous pouvons en tirer.

La petite rue étant trop étroite pour que Lynley puisse faire demi-tour avec la Bentley, il partit lentement en marche arrière vers Trinity Lane, freinant pour laisser passer un groupe à peine distinct d'étudiants emmitouflés qui sortaient de Trinity Hall par la sortie latérale.

– Mais pourquoi Troughton voulait-il l'épouser, inspecteur ? Il savait qu'elle couchait avec d'autres types. Qu'elle ne l'aimait pas. Comment pouvait-il croire que leur mariage aurait marché ?

– Il pensait que son amour suffirait à la changer.

Havers ricana.

– Les gens ne changent jamais.

– Bien sûr que si. Quand ils sont mûrs, quand le moment est venu. (Il longea l'église de St. Stephen, poursuivit sa route vers Trinity College. Les phares avaient du mal à percer l'épaisse couche de brouillard. Il roulait à l'allure d'un insecte somnolent.) Le monde serait plus vivable et moins compliqué si on ne faisait l'amour que par amour, n'est-ce pas sergent ? Mais bon nombre de gens se servent du sexe pour des raisons qui n'ont rien à voir avec l'amour, le mariage, les relations à long terme, la procréation ou tout autre motif élevé. Elena était de ceux-là. Et Troughton était prêt à s'en contenter.

– Mais quel genre de relation pouvait-il espérer vivre avec elle ? protesta Havers. Ils commençaient leur mariage sur un mensonge.
– Troughton s'en fichait. Il la voulait.
– Et elle ?
– Elle, elle voulait savourer le triomphe que lui procurerait la vue du visage de son père lorsqu'elle lui annoncerait la nouvelle. Mais pour ça, bien sûr, il lui fallait d'abord amener Troughton à l'épouser.
– Inspecteur, dit Havers d'une voix pensive, croyez-vous qu'Elena ait parlé à son père ? Elle a eu les résultats du test de grossesse mercredi. Et elle n'est morte que lundi matin. Mrs. Weaver était sortie faire son jogging. Il était chez lui, seul. Croyez-vous... ?
– C'est une éventualité qu'on ne peut pas écarter.

Havers ne parut pas décidée à aller plus loin dans ses soupçons car elle reprit d'un ton plus décidé :
– Ils ne pouvaient pas espérer être heureux ensemble. Je parle d'Elena et Troughton.
– Je crois que vous avez raison. Troughton se faisait des illusions sur sa capacité à la guérir de son ressentiment. Quant à Elena, elle s'en faisait en croyant tirer un plaisir durable du coup qu'elle porterait à son père. On ne peut pas bâtir une vie de couple sur des bases pareilles.
– Vous voulez dire qu'on ne peut pas vivre si on ne tire pas un trait sur les fantômes du passé ?

Il lui jeta un regard circonspect.
– Vous allez un peu loin, sergent. On peut toujours avancer cahin-caha dans la vie. C'est ce que font la plupart des gens. Plus ou moins bien.

A cause du brouillard, de la circulation et des rues à sens unique, il leur fallut près de dix minutes pour atteindre Queen's College, soit le temps qu'ils auraient mis à y aller à pied. Lynley se gara au même endroit que la veille et ils pénétrèrent dans le collège.

– Vous croyez que c'est ici que nous trouverons la réponse ? questionna Havers en balayant du regard Old Court.
– Une réponse, en tout cas.

Ils tombèrent sur Gareth Randolph dans le réfectoire du collège, mélange hideux de linoléum, de longues tables de cafétéria et de murs recouverts de faux chêne. L'ensemble, conçu par un architecte moderne, était d'une banalité consternante.

Bien qu'il y eût d'autres étudiants présents, Gareth était seul à sa table, l'air inconsolable, devant les restes d'un petit déjeuner tardif composé d'un œuf au plat dont le jaune était crevé, et d'un bol de corn-flakes et de bananes devenus spongieux et gris. Un livre était ouvert devant lui, mais c'était vraisemblablement pour se donner une contenance car il ne lisait pas. Il n'écrivait pas non plus, bien qu'il ait sorti un cahier et qu'il tînt un crayon à la main.

Il leva la tête brutalement en voyant Lynley et Havers prendre place en face de lui. Il jeta un coup d'œil autour de lui comme pour fuir ou chercher de l'aide. Lynley prit son crayon et griffonna quelques mots en haut du cahier : « Vous étiez le père de son bébé, n'est-ce pas ? »

Gareth porta une main à son front, repoussa ses cheveux en arrière. Sa poitrine se souleva, il se leva et désigna la porte de la tête, leur faisant comprendre qu'ils devaient le suivre. La chambre de Gareth, comme celle de Georgina Higgins-Hart, donnait dans Old Court. Située au rez-de-chaussée, c'était une pièce carrée aux murs blancs sur lesquels étaient accrochées quatre affiches encadrées du London Philharmonic et trois agrandissements photographiques de comédies musicales : *Les Misérables, Starlight Express, Aspects of Love*. Sur les affiches du London Philharmonic on pouvait lire « Sonia Raleigh au piano ». Les photos représentaient une jeune femme séduisante en train de chanter.

Gareth désigna du doigt les affiches puis les photos.

– Ma mère, dit-il de sa voix gutturale. Ma sœur.

Il considéra Lynley, attendant qu'il fasse un commentaire à propos de la profession qu'exerçaient, ironie du sort, sa mère et sa sœur. Mais Lynley se contenta de hocher la tête.

Sur un vaste bureau placé sous l'unique fenêtre de la chambre se trouvait un ordinateur. C'était aussi un Ceephone, identique à ceux que Lynley avait vus à Cambridge. Gareth mit l'appareil sous tension et approcha une seconde chaise du bureau. Il fit signe à Lynley de s'y asseoir et chargea un programme de traitement de texte.

– Sergent, dit Lynley en voyant comment Gareth et lui allaient communiquer, vous allez devoir prendre des notes à partir des données affichées à l'écran.

Il ôta son manteau et son écharpe, s'assit au bureau. Havers vint se planter derrière lui, un carnet à la main, après avoir baissé sa capuche et retiré sa casquette en tricot rose.

« Est-ce que vous étiez le père de son bébé ? » tapa Lynley.

Le jeune homme examina longuement la question avant de répondre : « J'ignorais qu'elle était enceinte. Ne m'en a jamais parlé. Je vous l'ai déjà dit. »

– Le fait qu'il ne savait pas qu'elle était enceinte ne veut rien dire, remarqua Havers. Il ne faut pas qu'il nous prenne pour des idiots.

– Ce n'est pas le cas, dit Lynley. Je dirais plutôt que c'est lui qui se trouve idiot, sergent.

Il tapa : « Vous avez eu des relations sexuelles avec Elena. » C'était une affirmation, non une question.

Gareth enfonça une touche numérique : « 1. »

« Une fois ? »

« Oui. »

« Quand ? »

Le jeune homme s'éloigna un instant du bureau. Il resta sur sa chaise. Il ne regardait pas l'ordinateur mais le plancher, les bras sur les genoux. Lynley tapa le mot « septembre » et effleura l'épaule du jeune homme. Gareth leva la tête, lut, baissa de nouveau la tête. Un bruit creux jaillit de sa poitrine.

Lynley tapa : « Dites-moi ce qui s'est passé, Gareth », et de nouveau il toucha l'épaule du jeune homme.

Gareth releva la tête. Il avait commencé à pleurer et comme si cette manifestation de faiblesse le mettait en colère, il mit un bras devant ses yeux. Lynley attendit. Le jeune homme se rapprocha du bureau.

« Londres, tapa-t-il. Juste avant le trimestre. Je l'ai vue pour mon anniversaire. On a baisé sur le carrelage de la cuisine pendant que sa mère était sortie acheter du lait pour le thé. Joyeux anniversaire, pauvre con. »

– Génial, soupira Havers.

« Je l'aimais, poursuivit Gareth. Nous deux, c'était spécial. Je voulais qu'on soit... » Il laissa tomber ses mains sur ses genoux, fixa l'écran.

« Vous pensiez que faire l'amour avec Elena dépassait le banal accouplement ? tapa Lynley. C'est ça ? »

« Baisé, répondit Gareth. On n'a pas fait l'amour. On a baisé. »

« C'est le terme qu'elle a utilisé ? »

« Je croyais qu'on pourrait construire quelque chose ensemble. L'an dernier. Je me suis donné du mal. Pour que ça dure. Je ne voulais pas précipiter le mouvement. J'ai jamais essayé de la bousculer. Je voulais que tout ça devienne réel. »

« Mais ça ne l'était pas ? »

« Je croyais que ça l'était. Faire l'amour avec

une femme, c'est s'engager. C'est lui dire quelque chose qu'on ne dirait pas à une autre. »

« Qu'on l'aime ? »

« Qu'on veut être ensemble. Qu'on veut avoir un avenir ensemble. Je croyais que c'était pour ça qu'elle avait couché avec moi. »

« Vous saviez qu'elle couchait avec quelqu'un d'autre ?

« A ce moment-là, non. »

« Quand est-ce que vous l'avez appris ? »

« Quand elle est revenue ce trimestre, j'ai cru qu'on pourrait être ensemble. »

« Être amants ? »

« Pour elle, il n'en était pas question. Elle m'a rigolé au nez quand j'ai essayé de lui en parler. " Qu'est-ce qui te prend, Gareth, on a tiré un coup. On a pris notre pied. Terminé. Pourquoi t'en fais tout un plat, y a pas de quoi en chier un tank. " »

« Mais pour vous c'était important. »

« Croyais qu'elle m'aimait, que c'était pour ça qu'elle avait couché avec moi, je savais pas... » Il s'arrêta, il avait l'air vidé.

Lynley le laissa souffler un instant, examinant la pièce. Derrière la porte, suspendue à un crochet, pendait son écharpe bleue. Ses gants de boxe – en cuir lisse soigneusement entretenu – étaient accrochés à un second crochet. Lynley imagina Gareth Randolph cherchant à expurger sa souffrance à coups de poing sur les punching-balls du petit gymnase de Fenners.

Il se tourna de nouveau vers l'ordinateur. « La dispute avec Elena dimanche. C'est à ce moment-là qu'elle vous a dit qu'elle sortait avec quelqu'un d'autre ? »

« Je lui parlais de nous, répondit-il. Mais il n'y avait pas de nous. »

« C'est ce qu'elle vous a dit ? »

« " Comment ça, pas de nous ?, je lui ai fait. Et Londres ? " »

« Et c'est alors qu'elle vous a dit que ça ne signifiait rien ? »

« " On a juste tiré un coup Gareth, ça nous démangeait, on s'est envoyés en l'air, fais pas le con, ne va pas chercher plus loin. " »

« Elle se moquait de vous. J'imagine que ça n'a pas dû vous plaire. »

« J'ai essayé de lui parler. De lui rappeler ce qu'elle avait fait à Londres. Mais elle refusait d'écouter. Et c'est à ce moment-là qu'elle m'a craché le morceau. »

« Elle vous a annoncé qu'il y avait quelqu'un d'autre ? »

« Au début je l'ai pas crue. Je lui ai dit qu'elle avait la trouille. Qu'elle essayait d'être ce que son père voulait qu'elle soit. Je lui ai dit des tas de choses, je ne réfléchissais même plus. Je n'avais qu'une idée : lui faire du mal. »

– Voilà qui est révélateur, observa Havers.

– Peut-être, dit Lynley mais c'est classique. On est blessé par quelqu'un qu'on aime, on rend coup pour coup.

– Et quand le premier coup est un meurtre ? fit Havers.

– Je n'ai pas écarté cette possibilité, sergent.

Il tapa : « Qu'est-ce que vous avez fait une fois qu'elle vous a eu convaincu qu'il y avait un autre homme dans sa vie ? »

Gareth souleva les mains mais ne les approcha pas du clavier. Dans une pièce voisine, un aspirateur se mit à ronfler. La femme de ménage du bâtiment commençait à faire les chambres. Lynley sentit qu'il était urgent de terminer l'interrogatoire avant qu'ils ne soient interrompus. Il tapa de nouveau : « Qu'est-ce que vous avez fait ? » Gareth effleura les touches avec des gestes hésitants.

« J'ai rôdé dans St. Stephen en attendant qu'elle parte. Je voulais savoir qui c'était. »

« Vous l'avez suivie jusqu'à Trinity Hall ? Vous saviez que c'était le Dr Troughton ? » Le jeune homme hocha la tête, Lynley tapa : « Combien de temps êtes-vous resté là-bas ? »

« Jusqu'à ce qu'elle sorte. »
« A une heure du matin ? »
Il hocha la tête.
Il l'avait attendue dans la rue. Et lorsqu'elle était sortie, il l'avait de nouveau prise à partie, furieux d'avoir été plaqué, bouleversé de voir ses rêves brisés. Il était surtout écœuré par sa conduite car il croyait avoir compris ce qui la poussait dans les bras de Victor Troughton. Pour lui, c'était le désir de s'intégrer dans un monde d'entendants qui ne l'accepterait ni ne la comprendrait jamais vraiment. En faisant cela, elle se comportait en sourde. Et non comme une Sourde. Ils s'étaient disputés violemment. Il l'avait laissée dans la rue.

« Je ne l'ai pas revue », conclut-il.
– Pas fameux, tout ça, commenta Havers.
« Où étiez-vous lundi matin ? » tapa Lynley.
« Quand elle a été tuée ? Ici. Au lit. »
C'était évidemment impossible de vérifier : il avait passé la nuit seul. Alors qu'est-ce qui avait pu l'empêcher de se rendre dans l'île de Robinson Crusoé pour y guetter Elena Weaver et mettre un terme définitif à leur différend...
– Il nous faut ses gants de boxe, inspecteur, dit Havers en fermant son carnet. Mobile, moyen, occasion, il a tout. En plus, il était fou de rage et c'est un cogneur.

Lynley dut convenir que, la victime ayant été battue avant d'être étranglée, les talents de boxeur de Gareth ne devaient pas être négligés.

« Est-ce que vous connaissiez Georgina Higgings-Hart ? » tapa-t-il. Gareth hocha la tête en signe d'assentiment. Lynley poursuivit : « Où étiez-vous hier matin ? Entre six heures et six heures et demie. »

« Ici. Je dormais. »
« Est-ce que quelqu'un peut confirmer ? » Gareth fit non de la tête.

« Nous avons besoin de vos gants de boxe, Gareth. Pour les donner au labo de la police. »

Le jeune homme poussa une sorte de grondement sourd. « Je ne l'ai pas tuée. Pas tuée, pas tuée pas tuée... »

Tout doucement, Lynley écarta les mains de Gareth. « Est-ce que vous savez qui l'a tuée ? »

Gareth secoua la tête, mais il garda ses mains sur ses genoux comme s'il avait peur qu'elles le trahissent et se mettent à taper sur le clavier.

— Il ment. (Havers s'arrêta devant la porte pour accrocher les gants de boxe de Gareth à la bandoulière de son sac.) Si quelqu'un a un mobile, c'est lui, inspecteur.

— Sur ce point, nous sommes d'accord, concéda Lynley.

Elle enfonça son bonnet sur son front et remonta la capuche de son manteau.

— Ce qui veut dire que sur d'autres, vous n'êtes pas d'accord. Je vous connais.

— Je crois qu'il sait qui l'a tuée. Ou qu'il croit le savoir.

— Évidemment qu'il le sait : c'est lui qui l'a tuée. Après lui avoir défoncé la figure avec ça. (Elle agita les gants de boxe.) Qu'est-ce que nous cherchons comme arme depuis le début ? Quelque chose de lisse ; tâtez-moi ce cuir. Quelque chose de lourd. Imaginez que vous prenez une mandale d'un vrai cogneur. Avec ça, il est fort capable de vous esquinter sérieusement le visage. Que voulez-vous de plus ?

— Certes, Gareth a tout, sauf une chose, dit Lynley. Le fusil, sergent.

— Quoi ?

— Le fusil qui a servi à descendre Georgina Higgins-Hart. Qu'est-ce que vous dites de ça ?

— Il doit y avoir un club de chasse à l'université, vous l'avez dit vous-même. Je parie que Gareth Randolph en fait partie.

— Peut-être, mais pourquoi l'a-t-il tuée ?

Elle fronça les sourcils, décochant un coup de pied au sol de pierre.

– Havers, je comprends qu'il ait pu rester planqué dans l'île de Robinson Crusoé à guetter l'arrivée d'Elena Weaver. Il était amoureux d'elle. Elle l'a plaqué, après avoir taxé leurs ébats amoureux de vulgaire partie de jambes en l'air. Elle lui a appris qu'elle sortait avec un autre. Elle l'a humilié, elle s'est moquée de lui. Je suis d'accord avec tout ça.

– Alors ?

– Pourquoi s'en serait-il pris à Georgina ?

– Georgina... (Havers poursuivit après un temps :) Souvenez-vous de notre première hypothèse, inspecteur. C'est peut-être pour tuer de nouveau Elena Weaver, symboliquement. En s'en prenant à des filles qui lui ressemblent.

– Dans ce cas, pourquoi ne l'a-t-il pas tuée dans sa chambre, Havers ? Pourquoi l'a-t-il suivie au-delà de Madingley ? Et surtout *comment* l'a-t-il suivie ?

– Comment ça, comment ?

– Havers, il est sourd.

Cela lui cloua le bec.

Lynley poussa son avantage.

– Ça s'est passé à la campagne, Havers. Il faisait nuit noire. Même s'il avait une voiture, même s'il l'avait suivie jusqu'à ce qu'ils soient suffisamment loin de la ville et qu'il ait couru se cacher dans ce champ pour l'attendre, il fallait bien qu'il entende quelque chose – le bruit de ses pas, sa respiration, n'importe quoi – afin de savoir exactement quand tirer, non ? Vous n'allez pas me dire qu'il s'est posté là-bas aux aurores mercredi matin en espérant qu'il ferait assez clair – ce qui entre nous était peu probable – pour lui permettre de voir la fille suffisamment distinctement et suffisamment tôt pour viser, décharger son arme et la tuer ? Là, ce n'est plus un meurtre avec préméditation, c'est un coup de pot magistral.

Elle souleva un des gants de boxe.

— Alors qu'est-ce qu'on fait de ça, inspecteur ?

— On va demander à Saint James de s'en occuper. On ne sait jamais.

Elle ouvrit la porte avec une grimace fatiguée.

— J'aime les hommes qui ont l'esprit ouvert.

Ils se dirigeaient vers le passage à tourelle et Queens' Lane lorsqu'une voix les appela. Ils pivotèrent. Une silhouette mince de jeune fille arrivait le long du sentier, un petit panache de buée formant comme un rideau devant elle. Elle était grande et blonde avec de longs cheveux soyeux retenus en arrière par des peignes en écaille. Les peignes luisaient d'humidité. Des gouttelettes étaient accrochées à ses cils. Elle portait en tout et pour tout un survêtement dépareillé, dont le haut, comme celui de Georgina, arborait le blason de son collège. Elle avait l'air gelé.

— J'étais au réfectoire, leur dit-elle. Je vous ai vus avec Gareth. Vous êtes de la police ?

— Et vous, vous êtes ?

— Rosalyn Simpson. (Ses yeux se braquèrent sur les gants de boxe et son front se plissa de consternation.) Vous ne soupçonnez pas Gareth d'avoir quelque chose à voir dans cette histoire ?

Lynley ne dit rien. Havers croisa les bras.

La jeune fille poursuivit :

— Je serais venue vous trouver plus tôt, mais je ne suis rentrée d'Oxford que mardi soir. Et puis... Ça devient un peu compliqué.

Elle jeta un coup d'œil vers la chambre de Gareth Randolph.

— Vous avez des renseignements à nous donner ? s'enquit Lynley.

— Je suis d'abord allée voir Gareth. A cause du tract des Signeurs. Je l'ai vu en entrant d'Oxford, et il m'a semblé logique d'aller le trouver lui en premier. Je pensais qu'il vous transmettrait les informations. En outre, j'avais d'autres préoccupations à ce moment-là et... Oh, qu'est-ce que ça peut faire maintenant... Je suis là. Je vais vous le dire.

– Quoi, exactement ?

Comme le sergent Havers, Rosalyn croisa les bras, plus pour se tenir chaud que pour se donner un air déterminé.

– Je fais du cross. Je m'entraînais le long de la rivière lundi matin. Je suis passée près de l'île de Robinson Crusoé vers six heures et demie. Je crois que j'ai vu le tueur.

Glyn Weaver descendit quelques marches de l'escalier, juste assez pour pouvoir espionner la conversation de son ex-mari et de sa seconde épouse. Ils étaient encore dans la véranda bien que le petit déjeuner fût terminé depuis plusieurs heures. Leurs voix polies, trop polies, reflétaient assez clairement la température de leur relation. « Fraîche, estima Glyn, tournant au glacial. » Elle sourit.

– Terence Cuff va prononcer un éloge, disait Anthony. (Il s'exprimait d'un ton neutre de récitant.) J'ai vu deux des professeurs d'Elena, ils diront également un petit mot. Adam récitera un de ses poèmes préférés. (Il y eut un tintement de porcelaine, une tasse que l'on reposait soigneusement sur sa soucoupe.) Il se peut que la police ne nous rende pas le corps avant demain, mais l'entreprise de pompes funèbres fournira un cercueil vide. Personne ne verra la différence. Et comme tout le monde sait qu'elle doit être enterrée à Londres, personne ne s'attend à ce qu'une inhumation ait lieu demain.

– Justement, en ce qui concerne les obsèques à Londres, Anthony...

La voix de Justine était calme. Glyn eut des picotements le long de la colonne vertébrale en entendant ce ton de froide détermination.

– Il n'est pas question de changer quoi que ce soit aux dispositions que nous avons prises, dit Anthony. Essaie de comprendre. Je n'ai pas le choix. Je dois respecter les souhaits de Glyn. C'est le moins que je puisse faire.

– Je suis ta femme.

– Comme elle l'a été dans le temps. Et Elena était notre fille.

– Vous êtes restés mariés moins de six ans. Six années épouvantables, à t'en croire. Et il y a de cela plus de quinze ans. Tandis que toi et moi...

– Ça n'a rien à voir avec les années que j'ai passées avec elle ou avec toi, Justine.

– Au contraire. Ç'a à voir avec la loyauté, avec les vœux que j'ai prononcés et les promesses que j'ai tenues. Je te suis restée fidèle tandis qu'elle couchait à droite et à gauche comme une putain. Et maintenant tu viens me raconter que tu ne peux pas faire moins que de respecter sa volonté ? La sienne, et pas la mienne ?

– Si tu ne comprends pas qu'il y a des moments où le passé... commença Anthony.

A cet instant, Glyn atteignit la porte. Elle les examina un moment avant de prendre la parole. Anthony était assis dans l'une des chaises en osier, pas rasé, les traits tirés. Justine se tenait debout devant les fenêtres. Le brouillard qui pesait sur le jardin déposait de longues traînées d'humidité sur les carreaux. Justine portait un tailleur noir et un chemisier gris perle. Une serviette en cuir noir était posée contre sa chaise.

– Pourquoi ne pas aller au bout de votre pensée, Justine ? Telle mère, telle fille. C'est bien ce que vous aviez envie d'ajouter, non ? C'est le courage qui vous manque ?

Justine s'approcha de sa chaise, repoussant un cheveu blond collé sur sa joue. Glyn l'attrapa par le bras, enfonçant ses doigts dans la laine fine du tailleur. Elle eut un frisson de plaisir en sentant Justine tressaillir.

– Pourquoi est-ce que vous ne terminez pas votre phrase ? insista-t-elle. Glyn a donné l'exemple à Elena, Anthony. Glyn a fait de ta fille

une petite putain. Elena s'envoyait en l'air avec le premier venu, exactement comme sa mère.
— Glyn, dit Anthony.
— N'essaie pas de la défendre, tu veux? J'étais dans l'escalier. J'ai tout entendu. Ma fille unique est morte il y a trois jours, j'essaie de surmonter le choc et elle n'a rien de mieux à faire que d'essayer de nous démolir à tes yeux. Elle choisit le sexe comme arme. Ce que je trouve particulièrement intéressant.
— Je refuse d'écouter ça, dit Justine.
Glyn resserra sa prise sur son bras.
— La vérité vous gêne? C'est pourtant vrai que vous vous servez du sexe comme d'une arme. Et pas seulement pour m'atteindre moi.
Glyn sentit les muscles de Justine se raidir et comprit qu'elle avait fait mouche. Aussitôt, elle décida d'enfoncer davantage le couteau dans la plaie.
— Vous le récompensez quand il a été sage, et vous le privez de dessert quand il a été vilain, n'est-ce pas? C'est comme ça que ça se passe? Combien de temps le ferez-vous payer pour vous avoir empêchée d'assister aux obsèques?
— Vous êtes pathétique, répliqua Justine. Vous voyez le sexe partout. Décidément, vous êtes bien comme...
— Elena? (Glyn lâcha le bras de Justine. Elle regarda Anthony.) Nous y voilà.
Justine frotta sa manche comme pour se laver du contact de l'ex-femme de son mari. Elle prit sa serviette en cuir.
— Je m'en vais, dit-elle calmement.
Anthony se leva, ses yeux naviguant de la serviette à son épouse, examinant Justine de la tête aux pieds comme s'il venait seulement de se rendre compte de la façon dont elle était vêtue.
— Tu n'as pas l'intention...
— De retourner travailler trois jours seulement après l'assassinat d'Elena? Mais si, Anthony, c'est exactement ce que j'ai l'intention de faire.

— Non. Justine, les gens...
— Ça suffit. Je ne suis pas comme toi. Mais alors, pas du tout.

L'espace d'un instant, Anthony la fixa tandis qu'elle prenait son manteau posé sur la rampe de l'escalier et refermait la porte d'entrée derrière elle. Il la regarda fendre le brouillard vers la Peugeot grise. Glyn l'observait, se demandant s'il allait lui courir après pour la retenir. Mais cela sembla au-dessus de ses forces. Il tourna le dos à la fenêtre et se dirigea vers l'arrière de la maison.

Glyn s'approcha de la table sur laquelle la vaisselle du petit déjeuner traînait encore. Le bacon se figeait dans les assiettes, les jaunes d'œufs crevés vomissaient une boue jaune. Un morceau de toast était demeuré dans le porte-toasts en argent et Glyn s'en empara pensivement.

De l'arrière de la maison, lui parvinrent un bruit de tiroir de classeur métallique et les gémissements du setter irlandais qui attendait qu'on le fasse entrer dans la maison. Glyn s'approcha de la fenêtre de la cuisine : le chien était assis sur le perron, sa truffe collée contre la porte, sa queue duveteuse fouettant l'air avec enthousiasme. L'animal recula, leva la tête vers elle. Sa queue s'agita encore plus vite, il aboya joyeusement. Elle le fixa — prenant un malin plaisir à lui donner de faux espoirs —, puis elle se détourna et se dirigea vers l'arrière de la maison.

Elle s'immobilisa sur le seuil du bureau d'Anthony. Il était accroupi près d'un tiroir béant du classeur métallique. Le contenu des deux chemises en carton gisait sur le sol : deux douzaines de dessins au crayon. Près des dessins, se trouvait une toile roulée.

Glyn regarda Anthony effleurer les dessins en un geste qui tenait de la caresse. Puis il se mit à les étudier l'un après l'autre. Ses doigts semblaient malhabiles. Par deux fois, il émit une sorte de hoquet. Lorsqu'il s'interrompit pour ôter ses lunettes et en essuyer les verres sur sa chemise, elle comprit qu'il pleurait. Elle entra dans la pièce pour mieux voir les dessins éparpillés sur le sol. C'était des croquis d'Elena.

« Papa s'est mis au dessin », lui avait dit Elena. Et la jeune fille avait ri. Combien de fois ne s'étaient-elles pas moquées des efforts que faisait Anthony pour se réaliser à l'approche de la cinquantaine. Course de fond, natation, cyclisme, voile : il avait tâté de tout. Mais de toutes les activités qu'il avait pratiquées, c'était le dessin qui les avait le plus fait rire. « Papa s'imagine qu'il a l'étoffe d'un Van Gogh », disait Elena. Et elle imitait son père, jambes écartées, carnet en main, les yeux plissés perdus dans le lointain, la main en auvent au-dessus des sourcils. Elle se dessinait au crayon une moustache semblable à celle de son père et crispait le visage, l'air concentré. « Surtout ne bouge pas, Glynnie, ordonnait-elle à sa mère. Garde la pose. » Et elles éclataient de rire.

Mais maintenant, Glyn se rendait compte que les croquis étaient bons. Anthony avait réussi à rendre quelque chose qu'on ne trouvait ni dans les natures mortes accrochées au salon, ni dans les bateaux, les ports ou les villages de pêcheurs qui couvraient les murs de son bureau. Dans la série de dessins qu'il avait étalés sur le sol, il avait capté l'essence même de leur fille, l'inclinaison exacte de sa tête, la forme de ses yeux, son sourire à la dent ébréchée, le contour de la pommette, du nez et de la bouche. Ce n'étaient que des études, mais elles étaient ravissantes et troublantes de vérité.

L'entendant approcher, Anthony releva la tête. Il rassembla les dessins, les remit dans leurs chemises respectives et, avec la toile, les fourra dans le tiroir.

– Tu ne les as pas fait encadrer, remarqua-t-elle.

Il ne répondit pas. Il ferma le tiroir et s'approcha de son bureau où il joua nerveusement avec l'ordinateur, mettant le Ceephone en marche, fixant l'écran. Il regarda le menu qui s'affichait, mais ne toucha pas au clavier.

– C'est sans importance, poursuivit Glyn. Je sais pourquoi tu les caches. (Elle alla se poster derrière lui.) Depuis combien d'année vis-tu ainsi, Anthony ? Huit ans, dix ans ? Comment diable en es-tu arrivé là ?

Il baissa la tête. Elle étudia sa nuque, se rappelant soudain combien doux étaient ses cheveux et comme ils bouclaient lorsqu'ils étaient trop longs. Ils grisonnaient maintenant et des mèches blanches se mêlaient aux mèches noires.

– Qu'espérait-elle gagner ? Elena était ta fille. Ta fille unique. Qu'espérait-elle donc gagner ?

Sa réponse ne fut qu'un chuchotement, comme s'il s'adressait à quelqu'un qui n'était pas là.

– Elle a voulu me faire mal. C'est le seul moyen qu'elle a trouvé pour me faire comprendre.

– Comprendre quoi ?

– Ce que c'est que d'être démoli. A quel point je l'ai démolie. Par ma lâcheté, mon égoïsme, mon égocentrisme. Mais surtout par ma lâcheté. « C'est par vanité que tu veux la chaire de Penford, disait-elle. Il te faut une belle maison, une belle femme, une fille que tu manipules comme une marionnette afin que les gens te regardent avec admiration et envie. Tu veux qu'ils se disent : " Quel veinard, ce type, il a tout. " Mais tu te trompes. Tu n'as pratiquement rien. Moins que rien, même. Parce que ce que tu as, c'est du mensonge. Et tu n'as même pas le courage de le reconnaître. »

Comprenant soudain ce qu'il voulait dire bien qu'il parlât dans un état second, Glyn sentit son cœur se serrer.

– Tu aurais pu empêcher ça. Si seulement tu lui avais donné ce qu'elle voulait ! Anthony, tu aurais pu l'empêcher de faire ça.

– Impossible. Je ne devais penser qu'à Elena. Elle était ici, à Cambridge, chez moi. Elle commençait à sortir de sa coquille, à m'accepter.

Je ne pouvais pas courir le risque de la perdre à nouveau. Je ne pouvais pas. Et je me suis dit que je la perdrais si...

– Mais tu l'as perdue de toute façon ! s'écria-t-elle en lui secouant le bras. C'est fini, plus jamais elle ne passera cette porte. Jamais elle ne te dira : « Papa, je comprends, je te pardonne, je sais que tu as fait de ton mieux. » Elle est partie. Elle est morte. Et tu aurais pu empêcher ça.

– Si elle avait eu un enfant, elle aurait peut-être compris ce que la présence d'Elena à Cambridge signifiait pour moi. Pourquoi je ne pouvais supporter l'idée de faire quoi que ce soit qui pût m'amener à la perdre. Je l'avais déjà perdue une première fois. Je ne voulais pas revivre ce cauchemar.

Glyn s'aperçut qu'il ne lui répondait pas vraiment. Il ressassait. Il tournait en rond, à l'abri d'une barrière qui le protégeait de la vérité dans ce qu'elle avait de plus insupportable. Il parlait du fond d'un canyon mais c'étaient d'autres mots que les siens qui lui revenaient en écho. Soudain la colère envahit Glyn, aussi violente qu'aux pires moments de leur vie commune, quand, ulcérée de le voir ne s'intéresser qu'à sa carrière, elle l'avait provoqué pour qu'il daigne remarquer les heures indues auxquelles elle rentrait, pour qu'il comprenne la nature véritable des bleus qu'elle avait sur le cou, les seins et les cuisses, et qu'il se décide enfin à sortir de son silence, de son insupportable indifférence.

– La seule chose qui t'intéresse, c'est toi. Tu n'as pas changé. Si tu as insisté pour avoir Elena à Cambridge, ce n'était pas pour ses études, mais pour toi, pour l'avoir sous la main, pour te donner bonne conscience.

– Je voulais qu'on apprenne à vivre ensemble.

– Quand vas-tu cesser de te raconter des bobards ? Tu ne l'aimais pas, Anthony. Tu n'aimes que toi. Ton image, ta réputation, tes succès. Tu aimes qu'on t'aime. Mais tu ne l'aimais pas, elle. Et même maintenant qu'elle est morte, tout ce que tu es capable de faire, c'est penser à toi, à ce que tu ressens, à ton horrible chagrin, et à ce que les gens vont penser. Mais de là à faire quelque chose, à agir, ou à prendre position, c'est une autre histoire. Qui sait ce qu'on penserait de toi ?

Finalement, il se décida à la regarder. Ses yeux étaient rouges.

– Tu ignores ce qui s'est passé. Tu ne peux pas comprendre.

– Je comprends très bien, au contraire. Tu vas enterrer ta fille, lécher tes blessures et continuer à vivre comme si de rien n'était. Tu es aussi lâche qu'il y a quinze ans quand tu l'as abandonnée en pleine nuit. Tu l'abandonnes de nouveau. C'est tellement plus facile !

– Je ne l'ai pas abandonnée, dit-il en choisissant soigneusement ses mots. J'ai tenu bon cette fois, Glyn. Et c'est pour ça qu'elle est morte.

– A cause de toi ?

– Oui. A cause de moi.

– Le monde tourne toujours autour de toi, ça n'a pas changé.

Il fit non de la tête.

– C'était peut-être vrai dans le temps, mais ça ne l'est plus maintenant.

21

Lynley réussit à trouver une place de parking à l'angle sud-ouest du commissariat. Exténué, il fixa les contours à peine visibles du panneau d'affichage planté devant le bâtiment. Sur le siège du passager, Havers s'agita et se mit à feuilleter son carnet. Sans doute relisait-elle les notes prises pendant l'interrogatoire de Rosalyn Simpson.

« C'était une femme », leur avait déclaré l'étudiante de Queens' College.

Elle leur avait fait refaire le trajet qu'elle avait emprunté le lundi matin, traversant l'épaisse couche grisâtre de brouillard cotonneux de Laundress Lane, petite rue éclairée par une maigre lueur provenant de la porte ouverte de l'Institut d'études orientales. Le battant refermé, la brume leur avait semblé impénétrable et l'univers, réduit aux quelques centimètres carrés au-delà desquels on ne distinguait plus rien.

– Vous vous entraînez tous les jours ? s'était enquis Lynley tandis qu'ils traversaient Mill Lane et longeaient les poteaux métalliques qui interdisaient aux voitures l'accès au pont pour piétons enjambant la rivière à la hauteur de Granta Place.

Sur leur droite, Laundress Green disparaissait au milieu d'une véritable purée de pois. Plus loin, de l'autre côté de l'étang, une lumière brillait à l'un des étages de l'Old Granary.

– Pratiquement, oui.
– Toujours à la même heure ?
– Oui. Six heures et quart dans la mesure du possible.
– Et lundi dernier ?
– Le lundi, généralement, je me lève moins tôt. Il devait être aux alentours de six heures vingt-cinq, lundi, lorsque j'ai quitté le collège.
– Et vous avez atteint l'île à... ?
– Six heures et demie, je pense.
– Vous en êtes certaine. Pas plus tard ?
– J'ai regagné ma chambre à sept heures et demie, inspecteur. Je cours vite mais pas à ce point-là. J'ai parcouru seize kilomètres, en partant de l'île. Seize kilomètres, c'est la distance sur laquelle je m'entraîne habituellement.
– Pour le club des Jeux de piste aussi ?
– Oui. J'ai bien l'intention de me distinguer cette année.

Elle n'avait rien remarqué d'anormal ce matin-là. Il faisait encore nuit quand elle avait quitté le collège et, hormis un préposé à la voirie qui poussait sa petite voiture dans Laundress Lane, elle n'avait pas aperçu âme qui vive – à part les canards et les cygnes habituels. Certains flottaient sur la rivière tandis que d'autres somnolaient placidement sur la rive. Mais le brouillard était dense – « Presque aussi épais qu'aujourd'hui » – ; aussi avait-elle parfaitement admis que quelqu'un aurait très bien pu se camoufler sous un porche ou s'embusquer sur le Green.

Arrivés dans l'île, ils découvrirent un feu qui crachotait des bouffées de fumée âcre couleur de suie. Un homme coiffé d'une casquette, vêtu d'un manteau et portant des gants, jetait pêle-mêle feuilles d'automne, détritus et morceaux de bois dans les flammes aux doigts bleus. Lynley reconnut Ned, le moins loquace des réparateurs de bateaux.

Rosalyn désigna le pont pour piétons qui enjambait le second bras que formait la rivière en coulant vers la partie ouest de l'île.

— Elle traversait ce pont, dit-elle. Je l'ai entendue car elle a heurté quelque chose – si ça se trouve, elle a trébuché, ça glissait horriblement. Et elle a toussé. J'en ai déduit qu'elle s'entraînait, comme moi, et qu'elle avait un coup de pompe. Franchement, ça m'a agacée de tomber sur elle. Elle n'avait pas l'air de regarder où elle allait, mais alors pas du tout : j'ai failli lui rentrer dedans. Et... (La jeune fille eut l'air gêné :) J'ai bien peur d'être contaminée par les préjugés de l'Université : j'ai du mal à supporter les habitants de Cambridge. Je me suis demandé de quel droit elle envahissait mon territoire.

— Qu'est-ce qui vous a donné l'impression qu'elle était de la ville ?

Rosalyn jeta un regard songeur au pont pour piétons. L'air humide faisait boucler ses cheveux sur son front.

— Ses vêtements. Son âge aussi.

— Qu'avaient-ils de spécial, ses vêtements ?

Rosalyn indiqua du geste sa tenue dépareillée.

— Les étudiants qui font du cross arborent généralement les couleurs de leur collège, ils portent le haut de leur survêtement.

— Elle ne portait pas de survêtement ? s'enquit vivement Havers, levant le nez de son carnet.

— Si. Mais pas celui d'un collège. En tout cas, je ne me souviens pas d'avoir vu un nom de collège dessus. Encore qu'en y réfléchissant, il se peut qu'elle soit de Trinity Hall.

— Parce qu'elle était en noir ? fit Lynley.

Rosalyn sourit.

— Vous connaissez les couleurs des collèges ?

— J'ai un sixième sens pour les deviner.

Il franchit le pont pour piétons. La grille de fer forgé était partiellement ouverte sur la pointe sud de l'île. La bandelette jaune de la police avait disparu. L'accès à l'île était de nouveau autorisé à tous ceux qui désiraient s'asseoir au bord de l'eau, s'y retrouver en secret ou – comme Sarah Gordon – dessiner.

455

– Est-ce que cette femme vous a vue ?
Rosalyn et Havers restèrent sur le sentier.
– Oh, oui !
– Vous en êtes certaine ?
– J'ai failli la percuter de plein fouet. Elle n'a pas pu ne pas me voir.
– Vous portiez les mêmes vêtements qu'aujourd'hui ?

Rosalyn hocha la tête, plongeant les mains dans les poches de l'anorak qu'elle avait enfilé avant de sortir.

– Pas d'anorak, précisa-t-elle. Quand on court, on n'a pas besoin de beaucoup se couvrir. Mais j'y pense... Cette femme n'avait ni manteau ni veste, fit-elle, le visage brillant. Encore un détail qui m'a donné à penser qu'elle faisait du cross. Bien que... (Hésitation marquée.) J'ai l'impression qu'elle portait un vêtement à la main. Impossible de me rappeler. En tout cas il me semble qu'elle tenait quelque chose.

– A quoi ressemblait-elle ?
– A quoi elle ressemblait ? (Rosalyn fronça le nez, contemplant le bout de ses chaussures.) Mince. Cheveux tirés en arrière.
– De quelle couleur, les cheveux ?
– Clairs, je crois. Oui, très clairs.
– Est-ce qu'il y a un détail qui vous a frappée chez elle ? Une marque sur la peau ? La forme du nez ? Un grand front ? Un menton pointu ?
– Pas moyen de me rappeler. Désolée. J'ai peur de ne pas vous être d'une grande aide. Ça remonte à trois jours et je ne pouvais pas imaginer qu'il faudrait que je me souvienne d'elle. On n'examine pas en détail tous les gens qu'on croise. (Rosalyn soupira de frustration avant d'enchaîner :) Peut-être que si on m'hypnotisait, comme on hypnotise parfois les témoins d'un meurtre...
– Inutile, coupa Lynley. (Il les rejoignit sur le sentier.) Croyez-vous qu'elle ait distinctement vu votre survêtement ?

– Oh, oui.
– Le nom du collège qui est inscrit dessus aussi ?
– Queens ? Oui. Elle l'a vu, ça ne fait aucun doute.

Rosalyn regarda en direction du collège. Lorsqu'elle leur refit face, son visage était sombre. Un jeune homme traversa le pont de Crusoé, descendit les dix marches de fer – ses chaussures claquant lourdement sur le métal – et passa près d'eux, tête baissée dans le brouillard.

– Melinda avait raison, dit calmement Rosalyn lorsqu'il se fut éloigné. Georgina est morte à ma place.

Une fille de cet âge n'avait certainement pas besoin de trimballer un tel fardeau toute sa vie.

– Je vois mal comment vous pouvez en être sûre, contra Lynley, bien que fortement tenté en son for intérieur d'aboutir à la même conclusion.

Rosalyn retira l'un de ses peignes en écaille et prit entre ses doigts une mèche de ses cheveux.

– A cause de ça, dit-elle. (Puis, ouvrant son anorak, elle désigna le blason qui barrait sa poitrine.) Et de ça. En plus, nous avons la même taille, le même poids, le même teint et nous sommes toutes les deux de Queens'. La personne qui a suivi Georgina hier matin pensait me suivre, moi. C'est moi qui l'ai vue. C'est moi qui savais. J'aurais pu parler. Et j'aurais parlé, j'aurais *dû* le faire... Si j'étais allée trouver la police, Georgina ne serait pas morte.

Elle tourna vivement la tête et battit furieusement des paupières en contemplant la masse brumeuse de Sheep's Green.

Lynley ne souffla mot, sachant que rien de ce qu'il pourrait dire n'atténuerait son sentiment de culpabilité.

Lynley prit une profonde inspiration et souffla, fixant le panneau d'affichage devant le commissariat. De l'autre côté de la rue, caché par le brouillard, Parker's Piece aurait aussi bien pu ne pas exister. Une lumière lointaine clignotait au centre de la pelouse, servant de point de repère à ceux qui essayaient de retrouver leur chemin.

– Autrement dit, aucun rapport avec le fait qu'Elena était enceinte, conclut Havers avant d'ajouter : Et maintenant, qu'est-ce qu'on fait ?

– Attendez que Saint James se pointe. Voyez quelles sont ses conclusions quant à l'arme du crime. Et qu'il examine les gants de boxe afin que nous puissions les éliminer.

– Et vous ?

– Je vais chez les Weaver.

– Bien. (Au lieu de s'éloigner de la voiture, elle le regarda.) Tout le monde y perd, n'est-ce pas, inspecteur ?

– Dans les affaires criminelles, toujours.

Aucune des deux voitures des Weaver n'était garée dehors lorsque Lynley arriva devant la maison. Mais les portes du garage étant fermées, il en conclut que les véhicules étaient à l'intérieur et il alla sonner. De l'arrière de la maison lui parvinrent des aboiements joyeux. Quelques instants plus tard une voix de femme réclama le silence derrière la porte. Le verrou fut tiré.

Justine Weaver étant venue lui ouvrir lors de ses deux précédentes visites, c'était elle que Lynley s'attendait à voir lorsque le battant de chêne s'écarterait silencieusement devant lui. Aussi fut-il surpris de tomber sur une grande femme massive entre deux âges qui portait une assiette de sandwiches dégageant l'odeur caractéristique du thon. Les sandwiches reposaient sur un lit de chips.

Se remémorant les renseignements qu'Anthony Weaver lui avait fournis sur son ex-femme, Lynley comprit qu'il était en face de Glyn Weaver.

Il sortit sa carte et se présenta. Elle prit tout son

temps pour examiner le document, lui laissant le loisir de la passer en revue, elle. Son seul point commun avec la seconde épouse de Weaver était la taille. Quant au reste, c'était l'antithèse de Justine. Au vu de son épaisse jupe de tweed qui la boudinait aux hanches, de son visage ridé et de son ovale affaissé, de ses cheveux abondamment striés de gris tordus en un chignon austère, Lynley ne put s'empêcher de songer au portrait que Victor Troughton avait brossé de sa femme. Pas vraiment fier de lui, il s'aperçut qu'il tombait dans le même travers que l'universitaire, jugeant une femme aux outrages que le temps lui avait fait subir.

Glyn Weaver leva le nez de sa carte. Tenant la porte ouverte, elle dit :

– Entrez. J'étais sur le point de déjeuner. Je vous offre quelque chose ? (Elle approcha l'assiette de lui.) Regardez, n'est-ce pas étonnant ? Il n'y a que du poisson en conserve dans le placard à provisions de cette maison. Mais il est vrai que Justine surveille son poids.

– Est-elle là ? s'enquit Lynley. Le Dr Weaver est-il là ?

Glyn l'entraîna dans la véranda et agita la main en signe de dénégation.

– Sortis tous les deux. Vous ne voudriez tout de même pas que Justine reste enfermée plus de deux jours d'affilée chez elle sous prétexte que sa belle-fille est morte... Quant à Anthony, j'ignore où il est passé. Il est parti il n'y a pas cinq minutes.

– En voiture ?

– Oui.

– Au collège ?

– Aucune idée. Je lui parlais, et l'instant d'après, plus personne : il avait disparu. Il doit être quelque part dans le brouillard, à se demander que faire. Vous savez ce que c'est. L'éternel conflit entre la bienséance et les exigences du bas-ventre. Les conflits l'ont toujours mis mal à l'aise. Mais chez lui, c'est généralement le bas-ventre qui a le dernier mot.

Lynley ne broncha pas. Il aurait fallu être le dernier des crétins pour ne pas percevoir ce que cachait le mince vernis de civilité de Glyn. Colère, haine, amertume, jalousie. Mais surtout terreur d'y renoncer. Car alors, elle n'aurait rien pu faire pour endiguer la violence de sa douleur.

Glyn posa l'assiette sur la table en osier. La vaisselle du petit déjeuner n'avait pas été débarrassée. Des miettes de toasts jonchaient le parquet tout autour de la table. Elle marcha dessus avec indifférence et se mit à empiler les assiettes grasses sans se soucier de la nourriture restée figée dessus. Mais au lieu de les emporter dans la cuisine, elle se contenta de les pousser, faisant tomber un couteau et une cuiller sales sur le joli coussin à fleurs qui recouvrait l'une des chaises.

— Anthony sait tout, dit-elle. Vous aussi, je suppose, c'est sûrement pour cela que vous êtes venu. Vous allez l'arrêter aujourd'hui ?

Elle s'assit, prit une grosse bouchée de son sandwich qu'elle mastiqua avec un plaisir qui n'avait qu'un lointain rapport avec la nourriture.

— Savez-vous où elle est allée, Mrs. Weaver ? s'enquit Lynley.

Glyn piocha parmi les chips.

— A quel moment exactement opérez-vous une arrestation ? Je me suis toujours posé la question. Quand vous avez un témoin oculaire ? Des preuves ? J'imagine que vous devez fournir du concret au procureur.

— Justine avait un rendez-vous ?

Glyn s'essuya les mains sur sa jupe et commença à compter sur ses doigts.

— Il y a l'appel qu'elle prétend avoir reçu sur le Ceephone, dimanche soir. Le fait qu'elle soit allée courir sans le chien, lundi matin. Le fait qu'elle sache exactement où et quand Elena courait. Et enfin le fait qu'elle la haïssait et souhaitait sa mort. Que vous faut-il de plus ? Des empreintes ? Du sang ? Un cheveu ? Un morceau de peau ?

– Elle est allée voir sa famille?
– Les gens aimaient Elena. Et ça lui restait en travers de la gorge, à Justine. Mais ce qui l'énervait le plus, c'est qu'Anthony aimait sa fille. Justine ne supportait pas qu'il lui consacre du temps, qu'il fasse des efforts pour se rapprocher d'elle. Elle croyait que plus il se rapprocherait d'Elena, plus il s'éloignerait d'elle. Et ça la rendait malade de jalousie. Vous êtes venu l'arrêter, n'est-ce pas?

Une lueur d'impatience avide brillait dans les yeux de Glyn. Lynley songea aux foules qui se pressaient jadis aux exécutions publiques pour se repaître du spectacle. Glyn ne se serait pas fait prier pour assister au supplice de Justine. Il aurait voulu lui faire comprendre que la loi du talion était un leurre. Et que l'on pouvait infliger au criminel le plus barbare des châtiments sans que cela n'efface le chagrin et la colère des proches de la victime.

Ses yeux se posèrent sur la table en désordre. Près des piles d'assiettes et sous un couteau plein de beurre était posée une enveloppe portant le logo d'University Press et le nom de Justine – mais pas son adresse – tracé par une main masculine.

Suivant la direction de son regard, Glyn laissa tomber :

– Elle occupe un poste important dans cette maison d'édition. Vous ne pensiez pas la trouver ici tout de même.

Hochant la tête, il se retourna, se dirigea vers la porte.

– Quand allez-vous l'arrêter? questionna-t-elle de nouveau.

– J'ai une question à lui poser.

– Une question, c'est tout? Ah, bon. Je vois. Et si je vous fournissais une preuve concrète, ça vous déciderait? (Elle guetta sa réaction. Esquissa un sourire de chat qui se pourlèche en le voyant pivoter vers elle.) Oui, bien sûr, monsieur le fin limier.

Repoussant sa chaise, elle sortit de la pièce. Il

entendit le setter irlandais se remettre à aboyer, la voix de Glyn crier dans les profondeurs de la maison : « La ferme, tu veux ! » Le chien continua de japper.

— Voilà, fit-elle en revenant. (Elle portait deux chemises en carton et, sous le bras, une toile roulée.) Anthony avait caché ça au fond d'un tiroir dans son bureau. Je l'ai trouvé en train de pleurnicher devant, il y a une heure, avant qu'il ne disparaisse de la maison. Jetez un coup d'œil. Vous ne manquerez pas d'en tirer la conclusion qui s'impose.

Elle lui tendit d'abord les chemises en carton. Il examina les esquisses. C'étaient des études de la jeune fille assassinée, toutes de la même main, toutes excellentes. Il en admira la qualité. Aucune, cependant, ne pouvait constituer un mobile de meurtre. Alors qu'il s'apprêtait à le faire remarquer à Glyn, elle lui fourra la toile dans les mains.

— Et maintenant, regardez ça.

Il la déroula, s'accroupissant pour l'étaler par terre car elle était d'une assez belle taille. Elle avait été lacérée en trois endroits et hâtivement barbouillée de grosses traînées de peinture noire, rouge et blanche sans aucun souci de l'esthétique. Sous les zébrures, on distinguait les traces d'une peinture à l'huile. Lynley se redressa et contempla la toile, la compréhension se faisant lentement jour en lui.

— Et ça, ajouta Glyn. C'est tombé de la toile quand je l'ai déroulée.

Elle lui posa sur la paume de la main une petite plaque de cuivre. Il l'approcha de la lumière, sachant à l'avance ce qu'il y lirait : « Elena. » En petits caractères.

Il releva le nez, regarda Glyn Weaver. Elle exultait. Il savait qu'elle attendait qu'il fasse un commentaire sur le mobile qu'elle venait pour ainsi dire de lui offrir sur un plateau. Au lieu de cela, il s'enquit :

– Est-ce que Justine Weaver est allée courir depuis que vous êtes à Cambridge ?
La question parut la décontenancer. La méfiance étrécissant ses yeux, elle y répondit cependant :
– Oui.
– En survêtement ?
– Pas en tailleur Chanel.
– Et de quelle couleur était-il, ce survêtement, Mrs. Weaver ?
– De quelle couleur ? fit-elle, indignée qu'il ne cherchât pas davantage à creuser l'histoire du tableau mutilé.
– Oui.
– Noir.

– Quelle autre preuve vous faut-il ? Je vous dis que Justine haïssait ma fille ! (Glyn l'avait suivi hors de la véranda, laissant derrière elle les effluves d'œuf dur, de thon, de beurre et de chips.) Qu'est-ce que je dois faire pour vous convaincre ? Quelles autres preuves voulez-vous ?
Elle l'avait tiré par la manche jusqu'à ce qu'il lui fasse face ; elle se tenait si proche de lui qu'il sentait son haleine imprégnée de l'odeur huileuse du thon chaque fois qu'elle ouvrait la bouche.
– C'est Elena qu'Anthony avait prise comme modèle. Pas sa femme. Vous imaginez la scène : la rage au cœur, Justine était obligée de le regarder travailler. Dans la véranda. Parce que la lumière est bonne ici et que, pour la peindre, il lui fallait la meilleure lumière.

Lynley s'engagea dans Bulstrode Gardens. Les réverbères se bornaient à déposer une touche dorée sur la frange supérieure de la couche de brume, le reste formant une masse grise et humide. Il se gara dans l'allée semi-circulaire. Sans vraiment la voir, il regarda la maison avant de descendre de voiture. Il réfléchissait à la nature de la preuve qu'il tenait, aux esquisses d'Elena et à ce qu'elles signifiaient par rapport à la toile lacérée ; il réfléchissait au Ceephone et surtout au temps. Car dans cette affaire, la question du temps jouait un rôle essentiel.

Elle avait dû commencer par effacer le visage d'Elena de la toile et, ce geste ne lui procurant aucun soulagement durable, elle s'était attaquée à la jeune fille elle-même. C'est ce qu'affirmait Glyn Weaver. Elle avait dû lui défoncer le visage comme elle avait déchiqueté le tableau, laissant libre cours à sa fureur haineuse.

Mais ce n'étaient là que des conjectures, songea Lynley. Une partie d'entre elles frôlait peut-être la vérité. Fourrant la toile sous son bras, il s'approcha de la porte.

Harry Rodger vint lui ouvrir, talonné par Christian et Perdita.

– C'est Pen que vous voulez voir ? fit-il. (Puis il ajouta à l'adresse de son fils :) Va chercher maman, Chris.

Lorsque le petit garçon se fut précipité dans l'escalier en criant : « Maman ! », Rodger fit signe à Lynley d'entrer au salon. Il prit sa fille dans ses bras et jeta un coup d'œil à la toile que Lynley tenait contre lui. Perdita se blottit contre la poitrine paternelle.

A l'étage au-dessus, les pas de Christian résonnèrent le long du couloir. « Maman ! » Des petits poings tambourinèrent au battant d'une porte.

– Du travail pour elle ?

Le ton était poli, le visage de Rodger, impassible.

– J'aimerais qu'elle y jette un œil, Harry. J'ai besoin de ses lumières.

Harry eut un sourire crispé qui en disait plus long qu'une bordée d'injures.

– Excusez-moi, fit-il en se rendant dans la cuisine.

Il referma la porte derrière lui.

Quelques instants plus tard, Christian revint, précédant sa mère et sa tante dans le séjour. Au cours de son périple à travers la maison, il avait ramassé un revolver en plastique et il s'efforçait de se l'attacher autour de la taille.

– Je vais te tuer, dit-il à Lynley. Regarde-moi, tante Leen, je le tue.

– Ce n'est peut-être pas très indiqué de dire ça à un policier, Chris, fit Lady Helen en s'agenouillant devant lui pour l'aider à boucler la ceinture du holster. Arrête de te tortiller comme ça, tu veux.

Le petit garçon visa Lynley et appuya sur la gâchette avant d'éclater de rire.

– T'es mort! hurla-t-il.

Puis il courut jusqu'au canapé et tapa sur les coussins avec son arme.

– En tant que criminel, il a de l'avenir, commenta Lynley.

Penelope leva les mains.

– C'est l'heure de sa sieste. Il est intenable quand il est fatigué.

– Qu'est-ce que ça doit être quand il est en forme.

– Bang! beugla Christian.

Roulant par terre, il se mit à ramper vers le couloir, visant des ennemis imaginaires.

Penelope le regarda faire en hochant la tête.

– J'ai songé à le mettre sous calmants jusqu'à son dix-huitième anniversaire. Mais il me fait trop rire. (Elle ajouta avec un mouvement de menton en direction de la toile.) Que m'avez-vous apporté de beau?

Lynley déroula la toile sur le canapé et la laissa un instant contempler la chose de l'autre bout de la pièce.

– Qu'est-ce que vous en pensez?
– Ce que j'en pense?
– Tu n'envisages pas de la faire restaurer, Tommy, fit Lady Helen.

Penelope releva les yeux.

– Seigneur, vous plaisantez.
– Pourquoi ?
– Parce que c'est une ruine, Tommy.
– Je n'ai pas besoin que vous la répariez. Je voudrais juste savoir ce qu'il y a sous la première couche.
– Qui vous dit qu'il y a quelque chose ?
– Approchez, regardez bien. Il y a sûrement quelque chose. C'est la seule explication.

Penelope n'en demanda pas davantage. Elle s'approcha du canapé et passa les doigts sur la surface de la toile.

– Nettoyer ça prendrait des semaines. Vous n'imaginez pas le travail que ça représente. Il faut gratter centimètre par centimètre, couche après couche. Pas question de mettre du solvant dessus et de frotter comme pour nettoyer des vitres.
– Nom de Dieu, murmura Lynley.
– Plong ! hurla Christian, posté sur une marche de l'escalier.
– Pourtant... (Penelope se tapota la lèvre de l'index d'un air pensif.) Donnez-la-moi, je vais la regarder à la lumière de la cuisine. L'ampoule est plus puissante.

Son mari était planté devant la cuisinière et examinait le courrier de la journée. Sa fille était collée contre lui, un bras passé autour de sa jambe, sa joue ronde comme une pomme plaquée contre sa cuisse. D'une voix endormie, elle murmura : « Maman ». Rodger releva la tête et aperçut la toile que portait Penelope. Son visage eut une expression indéchiffrable.

– Débarrassez le plan de travail, dit Penelope.

Lynley et Lady Helen déplacèrent bols, assiettes, livres d'histoire et couverts pour lui permettre de poser la toile sur le comptoir et de l'examiner.

– Pen, fit son mari.
– Une seconde.

Elle alla prendre une loupe dans un tiroir, caressant les cheveux de sa fille au passage.

466

– Où est la petite ? s'enquit Rodger.

Penelope se pencha au-dessus de la toile et scruta les traces de peinture puis les incisions.

– Les ultraviolets, dit-elle. Peut-être les infrarouges. (Elle consulta Lynley du regard.) Vous avez besoin de la toile elle-même ? Ou est-ce qu'une photo suffirait ?

– Une photo ?

– Pen, je t'ai demandé...

– Trois possibilités s'offrent à nous. Ce sont les trois techniques qu'on utilise lors de la phase initiale du travail de restauration. La radiographie aux rayons X fait apparaître le squelette de la toile – tout ce qui a été peint dessus, quel que soit le nombre de couches. La lumière ultraviolette permet de voir ce qui a été rajouté après la pose du vernis. La photo aux infrarouges met en évidence le dessin initial, ainsi que les falsifications dont la signature a fait l'objet. S'il y a une signature, cela va de soi. Que souhaitez-vous ?

Lynley considéra la toile lacérée, réfléchissant aux techniques proposées.

– Un examen radiographique, dans un premier temps, je crois. Mais si ça ne suffit pas, on peut essayer autre chose ?

– Certainement, je vais...

– Penelope. (Le visage de Rodger était marbré, mais son ton demeurait courtois.) Ce n'est pas l'heure de la sieste pour les jumeaux ? Christian est surexcité et Perdita dort littéralement debout.

Penelope consulta du regard la pendule murale de la cuisine. Se mordillant la lèvre, elle jeta un coup d'œil à sa sœur, qui lui sourit comme pour l'encourager.

– Tu as raison, fit Pen. C'est l'heure.

– Bon. Alors...

– Si tu veux bien t'en occuper, mon chéri, nous allons faire un saut au Fitzwilliam Museum, voir ce qu'ils peuvent tirer de ça. La petite a mangé. Elle dort. Les jumeaux se tiendront tranquilles si tu leur lis une fable de La Fontaine. Christian a un faible pour *Le Loup et l'Agneau*. Helen la lui a lue au moins une demi-douzaine de fois avant qu'il se décide à dormir hier. (Elle entreprit de rouler la toile.) Je vous demande une minute, dit-elle à Lynley. Le temps de m'habiller.

Lorsqu'elle sortit de la cuisine, Rodger prit sa fille dans ses bras. Il braqua les yeux vers la porte, attendant le retour de sa femme. Celle-ci ne faisant pas mine de revenir, il se tourna vers Lynley tandis que Christian descendait bruyamment l'escalier et se précipitait dans la cuisine.

— Elle n'est pas en bonne santé, dit Rodger. Vous le savez comme moi. Elle ne devrait pas sortir. S'il lui arrivait quoi que ce soit, je vous tiendrais tous les deux pour responsables.

— Nous faisons un saut au musée, c'est tout, dit Lady Helen d'un ton raisonnable. Que voulez-vous qu'il lui arrive là-bas ?

— Papa ! s'écria Christian, se jetant contre les jambes de son père. Viens me lire l'histoire du loup. Dépêche-toi !

— Vous êtes prévenue, Helen. (Rodger tendit un doigt vers Lynley.) Vous aussi.

— Papa ! Viens lire !

— Le devoir vous appelle, Harry, rétorqua Lady Helen, sereine. Leurs pyjamas sont sous leurs oreillers. Et le livre...

— Je sais où trouver cette saleté de bouquin, jeta sèchement Rodger en sortant avec les petits.

— Oh ! Seigneur, murmura Lady Helen. Ça promet.

— Ne t'inquiète pas, la rassura Lynley. Harry est un garçon cultivé. Au moins, il sait lire.

— Au bout d'une heure de palabres, nous avons fini par tomber d'accord. L'hypothèse la plus vraisemblable est qu'il s'agit d'un objet en verre. Quand je suis parti, Pleasance en était encore à soutenir qu'il s'agissait d'une bouteille de champagne ou de vin pleine. Mais c'est un gamin, il sort de l'école et toutes les occasions de s'entendre parler sont bonnes. Pour être franc, je crois que la justesse de ses arguments l'intéresse moins que le son de sa propre voix. Pas étonnant que son patron – Drake, c'est ça – ait envie de lui tordre le cou.

Simon Allcourt-Saint James, expert en sciences légales, rejoignit Barbara Havers, assise à une table de la cafétéria du commissariat. Il venait de passer deux heures enfermé dans le laboratoire de police scientifique, en compagnie des deux médecins légistes sans cesse en bisbille, à examiner les radios d'Elena Weaver, son cadavre, et à comparer ses conclusions avec celles du plus jeune des deux experts de Cambridge.

Barbara avait demandé à ne pas participer à la séance. Les rares fois où elle avait assisté à des autopsies, à l'époque où elle était encore jeune stagiaire dans la police, avaient suffi à lui ôter le peu de goût qu'elle avait jamais eu pour la médecine légale. Elle s'en souvenait encore.

– Vous constaterez, avait attaqué le médecin légiste d'un ton doctoral devant le chariot sur lequel gisait – sous le drap d'usage – le cadavre qu'ils allaient étudier, que le sillon de strangulation est très net en dépit des efforts qu'a faits le tueur pour le dissimuler. Veuillez approcher, mesdames, messieurs, je vous en prie. Jetez un coup d'œil.

Bêtement – ou machinalement plutôt – les stagiaires avaient obtempéré. Trois d'entre eux étaient tombés aussi sec dans les pommes quand, avec un rictus empreint de méchanceté, le légiste avait sèchement rabattu le drap, dévoilant les restes calcinés d'un corps qu'on avait brûlé après l'avoir soigneusement enduit de paraffine. Barbara avait réussi à rester debout, mais il s'en était fallu de peu. Depuis lors, elle s'était juré d'éviter les autopsies. « Les faits, c'est tout ce qui m'intéresse, songeait-elle chaque fois que les techniciens embarquaient un cadavre. Mais ne me demandez pas de vous regarder travailler, je ne veux pas savoir comment vous les obtenez. »

– Du thé? proposa-t-elle à Saint James, qui s'assit le plus confortablement possible compte tenu de sa jambe gauche appareillée. Il est frais. (Coup d'œil à sa montre.) Enfin, presque. Mais il contient suffisamment de caféine pour vous garder les yeux ouverts pendant un bon bout de temps.

Saint James accepta et versa trois cuillerées de sucre en poudre dans le breuvage. Après l'avoir goûté, il en rajouta une quatrième.

– A votre santé, fit Barbara, levant sa tasse et le regardant boire.

Il avait l'air en forme. Trop maigre, trop anguleux, trop ridé certes, mais ses cheveux indisciplinés brillaient et ses mains posées sur la table avaient l'air parfaitement détendues. « Cet homme est en paix avec lui-même », songea-t-elle en se demandant combien de temps il lui avait fallu pour parvenir à cet équilibre. C'était le plus vieil ami de Lynley et le plus proche aussi; il était expert en sciences légales, et ils avaient maintes fois fait appel à ses services.

– Si ce n'est pas avec une bouteille de vin – on en a trouvé une sur les lieux du crime, à propos –, ni avec une bouteille de champagne qu'on lui a enfoncé la figure, c'est avec quoi? Et pourquoi les techniciens de Cambridge se crêpent-ils le chignon à ce propos?

– Question d'amour-propre à mon avis, dit Saint James. Le patron du labo vient d'avoir cinquante ans. Ça fait vingt-cinq ans qu'il est dans le business. Et voilà que Pleasance, un galopin de vingt-six ans, vient se mêler de lui faire la leçon. Vous comprenez...

– Les hommes, coupa Barbara. Pourquoi ne font-ils pas un concours à celui qui pissera le plus haut? Ça réglerait le problème.

– C'est une idée, approuva Saint James.

— Ha! Les femmes devraient gouverner le monde! (Elle se versa du thé.) Pourquoi ne peut-il pas s'agir d'une bouteille de vin ou de champagne?

— La forme ne colle pas. Ce qu'on cherche, c'est un objet plus renflé à la base et sur les côtés. Comme ça.

Il replia sa main droite, la paume formant une coupe ovale.

— Et les gants de boxe, ça ne correspondrait pas à ce renflement?

— Pour le renflement, ça irait. Mais jamais des gants de cuir ne pourraient faire péter une pommette d'un seul coup. Je ne suis même pas sûr qu'un gros gabarit y parviendrait. Or ce garçon à qui appartiennent les gants est loin d'être un poids lourd.

— Qu'est-ce que ça peut bien être, alors? Un vase?

— Peu probable. L'objet qui a servi à tuer la petite Weaver devait offrir une prise pour la main. En outre il pesait très lourd. Suffisamment en tout cas pour causer le maximum de dégâts en un minimum de coups. Car la victime n'a été frappée que trois fois.

— Une prise. Le goulot d'une bouteille, par exemple?

— C'est pour ça que Pleasance nous bassine avec son histoire de bouteille de champagne pleine, bien que ça ne tienne pas debout. A moins que cette bouteille de champagne n'ait une forme foutrement insolite. (Saint James prit une serviette en papier et griffonna dessus.) L'objet qu'on cherche est plat à la base avec des flancs très renflés et une sorte de goulot très costaud.

Il tendit son croquis à Barbara, qui l'examina.

— Ça ressemble vaguement à une carafe, dit-elle en tirant pensivement sur sa lèvre supérieure. On aurait défoncé la figure de la petite à l'aide d'une carafe en cristal de Waterford?

— C'est aussi lourd que du cristal, répondit Saint James. Mais la surface est lisse, pas taillée. Et c'est un objet plein, solide. C'est pour cela qu'il ne peut pas s'agir d'un récipient.

— Alors ?

Il étudia le dessin, qu'il plaça sur la table entre eux deux.

— Aucune idée.

— Du métal ?

— J'en doute. Le verre – particulièrement s'il est lourd et lisse – est le matériau le plus vraisemblable, surtout qu'on n'a pas relevé de traces.

— Vous n'en avez pas trouvé, vous non plus ?

— Non.

— Quelle merde !

Sans chercher à la contredire, il changea de position sur sa chaise et enchaîna :

— Vous et Tommy tenez vraiment à ce que les deux meurtres soient liés ? Je trouve ça curieux. Les armes utilisées sont tellement différentes... S'il s'agit d'un seul et même tueur, pourquoi ne les a-t-il pas flinguées toutes les deux au fusil ?

Elle plongea sa fourchette dans la tarte aux cerises recouverte d'une pellicule gélatineuse qui accompagnait son thé de l'après-midi.

— Nous pensons que le mobile a déterminé le choix de l'arme. Le premier mobile était d'ordre personnel, c'est pour ça que le tueur a choisi une arme personnelle.

— Des coups puis la strangulation ?

— Oui. Le second meurtre n'avait rien de personnel, il n'a été commis que pour éliminer un témoin potentiel. Un fusil suffisait. Bien sûr, le tueur ne pouvait pas savoir que la fille qu'il descendrait ne serait pas la bonne.

— Sale affaire.

— Oui. (Elle piqua une cerise qui ressemblait à un caillot de sang. Frissonnant, elle la délogea de sa fourchette et en embrocha une autre.) Mais nous avons une petite idée sur l'identité du tueur. Et l'inspecteur est allé...

Elle s'interrompit net, le front plissé, en voyant Lynley pousser les portes battantes, son manteau jeté sur l'épaule, son écharpe en cachemire flottant autour de lui. Il tenait à la main une grande enveloppe brune. Lady Helen Clyde et une jeune femme qui paraissait être sa sœur lui emboîtaient le pas.

– Saint James, dit-il à son ami. Je suis de nouveau ton débiteur. Merci d'être venu. Tu connais Pen, je crois.

Il posa son manteau sur le dossier d'une chaise tandis que Saint James, après avoir salué Penelope et embrassé Lady Helen, approchait des chaises de la table. Lynley présenta Havers à la sœur de Lady Helen.

Barbara le fixait avec des yeux en bille de loto. Lynley était parti chercher un renseignement chez les Weaver. Renseignement qui aurait dû le conduire à opérer une arrestation. Or il n'avait manifestement arrêté personne. Et qui plus est, il était parti dans une autre direction.

– Vous ne l'avez pas amenée avec vous ? questionna-t-elle.

– Non. Regardez ça.

De l'enveloppe, il extirpa une liasse de photos, et leur parla de la toile et des esquisses que Glyn Weaver lui avait confiées.

– Le tableau a été mutilé en deux temps. Primo, il a été barbouillé de peinture et secundo, il a été transpercé à l'aide d'un couteau de cuisine. Selon Glyn Weaver, c'est Justine qui se serait acharnée sur ces portraits d'Elena.

– Si je ne m'abuse, Glyn s'est gourée ? fit Barbara, prenant les photos et les examinant.

Chaque cliché correspondait à un segment différent de la toile. Les segments représentaient des portraits de la même femme, de l'enfance à l'adolescence.

– Qu'est-ce que c'est que ça ? s'enquit Havers en passant les photos à Saint James.

— Infrarouges et rayons X, dit Lynley. Pen va vous expliquer. On a fait faire tout ça au musée.

— Ces photos révèlent ce qui était peint sur la toile avant qu'elle ne soit barbouillée et mutilée, dit Penelope.

Il y avait là cinq études pour des portraits, dont l'une faisait plus du double des autres.

— Drôle de tableau, marmonna Barbara.

— Pas si on assemble les différents clichés, fit Penelope. Laissez-moi faire.

Lynley débarrassa les reliefs du thé, empilant sur une table voisine la théière en inox, les tasses, les assiettes et les couverts.

— Étant donné sa taille, il a fallu la photographier morceau par morceau, expliqua-t-il à Barbara.

— Lorsqu'on réunit les morceaux, voilà ce que ça donne, poursuivit Penelope.

Elle arrangea les photos sur la table de façon à former un rectangle — seul manquait un fragment dans le coin droit. Barbara vit alors, disposées en demi-cercle, quatre études pour un même visage de jeune fille, de l'enfance à l'adolescence, surmontées d'une cinquième, qui la représentait jeune adulte.

— Si ce n'est pas Elena Weaver, murmura Barbara, je veux bien être...

— C'est elle, confirma Lynley. Sa mère ne s'est pas trompée sur ce point. Là où elle a fantasmé, en revanche, c'est sur la suite du scénario. Elle a vu des esquisses et une toile cachées dans le bureau de Weaver et, sachant qu'il s'était mis à la peinture, elle en a tiré la conclusion qui lui semblait s'imposer. Seulement il ne s'agit pas là d'un travail d'amateur.

Barbara leva les yeux et le vit sortir une autre photo de l'enveloppe. Elle tendit la main, la prit, la posa en bas à droite dans le coin resté vide. C'était la signature de l'artiste, en fines lettres noires. Aussi discrète que son auteur : « Gordon ».

— Nous voilà revenus à notre point de départ.
— Ça en fait des coïncidences, fit-elle.
— Il ne reste plus qu'à établir un rapport entre Sarah et l'arme pour que l'affaire soit dans le sac. (Lynley se tourna vers Saint James tandis que Lady Helen rassemblait les photos et les remettait dans l'enveloppe.) Qu'est-ce que tu nous as déniché ?
— Du verre, dit Saint James.
— Une bouteille de vin ?
— Non. Ça n'est pas la bonne forme.

Barbara s'approcha de la table où Lynley avait entassé la vaisselle du thé et en sortit le dessin de Saint James. Elle le leur jeta. Il tomba par terre. Lady Helen le ramassa, l'examina, haussa les épaules et le passa à Lynley.

— Qu'est-ce que c'est ? On dirait une carafe.
— C'est exactement ce que je me suis dit, renchérit Barbara. Simon n'est pas d'accord.
— Pourquoi ?
— Pas assez costaud. Il nous faut quelque chose de solide, de suffisamment lourd pour faire péter du premier coup l'os de la pommette.
— Nom de Dieu, fit Lynley, posant le papier sur la table.

Penelope se pencha, attira la serviette en papier à elle.

— Tommy, dit-elle pensivement, je n'en suis pas tout à fait sûre, mais il me semble bien que c'est une molette.
— Une molette ? reprit Lynley en écho.
— Qu'est-ce que c'est que ça ? fit Havers.
— Un outil, expliqua Penelope. Un accessoire dont les peintres se servent pour broyer les pigments.

22

Allongée sur son lit, Sarah Gordon fixait le plafond de sa chambre. Elle étudiait les dessins du plâtre et s'amusait à faire surgir des craquelures la silhouette d'un chat, le visage décharné d'une vieille femme, le sourire grimaçant d'un démon. C'était la seule pièce de la maison dont elle avait laissé les murs nus, cette simplicité monacale lui ayant paru de nature à favoriser une imagination qui, par le passé, lui avait immanquablement ouvert les portes de la création.

Pour l'instant, ce n'était pas son esprit créatif qui travaillait, mais sa mémoire. Le bruit sourd, le craquement de l'os. Le sang étonnamment chaud qui, jaillissant du visage de la jeune fille, avait éclaboussé le sien. Et la jeune fille elle-même. Elena.

Sarah se recroquevilla en position fœtale et s'entortilla étroitement dans la couverture de laine. Le froid était intolérable. Elle avait eu beau faire du feu toute la journée dans la cheminée du rez-de-chaussée et monter le chauffage au maximum, elle n'arrivait toujours pas à se réchauffer. Le froid semblait suinter des murs, du parquet, du lit même, insidieux, contagieux, décidé à la terrasser. A mesure que les minutes passaient, il devenait de plus en plus pénétrant ; elle était secouée de frissons.

« Je dois avoir un peu de fièvre, se dit-elle. Il fait

un temps exécrable. Saleté de temps ! Humidité, brouillard, vent glacial. »

Humidité, brouillard, vent... Bien qu'elle se répétât ces mots, comme une mélopée destinée à circonscrire ses pensées dans des zones supportables, des images impossibles à discipliner la ramenèrent à Elena Weaver.

Elena était venue à Grantchester deux après-midi par semaine pendant deux mois. Elle remontait l'allée sur sa vieille bicyclette, ses longs cheveux attachés sur la nuque, ses poches bourrées de friandises qu'elle refilait à Flame quand elle croyait que Sarah avait le dos tourné. « Bon gros chien », disait-elle en lui tirant affectueusement les oreilles, se penchant et le laissant lui lécher le bout du nez. « Qu'est-ce qu'il va avoir, le bon gros chien, aujourd'hui ? » Et elle riait de voir Flame renifler ses poches, sa queue fouettant l'air, ses pattes de devant grattant son jean. C'était un rituel qu'ils exécutaient dans l'allée, dès que Flame se précipitait à sa rencontre en aboyant frénétiquement.

Puis elle entrait dans la maison, se débarrassait de son manteau, détachait ses cheveux, les secouait. Elle souriait, un peu gênée, quand Sarah l'avait surprise à faire des mamours au chien. Elle semblait un peu honteuse d'aimer à ce point un animal, surtout un animal qui ne lui appartenait pas.

– Prête ? disait-elle, avalant le *r,* faisant du mot quelque chose qui ressemblait plutôt à *p'êt.*

Au début, lorsque Tony l'avait amenée chez Sarah pour poser, elle avait paru intimidée. Mais sa réserve initiale était celle d'une jeune fille consciente de sa différence, et plus consciente encore de la gêne qu'elle risquait de provoquer chez autrui. Mais dès qu'elle avait senti que Sarah était à l'aise avec elle, elle s'était enhardie, elle avait commencé à bavarder et rire, se fondant dans le décor comme si elle en avait toujours fait partie.

Elle venait se jucher sur le haut tabouret de l'atelier à deux heures et demie très exactement. Ses yeux se promenaient tout autour de la pièce à l'affût des nouvelles toiles, de celles qui avaient été remaniées. Et il fallait toujours qu'elle parle. Pour ça, c'était son père tout craché.

— Vous ne vous êtes jamais ma'iée, Sa'ah ?

Elle choisissait les mêmes sujets de conversation que son père, seule la prononciation différait.

— Non, jamais.
— Pou'quoi ?

Sarah examina le portrait sur lequel elle travaillait, le comparant à la créature vive perchée sur le tabouret, se demandant si elle réussirait à rendre sa formidable vitalité. Même au repos, Elena avait quelque chose d'électrique, de vibrant. Sans cesse à l'affût, curieuse, elle semblait avide d'apprendre et de comprendre.

— J'ai dû me dire qu'un homme me gênerait, répondit Sarah. Je voulais être peintre. Le reste passait au second plan.

— Mon pè'e veut êt'e peint'e, lui aussi.
— Oui.
— Est-ce qu'il peint bien ?
— Oui.
— Et vous l'aimez ?

Ses yeux étaient rivés sur le visage de Sarah pour pouvoir lire sa réponse sur ses lèvres. Mais Sarah répondit abruptement :

— Bien sûr. J'aime tous mes élèves. Tu bouges, Elena. Remets ta tête comme avant.

Elle regarda la jeune fille tendre le pied pour caresser la tête de Flame qui, couché à ses pieds, guettait la friandise qui tomberait de sa poche. Le souffle court, Sarah attendit qu'Elena change de sujet. Ce qui ne manqua pas de se produire, car Elena s'y entendait autant à reconnaître les frontières qu'à les ignorer.

— Désolée, Sa'ah, fit-elle en reprenant la pose tandis que Sarah allait allumer la chaîne stéréo pour échapper à son regard scrutateur. Papa va en avoir, une su'p'ise, quand il va voir ça, poursuivit Elena. Quand est-ce que je pou'ai le voir ?

— Quand ce sera fini. Reprends la pose, Elena. Ah, la barbe, voilà que la lumière baisse.

Après la séance de pose, le chevalet recouvert d'un linge, la musique jouant en sourdine, elles prenaient le thé dans l'atelier. Des sablés qu'Elena fourrait dans la gueule de Flame, des tartes, des gâteaux confectionnés par Sarah, qui croyait pourtant bien en avoir oublié la recette depuis des années. Tandis qu'elles grignotaient et bavardaient, la musique continuait. Sarah marquait la mesure en pianotant avec ses doigts sur son genou.

— C'est comment ? lui demanda un jour Elena.
— Quoi donc ?

De la tête, elle désigna l'un des haut-parleurs.
— Ça, dit-elle.
— La musique ?
— Oui. C'est comment ?

Sarah baissa les yeux et regarda ses mains en écoutant la musique de la harpe électrique et du synthétiseur, envoûtante et mystérieuse. Comment expliquer à la jeune fille la façon dont ses notes s'égrenaient avec la pureté et la clarté du cristal ? Elle réfléchit si longtemps qu'Elena finit par dire :

— Désolée, je voulais seulement...

Sarah releva vivement la tête, vit son embarras et comprit : Elena croyait la gêner en lui posant une question qui l'avait obligée à se rappeler son handicap.

— Oh, ce n'est pas ça, Elena. Je me demandais si... Viens, suis-moi.

Et elle l'avait conduite devant le haut-parleur, montant le son au maximum. Puis elle avait pris sa main et l'avait posée dessus. Elena avait souri.

— Les percussions, dit Sarah. La batterie. Et la basse. Les notes sourdes. Tu les sens ?

Voyant la jeune fille acquiescer de la tête, Sarah

se leva et partit chercher des pinceaux, un couteau à palette propre en métal frais, un flacon de térébenthine.

— Tu vas voir, dit-elle. Je vais te montrer.

Épousant le rythme de la musique, elle en fit une sorte de traduction tactile sur l'intérieur du bras de la jeune fille, là où la peau est particulièrement sensible.

— Harpe électrique, dit-elle en lui tapotant le bras à l'aide du couteau. Et maintenant, la flûte. (Frôlement de pinceau.) Et ça, c'est la base rythmique, Elena. C'est un son synthétique, produit par un ordinateur.

Et elle fit glisser le flacon contre le plateau de la table.

— Tout ça en même temps ? questionna Elena.
— En même temps, oui.

Elle donna le couteau à palette à la jeune fille et garda le pinceau et le flacon. Et ensemble, elles jouèrent de la musique tandis que le disque continuait à tourner. Et pendant ce temps sur une étagère à quelques mètres de là était posée la molette avec laquelle Sarah la tuerait.

Maintenant, allongée sur son lit dans la lumière tombante de l'après-midi, Sarah agrippa la couverture, s'efforçant de s'arrêter de trembler. Elle se dit qu'elle n'avait pas eu le choix. Ç'avait été la seule façon d'obliger Anthony à regarder la réalité en face.

Quant à elle, il lui faudrait vivre avec cette horreur le restant de sa vie. Elle avait eu de l'affection pour la jeune fille.

Depuis huit mois, elle avait dépassé le stade de la douleur pour entrer dans des limbes où plus rien ne pouvait l'atteindre. Aussi lorsqu'elle entendit la voiture s'engager dans l'allée, les aboiements de Flame et les pas qui s'approchaient, demeura-t-elle sans réaction.

— Bon, d'accord, la molette semble bien être l'arme du crime, dit Havers tandis qu'ils regardaient s'éloigner la voiture pie qui ramenait Lady Helen et sa sœur à Bulstrode Gardens. Mais nous savons qu'Elena est morte vers six heures et demie, inspecteur. Du moins d'après ce que nous a confié Rosalyn Simpson. Et j'ignore quel est votre sentiment, mais je suis assez tentée de la croire, moi, cette petite. Même si elle n'a pas pu nous dire à quelle heure exactement elle est arrivée sur l'île, elle est rentrée au collège à sept heures et demie, ça, c'est sûr. Si elle s'est trompée, c'est donc dans l'autre sens, situant le meurtre plus tôt, pas plus tard. Or Sarah Gordon – dont la version a été corroborée par deux de ses voisins, s'il vous plaît – n'a quitté sa maison que peu avant sept heures... (Elle se contorsionna sur son siège pour regarder Lynley.) Dites-moi comment elle s'y est prise pour se trouver en deux endroits à la fois ? A Grantchester attablée devant ses corn-flakes et dans l'île de Robinson Crusoé.

Sortant la Bentley du parking, Lynley s'engagea dans le flot de la circulation le long de Parkside.

— C'est simple, Havers. Vous tenez pour acquis que lorsque ses voisins l'ont vue partir à sept heures, c'était la première fois qu'elle sortait ce matin-là. Ce qui est exactement ce qu'elle voulait nous faire croire à tous, voisins et enquêteurs confondus. Mais d'après ce qu'elle nous a confié, elle était réveillée depuis cinq heures. Elle ne pouvait pas se permettre de nous mentir sur ce point car ses voisins auraient fort bien pu voir de la lumière chez elle et nous l'avoir signalé. On peut raisonnablement en conclure qu'elle a eu le temps de faire un premier aller-retour à Cambridge, plus tôt.

— Mais pourquoi y retourner ? Je comprends qu'elle ait été obligée de faire celle qui découvre le corps après avoir été aperçue par Rosalyn. Mais pourquoi n'a-t-elle pas couru directement au commissariat ?

– Impossible, dit Lynley. Il fallait qu'elle se change.

Havers le fixa.

– Je ne vous suis plus. Qu'est-ce que les vêtements viennent faire là-dedans ?

– Le sang, laissa tomber Saint James.

Dans le rétroviseur, Lynley échangea un regard avec son ami et hocha la tête avant de dire à Havers :

– Elle pouvait difficilement annoncer au commissariat qu'elle avait trouvé un cadavre alors qu'elle portait un survêtement maculé du sang de la victime.

– Mais pourquoi y est-elle retournée ? Pourquoi...

– Elle devait être présente sur les lieux du crime au cas où Rosalyn Simpson irait raconter aux flics ce qu'elle avait vu. Comme vous l'avez dit, il lui fallait faire celle qui avait découvert le cadavre. De cette façon, même si Rosalyn avait donné un signalement précis et même si ce signalement avait permis à la Criminelle de remonter jusqu'à Sarah Gordon – ce qui serait arrivé via Anthony Weaver –, personne n'aurait eu l'idée de penser qu'elle avait pu se rendre dans l'île à deux reprises. Personne ne l'aurait soupçonnée d'avoir tué Elena Weaver, d'être revenue se changer à Grantchester et d'être repartie pour Cambridge.

– Très bien, monsieur. Alors pourquoi diable s'est-elle donné tout ce mal ?

– Pour se couvrir, dit Saint James. Au cas où Rosalyn serait allée trouver la police avant qu'elle n'ait eu le temps de l'éliminer.

– Si elle portait des vêtements différents de ceux qu'elle portait quand Rosalyn l'a vue, poursuivit Lynley, et si ses voisins confirmaient qu'elle n'avait pas quitté son domicile avant sept heures, comment diable l'aurait-on soupçonnée d'être la meurtrière d'une fille qui était morte une demi-heure plus tôt ?

– Mais la femme que Rosalyn a aperçue avait des cheveux clairs, monsieur. C'est même le seul détail précis qu'elle nous ait fourni.

– En effet. Écharpe, bonnet, perruque.

– Pourquoi se donner tout ce mal, encore une fois ?

– Pour qu'Elena croie voir Justine. (Lynley fit le tour du rond-point de Lensfield Road avant de poursuivre.) Le temps. C'est là-dessus que nous achoppons depuis le début, sergent. A cause de cette question de temps, nous avons perdu deux jours à suivre des pistes qui ne nous ont menés nulle part : harcèlement sexuel, grossesse, amour à sens unique, jalousie, liaisons. Alors que nous aurions dû nous rendre compte qu'il existait un point commun entre les deux victimes et les suspects. Ils courent tous.

– Mais tout le monde court, fit Barbara. (Elle adressa un regard d'excuse en direction de Saint James, lequel dans ses meilleurs moments parvenait à juste boitiller.) En général, je veux dire.

Lynley hocha la tête d'un air sombre.

– En général, oui.

Havers poussa un soupir de frustration.

– Je ne pige pas. Le moyen, l'occasion, je vois. Mais le mobile ? Pourquoi Sarah Gordon s'en est-elle prise à Elena et pas à Justine ? Non seulement elle a dû trimer pendant des semaines pour faire ce portrait, mais en plus il valait sûrement une fortune. Peut-être des milliers de livres, ou même des millions. Or c'est quand même Justine qui l'a massacré. Que Justine ait eu des raisons de se mettre dans une rage folle, on peut l'admettre. Mais ce n'est pas sur un minable barbouillage de son mari qu'elle s'est défoulée. C'est sur une authentique œuvre d'art. Exécutée par une grande artiste jouissant d'une sacrée réputation. Même Weaver a dû voir rouge en voyant ça. Il aurait pu la tuer. Si ça se trouve, il lui est venu des envies de meurtre. Pourtant c'est Sarah qui a tué Elena. C'est à n'y rien comprendre... (Elle prit un ton pensif.) A moins que ce ne soit pas Justine qui ait bousillé la toile. A moins qu'Elena... C'est à ça que vous pensez, inspecteur ?

Lynley ne répondit pas. Avant d'atteindre le pont enjambant la rivière à la hauteur de Fen Causeway, il se gara sur le bas-côté. Laissant tourner le moteur, il s'adressa à ses passagers :

– J'en ai pour un instant.

A dix pas à peine de la Bentley, il disparut, avalé par le brouillard.

Ce n'est pas pour contempler l'île une troisième fois qu'il la traversa car elle n'avait plus de secrets pour lui. De Fen Causeway, il le savait, il apercevrait les silhouettes des arbres, les contours flous du pont pour piétons qui franchissait la Cam et – peut-être – quelques oiseaux. Il verrait Coe Fen, écran opaque de gris. Rien d'autre. Si les lumières de Peterhouse réussissaient à crever le brouillard ténébreux, elles ressembleraient tout au plus à de minuscules têtes d'épingle. Même pour Whistler, peindre dans ces conditions aurait été un rude défi.

Pour la seconde fois, il marcha jusqu'au bout du pont où se trouvait la grille de fer. Et pour la seconde fois, il constata qu'en venant de Queens ou de St. Stephen et en courant en aval de la rivière on avait le choix entre trois itinéraires différents. Tournant à gauche, on longeait le labo d'ingénierie. A droite on se dirigeait vers Newnham Road. Ou, comme il avait pu le constater mardi après-midi, on pouvait continuer tout droit, traverser la rue où il se trouvait, franchir la grille et poursuivre vers le sud en amont de la rivière.

Ce à quoi il n'avait pas songé mardi, c'était qu'en se dirigeant vers Cambridge, et donc venant de la direction opposée, on avait également le choix entre trois itinéraires distincts. Ce à quoi il n'avait pas songé mardi après-midi, c'était qu'on pouvait courir en partant de l'amont et non de l'aval de la rivière, sur le sentier qui remontait la

Cam – face à celui qu'Elena Weaver avait emprunté le matin de sa mort. Il se mit à observer ce sentier, remarquant qu'il disparaissait dans le brouillard, tel un trait de crayon à peine esquissé. Comme lundi, la visibilité était mauvaise, mais la rivière – et le sentier qui la bordait – coulait en ligne droite vers le nord, sans la moindre boucle susceptible de faire hésiter un marcheur ou un coureur connaissant la topographie de l'endroit.

Trouant la brume, une bicyclette arriva en tanguant à sa rencontre. D'une torche fixée au guidon jaillissait un faible rayon de lumière à peine plus long qu'un index. Lorsque le cycliste – un jeune barbu en jean bizarrement coiffé d'un chapeau mou et portant un ciré noir court – descendit de sa machine pour ouvrir la grille, Lynley l'apostropha :

– Où conduit ce chemin ?

Remettant son chapeau d'aplomb, le barbu jeta un regard par-dessus son épaule comme si la contemplation dudit chemin pouvait l'aider à répondre. Il tira pensivement sur sa barbe.

– Le long de la rivière.
– Jusqu'où ?
– Je saurais pas vous dire exactement. Je le prends toujours à Newnham Driftway. Jamais dans l'autre direction.
– Est-ce qu'il va à Grantchester ?
– Ce chemin-là ? Non.
– Diable, fit Lynley en fronçant les sourcils.

Toute sa théorie sur la façon dont le meurtre d'Elena Weaver avait été orchestré le lundi matin s'effondrait.

– Mais si vous avez envie de marcher, vous pouvez aller à Grantchester d'ici, poursuivit le barbu, croyant que Lynley rêvait d'une promenade dans le brouillard. (Il frotta une tache de boue sur son jean et tendit le bras, indiquant le sud-ouest.) Non loin du sentier qui borde la rivière, il y a un parking, juste après Lammas Land. Si vous coupez par là et que vous descendez Eltisley Ave, il y a un sentier pédestre qui file à travers champs. Il est très bien indiqué. Et en le suivant, vous arrivez à Grantchester. Quoique... (Il détailla le magnifique manteau de Lynley et ses chaussures faites main.) Si vous ne connaissez pas les lieux, vaudrait peut-être mieux vous abstenir. Avec ce brouillard, vous risquez de patauger dans la boue.

Lynley se sentit tout ragaillardi ; les faits semblaient finir par lui donner raison.

– C'est loin ?

– Le parking est à moins de six cents mètres, je crois.

– Non, Grantchester. Quand on coupe à travers champs.

– Deux kilomètres et demi, trois kilomètres, pas plus.

Lynley considéra de nouveau le sentier, la surface étale de la rivière paresseuse. La synchronisation. Tout était une question de synchronisation. Il regagna la Bentley.

– Eh bien ? jeta Havers.

– La première fois, elle n'a pas pris sa voiture, dit Lynley. Elle ne pouvait pas courir le risque que ses voisins la voient partir ou que quiconque aperçoive son véhicule aux abords de l'île.

Havers jeta un coup d'œil dans la direction d'où il venait.

– Elle a emprunté un sentier pédestre. Mais elle a dû courir comme une malade pour rentrer.

Il prit sa montre de gousset et la détacha de son gilet.

– Est-ce que ce n'est pas Mrs. Stamford qui nous a dit qu'elle était très pressée quand elle est partie à sept heures ? Au moins, maintenant, on sait pourquoi. Il lui fallait absolument découvrir le corps avant que quelqu'un d'autre ne le fasse. (Il ouvrit la montre et la tendit à Havers.) Chronométrez le trajet jusqu'à Grantchester, sergent.

Il engagea la Bentley dans la circulation qui, bien que ralentie par les conditions climatiques, était fluide à cette heure de l'après-midi. Ils descendirent la faible pente de la chaussée et se dirigèrent vers le rond-point de Newnham Road. Bien que le brouillard fût toujours dense – enveloppant le Granta King pub et un petit restaurant thaïlandais –, Lynley réussit à accélérer quelque peu.

– Havers ? Le temps ?

– Trente-deux secondes. (Elle pivota de façon à lui faire face, la montre à la main.) Mais Sarah Gordon n'est pas une pro de la course à pied.

– C'est pour ça qu'il lui a fallu près de trente minutes pour rentrer chez elle, se changer, charger sa voiture et retourner à Cambridge. Pour atteindre Grantchester à travers champs, il y a un peu plus de deux kilomètres et demi. Une bonne coureuse aurait pu couvrir cette distance en moins de dix minutes. Autrement dit, si Sarah Gordon avait été une coureuse de fond, Georgina Higgins-Hart ne serait pas morte.

– Parce qu'elle serait rentrée chez elle, se serait changée, serait repartie là-bas suffisamment rapidement pour pouvoir dire – même si Rosalyn Simpson avait fourni son signalement précis – qu'elle se hâtait de quitter l'île pour aller donner l'alerte après avoir découvert le corps ?

– Exactement.

La voiture poursuivait sa route. Barbara examina la montre.

– Cinquante-deux secondes.

Ils roulaient à l'ouest de Lammas Land, vaste pelouse pleine de tables qui s'étalait sur presque toute la longueur de Newnham Road. Ils s'engagèrent dans Barton Road, longèrent une rangée de sordides maisonnettes de retraités, une église, une laverie aux vitres embuées, puis les immeubles de brique plus récents d'une ville en pleine croissance économique.

– Une minute et quinze secondes, annonça Havers tandis qu'ils prenaient vers le sud en direction de Grantchester.

Lynley jeta un coup d'œil à Saint James dans le rétroviseur. Son vieil ami examinait les documents que Pen avait fait faire au Fitzwilliam – où ses anciennes collègues l'avaient accueillie comme une reine.

– Saint James, questionna Lynley. Qu'est-ce qu'il y a de plus merveilleux dans le fait d'aimer une femme comme Deborah ?

Saint James releva lentement la tête. Surpris. Et il y avait de quoi. Compte tenu de leur histoire, Lynley et lui ne s'aventuraient jamais sur ce terrain marécageux.

– Curieuse question.

– Tu n'y as jamais réfléchi ?

Saint James jeta un œil par la fenêtre. Deux vieilles dames, dont l'une se déplaçait à l'aide d'un déambulateur, se dirigeaient vers un étalage de fruits et de légumes luisants d'humidité. Des filets à provisions vides pendaient mollement à leur bras.

– Pas vraiment, répondit Saint James. Mais je dirais que c'est un intense sentiment de vie. Un engagement de l'âme. Avec Deborah, rien n'est petit. Elle donne énormément et elle me demande le meilleur de moi-même.

Il croisa le regard de Lynley dans le rétroviseur. Sombre, méditatif, le regard de Saint James semblait contredire ses paroles.

– C'est ce que je pensais, murmura Lynley.

– Pourquoi ?

– Parce que Deborah est une artiste.

Les derniers immeubles de la périphérie de Cambridge disparurent, engloutis par le brouillard. Les haies les remplacèrent, haies d'aubépines grises se préparant pour l'hiver. Havers consulta la montre.

– Deux minutes, trente secondes.

La route était étroite, pas signalisée. Elle longeait des champs d'où un nuage semblait s'élever du sol, formant une toile couleur souris sur laquelle rien n'avait été peint. Impossible de savoir si des fermes existaient alentour, si un fermier vaquait à ses occupations ou si des bêtes paissaient. Le brouillard engloutissait tout.

Ils entrèrent dans Grantchester, dépassant un homme en tweed et bottes de caoutchouc noires qui regardait son chien fureter le long du bas-côté tandis que lui-même s'appuyait lourdement sur sa canne.

– Mr. Davies et Mr. Jeffries, dit Havers. Dans leur numéro habituel. (Comme Lynley ralentissait pour aborder la grand-rue, elle consulta de nouveau la montre. Comptant sur ses doigts, elle annonça :) Cinq minutes, trente-sept secondes. (Soudain, elle fut projetée en avant cependant que Lynley freinait abruptement.) Aïe! Qu'est-ce qui vous prend, monsieur?

Une Citroën bleu métallisé était garée dans l'allée conduisant à la maison de Sarah Gordon.

– Attendez un instant, fit Lynley, descendant de la Bentley.

Il referma la portière sans un bruit, gagna à pied l'ancienne école.

Les rideaux des fenêtres de devant étaient fermés. La maison semblait paisible, inhabitée.

« Je lui parlais, et l'instant d'après, plus personne : il avait disparu. Il doit être quelque part dans le brouillard, à se demander que faire. »

Quels mots Glyn avait-elle utilisés? Bienséance et exigences du bas-ventre. A première vue, c'était autant une allusion à son mariage malheureux qu'une façon de résumer le dilemme de son ex-mari. Or il s'agissait de bien plus que cela. Car si Glyn Weaver faisait référence aux tiraillements qu'éprouvait Weaver entre son devoir envers sa fille décédée et le désir lancinant que lui inspirait sa superbe femme, Lynley, lui, pressentait que ces mots avaient une signification qui échappait totalement à Glyn et que la présence de la Citroën rendait limpide.

« Je le connaissais. Nous avons même été assez proches pendant quelque temps. »

« Les conflits l'ont toujours mis mal à l'aise. »

Lynley s'approcha de la voiture et s'aperçut qu'elle était fermée à clé. Elle était vide, à l'exception d'un long carton beige et blanc entrouvert, posé sur le siège du passager. Lynley se figea à cette vue. Ses yeux se braquèrent sur la maison, se rivèrent de nouveau sur le carton et les trois cartouches qui s'en échappaient. Il revint vers la Bentley au petit trot.

– Qu'est-ce... ?

Sans laisser à Havers le temps de finir, il coupa le contact et se tourna vers Saint James.

– Il y a un pub plus loin à gauche. Vas-y. Appelle le commissariat. Dis à Sheehan de rappliquer. Sans sirènes ni gyrophares. Mais dis-lui de venir armé.

– Inspecteur...

– Anthony Weaver est chez elle, dit Lynley à Havers. Il a un fusil.

Ils attendirent que Saint James ait disparu dans le brouillard avant de retourner vers la maison, dix mètres plus loin dans la grand-rue.

– Votre avis, inspecteur ? questionna Havers.

– On ne peut pas se permettre d'attendre l'arrivée de Sheehan. (Il jeta un regard en arrière. Le vieil homme et son chien prenaient le virage.) Il doit y avoir un sentier quelque part, celui qu'elle a emprunté lundi matin. Et si elle a réussi à sortir de chez elle sans qu'on la voie, c'est qu'elle n'est pas passée par devant. Donc... (il jeta un nouveau regard à la maison, puis vers la route) ... il ne nous reste qu'à passer par ici.

A pied cette fois, ils repartirent dans la direction d'où ils étaient venus. Ils n'avaient pas parcouru cinq mètres que le vieux et le chien les abordèrent. Le vieil homme tapota de sa canne la poitrine de Lynley.

– Mardi, fit-il. Vous étiez ici mardi. Ce genre de détail, ça ne m'échappe pas. Norman Davies. J'ai l'œil.

– Seigneur, marmonna Havers.

Le chien s'assit près de son maître, oreilles dressées en signe d'amicale expectative.

– Mr. Jeffries et moi... (mouvement de menton en direction du chien qui parut incliner poliment la tête à l'énoncé de son nom) ... ça fait une bonne heure qu'on est dehors. Il lui faut du temps pour faire ses besoins maintenant, il n'est plus tout jeune. On vous a vus passer, pas vrai Jeffries ? Je me suis dit : tiens, mais c'est pas la première fois que je les vois, ces gens-là. Et j'avais raison, pas vrai ? J'ai bonne mémoire.

– Où est le sentier qui mène à Cambridge ? s'enquit Lynley sans plus de cérémonie.

Le vieux se gratta la tête. Le chien l'oreille.

– Le sentier pédestre ? Vous comptez partir en balade par ce temps ? Oh, je vois ! Vous vous dites que si Mr. Jeffries et moi on prend l'air, vous pouvez bien en faire autant, c'est ça ? Mais c'est parce qu'il a des raisons impérieuses de sortir. Sinon nous serions restés bien au chaud à l'intérieur. (Brandissant sa canne, il désigna un petit cottage au toit de chaume de l'autre côté de la rue.) En dehors de ces nécessités hygiéniques, nous restons assis devant la fenêtre. Pas pour espionner le village, oh non, juste histoire de regarder la grand-rue. Pas vrai, Mr. Jeffries ?

Lynley se sentit démangé par l'envie d'attraper le vieil homme par les revers de son manteau.

– Le sentier pédestre qui mène à Cambridge, répéta-t-il.

– Vous êtes comme Sarah, commenta le vieux. Elle allait à Cambridge à pied presque tous les jours. « Merci, mais j'ai déjà fait ma petite promenade matinale », me disait-elle lorsqu'on passait, l'après-midi, lui proposer de venir faire un tour avec nous. « Sarah, vous aimez tellement Cam-

491

bridge que vous devriez y habiter ; ça vous économiserait la marche à pied. » « Mais c'est que j'y songe, Mr. Davies. Dans quelque temps », me répondait-elle. (Il gloussa et poursuivit non sans avoir auparavant enfoncé sa canne dans le sol :) Parce qu'y faut vous dire qu'avant elle se rendait à Cambridge deux ou trois fois par semaine. Toujours à travers champs. Et toujours sans son chien. Je n'ai jamais réussi à comprendre pourquoi. Son Flame, y prend pas assez d'exercice à mon avis. Alors Mr. Jeffries et moi, on...

— Où est ce foutu sentier ? gronda Havers.

Le vieux tressaillit. Il indiqua le bas de la route.

— Là. Dans Broadway.

Ils se mirent en marche sans plus tarder et l'entendirent crier dans leur dos :

— Vous pourriez au moins dire merci. Les gens ne pensent jamais à...

Le brouillard enveloppa le vieux monsieur, étouffant sa voix, cependant que Lynley et Havers atteignaient le virage au-delà duquel la grand-rue prenait le nom de Broadway – nom bien pompeux car ce n'était ni plus ni moins qu'un étroit chemin de campagne bordé de haies touffues. Quelque trois cents mètres après l'ancienne école, un portillon de bois moussu pendait sur ses gonds rouillés, le bas du battant traînant dans la boue. Un chêne imposant le surmontait, qui dissimulait en partie une plaque fixée à un poteau tout proche. « Sentier pédestre, Cambridge, 2,5 km. »

Le portillon ouvrait sur des pâturages d'herbe grasse engorgée d'humidité. Des gouttelettes emperlèrent leurs jambes de pantalon tandis qu'ils descendaient le sentier qui courait le long des clôtures enserrant les jardins des cottages de la grand-rue.

— Vous croyez vraiment qu'elle est allée à pied à Cambridge avec un brouillard pareil ? s'enquit Havers, trottinant aux côtés de Lynley. Et qu'elle est revenue en courant ? Sans se perdre ?

— Elle connaissait le chemin. Le sentier est suffisamment bien tracé. Et il doit contourner les champs au lieu de passer au milieu. Quelqu'un pour qui la topographie de l'endroit n'a pas de secret doit pouvoir faire le trajet les yeux fermés.

— Ou dans l'obscurité, fit Havers.

Le jardin de derrière de l'ancienne école était clos par des barbelés. Il se composait d'un potager abandonné et d'une pelouse hirsute. Au-delà de la pelouse, la porte de derrière, et trois marches pour y accéder. Sur la marche du haut se tenait le chien de Sarah Gordon, grattant le bas du battant de la patte, poussant un gémissement bas et inquiet.

— Il va faire un boucan du diable en nous voyant, s'inquiéta Havers.

— Ça dépend de son flair et de sa mémoire, répondit Lynley.

Il siffla doucement. Le chien redressa la tête. Lynley siffla de nouveau. Flame poussa deux aboiements rapides...

— Nom de Dieu ! jura Havers.

L'animal dévala les marches. Il traversa vivement la pelouse jusqu'à la clôture, une oreille en l'air, l'autre lui retombant sur le front.

— Bonjour, Flame, fit Lynley, tendant la main. (Le chien la renifla et commença à agiter la queue.) C'est bon, conclut Lynley, allons-y.

Et il se glissa sous la clôture de barbelés.

Flame fit un bond accompagné d'un petit jappement, pressé de dire bonjour. Il plaqua ses pattes boueuses sur le manteau de Lynley, qui l'empoigna, le souleva et se retourna vers la barrière tandis que l'animal lui léchait la figure et se tortillait de joie. Lynley colla le chien dans les bras de Havers et ôta son écharpe.

— Passez-lui ça autour de son collier en guise de laisse.

— Mais je...

— Il faut l'emmener loin d'ici, sergent. Pour le moment, il nous fait la fête, mais je doute qu'il

493

reste bien sagement assis sur son derrière à nous regarder nous faufiler dans la maison.

Havers se débattait avec l'animal, qui n'était que langue et pattes. Lynley noua l'écharpe au collier de Flame et en tendit le bout à Havers, qui reposa le chien par terre.

– Saint James le gardera, dit-il.

– Et vous ? Vous ne pouvez pas entrer là-dedans tout seul, inspecteur. Vous ne pouvez pas entrer du tout. Il est armé. Et...

– Allez-y, sergent. Vite.

Il lui tourna le dos sans lui laisser le temps de répliquer et, courbé en deux, traversa la pelouse. De l'autre côté de la maison, les lumières étaient allumées dans ce qui devait être l'atelier de Sarah. Les autres fenêtres dardaient sur le brouillard un œil vide.

La porte n'était pas fermée à clé. La poignée froide, humide et glissante, tourna sans grincer, ouvrant sur un vestibule. Derrière, Lynley aperçut la cuisine où placards et plans de travail jetaient des ombres longues sur le linoléum blanc.

Dans la pénombre, un chat miaula. Bientôt Silk apparut, sortant à pas feutrés du séjour à la manière d'un cambrioleur professionnel. Le chat s'arrêta à la vue de Lynley, le scrutant avec audace. Puis il sauta sur l'un des plans de travail où il s'assit avec une placidité égyptienne, la queue autour de ses pattes de devant. Lynley le dépassa et se dirigea vers la porte du séjour.

Comme la cuisine, la pièce était vide. Les rideaux étant fermés, elle était pleine d'ombres. Un feu brûlait dans la cheminée, sifflant doucement. Une petite bûche était posée sur le parquet, comme si Sarah Gordon avait été sur le point de l'ajouter aux autres lorsque Anthony Weaver était arrivé.

Lynley se débarrassa de son manteau et traversa le séjour. Il s'engagea dans le couloir qui menait vers l'arrière de la maison. La porte de l'atelier était entrouverte. De la lumière jaillissait de l'entrebâillement, dessinant un triangle transparent sur le plancher de chêne lessivé.

Il entendit le murmure de leurs voix. Sarah Gordon parlait d'une voix atone, à bout de forces.

– Non, Tony, ce n'est pas comme ça que ça s'est passé.

– Mais alors dis-moi, bon sang, fit Weaver d'une voix rauque.

– Tu as oublié un détail. Tu ne m'as jamais demandé de te rendre ta clé.

– Oh Seigneur !

– Oui. Quand tu as décidé que tout était fini entre nous, j'ai pensé que tu ferais changer la serrure. C'était plus simple que de me réclamer la clé au risque de provoquer une nouvelle scène. Plus tard, je... (rire sans vie) ... je me suis mise à croire que tu attendais d'avoir décroché la chaire de Penford pour me téléphoner et me demander de passer te voir. Or il fallait bien que j'aie la clé pour passer, n'est-ce pas ?

– Comment peux-tu croire que notre rupture – que j'ai provoquée, c'est vrai – a un rapport avec la chaire de Penford ?

– Parce que tu ne peux pas me mentir, Tony. Même si tu mens aux autres et à toi-même. Tout tourne autour de la chaire dans cette histoire. Depuis le début. Et ça n'est pas fini. Tu t'es servi d'Elena pour rompre avec moi. C'était autrement plus reluisant, comme prétexte, que l'ambition ou la peur de voir la chaire te passer sous le nez. Ce qui se serait produit si on avait appris que tu plaquais ta seconde femme pour refaire ta vie avec une troisième.

– C'est pour Elena que j'ai rompu. Pour Elena. Et tu le sais.

– Oh, Tony, je t'en prie. Pas maintenant.

– Tu n'as jamais fait l'effort de me comprendre. Elle commençait à me pardonner, Sarah, elle commençait à accepter Justine. Nous construisions quelque chose tous les trois. Une famille. Elle en avait besoin.

– *Tu* en avais besoin. Pour ton image de marque.

– Arrête, Sarah. Si je quittais Justine – comme j'ai quitté Glyn –, je perdais Elena pour de bon. Elena passait avant tout. (Sa voix se fit plus forte et Lynley comprit qu'il se déplaçait.) Elle venait chez nous. Elle voyait ce que c'était qu'un mariage heureux. En quittant ma femme, je détruisais cette image. Je trahissais sa confiance.

– Je vois. C'est pour ça que tu as préféré détruire ce que j'avais de plus précieux au monde. C'était plus commode.

– Je n'avais pas le choix. Pour garder Justine, j'ai été forcé d'accepter ses conditions.

– Pour décrocher la chaire de Penford.

– Mais non, bon sang! Pour le bien d'Elena. Pour ma fille. Mais ça, tu n'as jamais réussi à te le fourrer dans le crâne. Il ne t'est jamais venu à l'idée que je pouvais agir autrement que par...

– Narcissisme? Souci de tes intérêts?

Pour toute réponse, Lynley perçut comme un furieux frottement. Métal contre métal. C'était, reconnaissable entre tous, le bruit d'une cartouche qu'on introduit dans un fusil. Lynley s'approcha de la porte de l'atelier, mais pas plus Weaver que Sarah Gordon n'entraient dans son champ de vision. Il essaya de deviner où ils étaient au son de leurs voix. Il posa doucement une main contre le bois du battant.

– Je doute que tu aies vraiment envie de me tirer dessus, Tony, disait Sarah Gordon. Et je doute que tu veuilles me livrer à la police. Dans un cas comme dans l'autre, tu serais éclaboussé par le scandale et je ne pense pas que ce soit ce que tu souhaites. Pas après tout ce qui s'est déjà passé entre nous.

– Tu as tué ma fille. Tu as téléphoné à Justine de ma chambre, au collège, dimanche soir; tu t'es arrangée pour qu'Elena aille courir seule et tu l'as tuée. Tu as tué ma fille.

— J'ai tué ton œuvre, Tony. Oui. J'ai tué Elena.

— Elle ne t'avait pourtant fait aucun mal. Elle ne savait même pas...

— Que nous étions amants ? Non. J'ai tenu ma promesse, je ne lui en ai jamais soufflé mot. Elle est morte persuadée que tu n'aimais que Justine. C'est ce que tu voulais, n'est-ce pas ? C'est bien ce que tu voulais que tout le monde pense, non ?

Bien que très lasse, sa voix était plus nette que celle de Weaver. Lynley se dit qu'elle devait être face à la porte. Il poussa légèrement le battant, qui s'ouvrit de quelques centimètres encore. Il aperçut le bord de la veste en tweed de Weaver. Et la crosse du fusil contre sa taille.

— Comment as-tu pu faire une chose pareille, Sarah ? Tu la connaissais. Elle venait chez toi, elle s'asseyait ici, elle te servait de modèle, tu lui parlais et...

Un sanglot lui coupa la parole.

— Et quoi ? Et quoi, Tony ? (Elle eut un rire douloureux en voyant qu'il ne répondait pas.) Et je faisais son portrait. En effet. Mais l'histoire ne s'arrête pas là. Justine s'est chargée de la suite.

— Non.

— Si. Mon œuvre, Tony. Une pièce unique. Tout comme Elena.

— J'ai essayé de te dire à quel point j'étais désolé...

— Désolé ? Désolé ?

Pour la première fois, sa voix se brisa.

— J'ai été obligé d'accepter ses conditions. Elle avait découvert la vérité nous concernant. Je n'avais pas le choix.

— Moi non plus.

— Tu as assassiné ma fille — un être de chair et de sang, pas un vulgaire morceau de toile — pour te venger.

— Ce n'est pas la vengeance qui m'intéressait,

mais la justice. Seulement je ne pouvais rien attendre d'un tribunal parce que je t'avais fait cadeau de cette toile, elle t'appartenait. Peu importe ce que j'avais mis de moi dans ce travail, je n'avais pas de preuves. Il a donc fallu que je me fasse justice moi-même.

— Et c'est ce que je vais faire maintenant, moi aussi.

Il y eut un mouvement dans la pièce. Sarah Gordon passa devant la porte. Cheveux collés, pieds nus, elle était enveloppée dans une couverture. Elle était blême.

— Ta voiture est garée dans l'allée. On a dû te voir arriver. Tu comptes t'en sortir comment ?

— Peu importe.

— Et le scandale, tu t'en fiches ? Oh, remarque, tu ne risques pas tant que ça : après tout, tu es un père que la mort de sa fille a rendu fou de chagrin et qui perd les pédales. (Elle redressa la tête et lui fit face.) Tu pourrais même me remercier de l'avoir tuée : l'opinion publique t'est désormais acquise, tu es sûr de décrocher la chaire maintenant.

— Va au diable...

— Tu crois que tu vas arriver à presser la détente tout seul ? Justine n'est pas là pour t'aider.

— J'y arriverai, crois-moi. Avec plaisir.

Il fit un pas vers elle.

— Weaver ! cria Lynley en poussant la porte.

Weaver pivota vers lui. Lynley plongea. Le coup partit. La détonation claqua, assourdissante, dans la pièce. L'odeur violente de la poudre emplit l'air dans un nuage de fumée bleu-noir. A travers ce nuage, il aperçut la silhouette de Sarah Gordon étendue face contre terre, à un mètre cinquante de lui environ.

Avant qu'il puisse s'approcher d'elle, il entendit de nouveau Weaver recharger son arme. Il bondit sur ses pieds au moment où le professeur d'histoire retournait gauchement son arme contre lui-même.

Lynley lui sauta dessus, détournant d'une poussée l'arme de sa poitrine. Un second coup de feu partit tandis que la porte d'entrée s'ouvrait brutalement. Une demi-douzaine d'hommes de la brigade d'intervention s'engouffrèrent dans le couloir et dans l'atelier, l'arme au poing, prêts à faire feu.

– Que personne ne tire ! cria Lynley, la détonation retentissant encore dans son oreille.

De fait, la violence s'avéra inutile. Car Weaver se laissa tomber sur l'un des tabourets. Il retira ses lunettes et les laissa tomber par terre. Il écrasa les verres.

– Il fallait que je le fasse, dit-il. Pour Elena.

Ce fut l'équipe des techniciens qui s'étaient occupés du meurtre de Georgina Higgins-Hart qui débarqua sur les lieux. Ils arrivèrent quelques minutes après que l'ambulance eut foncé, toutes sirènes hurlantes, vers l'hôpital, non sans s'être frayé un passage au milieu des curieux agglutinés en haut de l'allée. Parmi eux, Mr. Davies et Mr. Jeffries faisaient les importants, tout fiers d'avoir été les premiers sur les lieux et de pouvoir raconter aux badauds qu'ils avaient compris que quelque chose ne tournait pas rond lorsqu'ils avaient vu la petite boulotte traîner Flame vers le pub.

– Sarah n'aurait jamais confié son chien à une inconnue, disait-il. Et encore moins sans sa laisse. Quand j'ai vu ça, j'ai compris qu'il y avait du vilain. Pas vrai, Mr. Jeffries ?

En d'autres circonstances, la présence de Mr. Davies aurait fortement agacé Lynley. Toutefois, en l'occurrence, ce fut une bénédiction, car le chien de Sarah Gordon connaissait le vieil homme et il ne fit aucune difficulté pour le suivre tandis qu'on transportait sa maîtresse dans l'ambulance garée devant la maison, un pansement compressif sur le bras.

— J'embarque également le chat, dit Mr. Davies en s'éloignant le long de l'allée, Flame dans son sillage. C'est pas que j'en raffole, mais je ne veux pas que cette pauvre bête erre comme une âme en peine en attendant le retour de sa maîtresse. (Il jeta un coup d'œil inquiet vers l'ancienne école devant laquelle plusieurs policiers bavardaient.) Elle va rentrer, hein ? Elle va s'en tirer ?
— Oui. Ne vous inquiétez pas, fit Lynley.

Mais la balle était entrée dans le bras droit de Sarah et, au vu du drôle de regard que lui avaient jeté les ambulanciers, l'inspecteur songea que Sarah Gordon ne s'en tirerait peut-être pas à si bon compte. Il retourna vers la maison.

De l'atelier lui parvenaient les questions nettes du sergent Havers et les réponses éteintes d'Anthony Weaver. Il entendait les techniciens se partager le travail. Un placard claqua. Saint James dit au commissaire Sheehan : « Voilà la molette. » Mais Lynley ne se joignit pas à eux.

Il se rendit dans le séjour pour examiner les toiles que Sarah Gordon y avait accrochées. Cinq adolescents noirs – trois accroupis, deux debout – devant un porche d'immeuble londonien entouré de tours sinistres ; un vieil homme grelottant faisant griller des marrons à la sortie du métro dans Leicester Square tandis que la foule richement vêtue des amateurs de théâtre s'écoulait devant lui ; un mineur et sa femme dans leur cottage délabré du pays de Galles.

Certains artistes se bornent à faire admirer leur technique, ils ne prennent aucun risque, ne transmettent rien. D'autres se contentent de devenir des experts du matériau qu'ils ont choisi, ils travaillent l'argile, la pierre, le bois ou la peinture aussi habilement et aussi facilement que des artisans ordinaires. D'autres enfin, plus exigeants, essaient de créer quelque chose à partir de rien, ils font surgir l'ordre du chaos, cherchent l'équilibre entre la structure et la composition, le sujet et la couleur de sorte que chacune de leurs œuvres véhicule un message déterminé. Une œuvre d'art interpelle les gens, les oblige à prendre le temps de regarder – ce que l'on fait de moins en moins dans un monde d'images sans cesse en mouvement. Et quand les gens s'arrêtent devant une œuvre d'art – qu'il s'agisse d'une toile, d'une sculpture en bronze, en verre ou en bois –, on peut dire que le créateur a pleinement atteint son objectif. Plutôt que de chercher à se faire remarquer, il provoque la réflexion.

Sarah Gordon appartenait à cette dernière catégorie. Elle avait su transcrire ses passions sur la toile. C'est quand elle avait essayé de les vivre qu'elle avait tout perdu.

– Inspecteur ? fit le sergent Havers en entrant dans la pièce.

Les yeux braqués sur le tableau représentant les adolescents pakistanais, il dit :

– Je me demande s'il avait vraiment l'intention de la descendre, Barbara. Il la menaçait, certes. Mais il n'est pas impossible que le coup soit parti accidentellement. Je le dirai au tribunal.

– Quoi que vous disiez, il s'est mis dans de sales draps.

– Sa culpabilité se discute. Il peut s'en sortir, avec un bon avocat et la sympathie du public.

– Peut-être. En tout cas vous avez fait le maximum. (Elle tendit la main vers lui ; dans sa main il y avait un bout de papier.) L'un des hommes de Sheehan a trouvé un fusil dans le coffre de la voiture de Sarah Gordon. Et Weaver avait ça sur lui. Il n'a pas voulu expliquer de quoi il s'agissait.

Lynley prit le papier et le déplia. C'était un superbe dessin d'un tigre attaquant une licorne. La gueule de la licorne était ouverte sur un cri muet de terreur et de souffrance.

Havers poursuivit :

– Tout ce qu'il m'a dit, c'est qu'il l'avait trouvé dans une enveloppe, hier, en allant voir Adam

501

Jenn au collège. Qu'est-ce que vous en pensez, monsieur ? Si mes souvenirs sont exacts, Elena avait des affiches de licorne plein sa chambre. Mais le tigre ? Qu'est-ce que ça signifie ?

Lynley lui rendit le dessin.

– C'est une tigresse, fit-il.

Il comprenait enfin la réaction fulgurante de Sarah Gordon lorsqu'il avait mentionné Whistler le jour où il avait fait sa connaissance. Ce n'étaient ni les critiques de Ruskin, ni l'art, ni la peinture de la nuit ou du brouillard qui l'avaient fait réagir. C'était la maîtresse de l'artiste, la petite chapelière anonyme qu'il avait surnommée « la Tigresse ».

– Avec ce dessin, elle lui a fait comprendre qu'elle avait assassiné sa fille.

La mâchoire de Havers tomba. Elle referma la bouche aussi sec.

– Mais pourquoi ?

– C'est l'infernale logique de la destruction. Weaver avait détruit son œuvre et sa faculté de créer. Elle le savait et elle a tenu à ce qu'il sache qu'elle avait détruit la sienne.

23

A peine avait-il introduit sa clé dans la serrure que Justine lui ouvrit la porte. Elle ne s'était pas encore changée mais bien qu'elle les portât depuis plus de treize heures, son tailleur noir et son corsage gris perle étaient impeccables : on eût dit qu'elle venait de les passer.

Elle regarda par-dessus son épaule les phares de la voiture pie qui s'éloignait dans l'allée.

– D'où sors-tu ? Où est la Citroën, Anthony ? Où sont tes lunettes ?

Elle le suivit jusqu'à son bureau, et le regarda fouiller dans ses tiroirs à la recherche d'une vieille paire à monture d'écaille depuis longtemps mise au rancart. Des lunettes à la Woody Allen, disait Elena. « Tu as l'air d'un abruti avec ça, papa. » Il ne les avait plus jamais portées.

Levant les yeux, il aperçut dans la vitre son reflet et celui de sa femme. Ravissante, elle était ravissante. En dix ans de mariage, elle s'était montrée bien peu exigeante, elle lui avait simplement demandé de l'aimer, d'être près d'elle. En échange, elle avait aménagé cette maison, elle y avait reçu ses amis et collègues. Elle l'avait soutenu et aidé, elle avait été d'une loyauté parfaite. Mais elle n'avait pas réussi à lui faire connaître la joie ineffable que seule la fusion des âmes peut procurer à deux êtres.

Tant qu'ils avaient poursuivi un objectif commun – trouver une maison, la décorer, acheter des meubles, choisir une voiture, concevoir le jardin –, ils avaient vécu dans l'apaisante certitude que leur mariage était idéal. Il s'était même dit : « Cette fois, j'ai fait un mariage heureux. Solide, tendre, harmonieux régénérateur. En plus, nous sommes tous les deux Gémeaux, le signe des jumeaux ; c'est comme si nous avions été faits l'un pour l'autre. »

Mais lorsque la maison avait été achetée et meublée à la perfection, le jardin aménagé et les deux voitures françaises rangées dans le garage, il avait éprouvé un indéfinissable sentiment de vide, une sensation d'incomplétude et de malaise. Une soif d'autre chose.

« C'est parce que je ne donne pas libre cours à ma créativité, s'était-il dit. J'ai passé plus de vingt ans de ma vie dans le monde confiné de l'université à écrire, donner des cours, recevoir des étudiants, gravir les échelons. Il est temps d'élargir mes horizons, de tenter d'autres expériences. »

Là encore, Justine l'avait soutenu. Elle-même ne s'était pas mise à la peinture – son intérêt pour l'art n'était que superficiel –, mais elle admirait son travail et prenait plaisir à encadrer ses aquarelles. Et ce fut elle qui découpa dans le journal local l'article annonçant que Sarah Gordon allait donner des cours de dessin chez elle à Grantchester. « Pourquoi n'irais-tu pas, chéri ? lui avait-elle dit. Je ne la connais pas, mais il paraît qu'elle a un talent fou. Ce serait merveilleux pour toi de rencontrer une véritable artiste, tu ne crois pas ? »

Quelle incroyable ironie du sort, songeait-il. Mais le fait que Justine ait été à l'origine de sa rencontre avec Sarah bouclait l'histoire de façon logique. N'était-il pas normal après tout que Justine, unique responsable des derniers événements de cette tragédie obscène, ait également déclenché les premiers ?

« Si tout est fini entre vous, débarrasse-toi du tableau, avait ordonné Justine. Détruis-le. Fais-le disparaître de ma vie. Fais-la disparaître de ma vie. »

Il avait barbouillé le portrait de peinture, mais ça ne lui avait pas suffi. Seule une destruction complète pouvait apaiser la colère de Justine, atténuer la souffrance causée par son infidélité. Or il n'y avait qu'un lieu où cet acte de destruction pouvait convaincre sa femme de la sincérité de sa rupture avec Sarah. Alors à trois reprises, sous les yeux de Justine, il avait planté son couteau dans la toile. A la fin, toutefois, il n'avait pu se résoudre à abandonner le tableau mutilé.

« Si seulement elle m'avait apporté ce dont j'avais besoin, rien de tout cela ne serait arrivé. Si elle m'avait ouvert son cœur, son esprit, si créer avait plus compté pour elle que posséder, si elle ne s'était pas contentée de m'écouter, de me manifester de la sympathie, si elle avait eu des choses à dire sur elle-même, sur la vie, si elle avait essayé de comprendre ce que je suis au plus profond de mon être... »

– Où est la Citroën, Anthony ? reprit Justine. Et tes lunettes ? Où étais-tu passé ? Tu as vu l'heure ? Il est plus de neuf heures.

– Où est Glyn ?

– Elle prend un bain. Toute l'eau chaude va y passer, si ça continue.

– Elle s'en va demain après-midi. Essaie de la supporter jusque-là. Après tout...

– Je sais. Elle a perdu sa fille. Elle est écrasée de chagrin, je devrais être capable de ne pas tenir compte de ce qu'elle fait ni des horreurs qu'elle raconte. Eh bien, non, je ne marche pas. Et si toi tu marches, c'est que tu es un imbécile.

– Alors je suis un imbécile. (Il tourna le dos à la fenêtre.) Ce dont tu as largement profité.

Une tache de couleur rubis apparut sur les pommettes de Justine.

– Nous sommes mari et femme. Nous nous sommes engagés à vivre ensemble. Nous avons prononcé des vœux à l'église. Moi, en tout cas. Et je les ai toujours respectés. Ce n'est pas moi qui...

– D'accord, je sais.

La pièce était étouffante. Il aurait voulu retirer son manteau mais il n'en eut pas la force.

– D'où viens-tu ? Qu'as-tu fait de la voiture ?

– Elle est au commissariat. Ils ne m'ont pas laissé rentrer avec.

– Ils... La police ? Que s'est-il passé, Anthony ?

– Rien. Plus rien, du moins.

– Qu'est-ce que ça signifie ? (Comme sous l'effet d'une brutale prise de conscience, elle parut grandir. Sous le fin lainage de son tailleur, il imagina le jeu des muscles.) Tu es retourné chez elle. Je le lis sur ton visage. Ça se voit. Tu m'avais donné ta parole, Anthony. Tu avais juré. Tu m'avais dit que c'était terminé.

– Ça l'est, crois-moi.

Il quitta son bureau et se dirigea vers le séjour. Il entendit ses hauts talons claquer derrière lui.

– Alors qu'est-il arrivé... Tu as eu un accident ? La voiture est fichue, c'est ça ? Tu es blessé ?

Blessé, accidenté. Il aurait voulu ricaner devant cet humour noir. Décidément, elle le verrait toujours dans le rôle de la victime, jamais dans celui du justicier. Elle n'envisageait pas un instant qu'il pût agir, sans se soucier de l'opinion d'autrui, simplement parce qu'il croyait que ce qu'il faisait était juste. Pourquoi cela lui serait-il venu à l'idée ? Quand était-il passé à l'action ? Une fois. Le jour où il avait abandonné Glyn. Et il avait payé cette décision durant ces quinze dernières années.

– Réponds-moi, Anthony. Que t'est-il arrivé ?

– J'ai écrit le mot fin, fit-il en pénétrant dans le séjour.

– Anthony...

Il avait toujours considéré que les natures mortes accrochées au-dessus du canapé étaient ce qu'il avait produit de plus réussi. « Peins donc quelque chose qu'on puisse accrocher dans le salon, chéri. Dans des couleurs qui vont avec le décor. » Il s'était exécuté. Abricots et pavots. Reconnaissables au premier coup d'œil. N'était-ce pas cela, l'art ? La reproduction fidèle de la réalité ?

Il avait décroché les natures mortes et les avait apportées le soir du premier cours, fier de les montrer au peintre. Il voulait que Sarah Gordon sache dès le départ qu'il était supérieur aux autres, et qu'il avait simplement besoin qu'on l'aide à sortir de sa gangue pour devenir un nouveau Manet.

D'emblée, elle l'avait surpris. Perchée sur un tabouret dans un coin de son atelier, elle avait commencé par leur parler longuement. Les pieds bien coincés entre les barreaux du tabouret, les coudes sur ses genoux maculés de peinture, son visage appuyé dans ses mains de sorte que ses cheveux coulaient entre ses doigts, elle parla de peinture. Près d'elle se dressait un chevalet supportant une toile inachevée qui représentait un homme et une petite fille à la chevelure en désordre. Pas une seule fois elle ne désigna le tableau du doigt mais il était clair que c'était à cela qu'elle faisait référence. Et qu'elle voulait qu'ils fassent d'eux-mêmes le rapprochement.

— Vous n'êtes pas ici pour apprendre à poser des touches de gouache sur une toile, avait-elle dit au petit groupe.

Ils étaient six. Trois dames d'un certain âge en blouse ample et grosses chaussures, une femme de militaire américain qui ne savait que faire de son temps, une fillette grecque de douze ans dont le père était professeur invité à l'université, et lui. Il comprit immédiatement que l'élève le plus sérieux du lot, c'était lui. D'ailleurs elle semblait s'adresser directement à lui.

— Le premier imbécile venu peut éclabousser une toile de peinture et appeler ça de l'art, avait-elle ajouté. Mais ce n'est pas de ça dont il est question chez moi. Vous êtes ici pour apprendre à mettre une part de vous-même dans votre travail, vous exprimer par le biais de la composition, du choix des couleurs, des volumes. Pour arriver à un résultat, il faut connaître un peu ce qui a déjà été fait et, partant de là, aller plus loin ; choisir un sujet mais peindre un concept. Je peux vous enseigner des techniques, vous indiquer des méthodes mais si vous voulez donner à votre travail la dimension d'une œuvre d'art, il faut que ce que vous produisiez vienne de votre âme.

Elle sourit d'un étrange sourire éclatant, totalement dénué d'affection, qui lui fit froncer le nez de peu séduisante façon. Se rendait-elle compte qu'elle s'enlaidissait ? En tout cas elle n'y attachait aucune importance. Les détails ne semblaient guère la préoccuper.

— Si vous n'avez pas d'âme ou si vous ne l'avez pas encore découverte ou si vous avez un peu peur de la découvrir, vous réussirez quand même à créer quelque chose. Ce sera agréable à regarder et gratifiant à faire. Mais ce sera de la technique. Pas nécessairement de l'art. Le but — notre but — est de communiquer quelque chose par l'intermédiaire d'un support. Or pour l'atteindre, il faut avoir des choses à dire.

« Subtilité, leur avait-elle dit. La clé de la réussite est dans la subtilité. Une toile est un chuchotement. Pas un cri. »

Après l'avoir écoutée, il avait eu honte de l'arrogance qui l'avait poussé à lui apporter ses aquarelles. Il était tellement persuadé de leur valeur... Il décida de se glisser discrètement hors de l'atelier avec ses toiles sous le bras dans leur papier d'emballage brun. Mais il n'avait pas été assez rapide. Tandis que les autres sortaient en file indienne, elle l'apostropha :

— Vous m'avez apporté quelques-unes de vos œuvres, Dr Weaver.

Elle s'approcha de sa table, attendant qu'il les sorte de leur papier.

Elle les avait examinées d'un air pensif.

– Abricots et...

Les joues brûlantes, il ajouta :

– Pavots.

– Ah. (Puis d'un ton vif :) Très joli.

– Joli, mais ce n'est pas de l'art.

Elle tourna les yeux vers lui. Regard amical, direct. Il trouva déconcertant qu'une femme le regardât ainsi.

– Comprenez-moi bien, Dr Weaver. Ces aquarelles sont ravissantes. Et des aquarelles ravissantes ont leur place...

– Vous les accrocheriez chez vous ?

– Je... (Son regard se déroba un instant, puis croisa de nouveau fermement le sien.) Je préfère les tableaux plus ambitieux. Question de goût.

– Mon travail n'est pas assez ambitieux ?

De nouveau, elle étudia les aquarelles. Se juchant sur la table, elle posa les peintures à tour de rôle sur ses genoux. Pinça les lèvres. Gonfla les joues.

– Je peux encaisser, fit-il avec un ricanement plus anxieux qu'amusé. Allez-y, dites-moi ce que vous pensez. Carrément.

Elle le prit au mot.

– Très bien. Vous êtes capable de copier, c'est évident. La preuve est là. Mais est-ce que vous êtes capable de créer ?

Cela ne lui fit pas aussi mal qu'il l'avait craint.

– Mettez-moi à l'épreuve.

– Avec joie, fit-elle en souriant.

Il s'était jeté dans le travail pendant les deux années qui avaient suivi, d'abord en cours collectif puis en cours particulier. L'hiver, ils faisaient venir un modèle dans l'atelier. L'été, ils emportaient chevalets, blocs et tubes de peinture à la campagne, et travaillaient dehors. Souvent ils se dessinaient l'un l'autre pour s'exercer à comprendre l'anatomie. « Les muscles sterno-cléido-mastoïdiens, Tony, disait-elle, ses doigts contre son cou, ce sont comme des cordes sous la peau. » Et toujours elle emplissait l'atelier de musique. « Quand tu stimules un sens, tu stimules les autres. L'art ne peut pas naître si l'artiste ne vibre pas. Vois la musique, écoute-la, sens-la, sens l'art. » Et la musique jaillissait – chants populaires celtes, symphonie de Beethoven, salsa, messe africaine ou *Missa Luba*, douloureux gémissement des guitares électriques.

L'intensité de sa passion lui donnait l'impression d'émerger de quarante-trois ans de ténèbres et de déboucher enfin dans la lumière. Il se sentait renaître. Elle le motivait, son esprit était sollicité. Il exprimait ses émotions. Pendant six mois – elle n'était devenue sa maîtresse qu'au bout de six mois –, il appela cela la quête de l'art. D'une certaine façon, c'était rassurant ; cela n'exigeait de lui aucun engagement à long terme.

« Sarah », songea-t-il, s'émerveillant du fait que même maintenant – après tout ce qui s'était passé, après Elena, même – il pouvait encore souhaiter murmurer le nom qu'il ne s'était pas autorisé à prononcer depuis huit mois. Depuis que Justine l'avait accusé et qu'il avait avoué. « Sarah. »

Ils s'étaient garés devant l'ancienne école un jeudi soir, à l'heure à laquelle il arrivait d'ordinaire. Les lumières étaient allumées, un feu brûlait dans la cheminée – il en distinguait la lueur mouvante à travers les rideaux tirés. Sarah l'attendait, elle avait mis de la musique, une douzaine de dessins devaient être éparpillés par terre au milieu des coussins. Elle viendrait lui ouvrir lorsque la sonnette retentirait, elle se précipiterait vers lui en disant : « Tonio, j'ai eu une idée formidable pour la composition du portrait de la femme de Soho, celle qui me tracasse depuis une semaine... »

– Je ne peux pas faire ça, avait-il dit à Justine. Ne me demande pas de faire ça. Ça va la tuer.

— Je me fous de ce que ça va lui faire, avait répondu Justine en descendant de voiture.

Sans doute était-elle dans le couloir lorsqu'ils sonnèrent car elle ouvrit immédiatement tandis que le chien se mettait à aboyer.

— Ça suffit, Flame, cria-t-elle par-dessus son épaule. C'est Tony. Tu connais Tony, abruti.

Elle se tourna vers la porte, et elle les aperçut tous les deux – lui devant, sa femme au second plan, tenant sous le bras le tableau enveloppé dans du papier brun.

Elle ne dit rien, ne bougea même pas, fixant sa femme. Il lut sur son visage la gravité de sa faute. « La trahison marche dans les deux sens, Tonio », lui avait-elle dit un jour. Et il le comprit en voyant ses yeux s'assombrir tandis qu'elle revêtait la fine pellicule de bonne éducation qui devait, croyait-elle, lui permettre de se protéger.

— Tony, dit-elle.

— Anthony, dit Justine.

Ils entrèrent dans la maison. Flame déboucha du salon, une vieille chaussette dans la gueule, ce qui ne l'empêcha pas d'aboyer joyeusement à la vue de son ami. Silk, qui sommeillait près du feu, releva la tête et fit paresseusement onduler sa queue serpentine en signe de bienvenue.

— Anthony, à toi, dit Justine.

La volonté lui faisait défaut ; il était incapable d'agir et il était incapable de parler.

Il vit Sarah regarder le tableau. Comme si Justine n'était pas là, elle dit :

— Qu'est-ce que tu m'as apporté, Tonio ?

Il y avait un chevalet dans le séjour, il déballa le tableau et le posa dessus. Il s'attendait à ce qu'elle se précipite en voyant les grosses traînées rouges, blanches et noires sous lesquelles disparaissaient les visages souriants de sa fille. Mais elle s'approcha lentement, poussa un cri sourd en distinguant la petite plaque de bronze. Elena.

Il entendit Justine se déplacer. Il l'entendit prononcer son nom, et il sentit qu'elle lui fourrait le couteau dans la main. Un gros couteau qu'elle avait pris dans un tiroir de la cuisine avant de partir. « Fais-le disparaître de ma vie, fais-la disparaître de ma vie, lui avait-elle dit. Fais-le ce soir. Et devant moi. Que je sois sûre. »

Il donna le premier coup avec colère et désespoir. Il entendit Sarah crier : « Non ! Non ! » Il sentit ses doigts sur son poignet, vit son sang rouge couler lorsque la lame glissant sur ses phalanges creva de nouveau la toile. Puis il la larda d'un troisième coup, mais cette fois, elle avait reculé, tenant sa main blessée comme un enfant contre sa poitrine, sans une larme, parce qu'elle ne pleurerait pas devant lui ni devant sa femme.

– Ça suffit, dit Justine, qui fit demi-tour et sortit.

Il la suivit dehors. Il n'avait pas prononcé un mot.

Elle avait parlé un soir du risque que prenait l'artiste qui créait une œuvre singulière, personnelle, car il livrait la part la plus intime de lui-même à un public susceptible de se méprendre, de se moquer, de rejeter son travail. Bien qu'il eût écouté attentivement, il n'avait pas saisi la portée de l'enjeu. Ce n'est qu'en voyant son visage au moment où il détruisait le tableau qu'il avait compris. Ce n'était pas des mois d'efforts qu'il réduisait à néant, ni même le cadeau qu'elle lui avait fait. Par trois fois, il avait poignardé l'âme de Sarah, son âme, son amour et son art.

C'était ça, peut-être, le plus grave de ses péchés. Lui avoir inspiré le cadeau. L'avoir réduit en morceaux.

Il décrocha ses aquarelles – abricots et pavots, d'une rassurante banalité – du mur au-dessus du canapé. Deux rectangles plus foncés apparurent sur le papier peint. Justine trouverait certainement quelque chose à mettre à la place.

– Qu'est-ce que tu fais, Anthony ? lui demanda-t-elle d'une voix effrayée.

— J'écris le mot fin, dit-il.

Il emporta ses œuvres dans l'entrée et en posa une bien à plat sur la paume. « Vous êtes capable de copier, mais est-ce que vous êtes capable de créer ? »

Ces quatre derniers jours lui avaient fourni la réponse que deux ans de travail avec elle ne lui avaient pas donnée. Certains créent. D'autres détruisent.

Il fracassa le tableau contre la rampe de l'escalier. Le verre se brisa sur le parquet telle une pluie de cristal.

— Anthony ! (Justine lui empoigna le bras.) Ne fais pas ça ! Ce sont tes aquarelles. Ton œuvre. Ton art.

Il écrasa la seconde contre la rampe avec plus de force encore. La douleur, lorsqu'il heurta le bois, se répercuta comme un boulet de canon dans tout son bras. Le verre lui vola au visage.

— Quelle œuvre ? Quel art ?

Malgré le froid, Barbara emporta sa tasse de café dans le jardin abandonné de son pavillon d'Acton et s'assit sur le bloc de béton glacial qui servait de perron. Resserrant les pans de son manteau, elle posa sa tasse en équilibre sur son genou. La nuit n'était pas noire – il était impossible qu'elle le fût à proximité d'une métropole de plusieurs millions d'habitants –, cependant les lourdes ombres nocturnes faisaient du jardinet un endroit moins familier que l'intérieur de la maison. Les forces antagonistes de la nécessité et de la culpabilité y pesaient d'un poids moins lourd sur ses épaules.

« Quel genre de liens y a-t-il vraiment entre un parent et un enfant ? se demandait-elle. A quel stade faut-il briser ces liens ou les redéfinir ? Cela est-il seulement du domaine du possible ? »

Au cours des dix dernières années, elle en était

venue à se persuader qu'elle n'aurait jamais d'enfants. Cette prise de conscience avait été d'autant plus douloureuse qu'elle était inextricablement associée au fait qu'elle ne se marierait sans doute jamais. Certes, il n'était pas nécessaire d'être mariée pour avoir des enfants. Les adoptions par un parent unique étaient de plus en plus fréquentes et sa carrière ayant fait un sérieux bond en avant, elle aurait eu de grandes chances de se voir confier un enfant, surtout si elle était prête à en accueillir un difficile à caser. Mais, trop attachée peut-être aux conventions, elle avait toujours considéré qu'il fallait être deux pour élever un enfant. Et comme l'espoir de rencontrer un homme s'estompait au fil des ans, ses chances de devenir mère s'étaient effilochées au point de ne plus ressembler qu'à une fiction déconnectée de la réalité.

Il ne lui arrivait pas souvent de penser à ces choses. Les trois quarts du temps, en effet, elle était trop absorbée par son travail pour s'appesantir sur un avenir qui s'annonçait plutôt aride. Car si, en vieillissant, la majorité des gens voyaient s'élargir leur cercle familial par le jeu des mariages et des naissances, sa famille à elle s'amenuisait à vue d'œil. Son frère, son père étaient tous deux morts et enterrés. Et maintenant il fallait qu'elle envisage de trancher les derniers liens qui la rattachaient à sa mère.

« Finalement, on passe sa vie à essayer de se rassurer, pensa-t-elle. On cherche tous un signe qui nous permet de croire que nous ne sommes pas vraiment seul. Nous avons besoin d'un lien, d'une ancre qui nous donne l'impression d'être proche d'un autre être, de posséder plus que les vêtements que nous portons sur le dos, la maison que nous habitons, la voiture que nous conduisons. Et en fin de compte, seuls les autres peuvent nous rassurer. Seule une relation riche avec un être humain permet de s'accepter pleinement soi-même. Si je suis aimé, je vaux quelque chose. Si on a besoin de moi, je sers à quelque chose. Si je réussis à sauvegarder cette relation envers et contre tout, je sauvegarde mon intégrité. »

Qu'est-ce qui la différenciait d'Anthony Weaver ? N'était-ce pas la crainte que le monde cessât de l'approuver qui lui dictait sa conduite ? Son attitude, tout comme celle de Weaver, ne masquait-elle pas un désespoir que nourrissait un étouffant sentiment de culpabilité ?

– Votre maman a passé une bonne journée dans l'ensemble, Barbie, avait dit Mrs. Gustafson. Pourtant, au début, elle m'a donné du fil à retordre. Elle arrêtait pas de m'appeler Doris. Ensuite elle a refusé de manger ses gâteaux. Et sa soupe. Et puis quand le facteur s'est pointé, elle a cru que c'était votre père, et elle m'a cassé les oreilles pendant je ne sais combien de temps à me répéter qu'elle voulait partir avec lui. A Majorque. Jimmy lui avait promis de l'emmener à Majorque. Et quand j'ai essayé de lui dire que ce n'était pas Jimmy, elle a tenté de me pousser dehors. Elle a quand même fini par se calmer. (Mrs. Gustafson porta une main à sa perruque, en tripota les boucles grises et rêches.) Sauf qu'elle a pas voulu aller au petit coin. Impossible de savoir pourquoi. Je lui ai mis la télé. Ça fait trois heures qu'elle est sage comme une image.

Barbara trouva sa mère dans le séjour, dans le fauteuil déglingué jadis occupé par son mari, la tête contre les marques grasses laissées par son crâne. La télévision hurlait pour que Mrs. Gustafson, qui était une dure d'oreille, pût entendre. Humphrey Bogart et Lauren Bacall, le film où Lauren Bacall parlait de siffler. Barbara l'avait vu une douzaine de fois au moins. Elle éteignit au moment où Bacall traversait la pièce en ondulant vers Bogart. C'était la scène que Barbara préférait avec ses promesses d'avenir voilées.

– Maintenant elle va bien, dit Mrs. Gustafson depuis le seuil. Comme vous pouvez le constater.

Mrs. Havers était tassée dans un coin du fauteuil. Bouche ouverte. Elle jouait avec l'ourlet de sa robe qu'elle avait remontée sur ses cuisses. L'air était empli d'une odeur fétide d'excréments et d'urine.

— Maman ? dit Barbara.

Mrs. Havers ne broncha pas, se contentant de fredonner quatre notes, toujours les mêmes.

— Vous voyez comme elle est sage ? dit Mrs. Gustafson. C'est un amour, votre maman, quand elle veut.

Par terre à quelques centimètres des pieds de sa mère, gisait le tuyau de l'aspirateur, enroulé comme un anneau.

— Qu'est-ce que ce truc-là fait ici ? s'enquit Barbara.

— Eh bien, Barbie, ça m'aide à la faire tenir...

Barbara sentit quelque chose céder en elle, comme un barrage qui s'écroule sous la pression de l'eau.

— Vous n'avez donc pas vu qu'elle a fait sous elle ? dit-elle à Mrs. Gustafson, s'émerveillant de réussir à contrôler sa voix.

Mrs. Gustafson blêmit.

— Comment ça, fait sous elle ? Vous devez vous tromper, Barbie. Je lui ai demandé deux fois si elle... Mais elle a refusé d'aller aux toilettes.

— Vous ne sentez donc rien ? Est-ce que vous l'avez laissée seule ?

Les lèvres de Mrs. Gustafson tremblotèrent, elle eut un sourire hésitant.

— Faut pas vous énerver pour ça, Barbie. Si vous aviez passé un peu de temps avec elle...

— J'ai passé des années avec elle. J'ai passé toute ma vie avec elle.

— Tout ce que je voulais dire...

— Merci, Mrs. Gustafson. Je n'aurai plus besoin de vous.

— Eh bien... (Mrs. Gustafson plaqua une main sur le plastron de sa robe à l'emplacement approximatif de son cœur.) Après tout ce que j'ai fait...

— Précisément, dit Barbara.

En repensant à cette scène, elle sentit le froid du bloc de béton s'insinuer en elle à travers le tissu de son pantalon. Comment chasser de son esprit l'image de sa mère affalée comme une poupée de chiffon dans son fauteuil ? Réduite à l'inertie. Barbara lui avait donné un bain, le cœur déchiré à la vue des chairs desséchées. Elle l'avait mise au lit, bordée, elle avait éteint la lumière. Mrs. Havers, tel un zombie, n'avait pas prononcé une parole.

« La bonne décision, c'est parfois celle qui vous crève les yeux », lui avait dit Lynley. Il y avait du vrai là-dedans. Au fond, elle savait depuis longtemps ce qu'il fallait faire, ce qui était juste, ce qui conviendrait le mieux à sa mère. C'était par peur d'être jugée comme une fille indifférente et sans cœur que Barbara avait hésité, attendant des conseils, des instructions ou une permission qui n'étaient pas venus. Car c'était à elle de prendre la décision. Elle avait toujours été seule à décider.

Elle se leva et rentra dans la cuisine. L'air sentait le fromage moisi. Assiettes à laver, carrelage à frotter, sans parler du reste. Ce n'étaient pas les distractions qui lui manquaient : elle avait de quoi éviter l'inévitable pendant au moins encore une heure. Mais elle reculait depuis la mort de son père en mars dernier. Elle ne pouvait pas reculer indéfiniment. Elle se dirigea vers le téléphone.

Bizarre, mais elle avait mémorisé le numéro. Sans doute savait-elle inconsciemment qu'elle aurait à s'en resservir.

Le téléphone sonna quatre fois. A l'autre bout de la ligne, une voix agréable répondit :

— Mrs. Flo à l'appareil. Hawthorn Lodge.

— Ici Barbara Havers, fit Barbara dans un soupir. Je ne sais pas si vous vous souvenez de ma mère. Nous sommes passées vous voir lundi soir.

24

Lynley et Havers arrivèrent à St. Stephen, à onze heures et demie. Ils avaient passé le début de la matinée à mettre leurs rapports au point et à discuter avec le commissaire Sheehan des charges à retenir contre Anthony Weaver. Lynley, qui penchait pour la tentative de meurtre, ne se faisait pas beaucoup d'illusions. Après tout, d'un strict point de vue juridique, Weaver restait la partie lésée. Quels qu'aient pu être les serments échangés entre les amants, les trahisons qui avaient conduit au meurtre d'Elena Weaver, la seule, aux yeux de la loi, à avoir commis un crime véritable était Sarah Gordon.

C'est le geste d'un homme aveuglé par la douleur, plaiderait la défense. Weaver apparaîtrait comme un père aimant, un mari empressé, un brillant universitaire, bref une grande figure de Cambridge. Et à supposer que la vérité sur ses relations avec Sarah Gordon remontât jusqu'au tribunal, ce serait un jeu d'enfant pour son avocat que de réduire cette liaison à un instant d'égarement. Tout homme sensible et artiste dans l'âme pouvait succomber dans un moment de faiblesse ou de crise conjugale. Son avocat n'aurait aucun mal à démontrer qu'il avait fait tout son possible pour mettre un terme à cette liaison et reprendre le cours normal de son existence après s'être rendu compte du mal que son incartade causait à une épouse fidèle et meurtrie.

Mais sa maîtresse, elle, n'a pas pu oublier, poursuivrait la défense. Il l'avait rejetée : elle était obsédée par le besoin de se venger. Alors elle a tué sa fille. Elle l'a suivie, épiée pendant qu'elle courait avec sa belle-mère, noté les vêtements que portait Justine Weaver. Puis elle s'est débrouillée pour que la jeune fille coure seule, elle s'est embusquée en attendant son passage. Elle lui a défoncé le visage et enfin elle l'a étranglée. Cela fait, elle s'est rendue, de nuit, au collège, chez le Dr Weaver pour déposer un message révélant sa culpabilité. Qu'a-t-il ressenti face à une telle horreur ? Que fait un homme poussé au désespoir par la vue du cadavre de son enfant ?

Ainsi le geste d'Anthony Weaver passerait subtilement au second plan, le crime commis contre lui occuperait le devant de la scène. Car quel jury serait jamais capable de comprendre la gravité du crime commis par Anthony Weaver contre Sarah Gordon ? Après tout, il ne s'agissait que d'un tableau. Comment les membres du jury pouvaient-ils réaliser qu'à travers un morceau de toile c'était une âme que Weaver avait anéantie.

« ... Quand on cesse de croire que la création est plus importante que son analyse ou son rejet par autrui, on est frappé de paralysie. C'est ce qui m'est arrivé. »

Mais comment un jury pouvait-il comprendre cela si ses membres n'avaient jamais éprouvé le besoin de créer ? Il était plus facile de voir en elle une femme plaquée que d'essayer de mesurer l'étendue de la perte qu'elle avait subie.

L'enseignement que dispensait Sarah Gordon était dangereux, soutiendrait la défense. Il s'était retourné contre elle.

Il y avait du vrai là-dedans. Lynley songea à la dernière vision qu'il avait eue de cette femme, cinq heures après sa sortie de la salle d'opération. Elle était dans une chambre devant laquelle un constable en uniforme montait la garde, formalité grotesque mais nécessaire car il fallait s'assurer que la prisonnière – l'assassin – n'essaierait pas de s'enfuir. Elle était si frêle dans le lit qu'on distinguait à peine son corps sous les couvertures. Pansée, encore engourdie par les calmants, elle avait les lèvres bleues et la peau couverte d'ecchymoses. Elle était vivante, elle respirait, mais elle ignorait encore la nouvelle épreuve qui l'attendait.

« Nous avons réussi à sauver son bras, avait dit le chirurgien, mais de là à vous dire si elle pourra s'en resservir... »

Lynley était resté un long moment près du lit de Sarah Gordon, réfléchissant aux mérites comparés de la justice et de la vengeance. « Dans notre société, la loi fait respecter la justice, songeait-il, mais l'individu, lui, a toujours soif de vengeance. Or laisser un homme ou une femme se rendre justice lui-même provoque inévitablement de nouvelles violences. Car en dehors du tribunal, il n'existe aucun moyen de réparer le mal fait à un innocent. Et toute tentative dans ce sens ne fait qu'amplifier la douleur, le préjudice subi et les regrets. Un individu ne peut pas décider du châtiment à infliger à un autre. »

Mais maintenant il s'interrogeait sur cette philosophie facile (surtout à l'aube dans une chambre d'hôpital) tandis que le sergent Havers et lui sortaient la Bentley dans Garret Hostel Lane et se dirigeaient vers le collège pour prendre les affaires qu'il avait laissées dans sa petite chambre d'Ivy Court. Juste devant l'église de St. Stephen, un corbillard était garé.

– Elle vous a dit quelque chose ? questionna Havers.

– Elle a dit : « Elena a cru que c'était son chien. Elena adorait les animaux. »

– C'est tout ?

– Oui.

— Pas de regrets ? Pas de remords ?
— Non, dit Lynley. Elle ne m'a pas donné l'impression d'en avoir.
— Mais qu'est-ce qu'elle s'imaginait, monsieur ? Qu'en tuant Elena Weaver elle retrouverait la faculté de créer ? Que le meurtre la débarrasserait de son blocage ?
— Elle croyait, me semble-t-il, qu'en faisant souffrir Weaver comme elle souffrait elle-même, elle réussirait à reprendre le cours de son existence.
— Pas très rationnel.
— En effet, sergent. Mais les relations humaines le sont-elles ?

Ils contournèrent le cimetière. Havers loucha vers la tour normande de l'église, dont le toit d'ardoises était à peine plus clair que le ciel sombre de cette fin de matinée. Un jour parfait pour enterrer ses morts.

— Vous aviez raison depuis le début à son sujet, dit Havers. Beau travail, Lynley
— Inutile de me faire des compliments. Vous aviez vu juste aussi.
— Juste ? Comment ça ?
— Elle m'a rappelé Helen dès l'instant où je l'ai vue.

Quelques minutes lui suffirent pour rassembler ses affaires et boucler sa valise. Havers resta près de la fenêtre donnant sur Ivy Court pendant qu'il vidait les placards et emballait son nécessaire de rasage. Elle semblait plus en paix avec elle-même qu'elle ne l'avait été depuis des mois. Elle avait l'air soulagé de celui qui a tranché.

Jetant une paire de chaussettes dans sa valise, il observa d'un ton neutre :
— Vous avez emmené votre mère à Greenford ?
— Oui. Ce matin.
— Et alors ?

Havers gratta de l'ongle un bout de peinture blanche qui s'écaillait sur l'appui de la fenêtre.

— Alors il va falloir que je m'habitue. A vivre seule.

— On est bien obligé parfois, de vivre seul. (Lynley la vit regarder dans sa direction, prête à répliquer.) Oui, je sais, Barbara. Vous êtes plus costaud que moi. Je ne m'y suis toujours pas habitué.

Ils sortirent du bâtiment, traversèrent la cour, contournèrent le cimetière que traversait un étroit sentier zigzaguant au milieu des sarcophages et des pierres tombales.

De l'église, jaillirent les dernières notes d'un hymne, et tout de suite après, le son haut et doux d'une trompette jouant *Amazing Grace*, « Miranda Webberly, songea Lynley, faisant ses adieux à Elena en public ». Il se sentit étrangement touché par la sobriété de la mélodie et s'étonna de la faculté du cœur humain à s'émouvoir d'une chose aussi simple que le son.

Les portes de l'église s'ouvrirent et la procession sortit à pas lents, derrière le cercueil couleur bronze que six jeunes gens portaient sur leurs épaules. Parmi eux se trouvait Adam Jenn. La proche famille suivait : Anthony Weaver et son ex-femme, suivis de Justine. Puis une foule composée de membres éminents de l'université, de relations, de collègues et d'amis d'Anthony et Justine Weaver, enseignants et étudiants de St. Stephen. Lynley remarqua la présence de Victor Troughton, accompagné d'une femme en forme de poire, accrochée à son bras.

Weaver resta de marbre lorsqu'il passa devant Lynley, il continua de suivre le cercueil recouvert de roses d'un rose très pâle dont le parfum sucré flottait dans l'air lourd. Tandis que la portière arrière du corbillard se refermait sur le cercueil et qu'un des hommes des pompes funèbres remettait en ordre le lit de fleurs sur lequel la bière reposait, la foule recueillie s'approcha de Weaver, Glyn et Justine pour leur offrir condoléances et affection. Parmi eux se trouvait Terence Cuff. Ce fut vers

Cuff que le portier du collège se dirigea – non sans s'être excusé au passage. Il portait une épaisse enveloppe couleur crème qu'il remit au principal après lui avoir glissé un mot à l'oreille.

Cuff hocha la tête, ouvrit l'enveloppe, lut le message qu'elle contenait. Un bref sourire illumina son visage. Il n'était pas loin d'Anthony Weaver, aussi n'eut-il qu'un pas à faire pour lui murmurer à l'oreille quelques mots qui se répandirent comme une traînée de poudre dans la foule.

Lynley les entendit fuser de plusieurs directions à la fois.

– La chaire de Penford.
– C'est à lui qu'elle a été attribuée.
– Bien mérité...
– ... un honneur.

Près de lui, Havers s'enquit :
– Que se passe-t-il ?

Lynley vit Weaver baisser la tête, appuyer un poing contre sa moustache, puis relever la tête, la secouer, éberlué, ému, incrédule peut-être.

– Le Dr Weaver vient d'atteindre le point culminant de sa carrière sous nos yeux, sergent. Le comité lui a décerné la chaire de Penford.

– Vraiment ? répondit Havers. Sacré nom de Dieu !

« C'est exactement ce que je pense », songea Lynley. Ils restèrent encore un instant, écoutant les condoléances se transformer en félicitations pleines de retenue, captant les murmures des conversations. Le triomphe au cœur de la tragédie.

– S'il est inculpé et qu'il comparaît devant le tribunal, ils lui retireront la chaire ? s'enquit Havers.

– Quand on a une chaire, sergent, c'est pour la vie.

– Mais ils ne savent donc pas...

– Ce qu'il a fait hier ? Comment les membres du comité le sauraient-ils ? De toute façon, leur décision était déjà prise. Et même s'ils avaient été au courant, Weaver n'était qu'un père aveuglé par le chagrin.

Ils contournèrent la foule et se dirigèrent vers Trinity Hall. Havers traînait les pieds, l'œil sur ses chaussures. Elle fourra les poings dans les poches de son manteau.

– C'est pour la chaire qu'il a fait ça ? lança-t-elle abruptement. C'est pour la chaire qu'il a voulu qu'Elena aille à St. Stephen et qu'elle se tienne correctement ? C'est pour la chaire qu'il a continué à vivre avec Justine et rompu avec Sarah Gordon ?

– On ne le saura jamais, Havers. Et je ne suis pas certain que Weaver lui-même le sache davantage.

– Pourquoi ?

– Parce qu'il est obligé de se regarder tous les jours dans son miroir en se rasant. Comment le supporterait-il s'il se mettait à éplucher sa vie pour y découvrir la vérité.

Ils tournèrent le coin et s'engagèrent dans Garret Hostel Lane. Havers s'immobilisa brutalement, s'assenant une claque sur le front avec un grognement.

– Le livre de Nkata ! s'exclama-t-elle.

– Quoi ?

– J'ai promis à Nkata d'aller dans une librairie – il paraît qu'il y en a une bonne à Cambridge, Heffers, vous connaissez ? Je dois essayer de lui dégoter... voyons, comment ça s'appelle déjà... où est-ce que j'ai foutu cette saloperie de... (Elle ouvrit son sac à bandoulière et commença à fouiller dedans.) Ne m'attendez pas, inspecteur.

– Mais votre voiture est restée au...

– Pas de problème. Le commissariat central n'est pas loin. En plus il faut que je dise un mot à Sheehan avant de rentrer à Londres.

– Mais...

– Ne vous inquiétez pas pour moi, monsieur. A bientôt.

Avec un geste de la main, elle fit demi-tour et s'éloigna rapidement.

Lynley la fixa, sidéré : le constable Nkata n'avait

pas dû lire un seul livre en dix ans. Son passe-temps préféré consistait à demander au vétéran des artificiers de l'équipe de déminage de lui raconter pour la énième fois comment, alors qu'il était membre du SPG [1], il avait perdu l'œil gauche à Brixton dans une bagarre que Nkata lui-même avait déclenchée à l'époque où il faisait partie du service d'ordre des Brixton Warriors. Ils passaient la soirée à bavarder, se disputer et rire en avalant des œufs, des pickles et des chopes de bière. Et s'il leur arrivait d'aborder d'autres sujets, ce n'étaient sûrement pas des sujets littéraires. Quelle mouche piquait donc Havers ?

Lynley se retourna vers Garret Hostel Lane et eut la réponse à sa question. Elle était assise sur une grande valise havane près de sa voiture. Havers avait dû la voir en tournant le coin et elle s'était éclipsée pour les laisser seuls.

Lady Helen se leva.

– Tommy.

Il la rejoignit tout en s'efforçant de ne pas loucher sur la valise, craignant que sa présence n'eût un autre sens que celui qu'il souhaitait.

– Comment as-tu réussi à me trouver ?

– La chance et le téléphone. (Elle lui adressa un sourire tendre.) Et puis je connais ton besoin de terminer ce que tu as commencé, même quand ça ne prend pas la tournure que tu aurais souhaitée. (Elle jeta un coup d'œil vers Trinity Lane où les voitures démarraient et les gens se saluaient.) C'est fini, alors.

– L'aspect officiel, oui.

– Et le reste ?

– Le reste ?

– Les reproches que tu t'adresses : j'aurais dû être plus rapide, plus malin, j'aurais dû empêcher les gens de se faire du mal...

– Ah, cet aspect-là. (Il suivit des yeux un groupe d'étudiants qui passaient, pédalant en direction de

---

1. Special Patrol Group : équivalent des CRS. *(N.d.T)*

la Cam tandis que les cloches de St. Stephen commençaient à sonner, marquant solennellement la fin des obsèques.) Cet aspect-là n'est jamais fini pour moi, Helen.

Elle lui toucha le bras.

— Tu as l'air exténué.

— Je ne me suis pas couché de la nuit. Il faut que je rentre. Que je dorme un peu.

— Emmène-moi avec toi.

Il se tourna vers elle. Ses mots étaient fluides, prononcés avec conviction mais elle paraissait douter de l'accueil qu'il leur réserverait. Or il ne pourrait supporter le moindre malentendu, ni laisser de faux espoirs s'insinuer dans son cœur.

— A Londres ?

— A la maison. Avec toi.

Comme c'était étrange. Il eut l'impression que toute son énergie vitale s'échappait de son corps. C'était une curieuse sensation : comme si son sang, ses os, ses muscles se liquéfiaient en un déluge qui, s'écoulant de son cœur, l'enveloppait elle, tout entière. Pris dans ce tourbillon, il la vit clairement, et, bien que parfaitement conscient de son corps, il ne parvint pas à articuler une parole.

Sous son regard, elle se troubla, craignant d'avoir commis une erreur de jugement.

— Ou alors dépose-moi à Onslow Square. Tu es fatigué. Tu dois avoir envie d'être seul. Et mon appartement a sûrement besoin d'être aéré. Caroline n'est pas encore rentrée. Elle est chez ses parents — je ne te l'avais pas dit ? — et j'ai un tas de choses à faire dans la maison parce que...

Il retrouva sa voix.

— Je ne te garantis rien, Helen.

Le visage d'Helen s'adoucit.

— Je sais.

— Ça ne compte pas ?

— Si. Mais moins que toi et moi. Le plus important, c'est nous deux. Ensemble.

Il refusait de croire au bonheur. C'était un état

trop éphémère. L'espace d'un instant, il resta planté là, se contentant de sentir l'air froid qui soufflait des jardins et de la rivière, le poids de son manteau, le sol sous ses pieds. Puis, quand il fut bien sûr de pouvoir encaisser la réponse, il dit :
– Je te désire toujours, Helen. De ce point de vue-là, il n'y a rien de changé.
– Je sais. (Et voyant qu'il allait poursuivre, elle ajouta :) Rentrons à la maison, Tommy.

Il chargea les valises dans le coffre, le cœur battant avec plus de légèreté, l'esprit libre. « Ne te monte pas la tête, se dit-il rudement, ne va pas croire que ta vie en dépend. Ne va surtout pas croire que ta vie dépend de quoi que ce soit. »

Il monta dans la voiture, bien décidé à avoir l'air décontracté de celui qui contrôle la situation.
– Tu prenais un risque, Helen, en venant m'attendre ici. J'aurais pu ne pas revenir avant des heures. Tu serais restée à te geler toute la journée.
– Aucune importance. (Elle ramena ses jambes sous elle et s'installa confortablement sur le siège.) J'étais prête à t'attendre, Tommy.
– Oh... Combien de temps?
Décontracté, maître de la situation.
– Plus longtemps que tu ne m'as attendue.
Elle lui sourit et lui prit la main. Il était perdu.

"Mort suspecte"

(Pocket n°4471)

Passablement déprimée par ses fausses couches répétées, Deborah Saint-James manque de sombrer devant le visage radieux de la Vierge à l'enfant peinte par Léonard de Vinci. Elle fait alors la connaissance de Robin Sage, un pasteur qui la console avant de l'inviter à lui rendre visite. Mais lorsque Deborah et son mari arrivent chez leur hôte, ils apprennent que celui-ci vient de mourir empoisonné. Expert en sciences légales, Simon Saint-James ne croit pas à l'accident, et décide de reprendre l'enquête, manifestement bâclée par la police locale.

Il y a toujours un Pocket à découvrir

"Un gouffre de haine"

(Pocket n°10552)

Abandonnée par l'inspecteur Lynley parti en voyage de noces, le sergent Barbara Havers, mal remise des coups reçus lors de sa dernière enquête, doit interrompre sa convalescence pour élucider le meurtre d'un jeune Pakistanais. Crime raciste ? Affaire liée à l'homosexualité de la victime ? En quête d'une vérité enfouie sous d'innombrables zones d'ombre, Barbara se plonge au cœur d'une communauté pakistanaise dont le calme apparent masque la complexité.

Il y a toujours un Pocket à découvrir

Reproduction graphique

Impression réalisée sur Presse Offset par

BRODARD & TAUPIN

GROUPE CPI

24564 – La Flèche (Sarthe), le 26-06-2004
Dépôt légal : avril 1996
Suite du premier tirage : juin 2004

POCKET – 12, avenue d'Italie - 75627 Paris cedex 13
Tél. : 01.44.16.05.00

Imprimé en France